KARL MAY

Der Fürst der Bleichgesichter

Deutsche Herzen, deutsche Helden
Roman

Band 1 Eine deutsche Sultana
Band 2 Die Königin der Wüste
Band 3 Der Fürst der Bleichgesichter - Teil 1
Band 4 Der Fürst der Bleichgesichter - Teil 2
Band 5 Der Engel der Verbannten - Teil 1
Band 6 Der Engel der Verbannten - Teil 2

KARL MAY

Der Fürst der Bleichgesichter

Teil 1

VERLAG
NEUES LEBEN

Diese Ausgabe erscheint unter Zugrundelegung der 1901/1902
im Verlag H. G. Münchmeyer, Dresden bzw.
Niedersedlitz-Dresden,
herausgegebenen Buchfassung
mit modernisierter Rechtschreibung

ISBN 3-355-01409-5

Einband: Peter Nagengast (Reihengestaltung)
Jörn Hennig (Bildmotiv)
Satz: monade, Leipzig
Lithographie: Reproanstalt/Neumünster
Druck und buchbinderische Weiterverarbeitung:
Chemnitzer Verlag und Druck GmbH, Werk Zwickau
Gedruckt auf FORTUNA-Pegasus,
Steinbeis Temming Papier GmbH & Co., Glückstadt

1. KAPITEL

An einem ziemlich warmen Frühlingsabend bewegte sich ein Bär langsam unter den viele hundert Jahre alten Bäumen des amerikanischen Urwaldes vorwärts. Ein Bär mußte es sein. Er kroch leise, ganz nach der Art eines wilden Tieres, schien ziemlich dick und wohlgenährt zu sein und brummte zuweilen leise vor sich hin. Sein dunkles, zottiges Fell war kaum von der Umgebung, in welcher er sich bewegte, zu unterscheiden. Ein Europäer hätte ihn gar nicht einmal bemerkt. Es gehörte das scharfe, an das nächtliche Dunkel gewöhnte Auge eines Präriejägers und Westmannes dazu, den unheimlichen Kerl zu entdecken. Aber gerade einem solchen Jäger wäre es sofort aufgefallen, daß man es hier wohl kaum mit einem Bären zu tun hatte, denn dieser ist kein Freund von nächtlichen Wanderungen, sondern er geht hübsch mit sinkender Nacht schlafen, wie es sich für ehrbare Leute ziehmt.

Dieser Bär mußte also eine sehr zwingende Veranlassung haben, so ganz gegen die Gewohnheiten von seinesgleichen zu handeln. Jedenfalls beschäftigte er sich in seinen Gedanken sehr mit dem Zweck seiner gegenwärtigen Exkursion, denn er blieb oft aufrecht stehen und schüttelte immer verwunderter den Kopf. Dazu brummte er. Aber dieses Brummen wurde immer leiser und leiser. Es war ganz so, als ob Meister Petz hier irgendwelchen Unrat wittere.

Eben jetzt blieb er wieder stehen, schnüffelte in der Luft herum, schüttelte abermals den Kopf, machte mit den beiden Vorderpranken einige wunderliche Bewegungen und brummte dann vor sich hin:

„Verdammt, ich lasse mich fressen, wenn es hier nicht nach Rauch riecht!"

Dann schnüffelte er abermals und fuhr fort:

„Ja, es ist Rauch. Man hat ein Feuer gemacht, und zwar von dürrem Holz. Nasses Holz brennt anders, und der Rauch beißt auch mehr in die Nase. Wo nimmt man jetzt in diesem Wald trockenes Holz her? Es hat mehrere Tage lang geregnet. Der Geruch kommt von da rechts herüber, denn bei jedem Schritt dorthin wird er stärker. Wollen sehen!"

Er ging weiter.

Es war gewiß eigentümlich, daß dieser Bär in richtigen Worten und Sätzen brummte. Noch eigentümlicher war es, daß in seinen Worten sich eine so scharfe Überlegung kundgab. Am eigentümlichsten aber war der Umstand, daß er ganz regelrecht in deutscher Sprache brummte.

Er war kaum zwanzig kurze Schritte weitergekommen, so blieb er abermals stehen, aber schnell, plötzlich, mit einer heftigen Bewegung, wie einer, der über irgend etwas in sehr lebhafte Verwunderung gerät.

„Sapperment! Was ist das? Rieche ich recht?"

Er begann wieder zu schnüffeln, aber sehr sorgfältig, wie ein Feinschmecker, der auf der Straße vor einem halb offenen Küchenfenster vorübergeht, unwillkürlich stehen bleibt und die Luft in die Nase zieht, um zu erfahren, ob da drinnen Schnitzel à la Wien oder Schnitzel à la Holstein gebraten werden.

„Wahrhaftig!" brummte er weiter. „Es riecht nach Fleisch, hier sitzt irgend jemand beim Feuer und macht sich einen Braten. Und was für Braten ist es? Das muß ich wissen."

Er schnoberte jetzt in langen Zügen vor sich hin. Endlich schien er ins reine gekommen zu sein, denn er brummte:

„Das ist kein Büffelfleisch, auch kein Peccari, auch kein Racoon, kein Hirsch, kein Reh, kein wildes Huhn; es ist überhaupt kein Wild. Es ist wohl das allerzahmste, was es nur geben kann, denn ich will gefressen sein, wenn es nicht Schaffleisch ist, dessen Duft mir die Nase verschimpfiert. Pfui Teufel, hier im Urwald Schöpsenfleisch zu essen! Entweder frißt da ein Schafskopf den anderen, das heißt, irgendein dummer Kerl spielt den Jäger und hat kein Geschick dazu, oder es handelt sich um etwas Schlimmeres. Wollen sehen!"

Er schlich schnüffelnd weiter, immer dem Geruch entgegen. Dann kicherte er leise, so daß kaum er selbst es hören konnte, und sagte dabei:

„Hm! Ich bin der ehrsame Knopfmachergeselle Samuel Barth aus Herlasgrün in Sachsen, und als Sachse werde ich mich doch auf diesen Duft verstehen! Jetzt kocht sich der Kerl gar Kaffee! Na, wer hier Kaffee trinkt, der ist kein Indianerhäuptling. Ich glaube also nicht, daß ... verflucht!"

Bei dem letzten Wort, mit dem er sein Selbstgespräch ganz plötzlich abschnitt, tat er einen Sprung auf die Seite, den man ihm bei seiner Leibesdicke gar nicht zugetraut hätte, und duckte sich hinter den mächtigen Stamm einer tausendjährigen Buche nieder.

Weshalb tat er das? Oh, er wußte sehr wohl, was er tat, dieser Bär, der der deutschen Sprache so mächtig war und sich einen Knopfmachergesellen aus Herlasgrün in Sachsen nannte!

Nach wenigen Augenblicken war ein leises, leises Rauschen zu vernehmen, fast, wie wenn ein Luftzug durch den Wald streicht. Dieses Geräusch näherte sich und fand sein Ende gerade vor der Buche, hinter der Samuel Barth steckte. Dann flüsterte jemand in englischer Sprache und mit amerikanischem Jargon:

„Jetzt riecht man es deutlich." – „Ja", antwortete eine andere, ebenso leise Stimme. Man macht sich einen Braten." – „Wovon?" – „Hm! Der Geruch ist mir fatal. Ich glaube, man findet ihn nur da, wo gewisse Tiere, von deren Verstand man nicht viel hält, mit Lupinen gefüttert werden." – „Also Schaf?" – „Ja, gewiß." – „Ich bin derselben Ansicht. Aber höre, mir kommt die Geschichte verdächtig vor. Schaffleisch im Urwald!" – „Es ist gestohlen." – „Natürlich! Wir haben es also mit Dieben zu tun." – „Vielleicht mit noch schlimmeren Leuten." – „Oh, es können auch Greenhorns sein!"

Greenhorn nennt nämlich der Präriejäger einen jeden, der ein Neuling ist und nichts versteht.

„Das glaube ich nicht", meinte der andere. „Greenhorns gibt es hier an der Indianergrenze nicht. Wer hier im Wald steckt, der ist kein Neuling. Wann aber ißt ein erfahrener Jäger zahmes Fleisch?" – „Wenn er kein wildes hat." – „Unsinn! Du weißt ebensogut wie ich, was ich meine. Ein Jäger greift nur dann zu solcher Nahrung, wenn er sich scheut, Wild zu schießen, weil er durch den Schuß seine Anwesenheit verraten würde. Wir haben es also mit Leuten zu tun, die es nötig haben, das Licht des Tages zu scheuen." – „Danke für das jetzige Licht! Es ist so stark dunkel, daß ich kaum dich ahnen kann. Riechst du? Sie haben auch Kaffee!" – „Ja. Sie scheinen es sich gemütlich zu machen." – „Jedenfalls müssen wir wissen, mit wem wir es zu tun haben. Schleichen wir uns an!" – „Gut! Aber nicht schießen, wenn wir uns vielleicht wehren müssen! Das Bowiemesser ist besser – Donnerwetter! Ein Bär! Das Messer heraus!" Gerade als sie sich entfernen wollten, war der Bär vor ihnen aufgetaucht.

Wie bereits gesagt, das Auge eines Europäers hätte die unter dem Dach des Urwaldes herrschende, nächtliche Dunkelheit nicht einen Zentimeter weit zu durchdringen vermocht, diese Leute hier aber besaßen Augen, die an die Finsternis gewöhnt waren. Die beiden, welche gesprochen hatten, mußten ausgereifte Jäger sein, denn der, welcher den Bären zuerst bemerkt, hatte trotzdem leise gesprochen. Ein anderer hätte vor Schreck laut aufgeschrieen und sich denen, denen er nachforschen wollte, dadurch verraten. Diese beiden aber sprangen zwei Schritte zurück, rissen ohne weiter einen Laut von sich zu geben, ihre Messer aus dem Gürtel und wollten sich nun auf das Tier werfen, hörten aber zu ihrer größten Verwunderung die freundlichen Worte:

„Guten Abend, Mensch'urs! Macht keinen Lärm eines Bären wegen! Auch könnt ihr eure Kneife wieder einstecken. Mein Schinken ist noch nicht saftig genug für solche Herren, wie ihr seid." – „Alle Donner!" antwortete der eine. „Ein Mensch! Hört, Master, dankt Gott, daß wir nicht schneller waren, sonst säßen Euch jetzt unsere Klingen zwischen den Rippen!" – „Oder meine Klinge stäke euch im Leib!" – „Ihr sprecht ja wie ein Alter!" – „Bin auch nicht mehr gar zu jung." – „Was tut ihr hier?" – „Dasselbe, was ihr tut. Ich will erfahren, wer da Schöps genießt und Kaffee dazu trinkt." – „Seid Ihr ein Trapper?" – „Meistenteils. Ihr auch?" – „Ja. Also Ihr gehört nicht zu denen dort, die nach Kaffee duften?" – „Gott bewahre. Dem alten Sam Barth fällt es gar nicht ein, sich da zu so einem ..."

Er konnte nicht aussprechen, denn einer der Männer ergriff ihn rasch beim Arm und sagte:

„Donnerwetter! Nanntet Ihr nicht den Namen Sam Barth?" – „Ja. Eigentlich heißt er vollständig Samuel Barth." – „Wollt Ihr etwa damit meinen, daß Ihr selbst dieser Sam Barth seid?" – „Was sonst? Oder haltet ihr mich vielleicht für den Propheten Habakuk oder für den Kaiser Karl den Dicken?" – „Wirklich, wirklich? Ihr seid Barth? Welch ein Zusammentreffen! Des Nachts! Im Urwald! Da treffen wir Euch, nach dessen Bekanntschaft wir uns geradezu gesehnt haben!" – „Gesehnt? Meint ihr etwa, daß mich der Konditor gebacken hat, und ihr könnt mich nun ablecken?" – „Ja, ja, ihr seid Sam Barth. Das hört man ja. Ihr seid ja berühmt durch die Art und Weise, wie Ihr Euch auszudrücken pflegt." – „Natürlich drücke ich mich aus, ich mich! Oder meint ihr, daß ich mich von einem anderen ausdrücken lasse?" – „Nein, das tut Ihr nicht. Das fällt Euch gar nicht ein. Aber, sagt uns nun einmal, woher Ihr kommt, wohin Ihr wollt, und was Ihr hier eigentlich tut!" – „Das sind gleich drei Fragen, viel zu umständlich für mich! Ihr wißt meinen Namen. Sagt mir zunächst einmal, ob ihr auch einen habt, oder ob er euch vielleicht abhanden gekommen ist?" – „Der Familienname tut nichts zur Sache. Mich nennt man Jim und hier meinen Bruder Tim." – „Jim und Tim? Seid ihr des Teufels?" fragte nun Sam Barth, seinerseits erstaunt. – „Worüber, wundert Ihr Euch?" – „Hat Euer Vater vielleicht Master Snaker geheißen und eure Mutter Ma'am Snaker?" – „Ja" – „So will ich mich fressen lassen, wenn ihr nicht die zwei Brüder Jim und Tim Snaker seid, die zwischen dem Mississippi und der großen See als die besten Waldläufer bekannt sind!" – „Macht nicht so viel Sums mit uns! Ihr seid ja wenigstens ebensogut bekannt wie wir." – „Mag sein! Freut mich aber ungemein, hier im Wald sozusagen mit der Nase auf Euch zu stoßen. Habe Euch längst gern sehen wollen." – „Wir Euch auch. Wir hoffen, daß wir Freunde sein werden. Nicht?" – „Natürlich! Schlagt ein! Topp?"

Er hielt seine Rechte hin.

„Topp, topp!" antworteten sie einschlagend.

Nun darf man aber nicht etwa denken, daß sie vor Überraschung auch nur ein lautes Wort gesprochen hätten. O nein. Sie waren sich bewußt, daß sie sich im Urwald befanden, wo allüberall und in jedem Augenblick Gefahr droht. Ebenso wußten sie, daß sie im Begriff standen, andere zu belauschen. Da durften sie natürlich nicht selbst gehört und entdeckt werden. Die ganze Unterhaltung war also vom ersten bis zum letzten Wort so leise geführt worden, daß in einer Entfernung von nur fünf Schritt niemand geahnt hätte, daß hier drei Männer standen, die sich soeben zum ersten Male in ihrem Leben begegnet waren und von denen zwei den dritten für einen wirklichen, leibhaftigen Bären gehalten hatten, auf den sie im ersten Augenblick mit den Messern losgehen wollten.

„So", sagte Sam. „Gute Kameraden wollen und werden wir sein. Alles andere ist jetzt unnütz. Wir haben zunächst nur daran zu denken, daß Leute in der Nähe sind, die wir belauschen wollen. Später können wir dann auch über uns selbst sprechen. Gehen wir zusammen vor, oder tut das nur einer?" – „Drei sind besser als einer." – „Einverstanden. Vorwärts also!"

Sie schlichen weiter, einer hinter dem anderen.

Der Wald bestand aus hochstämmigen Bäumen, die in ziemlicher Entfernung voneinander standen. Darum war es für diese drei erfahrenen Jäger leicht, vorwärts zu kommen. Bald zeigte sich ihnen aus der Ferne ein lichter Schein, der, je mehr sie sich ihm näherten, heller und heller wurde. Sam ging voran. Jetzt blieb er stehen, schnüffelte nach vorwärts und wandte sich dann mit der leisen Frage zurück:

„Riecht ihr etwas?" – „Ja", meinte Jim. „Whisky." – „Whisky? Nein. Ich lasse mich fressen, wenn das nicht Rum ist, guter, echter

Rum von Jamaika herüber oder aus so einer ähnlichen Gegend. Diese Sorte kenne ich genau." – „Sie brauen sich nun gar Grog." – „Ja. Die leben so gut, als ob sie heute abend Hochzeit und Kindtaufe zusammen feierten. Sie mögen sehen, daß wir uns nicht etwa zu Gevatter laden!"

Sam schritt weiter, und die anderen folgten. Sie sahen nur den Schein des Feuers, nicht aber das Feuer selbst. Dieses letztere brannte nämlich in einer langen, schmalen und ziemlich tiefen Bodensenkung, deren Rand die drei Jäger jetzt erreichten. Es war eine kleine Schlucht, mit Brombeergesträuch und Farnkraut bewachsen. Da unten lagerte eine Gesellschaft von Männern, die ebenso verschiedene Gesichtsfarben zeigten, wie ihre Bekleidung und Bewaffnung eine verschiedene war. Es gab da Weiße, Neger, Mulatten, auch ein Indianer schien dabeizusein.

Die Jäger hatten sich auf den weichen Boden gelegt und schoben sich auf dem Bauch vorwärts, bis sie mit den Köpfen den Rand der Bodensenkung erreichten und hinabblicken konnten.

„Hole sie der Teufel!" flüsterte Tim. „Diese Visagen lassen nichts Gutes vermuten." – „Nein", pflichtete Sam Barth bei. „Ich sehe nichts als Galgengesichter. Wie dumm sie ihr Feuer brennen lassen! Das ist ja eine Flamme, an der man einen Büffel braten kann." – „Gut für uns! Sie wissen sich sicher. Sie haben keine Wache ausgestellt und ahnen also gar nicht, daß sie hier belauscht werden können. Zudem sprechen sie so laut, daß wir hier oben ein jedes Wort verstehen können. Prosit! Ich wollte, daß du daran ersticktest!"

Damit meinte er einen der Männer, der sich mit seinem Lederbecher einen Schluck heißen Grogs aus dem über dem Feuer hängenden eisernen Kessel geschöpft hatte und diesen Trank so glühend hinunterstürzte.

„Seht ihr den Kessel?" fragte Sam. „Und seht ihr das Schnapsfäßchen, das zur Seite liegt?" – „Ja. Ich sehe auch die zwei toten Hammel, die das drüben unter den Farnen liegen." – „Was folgt aus der Anwesenheit dieser Dinge?" – „Daß sie ihnen gut schmekken werden." – „Auch! Ich meine etwas anderes und für uns viel Wichtigeres. Glaubt ihr, daß diese Leute den Kessel, das Fäßchen und die geschlachteten Schafböcke auf den Schultern herbeigetragen haben?" – „Gewiß nicht." – „Nein. Per Eisenbahn können sie sie auch nicht transportiert haben, sie müssen Pferde haben." – „Ich sehe aber keins." – „Aber ich sehe, daß die Kerle Sporen tragen. Das ist ebenso gut, als ob ich die Pferde selbst sehe. Jedenfalls haben sie die Tiere in einiger Entfernung von hier angebunden. Wollen uns in acht nehmen, ihnen zu nahe zu kommen, sonst schnauben sie und verraten uns dadurch. Horcht!"

Diese letztere Aufforderung hatte ihren guten Grund, denn einer der Männer, welcher der Anführer zu sein schien, begann gerade jetzt sehr laut zu sprechen.

„Man könnte dabei auswachsen", sagte er. „Unsere Spione könnten längst wieder dasein. Von hier bis Wilkinsfield kommt man sehr leicht in vier Stunden, und beim Morgengrauen sind sie aufgebrochen." – „Sie werden ihre Sache möglichst gut machen wollen", meinte ein anderer. „Vielleicht wollen sie sogar dem alten Wilkins in den Geldschrank gucken, um genau zu erfahren, wieviel er drin hat." – „Oh, der hat genug drin; das weiß ich. Ich habe die Kerle nur hingesandt, um zu erfahren, ob er jetzt da ist. Er geht oft nach Sankt Louis oder nach New Orleans. In diesem Fall machen wir kein Geschäft." – „Da hätte er doch wohl das Mädchen mit", meinte ein ziemlich junger Mulatte. – „Du scheinst dich ganz besonders für dasselbe zu interessieren, mehr noch als für das Geld." – „Was tue ich mit dem Geld? Ein schönes Mädchen ist mir lieber, besonders ein solches, das wegen seiner Schönheit die Taube des Urwaldes genannt wird. Auch sollen einige hübsche Negerinnen dasein." – „Davon magst du dir getrost eine aussuchen. Die Taube aber ist nicht für dich ausgebrütet worden. Da laß dir nur den Appetit vergehen. Horch!"

Ein lauter Pfiff ertönte aus der Ferne.

„Sie sind es. Sie kommen", sagte der Anführer. Alle seine Leute zeigten jetzt, wie sehr sie auf die Nahenden gewartet hatten. Teils wandten sie sich nach der Gegend, aus der das Signal gekommen war, teils sprangen sie sogar auf, um die Kommenden zu empfangen.

„Der Pfiff kam von unserer Seite", sagte der dicke Sam. „Schnell zurück, um uns zu verstecken, damit wir nicht etwa bemerkt werden."

Sie krochen eine Strecke zurück, wo zwei nicht gar zu starke Linden standen. Jim und Tim waren im Augenblick hinauf. Sie schienen wie die Eichkätzchen klettern zu können. Sam aber versteckte sich hinter einen dicken Stamm, der ihm Sicherheit gewährte.

Nach wenigen Sekunden hörte man die Schritte zweier Männer, welche zwischen den Bäumen daherkamen und dann in der Schlucht verschwanden. Dort wurden laute und fragende Stimmen hörbar. Im nächsten Augenblick standen Jim und Tim wieder bei Sam.

„Dumme Kerle!" meinte der letztere. „Brauchen nicht die geringste Vorsicht! Die zwei kamen getratscht wie Büffelochsen. Die werden in all ihrem Leben nicht gescheit. Kommt, wir müssen weiter hören."

Sie krochen wieder bis an den Rand der Schlucht hin. Die beiden Neuangekommenen hatten sich mittlerweile an das Feuer gesetzt und ihre Messer hervorgezogen, mit denen sie sich große Stücke Fleisch von dem am Spieß steckenden Hammel schnitten.

„Nun", fragte der Anführer. „Habt ihre gute Erfolge aufzuweisen?" – „Sehr gute", lautete die Antwort. „Wir haben bei Wilkins zu Mittag gespeist." – „Ah! Das ist gut. Als was habt ihr euch ausgegeben?" – „Einwanderer aus dem Osten. Wir sind hier, um uns das Land anzusehen und uns genügenden Falls anzukaufen." – „Sehr gut. War Wilkins selbst da?" – „Ja. Nächste Woche aber verreist er." – „Seine Tochter?" – „Auch die Taube des Urwaldes war anwesend. Bei allen zehntausend Teufeln, dieses Mädchen ist ein wahres Weltwunder. Ihr werdet alle verrückt auf sie sein. Es geht gar nicht anders." – „Wartet das ganz ruhig ab. Wie steht es mit dem deutschen Aufseher?" – „Dieser Wächter Adler ist noch da. Man munkelt, daß er von gutem alten deutschen Adel sein soll." – „Er wird bald ausgeadelt haben. Vor zwei Jahren, als wir der Pflanzung unseren ersten und letzten Besuch machten, hat er meinen Bruder erschossen. Jetzt wird er es büßen." – „Wir schießen ihn nieder." – „Oh nein. Das wäre zu wenig. Wir fangen ihn lebendig, um ihn nach allen Kräften zu schikanieren. Wir werden uns schon ein Mittel aussinnen, welches geeignet ist, ihm zu zeigen, was es zu bedeuten hat, den Bruder des roten Burkers totzuschießen." – „Ein Mittel aussinnen?" lachte ein roh aussehender, vollbärtiger Kerl. „Das ist gar nicht nötig. Ich weiß ein ganz vortreffliches. Ich wollte einst mit einigen Kameraden einem reichen Squatter einige Pferde wegnehmen und erhielt dabei von einem seiner Hirten einen Schuß in den Arm. Dafür haben wir den Kerl nackt ausgezogen, dick mit Honig beschmiert und in der Nähe einer großen Ameisenansiedlung an einem Baum gebunden. In zehn Minuten war er so mit Ameisen bedeckt, daß er völlig schwarz aussah, und als wir zwei Wochen später wieder an dieser Stelle vorüberkamen, war nur noch sein Skelett vorhanden. Die Insekten hatten ihn bis auf die Knochen aufgefressen."

Die Zuhörer lachten bei diesem schauderhaften Bericht, und der Anführer sagte:

„Dieser Gedanke ist köstlich. Wenn wir Honig finden, soll der Deutsche ebenso eingeschmiert werden. Ich freue mich königlich bei dem Gedanken, was er sagen wird, wenn die Ameisen ihm in Mund, Nase und Ohren dringen, ohne daß er sich wehren kann, wenn sie ihm bei lebendigen Leibe die Augen ausfressen! Morgen abend sind wir in Wilkinsfield. Nach Mitternacht werden wir zunächst die Neger massakrieren; dann steigen wir in das Haus. Ich bin überzeugt, daß wir sehr gute Beute machen werden, dann ..." – „Donnerwetter!" unterbrach ihn da einer, der plötzlich nach seiner Büchse griff und aufsprang. – „Was hast du, Holm?" – „Es fiel ein Stein von da oben herab, und als ich hinaufblickte, war es mir, als ob ich ein Gesicht gesehen hätte." – „Wer sollte da sein! Aber Vorsicht ist immer gut. Sehen wir einmal nach!"

Die Kerle erhoben sich und stiegen rasch empor.

Jim hatte sich etwas zu weit über den Rand der Schlucht vorgebogen. Dabei war ein kleiner Stein von seiner Unterlage gewichen und hinabgerollt.

„Verdammt!" flüsterte er. „Eilen wir zurück, sonst treffen sie uns!" – „Oder wir fassen sie!" antwortete der dicke Sam. „Ich fürchte mich vor diesen Kerlen nicht; aber besser ist es immer, wenn sie gar nichts von uns bemerken."

Die drei erhoben sich und eilten fort. Erst nach längerem Lauf blieben sie stehen, und Tim sagte besorgt:

„Sie werden doch nicht unsere Spuren bemerken?" – „Die?" lachte Sam. „Wie sollen die sie bemerken? Es fiel ihnen gar nicht ein, einen Feuerbrand aufzugreifen. Sie liefen in das Dunkel hinein, und da würden selbst wir nichts sehen können. Also der rote Burker ist der Halunke! Habt ihr von ihm gehört?" – „Natürlich. Er ist der Anführer einer Bande von Bushbeaters – Buschklepper –, die sich mit Einbrüchen und Pferdediebstählen beschäftigt. Leider ist es noch nie gelungen, ihn zu ergreifen." – „So wird es jetzt gelingen. Wir müssen natürlich nach Wilkinsfield, um den Besitzer und den deutschen Aufseher Adler, den sie von den Ameisen fressen lassen wollen, zu warnen. Wir haben uns zwar rasch zurückziehen müssen; die Hauptsache aber haben wir doch erfahren. Ich hoffe, daß ihr mitgeht?" – „Das versteht sich ganz von selbst." – „Unterwegs können wir ja ein wenig von uns selbst sprechen. Morgen nach Mitternacht soll der Tanz losgehen, und vier Stunden haben wir zu laufen, bis wir hinkommen; wir haben also viel, viel Zeit übrig. Wollen wir gleich jetzt, noch in der Nacht, hin, oder warten wir bis früh?" – „Warum in der dunklen Nacht durch den Urwald laufen, wenn wir auch morgen noch zeitig genug kommen?" meinte Jim. „Ich schlage vor, wir lagern im Wald." – „Aber doch nicht hier!" warnte sein Bruder. „Wir dürfen uns ja nicht von den Bushbeaters treffen lassen." – „Warum sollten sie uns treffen? Es ist ja finster. Feuer brauchen wir nicht anzubrennen, da wir von unserem letzten Lager her noch einige Stücke Hirschrücken haben. Es ist jedenfalls besser, wir bleiben in der Nähe dieser Kerle, damit wir sie beobachten können." – „Ist nicht nötig", meinte Sam Barth. „Diese Halunken sind weit entfernt, gute Westmänner zu sein, wie wir aus der ganzen Art und Weise ihres Lagers ersehen haben, aber wenn sie am Morgen aufbrechen und zufälligerweise an dem Ort vorüberkommen, an dem wir geblieben sind, so müßten sie blind sein, wenn sie nicht bemerkten, daß da jemand gelagert und sie beobachtet hat. Was wir wissen müssen, haben wir ja erfahren; alles andere können wir uns denken. Ich gebe auch zu, daß wir erst nächsten Morgen aufzubrechen brauchen; aber hier in der Nähe der Buschklepper zu bleiben, das halte ich denn doch nicht für geraten. Gehen wir also weiter, bis wir einen passenden Ort finden, an dem wir schnarchen können, ohne von ihnen gehört zu werden. Da können wir uns auch ein Feuer anbrennen." – „Davon rate ich ab", sagte Jim. „Das Feuer könnte uns verraten, und das müssen wir vermeiden." – „Pshaw!" lachte Sam. „Wir befinden uns in der Nähe großer Niederlassungen und nicht im Indianergebiet. Hier ist es doch nicht so gefährlich. Übrigens haben wir drei ein gutes Gewissen und können uns ehrlich in die Gesichter schauen; warum also wollen wir da im Dunkeln sitzen? Übrigens haben wir uns noch niemals gesehen und uns heute zum ersten Male getroffen. Da möchte ich euch doch einmal in die Visage gucken, und das kann ich nur dann, wenn wir uns ein Feuerchen anbrennen. Wollt ihr mir diese Freude etwa verderben, he?" – „Wenn Ihr so darauf versessen seid, meine Nase einmal zu sehen", lachte Tim, „ so will ich Euch dieses Vergnügen sehr gern gönnen. Habt Ihr denn gute Augen?" – „Ich denke." – „Nun, so bin ich neugierig, ob ihr die Nase findet. Es hat sich schon mancher Mühe gegeben, sie zu sehen, und es ist ihm nicht gelungen. Vielleicht bringt Ihr es besser fertig, und das sollte mich herzlich freuen. Gehen wir von hier aus jetzt gerade nach Norden, so erinnere ich mich, daß es dort einen Wasserlauf gibt, an dem die Bäume zurücktreten. Dort steht tiefes Gebüsch, das den Schein unseres Feuers verdecken wird. Dort können wir uns lagern. Moskitos haben wir nicht zu fürchten. Die lieben zwar die Nähe des Wassers; aber wir stehen ja noch im zeitigen Frühjahr, wo diese Landplage noch nicht so gang und gäbe ist. Kommt also!"

Tim schritt voran, und die beiden anderen folgten. Es war stockdunkel; sie konnten einander nicht sehen, aber die zwei Genannten folgten Tim nach dem Gehör. Keiner der drei Männer stieß an einen Baum oder tat einen Fehltritt. Durch die langjährige Übung schärfen sich die Sinne eines Waldläufers ebenso, wie diejenigen eines wilden Tieres. Dazu bildet sich ein gewisses Etwas, ein Ahnungsvermögen, eine Art Instinkt aus, der den Jäger eine Gefahr sozusagen bereits von weitem „wittern" läßt. Es ist geradezu erstaunlich, was so ein Mann zu leisten vermag. Ein halb Wilder, vielleicht sogar ein dreiviertel Verwilderter, geht er als Pionier der Zivilisation voran und ebnet mit seinen rohen Mitteln der Bildung den Weg, nach dem wilden Westen vorzudringen. Von lauernden Gefahren stets umgeben, hat das Leben für ihn einen so geringen Wert, daß er es bei einer verhältnismäßigen Geringfügigkeit in die Schanze schlägt, und doch weiß er es mit einer List und einer Verwegenheit, mit einem Scharfsinn, einem Mut und einer Ausdauer zu verteidigen, von denen der Europäer gar keine Ahnung hat. Ein verdienter Offizier des Festlandes, der zehn Feldzüge mit Auszeichnung mitgemacht hat, hat vielleicht das nicht erlebt, was so ein einfacher, in Lumpen herumlaufender Westmann in einem halben Jahr erlebt hat.

Die drei Männer waren ungefähr eine Viertelstunde lang vorwärts geschritten, als sie das Geräusch fließenden Wassers hörten.

„Da ist der Fluß", sagte Tim. „Halten wir uns ein wenig rechts, so kommen wir an Buschwerk."

Er hatte recht. Bald traten die Bäume zurück. Das dichte Laubdach öffnete sich, und nun waren die Sterne des Himmels zu sehen. Die Präriejäger standen inmitten eines dichten Buschwerkes, durch das sich die Fluten wälzten. Sie blickten sich um, so gut es der Schein der Sterne erlaubte.

„Schau!" sagte Tim. „Dort liegt ein Baum, den der Sturm umgelegt hat. Das gibt vielleicht dürres Feuerholz. Laßt uns einmal sehen!"

Seine Hoffnung wurde nicht betrogen. Einige Äste und Zweige des Baumes waren, durch den starken Stamm vor Regen geschützt, vollständig ausgetrocknet, und die beiden Brüder begannen sofort, mit ihren Bowiemessern sich Feuermaterial loszuschneiden.

„Dumm, daß man so vorsichtig sein muß!" brummte Sam Barth. „Habe da einen sehr guten Tomahawk, mit dem ich große Stücke loshauen könnte, aber das würde gehört werden." – „Von wem habt Ihr diesen Tomahawk?" fragte Tim. „Ist er auf Eurem eigenen Grund und Boden gewachsen, oder habt Ihr ihn irgendwo gefunden?" – „Gefunden? Seid ihr toll? Glaubt ihr, daß Sam Barth der Mann ist, ein indianisches Kriegsbeil in seinen Gürtel zu stekken, das er sich nicht gut verdient hat? Oho! Dieser Tomahawk ist ehrlich erkämpft. Er war das Eigentum eines Komantschenhäuptlings. Ich gab ihm mit dem Gewehrkolben eins auf den Kopf, daß er vor Verwunderung darüber das Leben fahrenließ. Ich ließ ihn liegen, den Tomahawk aber nahm ich mit. Wer mit meiner Auguste in Berührung kommt, mit dem steht es sicherlich Matthäi am letzten." – „Auguste?" – „Ja." – „Wer ist dieses Frauenzimmer?" – „Frauenzimmer? Hihihihi!" kicherte Sam. „Auguste ein Frauenzimmer! Na, machen wir erst ein Feuer, damit wir etwas sehen können, dann will ich euch diese Auguste, dieses Frauenzimmer zeigen."

Sie hatten bald mehrere Arme voll trockener Äste zusammen und drangen damit in das Dickicht ein. Im Inneren desselben fanden sie ein kleines, freies, mit Gras bewachsenes Plätzchen, gerade groß genug, daß drei Personen sich um ein kleines Feuer lagern konnten. Dort beschlossen sie, die Nacht zuzubringen.

In einigen Minuten brannte das Feuer, aber von so wenig Holz genährt, daß der Schein der Flamme nicht durch- und über die Büsche hinausdringen konnte. Jetzt konnten sich die neuen Bekannten genau betrachten. Sie taten es und – lachten einander unwillkürlich in die Gesichter. Jeder von ihnen bot einen Anblick, der geeignet war, die Lachlust zu reizen.

Sam Barth war ein kleiner, aber außerordentlich dicker Kerl. Sein ganzer Anzug bestand aus einem einzigen Fell des grauen Bären, das er sich selbst zurechtgeschnitten und nach Indianersitte mit Hirschsehnen zusammengenäht hatte. Hose, Weste und Ärmel hingen zusammen. Die Ärmel bestanden ganz einfach aus dem Fell der Vorderpranken des Bären. Der Pelz ging nach außen. Nur bei den Stiefeln, die er sich auch selbst gefertigt hatte, waren die Haare nach innen gerichtet. Seine Kopfbedeckung bestand aus einer Mütze, die er sich aus der Kopfhaut des Bären bereitet hatte. So war es also sehr leicht, zumal des Nachts, ihn für einen Bären zu halten.

Um den dicken Bauch hatte er als Gürtel ein langes, fünfach geflochtenes Lasso geschlungen. In diesem steckten der Tomahawk und das Bowiemesser, und daran hingen auch noch allerhand andere Sachen: eine Tabakspfeife, einige Lederbeutel mit Schrot, Pulver, Tabak, Kaffee, eine blecherne Büchse, die als Schüssel, Topf und Tasse gebraucht werden konnte, ein paar Hufeisen und weitere Kleinigkeiten, bei deren erstem Anblick man noch gar nicht zu sagen vermochte, wozu sie bestimmt seien.

„'s death – Potz Blitz –!" lachte Tim. „Da ist es freilich kein Wunder, daß wir Euch für einen Grizzly hielten und mit den Messern auf Euch los wollten.

Der Grizzly ist nämlich der graue, amerikanische Bär, der, auf den Hinterfüßen stehend, neun Fuß hoch ist; ein furchtbares, vielleicht das allerfurchtbarste Raubtier der Erde.

„Ich und ein Grizzly!" lachte Sam. „Seid Ihr toll!" – „Na, seht Ihr etwa nicht so aus?" – „Was geht mich das Aussehen an! Ich habe sehr viel Gutes und Rühmliches von Euch gehört. Auch ohne Euch gesehen zu haben, hielt ich Euch für tüchtige Kerle. Und nun redet Ihr wie die dümmsten Sonntagsjäger!" – „Oho, Master Barth!" – „Ja. Wir sind hier in der Nähe von Fort Smith und der guten Stadt Van Buren. Wo soll denn da ein grauer Bär herkommen? Das ist ja gerade ein solcher Unsinn, als ob Ihr in Eurem Kopf ein Nest mit Walfischeiern hättet." – „Verdammt! Ihr habt recht. Das war allerdings ein sehr dummer Streich von uns. Aber Ihr hattet ganz und gar das Aussehen eines Bärenhäuptlings, der sich bei Nacht durch den Wald schleicht, um seiner Herzallerliebsten ein Ständchen zu bringen. Unser Irrtum ist also wohl zu entschuldigen. Aber hört, diese Kleidung ist sehr gefährlich für Euch!" – „Wieso?" – „Nun, Ihr könnt von anderen ebenso wie von uns für einen Master Petz gehalten werden und also sehr leicht eine Kugel in den Leib bekommen." – „Pah! Der Kerl müßte blind sein! Übrigens müßte ich mich auch gerade dahin stellen, wo er seine Flinte hinhält, und das tue ich doch wohl nicht. Aber hört einmal, Master Jim Snaker, Ihr lacht über mich, und da habt Ihr sehr recht, denn ich bin ein braver, lustiger Kerl, wer aber Euch ansieht, der möchte vor Wehmut und Erbarmen die bittersten Tränen vergießen." – „Wieso?" – „Wieso fragt Ihr? Habt Ihr Euch denn noch niemals im Spiegel gesehen?" – „Es ist zwölf oder fünfzehn Jahre her, daß ich einmal vor einem solchen Ding gestanden habe." – „Aber ins Wasser habt Ihr geguckt?" – „Nicht nur geguckt, ich bin sogar verschiedene Male hineingestürzt, so daß es mir um mich angst und bange hätte werden können." – „Habt Ihr denn da Euer Bildnis nicht einmal gesehen?" – „Verschiedene Male." – „Nun, was sagt Ihr dazu?" – „Daß ich ein prächtiger Kerl bin!" – „Ja, ein brechtiger Kerl, nämlich entweder zum Brechen oder zum Zerbrechen, verstanden, he!" – „Oho! Wollt Ihr mich auslachen?" – „Nein, ganz und gar nicht. Ich habe doch bereits gesagt, daß ich mich aus Mitleid in die bitterste Tränenflut auflösen möchte. So eine jammervolle Gestalt, wie Ihr seid, habe ich noch nie gesehen. Schaut Euch einmal meine Backen an! Sind sie nicht so dick, so voll und rot, wie zwei geräucherte Schweineschinken, zwischen denen sich mein Näschen ausnimmt, wie das Schwanzstümpfchen eines kupierten Affenpinschers?" – „Ja, das ist sehr richtig!" lachte Jim. – „Nun, wo habt Ihr denn Eure Wangen oder Backen? Sie sind Euch, wie es scheint, hineingefallen, und Ihr habt sie aus Versehen mit hinuntergeschluckt. Und nun gar die Nase! Sakkerment! Wo ist denn die Euch abhanden gekommen, Master Jim?"

In gebildeten Kreisen ist es geradezu unmöglich, sich über die körperlichen Gebrechen anderer lustig zu machen; im fernen Westen aber gibt es wetterharte, ausgepichte Charaktere, die bei einem feinen Witz nicht den Mund verziehen würden. Da ist alles derb, nichts wird übelgenommen, nämlich wenn es nicht aus dem Mund eines persönlich unangenehmen Menschen kommt. Ein jeder lacht da über sich selbst gern mit.

Und von diesem Gesichtspunkt aus war der Anblick Jims allerdings zum Lachen. Er war unendlich lang und hager, gerade wie sein Bruder auch. Auf diesem spindeldürren Leib schlotterte der weite Militärüberrock eines amerikanischen Offiziers. Die Lederhosen, die unter diesem Uniformrock zum Vorschein kamen, waren in ihren unteren Teilen wohl so defekt und zerissen gewesen, daß der Besitzer es für das bequemste gehalten hatte, sie kurz über den Knien abzuschneiden. Darum zeigte er jetzt die nackten, braungebrannten, skelettartigen Unterschenkel bis herab zu den Füßen, die in riesigen Holzschuhen steckten.

Auf dem Kopf hatte er ein Ding, das früher einmal ein Filzhut gewesen war; aber es war ihm die Krempe so vollständig verlorengegangen, daß die Kopfbedeckung jetzt jenen Näpfchen glich, in denen die deutschen Bauernweiber ihrem Quark die bekannte Form zu geben pflegen. In diesem Augenblick hatte er diese Kopfbedeckung abgenommen, und da zeigte sich der Schädel so vollständig glatt und kahl, daß man selbst mit dem Vergrößerungsglas kein einziges, einsames Härchen oder Fäserchen gefunden hätte.

Die Nase fehlte, jedenfalls nicht infolge eines Geburtsfehlers, denn die Stelle, an der sie hätte anwesend sein sollen, zeigte die deutlichen Spuren von Gewalttätigkeit. Die Stelle war blutrot und geschwollen.

Sein Bruder Tim war, wie bereits bemerkt, ebenso lang und hager, aber er hatte eine Nase, und was für eine! Sie glich einem Geierschnabel zum Verwechseln. Dünn und spitz, scharf geschnitten und gebogen, von Hitze, Wind und Wetter ausgegerbt und ausgetrocknet, schien sie wirklich aus Horn zu bestehen, ganz wie der Schnabel eines Raubvogels.

Seine Kleidung war fast noch sonderbarer als diejenige des guten Jim. Sein spindeldürrer Leib steckte nämlich in einem schwarzen – Priesterrock, der nichts weiter sehen ließ, als die untere Hälfte der riesigen büffelledernen Stiefel. Auf dem Kopf trug Tim einen Reiterhelm mit Pferdehaarbusch.

Beide Brüder waren gleich bewaffnet, nämlich mit Büchse und Bowiemesser.

Ein Westmann geht ganz gut ausgerüstet nach den finsteren und blutigen Gründen, wie die wilden Gegenden genannt werden. Bald ist sein Anzug verdorben und abgerissen. Er kann ihn nicht erneuern; er hat entweder keine Gelegenheit dazu, oder es fehlt ihm das Geld oder irgendein Tauschmittel. Er ist also gezwungen, nach dem ersten besten, was sich ihm bietet, zu greifen. Nach verhältnismäßig kurzer Zeit besteht sein Anzug nur noch aus Stücken, die er gefunden, besiegten Gegnern abgenommen oder wohl auch gar – mitgenommen, das heißt gestohlen hat.

So war es auch bei Jim und Tim gewesen. Tim hatte aber zu seinem frommen Priesterrock noch eine kostbare, in grellen Farben schimmernde Santillodecke bei sich, die der Kenner sicherlich wenigstens auf fünfhundert Dollar taxiert hätte.

Als Jim nach seiner Nase gefragt wurde, zog er die Stirn in tiefe Falten, aber nicht etwa aus Zorn über diese unzarte Frage, sondern jedenfalls weil er an das Ereignis erinnert wurde, bei dem er um den Schmuck und die Zierde seines Angesichts gekommen war.

„Das ist eine verdammte Geschichte", antwortete er. „Glaubt Ihr, Master Sam, daß man sie mir abgeschnitten hat?" – „Wenn Ihr es mir sagt, so muß ich es wohl glauben. Aber habt Ihr es Euch denn so ruhig gefallen lassen?" – „Könnt Ihr Euch wehren, wenn man Euch die Hände und Beine gefesselt hat, so daß Ihr bewegungslos daliegt wie ein Klotz, den man vom Baum geschnitten hat?" – „Dann freilich nicht. Aber gerächt habt Ihr Euch?" – „Könnt Ihr Euch rächen, wenn Euch das Wundfieber niederhält, so daß Wochen vergehen, ehe Ihr den Verstand wiedererlangt?" – „Donnerwetter, so wart Ihr auch anderweit verwundet?" – „Und ob! Ein Lungenschuß, vorn hinein und hinten wieder heraus." – „Das ist dennoch Glück. Wäre die Kugel nicht hinten wieder heraus, so hättet Ihr daran glauben müssen." – „Sehr richtig. Und dennoch wäre ich hinüber, wenn nicht Tim mich gewartet und gepflegt hätte, wie eine Mutter sich nicht besser für ihr Kind aufopfern kann."

Jim reichte mit einem liebevollen, dankbaren Blick seinem Bruder die Hand. Dieser drückte sie herzlich und sagte, den Dank gerührt abweisend:

„Pshaw! Man tut seine Pflicht, weiter nichts! Du würdest noch viel mehr an mir tun." – „Mehr zu tun ist gar nicht möglich! Ihr müßt nämlich wissen, Master Sam, daß ich in tiefster Einöde verwundet wurde, wo es keine Wohnung, keinen Menschen gab. Tim mußte eine Hütte bauen und alles, alles sein, Arzt, Pfleger, Ernährer, Tröster – ich will verdammt sein, wenn ich ihm das jemals vergesse!" – „Aber Ihr kennt doch wohl den Indsmann, der Euch verwundete und im Gesicht verstümmelte?" – „Indsmann? Ihr meint, daß es ein Indianer gewesen sei?" – „Natürlich. Ein Weißer wird doch einem Weißen nicht in dieser Art und Weise behandeln!" – „Da brummt Ihr gerade so wie die Kuh, die noch nie die Pocken gehabt hat. Die größten Schufte des fernen Westens haben eine weiße Haut. Merkt Euch das! Wer im Osten nicht mehr bestehen kann, weil er die Polizei und die Gefängnisse zu fürchten hat, der geht nach dem Westen. So ist es!" – „Aber Ihr wißt die Namen der Kerle?" – „Auch nicht." – „O wehe! Wie wollt Ihr da diese Sache quitt machen?" – „Das weiß ich auch nicht. Ich möchte Tag und Nacht beten, daß mir der Kerl wieder einmal vor die Augen kommen möchte. Dann ist er verloren." – „So kennt Ihr sein Gesicht?" – „Ja, das kenne ich." – „So ist doch noch Hoffnung, daß Ihr ihm die Geschichte heimzahlen könnt. Hatte er denn eine Rache an Euch?" – „Ganz und gar nicht. Ich befand mich mit Tim ganz allein auf der Biberjagd. Wir hatten sehr gute Geschäfte gemacht und eine ganze Menge Felle zusammengebracht. Tim war fortgegangen, um irgend etwas zu schießen, und ich erwartete ihn in jedem Augenblick zurück; aber statt seiner kamen zwei andere weiße Jäger, die unsere Spuren gefunden hatten. Sie ließen sich bei mir nieder. Ich nahm sie gut auf, gab ihnen zu essen und zu trinken und antwortete auf ihre Fragen so viel, wie es mir möglich war. Plötzlich hob der eine seine Büchse und schoß auf mich. Ich verlor die Besinnung. Als ich wieder zu mir kam, kauerte Tim bei mir. Er hatte mich verbunden. Unsere Pferde waren fort, unsere Felle auch und meine Nase dazu. Sie hatten sie mir abgeschnitten." – „Verdammt! Zur Verfolgung gab es leider keine Zeit?" – „Nein. Wir mußten sie entkommen lassen. Ich verlor das Bewußtsein abermals und erhielt es erst nach langen Wochen wieder. Tim mußte natürlich bei mir bleiben. So entkamen diese Halunken." – „Eine schmähliche Bande! Ich möchte es Euch von Herzen gönnen, daß sie Euch einmal begegneten." – „Das ist mein heißester Wunsch. Ich würde ihnen den Streich heimzahlen, daß sie daran denken sollten. Aber während dieser Geschichte vergessen wir ganz, daß Ihr uns etwas zu sagen habt." – „Ich Euch?" – „Ja, Ihr redetet doch von eurer Auguste." – „Ah, die Auguste! Ja, das ist wahr." – „Meint Ihr etwa Eure Frau oder Eure Schwester oder gar Eure Geliebte?" – „Geliebte? Hm! Wo sollte bei meinen vierundfünfzig Jahren eine Geliebte herkommen!" – „Na, eine graue Bärin!" lachte Jim. – „Hat sich was! Ich danke für eine solche Umarmung! Die, deren Pelz ich jetzt auf dem Leib trage, hat mich warm genug gemacht. Es war nämlich eine Sie und nicht ein Er. Und dennoch habt Ihr gar nicht so schlecht geraten, denn die Auguste war wirklich meine Geliebte." – „Ah! Also doch!" – „Ja. Aber das ist dreißig und etliche Jahre her. Ihr müßt nämlich wissen, daß ich ein Deutscher bin." – „Na, das ist gerade keine Schande für Euch!" – „Sollte auch niemand etwa behaupten! Ich wollte ihn schnell kurieren. Ich bin Sachse." – „Noch besser. Die Sachsen sind gute Menschen. Sie tun nicht leicht jemanden etwas." – „Ja, wir sind gemütlich, zumal oben im Vogtland. Ich bin nämlich in Herlasgrün geboren." – „Diese Metropole kenne ich nicht." – „Metrum hat sie, aber Pole nicht; die liegen im Norden und Süden der Erdkugel. Ich war ein tüchtiger Knopfmachergeselle, ein Kerlchen wie Milch und Blut, hübsch, klug und verständig, im höchsten Grade liebenswürdig, und wo ich mich nur sehen ließ, da waren die Mädel ganz paff auf mich." – „Oho!" – „Wahrhaftig! Ich könnte es sofort mit tausend körperlichen Zeugeneiden beschwören. Ich schneide nicht etwa auf, sondern es war wirklich so; aber das sind Gottesgaben, auf die man nicht stolz sein darf. Die Mädel hatten es wirklich alle auf mich abgesehen. Da könnt Ihr Euch denken, daß mir die Nase ziemlich hoch stand." – „Jetzt steht sie desto tiefer, nämlich zwischen den dicken Backen drin!" – „Ja, sie hat sich mit der Zeit zurückgezogen. Also, wem die Liebe sozusagen von allen Seiten auf dem Präsentierteller entgegengebracht wird, der wird sehr leicht wählerisch. Das war auch bei mir der Fall. Ich wollte etwas Vornehmes." – „Ist's Euch gelungen?" – „Ja. Ich ging nämlich einmal auf die Kirmse nach Ruppertsgrün – Ihr müßt wissen, daß dort im Vogtland die meisten Orte ein Grün hintendran haben – dort sah ich eine, die war ganz nach meinem Geschmack. Ihr Vater war Landwirt. Er hatte ein Pferd, vier Kühe, drei Schweine, zwei Ziegen, ein Dutzend Hühner, sechs Stück Gänse, zwei Enten, und wenn ich mich nicht irre, hielt er sich gar noch Tauben, Karnickel und auch einen Bienenstock. Dieses Vermögen stach mir in die Augen, denn sie war die einzige Tochter. Sie hatte zwar nur einige Blattergruben im Gesicht, aber die gaben ihr einen so recht wehmütigen, wohltuenden, mitleidigen Anstrich, daß ich sofort dachte: diese oder keine. Natürlich hieß sie Auguste." – „Jetzt kommt sie!" lachte Tim. – „Ja, da ist sie! Sie war auch ganz glücklich, daß ich ihr meine liebevolle Verehrung widmend zu Füßen legte, und als ich sie fragte, ob ich sie nach dem Kommerzienratsball nach Hause führen dürfe, antwortete sie, daß es das größte Glück ihres Lebens sein werde, an meiner Seite nach ihrer heimatlichen Haustür zu säuseln." – „Das war sehr hübsch ausgedrückt!" – „Ja, die Gustel hatte immer so etwas poetisch Ergreifendes in ihrem ganzen Wesen. Und ich hatte natürlich das richtige Verständnis dafür. Es überkommt mich allemal eine tiefe Wehmut, wenn ich an jene Zeit des süßen Hoffens aus Schillers Glocke denke. Es geht nichts über die Liebe. Sie ist ewig, wenn sie auch manchen Menschen umbringt." – „Na, Euch wenigstens hat sie nicht umgebracht." – „Nein; aber gewürgt hat sie mich gehörig." – „Wie ist das zugegangen?" – „Das kam folgendermaßen: Natürlich ging ich alle Abende von Herlasgrün nach Ruppertsgrün. Die Auguste war so zärtlich, so feurig, ich war auch liebevoll, und so paßten wir eben sehr gut füreinander. Am meisten freute ich mich darüber, daß sie so außerordentlich praktisch war. Was sie sagte und was sie tat, das hatte den richtigen Schmiß, jedes Wort von ihr traf den Nagel auf den Kopf. Kurz und gut, wir waren ein Paar, als wären wir von den Tauben zusammengetragen worden. Aber die Geschichte hatte doch ihren Haken." – „Ah! Welchen?" – „Ihr Vater wollte nicht." – „O weh! Und ihre Mutter?" – „Die wollte erst recht nicht." – „Doppelt schlimm!" – „Ja, die Auguste sollte etwas Vornehmes bringen, keinen Knopfmacher, sondern einen Angestellten, einen Beamten, so etwa einen Lehrer oder einen Briefträger oder einen Weichensteller. Dort geht nämlich die Bahn nach Plauen vorüber, und da gibt es Weichensteller genug. Da ich aber nun kein Beamter war, so war unsere Liebe eine sehr stille. Ich sprang über den Zaun und stieg auf den Schweinestall. Da konnte ich gerade mit der Hand so weit in die Höhe reichen, daß sie mir die ihrige aus dem Kammerfenster heruntergeben konnte; das waren die glücklichsten Momente meiner irdischen Wallfahrt. Können Sie sich das denken?" – „Sehr gut", lachten die beiden. – „So ging das eine lange Zeit fort. Wenn nichts dazwischen gekommen wäre, so stände ich vielleicht noch jetzt alle Abende auf dem Schweinestall und reckte die Finger in die Höhe. Aber da kam das Verhängnis in Gestalt eines jungen Kandidaten des Schulamtes." – „Was ist das?" – „Ein Schulamtskandidat war damals ein zwanzigjähriger Hilfsschulmeister mit einem jährlichen Gehalt von dreihundertundsechzig Mark, nebst zehn Steuergroschen monatlich fürs Orgelspielen und fünf Groschen für jede Leiche nach dem Gottesacker hinaus zum Singen. Privatstunden gab er extra, die Stunde zu fünfzehn Pfennigen. Bei so einem Einkommen warf so ein Kandidat seine Augen allemal auf ein reiches Mädchen, und der betreffende, von dem ich spreche, ließ die seinigen auf meine Auguste fallen." – „Verteufelt unangenehm!"

„Oh, es war nicht nur unangenehm, sondern sogar sehr störend, denn eines schönen Abends, als ich kam und auf den Schweinestall klettern wollte, da stand er schon oben und fingerte in derselben Weise, wie es eigentlich mein Monopol ganz allein hätte sein sollen, denn die Erfindung war von mir!" – „Und was tatet Ihr?" – „Was sollte ich tun? Ich war ganz desperat und fragte die Auguste, wer ihr lieber sei, er oder ich. Ich drang auf Entscheidung." – „Und wie entschied sie sich?" – „Für ihren Guido. Er führte nämlich den schönen Namen Guido, und weil ich nur Samuel hieß, so hatte er schon deshalb die Partie gewonnen. Die Auguste war ja sehr poetisch veranlagt, wie ich bereits gesagt habe, und so ist es kein Wunder, daß ihr ein Guido lieber war als ein Samuel." – „Habt Ihr Euch etwa ruhig gefügt?" – „Ruhig? O nein! Ich bin sehr unruhig nach Hause gegangen, nämlich nach Herlasgrün. Aber am anderen Tag, das war ein Sonntag, war ich abends wieder in Ruppertsgrün. Ich traf sie auf dem Saal und stellte ihr die Sache vor. Sie hörte mir auch ganz bereitwillig und verständig zu, und als ich fertig war, sagte sie mir nun auch ihre Gründe. Sie wollte es mit ihren Eltern nicht verderben und mit dem Schullehrer auch nicht. Mir war sie gut, ihn aber hatte sie lieb. Ich konnte ihr nicht ganz unrecht geben, aber ich sagte ihr in überströmender Wehmut, daß ich nach Amerika gehen würde, wenn ich von ihr lassen müsse. Da zeigte es sich denn gleich, das sie stets den Nagel auf den Kopf traf, denn sie war ganz einverstanden und bot mir gleich die vierundzwanzig Taler, die sie sich gespart hatte, als Reisegeld an. Das tröstete mich. Am anderen Morgen schickte sie mir das Geld, und ich schickte ihr einen Zettel mit dem Abschiedsvers:

> Meine Gustel laß ich hier;
> Samuels Geist weilt stets bei ihr."

„Das hattet Ihr selbst geschrieben?" fragte Tim. – „Nein. Gedichtet hatte ich es, denn meine Adern sind sehr poetisch; aber das Schreiben war meine starke Seite nicht, und so ging ich zu dem Schullehrer und ließ mir die beiden Zeilen in Kanzleischrift auf einen Neujahrsbogen schreiben. Ich habe ihm zwanzig Pfennig dafür bezahlt."

Die beiden Jäger mußten sich alle Mühe geben, nicht in ein lautes Gelächter auszubrechen. Jim aber erkundigte sich:

„War das derselbe Lehrer, der auf dem Stall gestanden hatte?" – „Ja" – „Und den, den habt Ihr es schreiben lassen?" – „Warum nicht? Ich brauchte den Reim, und er brauchte die zwanzig Pfennig. Zwei Tage später bin ich fort. Ich hatte mir auch ein Sümmchen gespart. Familie und Verwandte gab es nicht, die mich hätten festhalten können, ich hatte weder Kind noch Kegel, und so fuhr ich im Zwischendeck nach Amerika. Ich fuhr gleich bis Cincinnati, wo ich drei Monate arbeitete. Dann ging ich nach Sankt Louis, wo ich ein halbes Jahr blieb. Nachher verdingte ich mich als Fuhrmann bei einer Santa Fe-Karawane. Da lernte ich den Westen und die Prärie kennen und habe mich auch nicht wieder zurückgesehnt."

Sam hatte die Geschichte seiner unglücklichen Liebe in ironischem Ton, sich selbst geißelnd, erzählt. Jetzt lachte er leise vor sich hin und fuhr fort:

„Das war meine erste und einzige Liebe. Und damit ich stets an sie erinnert werde, habe ich hier meiner Büchse den Namen Auguste gegeben. Auch sie ist glühend und feurig, und auch sie trifft stets den Nagel auf den Kopf, wie die da drüben in Ruppertsgrün. Hier, seht sie Euch an!"

Er hielt den beiden die Flinte hin. Das Gewehr hatte ein sehr eigentümliches Aussehen. Es war jedenfalls Jahrzehnte lang nicht geputzt worden. Beim Zuschlagen mit dem Kolben waren verschiedene Stücke desselben abgebrochen und durch neue ersetzt worden, welche ein darumgelegtes, eisernes Band zusammenhielt. Ein mit den westlichen Verhältnissen Unbekannter hätte es gar nicht für möglich gehalten, daß aus diesem Gewehr ohne größte Lebensgefahr für den Schützen selbst ein Schuß abgefeuert werden könne. Aber der Präriejäger weiß, was eine solche Waffe zu bedeuten hat und nimmt sie nur mit größter Ehrfurcht in die Hand.

Ein solches altes Schießeisen ist vielleicht früher eine prachtvolle Kentuckyrifle gewesen. Sie ist niemals aus der Hand ihres Besitzers gekommen, sie hat ihm hundert Male das Leben gerettet, aber sie ist im Laufe der Zeit und in den tausenderlei Gefahren, die sie mit ihm durchgemacht hat, ebensooft wie er verwundet und beschädigt und immer wieder geflickt und ausgebessert worden. Der Besitzer hat sie studiert, er liebt sie, er mag keine andere Flinte haben; er kennt sie, er ist in ihre kleinste Eigentümlichkeit eingeweiht, und so oft er sich ihrer bedient, so oft tut er einen Meisterschuß, während ein Unbekannter allerdings um die Ecke treffen oder gar sich selbst verletzen würde.

„Hm!“ brummte Jim. „Das ist die berühmte Rifle, von der man sich erzählt?“ – „Ja, Mesch'urs.“ – „Ihr sollt mit ihr doch einst auf einen Schuß drei Indsman getötet haben.“ – „Das habe ich allerdings getan. Oder glaubt Ihr es etwa nicht? Haltet Ihr es nicht für möglich?“ – „Möglich ist es. Die Stellung der Feinde muß freilich eine passende sein. Aber Ihr sollt alle drei durch den Kopf getroffen haben!“ – „Ja, auch das ist wahr. Ich stand auf Wache und sah sie anschleichen. Ich duckte mich hinter einen Busch nieder. Sie kamen auf den Bäuchen angekrochen und blieben an einem Graben halten, in dem Wasser floß. Sie reckten die Köpfe vor, so daß ihre Stirnen zu meinem Gewehrlauf eine gerade Linie bildeten. Natürlich drückte ich los. Es war ein richtiger Enfilierschuß – Seitenschuß, die Linie entlang – aus zehn Schritt Entfernung. Die Kugel ging durch zwei Köpfe und blieb erst im dritten sitzen.“ – „Donnerwetter! So ein Schuß macht Freude!“ – „Ja, aber den Getroffenen nicht. Doch, Mesch'urs, wir wollen die Hauptsache nicht vergessen. Spracht Ihr vorhin nicht davon, daß ihr einige gute Stücke gebratenen Hirschrücken habt?“ – „Ja. Habt Ihr Hunger?“ – „Ein Jäger und Westmann hat stets Hunger. Das müßt Ihr Euch merken.“ – „So wollen wir auspacken.“

Sie zogen das Fleisch aus ihren Taschen. Die Stücke, die sie sich losschnitten, und von denen auch Sam sein Teil erhielt, wurden anstatt des Salzes mit Schießpulver eingerieben und so mit dem größten Appetit verzehrt. Dabei ruhte die Unterhaltung, so daß selbst in nächster Nähe tiefe Stille herrschte.

Da hob Sam plötzlich seinen Kopf empor, als ob er auf etwas lausche. Die beiden anderen sagten nichts. Sie spitzten auch die Ohren, konnten aber nichts wahrnehmen.

„Pst!“ machte er leise. „Habt Ihr gehört?“ – „Nein, nichts“, flüsterte Jim. – „Es war im Wasser.“ – „Wohl ein Frosch oder Fisch?“ – „Ihr selbst seid Frosch, wenn Ihr glaubt, daß Sam Barth den Sprung eines Fisches nicht von einem Ruderschlag zu unterscheiden wisse.“ – „Ruderschlag! Meint Ihr?“ – „Ganz sicher.“ – „So wäre ein Boot in der Nähe?“ – „Ich möchte darauf wetten. Horcht!“

Es war jetzt ein Plätschern zu vernehmen, als wenn Wasser über einen Stein rieselt, aber ganz leise.

„Hört Ihr's?" flüsterte Sam. „Die Wellen streifen am Steuerruder oder am Riemen hin." – „Dann schwimmt er nicht mit dem Strom." – „Nein. Es ist ein Stück oberhalb unseres Lagers. Kommt, wir müssen wissen, was es ist."

Sie steckten alles ein, griffen nach ihren Gewehren und schlichen möglichst schnell nach dem Ufer hin. Das Licht der Sterne schwamm wie glänzender Phosphor auf dem Wasser, so daß ein dunkler Punkt, der sich auf demselben bewegte, zu erkennen war. Er kam langsam näher. Es war ein Kahn.

Während die drei mit verschärften Blicken beobachteten, machte der Kahn eine leichte Wendung nach der Stromrichtung.

„Er hat die Ruder eingezogen", bemerkte Sam. „Ein einzelner sitzt darin. Es ist ein indianisches Rindenkanu; es geht bis an den Rand im Wasser."

Da erklang ein streichendes Geräusch, und in dem Kanu blitzte ein Flämmchen auf.

„Ah, er hat die Ruder eingezogen, um die Hände freizubekommen", sagte Sam. „Er brennt sich eine Zigarre an. Seht! Man kann sein Gesicht erkennen."

Da fühlte er seinen Arm von Jims Faust ergriffen und so gedrückt, daß er hätte laut aufschreien mögen.

„Teufel!" raunte dieser. „Ist's möglich?" – „Was?" – „Wenn das Licht nicht täuscht, so kenne ich dieses verdammte Gesicht." – „Wer ist es?" – „Pst! Er brennt ein zweites Streichholz an. Das erste hat nicht gereicht. Hölle und Tod! Tim, wir haben ihn, wir haben ihn!" – „Leise, leise", warnte sein Bruder. „Wer ist's denn?" – „Der, welcher mir die Nase nahm." – „Oho!" – „Gewiß! Entweder er oder einer, der ihm so ähnlich sieht, wie ich dir und du mir. Er muß ans Land." – „Schön! Aber beraten wir nicht lange. Er darf uns nicht erblicken. Er muß meinen, Sam sei allein hier. Master Sam, versteht Ihr mich?" – „Natürlich. Oder meint Ihr, ich habe Siegellack im Kopf, anstatt des Gehirnes?" – „So ruft ihn an und lockt ihn nach dem Feuer. Wir werden im rechten Augenblick erscheinen" – „Schön! Packt Euch jetzt fort! Er ist gleich da!"

Einige Sekunden später war der Mann im Kanu auf gleicher Linie mit Sam. Man sah, daß er das Boot vorübertreiben lassen wollte.

„Ahoi, holla!" rief da Sam, zwar nicht überlaut, doch so, daß er von dem Mann gehört werden konnte, ohne das aber seine Stimme in größere Ferne drang.

Der Angerufene zuckte zusammen, griff zu den Rudern und tat einige Schläge, um vom Ufer weiter abzukommen.

„Hallo! Habt Ihr gehört?" wiederholte Sam. – „Was ist's?" fragte der Fremde. – „Legt einmal an!" – „Danke sehr!" – „Ich muß Euch darum bitten. Ich brauche Euch." – „Aber ich Euch nicht!" – „Ihr mißtraut mir?" – „Natürlich. Ihrer wie viele seid ihr?" – „Ich allein." – „Lüge." – „Es ist Wahrheit." – „Wer seid Ihr?" – „Ich bin Trapper und will nach Van Buren." – „Lauft!" – „Ich habe mir das Bein vertreten und kann nicht weiter." – „Habt Ihr vielleicht einen Namen?" – „Ja. Man nennt mich Sam Barth."

Der andere schwieg eine Weile, vielleicht vor Überraschung. Dann trieb er sein kleines Fahrzeug, damit es nicht außer Hörweite gerate, mit einigen Schlägen wieder zurück und sagte dann:

„Ihr meint, daß Ihr der dicke Sam Barth mit der berühmten Auguste-Rifle seid?" – „Ja, derselbe." – „Behold! Und Ihr seid wirklich allein?" – „Ich sage es ja. Wohin wollt Ihr?" – „Auch nach der Gegend von Van Buren. Wollt Ihr wirklich mit?" – „Ja, wenn Ihr es mir erlaubt." – „Könnt Ihr denn zahlen?"

Das war eine sehr eigentümliche Frage. Kein Westmann läßt sich von einem anderen eine solche Gefälligkeit bezahlen, zumal eine so geringfügige.

„Womit soll ich zahlen?" fragte Sam unnötigerweise. Aber er wollte Jim und Tim Zeit geben, sich in der Nähe des Feuers gut zu verstecken. – „Mit Geld natürlich." – „Na, so viel wie es kosten wird, bringe ich vielleicht noch zusammen." – „Gut! Aber wehe Euch, wenn Ihr nicht allein seid!" – „Ich habe keine Sorge." – „Ich würde Euch niederschießen!" – „Meinetwegen." – „So will ich es versuchen."

Er lenkte das Kanu näher. Sam meinte dabei:

„Ihr könnt Euch ja bei meinem Feuer überzeugen, daß ich ganz allein bin." – „Ah! Ihr habt ein Feuer. Ich sehe doch nichts." – „Meint Ihr, daß Sam Barth so dumm ist, ein Feuer zu machen, an dem man sich einen Ochsen braten könnte? Da irrt Ihr Euch." – „Habt Ihr etwas zu essen?" – „Viel nicht, aber für zwei wird's reichen. Ihr habt wohl keinen Vorrat bei Euch?" – „Er ist mir ausgegangen. Ich aß bereits seit früh nichts. Führt mich zum Feuer!"

Der Fremde hatte unterdessen angelegt, stieg aus, band sein Kanu fest und betrachtete sich den Dicken.

„Nun, kennt Ihr mich vielleicht?" fragte dieser. – „Nein, aber Ihr seid Sam Barth." – „Woher wißt Ihr das?" – „Wenn man einen solchen Bären sieht, so seid Ihr es. Also jetzt zum Feuer." – „Kommt."

Sam stützte sich auf seine Büchse und hinkte voran, als ob er wirklich lahm gehen müsse. Er hatte Sorge, daß der Mann beim

Feuer bemerken werde, daß mehr als einer hier gelegen habe, fühlte sich aber sehr beruhigt, als er dort angekommen bemerkte, daß die beiden Brüder ihre Spuren vollständig verwischt hatten.

Der Fremde blickte sich vorsichtig und mißtrauisch um, schien aber bald beruhigt zu sein, denn er setzte sich nieder und fragte:

„Wie aber kann ein so erfahrener Westmann wie Ihr sich den Fuß beschädigen?" – „Ich blieb an so einer verteufelten Wurzel hängen und stürzte nieder", antwortete der Gefragte, sich in aller Gemütlichkeit auch niederlassend. Dabei aber legte er sein Bein so, als ob er in demselben große Schmerzen empfinde. – „Also nach Van Buren wollt Ihr? Was wollt Ihr dort?" – „Neue Munition holen und meinen Fuß heilen." – „Wo kommt Ihr her?" – „Von den schwarzen Bergen herab, wo ich gejagt habe." – „Ohne Pferd?" – „Es wurde mir da hinter den Ozarkbergen gestohlen, als ich in einem kleinen, verlassenen Settlement übernachtete. Der Teufel hole den Spitzbuben!" – „Gibt es hier dergleichen?" – „Es scheint so." – „Wohl gar eine Bande?" – „Möglich." – „Da oben soll doch ein gewisser roter Burkers sein Wesen treiben. Habt Ihr von ihm gehört?" – „Gehört, ja, da ich aber nicht zu seiner Bande gehöre, so kann ich leider auch keine Auskunft erteilen." – „Ist auch nicht nötig. Ich kenne ihn." – „Sapperment! Wirklich?" – „Ja. Er wollte auch mich einmal bestehlen, und da habe ich einige Kugeln mit ihm gewechselt." – „Sehr interessant! Aber, Master, Ihr kennt mich und mein Woher und mein Wohin. Darf ich nun auch vielleicht Euren Namen erfahren?" – „Ich heiße Walker." – „Danke! Jäger seid Ihr wohl nicht?"

Der Fremde hatte nämlich einen grauen, fast städtischen Anzug an. Er sah gar nicht aus, als ob er aus der Prärie komme oder lange im Wald umhergestrichen sei. Er antwortete in scheinbar unbefangenem Ton:

„Früher war ich es, jetzt treibe ich aber Agenturgeschäfte." – „In Tabak? Baumwolle?" – „In allem, was sich mir bietet. Doch Ihr spracht ja davon, mir etwas zu essen zu geben!" – „Das hätte ich beinahe vergessen. Verzeiht!"

Sam nestelte eine Ledertasche von seinem Lasso los, öffnete sie und zog ein Stück dunklen Fleisches hervor.

„Was ist das?" fragte Walker. – „Bärenschinken, an der Luft getrocknet." – „Das ist gut. Zeigt her!"

Er schnitt sich ein Stück davon ab und begann zu essen. Sein Gewehr, das er mit aus dem Kanu gebracht, lag ihm quer über dem Knie. Es schien ihm zu schmecken. Während er das harte Fleisch kaute, meinte er:

„Also bezahlen wollt Ihr mich. Geld hat aber selten ein Jäger bei sich. Was habt Ihr?“ – „Vorher fragt es sich, wieviel Ihr bis Van Buren verlangt.“ – „Zwei Dollar.“ – „Ihr seid verrückt!“ – „Wieso?“ – „Könnte ich laufen, so wäre ich in fünf Stunden dort. Ihr braucht nicht zu rudern, das Boot treibt ganz von selbst, und doch verlangt Ihr eine solche Summe!“ – „Wenn sie Euch zu hoch ist, so bleibt hier sitzen! Jede Arbeit und jeder Dienst muß bezahlt werden.“ – „Da habt Ihr sehr recht. Das Stück Bärenschinken zum Beispiel, welches Ihr gegessen habt, kostet fünf Dollar.“ – „Seid Ihr toll?“ – „Ebensowenig, als Ihr verrückt seid. Ihr sagt ja selbst, daß alles bezahlt werden muß.“ – „Ich denke, Ihr gebt es mir umsonst?“ – „Und ich dachte, Ihr würdet mich umsonst mitnehmen.“ – „Das ist etwas anderes. Und dazu volle fünf Dollar für dieses Stückchen Fleisch!“ – „Zwei Dollar für diese kurze Strecke! Es macht eben ein jeder seine Preise, wie es ihm gefällt.“ – „Ich zahle nichts.“ – „Ihr werdet wohl zahlen.“ – „Fällt mir gar nicht ein.“ – „So pfände ich Euch.“ – „Pah! Ich möchte wohl wissen, wie Ihr das anfangen wolltet, Ihr, ein verletzter Mann, der nicht laufen kann.“

Er zog sein Gewehr fester an sich, damit es ihm von Sam nicht entrissen werden könne. Dieser lachte geringschätzig auf und antwortete:

„Da kennt Ihr Sam Barth denn doch zu wenig. Er weiß stets genau, was er tut.“ – „Nun, was werdet Ihr denn tun, wenn ich mich weigere, Euch zu bezahlen?“ – „Ich pfände Euch Euer Gewehr ab.“ – „Versucht das doch einmal!“

Er sprang auf, in der Meinung, das Sam sich nicht so schnell bewegen könne. Dieser blieb ruhig sitzen und sagte, gemütlich lachend:

„Ja, ich bin dicker als Ihr und außerdem habe ich einen lahmen Fuß; ich könnte Euch also wohl nicht nacheilen, wenn Ihr mit dem Gewehr davonlieft. Aber das werdet Ihr nicht tun.“ – „Meint Ihr?“ fragte Walker in höhnischem Ton.

Dieser war eine Durchschnittspersönlichkeit, ein Dutzendmensch. Und doch hatte er etwas in seinem Gesicht, was sofort auffiel, ohne daß man es zu definieren vermochte. Wer diese Physiognomie einmal gesehen hatte, der vergaß sie nicht leicht wieder.

„Nein“, antwortete Sam. „Ihr lauft mir nicht davon. Ihr nehmt mich ja mit nach Van Buren.“ – „Den Teufel werde ich! Es fällt mir gar nicht ein, Euch mitzunehmen. Zwei Dollar habe ich verlangt; fünf wollt Ihr haben, so hätte ich Euch also drei herauszugeben und müßte Euch noch einen Platz im Kanu einräumen. Das paßt mir natürlich nicht!"

Sam hatte gesehen, daß sich hinter Walker die beiden Brüder durch das Gebüsch schoben, so geräuschlos, daß er gar nichts bemerkte. Jetzt standen sie hinter ihm. Sam war also seiner Sache gewiß. Er antwortete:

„So muß ich Euch wirklich das Gewehr abpfänden." – „Ich habe Euch doch bereits gesagt, daß Ihr es versuchen sollt." – „Oh, es wird nicht nur bei dem Versuch bleiben. Ich hoffe, Ihr habt genug von mir gehört, um zu wissen, daß ich meinen Worten Nachdruck zu geben verstehe. Ich denke also, daß Ihr mir das Gewehr freiwillig überlassen werdet." – „So dumm bin ich nicht. Nehmt es Euch! Gute Nacht!"

Er wandte sich zum Gehen.

„Ich habe es schon!" lachte Sam.

Und wirklich, er hatte es auch in diesem Augenblick. Es war Walker von hinten entrissen und dem dicken Trapper zugeworfen worden.

Walker wußte nicht, wie ihm geschah. Er fuhr schnell herum und sah sich den beiden Brüdern gegenüber. Der Schein des Feuers beleuchtete ihre Gesichter. Er erkannte Jim sofort. Der Schreck entriß ihm den Ausruf:

„Alle Teufel! Dieser Kerl!" – „Welcher Kerl?" fragte Jim – „Du lebst?"

Walker bedachte nicht, daß er sich mit dieser Frage verriet. Er konnte überhaupt gar nicht denken, so erschrocken war er. Seine Augen standen weit offen. Es war, als ob er kein Glied seines Körpers bewegen könne.

„Ja, ich lebe", antwortete Jim. „Dein Verdienst ist das nicht. Ich lebe, um dich zur Rechenschaft zu ziehen, Mörder!"

Über Walkers Gesicht ging ein schnelles Zucken. Er hatte seinen Schreck überwunden. Er fragte sich, ob noch Rettung möglich sei. Ja, aber allein durch die Flucht. Und zwar nach dem Kanu zu durfte er nicht fliehen; da wäre er verloren gewesen. Selbst wenn es ihm gelang, es zu erreichen, hineinzuspringen und vom Land zu stoßen, die Kugeln dieser drei würden ihn doch sicher erreichen.

„Mörder?" sagte er im Ton des Erstaunens. „Ich verstehe Euch nicht." – „Oho! Du verstehst mich sehr genau. Du bist nicht nur ein Mörder, sondern auch ein Räuber. Du hast uns die Felle gestohlen." – „Verzeiht, Master! Ich habe keine Ahnung, was Ihr von mir wollt." – „Lüge nicht!" donnerte Jim ihn an. – „Ich lüge nicht.

Es scheint mir, daß Ihr mich für einen Mann haltet, der wohl einige Ähnlichkeit mit mir haben muß. Das ist aber noch gar kein Grund, in dieser Weise mit mir zu sprechen. Ich muß mir das allen Ernstes und sehr streng verbitten!"

Er machte ein höchst beleidigtes Gesicht. Jim aber lachte hell auf und sagte:

„Halunke, du spielst nicht übel Komödie! Aber sie wird gleich zu Ende sein. Gib einmal deine Arme her! Wir wollen sie ein wenig zusammenbinden."

Er streckte die Hände aus.

„Gleich! Hier!" antwortete Walker.

Doch plötzlich sprang er in das Gebüsch, welches sich hinter ihm schloß. Im nächsten Augenblicke krachten zwei Schüsse hinter ihm her. Jim und Tim hatten geschossen, warfen dann die Gewehre weg, zogen die Messer heraus und stürzten ihm nach. Ob er getroffen worden sei, das konnten sie nicht sagen.

Sam war gemächlich sitzengeblieben. Er stand jetzt langsam vom Boden auf und nahm die beiden Gewehre zu sich; auch dasjenige Walkers. Er schüttelte den Kopf und brummte:

„Dummheit! Dummheit! Und das wollen richtige Westmänner sein! Unsinn, Unsinn!"

Er hatte recht. Es war Walker gar nicht eingefallen, sich in die Gefahr, von den Kugeln getroffen oder ergriffen zu werden, zu begeben. Er war in die Büsche hineingesprungen mit dem Bewußtsein, daß man sofort schießen und ihm nachspringen werde. Kaum hatten sich die Zweige hinter ihm geschlossen, so machte er eine kurze Wendung nach rechts, tat einige Schritte und duckte sich nieder, sich nun ganz unbeweglich haltend.

Seine Berechnung zeigte sich als ganz richtig. Die beiden Schüsse fielen, und dann hörte er die Brüder an sich vorüber durch die Büsche dringen. Sie hatten das Geräusch, welches ihre Kugeln hervorbrachten, für dasjenige des Flüchtlings gehalten.

Sam war langsam hinab an das Wasser gegangen, stieg in das Kanu, ruderte es vom Land ab und hielt es dann in gewisser Entfernung vom Ufer. Das war nach seiner Ansicht das allerbeste, was er tun konnte. Er war ein schlauer Kerl.

Walker seinerseits lauschte ein Weilchen. Als er kein Geräusch vernahm, kroch er langsam und vorsichtig zurück. Er bemerkte, daß kein Mensch mehr beim Feuer sei.

„Sie sind mir nach!" dachte er. „Aber der dicke Sam auch? Er war ja lahm! Oder sollte er sich etwa verstellt haben? Kurz und gut, sie sind mir nach. Jetzt schnell zum Kanu! Meine Büchse haben sie leider mit."

Er schlich sich nach dem Ufer. Der Kahn war weg. Er sah ihn zu seinem Schreck in einer Entfernung von vielleicht acht bis zehn Meter halten. Sam saß drinnen, wie an der unförmigen Pelzmütze zu erkennen war.

„Hole der Teufel diesen Halunken!" fluchte Walker vor sich hin. „Ein Schlaukopf erster Größer ist dieser Fettwanst! Was man sich von ihm erzählt, scheint wahr zu sein. Er hat das Aussehen und Gebaren eines Dummkopfes und ist dabei ein Pfiffikus, wie er im Buche steht. Donnerwetter! Meine Tasche liegt im Kahn. Die ist verloren, verloren!"

Er sann einen Augenblick nach; dann murmelte er:

„Oder noch nicht verloren! Sie werden natürlich zurückkommen; sie werden den Dicken sehen und mit ihm sprechen. Vielleicht gehen sie zum Feuer zurück, und ich kann mit dem Kanu entkommen. Ich muß unbedingt hören, was sie reden. Ich stecke mich also hier in das Ufergebüsch. Sie werden es nicht für möglich halten, daß ich die Verwegenheit habe, hierzubleiben. Ich bin also vollständig sicher."

Er versteckte sich ganz in der Nähe derjenigen Stelle, an welcher das Kanu vorher angebunden war, und wartete auf die Rückkehr seiner Verfolger, deren Enttäuschung jedenfalls eine große war.

Seine Geduld sollte nicht lange auf die Probe gestellt werden. Es raschelte bald in den Gebüschen, und eine lange Gestalt mit einem Reiterhelm auf dem Kopf erschien. Es war Tim. Er blieb am Ufer stehen, gerade da, wo Walker sich verborgen hielt, höchstens vier Schritte von ihm entfernt, so daß der letztere ganz deutlich hörte, wie der Lange überrascht vor sich hinmurmelte:

„Look a day! Da sitzt der Halunke in seinem Kanu und wartet darauf, uns auszulachen! Wart, Bursche, ich will dir eins auf den Pelz brennen!"

Er erhob die Büchse oder wenigstens die Arme, als ob er schießen wolle. Er hatte in seiner Aufregung ganz vergessen, daß er ja sein Gewehr gar nicht bei sich habe. Er ließ also auch sogleich die Arme wieder sinken und fuhr ärgerlich fort:

„Verdammt! Da habe ich ja kein Gewehr! Ich werde es mir schnell holen, und dann ... good look! Das ist ja der Bursche gar nicht, sondern das ist Sam, der dicke Bär! Welch ein Glück, daß ich die Büchse nicht bei mir hatte, ich hätte ihm wirklich eine Kugel durch den Kopf gejagt! Wo aber ist Jim?"

Er brauchte nicht erst lange zu fragen, sondern die Antwort erfolgte sogleich. Er hörte die Büsche rascheln, und dann trat der Genannte herbei, laut atmend vom schnellen Lauf und vor Aufregung und Zorn.

„Tim, du?“ sagte er. „Hast du ihn gesehen, oder ist ... Himmel! Dort sitzt der Lump!“ – „Du irrst! Dieser Gentleman, der da vor Anker liegt , ist Sam Barth, der Dicke.“ – „Ah, wirklich! Was fällt dem Kerl denn ein?“ – „Weiß auch nicht.“ – „Das ist eine dumme Faxe. Anstatt sich da in das Boot zu setzen, konnte er den Flüchtling mit verfolgen. Ich werde ihm meine Meinung sagen. Als alter, erfahrener Westmann muß er doch wissen, was ...“

Er wurde unterbrochen, denn Sam fragte von dem Kanu herüber:

„Seid ihr denn nun fertig mit eurer Fernguckerei? Ich hoffe, ihr haltet mich nicht länger für den, der euch jedenfalls entwischt ist.“ – „Hat dieser Kerl Augen!“ flüsterte Jim dem Bruder zu. „Uns in dieser Dunkelheit hier von dem Gesträuch zu unterscheiden! Das ist viel, das ist stark; das brächten wir freilich nicht fertig!“

Und laut fügte er hinzu:

„Was bleibt Ihr da draußen? Hat Euch jemand angenagelt, Master Barth? Kommt herüber!“ – „Well, Sir! Sollt mich sogleich in die Arme schließen können.“

Er kam herbei, stieg aus und band das Kanu wieder an. Tim antwortete unwillig:

„Von wegen dem in die Arme schließen irrt Ihr Euch, Master Sam. Eine solche Belohnung habt Ihr nun freilich nicht verdient.“ – „Nicht? Wieso?“ – „Euer Verhalten ist nicht dasjenige eines Westmannes, sondern das eines unerfahrenen Kindes.“ – „Ah? Und ich dachte, doch gerade sehr klug gehandelt zu haben!“ – „Oder vielmehr im Gegenteil ganz verkehrt, wie gesagt, wie ein Kind!“ – „Auch gut! Bei uns in Deutschland gibt es ein Sprichwort, welches lautet: Was kein Verstand der Verständigen sieht, das merket in Einfalt ein kindlich Gemüt. Verstanden, Mesch'urs?“ – „Ja, Einfalt, da habt Ihr recht!“ zürnte Jim. „Ihr hättet, anstatt Euch hier auf dem Wasser umherzuschaukeln, dem Flüchtling mit nachjagen sollen.“ – „Meint ihr?“ lachte der Dicke. „Ja, dazu ist der alte Sam Barth doch zu dumm. Übrigens konnte ich doch gar nicht laufen, ich war ja lahm.“ – „Unsinn! Mit sechs Händen ist ein Fliehender jedenfalls leichter zu ergreifen, als mit vieren.“ – „Ja, wenn die sechs Hände sechzig Augen hätten, um in der Nacht zu sehen. Ich habe jedenfalls meine Pflicht besser getan als ihr!“ – „Oho!“ – „Nun, so will ich euch erklären. Bei Nacht laufe ich keinem Flüchtling nach. Ich kann ihn nicht sehen. Und will ich ihn hören, so muß ich stehenbleiben und lauschen. Indessen bekommt er einen solchen Vorsprung, daß ich ihn sicher aufgeben muß. Reißt mir des Nachts einer aus, so lasse ich ihn ganz gemütlich laufen und warte den Tag ab. Dann sehe ich seine Fährte und kann ihm folgen, so lange und so weit es mir beliebt. Ihr aber seid hinter diesem Walker hergelaufen und habt seine Spur so zerstampft, daß gar nicht daran zu denken ist, sie zu finden." – „Hm! Ich muß sagen, daß dies nicht so übel klingt. Warum aber setzt Ihr Euch in den Kahn?" – „Auch eine sehr kluge Frage! Wer in einem Kanu fährt, der kann möglicherweise in demselben irgend etwas liegen haben. Nicht?" – „Sapperment! Lag etwas drinnen?" – „Ja. Hier dieses Dingsda."

Er bückte sich in das Kanu hinab, nahm aus demselben einen Gegenstand und reichte ihn Jim hin.

„Eine Tasche", sagte dieser. „Und schwer. Was mag da drinnen sein? Vielleicht Munition. Sie ist schwer." – „Habe das Ding bereits untersucht. Es sind allerdings Kugeln drin, daneben aber auch mehrere Geldrollen, Silberdollars, wie es scheint." – „Das ist ein guter Fund. Weiter nichts? Keine Papiere oder sonst etwas?" – „Nein. Seid mit dem Geld zufrieden. Ein armer Jäger kann es immer gebrauchen." – „Sehr richtig. Aber der Kerl selbst wäre mir doch tausendmal lieber, als sein Geld. Herrgott, wenn ich daran denke! Habe ihn vor mir stehen, gerade da zwischen meinen Fäusten, und lasse ihn entwischen. Tim, was sagst du dazu?" – „Daß wir die größten Esel sind, welche es jemals gegeben hat. Sehnen uns jahrelang danach, den Kerl einmal zu treffen, und nun er uns geradezu ins Garn läuft, wie vom Himmel gefallen, lassen wir ihn entkommen. Ich schäme mich vor mir selber." – „Recht so!" lachte Sam. „Schämt euch ein bißchen! Aber das können wir auch dort bei unserem Feuer tun. Oder sind wir hier angewachsen?" – „Ja, gehen wir. Unsere Gewehre liegen auch noch dort." – „Nein. Wollt ihr gefälligst die Güte haben, sie euch hier aus dem Kanu zu nehmen" – „Hier? Warum habt Ihr sie denn mit in das Boot genommen, Sam?" – „Das begreift ihr nicht?" – „Nein." – „Das ist sehr verwunderlich", lachte er. „Ich wollte verhüten, daß ihr damit ein Unheil anrichtet. Ihr hättet den armen Teufel treffen können." – „Mensch! Ist das Euer Ernst?" – „Ja, mein völliger Ernst. Laßt diesen Walker laufen! Was habt ihr davon, wenn ihr ihn tötet? Nichts, gar nichts. Kommt! Jetzt schlafen wir, und dann am Morgen können wir ja sehen, ob wir seine Fährte vielleicht doch noch entdekken. Viel liegt mir freilich nicht daran. Wir wollen nach Lebanon zum Rendezvous, wo uns die Kameraden erwarten, und wenn wir eine halbe Ewigkeit daran wenden, den Tapfen irgendeines Menschen nachzulaufen, so kommen wir zu spät und haben das Nachsehen."

Er schritt nach dem Feuer zu. Sie verstanden ihn nicht. Was wollte er mit seinen letzten Worten? Von dem Städtchen Lebanon, welches eine Tagereise von hier lag, war doch gar nicht die Rede gewesen! Daß er aber irgendeine Absicht hatte, das verstand sich ganz von selbst. Sie nahmen also die Gewehre an sich und folgten ihm.

Beim Feuer angekommen, fragte Jim:

„Was meintet Ihr denn mit ..." – „Haltet den Schnabel!" unterbrach ihn der Dicke leise, aber hastig. „Setzt euch nieder und wartet es ab!"

Er bückte sich nieder und kroch in den nächsten Busch. Sie hörten, daß er die Runde machte. Dann kehrte er zurück und setzte sich zu ihnen.

„Sprecht so leise, daß nur wir uns hören!" sagte er. – „Denkt Ihr etwa, daß der Kerl noch da ist?" – „Denkt ihr es etwa nicht?" – „Oho! So dumm wird er doch nicht sein?" – „Oder vielmehr so gescheit. Ich sage euch, daß ich an seiner Stelle ganz einfach hiergeblieben wäre. Ich hätte mich hinter den nächsten Busch niedergeworfen und euch vorbeilaufen lassen. Dann würde ich warten, bis ihr zur Ruhe seid und mich mit dem Kanu davonmachen." – „Sam, Ihr seid wirklich ein verwegener Schlingel!" – „Andere sind es auch!" – „ Und Ihr meint, daß er auf denselben Gedanken gekommen sein könnte?" – „Ja. Er sah mir gar nicht aus wie einer, der da auf die Nase gefallen ist; er hatte ein raffiniertes Spitzbubengesicht, und so ist ihm dieser Gedanke sehr wohl zuzutrauen. Übrigens hatte er seine Tasche mit dem Geld im Boot. Schon deshalb mußte er versuchen, wieder zu seinem Eigentum zu gelangen." – „Sam, Ihr seid wirklich kein unebener Kerl. Ich mache Euch mein Kompliment." – „Gebt Euch keine Mühe! Ein Kompliment von zwei Dummköpfen, die einem dritten dahin nachlaufen, wo er gar nicht zu finden ist, ist doch wahrhaftig nicht viel wert. Und dabei redet ihr davon, daß ich es sei, der die Dummheiten gemacht habe! Ich sage euch, der Kerl wäre längst mit seinem Kanu fort, wenn ich mich nicht hineingesetzt hätte!" – „So wird er nun fortgehen!" – „Das soll er auch!" – „Wie? Das soll er auch?" – „Jawohl!" – „Fortgehen? Uns entkommen?" – „Natürlich!" – „Aber, Master, habt Ihr denn vergessen, daß wir ihn ergreifen wollen?" – „Nein, ich denke sogar sehr daran." – „Aber wenn wir ihn ergreifen wollen, dürfen wir ihn doch nicht entwischen lassen." – „Mesch'urs, ihr dauert mich! Ich habe wirklich herzlich Mitleid mit Euch!"

Er schüttelte den Kopf und blinzelte sie mit seinen kleinen Äuglein an, als ob sie soeben die größte Albernheit ihres Lebens begangen hätten. Darüber wurde Tim beinahe zornig. Er sagte: „So beweist uns doch, daß wir Mitleid verdienen!" – „Der Beweis ist schon da, ihr selbst habt ihn ja geliefert. Ihr wollt den Mann fangen, indem ihr ihn nicht entkommen laßt. Das ist falsch. Das Richtige ist vielmehr, daß wir ihn entwischen lassen, um ihn in unsere Gewalt zu bringen." – „Diesen unsinnigen Widerspruch verstehe der Teufel!" – „Der versteht ihn freilich ganz gewiß, denn er heißt nicht Jim oder Tim." – „Master, wollt Ihr uns beleidigen?" – „Nein nur belehren will ich euch. Ich sehe ja ein, daß ihr der Belehrung noch sehr bedürft. Nehmen wir an, daß Walker sich noch in unserer Nähe befindet. Kennt ihr den Platz, an welchem er steckt?" – „Nein", antwortete Tim. – „Oder getraut ihr euch etwa, diesen Platz zu finden?" – „Nein, das ist in dieser Finsternis unmöglich." – „Wie wollt ihr ihn also fangen?" – „Sehr leicht. Er will mit dem Kahn fort. Wir haben uns also nur in der Nähe desselben zu verbergen, um den Kerl zu erwarten und zu ergreifen." – „O wehe! Da kriegt ihr ihn niemals!" – „Warum?" – „Weil er selbst jedenfalls bereits in der Nähe des Kanus steckt, um den günstigen Augenblick zu erwarten. Er würde euch also kommen sehen und auf den Kahn verzichten. Er würde sich auf Nimmerwiedersehen davonschleichen."

Sam hatte während der ganzen leisen Unterredung zuweilen den Kopf erhoben, als ob er auf etwas lausche. Tim antwortete: „Eure Ansicht ist abermals ganz ausgezeichnet. Also Ihr glaubt an die Möglichkeit, den Kerl doch noch zu erwischen?" – „Sehr." – „Aber wenn er uns jetzt entkommt, so ist er futsch." – „Pshaw! Aus der Welt geht er nicht. Und sein Boot kann auch nicht geradezu hinauf in den Himmel fahren. Wir gehen früh den Fluß hinab. Wo das Boot liegt, ist der Mann ausgestiegen, und es müßte geradezu mit dem Teufel zugehen, wenn drei Westmänner, wie wir sind, ihn nicht zu finden vermöchten." – „Und wenn er auf das Boot verzichtet hat und doch vorhin entflohen ist? In diesem Fall gebt Ihr ihn doch für uns verloren?" – „Auch dann nicht. In drei Stunden wird es hell. Da haben sich die Spuren noch nicht verwischt. Wir werden sie sicherlich entdecken." – „Aus Euch werde der Teufel klug, Sam! Einmal sprecht Ihr so und dann wieder das gerade Gegenteil!" – „Wirklich?" – „Ja, vorhin, als wir am

Wasser standen, hieltet Ihr es für unmöglich, die Fährte aufzufinden." – „So? Habe ich das gesagt?" schmunzelte Sam. „Da habe ich wohl meine Gründe dazu gehabt, und es tut mir abermals sehr leid um euch, daß ihr mich so wenig begreift. glaubt ihr denn, daß ich so dumm bin, meine wirkliche Ansicht und Absicht laut in die Welt hinauszuschreien, wenn ich fast überzeugt bin, daß derjenige, auf den ich es abgesehen habe, sich in der Nähe befindet?" – „Aha! So ist das! So – so!" – „Ja, so – so! Der Zufall gibt euch den Kerl in die Hand. Wollt ihr durch fehlerhaftes Verhalten ihn euch wieder entwischen lassen? Ich habe nichts dagegen. Tut, was ihr wollt! Mich geht diese Geschichte ja gar nichts an!" – „Nein! Ihr habt recht, Master Barth. Wir werden uns nach Eurem Rat richten. Ihr meint also, daß wir jetzt ruhig liegenbleiben sollen, um ihn entkommen zu lassen?" – „Nein. Ich meine, daß ihr jetzt mit mir hinab zum Kanu gehen sollt."

Tim blickte ihm erstaunt in das Gesicht.

„Seid Ihr des Teufels?" – „Nein, wohl nicht." – „Soeben rietet Ihr, uns nicht um das Boot zu bekümmern, und nun sagt Ihr, das wir hingehen sollen! Sir, wir haben erfahren, daß Ihr ein feiner Kopf seid; jetzt aber rappelt es wohl ein wenig!" – „Ja, es rappelt, aber nicht in meinem, sondern in eurem Kopf. Habt ihr denn nichts gehört?" – „Nein. Was sollten wir gehört haben?" – „Das, was ich gehört habe. Kommt einmal mit."

Er stand auf und schritt mit ihnen nach dem Boot.

„Nun, wo ist es?" fragte er. – „Donnerwetter! Fort!" – „Ja. Seht einmal da hinüber! Dort schwimmt es." – „Ja, aber es ist niemand drin." – „Pshaw! Meint ihr, daß sich der Mann euch präsentieren soll? Er hat sich in das Boot gelegt. Wir sollen denken, es sei fortgeschwommen, weil es nicht fest angebunden gewesen ist." – „So ist es, ja. Aber ich denke, es ist das allerbeste, wenn wir ihm einige gute Kugeln hinüberschicken." – „Dummheit!" – „Warum Dummheit? Meint Ihr, daß wir nicht treffen werden?" – „Das meine ich nicht. Auf diese sechzig Fuß schieße ich des Nachts einen Namen in das Boot. Aber was nützt es euch? Einen solchen Kerl muß man lebendig haben. Was kann euch an seiner Leiche gelegen sein?" – „Ihr habt abermals recht. Lassen wir ihn also. Wenn es licht geworden ist, streichen wir am Ufer hin. Da werden wir wohl den Ort entdecken, wo er das Boot gelassen hat."

„Hm!" lachte Sam. „Nun seid ihr auf einmal so ganz siegesgewiß. Da muß ich euch doch einen Dämpfer aufsetzen. Der Kerl ist gescheit, wie ihr nun erfahren habt, denn er ist wirklich hiergeblieben, um desto sicherer zu entkommen. Es ist sehr leicht möglich, ja, sogar wahrscheinlich, daß er uns abermals irrezuführen sucht. Zunächst wissen wir ja gar nicht, an welchem Ufer er aussteigen wird." – „So müssen wir uns teilen. Wir suchen hüben und drüben." – „Ja. Wie aber kommt man hinüber?" – „Hier gibt es Buschwerk genug, um aus Reisigbündeln ein kleines Floß zu bauen, welches einen Mann trägt." – „Richtig. Ich werde mich hinübergondeln. Der Fluß ist nicht breit. Wir können uns von beiden Ufern aus sehen und uns Zeichen geben. So weit wäre alles glatt und gut. Aber ich denke mir, daß der Kerl nicht da aussteigt, wo er zu suchen ist. Er wird natürlich annehmen, daß wir ihm folgen und daß wir zunächst nach dem Kanu suchen werden. Ist er so klug, wie ich ihn beurteile, so wird er irgendwo aussteigen und das Kanu weiterschwimmen lassen." – „Das wäre dumm!"

„Nicht so sehr, wie es scheint. Das Ufer ist überall sandig oder wenigstens von weichem Boden. Er muß also unbedingt da eine Spur zurücklassen, wo er aussteigt. Wir finden hier jedenfalls einen Eindruck seines Fußes, betrachten uns denselben genau und können uns dann danach richten. Er hatte keine Präriestiefeln an, sondern neue Stiefeletten. Mir scheint, er kommt flußabwärts von Fort Gibson vielleicht, wo er sich diese Fußbekleidung gekauft hat. Eine solche Fährte läßt sich kinderleicht von anderen Spuren unterscheiden. Jetzt aber, Mesch'urs, wollen wir versuchen, ein kleines Endchen herunterzuschlafen. Morgen ist unser Tagewerk groß. Wir müssen diesen Kerl fangen und sodann zu jenem Master Wilkins, um ihn vor der Diebesbande zu warnen, nötigenfalls ihm beizustehen. Ich lege mich nieder. Good night!"

2. KAPITEL

Ein sonniger, goldener Frühlingsmorgen war über Wilkinsfield aufgegangen. Die Strahlen des Tagesgestirns funkelten auf den Wellen des Flusses und glitzerten in den Tautropfen, welche gleich strahlenden Demantperlen auf den Blättern und Blüten saßen. Die Neger und Negerinnen, welche zur Pflanzung gehörten, zogen schwatzend hinaus auf die Baumwollenfelder. Der Lärm, welchen sie machten, klang von weitem wie das Geräusch, welches eine Schar schwatzender Stare macht. Auch im Herrenhause, in den Wirtschaftsgebäuden und im Garten hatte das Tagewerk begonnen. Nur unten am Fluß war es noch ruhig. Da war kein Mensch zu erblicken.

Und doch einer! Ein indianisches Kanu kam abwärts geschwommen. In demselben saß – Walker. Es war jedenfalls seine Absicht, hier das Boot zu verlassen. Aber er tat dies nicht, ohne die gebotene Vorsicht anzuwenden. Er musterte das Ufer mit scharfen Blikken, und erst da, wo es aus großen Steinen bestand, welche keine Spur hinterließen, legte er an. Er sprang heraus, reckte und dehnte die Glieder und sagte zu sich:

„So, da bin ich. Hoffentlich mache ich gute Geschäfte. Wäre ich diesen drei verdammten Kerlen gestern abend nicht begegnet, so könnte ich hier ganz offen auftreten und meine Forderungen stellen, wie es ja auch meine Absicht war. Aber jedenfalls verfolgen sie mich, und wenn sie mich finden, so bin ich verloren. Ich muß also heimlichtun, wenigstens für die erste Zeit. Dieser dicke Bär hat mich an das Land gelockt. Ich möchte nur wissen, woher sie wußten, daß ich es bin. Hm! Unbegreiflich!"

Er schüttelte den Kopf, ließ den Blick forschend flußaufwärts schweifen und meinte dann:

„Ich werde sie irreführen. Ganz gewiß suchen sie nach dem Kanu. Wo sie es finden, da werde ich nach ihrer Meinung ausgestiegen sein. Ich lasse es also von hier aus weitertreiben. Und damit es nicht wegen seiner Leichtigkeit baldigst wieder an das Ufer geht, beschwere ich es mit Steinen."

Er legte mehrere größere Steine hinein, daß es nun so tief ging, als ob ein Mann darin sitze. Dabei nahm er sich in acht, ja keine Spur seines Fußes zu hinterlassen. Dann gab er dem Kanu einen Stoß, daß es wieder in das tiefere Wasser zurückglitt und von demselben schnell mit fortgenommen wurde. Er blickte ihm nach, fuhr aber erschrocken mit dem Gesicht nach dem Lande herum, als er plötzlich durch den lauten, kreischenden Ruf einer weiblichen Stimme aus seiner Betrachtung aufgestört wurde.

„Jessus, Jessus! Da schwimmt es fort!"

Zwei Negerinnen waren vom Garten her auf der Höhe des Ufers erschienen. Sie trugen einen riesigen Korb mit Wäsche. Sie erblickten ihn und auch das Boot. Und da sie nicht glauben konnten, das er selbst es fortgestoßen hatte, so war die eine von ihnen in den Schreckensruf ausgebrochen.

Diese Begegnung war ihm außerordentlich unangenehm, doch durfte er sich dies nicht merken lassen Er wandte sich also den beiden zu, zuckte bedauernd die Achsel und sagte:

„Ja, da geht es hin. Ich hatte vergessen, es anzubinden." – „Weiter unten hängt ein Boot unseres Herrn. Wenn Ihr schnell macht und hineinsteigt, könnt Ihr das Eurige noch einholen." – „Schon gut! Ich brauche es nicht mehr. Wer seid ihr?"

Als er sie jetzt musterte, zeigten sie, verlegen lachend, die weißen Gebisse. Die ältere antwortete:

„Wir sind My und Ty."

My und Ty sind Abkürzungen von Mary und Tony. Der Neger liebt solche Abkürzungen, doch sind sie auch dem Amerikaner überhaupt geläufig. Die Namen der beiden Brüder Snaker zum Beispiel, Jim und Tim, sind die Abkürzungen von Joachim und Timotheus.

„My und Ty also! Wer ist My?" – „Ich bin es", meinte die ältere, verschämt an dem weißen Busentuch zupfend. – „Habt ihr Männer?" – „Jessus, Jessus! Ob wir Männer haben! Wir sind Mädchen, jungfräuliche Mädchen, Massa!" – „So, so! Bei wem dient ihr?" – „Bei Massa Wilkins hier. Wir sind in der Küche." – „Ist euer Massa gut?" – „Sehr gut, sehr gut." – „Und wie seid ihr mit seiner Tochter zufrieden?" – „Noch viel guter, noch viel sehrer gut!" – „Sind beide daheim?" – „Ja. Massa trinkt Tee und Miß Schokolade." – „So besitzen also beide die Liebe aller Untergebenen?" – „Ja, die Liebe, die sehr allergrößte Liebe." – „Das ist schön! Das freut mich! Es gibt also niemand, der mit der Herrschaft unzufrieden ist?" – „Nein, keinen."

Da aber fiel die jüngere gleich ein:

„Einen, oh, einen kenne ich." – „Wer ist das?" – „Bommy, der böse Bommy." – „Das ist auch ein Neger, ein Diener?" – „Kein Diener, kein Neger, sondern ein verdammter Nigger, ein armseliger Nigger."

Nigger ist die beleidigende, beschimpfende Form des Wortes Neger. Dieses Wort nahm sich freilich in dem Munde einer Schwarzen spaßhaft aus.

Die Absicht, in welcher Walker nach Wilkinsfield gekommen war, ließ es ihm geraten erscheinen, sich an einen Mann zu halten, welcher mit dem Herrn der Besitzung auf gespanntem Fuß lebte. Darum hatte er die letztere Frage getan, und darum erkundigte er sich weiter:

„Wo wohnt denn dieser Bommy?" – „Zwischen hier und der nächsten Plantage, gerade durch den Garten hindurch, drüben über das Zuckerfeld, da erblickt man am Rand des Gehölzes seine Hütte, in welcher er Gin und Whisky schenkt." – „So ist er ein Schenkwirt?" – „Ja. Er wurde freigegeben und erhielt die Hütte geschenkt. Da er nicht arbeiten will, so ließ er sich Schnaps kommen, um ihn zu verkaufen. Unser Massa aber hat verboten, von Bommy Schnaps zu trinken; darum ist Bommy zornig." – „Der schlechte Mensch", meinte Walker, das Lachen verbeißend. „Bleibt ihr lange hier am Fluß?" – „Mehr ganz viele Stunden." – „So will ich euch etwas sagen. Habt ihr mich gesehen?" – „Ja" – „Nein, ihr habt mich nicht gesehen. Verstanden?"

Sie sperrten den großen Mund auf und blickten ihn im höchsten Grade verwundert an. Sie konnten es nicht begreifen, einen Mann nicht gesehen zu haben, der doch vor ihnen stand.

„Jessus, Jessus!" meinte My „Wir sehen doch Massa leibhaftig hier stehen!" – „Aber ihr dürft mich nicht gesehen haben! Es werden Leute hier vorüberkommen, welche euch nach mir fragen. Denen sagt ihr, daß ich hier vorübergefahren bin, in meinem indianischen Kanu, immer flußabwärts. Habt ihr mich verstanden?" – „Ja, ja!" nickten beide. – „Liebt ihr die Prügel?" – „Jessus, Jessus! Wer sollte Prügel lieben!" – „So will ich euch sagen, daß ihr viele Prügel erhalten werdet, wenn ihr mich verratet." – „Wir verraten nichts!" – „Gut! Ihr sagt, daß ich vorübergefahren bin. Vergeßt es nicht!"

Er stieg das ziemlich steile Ufer hinaus und folgte dem angegebenen Weg in den Garten hinein.

Dieser war parkähnlich angelegt worden; aber die überwältigende Vegetation des Südens hatte ihn bereits wieder in eine halbe Wildnis verwandelt. Man konnte hier unter den Bäumen gehen, ohne nötig zu haben, sich von jemand sehen zu lassen. Das war Walker sehr lieb. Er wollte ja zunächst nur rekognoszieren. Darum schritt er immer weiter und vermied alle freien Plätze, an denen er vorüberkam.

Das Herrenhaus machte einen imposanten Eindruck. Es war schloßartig im Stil der späteren Renaissance gebaut, aber, dem südlichen Klima angemessen, mit luftigen Balkonen und Veranden reich versehen. In einer der letzteren bot sich Walker ein Bild von wunderbarer Schönheit.

In einer Hängematte ruhte ein junges, weibliches Wesen, augenscheinlich noch von dem Schlafgewand umhüllt, welches die herrlichen Arme und die kleinen Füßchen frei ließ. Das aufgelöste Haar hing schwarz und glänzend von der Hängematte fast bis auf den Boden herab. Das Gesichtchen war wohl scharf angelegt, aber höchst fein gezeichnet und infolge seiner weichen Plastik und des morgenroten Hauches, welcher die alabasterne Weiße belebte, von einer Schönheit, wie man sie selbst in jenem gesegneten Süden nur selten einmal zu sehen bekommt. In der Hand des einen Armes ruhte das herrliche Köpfchen. Auf der anderen Hand saß ein Papagei, mit welchem das schöne Mädchen scherzend plauderte. Über ihr hing an einer Schaukel ein kleines, allerliebstes Löwenäffchen, und vor der Veranda putzte ein an eine Eisenstange geketteter Felsenadler sein glänzendes Gefieder. Dazu bildeten blühende, in den feurigsten Farben prangende Lianen einen Rahmen um das lebendige Gemälde, welches den Gedanken nahelegte, die Fee der Tropen sei für diesen herrlichen Morgen ihrem üppigen Lager entstiegen, um einmal wonneatmend ihr Herz in menschlichen Gefühlen schlagen zu lassen.

Lange stand Walker hinter dem Baum. Er verschlang das schöne, herrliche Mädchen fast mit den Augen. Er hörte den süßen, verlockenden Ton der Sirenenstimme:

„Mon chéri, mon favori, mon doucereux – mein zärtlich Geliebter, mein Liebling, mein Süßer!"

Und der Papagei antwortete darauf:

„Ma belle, ma charmante, ma petite femelle – meine Schöne, meine Bezaubernde, mein kleines Weibchen!"

Da langte das Löwenäffchen herab, zupfte sie leise im Haar und warf ihr, als sie lächelnd zu ihm emporblickte, ein ganzes Dutzend Kußhändchen zu. Gewiß hatte er das erst von ihr gelernt.

Jetzt drehte der Papagei den Kopf von ihr weg, blickte sich suchend um und rief sehr laut:

„Mon amant, mon bien-aimé, où es-tu? Où es-tu? Mein Schatz, mein Geliebter, wo bist du? Wo bist du?"

In jenen Gegenden wird nämlich vorzugsweise französisch gesprochen. Die schöne Herrin gab ihm mit dem Finger einen zarten Streich und sagte:

„Still! Einen Geliebten darf niemand haben."

Er aber schüttelte sich, stieß ein wunderbar menschlich klingendes Kichern aus und antwortete flügelschlagend:

„Je suis monsieur Adler, monsieur Adler, le bon monsieur Adler – ich bin Herr Adler, Herr Adler, der gute Herr Adler!"

Adler hieß, wie bereits erwähnt, der deutsche Oberaufseher der Plantage. Die schöne Herrin des Vogels erglühte bis an die Schläfe, obgleich kein Mensch in der Nähe war. Sie sprang auf und verschwand mit dem Papagei in der Tür, welche aus der Veranda nach ihren Gemächern führte.

„Welch ein Weib!" sagte Walker, indem er sich mit der Hand über die Stirn fuhr. „Verdammt, daß ich nicht offen auftreten kann! Ich würde sie zu zwingen wissen, meine Frau zu werden. Zwar habe ich bereits drei Weiber, meine eigentliche Frau und zwei Indianerinnen; aber die würden doch nichts erfahren. Für sie wäre ich verschwunden. Ich werde hier abwarten, was diese drei Jäger gegen mich vornehmen. Ist diese Gefahr vorüber, so weiß ich, was zu tun ist. Jetzt nun zunächst nach dem Zukkerfeld und zu Bommy, dem schwarzen Schenkwirt. Vielleicht gewinne ich an ihm einen Verbündeten gegen den Besitzer der Plantage."

Er schlich sich weiter und gelangte auch glücklich aus dem Garten, ohne von jemand gesehen zu werden.

My und Ty, die beiden Negerinnen, hatten sich wohl über zwei Stunden lang mit ihrer Wäsche beschäftigt. Negerinnen schwatzen gern und lachen noch viel lieber. Die geringste Kleinigkeit gibt ihnen Veranlassung, ihrer Lachlust freien Lauf zu lassen. Darum wurde den beiden die Zeit gar nicht lang. Sie lachten und schwatzten aus dem Hundertsten in das Tausendste und waren dann ganz erstaunt, als sie bemerkten, daß sie nur einen kleinen Teil ihrer Arbeit verrichtet hatten.

Nun erschraken sie darüber und fielen mit zehnfachem Eifer über die Wäsche her. Dabei hörten sie gar nicht, daß sich Schritte näherten. Sie wurden auf den Mann, welcher am Ufer daherkam, erst aufmerksam, als er sie grüßte:

„Good morning, Girls!"

Da richteten sie sich von der Arbeit auf, drehten sich nach dem Sprecher um und stießen zugleich einen Schrei des Entsetzens aus.

„Jessus! Ein Bär!" kreischte My. – „Ein Ungeheuer!" schrie Ty. – „Er wird uns fressen! O Gott! O Herr! O Massa, o Massa!"

Sie schlug die Hände über dem Kopf zusammen und sank in die Knie.

„Fliehen wir, fliehen wir!" brüllte Ty. – „Wohin denn?"

Sie hatte recht. Hinter ihnen war der Fluß und vor ihnen der Bär. Zu den Seiten konnten sie keine Rettung finden, da dieser Weg dem Bären ja auch zur Verfügung stand.

„Schreit nicht so, ihr Ungeziefer!" lachte Sam Barth.. „Seht ihr denn nicht, daß ich ein Menschenangesicht habe! Oder besitze ich wirklich eine so entsetzliche Bärenschnauze?"

Jetzt erst erinnerten sie sich, daß er sie ja mit Worten, und zwar ganz freundlich, gegrüßt hatte. Auch sahen sie ihn sich genauer an, und da blickten sie dann in ein rundes, volles Gesicht, in welchem die Gutmütigkeit hausbacken zu sein schien. Das gab ihnen ihre Courage zurück. My erhob sich aus ihrer knienden Stellung und jammerte:

„Welch ein Schreck! Meine Strümpfe sind zersprungen."

Sie waren aber vorher bereits zerrissen.

„Ich bin tot!" klagte Ty. „Ich habe vor Angst die Sprache verloren!" – „Das höre ich!" kicherte Sam. „Sagt mir doch einmal, ihr Mädels, sehe ich denn wirklich gar so furchterweckend aus?" – „Ihr nicht, aber Euer Fell." – „Mein Fell! Aha! Ihr denkt, es ist mir auf den Leib gewachsen. Na, da schaut her!"

Er nahm die Mütze ab, und nun sahen sie den entblößten Kopf. Erst jetzt erkannten sie, daß sie es mit einem Menschen zu tun hatten, und ihr Entsetzen verwandelte sich schnell in das Gegenteil. Sie lachten laut auf und sprangen um den Jäger herum, sich ihn einmal genau zu betrachten. Er ließ es schmunzelnd geschehen; dann sagte er:

„Seid ihr nun überzeugt, daß ich ein Mensch bin?" - „Ja", antwortete My. „Ein Mann, ein Monsieur, ein schöner, viel hübscher, drolliger Massa." – „Drollig? Na, meinetwegen! Von euch schwarzen Ameisen will ich es mir gefallen lassen. Wer ist denn euer Herr?" – „Massa Wilkins." – „Ah! So! Ist er zu Hause?" - „Ja. Massa trinkt Tee."

Sie vergaß, daß seit vorhin fast drei Stunden vergangen waren, und daß Massa nun wohl nicht mehr Tee trinken werde.

„Wie lange wascht ihr bereits hier?"

Sie blickte in den Wäschekorb und sah, wie wenig fertig geworden war. Darum antwortete sie:

„Einige kleine, ganz kleine Minuten."

So eine Schwarze hat absolut keinen Sinn für die Zeit. Sam kannte das. Er trat näher und untersuchte die Tapfen, welche ihre nackten Füße im nassen Ufersand getreten hatten. Dann fragte er:

„Wie heißt du?" – „My, und diese hier ist Ty." – „Dann, meine liebe My, bist du eine sehr große Lügnerin!" – „Was? My Lügnerin? O Massa, ich lüge nicht." – „Aber soeben hast du gelogen. Du sagtest, daß ihr euch erst seit einigen kleinen Minuten hier befändet, und ihr seid jedenfalls schon seit Stunden hier." – „Oh, einige kleine Stündchen, ja."

Sie sagte das so unbefangen, als ob zwischen Minuten und Stunden nicht der geringste Unterschied sei. Sam nahm ihr das nicht über. Er nickte ihr lachend zu und fragte dann:

„Was sagte er denn zu euch?" – „Er? Wer?" – „Der Mann, welcher hier aus dem indianischen Kanu stieg."

Sie hatten keine Ahnung, daß er nur auf den Strauch schlug; sie wußten vor Erstaunen gar nicht, was sie sagen sollten. Sie sollten schweigen, und dieser wußte es schon.

„Nun, Antwort!" drängte der Dicke.

Beide blickten sich ratlos an. Der andere hatte mit Prügeln gedroht, dieser aber hatte ein Bärenfell an und eine Büchse in der Hand; er war jedenfalls noch fürchterlicher als der erstere. My war die klügste von beiden. Sie sollte sagen, daß der Mann im Kanu weitergefahren sei, und sollte verschweigen, daß er in den Garten gegangen. In ihrem negerhaften Scharfsinn beschloß sie, sehr klug zu sein und einen Ausweg zu suchen, indem sie das Gebotene und Verbotene miteinander ins Gleichgewicht brachte; darum antwortete sie beherzt, indem sie mit der Hand nach der Plantage zeigte:

„Er kam und ist auf seinem Kanu hier in den Garten hineingefahren."

Sam brüllte beinahe auf vor Lachen.

„Mädchen, bist du verrückt! Im Garten ist ja kein Tropfen Wasser. Nicht wahr, er ist hier ausgestiegen?" – „Ja", gestand sie. – „Das Kanu ist hier auf dem Wasser fortgelaufen?" – „Ja, Massa." – „Und der Mann ist auf seinen Beinen hier in den Garten hineingerudert?" – „Sehr gerudert!" nickte sie. – „Er hat euch verboten, es zu sagen?" – „Wir sollen Prügel erhalten." – „Habt keine Sorge. Diese Prügel wird er selbst erhalten, darauf könnt ihr euch verlassen."

Das erweckte ihr Vertrauen, und nach einigen weiteren kurzen Fragen erfuhr er jedes Wort, welches Walker mit ihnen gesprochen hatte. Auch das weiter unten ein Boot liege, sagten sie ihm bei dieser Gelegenheit.

„Könnt ihr rudern?" fragte er. – „Rudern? Ja", antwortete My in stolzem Ton. „Wir rudern Miß alle Tage auf dem Wasser." – „So schaut einmal da hinüber nach dem anderen Ufer. Seht ihr die beiden Männern dort stehen?"

Die beiden beschatteten ihre Augen mit den schwarzen dicken Händen und nickten bejahend. Der Fluß war hier gar nicht breit, so daß die langen, dürren Gestalten der Brüder sehr genau erkannt werden konnten. Ty sagte:

„Es ist ein Pfarrer mit einem Soldatenkopf und ein Soldat mit einem geistlichen Käppchen." – „Ja. Diese beiden Masters sind meine guten Freunde. Sie wollen gern herüber und haben kein Fahrzeug. Wenn eine von euch ihnen das Boot hinüberbringen will, so gebe ich euch hier dieses prachtvolle Bild, an welchem ihr sehen könnt, was für einen Hut ihr euch jetzt kaufen müßt. So, wie dieser hier, sind sie seit kurzem in der Mode."

Er öffnete seinen Bärenpelz und zog ein vielfach mit Brüchen versehenes Papier hervor. Es war ein Blatt aus irgendeinem alten illustrierten Journal. Selten hat ein Präriejäger ein Stück Papier bei sich. Dieser Seltenheit wegen hatte Sam es heiliggehalten. Wohl Hunderterlei war bereits darinnen eingewickelt gewesen. Fett-, Ruß-, Schmutz- und Blutflecke befanden sich in Menge darin, so daß es ganz transparent geworden war und die druckschwarzen Buchstaben der einen Seite auf der anderen verkehrt und deutlich gesehen werden konnten. Der Holzschnitt ließ sich dennoch so leidlich erkennen. Er zeigte einen Mädchenkopf mit mongolischen Gesichtszügen; auf diesem Kopf saß ein südchinesischer Binsenhut mit einer Krempe, welche den Umfang eines für zehn Personen bestimmten Familienregenschirmes hatte. Darunter standen die Worte: „Eine chinesische Schönheit aus der Zeit des Kaisers Fung lu tschu, fünfhundert Jahre vor der Geburt Christi."

Sam glättete das Papier und zeigte das Bild den beiden Schwarzen. Bekanntlich sind die Negerinnen außerordentlich eitel. Sie lieben auffällige Formen und schreiende Farben. Als My und Ty den Kopf und nun gar den Hut erblickten, schlugen sie vor Freude die Hände zusammen, stießen vor Entzücken ein Gelächter aus, daß man ihnen ganz deutlich bis an den Gaumen sehen konnte, und die erstere rief:

„Welch ein Hut! O Jessus, Jessus! Wie schön! Wer ist diese vornehme Dame?" – „Eine Negerkönigin aus New York. Sie hat dreihundert Millionen im Vermögen und trägt stets die neuesten Hüte." – „Und das Bild soll unser sein?" – „Ja, wenn eine von euch das Boot hinüberschafft." – „Ich tue es." – „Nein, ich."

Es begann ein Wettstreit, wer rudern solle und also Besitzerin des Bildes sein werde. Sam entschied den Streit in der Weise, daß er sagte, das Bild werde er in zwei Teile zerschneiden, von denen jede einen erhalten solle; diejenige aber, welche die rechte Hälfte des Hutes erhalte, solle rudern.

Beide waren einverstanden. Ty erhielt die betreffende Seite des kostbaren Bildes und eilte schleunigen Laufes nach dem Boot. My aber hielt ihre Hälfte hoch empor, tanzte vor Entzücken und stieß dabei allerlei Wonnerufe aus, daß einer, der sie von weitem hörte, hätte meinen müssen, sie sei von einer Tarantel gestochen worden.

Sam kümmerte sich nicht um sie. Er untersuchte mit gewohnter Sorgfalt den Boden, und zwar nicht vergeblich. Am Ufer war freilich nichts zu finden, da Walker dort seine Spuren vertilgt hatte. Aber am Rand des Gartens bemerkte Sams scharfes, geübtes Auge mehrere niedergedrückte Halme. Dieses Zeichen wiederholte sich in schrittweiten, regelmäßigen Entfernungen, so daß kein Zweifel vorhanden sein konnte, daß hier jemand gegangen war.

Unterdessen war Ty am anderen Ufer angekommen. Jim und Tim stiegen ein, und da die beiden in der Führung eines Kahnes geschickter waren als die Negerin, so dauerte es nur ganz kurze Zeit, bis sie hüben anlegten und ausstiegen.

„Du winktest", sagte Jim. „Hast du eine Spur?"

Die Brüder hatten nämlich heute am Morgen mit Sam im Wasser des Flusses Brüderschaft getrunken, so daß sie sich nun mit ihm duzten.

„Ja", antwortete er. „Ich denke, daß wir ihn bald haben werden."

Und sich an die Negerinnen wendend, fuhr er fort:

„Hört, ich habe noch ein solches Bild. Es ist weit schöner noch als das erste. Ihr sollt es bekommen, wenn ihr tut, was ich euch sage." – „Sollen wir noch jemanden herüberholen, Massa?" fragte My neugierig und verlangend – „Nein, wenn der Mann kommt, welcher hier ausgestiegen ist, und euch fragt, ob wir hier gewesen sind, so dürft ihr es ihm nicht sagen." – „O nein, Massa. Wir werden sprechen, der Massa ohne Nase, der Massa mit der Nase und der Massa Bär seien nicht dagewesen." – „Unsinn. Ihr dürft uns nicht beschreiben. Sonst merkt er doch, daß wir hier gewesen sind. Wenn ihr uns nicht gesehen habt, könnt ihr doch auch nicht wissen, wie wir aussehen." – „O richtig. Aber dürfen wir ihm denn nicht das schöne Bild zeigen, Massa?" – „Nein. Damit verratet ihr uns doch auch." – „So werden wir lieber fortgehen und an einem anderen Ort des Ufers waschen." – „Sehr gut. Das ist jedenfalls der erste kluge Gedanke, den ihr in eurem Leben gehabt habt. Ich bin vollständig überzeugt, daß, falls der Kerl käme, ihr ihm haarklein alles erzählen würdet, so wie ihr mir auch alles gesagt habt, trotzdem er es euch verboten hatte. Macht euch also von hier fort, ihr schwarzen Mottenbälger, und zwar weit genug." – „Aber das andere Bild, Massa?" – „Das bringe ich euch, ihr Rotte Korah, ihr."

Jetzt nahmen sie ihre Wäsche und eilten stromaufwärts von dannen.

Sam führte die Freunde zum Gartenrand, zeigte ihnen die Fährte und teilte ihnen mit, was er von den Negerinnen erfahren hatte.

Jim legte den Finger nachdenklich an die Stelle, an welcher sich früher seine Nase befunden hatte, und fragte:

„Du meinst, daß wir dieser Fährte folgen, Sam?" – „Ja, wenigstens so weit sie sichtbar ist." – „Das wäre wohl eine Dummheit, nicht?" – „Schwerlich. Warum meinst du das?" – „Diese Fährte ist gewiß zwei Stunden alt. Während dieser Zeit kann er sein Geschäft hier abgewickelt haben und den Ort verlassen wollen. Es ist daher sehr leicht möglich, daß, während wir seiner Spur folgen, er nach hier zurückgekehrt, sich das Boot einfach annektiert und damit das Weite sucht." – „Ja, das ist so", nickte Tim zustimmend. – „Nein, das ist nicht so", antwortete Sam im Ton der Überzeugung. „Ich kann es euch sehr leicht beweisen. Er fuhr in einem indianischen Kanu. Hier werden solche weder gebaut noch gebraucht. Was folgt daraus?" – „Daß er sehr weit herkommt, jedenfalls vom Gebirge herab", antwortete Jim.- „So ist es! Ferner: Er wußte gewiß, daß wir nach ihm suchen würden, und dennoch ist er hier, so nahe der Stelle, wo er uns entwischte, eingekehrt. Ist das etwa ein Zufall?" – „O nein. Er hat schon vorher und ganz bestimmt hierher gewollt." – „Natürlich. Daraus ist zu schließen, daß er hier auch bleiben wird. Zudem ist zu schließen, daß er hier auch bleiben wird. Zudem hat er das Kanu fortschwimmen lassen. Das tat er, um uns glauben zu machen, daß er weiter stromab gehe, sonst muß er befürchten, uns in die Hände zu laufen. Ich bin vielmehr vollkommen überzeugt, daß er in einer Angelegenheit nach Wilkinsfield kommt, welche ihn längere Zeit hier festhalten wird. Heute und morgen wenigstens wird er warten, ehe er weitergeht. Er nimmt an, daß wir so lange nach ihm suchen und, falls dies vergebens ist, von einer ferneren Verfolgung abstehen werden. Darum können wir das Boot ruhig im Wasser lassen. Ich wüßte auch nicht, wie wir es ihm entziehen wollten." – „Wir könnten es aus dem Wasser nehmen und einstweilen im Gesträuch des Gartens verstecken." – „Dadurch würden wir unsere Anwesenheit nur verraten. Er weiß, daß ein Boot da ist. Findet er es nicht mehr vor, so wird er es suchen. Anstatt des Bootes aber findet er die Negerinnen und diese wissen sicherlich nichts Klügeres zu tun, als ihm alles genau zu erzählen. Nein, nein, gehen wir der Fährte nach. Ich bin der festen Überzeugung, daß wir gar nichts Besseres tun können."

Sie folgten ihm, während er mit gesenkten Kopf, um die Fährte nicht zu verlieren, voranschritt.

Nach einiger Zeit blieb er stehen und sagte:

„Halt! Nicht weiter! Ihr verderbt mir sonst die Fährte!"

Er kauerte sich ganz nieder und untersuchte den Boden mit größter Aufmerksamkeit.

„Hm!“ brummte er „Hier, hinter diesem Baum ist er stehengeblieben. Hier hat er eine längere Weile gestanden, mit den Fußspitzen nach rechts. Sein Gesicht ist also da hinüber nach dem Herrenhaus gekehrt gewesen. Die Jalousien sind noch nicht aufgezogen, vor zwei Stunden sind sie es noch viel weniger gewesen; nur die Veranda ist offen. Es muß sich also dort etwas befunden haben, was er hat beobachten wollen. Wartet einmal hier! Ich bin der Ansicht, daß ihn irgendeine Absicht zu dem Herrn dieser Plantage führt. Er ist nicht direkt zu ihm gegangen, sondern er rekognosziert vorher, er schleicht sich heimlich hinter den Bäumen herum; seine Absicht ist also keine gute, keine lobenswerte. Es ist möglich, daß er zu dem Besitzer kommt, während wir ihn noch suchen, ja, es ist sogar möglich, daß er bereits bei ihm ist. Vielleicht hat Master Wilkins sich dort auf der Veranda befunden, als – doch nein! Ein Papagei, ein Löwenäffchen und die feinen Gardinen an der Tür – das ist ein Ort für eine Dame. Wollen sehen!“

Ohne den Brüdern Verhaltungsmaßregeln zu erteilen, schritt er rasch auf das Gebäude zu. Gerade in demselben Augenblick öffnete sich die mit den erwähnten Gardinen behangene Verandatür, und die junge schöne Dame, welche vorher von Walker beobachtet worden war, trat heraus. Sie erblickte den Jäger und stieß einen halblauten Ruf des Schrecks aus. Im ersten Augenblick hatte auch sie ihn für einen Bär gehalten.

Sam näherte sich ihr. Der Adler erblickte ihn, kreischte laut auf, schlug mit den Flügeln und stampfte mit den Fängen auf dem Eisenstab herum. Auch er ließ sich durch die Pelzkleidung irremachen, doch beruhigte er sich auf einen schmeichelnden Zuruf seiner jungen Herrin.

Der Dicke blieb unten an den Stufen stehen. Er hatte erst in seiner kurzen Jägerart sprechen wollen, aber die Schönheit des Mädchens machte auf ihn einen so tiefen Eindruck, daß es ihm war, als ob er vor einer Königin stehe. Er machte also eine tiefe, tiefe Reverenz. Nach seiner Meinung hätte kein Graf eine feinere und elegantere Verbeugung fertigbringen können. Da aber der gute Sam keineswegs Hof- und Zeremonienmeister gewesen war und jetzt in dem Fell eines Bären stak, so fiel diese Reverenz so hochkomisch aus, daß die Dame das Taschentuch an die Lippen hielt, um ihr Lachen verbergen zu können.

„Entschuldigung!“ sagte er. „Gewiß Miß Wilkins?“ – „Ja, die bin ich.“ – „Dachte es mir! Freut mich sehr, Euch kennenzulernen,

Miß! Hoffe, daß Ihr mit mir zufrieden sein werdet." – „Wieso? Ich mit Euch zufrieden sein?" – „Ja" – „Das setzt doch ein gewisses Verhältnis voraus." – „Natürlich ein Verhältnis!" nickte er. „Ihr werdet aber entschuldigen müssen, wenn ich damit leider nicht ein Liebesverhältnis meine!"

Sie errötete ein wenig und antwortete lachend:

„Das entschuldige ich sehr gern!" – „Sehr viel Ehre, sehr viel Ehre. Man bemerkt doch sofort, daß man es nicht nur mit einer schönen, sondern auch mit einer feinen Dame zu tun hat, mit einer Dame von Bildung, Anstand und Ambition." – „Und Ihr scheint ein – ein – ein ..."

Es wurde ihr schwer, das richtige Wort zu finden.

Er blickte sie in so herzlicher und aufrichtiger Bewunderung an, daß es ihr leid getan hätte, etwas zu sagen, was ihn beleidigen konnte. Er aber erlöste sie aus ihrer augenblicklichen Verlegenheit, indem er sofort und mit Nachdruck einfiel:

„Und ich scheine auch ein feiner Mann, ein Gentleman zu sein? Ja, Miß, das bin ich, das bin ich sogar sehr, obgleich ich nicht im Frack und Spannfederhut vor Euch erscheine. Ich komme als ein sehr guter Freund von Euch. Das werde ich Euch bald beweisen. Darum hoffe ich, eine Antwort auf meine Frage zu erhalten, welche ich Euch vorlegen muß." – „Tut es, Sir!" – „Befandet Ihr Euch vor ungefähr zwei Stunden hier auf dieser Veranda?" – „Ja." – „War jemand bei Euch?" – „Nein." – „Wurdet Ihr beobachtet?"

Sie errötete in lieblicher Verlegenheit. Sie dachte an das Nachtgewand, welches sie getragen hatte. Sie antwortete darum zögernd:

„Ich weiß nichts davon. Sollte ich etwa beobachtet worden sein?" – „Ja, Miß." – „Von wem?" – „Von einem Fremden, dort von jener starken Plantane aus. Der Kerl hat da längere Zeit gestanden, um Euch anzusehen. Doch habt Ihr nicht nötig, darüber zu erröten. Wer so ein feines und herzallerliebstes Puppengesichtchen hat wie Ihr, der kann sich zu jeder Tages- und Nachtzeit ansehen lassen, ohne sich schämen zu müssen. Nur eine Häßliche wird die Nase nach Nordwest wenden, wenn der Blick eines Auges aus der Gegend von Südost auf sie fällt."

Er hatte keine Ahnung von der Dummheit, welche er gesagt hatte. Sie wollte ihm eigentlich zürnen, kam aber doch nicht dazu. Ein Blick in sein rotes, dickes, äußerst gutmütiges Gesicht nötigte ihr vielmehr ein freundliches, entschuldigendes Lächeln ab, doch fragte sie:

„Kommt Ihr nur aus dem Grund, mir solche Dinge zu sagen?" –

„Nein; das tue ich nur so nebenbei, weil mir bei Eurem Anblick das Herz überläuft. Eigentlich kam ich, um mich zu erkundigen, ob Master Wilkins zu sprechen ist." – „Jetzt wohl schwerlich. Er hat Besuch." – „So früh am Tage! Das ist verwunderlich!" – „Ihr kommt doch ebenso früh!" – „Ja, das ist richtig; aber ich habe etwas höchst Notwendiges mit ihm zu sprechen. Ah, da fällt mir ein! Sollte sich etwa dieser Kerl bei ihm befinden ..." – „Welcher? Wer?" – „Der Euch beobachtet hat."

Sie errötete abermals, und zwar noch viel tiefer als vorher. Wenn derjenige, welcher sich jetzt bei ihrem Vater befand, sie in ihrem tiefen Negligé gesehen hätte, so wäre das für sie im höchsten Grade unangenehm gewesen, ja noch viel mehr als unangenehm. Darum verwandelte sich die Röte der Scham sofort in die Röte des Zornes, als sie antwortete:

„Sollte Leflor es gewagt haben ..." – „Leflor? Nicht Walker? Hm! Vielleicht nennt er sich hier Leflor." – „Wer ist Walker?" – „Ein Mensch, den ich suche, ein Bösewicht, welcher vom Felsengebirge herabkommt, um ..."

„Der hat mich gesehen?" fiel sie schnell ein. – „Ja, der." – „Das beruhigt mich. Monsieur Leflor ist ein anderer. Er ist Besitzer der benachbarten Pflanzung und befindet sich jetzt bei Pa, jedenfalls um dringende Geschäfte mit ihm zu besprechen." – „Das meinige ist noch dringender. Ich sehe mich gezwungen, die Herren zu stören." – „Wenn dies der Fall ist, so bemüht Euch nach der vorderen Front. Dort befindet sich das Portal, und der Diener wird Euch anmelden. Nur müßt Ihr nicht, wie hier, vergessen, Euren Namen zu nennen." – „Verzeihung, Miß! Aber wenn ich Euch ansehe, so vergesse ich meinen Taufschein und auch mein Impfzeugnis. Ich heiße Sam Barth und bin meines Standes ein Savannenläufer."

Da trat sie schnell einen Schritt weiter vor, hob das schöne Köpfchen überrascht höher und fragte:

„Sam Barth, der – der – der Dicke?"

Dieses letztere Wort wollte ihr doch nicht so leicht über die Lippen gehen. Er aber nickte ganz ernsthaft:

„Ja, Sam Bart, der Dicke. So nennt man mich." – „Vortrefflich! Ich habe von Euch gelesen!"

Jetzt war die Reihe , sich zu verwundern, an ihm.

„Gelesen? Von mir?" – „Ja, bereits einige Male." – „Das ist unmöglich, meine liebe Miß", antwortete er, die Finger aus der Tasche ziehend und sie nachdenklich betrachtend. Ich wüßte wirklich nichts, was Ihr von diesen Händen gelesen hättet; sie haben nichts geschrieben, was Euch hätte vor die Augen kommen können."

Jetzt lachte sie hell auf. Die Stimme klang wie ein silbernes Glöckchen.

„Das will ich nicht bestreiten, und das ist es auch gar nicht, was ich meine. Wenn Ihr wirklich Sam der Dicke seid, ein deutscher Präriejäger, so habe ich wirklich von Euch gelesen, nämlich in der Zeitung." – „In der Zeitung?" fragte er, den Mund weit aufmachend. – „Ja, mein bester Sir." – „Sapperment! Es wird doch nicht etwa ein Signalement darin gestanden haben!" – „O doch! Ihr wart so genau beschrieben, daß ich Euch sicher erkannt hätte, wenn ich nicht durch den Bärenfellanzug irregemacht worden wäre. Ihr tragt ihn vielleicht seit noch nicht sehr langer Zeit." – „Erst seit kurzem. Aber, Miß, es ist doch nicht etwa gar ein Steckbrief gewesen?" – „Steckbrief? Habt Ihr ein so böses Gewissen, daß Ihr gerade auf diese Frage kommt?" – „Mein Gewissen ist rein, wie ein neuwaschenes Vorhemdchen; aber aus Versehen kann auch hinter dem ehrlichsten Kerl einmal ein Steckbrief herlaufen. Und da Ihr von meinem Signalement sprecht, so liegt der Gedanke nahe, daß ich durch einen impertinenten Zufall mit einem Menschen verwechselt worden bin, dessen Gewissen nicht neuwaschen ist." – „O nein. Von einem Steckbrief ist keine Rede." – „Gott sei Dank! Jetzt wird mir das Herz wieder so leicht wie der Schritt eines Gentleman, der keine Sohlen an den Stiefeln hat!" – „Ihr scheint gar nicht zu wissen, das Ihr eine berühmte Persönlichkeit seid?" – „Eine Persönlichkeit bin ich, und berühmt war ich einst drüben in der alten Heimat, nämlich in Herlasgrün. Da kannte man mich auf allen Gassen und an allen Ecken. Ob dies hier auch so ist? Hm!" – „Ja, es ist so. Zwar ist mir Euer Herlasgrün vollständig unbekannt, aber ..." – „Unbekannt? Es geht doch die Bahn von Werdau nach Hof vorbei, und ich hoffe doch, daß Ihr von der Mylauer und Göltzschtaler Brücke gehört habt!" – „Leider nicht; aber von Euch habe ich gehört. Die Jäger, welche zuweilen aus dem Westen zurückkehren, erzählen allerlei eigene und fremde Erlebnisse, und dabei werden natürlich auch die hervorragenden Prärieläufer erwähnt. Zu denen gehört Ihr. Und was erzählt wird, das pflegt dann sehr bald auch gedruckt zu werden." – „Ah! So hat man mich gedruckt?" – „Euch nicht, aber von Euch." – „Richtig! Hätte man mich gedruckt, das heißt, hätte man mich in eine Druckerpresse gesperrt, so hätte meine Gestalt wohl eine kleine Veränderung erlitten. Es wäre das wohl ein höchst unangenehmer Druckfehler für mich gewesen. Aber, was hat man denn über mich gedruckt?" – „Verschiedenes. Habt Ihr nicht einmal mit nur noch sechs anderen Jägern eine Santa Fe-Karawane gegen die Komantschen verteidigt?" – „Ja. Damals ist es uns sehr heiß geworden, aber die Rothäute haben doch Haare lassen müssen." – „Und habt Ihr nicht einmal ein ganzes Settlement vor einem Überfall der Sioux errettet?" – „Auch das habe ich. Es war das weiter keine große Heldentat. Wir waren ja dreißig Mann gegen achtzig Indsmen; da läßt sich die Sache schon machen." – „Das und noch anderes habe ich von Euch gelesen. Ich freue mich darum sehr, Euch hier zu sehen. Es wäre sehr schön, wenn Ihr eine Zeitlang hierbleiben könntet, Sir." – „Ja, schön wäre es. Wenn ich Euch so in Eure lieben, hellen Auge gucke, Miß, so ist es mir, als ob ich mich für Euch mit allen Indianern der Erde herumbalgen könnte. Vielleicht kann ich einen Tag oder einige hier bleiben; es wird sich das sehr bald entscheiden. Vor allen Dingen muß ich zunächst mit Eurem Vater sprechen." – „So geht um das Haus herum, wie ich Euch bereits gesagt habe, Sir!" – „Schön! Lieb wäre es mir, wenn ich Euch von der anderen Seite her auch treffen könnte."

Sam machte wieder eine nach seiner Ansicht höchst gewandte Verbeugung und ging. Dabei brummte er sehr befriedigt vor sich hin:

„Ich bin doch ein Himmelsakkermenter! Wie schön ich das zuletzt gesagt habe! Der feinste Kavalier kann es nicht besser fertigbringen! Aber das ist auch ein Frauenzimmerchen! Süß wie Nürnberger Leb- oder Pfefferkuchen von Gottlieb Tobias Herberlein, Nummer 26, das Päckchen für fünfzig Pfennig. Auf der Dresdner Vogelwiese bekommt man ihn am besten. Ich war ja einmal dort!"

Er bog nach der Vorderseite herum und erblickte das hohe, weite Portal. In demselben stand ein Diener in leichter, dem südlichen Klima angepaßter Livree. Dieser betrachtete den Kommenden mit erstauntem Blick und erkundigte sich nach seiner Absicht. Als er Auskunft erhalten hatte, sagte er:

„Da müßt Ihr warten, Mann. Der Herr hat vor Nachmittag keine Zeit." – „Das paßt sehr schön. Ich habe auch keine Zeit und so wollen wir die Geschichte also gleich abmachen."

Sam trat ein. Der Diener aber ergriff ihn bei dem zottigen Ärmel und meinte streng:

„Hoffentlich habt Ihr verstanden, was ich Euch gesagt habe, Master!" – „Und hoffentlich habe auch ich deutlich genug gesprochen!" – „Gewiß. Hier aber gilt nur das, was ich sage, nicht aber das, was Ihr von Euch gebt." – „So? Nehmt Euch in acht, daß ich nicht noch etwas anderes von mir gebe, als was Ihr bisher von mir gehört habt! Ihr geht jetzt zu Eurem Herrn und sagt ihm, daß Sam Barth sehr notwendig mit ihm zu sprechen habe. Verstanden?" – „Was geht mich Sam Barth an! Wartet bis ..."

Da hielt er plötzlich inne, trat zurück und machte eine sehr tiefe und respektvolle Verbeugung. Im Flur hatte sich eine Tür geöffnet, und die junge Herrin war herausgetreten. Sie wandte sich freundlich lächelnd an Sam: „Da Ihr gewünscht habt, mich auch von dieser Seite zu sehen, so bin ich selbst zu Pa gegangen, um Euch anzumelden. Bitte kommt mit!"

Der Dicke warf dem Diener einen vernichtenden Blick zu, so ungefähr wie ein Generalfeldmarschall einen Deserteur ansehen würde, und folgte ihr.

3. KAPITEL

Miß Wilkins führte Sam Barth durch ein Vorzimmer und trat dann mit ihm in das Parlor, in dem sich zwei Männer befanden, Wilkins, ihr Vater, und jener Leflor, sein Nachbar, von dem sie gesprochen hatte.

Der erstere war ein noch kräftiger Mann, vielleicht am Ende der fünfziger Jahre. Er hatte ganz das Aussehen eines Gentleman, selbstbewußt und dabei doch gütigen Blickes. Die kleinen Fältchen, die von seinen äußeren Augenwinkeln nach den Schläfen hinliefen, ließen vermuten, daß sein Leben nicht ohne geistige Anstrengung verflossen sei.

Der andere mochte beinahe dreißig Jahre zählen. Er war lang, hager, trug sich etwas vornüber gebogen; seine Kleidung war fein und tadellos, sein Gesicht glatt rasiert. Er machte den Eindruck eines echten Yankee. Als er den Eintretenden erblickte, hielt er die Augen zusammengezogen und die Mundwinkel herabgesenkt. Das gab seinem Gesicht einen lauernden, unangenehmen Ausdruck. Nach dem ersten Blick auf Sam zog er seine Stirnhaut empor, ließ die Zähne sehen und machte mit der einen Schulter eine Schwenkung, als ob er irgend jemand mit der Achsel von sich stoßen wolle.

„Hier, Pa, ist Master Barth, der dich sprechen will", sagte die Tochter. „Ich denke, daß er dir willkommen ist." – „Natürlich, liebe Almy. Ich heiße Euch willkommen, Sir!"

Wilkins streckte dem Trapper die Hand entgegen. Sam ergriff sie, drückte sie herzhaft und sagte:

„Freut mich, Sir, das Ihr mir wegen der Störung nicht zürnt. Vielleicht habe ich das nur Miß Almy zu verdanken."

Sam hatte den Namen des schönen Mädchens sofort aufgegriffen und sprach ihn aus, um ihn ja nicht wieder fallenzulassen.

„Nicht allein ihrer Empfehlung", bemerkte der Pflanzer, „sondern auch dem Ruf, der Euch vorangeht." – „Und der jedenfalls mehr aus dem Mann macht, als er wirklich ist!"

Das sagte Leflor, indem er einen belustigten und geringschätzigen Blick auf Sam warf. Der Dicke drehte sich rasch zu ihm hin und antwortete:

„Möglich, möglich! Aber einen Ruf habe ich doch. Habt Ihr auch einen, Sir?" – „Wieso – ich – Ruf?"

Der Sprecher war von Sams Frage überrumpelt worden, so daß ihm nicht gleich eine klügere Antwort einfiel.

„Also keinen Ruf? Hm! So sprecht auch nicht über den meinigen, sondern sorgt zunächst dafür, daß die Leute auch etwas Gutes von Euch zu erzählen haben!"

Dieses Intermezzo war dem Hausherrn unangenehm. Er wollte eine versöhnliche Bemerkung machen; doch Leflor kam ihm zuvor, stieß ein lustig sein sollendes, aber hart und gemacht klingendes Lachen aus und antwortete:

„So ist's recht, Master! Ein Jäger muß stets schlagfertig sein; nur muß er sich auch seinen Mann ansehen, damit er nicht an einen gerät, der hoch über ihm steht. Übrigens seht Ihr mir gar nicht wie ein rechter Westmann aus. Dieses Fell ist doch nur Maske, und dieses Schießholz – ah, welch alberner Prügel!"

Er hatte Sam das Gewehr aus der Hand genommen und hielt es dem Pflanzer lachend hin. Dieser gab ihm einen Wink, um ihn zu warnen. Die kleinen, scharfen Äuglein des Dicken fingen diesen Wink auf. Er sagte:

„Ist nicht nötig, dieses Augenzwinkern, Sir! Ich weiß doch nun, wie ich mit diesem Mann daran bin. Wenn er nicht sofort meine Büchse hier auf den Tisch legt, wird er Prügel haben, und zwar keine albernen. Er mag dann merken, wer höher steht, er oder ich. Sam Barth ist ein urgemütlicher Kauz, aber mit sich tollen läßt er nicht." – „Mensch!" fuhr Leflor auf. – „Boy."

Boy heißt Bube, Knabe. Der Dicke stieß dieses Wort nicht etwa überlaut hervor, sondern er sagte es ruhig, mit nur ein ganz klein wenig erhobener Stimme, aber seine ganze Haltung gab die Gewißheit, daß seine Faust in der nächsten Sekunde dem anderen an die Kehle oder an den Kopf fahren werde. Da stellte sich Wilkins mit einem raschen Schritt zwischen die beiden, nahm das Gewehr aus Leflors Hand, gab es an Sam zurück und sagte:

„Bitte, lieber Nachbar, keine Provokation! Master Barth ist mein Gast; er hat Euch nichts getan, und so sehe ich nicht ein, aus welchem Grund Ihr Streit mit ihm sucht. Die Jugend ist doch zuweilen ein wenig übermütig. Nicht, Sir?"

Diese letzte Frage war an Sam gerichtet. Dieser zuckte die Achsel und antwortete:

„Was nennt Ihr Jugend? Ich möchte diesem Wort nicht eine gar zu weite Ausdehnung geben." – „Ganz, wie es Euch beliebt. Aber ist es Euch vielleicht recht, wenn ich Euch nach der Veranlassung Eures Besuches frage?"

Leflor hatte den kleinen Verweis schweigend hingenommen; aber seine Augen blitzten, und der Ausdruck seines Gesichtes ließ erwarten, daß er dies nicht ungerächt hingehen lassen werde.

Almy war zurückgetreten. Ihr schönes Gesicht war ernst, kalt und undurchdringlich. Als das Auge Leflors jetzt auf sie fiel, zog sie die Brauen noch finsterer zusammen.

Sam tat, als ob er das alles gar nicht bemerke, und antwortete auf die an ihn gerichtete Frage:

„Es ist mir das sogar sehr lieb, Sir. Ich habe keine Zeit für unnütze Reden übrig. Ich komme, um zu fragen, ob Euch vielleicht ein Mann bekannt ist, der den Namen Walker führt." – „Walker? Der Name ist nicht selten. Ich habe ihn wohl zuweilen gehört, weiß aber keinen Bekannten, der sich so nennt." – „Hm! So ist heute früh niemand, der diesen Namen führt, bei Euch gewesen?" – „Nein." – „Erlaubt mir die Frage, welche Besuche Ihr überhaupt bereits gehabt habt!" – „Keinen. Monsieur Leflor ist die erste Person, mit der ich heute spreche." – „Ich danke Ihnen! Vorher habe ich aber noch eine andere Angelegenheit. Darf ich Euch wohl allein sprechen?" – „Gewiß. Betrifft die Angelegenheit Euch?" – „Nein, sondern Euch." – „Nun, so könnt Ihr getrost davon sprechen. Vor meiner Tochter habe ich kein Geheimnis, und Monsieur Leflor ist mein Nachbar und Freund, der vielleicht auch hören darf, was Ihr bringt." – „Ja. Beide könnten es eigentlich hören, uneigentlich aber nicht." – „Wie meint Ihr das?" – „Ich will die Miß nicht dabei haben, weil ihr Gesicht mir so gut gefällt, und ihn will ich nicht dabei haben, weil sein Gesicht mir gar nicht gefällt." – „Mensch! Kerl!" rief Leflor, einen Schritt näher tretend und die Faust erhebend. „Ich werde dir zeigen, wie man von mir spricht!"

Sam hatte bereits das Bowiemesser in der Hand. Er spitzte die Lippen zu einem verächtlichen Pfiff und antwortete:

„Sachte, sachte, mein Junge, sonst bringen dich acht Zoll kaltes Eisen zur Ruhe. Ich bin in guter Absicht hierhergekommen und von dir in einer Art empfangen worden, die ich nicht gewöhnt bin, und an die ich mich dir zuliebe auch nicht gewöhnen werde. Wer und was du bist, das geht mich nichts an; ich aber bin ein Savannenläufer und handle nach dem Gesetz der Savanne. Nach demselben besteht die Antwort auf eine Beleidigung aus einer Kugel oder einem Messerstich. Ich habe aus Höflichkeit für Master und Miß Wilkins dir diese Antwort nicht gegeben, sage dir aber in aller Ehrlichkeit, daß mir dein Gesicht nicht gefällt. Wenn dich das beleidigt, so sind wir richtig quitt, Beleidigung gegen Beleidigung. Wagst du nun noch eine einzige Silbe, so will ich gehängt sein, wenn dir nicht im nächsten Augenblick meine Klinge zwischen den Rippen sitzt! So, jetzt bin ich mit dir fertig! Und nun bitte, Master Wilkins, ein Wort im Vertrauen!“

Almy hatte noch kein Wort gesprochen. Jetzt wandte sie sich an den Jäger:

„Darf ich denn wirklich nichts hören?“ – „Hm! Eigentlich jetzt noch nicht; aber erfahren werdet Ihr es doch noch heute. Sagt mir einmal, Miß, könnt Ihr schweigen?“ – „Oh, gewiß!“ – „Will Euch einmal Glauben schenken, obgleich ich sonst anderer Meinung über das Plapperment der Damen bin. Ihr sollt also dabeisein dürfen. Habt Ihr eine Stube, Master Wilkins, in der wir sprechen können, ohne belauscht zu werden?“ – „Ja, kommt hier nebenan!“

Da fiel Leflor schnell ein:

„Meinetwegen sollt Ihr Euch nicht entfernen, Monsieur. Schließt man mich wirklich vom Vertrauen aus, so bin ich es, der sich zurückzieht. Ich werde einstweilen hinab in den Garten gehen und ersuche Euch, mich durch den Diener rufen zu lassen, sobald Ihr wieder für mich zu sprechen seid. Ich möchte nicht fortgehen, ohne in unserer Angelegenheit Eure Entscheidung mitzunehmen.“

Er ging. Der Pflanzer hob freundlich warnend den Zeigefinger empor und sagte:

„Master Barth, da habt Ihr Euch einen Feind erworben. Meint Ihr nicht?“ – „Hm! Alle Schufte sind dem ehrlichen Mann feind. Einer mehr oder weniger, das ist gleichgültig.“ – „Ihr urteilt zu schnell und seid zu aufrichtig.“ – „Ich verstehe, was Ihr sagen wollt. Ihr wollt mir sagen, daß ich zu voreilig gewesen bin. Ich aber sage Euch, daß mir zwar das Gesicht dieses Mannes wie ein echtes, rechtes Spitzbubengesicht vorkommt, daß es mir aber gar nicht eingefallen wäre, ihm dies zu sagen, wenn er mich anders empfangen hätte. Er ist vielleicht ein wohlhabender, ein reicher Pflanzer; das gilt jedoch in meinen Augen keinen Pfifferling. Er mag versuchen, ein Westmann zu werden! Er wird in vierzehn Tagen mit tausend Laternen seine sechzehn Knochen nicht zusammenfinden können. Nur Männer dürfen reden. Rempelt mich aber so ein Junge an, so pfeife ich ihm eine Schwarte um die Ohren, daß ihm alle fünfhundert Kometen im Kopf herumfunkeln. Nur Eurer Gegenwart hat er es zu danken, daß er so leichten Kaufes davongekommen ist. Was er von mir denkt, und was er gegen mich sinnt, das ist mir vollständig Wurst und Schnuppe; aber hüten soll er sich, mit mir anzubinden; das könnt Ihr ihm, wenn Ihr Euch so sehr für ihn interessiert, zur Warnung mitteilen. Was nun unsere nächste Angelegenheit betrifft, so wünsche ich, daß er nichts davon erfährt, Master Wilkins." – „Betrifft es vielleicht auch ihn?" – „Nein." – „So bedenkt, daß er mein Nachbar ist, und daß in solch entlegener Gegend Nachbarn vielfältig aufeinander angewiesen sind." – „Mag sein; aber ich traue diesem Menschen nun einmal nicht. Wollt Ihr mir versprechen, gegen ihn zu schweigen?" – „Wenn Ihr es durchaus verlangt, ja. Aber ist denn Eure Angelegenheit so wichtig, Master?" – „Sehr. Ihr werdet es sofort erfahren. Ist Euch vielleicht ein gewisser roter Burkers bekannt?"

Der Pflanzer erschrak sichtlich.

„Der?" antwortete er. „Oh, der ist mir nur gar zu gut bekannt. Was ist's mit ihm?" – „Er will Euch einen Besuch abstatten." – „Herrgott! Ist's wahr?" – „Ja, gewiß." – „Wann?" – „Heute in der Nacht." – „Mein Himmel! Welch eine Nachricht!"

Wilkins hatte sich von seinem Sitz erhoben, tat einige Schritte im Zimmer hin und her, blieb dann vor Sam stehen und fragte:

„Woher wißt Ihr das, Sir? Er kann es Euch ja doch nicht gesagt haben!" – „Wirklich, wirklich! Er hat es mir gesagt, aber er wußte nur nicht, daß ich es hörte." – „Ah! Ihr habt ihn belauscht?" – „Ja, gestern abend, drüben im Wald, vier Stunden von hier." – „Welch eine Nachricht, welch eine Nachricht! Die ist freilich von allerhöchster Wichtigkeit für mich! Almy, mein Kind, sprich! Du bist ganz verstummt!"

Almy war allerdings sehr bleich geworden und hatte kein Wort gesprochen; jetzt antwortete sie:

„Beruhige dich, Pa! Es wäre schrecklich gewesen, plötzlich von ihnen überfallen zu werden. Nun wir es aber wissen, können wir unsere Vorbereitungen treffen. Monsieur Adler wird das Seinige tun, ganz wie damals, und wenn wir dem braven Sam Barth gute

Worte geben, so bleibt er vielleicht hier, um uns seinen Scharfsinn, seine Erfahrung und seine berühmte Büchse zu leihen. Nicht, Master?"

Sie hielt Sam lächelnd die kleine Hand entgegen. Sam ergriff dieselbe mit zwei Fingern, leise, sanft, um ihr ja nicht wehe zu tun, zog sie an diejenige Stelle seines Pelzes, unter der er sein Herz wußte, und antwortete in überfließendem Gefühl:

„Miß, habe ich Euch nicht bereits gesagt, daß ich mich für Euch mit allen Indsmen der Erde herumhauen würde? Habt Ihr das vergessen?" – „Hier handelt es sich nicht um Indsmen." – „Schuft bleibt Schuft, weiß oder rot, grün, blau oder gelb, ganz egal. Ich bleibe bei Euch, und ich bin nicht allein, sondern ich bringe noch zwei Kerle mit, die sich gewaschen haben. Ihr habt von mir gelesen, Miß. Hat vielleicht auch der Name Jim oder Tim Snaker in der Zeitung gestanden?" – „Freilich. Das sind zwei Brüder? Nicht?" – „Ja, und diese beiden werden Euch helfen." – „Welche Überraschung! Sie sind also hier?" – „Gewiß. Sie stehen draußen im Garten und warten auf mich." – „Warum kommen Sie nicht mit herein?" – „Weil sie draußen nötiger sind; später aber werden sie wohl mitkommen. Ist der deutsche Aufseher ein tüchtiger Kerl?" – „Wir können uns auf ihn verlassen", antwortete der Pflanzer.

Almy fügte schnell hinzu:

„Er würde sein Leben für uns wagen." – „Nun, so wird es uns wohl gelingen, mit den Schurken fertigzuwerden. Laßt Euch das Nähere erzählen, Master Wilkins!"

Sam berichtete nun alles, was seit gestern abend geschehen war, und Vater und Tochter hörten mit größter Spannung zu. Als er mit seiner Erzählung zu Ende war, fragte Wilkins:

„Also dieser Walker ist auch hier, im Bereich meiner Besitzung? Was mag er wollen?" – „Jedenfalls führt ihn eine ganz bestimmte Absicht hierher. Vielleicht sucht er Euch auf. Wollt Ihr mir versprechen, ihn in diesem Fall festzuhalten, bis ich wiederkomme?" – „Gewiß! Ich verspreche es Euch. Also Ihr wollt jetzt seiner Fährte weiter folgen?" – „Das versteht sich ganz von selbst. Wir müssen ihn haben, auf jeden Fall und um jeden Preis." – „Und wenn sich seine Spur verliert?" – „So führt sie sicher zu Bommy." – „Bommy? Ah! Kennt Ihr den?" – „Erst seit einer halben Stunde. Was für ein Kerl ist dieser Schwarze?" – „Ein undankbarer, charakterloser und selbstsüchtiger Wicht. Mein Bruder hatte ihn freigelassen und ihm sogar ein kleines Areal geschenkt. Zu faul, sich durch Arbeit zu ernähren, begann er mit Schnaps zu handeln. Um mir nicht meine Leute verpesten zu lassen, habe ich ihnen verboten von ihm zu kaufen. Seit dieser Zeit sucht er mir auf alle Weise zu schaden. Ihr meint also, daß Walker ihn aufgesucht habe?" – „Ich möchte darauf schwören." – „So müßte er ihn kennen." – „Das ist nicht gerade nötig. Er hat vielleicht Eure beiden Negerinnen My und Ty nach jemand gefragt, der Euch feindlich gesinnt ist, sie haben ihm diesen Bommy genannt. Er wird ihn natürlich aufsuchen. Das ist der sicherste Beweis, daß ihn eine Euch feindselige Absicht hierher geführt hat." – „Ob er vielleicht ein Verbündeter des roten Burkers ist?" – „Schwerlich. Ich meine vielmehr, daß beide gar nichts voneinander wissen. Aber möglich wäre es, daß sie sich hier fänden, wenn ich die Bande nicht zufällig belauscht hätte. Nun wißt Ihr alles Master. Jetzt werde ich zu meinen Gefährten gehen, um mit ihnen den lieben Bommy aufzusuchen. Vielleicht erwischen wir den Kerl bei ihm." – „Wann kommt ihr wieder?" – „Sobald wie möglich. Dann haben wir Zeit, einen Plan gegen den Überfall zu besprechen. Sagt bis dahin aber keinem Menschen etwas davon. Die Nigger sind schwatzhafte Kreaturen. Sie machten, wenn sie es erführen, einen Heidenspektakel, und da merkte der rote Burkes zu früh, daß wir ihn erwarten werden; er käme also gar nicht, und das wäre doch jammerschade." – „Aber Leflor möchte es doch erfahren. Er würde gern mit einigen seiner Leute kommen, um uns beizustehen." – „Dann bleibe ich mit Jim und Tim weg. Übrigens habe ich eine Ahnung, als ob dieser Leflor kein gar so großer Freund von Euch sei. Wartet jetzt ruhig meine Rückkehr ab; dann werden wir ja sehen, ob es nötig ist, fremde Hilfe herbeizuziehen. Adieu Master, adieu Miß!

Sam gab Vater und Tochter die Hand und ging, sie in einer keineswegs ruhigen Stimmung zurücklassend.

4. KAPITEL

Leflor war, wie er gesagt hatte, in den Garten gegangen. Er hatte sich ganz außerordentlich über Sam geärgert. Das Auftreten des braven Dicken hatte ihm aber doch so imponiert, daß er eingeschüchtert worden war; aber er nahm sich vor, die Gelegenheit zur Rache zu ergreifen.

Was mochte dieser Jäger bei Wilkins wollen? Leflor riet hin und her, konnte sich aber nichts denken, hoffte jedoch, es leicht und schnell zu erfahren.

So schritt er langsam den breiten Kiesweg dahin, in finsteren Gedanken versunken, bis er durch nahende Schritte aus seinem Brüten aufgeweckt wurde. Ein junger, einfach, aber doch gut gekleideter Mann, dessen ausdrucksvolles Gesicht von einem feinen Panamahut beschattet wurde, kam mit schnellen Schritten aus einem Seitenweg heraus und stieß, da er wegen des Buschwerkes Leflor nicht hatte sehen können, beinahe mit diesem zusammen.

Über Leflors Gesicht zuckte ein häßlicher Zug. Er blieb stehen und fragte:

„Monsieur Adler, seid Ihr blind?"

Der Angeredete schritt ruhig weiter, ohne zu antworten, ohne zu tun, als ob er den Frager gesehen oder gehört habe. Da rief dieser mit erhobener Stimme:

„Master, hört Ihr mich nicht?"

Und als auch jetzt noch keine Antwort erfolgte, schritt er eiligst hinter ihm her und lachte höhnisch:

„Ah, Ihr fürchtet Euch vor mir! Ihr habt kein gutes Gewissen!"

Da hemmte Adler seine Schritte, drehte sich langsam um und ließ Leflor herankommen. Sein Gesicht schien in diesem Augenblicke aus Wachs geformt zu sein; es war vollständig unbeweglich. Selbst sein Auge hatte einen eigentümlich starren Blick, der nicht auf Leflor, sondern über diesen hinaus gerichtet zu sein schien. Ein solches Gesicht hat man nur dann, wenn man sich alle Mühe geben muß, eine innere Erregung zu bemeistern, wenn man gezwungen ist, Rücksicht zu üben und höflich zu sein, während man doch das gerade Gegenteil empfindet. „Habt Ihr gehört?" fragte Leflor, vor Adler stehenbleibend. – „Was?" – „Daß Ihr Euch vor mir fürchtet!" – „Ihr spracht also mit mir?" – „Natürlich!" – „Ich glaubte, es sei gar niemand da, Monsieur Leflor." – „Pshaw! Macht mir nichts weis. Euer Betragen gegen mich ist ein solches, daß ich es nicht länger dulden kann. Warum grüßt Ihr mich nicht?"

Da schoß ein zornig leuchtender Blitz aus Adlers Auge in das Gesicht des anderen; aber in demselben Augenblick hatten die Züge des Aufsehers ihre Ruhe wiedererlangt. Er zuckte leicht die Achsel und antwortete:

„Ich wundere mich über Eure Frage. Ich würde sie gegen keinen Menschen und in keinem Fall aussprechen. Aber da sie einmal ausgesprochen ist, will ich sie beantworten, obgleich ich natürlich nicht gezwungen bin, es zu tun. Ich habe Euch gegrüßt, zehnmal, zwanzigmal. Ihr habt es nicht getan; natürlich unterlasse ich es nun auch. So ist es." – „So, also so!" meinte Leflor höhnisch. „Ihr habt also gemeint, auch ich solle grüßen, ich zuerst?" – „Natürlich." – „Das ist spaßhaft. Ich, der Pflanzer, der Plantagenbesitzer, soll einen Dienstboten grüßen!" – „Warum nicht? Wenn Euch so viel an dem Gruß des Dienstboten liegt, daß Ihr ihn Euch erzwingen wollt, so ist dieser Dienstbote jedenfalls eine so wichtige Person, daß auch Ihr ihn grüßen könnt." – „Das fehlte noch! Wo kommt Ihr jetzt her?" – „So darf mich nur Monsieur Wilkins fragen!" – „Schön! Es wird anders werden. Jetzt aber verfügt Euch in den Stall, um nachzusehen, ob mein Pferd Futter erhalten hat!" – „Ich will Euch das Vergnügen nicht rauben, Euch um Euer Pferd selbst zu bekümmern."

Die Männer standen sich Auge in Auge gegenüber. Es war klar, daß Leflor diesen Streit vom Zaun brach, daß er den Aufseher haßte. Zu diesem Haß kam auch noch der Zorn über die Behandlung, die er von Sam Barth erfahren hatte. Jetzt brach er los:

„Also Ihr weigert Euch, meinen Befehlen zu gehorchen?" – „Von Befehlen Eurerseits kann gar keine Rede sein!" – „Oho! Ihr werdet bald vom Gegenteil überzeugt sein. Oder hättet Ihr dem Schwiegersohn des Master Wilkins etwa nicht zu gehorchen?"

Das Gesicht Adlers ward um einen Schatten bleicher, und seine Stimme bebte leise, als er antwortete:

„Der werdet Ihr jedenfalls niemals sein!" – „Nicht? Ich sage Euch, daß ich soeben um Almys Hand angehalten habe!" – „Dann seid Ihr abgewiesen worden!" – „So kann nur ein Verrückter antworten. Ich habe das Jawort erhalten." – „In diesem Fall ist die Person, die es Euch gegeben hat, verrückt; da ich aber weder meinen Prinzipal noch dessen Tochter für geisteskrank halte, so sehe ich mich gezwungen, Eure Behauptung sehr einfach für eine Erfindung, eine Lüge zu halten."

Da trat Leflor einen Schritt zurück und sagte:

„Lüge, das mir?" – „Das Euch, ja!" – „Verdammter deutscher Hund! Hier hast du!"

Leflor holte mit der geballten Faust aus und schlug damit Adler – in das Gesicht? O nein. Er wollte es tun, aber seine Faust traf nur die Luft, und er selbst erhielt im Gegenteil einen so gewaltigen Boxhieb in die Magengegend, daß er, sich überschlagend, in weiten Bogen zu Boden stürzte.

„O Jessus, o Jessus!" kreischte eine weibliche Stimme. – „Hilfe, Hilfe!" rief eine zweite.

My und Ty waren mit ihrer Wäsche vom Fluß zurückgekehrt. Sie hatten, um schneller heimzukommen, den Seitenweg eingeschlagen, aus dem vorhin Adler gekommen war. Hier hörten sie Stimmen, blieben stehen und erkannten zwischen den Zweigen hindurch die beiden Männer. Sie verstanden jedes Wort, das gesprochen wurde, und als nun die Hiebe fielen, stießen sie erschrokken die Hilferufe aus.

Leflor hatte sich kaum erheben können. Der Atem fehlte ihm. Dennoch wollte er sich auf Adler stürzen, der ihn ruhig in der Stellung eines gewandten Boxers erwartete, als aber die beiden Negerinnen zu schreien anfingen und er also bemerkte, daß seine so plötzliche Niederlage Zeugen gehabt habe, zog er es vor, schnell hinter den Büschen zu verschwinden.

Adler blieb als Sieger noch einen Augenblick stehen, zuckte verächtlich die Achsel und trat zu den Negerinnen.

„Was tut ihr hier? Ihr habt gelauscht!" – „O nein, Massa! Nicht gelauscht", antwortete Ty. „Wir kamen vom Wasser, ganz zufällig." – „Habt ihr alles gehört und gesehen?" – „Alles. Massa Adler ist ein starker Held. O Jessus, Jessus, wie Massa Leflor auf die Erde gekugelt ist wie ein Hund, der aus dem Fenster fällt."

Ty lachte bei dieser Vorstellung laut auf, und die gute My stimmte mit ein.

„Macht, daß ihr in die Küche kommt!" befahl Adler. „Und ich verbiete euch, irgend jemand etwas zu sagen! Hört ihr?" – „Oh, wir hören!" – „Wenn ihr plaudert, so wird es euch schlimm ergehen. Also schweigt." – „Oh, Massa, wir schweigen, wir schweigen sehr!"

Sie nahmen ihre Wäsche wieder auf und trabten von dannen. Als sie in der großen Küche ankamen, befand sich Almy dort. Sie hatte ihren Vater mit Leflor, der von seinem Spaziergang zurückgekehrt, allein lassen müssen und suchte sich nun hier Beschäftigung, um sich von dem Gedanken an den zu erwartenden Überfall nicht zu sehr beunruhigen zu lassen.

„Miß, Miß Almy, wir sind wieder da!" rief My bereits im Eintreten. – „Ihr wart sehr lange", tadelte die Herrin. „Ihr hättet viel eher fertig sein können!" – „Eher? My und Ty konnten nicht eher. Viel andere Abhaltung und viel andere Arbeit." – „Welche Abhaltung und Arbeit denn?" – „Erst kam ein Mann im Indianerkanu. Dann kam der Bär. Nachher der Mann mit der Nase und der Mann ohne Nase. Und zuletzt kam Streit mit Massa Leflor und Massa Adler."

Jetzt wurde die junge Herrin aufmerksam.

„Ein Streit zwischen beiden?" – „Ja. Massa Leflor beleidigte Massa Adler. Massa Adler soll ihn grüßen, ihm gehorchen, nach seinem Pferd sehen. Massa Leflor sind Schwiegersohn von Massa Wilkins. Massa hat jetzt das Jawort erhalten von Massa Wilkins."

Almy wurde rot und dann um so bleicher.

„Wer hat das gesagt?" fragte sie hastig. – „Massa Leflor." – „Zu Massa Adler?" – „Ja" – „Was antwortete dieser?" – „Er sagte, daß es Lüge sei." – „Das ist es auch." – „Da wurde Massa Leflor sehr zornig und holte aus, Massa Adler zu schlagen."

„Mein Gott! Das gibt ein Unglück!" – „Nein, Miß, kein Unglück, denn der gute Massa Adler war viel schneller und traf Massa Leflor auf den Bauch, so schnell, daß er einen Purzelbaum machte weit auf die Erde hin. O Jessus, Jessus, war das schön, sehr schön!" – „Und was geschah dann weiter?" fragte Almy voller Angst. – „Ich schrie, und Ty schrie. Da riß der böse Massa Leflor aus. Massa Adler aber kam zu uns und befahl uns, gar nicht zu sa... o Jessus, Jessus, jetzt habe ich es doch gesagt! Nun wird es uns gehen sehr schlimm." – „Beruhige dich! Ich werde euch nicht verraten; aber sagt es keinem anderen." – „Nein, nein! Aber dürfen wir es nicht auch noch sagen Nero, dem Kutscher? Er kann nicht leiden Massa Leflor und wird lachen vor großer Freude, daß Massa gemacht hat einen so großen Purzelbaum." – „Nein; auch er darf es nicht wissen." – „So werden wir schweigen. Kein Mensch darf es erfahren, kein Mensch."

Aber zwei Minuten später stand My bei Nero, dem schwarzen Wagenlenker, der ihr Geliebter war, und erzählte ihm unter den abenteuerlichsten Gesten und Pantomimen alle ihre heutigen Erlebnisse.

Kurze Zeit später erschien der Diener, um Almy zu ihrem Vater zu bitten. Dieser befand sich nicht mehr im Parlor, wo er mit Leflor gesprochen hatte, sondern in seinem Arbeitszimmer. Er empfing die Tochter mit einem Gesicht, auf dem sich Sorge, Rührung und Spannung zeigten. Auf einen Sessel deutend, sagte er:

„Setze dich, liebes Kind! Ich habe dir etwas Wichtiges mitzuteilen."

Er legte die Füße übereinander und strich sich mit der Hand langsam über die Stirn, als werde es ihm schwer, den Anfang zu finden. Almy setzte sich nicht; sie blieb vielmehr stehen und erwiderte in ruhigem, beinahe geschäftsmäßigen Ton:

„Ich weiß, was du mir sagen willst." – „Schwerlich." – „Gewiß. Es scheint dir schwer zu werden, den Gegenstand zu besprechen. Ich möchte wünschen, ihn so leicht wie möglich zu nehmen." – „Du sprichst von dem zu erwartenden Überfall. Oh, der macht mir jetzt weniger Sorge als..." – „Als meine Verheiratung", fiel sie ins Wort.

Wilkins fuhr erstaunt auf:

„Wie, du weißt es?" – „Ja. Leflor hat das Wort seit langer Zeit auf den Lippen gehabt. Sein heutiges feierliches Auftreten ließ mich vermuten, daß er mit dir über seine Absichten sprechen werde." – „Er hat es getan", antwortete der Pflanzer, sichtlich erleichtert, daß Almy so schnell auf diesen Gegenstand einging. – „Was hast du ihm geantwortet?" – „Noch nichts. Ich mußte doch erst mit dir sprechen. Ich würde keinem Menschen deine Hand ohne deine Einwilligung versprechen, mein liebes Kind." – „Wann hast du ihn wieder bestellt, um unsere Entscheidung zu erfahren?" – „Er ist noch gar nicht fort. Er bat um sofortige Antwort. Er wartet im Parlor." – „So hat er es sehr eilig", lachte sie heiter. „Ich werde sofort zu ihm gehen." – „Wirklich, Kind, wirklich?"

Er erhob sich erfreut von seinem Stuhl.

„Ja, du erlaubst doch, Pa, daß ich es ihm selbst sage, nicht wahr?" – „Sehr gern, mein liebes Kind. Deine Heiterkeit läßt mich die Antwort erraten, die du ihm geben wirst." – „Und welche ich ihm sehr gern gebe."

Da ergriff er sie bei der Hand und fragte, jetzt plötzlich wieder ernst werdend:

„Gibst du sie ihm wirklich so gern? Ich hatte vermutet, wenigstens auf einen kleinen Widerstand zu stoßen." – „Warum Widerstand, Pa? Wir beide haben doch stets nur einen Wunsch und Willen." – „Ja; aber warte noch einen einzigen Augenblick, Almy, und laß uns fragen, ob er es auch wirklich wert ist."

Sein Ton klang beinahe angstvoll, wenigstens besorgt. Almy aber lachte ihm herzlich entgegen und antwortete, ihm freundlich zunickend:

„Er ist es wert, Pa, gewiß, er ist es wert!" – „Nun, wenn du diese Überzeugung besitzt, und wenn dein Herz bereits so deutlich gesprochen hat!" – „Ja, es hat gesprochen."

Er schüttelte leise den Kopf. Es flog wie Enttäuschung über sein mildes Angesicht.

„Das hatte ich nun nicht so vermutet", sagte er. „Es ist doch wahr, ihr Frauen seid vollständig unberechenbar. Ich dachte dich ganz genau zu kennen, und nun sehe ich, daß ich dich gar nicht kannte, daß ich mich geirrt habe." – „Ja, du hast dich geirrt, Pa, aber in ganz anderer Weise, als du denkst. Bitte, komm!"

Almy ergriff seine Hand und trat mit ihm in den Parlor, wo Leflor wartend am Fenster stand. Er mochte an Adler denken, denn seine Stirn lag in finsteren, drohenden Falten. Jetzt drehte er sich um, und als er das schöne Mädchen lächelnd an der Hand des Vaters erblickte, nahm sein Gesicht den Ausdruck des Triumphes an.

„So schnell!" sagte er. „Ich erlaube mir natürlich, dies als ein glückliches Omen für mich zu deuten." – „Ja", nickte der Pflanzer ernst. „Almy hat mich gar nicht aussprechen lassen. Sobald ich begann, erklärte sie, daß sie Euch gern selbst und sofort die Antwort geben werde." – „Welch ein Glück! Almy, darf ich hoffen?"

Leflor trat auf sie zu und wollte ihre Hand ergreifen; sie aber wich einen Schritt zurück und fragte, nicht ernst, sondern sorglos lachend:

„Was hofft Ihr denn Monsieur?" – „Daß Ihr Euch entschlossen habt, den heißesten Wunsch meines Herzens zu erfüllen." – „Welcher Wunsch ist das?" – „Euch die Meine nennen zu dürfen." – „Und Ihr hofft, daß ich diesen Wunsch erfülle?" – „Ja, ich hoffe es." – „Das begreife ich nicht. Die Hoffnung verlangt doch wohl etwas, was man noch nicht besitzt." – „Allerdings, Miß Almy." – „Wenn Ihr hofft, mich zu besitzen, so besitzt Ihr mich also noch nicht?" – „Leider nicht, noch nicht." – „Warum sagt Ihr dann zu anderen Personen, daß Ihr bereits unsere Zusage erhalten hättet?"

Almys Gesicht hatte auf einmal einen ganz anderen Ausdruck angenommen; es war so ernst, ja streng, auf ihn gerichtet, daß er vor ihrem Blick die Augen niederschlagen mußte.

„Ich sollte das gesagt haben?" – „Ja". – „Das ist entweder ein Mißverständnis oder gar eine Lüge." – „Es ist weder das eine noch das andere. Ihr habt es gesagt; das ist eine Tatsache." – „Zu wem?" – „Zu Monsieur Adler."

Da rief er zornig:

„Ah! So hat er geplaudert, der ehrlose Kerl!" – „Nein, er hat kein Wort gesagt. My und Ty sind Zeugen Eurer Behauptung und Eurer Niederlage gewesen; sie erzählten es mir sofort. In Euren letzten Worten gebt Ihr zu, gesagt zu haben, daß Ihr bereits mein Jawort erhalten habt. Haltet Ihr mich für eine so leichte und billige Ware, daß Ihr meint, es bedürfe nur Eures Willens, mich zu besitzen? Da habt Ihr Euch allerdings getäuscht. Das Wort, das Ihr zu dem Aufseher gesagt habt, ist nicht nur eine Lüge, sondern sogar ein Schimpf für mich. Einem Mann, der mich beschimpft und der solche offenbare Lügen sagt, kann ich natürlich nicht gehören. Von Liebe will ich ganz und gar schweigen, aber achten muß man doch wenigsten den Mann können, dem man Sein und Leben widmet; aber nicht einmal dies ist hier der Fall. Ihr selbst seid schuld, daß Ihr nun vor Monsieur Adler der Blamierte seid."

Leflor hatte Almy aussprechen lassen, ohne sie zu unterbrechen.

Er blickte sie starr und mit Ausdruck des Zweifels, des Unglaubens an.

„Höre ich recht?“ fragte er dann. „Nicht wahr, Ihr scherzet!“ – „Dann wäre ich nicht nur leichtsinnig, sondern im höchsten Grade frivol, und da irrt Ihr Euch abermals.“ – „So sagt Ihr also nein?“ – „Ein festes Nein.“

Er machte abermals eine Pause. Er war so sicher gewesen, das Jawort zu erhalten, daß er sich jetzt in das schier Unmögliche nicht so schnell finden konnte. Wilkins seinerseits hatte, durch Almys Heiterkeit getäuscht, fest geglaubt, daß sie Leflor nicht nur ja sagen werde, sondern daß sie ihn sogar heimlich geliebt habe. Auch er konnte sich nicht so leicht in seinen Irrtum finden. Er fragte:

„Almy, scherzest du wirklich nicht? Besinne dich, mein Kind!“ – „Es ist nicht notwendig, mich zu besinnen, Vater. Ich will den Schimpf, den er mir angetan hat, nicht rächen, ich will ihm vergeben, aber das Weib meines Beleidigers kann ich unmöglich werden, und du, der in mir mit beschimpft wurde, kannst dich darüber doch nicht wundern.“

Wilkins Gesicht hatte eine Art von großer Verlegenheit ausgedrückt. Jetzt begann sein Auge stolz aufzuleuchten. Er nickte zustimmend mit dem Kopf und sagte zu Leflor:

„Da habt ihr es, Monsieur! Ihr seid unvorsichtig gewesen. Zu große Sicherheit ist sehr oft trügerisch. Ich gestehe aufrichtig, daß ich die Logik meiner Tochter sehr wohl begreife.“ – „So! Ihr stimmt ihr also bei?“ – „Vollständig. Es ist eine Beleidigung, die Ihr uns angetan habt. Die Folgen derselben kann ich Euch leider nicht erlassen.“

Erst jetzt begann Leflor einzusehen, daß er wirklich einen Korb erhalten habe. Sein Gesicht wurde grün vor Ärger; seine Wangen schienen einzufallen; seine Stirn rötete sich, und die langen, knöchernen Finger strichen nervös an dem Rock auf und nieder. Er preßte die Zähne zusammen und knirschte in beinahe pfeifendem Ton:

„Wißt Ihr aber auch noch alles, was ich Euch vorhin sagte, Monsieur?“ – „Ich weiß es“, antwortete Wilkins, indem er eine Bewegung machte, als ob er sich zu dieser Antwort erst besonders ermannen müsse. – „Und habt Ihr es bei Eurer Antwort vielleicht mit in Betracht gezogen?“ – „Nicht nur vielleicht, sondern vollständig.“ – „Ihr schient aber doch bei Eurem Eintritt überzeugt zu sein, daß die Miß ein Ja sagen werde. Auch verspracht Ihr mir vorhin, ihr zuzureden. Die Änderung ist sehr schnell vor sich gegangen. Mögt Ihr sie nicht bereuen! Oder wünscht Ihr vielleicht noch eine Bedenkzeit? Ich will morgen wiederkommen, meinetwegen auch übermorgen." – „Danke, Sir! Es bleibt bei unserem Entschluß. Nicht wahr, liebe Almy?" – „Ja. Die Beleidigung ist geschehen; sie kann nicht ungeschehen gemacht werden."

Da trat Leflor einen Schritt näher an den Pflanzer heran und sagte in fauchendem Ton, fast mit dem Klang einer Katzenstimme: „Nun wohl! Ein jeder ist seines Glückes Schmied. Ich kann weiter nichts sagen, als daß euch beiden die Reue baldigst kommen wird. Dann werdet ihr euch vergebens nach mir sehnen!" – „Auch das noch!" rief Almy. „Hinaus mit Euch, sonst rufe ich nach dem Diener!" – „O bitte, bitte! Ich gehe schon! Aber nehmt euch in acht, wenn ich wiederkomme!"

Damit ging Leflor.

Vater und Tochter blieben stehen, ohne ein Wort zu sagen, bis unten die Hufschläge eines Pferdes hörbar wurden.

„Da reitet er hin!" sagte Wilkins mit einem tiefen Seufzer – der Erleichterung oder der Belastung? Es ließ sich nicht sagen. – „Grämst du dich darüber, Pa?" – „O nein! Aber vor fünf Minuten hatte ich an diesen Ausgang nicht geglaubt." – „Er sagte, du hättest mir zureden wollen!" – „Ich versprach es ihm allerdings." – „Wie konntest du das! Ich habe dir wiederholt gesagt, daß er mir unsympathisch ist. Ich habe bei seinem Anblick ganz dasselbe Gefühl, das Sam Barth auch hatte. Konntest du wirklich meinen, daß ich ihn liebe, daß ich glaube, mit ihm glücklich werden zu können?" – „Nein, mein Kind. Auch ich achte ihn nicht. Darum war es mir so bang bei dem Gedanken an eine Verbindung mit ihm. Aber er fand Mittel, mich zu zwingen, eine solche Verbindung für wünschenswert zu halten."

Sie blickte ihn erstaunt an.

„Welche Mittel wären das, Pa?" – „Du weißt, daß ich während des Sezessionskrieges ein Anhänger der Nordstaaten war. Sämtliche hiesige Grundbesitzer sind noch heute engagierte Südstaatler. Wer eine Ausnahme macht, kann leicht durch allerlei Ränke und Intrigen zugrunde gerichtet werden. Ich habe damals in meinem patriotischen Eifer manches Opfer gebracht und manches getan, was hier niemand wissen darf. Wie Leflor dazu gekommen ist, alles zu erfahren, kann ich nicht begreifen; aber er weiß alles, und es ist ihm möglich, mich zu stürzen." – „Drohte er dir etwa damit, falls du ihm meine Hand verweigerst?" – „Ja." – „So hast du den eklatantesten Beweis seiner gemeinen Gesinnung, seiner Boshaftigkeit und bodenlosen Schlechtigkeit.

Lieber betteln gehen, als das Weib eines solchen Schurken sein!" – „Meinst du das wirklich so?" – „Ja, aufrichtig, lieber Vater!" – „Almy, du kennst die Armut nicht." – „Ich würde sie zu tragen wissen. Die Schande und das Unglück, die Frau eines solchen Menschen zu sein, könnte ich nicht ertragen, könnte ich nicht überleben. Übrigens sind wir ja nicht arm, Pa." – „Aber er kann uns diskreditieren und stürzen." – „So verkaufen wir und ziehen fort!"

Wilkins seufzte tief auf und schüttelte den Kopf. Er hatte etwas Schweres, sehr Schweres auf dem Herzen. Sollte er es sagen? Sein Blick fiel auf die schöne, lichte, reine Gestalt des jungen Mädchens. Durfte er von dem Geheimnis sprechen, das ihm die nächtliche Ruhe raubte, an seinem Leben zehrte und sein Mark auszudorren drohte? Nein, nein, wenigstens jetzt noch nicht. – Jetzt noch nicht, so hatte er stets gedacht, und doch mußte die Zeit kommen, in der er zum Sprechen gezwungen war. Was dann? Er schüttelte diesen entsetzlichen Gedanken von sich, denn er fühlte sich zu schwach, ihn auszudenken.

Almy legte die Arme um ihn, schmiegte das Köpfchen an seine Brust und fragte liebkosend:

„So bist du wohl unzufrieden mit mir, Pa?" – „Nein, o nein", antwortete er, sich zu einem heiteren Lächeln zwingend. – „So meinst du, daß ich recht gehandelt habe?"– „Ganz richtig und resolut, mein Kind." – „So resolut wirst du mich auch heute abend sehen. Ich werde auch ein Gewehr nehmen, um uns gegen die Bushbeaters zu verteidigen. Weiß Master Adler bereits davon?" – „Nein. Ich habe ihn noch nicht zu sehen bekommen." – „Schicke ihn zu mir, wenn du ihn siehst!"

Almy ging, um sich für einige Augenblicke nach ihrem Zimmer zu begeben. Es war ihr ein Bedürfnis, über die Zurückweisung Leflors noch einmal nachzudenken, um das Ereignis dann für immer ad acta legen zu können.

5. KAPITEL

Gerade als Almy die Tür öffnete, um in ihr Zimmer einzutreten, hörte sie das Geräusch einer anderen Tür. Als sie sich umwandte, erblickte sie Adler, der aus seinem Zimmer kam und wohl oder übel an dem ihrigen vorbei mußte.

War es ein Fehler, auf ihn zu warten? Gewiß nicht. Und doch

schlug bei diesem Gedanken ihr Herzchen schneller. Er sollte zu Pa kommen; sie wollte ihm dies sagen; nur deshalb blieb sie stehen. War das etwa ein Unrecht? O nein! Es war sogar sehr recht. Es war Gehorsam gegen den Pa. Aber warum fühlte sie denn da ihr Gesichtchen so brennen? Warum ging ihr denn da der Atem plötzlich so kurz?

Und nun war er da – noch drei Schritte – noch zwei – noch einen nur! Jetzt ging er vorüber. Er hatte sehr ehrerbietig den Hut gezogen, und sie hatte nicht einmal geantwortet. Er mußte sie für stolz, für unhöflich halten, oder gar für feig, für einen Backfisch!

Dieser letztere Gedanke war höchst fatal. Er gab ihr die Sprache.

„Monsieur!"

Leider hatte sie dieses Wort so leise gesagt, daß er es nicht hören konnte. Er war ja bereits vier Schritte entfernt. Vorhin hatte sie diesem Leflor in aller Offenheit ihre Meinung gesagt, diesem elenden Menschen, und hier brachte sie es nicht fertig, Adler einen kleinen Auftrag ihres Vaters auszurichten, und er war doch ein so guter Mensch, ein so seelensguter Mensch – und jetzt bereits sechs Schritt entfernt, volle sechs Schritt. Wenn nicht jetzt, später konnte er sie gar nicht hören!

Sie nickte, druckte und schluckte. Endlich!

„Mon – sieur – Ad – ler . . .!"

Almy hatte es ausgesprochen, nicht sehr laut etwa; es war kaum zu hören; aber dennoch hatte er es jedenfalls mehr mit dem Herzen als mit dem Ohr gehört, denn er blieb stehen, drehte sich um, zog den Hut und fragte ehrerbietig:

„Befehlt Ihr etwas, Miß Almy?" – „Nein, Monsieur", hauchte sie verlegen. – „Ich glaubte, meinen Namen gehört zu haben. Verzeihung, Miß!"

Schon erhob er den Arm, um den Hut wieder aufzusetzen. Im nächsten Augenblicke würde er sich wieder umdrehen, um fortzugehen. Dann war es vorbei. Und doch mußte er zum Vater, der ihn so sehr notwendig brauchte! Ja, gewiß, es war nur der Gedanke an den Auftrag des Vaters, kein anderer Gedanke, kein anderer Grund, der Almy jetzt den Mut zu den Worten gab:

„Ich sagte – sagte ihn aller – allerdings."

Da kam er langsam näher.

„Also rieft Ihr mich, Miß! Bitte, sagt mir, worin ich Euch gehorchen kann?"

So sprach er stets und immer zu ihr. Er, der sich vor keinem Menschen um ein Haarbreit beugte, war so demütig vor ihr, fast wie ein Sklave. Und doch ruhte dabei sein schönes, dunkles Auge so voll, sicher und selbstbewußt auf ihrem Angesicht! Dieser Widerspruch zwischen der Demut des Wortes und dem Selbstbewußtsein des Wesens war es, was Almy so verlegen machte, was sie immer verwirrte, wenn sie in seine Nähe kam. Und doch fühlte sie sich in dieser Nähe so glücklich!

„Ich wollte Euch bitten – einen kleinen Auftrag für – von – von Pa", sagte sie. – „Sehr gern, Mademoiselle."

Almy stand dabei in der geöffneten Tür ihres Zimmers. Es war ganz unwillkürlich geschehen, ganz absichtslos. Wie kam das doch nur?

Und er – nun, er folgte ihr natürlich. Er glaubte ja, einen Auftrag zu bekommen, vielleicht irgendeinen Gegenstand an Pa zu geben, und um diesen Gegenstand zu empfangen, mußte er doch auch mit hereinkommen. Das war doch ganz logisch!

Er war noch niemals hiergewesen. Der kleine Raum war allerliebst eingerichtet. Ein feiner, unbestimmbarer Duft schlug ihm entgegen. Welch ein Geruch war das nur? Keiner und doch einer. Von keiner Blume, von keiner Blüte, und doch von jeder Blume das beste und von jeder Blüte das süßeste. Ist es wahr, daß ein jedes reine, unentweihte Mädchen seinen Duft hat wie jede unberührte Blütenknospe?

Almy befand sich in schauderhafter Verlegenheit, zumal Adler die Tür hinter sich zugezogen hatte. Warum aber hätte er dies nicht tun sollen? Es wäre im Gegenteil höchst unhöflich gewesen, wenn er den Eingang offengelassen hätte!

Aber da stand er nun und erwartete den Auftrag. Was sollte er tun? Daß er zu Pa kommen sollte, das hätte sie ihm doch draußen in kurzen Worten sagen können. Warum ihn also mit hereinnehmen? Sie mußte sich also noch etwas anderes aussinnen. Aber was?

Ihr Auge flog ängstlich suchend umher, einen Gegenstand zu entdecken, der ihr Rettung bringen könnte. Dabei streifte ihr Blick sein Auge. Dieses ruhte mit staunender Anbetung auf ihr. Sie wurde darob noch viel, viel verwirrter. Ihre Wangen röteten sich in Purpurglut. Sie hätte laut aufschluchzen können vor Qual und Bedrängnis, und doch war es auch wieder so wunderbar, so himmlisch, daß er hier stand, in ihrem Zimmer, wo er noch niemals gewesen war, und wo sie so viele tausend Male an ihn ... ah, da kam Rettung!

„Almy, Almy, meine Almy!" rief draußen der Papagei.

Ja, der liebe Vogel war der Retter in der Not. Wenn die Not am größten, so ist die Hilfe am nächsten, und sie kommt dann meist von einer Seite, von der man sie gar nicht erwartet hat.

„Master Adler, versteht Ihr Euch auf Or – Or – Or…"

Wie hieß doch nur das Wort? Warum war sie aber auch gerade auf dieses Fremdwort geraten? Es ist doch höchst unangenehm, die erste Silbe eines Wortes zu wissen, nicht aber die vier darauffolgenden!

Er hatte den Ruf des Papageis vernommen. Er ahnte, was sie meinte. Er fragte:

„Ornithologie? Nicht wahr?" – „Ja, Monsieur, Ornithologie meinte ich." – „Ich habe mich früher mit der Vogelkunde sehr beschäftigt." – „Auch mit Papageien?" – „Auch mit ihnen." – „Ja, Sie wissen alles und alles; das habe ich oft bewundert. Jetzt wissen Sie sogar, was ein Papagei …"

Almy hielt ganz erschrocken inne und wurde blutrot. Welch eine Blamage! Sie hatte sagen wollen:

„Jetzt wissen Sie sogar, was ein Papagei ist!"

Was mußte er von ihr denken! Sie schlug die Wimpern nieder. Es war, als ob ihr der Blick am Boden festgebunden sei. Sie fühlte, daß sie im nächsten Augenblick weinen werde. Da ertönte seine milde, ruhige Stimme:

„Was ein Papagei für Krankheiten haben kann? Ja, das weiß ich. Befindet sich der Eurige vielleicht unwohl, Miß Almy?"

Ihre Wimpern flogen in die Höhe und es traf ihn ein großer, langer Blick dankbarster Freude. Er hatte ihr ja doch die demütigenden Tränen erspart.

„Leider ja", antwortete sie. „Ich mache mir recht große Sorge um das liebe Tierchen."

Und dabei sah sie wirklich so sorgenvoll aus, als ob sie vor lauter Bedrängnis fast weinen möchte. Sie hatte gar nicht die mindeste Ahnung, wie unendlich reizend ihr das stand, wie unwiderstehlich das wirkte. Adler hätte anbetend vor ihr niederknien mögen.

„Darf ich an diesen Sorgen mit teilnehmen?" fragte er in bittendem Ton. – „Ach, wenn Ihr wolltet!" seufzte sie erleichtert. – „Wie gern, wie sehr gern!" – „Könntet Ihr denn helfen, Monsieur?" – „Ich hoffe es, Miß Almy." – „Soll ich ihn einmal hereinholen?" – „Ja. Ich bitte darum!"

Almy ging. Aber draußen angekommen, griff sie nicht sofort nach dem Vogel, sondern legte sich zunächst beide Händchen beruhigend auf den wallenden Busen und flüsterte:

„O Gott! Er ist bei mir, er, er! Wie fürchte ich mich! Wie habe ich so entsetzliche Angst! Und doch ist er so freundlich. Mein Himmel! Was soll ich tun? Ich habe gesagt, der Papagei sei krank, und doch ist er so ganz gesund. Wenn er es merkt, so werde ich krank, ich, ich! Vor Scham! Welche Krankheit wähle ich denn? Den Typhus oder die Ruhr, den Magenkrebs oder Gehirnkrämpfe? Ich weiß es selbst nicht! Und er wartet drin; ich darf ihn doch nicht länger warten lassen!"

Almy nahm den Vogel an seinem Kettchen vom Sitz herab auf ihre Hand und trug ihn zu Adler. Ihr Gesichtchen war jetzt vor Verlegenheit so bleich, als ob sie selbst krank sei.

„Da ist er", hauchte sie.

Adler trat näher und betrachtete den Vogel.

„Spitzbube, Spitzbube!" rief der Papagei. „Geh, Hanswurst, geh!"

Almy wurde doppelt bleich. Würde er diese Schimpfworte vielleicht auf sich beziehen? Oh, das wäre schlimm, sehr schlimm! Ihre Händchen, auf dem der Vogel saß, begann zu zittern. Hatte Adler es gesehen? Dieser nahm die zarte, kleine alabasterne Hand in die seinige, um sie zu stützen. Dann fragte er:

„Habt Ihr Euren Liebling genau beobachtet? Seit wann ist er krank?" – „Seit – seit – kurzer Zeit." – „Seid Ihr über sein Leiden im reinen?" – „Ja, vollständig im reinen", entfuhr es ihr.

Aber bereits im nächsten Augenblick sah sie ein, welchen großen Fehler sie begangen hatte. Wie nun, wenn sie die Krankheit nennen sollte? Was sollte sie antworten? Daß er an Schwindel leide? Oh, dann konnte Adler ja denken, die ganze Krankheit sei Schwindel. Beileibe nicht! Herzverfettung – oh, das war besser. Das Herz ist der Sitz des Gefühls, Herzverfettung ist also eine Krankheit, welche von zu vielem, von zu fettem Gefühl herkommt. Davon ließ sich jedenfalls sprechen. Aber glücklicherweise kam es gar nicht dazu. Adler nämlich nickte nachdenklich mit dem Kopf und sagte in freundlichem Ton:

„So will ich einmal sehen, ob meine Diagnose mit der Eurigen stimmt. Ich halte nämlich Euren kleinen Liebling für außerordentlich nervös."

Da fiel sie schnell und frohlockend ein:

„Ja, ja, das ist's, das ist's! Er leidet an Nervosität, an bedeutender Nervosität, das arme, liebe Papchen. Das habe ich auch gefunden." – „Seht nur, Miß Almy, wie er gerade jetzt zittert. Euer Händchen zittert ganz unwillkürlich mit."

Oh, hätte er gewußt, daß sie zitterte, nicht aber der Papagei! Um ihn davon abzulenken, sagte sie in bedauerlichem Ton:

„Ich befürchte sehr, daß es kein Heilmittel geben wird." – „Warum?" – „Pa sagte einmal, daß Nerven sehr schwer wieder herzustellen wären, wenn ihre Stimmung einmal gelitten habe." – „Das ist richtig, auf Menschen angewandt. Ein Papagei aber hat viel stärkere Nerven als ein Mensch." – „Sollte man meinen? Wirklich?" fragte sie treuherzig. – „Ja. Bei ihm ist alles härter und fester als bei uns. Darf ich Euch dies durch einen naheliegenden Vergleich beweisen?" – „Ich bitte!" – „Befühlt einmal seinen Schnabel, wie hart er ist. Und nehmt dagegen Eure Lippen, Euren Mund, wie weich, wie voll, wie warm, wie herrlich gezeichnet, wie – mit einem Worte köstlich!"

Er neigte sich ein wenig näher, wie um ihren Mund genauer zu betrachten, hob aber den Kopf sofort wieder empor und sagte:

„Da seht, jetzt bekommt Papchen einen argen Anfall von Nervosität. Es ist kein Irrtum möglich, es sind die Nerven."

Almy aber wußte sehr genau, daß sie es war, die zitterte. Warum brachte er diesen Vergleich vor? Warum beschrieb er ihre Lippen, ihren Mund so genau? War das wirklich notwendig? Zur Erläuterung, ja! Gelehrte Männer gehen ja stets so gründlich vor. Wie gut, daß es so glücklich vorübergegangen war. Einen Augenblick lang hatte sie gefürchtet, er werde nun auch seinen Mund mit dem ihren vergleichen, etwa welcher von beiden wärmer sei! Damit er ja nicht auf diesen Gedanken kommen möge, legte sie ihm eine sehr geschickte, therapeutische Schlinge:

„Welches Mittel könnte da wohl helfen?" – „Um dies zu wissen, muß man die Ursache des Übels kennen. Die Nerven pflegen von gewissen Aufregungen angegriffen und geschwächt zu werden. Hat es dergleichen gegeben?" – „Ja, sehr oft!" – „Welcher Art?" – „Papchen konnte partout Monsieur Leflor nicht ersehen. Er geriet, so oft er ihn erblickte, in eine gewaltige Aufregung." – „Ah! Ist es das! Da wird also auf Hilfe für das arme Tier verzichtet werden müssen." – „Wieso?" – „Man kann doch eines Vogels wegen nicht einem Hausfreund die Tür weisen!" – „Warum nicht? Papchen ist mir doch lieber als der Nachbar." – „Möglich. Aber Ihr werdet trotzdem nicht unhöflich gegen den letzteren sein dürfen." – „Ich werde es sein, wenn ich den armen Vogel dadurch zu retten vermag." – „Aber Pa? Was wird er dazu sagen?" – „Er wird mir beistimmen!" – „Das ist kaum zu glauben!"

Es war ein eigentümlich tiefer Blick, den Adler ihr jetzt in das Auge senkte. Sie fühlte diesen Blick auf dem tiefsten Grund ihres Herzens. Da taute, da grünte, knospete und blühte es mit einem

Male so, daß sie gar nicht anders konnte, sie mußte es ihm sagen:

„Leflor kommt überhaupt gar nicht wieder."

Adler fuhr zurück, aber vor freudiger Überraschung. Es entfuhr ihm:

„Gott sei Dank! Wirklich? Wirklich?" – „Ja. Ich habe es ihm vorhin gesagt." – „Und Euer Vater?" – „War dabei und gab mir recht." – „Es geschah also wegen des Papageis?"

Es zuckte ihm dabei so eigenartig um den Mund, fast wie ein wenig Impertinenz. Das mußte bestraft werden, und zwar sofort. Darum antwortete sie:

„Ja, nur des Papageies wegen."

Sofort veränderte sich Adlers Gesicht. Er bog sich zu ihr nieder und fragte:

„Nur?"

Es war nur diese einzige Silbe, aber es lag eine ganze Welt voll Liebe und noch anderes darin, vielleicht sogar Angst. Das tat ihr weh. Sie durfte doch nicht gar so hart mit ihm verfahren, darum antwortete sie:

„Ja, nur des Papageies wegen, und das war eben Leflor." – „Ah – so ...!" – „Ja. Er schwatzte zu viel." – „Wirklich?" – „Und zwar recht schlimme Unwahrheiten." – „Der böse Mensch! Auf wen bezogen sich denn wohl diese Unwahrheiten?" – „Auf mich und ..." – „Und ...?" – „Und ihn."

Sie war wieder glühend rot geworden. Er aber fragte trotzdem weiter:

„Das verstehe ich nicht. Was hat er gesagt?" – „Er hat gesagt, daß – daß – daß ... mein Gott, Ihr wißt es ja selbst auch!" – „Ich?" – „Ja. Er hat es Euch heute gesagt, draußen im Garten, und Ihr habt ihm dafür auch gleich die wohlverdiente Strafe gegeben." – „Also das, das ist es! Und es war Lüge?" – „Habt Ihr es etwa geglaubt?"

Sie blickte ihn vorwurfsvoll an.

„Nein", antwortete er. „Ich habe ihn ja auch sogleich einen Lügner genannt." – „Das war sehr recht. Er aber wird sich dafür rächen, Monsieur Adler!" – „Ich fürchte ihn ganz und gar nicht. Es steht also zu erwarten, daß er nicht wiederkommt?" – „Es steht nicht nur zu erwarten, sondern es ist ganz und gar gewiß. Ist Euch das unlieb?" – „Mir ist es im Gegenteil sehr lieb, besonders um des guten Papchens willen, das nun ganz sicher wieder gesund werden wird." – „Nur seinetwegen?" – „Ja, Sonst ist Leflor mir ja völlig gleichgültig."

Sie fühlte es heraus, daß er sie jetzt strafen wollte, denn sie hatte ja vorher gerade so auch geantwortet. Es flog wie ein Hauch der Betrübnis über ihr Gesichtchen. Das tat ihm weh, und darum legte er ihr die Hand auf den Arm, trat ihr einen kleinen, ganz kleinen Schritt näher und fragte:

„Bitte, habt Ihr Leflor nur wegen der Nervosität des Vogels fortgewiesen?"

Almy blickte voll und ehrlich zu ihm auf und er in derselben Weise zu ihr nieder. An diesen Blicken rankten sich die Seelen zueinander hinüber. Jetzt war es Almy unmöglich, den Schein noch länger aufrechtzuerhalten, und sie antwortete, ihr Auge nicht von dem seinigen lassend:

„Nein. Der Vogel ist ja gar nicht krank. Nicht wahr, Monsieur Adler?" – „Ja, er ist kerngesund", lächelte er. – „Und ich konnte Leflor nicht leiden. Er ist ein böser Mensch. Nun ist er fort und kommt nicht wieder. Gott sei Dank!"

In diesem Augenblick schlug der Papagei mit den Flügeln und rief:

„Adler, Adler! Mein Süßer, mein Lieber! Wo bist du denn?"

Almy hätte tief, tief in die Erde hineinsinken mögen. Über Adlers Gesicht glitt ein wonniger Schein, aber er beherrschte sich und sagte:

„Schau, er sehnt sich nach seinem Kameraden, nach dem Bergadler draußen vor der Veranda. Es wird am besten sein, ihn hinauszubringen."

Wieder Rettung in der aller- und allerhöchsten Not. Almy warf ihm einen Blick innigsten Dankes zu und trug eiligst den Vogel hinaus. Als sie zurückkehrte, hatte ihr Gesicht einen ganz eigenartigen Ausdruck, so fromm, so erlöst, als ob sie soeben vom Tisch des Herrn komme, an dem sie Vergebung der Sünden empfangen habe. Sie streckte ihm das Händchen hin und fragte:

„Seid Ihr mir noch bös, Monsieur?" – „Ich Euch böse? Weswegen sollte das gewesen sein?" – „Weil ich Euch die Unwahrheit gesagt habe in Beziehung auf den Papagei?"

Da ergriff er die dargebotene Hand und auch die andere, drückte beide an sein Herz und sagte in überquellendem Gefühl:

„Das war keine Unwahrheit, du süßes, du reines, du herrliches Mädchen. Das war der Wall, hinter den sich deine Seele flüchtete, als sie glaubte, in Bedrängnis geraten zu sein. Almy, Almy, du bist so viel und noch mehr wert als die ganze Welt. Ich werde dich bewundern und verehren, so lange ich lebe, wenn auch nur aus der Ferne, ach, nur aus der Ferne!"

Er ließ ihre Händchen sinken und war im nächsten Augenblick fort. Sie aber glitt in einen Sessel und legte das Gesicht in die Hände. So lag sie lange, lange still und bewegungslos. Nur der Busen hob und senkte sich unter seligen Empfindungen, und zwischen den rosig angehauchten Fingern drang zuweilen eine Tränenperle hervor – Tränen unbegreiflichen, unfaßbaren und bisher noch ungeahnten Glückes.

Und Adler befand sich in einer ganz ähnlichen Stimmung. Das Dichterwort

„Himmelhoch jauchzend
Zum Tode betrübt"

war die treffendste Schilderung seines jetzigen Seelenzustandes. Er wußte sich geliebt, und zwar so rein, so fromm, so heilig, wie noch selten einer geliebt worden war. Er liebte sie wieder. Er hätte für sie alle Qualen der Erde erdulden können, ohne nur einen Laut von sich zu geben, ohne nur mit der Wimper zu zucken. Diese Qualen wären für ihn ebenso viele Seligkeiten gewesen, da er so glücklich war, sie für diese einzige zu erdulden. Aber durfte er das entscheidende Wort sagen? Durfte er an sein Leben das ihrige binden? Er dachte hinüber jenseits des Meeres, an das gräßliche Schicksal der Familie Adlerhorst. Er war ein Sohn derselben; obgleich es ihm verboten war, hatte er den Mut gehabt, die eine Hälfte seines Namens beizubehalten auf dem ein unlösbarer Fluch ruhte. Durfte er die Heißgeliebte mit hinab in den Abgrund ziehen, den dieser Fluch für ihn und für die Seinigen geöffnet hatte? Nein und abermals nein und tausendmal nein! Er war entschlossen zu entsagen, aber ihr nahe zu bleiben, ein treuer Engel zu ihrem Schutz und ihrem Schirm, so lange sie berufen war, auf Erden zu wandeln.

So schritt er, in selige und träumerische Gedanken versunken, im Garten hin und her, bis ihn die Stimme des Pflanzers aus seinem Brüten weckte:

„Hier seid Ihr, Monsieur Adler! Ich suche Euch überall. Eure Anwesenheit ist sehr notwendig." – „Ich stehe zu Diensten, Monsieur", antwortete Adler, noch halb wie im Traum. – „Schön! Es handelt sich darum, einige ebensogute Schüsse zu tun wie damals, als Ihr auf den Bruder des roten Burkers zieltet." – „Doch nichts Ähnliches?" – „Ganz dasselbe sogar. Burkers ist in der Nähe, um sich heute nacht zu rächen. Kommt mit mir, ich will es Euch erzählen.

6. KAPITEL

Sam war, nachdem er sich von dem Pflanzer und dessen Tochter verabschiedet hatte, wieder zu Jim und Tim zurückgekehrt. Der erstere hatte vorwurfsvoll gebrummt:

„Wo steckst du denn? Wir warten bereits zwei volle Ewigkeiten. Hattest dich wohl in die Kleine vergafft, mit der du drüben sprachst?" – „Ja. Es ist sehr rasch gegangen. Sehen, Lieben, Geständnis, Verlobung, alles ist vorbei. Sie zieht als meine Squaw mit nach dem Westen und wird meine Bärin sein." – „O weh! Das wird junge Bären die schwere Menge geben. Da kann der Alte fleißig für Wildbret und Himbeeren sorgen." – „Das wird er gern und fleißig tun. Ihr aber könnt zusehen und euch die Mäuler putzen. Kriegen tut ihr nichts davon. Ich habe den Herrn der Plantage aufmerksam gemacht auf heute abend. Wir kehren nachher zu ihm zurück, um Kriegsrat zu halten. Jetzt aber suchen wir zunächst unseren guten Monsieur Walker auf. Kommt!"

Sie setzten ihren Weg ganz in der früheren Reihenfolge fort. Sam voran.

Er war ein ausgezeichneter Pfadfinder. Noch weit über zwei Stunden bestimmte er, selbst auf dem offenen Weg, ganz genau die Spuren, welche der Gesuchte zurückgelassen hatte. So gelangten sie aus dem Garten hinaus und an die Zuckerpflanzung, welche der Weg in zwei Hälften zerschnitt.

Weit draußen dehnte sich am Horizont der Wald, einzelnes Buschwerk weiter hereinsendend. Dort erblickten die drei die Hütte Bommys.

Sam blieb halten und musterte das Terrain. Nachdem er einige Male den Kopf nachdenklich hin und her gewiegt hatte, sagte er:

„Das ist ohne Zweifel die Hütte des Niggers, und dieser Weg führt schnurgerade auf sie zu. Wenn wir ihn gehen, so wird man uns ganz gewiß schon von weitem sehen, und dann ist Walker für uns verloren. Wir müssen uns also anschleichen. Das geschieht am besten, wenn wir um die Zuckerplantage herumgehen. Sie wird vom Gebüsch eingezäunt, und wenn wir uns in dem letzteren halten, wird man uns nicht bemerken. Kommt!"

Sie folgten seiner Ansicht ohne Widerrede und befanden sich nach wenig über einer Viertelstunde in einem dichten Buschrand versteckt, von welchem aus man die hintere Seite der Hütte genau überblicken und auch mit einer Gewehrkugel erreichen konnte.

Sie lag in einer Entfernung von vielleicht achtzig Schritt. Der Zwischenraum war mit einigen auch sehr dichten Büschen und Gesträuchsgruppen besetzt.

„Jetzt bleibt ihr hier", sagte Sam. „Ich schleiche mich weiter vor und suche die Sträucher zu erreichen, welche der Tür gegenüberstehen. Seht ihr mich in Gefahr, so sendet ihr mir eure Kugeln zu Hilfe." – „Ist es nicht besser, wir gehen sofort hinein?" fragte Jim ungeduldig. – „Nein, Alter. Erst will ich wissen, woran ich bin. Das scheinbar Unnötige ist sehr oft am allernötigsten, und nicht der kürzeste Weg ist stets der beste. Warten führt manchmal am schnellsten zum Ziel."

Er kroch aus seinem Versteck heraus und auf dem Boden weiter bis hinter den nächsten Busch. So kroch er von Strauch zu Strauch, bis er das Gebüsch erreichte, welches sich höchstens sechs Schritt weit von der Tür befand. Es bestand aus strauchartigem Flieder, von wildem Wein durchzogen, und bildete, wenn man sich erst einmal hineingearbeitet hatte, selbst bei hellem Tag ein genügendes Versteck. Sam befand sich trotz seines Körperumfanges sehr bald im Inneren des Strauchgewirres, und er wußte sich da so schlau einzurichten und mit Zweigen zu maskieren, daß es des Auges eines geübten Westmannes bedurft hätte, ihn zu entdecken.

Die Hütte war aus sogenannten Loggs, aus starken, massiven Holzklötzen errichtet; auch das Dach bestand aus starken Stämmen. An jeder der vier Seiten befand sich eine kleine, hineingehauene Öffnung als Fenster. Die Tür führte, wie dies häufig vorkommt, auf der hinteren Seite in das Innere. Sie war nicht nach innen, sondern nach außen zu öffnen, wie auch die Läden, und bestand aus starken, doppelt übereinandergelegten Brettern.

Das betrachtete sich Sam sehr genau.

„Hm!" brummte er für sich hin. „Gut, daß Tür und Fenster nach außen aufgehen. So kann man sie verrammeln, so daß die Insassen gefangen sind wie die Wassermaus im Uferloch. Ich werde ..."

Er hielt inne. Es gab Besseres zu tun, als den eigenen Gedanken Audienz zu geben. Die Tür wurde aufgestoßen. Ein Neger trat heraus und schritt, sich vorsichtig und höchst aufmerksam nach allen Seiten umblickend, um die Hütte. Als er von der anderen Seite zur Tür zurückkehrte, sagte er in die Öffnung hinein:

„Es geht. Es befindet sich kein Mensch in der Nähe. Komm heraus, Daniel."

Es erschien ein zweiter Neger, in blaugestreiftes Zeug gekleidet, barfuß, ohne Waffen und Kopfbedeckung. Er blieb stehen und blickte sich auch um. Als er nichts Besorgniserregendes bemerkte, sagte er:

„Dumm, daß man bei dir nur flüstern darf. Wer ist denn noch bei dir?" – „Auch ein Freund." – „Wo denn?" – „Das geht dich nichts an. Die Botschaft hast du mir gesagt; ich mache mit, und was es noch zu bemerken gibt, das kannst du jetzt noch hinzufügen. Der drin hört uns hier nicht." – „Ist er heute abend auch noch da?" – „Ich glaube nicht." – „Das ist gut. Wir brauchen keine Zeugen. Erst hatten wir einen anderen Plan, aber es schien, als ob sich Fremde in unserer Nähe befunden hätten, um uns zu belauschen. Der Hauptmann glaubt zwar nicht daran, aber besser ist besser. Da ich dich so gut kenne, und du uns auch schon andere Dienste erwiesen hast, natürlich gegen gutes Geld, so wurde ich zu dir geschickt, um bei dir anzufragen. Ich kam auf einem Schilfbündel über den Fluß. Punkt neun Uhr kommen wir hier an. Wann es dann im Schloß losgeht, das richtet sich nach den Umständen und wird vom roten Burkers bestimmt werden. Hast du Schnaps genug?" – „Mehr als ihr braucht." – „Gut! Schaffe also den drin fort, damit wir am Abend allein sind!"

Er ging fort, auch nach dem Wald zu, um dort Deckung zu finden. Bommy, der Wirt, blieb noch eine kleine Weile stehen und trat dann wieder in die Hütte. Sam hielt es nicht für geraten, allein in das Innere zu treten. Er war überzeugt, daß Walker sich in der derselben befinde. Vielleicht gab es einen Kampf; der Neger half dem anderen. Es war unnötig, sich in Gefahr zu begeben. Darum kroch er aus seinem Versteck hervor, nachdem er noch einige Zeit gewartet hatte, umschlich die Blockhütte, aufmerksam horchend, ob er vielleicht eine Stimme, ein verräterisches Geräusch vernehme; aber es ließ sich nichts hören. Jetzt kehrte er an die Tür zurück und winkte nach der Stelle hin, wo sich die beiden Brüder befanden. Er gab ihnen durch Zeichen zu verstehen, daß sie möglichst Deckung suchen sollten, um unbemerkt heranzukommen, aber Tim sagte zu Jim:

„Nun ist's gleich, ob man uns sieht. Hinein gehen wir doch, und da wird alles unser, was drin ist." – „Sam wird zanken." – „Pshaw! Er macht zu viele Umstände. Jetzt hat er eine Menge Zeit vertrödelt und wozu? Da hat er im Busch gelegen, um einen alten Nigger anzusehen. Lächerlich! Komm!"

Er verließ sein Versteck und schritt ganz offen auf die Hütte zu. Jim folgte ihm. Sie hatten Sam noch nicht erreicht, als die Tür, die nicht verschlossen, sondern nur angelehnt gewesen war, geräuschvoll verriegelt wurde.

„Verdammt!“ zürnte Sam. „Was fällt euch Kerlen denn ein, so offen herbeizulaufen? Glaubt ihr etwa die einzigen Menschen zu sein, die Augen im Kopf haben? Oder meint ihr, daß man hier in dieses Nest vier Fensterlöcher gemacht hat, nur daß man hineinschauen kann, nicht aber, daß die Bewohner auch hinausgucken?“ – „Tim tat es nicht anders“, entschuldigte sich Jim. – „Und wenn er eine Dummheit ausheckt, da mußt du mitmachen, he? Westmänner wollt ihr sein? Das müßt ihr anderen Leuten weismachen, aber ja nicht etwa mir! Wer einen Vogel fangen will, der muß sich fein im verborgenen anschleichen, nicht aber so offen dreintratschen, wie ihr es hier getan habt!“ – „Nun, der Vogel, den wir haben wollen, wird uns doch wohl nicht entgehen. Ich hoffe, daß er sich bereits da in diesem alten Käfig befindet.“

Jim deutete dabei auf die Hütte. Sam aber zeigte sich wenig zur Entschuldigung ihrer Unvorsichtigkeit geneigt. Er war wirklich und allen Ernstes zornig geworden. Sein schon an und für sich rotes Gesicht zeigte vor Ärger eine noch dunklere Farbe. Er antwortete:

„So! Meinst du, daß er sich da drin befindet? Wenn dies nun nicht der Fall ist?“ – „So hast du gar keine Veranlassung, uns auszuschelten.“ – „Und wenn er drinnen ist?“ – „So hast du ebensowenig Grund. In diesem Fall kann er uns ja doch nicht entgehen.“ – „Ja, du hast einen sehr klugen Kopf, Alter! Wie willst du dich denn seiner bemächtigen?“ – „Nun wir gehen einfach hinein und holen ihn uns heraus.“ – „Schön! Tue das, mein Sohn!“

Sam deutete nach der Tür. Dieser Wortwechsel war nicht etwa in lautem Ton geführt worden. Dazu waren die drei denn doch viel zu klug. Sie hatten so leise geflüstert, daß man im Inneren der Hütte kein Wort verstehen konnte. Jim schlich sich an die Tür und versuchte, sie zu öffnen.

„Verdammt!“ murmelte er enttäuscht. „Sie ist ja von innen zugeriegelt.“ – „Ja“, brummte Sam erbost. „Erst war sie offen. Als ihr aber so sichtbar daher kamt, als ob ihr von dem Nigger zu Gevatter gebeten wäret, da schloß man natürlich schleunigst zu.“ – „So klopfen wir!“ – „Man wird sich hüten, aufzumachen.“ – „So treten wir die Tür ein.“ – „Wirklich? Wie klug! Eine Tür, die sich nach außen öffnet, nach innen einzutreten, zumal wenn sie aus so starkem und noch dazu doppeltem Holz besteht.“ – „So sprengen wir sie auf!“ – „Versuche es! Ich habe nichts dagegen, wenn du eine Kugel vor den Kopf haben willst.“ – „Meinst du etwa, daß der Nigger schießen wird?“ – „Warum soll er es nicht? Ich würde es ihm keineswegs übelnehmen.“ – „Er sollte es wagen!“ – „Pshaw! Er ist Besitzer des Hauses. Er kann sein Hausrecht in Anwendung bringen. Er braucht nur demjenigen zu öffnen, der ihm willkommen ist, kann jeden anderen abweisen und darf einen jeden, der gegen seinen Willen den Eingang erzwingen will, mit der Waffe abweisen." – „Ein Nigger! Wo denkst du hin!" – „Er ist freigelassen, und die Hütte wurde ihm geschenkt. Er ist Eigentümer und hat dasselbe Recht wie ein Weißer, sein Eigentum zu verteidigen. Daran kannst du nun wohl nichts ändern." – „Der Teufel hole ihn und auch denjenigen, der ihn freigelassen hat!" – „Hättet ihr die nötige Vorsicht angewandt, so wäre die Tür nicht verschlossen worden, und wir ständen jetzt drin und hätten unsern Fisch an der Angel." – „Ist er denn wirklich drin?" – „Ja. Die beiden, die ich belauschte, sprachen davon." – „Wer war denn der andere Schwarze? Wohl ein Neger Monsieur Wilkins'?" – „Prosit die Mahlzeit! Es war einer der Schwarzen, die wir gestern draußen im Wald bei der Bande des roten Burkers belauschten." – „Was du sagst!" – „Ich erkannte den Kerl, als er heraustrat, sofort an den gestreiften Fetzen, die er auf dem Leib hat. Und selbst, wenn dies nicht der Fall gewesen wäre, so wüßte ich, woran ich bin. Er sprach mit Bommy von Burkers. Hätten sie gewußt, daß der dicke Sam da in dem Busch steckte, so hätten sie wohl ihre Mäuler gehalten."

Sie äußerten ihr Erstaunen darüber, daß der ursprüngliche Plan des roten Burkers geändert worden war, aber auch ihre Freude, daß der gute Sam ihn doch erfahren hatte. Dieser meinte:

„Wir dürfen uns aber beileibe nicht merken lassen, daß einer gelauscht hat, sonst machen sie uns einen Strich durch die Rechnung." – „Was aber tun wir jetzt, um in die Hütte zu kommen?" – „Wir müssen eben versuchen, ob man uns einlassen wird." – „Werden sich hüten!" – „Natürlich! Da es aber nichts anderes gibt, so müssen wir wenigstens diesen Strohhalm ergreifen." – „So klopfe einmal an."

Sam machte ein im höchsten Grade erstauntes Gesicht.

„Ich?" fragte er. „Seid ihr des Teufels?" – „Nun, warum denn nicht?" – „Wahrhaftig, ihr seid nicht die Jäger, für die ich euch gehalten habe. Fast könnte man glauben, ihr hättet euch nur Jim und Tim genannt, ohne es aber wirklich zu sein. Meint ihr etwa, daß mich die beiden Kerle, die sich in der Hütte befinden auch so genau gesehen haben wie euch?" – „Nein, gewiß nicht." – „Nun, so werde ich es ihnen auch nicht auf die Nase binden, daß ich da bin. Das wäre doch die allergrößte Dummheit, die sich nur denken läßt. Ihr klopft selbst an, und wenn die Verhandlung zu keinem Ziel führt, so geht ihr wieder so offen fort, wie ihr gekommen seid, so daß man euch von innen sehen kann. Ich vermute, daß man euch dann nachfolgen wird, um zu sehen, ob ihr euch wirklich entfernt. In diesem Fall husche ich rasch in die Hütte und bin dann Herr des Hauses. Ihr lauft so weit fort, daß man annehmen muß, ihr hättet euch in das Unvermeidliche gefügt, und dann kommt ihr heimlich in das Gesträuch zurück, in dem ihr vorhin gesteckt habt. Ihr werdet wohl so klug sein zu bemerken, wo ich mich befinde und wie es mit mir steht. Das übrige ist dann eure Sache. Auf alle Fälle aber könnt ihr von eurem Versteck aus mit euren Kugeln die Hütte erreichen und diesem Walker, auf den wir es abgesehen haben, einige Lot Blei geben, falls er es wagt, herauszutreten oder gar sich auf- und davonmachen will."

Jim nickte zustimmend und sagte:

„Sam, du bist wirklich der schlaue Kopf, als welchen man dich uns geschildert hat." – „Meint ihr? Ja, es ist auch notwendig, daß wenigstens ich den Verstand zusammennehme, da mit euch nicht einmal eine armselige Gans, viel weniger aber ein Pferd zu mausen ist. Also klopft einmal an. Laßt euch aber ja nicht merken, daß ihr wißt, daß sich der Gesuchte in der Hütte befindet. Wir müssen sie sicher machen."

7. KAPITEL

Walker war, trunken von der Schönheit der jungen Pflanzerin, von seinem Lauscherort fortgegangen, natürlich in der Richtung, in der die drei Jäger einige Stunden später seine Spuren gefunden hatten.

Der Weg führte mitten durch die Zuckerplantage geradeaus nach dem Vorwald, an dessen Gebüsch, wie bereits bekannt, die Hütte des Negers Bommy lag. Es traf sich gerade, daß der einsame, vorsichtig um sich schauende Wanderer keinen Menschen erblickte, dem zu begegnen er hätte befürchten müssen.

So erreichte er ungesehen das Blockhäuschen, dessen Tür, wie gewöhnlich, offenstand. Diebe gab es ja hier wohl nicht, da die splendide Natur in jenen Gegenden selbst den Ärmsten fast mühelos erringen läßt, was er zu seines Leibes Nahrung und Notdurft bedarf. Höchstens waren da jene fremden Banden zu fürchten, die zuweilen selbst hier im Süden von sich reden machten, die aber nach jedem Streich, den sie einmal ausführten, sofort auf längere Zeit wieder verschwanden.

Der Neger saß gleich hinter der Tür auf einem Holzblock, der ihm als Lieblingssessel zu dienen schien. Er rauchte aus einer nach und nach immer kürzer gebissenen Holzpfeife einen selbst erbauten Tabak, dessen Geruch oder vielmehr Gestank einen Ochsen hätte in Ohnmacht werfen können. Die Nerven dieser Leute sind stark, wie aus Eisendraht gemacht.

Er erhob die großen, weiß aus dem dunklen Gesicht glänzenden Augen zu dem Fremdling, blieb aber sitzen und sagte auch kein Wort des Willkommens. Er schien es nur allein für angezeigt zu halten, den Eingetretenen mit scharfen Blick vom Kopf bis zum Fuß zu mustern, um sich sagen zu können, was er wohl von ihm zu erwarten habe.

„Good morning, Sir!" grüßte Walker.

Bommy antwortete nicht. Dieser höfliche Gruß eines Weißen einem Schwarzen gegenüber verstärkte nur sein Mißtrauen.

„Guten Morgen, Sir, habe ich gesagt!" wiederholte der Gast in scharfem Ton.

„Hab's gehört", antwortete der Neger gleichmütig. – „Könnt Ihr den Gruß nicht erwidern?" – „Nein." – „Ah! Warum nicht?" – „Weil er nicht aufrichtig gemeint ist." – „Oho! Wie wollt Ihr das beweisen?" – „Ihr nennt mich nicht du, und Ihr gebt mir den Titel Sir. Das tut ein Weißer nur dann, wenn er es übel mit dem Schwarzen meint." – „Vielleicht tue ich es, weil ich es besser mit Euch meine, als tausend andere." – „Wenn es wahr wäre!" – „Ihr könnt es glauben." – „Zunächst glaube ich es noch nicht." – „Donnerwetter! Ihr seid sehr aufrichtig." – „Das ist besser als hinterlistige Höflichkeit." – „Aber eine zu große Aufrichtigkeit geht leicht in das über, was man Grobheit nennt." – „Nehmt es, wie Ihr wollt." – „Meinetwegen! Nicht wahr, Ihr nennt Euch Bommy?" – „Ja, Master." – „Habt Ihr nicht einen Schnaps für mich?" – „Nein." – „Ich denke Ihr seid Schenkwirt." – „Das bin ich." – „So werdet Ihr doch einen Schnaps haben!" – „Aber nicht für alle."

Bommy saß auch jetzt noch auf seinem Klotz. Er hatte keine andere Bewegung gemacht als diejenige, die nötig war, den Rauch aus seinem Stummel zu ziehen und wieder von sich zu blasen. Er war eine breite Gestalt mit übermäßig langen Extremitäten, wie man es bei Negern ja gewohnt ist. Sein Gesicht besaß eine außerordentliche Häßlichkeit. Es war von den Blattern zerrissen. Seine Augen hatten einen stieren, tückischen Ausdruck, fast wie man ihn bei dem wilden Büffel der Prärie beobachtet.

Walker hatte sich mit ausgespreizten Beinen vor ihn hingestellt und den bisherigen Teil der Unterhaltung mit lächelndem Gesicht geführt. Das knurrige Wesen des Negers schien ihm Spaß zu verursachen. Auf die letzten groben Worte antwortete er im ruhigsten Ton:

„Also für mich habt Ihr wohl keinen Schluck?" – „Nein." – „Warum nicht?" – „Ich kenne Euch nicht." – „Hm! So ist es freilich notwendig, daß wir uns so schnell wie möglich kennenlernen." – „Laßt mich endlich in Ruhe!" – „Pfui, Alter! Vorher schient Ihr mir nur originell zu sein, jetzt aber werdet Ihr grob. Schämt Euch!" – „Habe keine Zeit dazu!" – „Aber ich will nun partout einen Gin oder Whisky mit Euch trinken, und da Ihr dies nur mit Bekannten tut, so werde ich bleiben, bis Ihr mich kennengelernt habt."

Es waren verschiedene Pfähle in die Erde geschlagen und mit Brettern versehen worden, das gab primitive Tische und Bänke, die den hier verkehrenden Gästen genügen mochten. Walker setzte sich auf eine dieser rohen Bänke und legte nach Yankeemanier die Beine gemütlich auf den Tisch. Der Neger sah dies einige Augenblicke ruhig an, dann stand er auf und sagte:

„Wie lange gedenkt Ihr Euch denn hier niederzulassen, Mylord?" – „So lange, bis wir alte Bekannte sind." – „Das wird wohl niemals werden, denn in weniger als zwei Minuten werdet Ihr hier zur Tür hinausfliegen." – „Macht keine dummen Witze." – „Witze? Ich spreche in völligem Ernst." – „Das glaube ich nun freilich nicht." – „So werdet Ihr es gleich glauben müssen. Tut einmal Eure Beine da vom Tisch herab, sonst helfe ich nach!"

Er machte Miene, nach den Beinen des Weißen zu greifen, dieser zog sie schnell an sich und sagte lachend:

„Wahrhaftig, der Mann macht Ernst! Nun, das gefällt mir! Ich ersehe daraus, daß Ihr ein tatkräftiger Mensch seid, der zu gebrauchen ist. Sagt mir einmal: Verdient Ihr Euch nicht vielleicht gern zwei Goldstücke oder auch drei?"

Die Augen des Schwarzen blitzten auf.

„Zwei oder drei?" fragte er. „Sehr gern, hundert aber noch lieber." – „Gut! Es können wohl hundert werden, wenn ich in Euch einen nützlichen Mann kennenlerne." – „Jessus! Jessus! Ist's wahr? Hundert?" – „Ja, hundert. Vielleicht auch noch mehr." – „Ach Mylord, tut Eure Beine getrost wieder auf den Tisch. Ihr könnt sie hinlegen, wo es Euch nur immer gefällig ist." – „Sogar Euch auf den Buckel?" – „Ja, mir sogar auf den Buckel, nämlich, wenn es gut bezahlt wird." – „Was das betrifft, so braucht Ihr Euch keine Sorge zu machen. Ich pflege das, was man mir leistet, stets gut zu bezahlen." – „Was verlangt Ihr denn?" – „Zunächst ein Glas Schnaps."

Der Neger zog die Stirn wieder kraus und antwortete: „Euer verdammter Schnaps. Könnt Ihr denn gar nichts anderes verlangen?" – „Das werde ich auch noch tun. Aber jetzt bin ich noch nüchtern. Ich muß dem Magen guten Morgen sagen." – „Wie aber nun, wenn Euch Master Wilkins geschickt hat, um mich auf die Probe zu stellen!" – „Pfui Teufel! Das täte ich nicht." – „So sagt jeder." – „Fürchtet Ihr Euch denn vor Master Wilkins?" – „Fürchten? Ich? Pshaw!"

Er nahm die Achsel in die Höhe und zog ein Gesicht, in dem sich eine außerordentliche Geringschätzung aussprach. Walker sah dies und bemerkte:

„Warum fragt Ihr so nach ihm, wenn Ihr Euch nicht vor ihm fürchtet?" – „Weil ich gern gute Nachbarschaft halte." – „Dürft Ihr Euren Gin nicht geben, wem Ihr wollt?" – „Warum nicht, wenn es mir beliebt. Der Master hat es seinen Leuten verboten, zu mir zu gehen, und wenn ich mich auch nicht etwa vor ihm fürchte, so kann er mir doch schaden, wenn ich mich nicht wenigstens einigermaßen nach seinem Willen richte." – „Und Ihr haltet mich für einen Abgesandten von ihm?" – „Ist's nicht möglich, daß Ihr einer seid?" – „Ich? Niemals! Im Gegenteil!" – „Was wollt Ihr damit sagen?" – „Daß ich kein Freund Eures Wilkins bin." – „Oho! Ihr wollt mich nur sicher machen." – „Fällt mir nicht ein! Seid doch kein Querkopf, und habt Vertrauen zu mir! Ich möchte gern einiges über Wilkins erfahren." – „Von mir erfahrt Ihr nichts." – „Vielleicht doch. Ich werde Euch Eure Dienste ja sehr gut belohnen." – „Wendet Euch an andere!" – „Die gibt es nicht. Dieser Wilkins scheint es seinen Leuten ja förmlich angetan zu haben. Sie hängen an ihm wie die Kletten am Kleid, gerade, als ob er der Herrgott Vater im Himmel sei! Ich aber brauche einen Mann, der einen klaren Kopf besitzt und sich nichts vormachen läßt." – „Hm! Das bin ich", schmunzelte Bommy. – „Ich will Euch aufrichtig gestehen, daß ich diesem Wilkins gern einiges am Zeuge flicken möchte."

Da machte der Neger eine Bewegung freudiger Überraschung und sagte:

„Am Zeuge flicken? Ah, wirklich? Sagt Ihr die Wahrheit?" – „Ja, freilich." – „So seid Ihr wirklich nicht sein Freund?"

Walker stand von der Bank auf, legte ihm die Hand auf die Achsel und antwortete in überzeugendem Ton:

„Sein Freund? Ich sage Euch, daß er keinen größeren Feind haben kann als mich." – „Ah, wenn das wahr wäre!" – „Es ist wahr." – „Könnt Ihr es beschwören?" – „Ja, mit allen Eiden der Welt." –

„Hat er Euch etwas getan?“ – „Das gehört jetzt nicht hierher. Es fragt sich nur, ob Ihr mir dienen wollt, wenn es sich darum handelt, ihm einen Streich zu spielen.“ – „Gern, außerordentlich gern! Also um einen Streich nur handelt es sich? Das ist wenig, sehr wenig!“

Das Bedauern, welches aus diesen Worten klang, war ein höllisches. Sein Lachen dabei war das eines Teufels. Die Zähne blitzten aus dem aufgerissenen Mund wie das Gebiß eines Raubtieres, das sich seiner Beute freut.

„Oh, es ist nicht wenig. Streich und Streich ist ein sehr großer Unterschied. Es gibt verschiedenerlei Streiche, Schelmenstreiche, Bubenstreiche und so weiter. Ein lustiger Streich ist zum Lachen, ein sehr ernsthafter Streich, der einen anderen um Ehre und Leben bringt, kann noch viel mehr zum Lachen sein.“ – „O Jessus, Jessus! Wenn es doch so ein Streich wäre!“ – „Nun, es ist so einer. Ich will es Euch offen gestehen.“ – „Ihr werdet ihm Ehre und Leben nehmen?“ – „Hoffentlich. Zunächst aber habe ich es auf seinen Besitz abgesehen.“ – „Auf die Pflanzung?“ – „Ja, er wird sie am längsten besessen haben. Wollt Ihr mir dabei helfen?“ – „Sehr, sehr gern, wenn Ihr gut bezahlt.“ – „Das werde ich, wie ich Euch bereits gesagt habe. Also ich kann sicher auf Eure Dienste rechnen?“ – „Ganz gewiß!“ – „So macht dort die Tür zu, damit wir nicht überrascht werden. Ich muß Euch nämlich sagen, daß man mich hier bei Euch nicht sehen darf.“ – „Weshalb nicht?“ fragte der Neger, indem er den Riegel vor die Tür schob. – „Das werde ich Euch sagen, wenn Ihr mir vorher einen Schluck gegeben habt.“

Bommy ging nach der Ecke des Raumes und hob eine hölzerne Decke auf, unter der sich ein viereckiges Loch befand, das seinen Keller bildete. Er nahm eine Flasche und zwei Gläser und setzte sich damit dem Weißen gegenüber.

Walker hatte sich indessen im Raum umgesehen. Er nahm das ganze Viereck der Blockhütte ein. Zwei Tische und vier Bänke, in der bereits angegebenen Weise gefertigt, der Holzklotz, auf dem vorhin der Neger gesessen hatte, ein Herd mit zwei Töpfen und einer Pfanne, das Loch mit mehreren Flaschen und Gläsern, ein Beil, ein paar Messer auf den anderen Tisch, ein alter Regenschirm, in einer Ecke ein Lager von Laub und in der anderen ein Haufen Brennholz, das war alles, was das Auge erblickte.

Der Herd befand sich an dem einen Giebelfenster, durch welches der Rauch zu ziehen hatte; einen Schornstein gab es nicht. Eine Decke war auch nicht vorhanden. Das Dach vertrat diese Stelle. Der Fußboden bestand einfach aus festgetretener Erde.

Der Neger sah den beobachtenden Blick seines Gastes und fragte:

„Gefällt Euch mein Palast?“ – „Gar nicht“, antwortete Walker. – „Ja, wie in New York oder New Orleans bin ich nicht eingerichtet.“ – „Ist auch gar nicht nötig. Aber etwas könntet Ihr doch bei aller Einfachheit haben, etwas, was ein Mann wie ich und Ihr zuweilen gebrauchen kann.“ – „Ich habe alles, was ich brauche“, sagte der Neger unter einem schlauen Lächeln. – „Aber das, was ich meine, doch nicht.“ – „Nun, was meint Ihr denn?“ – „Hm! Ich meine ein kleines, lauschiges Örtchen, an dem man nicht von jedermann gesehen werden kann.“ – „Ah, Ihr meint ein Versteck?“ – „Ja freilich.“ – „Hm! Ich habe Euch bereits gesagt, daß ich alles habe, was ich brauche.“ – „So, so! Da scheint Ihr also ein solches Versteck gar nicht zu brauchen?“

Der Neger blinzelte listig, zeigte das Gebiß und sagte:

„Ich nicht, aber andere zuweilen.“ – „Donnerwetter! So habt Ihr ein Versteck?“ – „Ja, Sir.“

Walker warf abermals einen sehr sorgfältigen, forschenden Blick umher und sagte dann:

„Aber nicht hier in der Hütte!“ – „Nicht?“ – „Nein, gewiß nicht!“ – „Wie kommt Ihr zu dieser eigentümlichen Ansicht?“ – „Man müßte doch eine Spur davon sehen.“

Da lachte der Neger laut und höhnisch auf:

„Hahahaha! Eine Spur davon sehen! Das wäre mir ein schönes Versteck, das ein Fremder, wie Ihr seid, bereits nach fünf Minuten entdecken kann. Ich müßte ja wahnsinnig sein.“ – „Hm! Ich habe ein sehr scharfes Auge. Ich würde unbedingt etwas bemerken. Euer Versteck wird sich also doch wohl außerhalb der Hütte befinden.“ – „Macht Euch doch nicht lächerlich, Sir! Ich setze nun den Fall, wir beide säßen hier, und es käme jemand, der Euch nicht sehen dürfte; er klopfte draußen an. Könnte ich Euch da wohl hinausschaffen, um Euch zu verbergen?“ – „Allerdings nicht.“ – „Das Versteck muß sich also hier befinden.“ – „Aber wo? Etwa unter dem Laub Eures Nachtlagers?“ – „Daß ich so albern wäre!“ – „Oder dort unter dem Haufen Brennholz?“ – „Wo denkt Ihr hin! Gerade an diesen beiden Orten würde man zuerst suchen.“ – „Wo denn sonst?“ – „Da fragt Ihr mich zu viel. Ihr seid erst wenige Augenblicke hier, und ich kenne Euch noch nicht. Da dürft Ihr nicht erwarten, daß ich Euch sofort mein größtes und bestes Geheimnis enthülle.“ – „Ganz recht. Viel wird dieses Geheimnis aber wohl auch nicht wert sein.“ – „Warum nicht?“ – „Habt Ihr diese Hütte nicht vom Pflanzer geschenkt erhalten, wie ich hörte?“ –

„Ja, und ein kleines Areal dazu." – „Der Pflanzer hat wohl also die Hütte gekannt?" – Sehr genau." – „Nun, so kennt er doch auch das Versteck, und es kann Euch also dieses gar nichts nützen." – „Oho! Dieser verborgene Ort war erst gar nicht vorhanden. Ich habe ihn dann später mit eigener Hand angelegt, und es hat mich viel List und Mühe gekostet, nichts davon merken zu lassen." – „Hm! Wunderbar! Es ist fast gar nicht zu glauben. Die vier nackten Wände und das nackte Dach! Und da soll es ein Versteck geben!"

Er betrachtete sich abermals das Innere der Hütte genau, untersuchte dann das Bett und den Reisighaufen, griff auch in das freilich kaum drei Fuß tiefe Kellerloch, trat sogar an den Herd und wühlte in der Asche herum – vergebens.

Der Neger sah ihm mit stolzer Genugtuung zu.

„Nicht wahr?" sagte er. „Bommy ist gescheit?" – „Außerordentlich, wenn es nämlich wahr ist, daß es hier einen solchen Ort gibt." – „Es gibt ihn, und keiner findet ihn." – „So bin ich also bei Euch wirklich an den richtigen Mann gekommen. Ich muß Euch nämlich sagen, daß es vielleicht notwendig ist, mich hier für kurze Zeit zu verbergen." – „Vor wem?" – „Hm! Müßtet Ihr das wissen?" – „Natürlich. Ich muß doch erfahren, für wen und in welcher Angelegenheit ich mich in Gefahr begebe." – „Nun, ich will also aufrichtig mit Euch sein, obgleich ich sonst nicht so schnell einem Menschen meine Angelegenheiten auf die Nase binde."

Er schenkte sich ein Glas ein, stürzte den Inhalt desselben hinab und füllte auch dasjenige des Negers. Er nahm eine Miene vertraulicher Aufrichtigkeit an, doch fiel es ihm gar nicht etwa wirklich ein, den Neger in seine Geheimnisse einzuweihen.

Dieser letztere trank sein Glas zweimal aus, es ging ja wohl auf Rechnung des Fremden und sagte:

„So laßt hören, Mylord. Ich bin sehr neugierig." – „Nicht wahr, Master Wilkins hatte einen Bruder?" – „Ja, einen älteren Bruder." – „Habt Ihr ihn gekannt?" – „Freilich habe ich ihn gekannt. Ich war sein Leibdiener. Ihr werdet bemerken, daß ich mich besser auszudrücken vermag, als gewöhnliche Neger. Das kommt daher, daß ich stets um die Person des Massa war. Er starb und ordnete in seinem Testament an, daß ich freigegeben werden und diese Hütte als Eigentum erhalten solle." – „Sehr gut! So kennt Ihr also wohl die Verhältnisse der Familie Wilkins sehr genau?" – „So genau, wie ein Leibdiener dergleichen kennen kann. Man sieht da so manches." – „Hatte dieser ältere Wilkins nicht auch Kinder?" – „Nur einen Sohn." – „Lebt er noch?" – „Ich weiß es nicht. Er ist auf Reisen gegangen und bis jetzt nicht wiedergekommen." – „Wohin?" – „Ich weiß es nicht, aber Onkel und Neffe werden es wohl wissen. Es ist mir nie zu Gehör gekommen, daß irgendeine andere Person eine darauf sich beziehende Äußerung getan hätte. Ich war nicht mehr im Herrenhaus, als der Neffe fortging." – „Wie standet Ihr Euch mit ihm?" – „Sehr schlecht. Er war das Gegenteil von seinem Vater und konnte mich niemals leiden. Ich habe manchen Hieb und manchen Fußtritt von ihm erhalten. Er meinte, ich sein infolge der Güte seines Vaters ein sehr frecher Bursche geworden." – „Da hatte er wohl sehr unrecht?" fragte Walker unter einem bezeichnenden Lächeln.

Der Neger lachte laut auf und antwortete:

„Höflich bin ich freilich mit diesem Knaben niemals gewesen. Darum nahm er es seinem Vater noch im Grab übel, daß er mich im Testament bedacht hatte." – „Hm! Hm! Ich glaube, er lebt noch." – „Wie? Was? Habt ihr etwa eine Ahnung, wo er sich jetzt befindet?" – „Eine Ahnung, ja. Er sendet eben jetzt drei seiner besten Freunde hierher auf Besuch." – „Was Ihr sagt, Mylord! Wer sind die Kerle?" – „Drei Jäger. Nämlich der dicke Sam und die ..." – „Der dicke Sam Barth etwa?" unterbrach ihn der Neger rasch. – „Ja. Kennt Ihr ihn?" – „Aus Erzählungen." – „Die beiden anderen sind die Gebrüder Snaker, die sich als Maultierräuber lange da im Westen herumgetrieben haben. Sie kommen, wie ich glaube, im geheimen Auftrag des jungen Wilkins hierher. Sie wissen, daß auch ich mich hier befinde, um ihre Absichten zu vereiteln, und so ist es möglich, daß sie nach mir suchen." – „Sollen sie Euch nicht finden?" – „Nein, beileibe nicht! Sie dürfen nicht ahnen, in welcher Weise ich hier gegen sie agitieren will. Ich weiß ganz bestimmt, daß sie bereits heut am Vormittag nach mir suchen werden. Darum ist es mir lieb, zu hören, daß Ihr ein so gutes Versteck habt." – „Das habe ich freilich; aber ..."

Er stockte und blickte nachdenklich zu Boden. Das, was ihm Walker gesagt hatte genügte ihm nicht; es war ihm zu unklar. Walker fühlte das sehr wohl. Was er gesagt hatte, war reine Erfindung. Er mußte einen anderen Grund bringen, und der triftigste der Gründe, der allerüberzeugendste ist stets derjenige, zu dem er jetzt griff. Er langte nämlich in die Tasche und zog eine Börse heraus, durch deren Maschen der Glanz zahlreicher Goldstücke blitzte. Er nahm drei derselben heraus, hielt sie dem Neger hin und sagte:

„Hier, Bommy, ein kleines Draufgeld, wenn Ihr mein Kumpan sein wollt."

Der Schwarze griff gierig zu; der Weiße aber zog die Hand mit dem Gold noch schneller zurück.

„Was? Warum gebt Ihr es nicht?" fragte Bommy. – „Ihr habt mir noch nicht geantwortet." – „Ja, ja! Ich helfe Euch!" – „Ihr gebt mir auch Euer Versteck, wenn ich es brauchen sollte?" – „Freilich, freilich! Gebt nur das Geld her." – „Nur Geduld, Geduld! Erst wird eingeschlagen!"

Er hielt die Hand hin; der Schwarze schlug kräftig ein und erhielt dann das Geld. Er hielt es sich vor die Augen, zog eine Grimasse des Entzückens, tat einen Luftsprung und rief:

„Gold, Gold, Gold! Und ich kann noch mehr erhalten?" – „Noch viel mehr, wenn Ihr mir treu dient." – „Oh, ich bin treu, sehr treu. Ich kämpfe für Euch! Ich sterbe für Euch! Ich tue alles, alles für Euch! Ist das lauter Gold, was Ihr da in dem Beutel habt?" – „Lauter Gold. Und ich habe auch noch mehr." – „Noch mehr? Wo? Wo?"

Seine Augen blitzten gierig auf, beutegierig, raubgierig – ja, blutgierig.

Walker sah diesen Blick und erschrak. Er erkannte, daß er sich in Todesgefahr begeben hatte. Darum beeilte er sich, zu antworten:

„Nicht hier, sondern auf der Bank." – „Oh! Ah! Auf der Bank!" sagte der Schwarze im Ton der Enttäuschung. – „Da kann ich es mir stets holen." – „Wann werdet Ihr es holen?" – „Sobald ich es brauche – in einigen Tagen." – „So seid Ihr also reich?" – „Sehr reich. Ihr seht, daß ich Euch belohnen kann und auch belohnen werde, wenn ... horch!"

Es ertönte der Hufschlag eines Pferdes. Der Reiter hielt draußen, an der Front der Hütte, wo sich die Tür aber nicht befand, an und schlug mit der Peitsche an den Rand der Fensteröffnung.

„Bommy, alter Rabe! Bist du da?" rief er. – „Sapperment! Man kommt! Wird dieser Mann vielleicht hier eintreten?" fragte Walker ängstlich. – „Nein. Es ist Massa Leflor. Der reitet fast täglich vorüber, kommt aber sehr selten herein."

Er ging hin an die Fensteröffnung und antwortete:

„Ja, Massa, Bommy ist da." – „Bringe mir einen Gin heraus, aber schnell!"

Der Neger füllte ein Glas und trug es hinaus. Walker stand von seiner Bank auf und trat an das Loch. Er sah sich den Reiter an und hörte auch folgende Worte, die dieser mit dem Neger wechselte.

„Massa will zu Master Wilkins etwa?" – „Ja, alter Nachtschatten."

– „Und zu Miß Almy?“ – „Was geht das dich an, Bommy?“ – „Mich? O nichts, nichts!“ – „Aber du machst ein so verschmitztes Gesicht!“ – „Ist mein Gesicht nicht stets so?“ – „Nein. Es ist so, als ob du mit etwas Wichtigem hinter dem Berg hieltest.“ – „Hinter dem Berg? Oh, Ihr macht Spaß, Massa!“ – „Unsinn! Ich kenne dich! Was ist's, was dir auf der Zunge liegt?“ – „Jetzt nicht, jetzt nicht, Massa!“ – „Nun, wenn dann?“ – Wenn, hm, wenn Massa mit Massa Wilkins gesprochen haben, dann!“ – „Gesprochen? Worüber und wovon?“ – „Von Miß Almy.“ – „Sapperment, Bommy! Du scheinst mir wirklich etwas in petto zu haben. Ich bin neugierig, etwas zu erfahren; aber ich kenne dich zu genau, daß ich weiß, du wirst es mir jetzt nicht sagen.“ – „Nein, jetzt nicht, aber – dann.“ – „Gut. Und da es so steht, will ich dir sagen, daß ich noch heute mit Monsieur Wilkins sprechen werde.“ – „Jetzt? O Jessus, Jessus! Ich weiß sehr genau, welche Antwort Ihr erhalten werdet.“ – „Nun, welche denn?“ – „Laßt sie Euch von Miß Almy geben! Aber Massa, werdet Ihr bei der Rückkehr vielleicht auch ein Gläschen trinken?“ – „Warum?“ – „Weil ich Euch dann sagen werde, was ich Euch noch nicht sagen kann.“ – „Gut! Ich komme. Auf Wiedersehen, Bommy!“

Er ritt fort, und der Neger kehrte in das Innere der Hütte zurück.

„Wer war dieser Mann?“ – „Massa Leflor, ein Plantagenbesitzer, unser nächster Nachbar. Habt Ihr etwa gehört, was ich mit ihm gesprochen habe?“ – „Ja. Ihr spracht ja so laut, daß ich es geradezu hören mußte, wenn ich auch nicht gewollt hätte. Es schien sich um ein Geheimnis zu handeln.“ – „O nein. Massa Leflor ist verliebt in Miß Almy, die Tochter von Master Wilkins.“ – „Sapperment! Macht er seinen jetzigen Besuch vielleicht zu dem Zweck, um ihre Hand anzuhalten?“ – „Ja, das tut er.“ – „Wird er das Jawort erhalten?“ – „Nein, gewiß nicht.“ – „Ah! Warum nicht?“ – „Wenn es nicht Gründe gibt, von denen ich nichts weiß, so wird er von Wilkins abgewiesen werden, denn er ist leichtsinnig und auch bös.“ – „O weh!“ lachte Walker. „Ich glaube, das letztere sind wir wohl auch!“ – „Und selbst wenn Wilkins ja sagte, so sagt Miß Almy doch nein, denn sie liebt einen anderen.“

Da Walker das schöne Mädchen gesehen hatte, so interessierte ihn das Gespräch außerordentlich. Er fragte:

„Kennt Ihr diesen anderen?“ – „Ja. Es ist Master Adler, der deutsche Oberaufseher der Pflanzung.“ – „Und Leflor weiß das nicht?“ – „Nein. Alle wissen es; aber die beiden, die sich lieben, wissen es selbst noch nicht, und Wilkins und Leflor wissen es auch nicht.

Leflor wird abgewiesen werden und einen entsetzlichen Haß auf Master Wilkins bekommen."

Walker machte ein sehr nachdenkliches Gesicht, blickte eine Weile sinnend vor sich hin und fragte dann:

„Ist Leflor reich?" – „Sehr." – „Hm, hm! Mir kommt da ein Gedanke. Wird er Euch bei seiner Rückkehr wohl aufrichtig sagen, daß er abgewiesen worden ist?" – „Warum nicht, Sir?" – „Er kann sich ja schämen!" – „Aber vor mir nicht. Oh, wir haben schon manchen Streich miteinander ausgeführt, Massa Leflor und ich! Und er weiß genau, daß er einen sehr guten Verbündeten zur Rache an mir haben wird." – „An mir vielleicht auch. Könntet Ihr ihn nicht einmal hereinrufen?" – „Ja wenn Ihr mit ihm reden wollt." – „Nur in dem Fall, daß er abgewiesen worden ist, sonst aber nicht."

In diesem Augenblick klopfte es an die Tür, die Bommy wieder zugeriegelt hatte.

„Sapperment! Man kommt!" flüsterte Walker besorgt. „Wer ist es?"

Der Schwarze trat an die Tür. Es gab da einen kleinen Spalt, durch den er hinausblicken konnte.

„Es ist Daniel, ein Bekannter von mir", sagte er. – „Er darf mich nicht sehen. Wo ist das Versteck?" – „Kommt, Mylord!"

Er trat an den Herd. Dieser bestand aus einer langen und breiten Steinplatte, die mit der hinteren Seite in die Wand eingefügt war und mit den anderen Seiten auf drei eichenen Klötzen ruhte, die horizontal auf dem Boden standen, roh aus dem Baum gesägt waren und mehr als die Stärke eines Mannes hatten. Der Neger schob den linken der beiden Seitenklötze beiseite, was verhältnismäßig leicht geschah und sagte:

„So habt Ihr es Euch wohl nicht gedacht?"

Der Raum unter dem Herd war hohl und so tief, daß sich selbst ein großer Mann ganz gemütlich hineinsetzen konnte. Luft zum Atmen gab es genug.

„Alle Teufel!" sagte Walker erstaunt. „Das ist ein Versteck, wie man sich ein besseres gar nicht denken kann!" – „So macht Euch schnell hinein! Daniel klopft wieder. Er geht sonst fort, weil er denkt, daß ich nicht da bin."

Walker setzte sich hinein. Der Schwarze rollte den runden Klotz wieder an seine frühere Stelle und überzeugte sich, daß er keine Spur außerhalb der jetzigen Lage zurückgelassen hatte. Sodann ging er zur Tür, um diese zu öffnen, und ließ den Neger Daniel ein.

Er legte dabei den Finger auf den Mund, zum Zeichen, daß

nicht gesprochen werden solle, setzte sich mit ihm in die von dem Herd entfernteste Ecke und unterhielt sich im Flüsterton mit ihm. Sie sprachen, wie bereits erwähnt, von dem Vorhaben des roten Burkers, doch konnte Walker natürlich kein Wort davon verstehen.

Bommy war dafür besorgt, daß Daniel bald wieder ging, und begleitete ihn hinaus, wobei beide von Sam Barth belauscht wurden. Als er dann in die Hütte zurücktrat, vergaß er, die Tür wieder zuzuriegeln, und ging sogleich zum Herd, um Walker wieder herauszulassen.

Dies geschah langsam und bedächtig, so daß Sam bereits das Haus umschlichen hatte, als Walker aus dem Versteck hervorkroch. Der Blick des letzteren fiel, zum Glück für ihn, auf die nur angelehnte Tür.

„Warum habt Ihr ..."

Er hielt erschrocken inne. „Warum habt Ihr die Tür aufgelassen?" wollte er sagen, doch blieb ihm die zweite Frage im Mund stecken, denn er sah durch die Türlücke Jim und Tim herbeieilen.

„Was ist's?" fragte der Neger. – „Pst! Um Gottes willen, leise, leise!"

Er schnellte zur Tür, zog sie heran und schob den Riegel vor, der die Stärke eines Mannesarmes hatte. Der Neger begriff natürlich, daß sich jemand in der Nähe befinde, und eilte zum Fenster. Er kam noch zeitig genug, die beiden Brüder bei ihren letzten Schritten zu bemerken.

„Wer sind diese Kerle?" flüsterte er. – „Es sind Jim und Tim Snaker. Da wird Sam Barth nicht weit entfernt sein."

„Sie suchen natürlich Euch?" – „Ja." – „Hm! Was machen wir?" – „Laßt sie um Gottes willen nicht herein!"

Er fühlte eine wahre Todesangst. Er wußte ja, daß er verloren sei, wenn er diesen Jägern in die Hände fiel. Er bückte sich an die kleine Spalte, blickte durch dieselbe hinaus und wandte sich flüsternd zurück:

„Da, seht hinaus! Da steht auch Sam, der Dicke. Er scheint die beiden anderen auszuzanken." – „Woher wissen sie denn, daß Ihr hier seid?" – „Sie müssen meine Spur gefunden haben. Ich wiederhole es: Laßt sie nicht herein!" – „Wo denkt Ihr hin! Einlassen muß ich sie." – „Warum? Warum denn?" fragte Walker, vor Angst förmlich zitternd. – „Um Euretwillen." – „Unsinn. Gerade um meinetwillen sollen sie ja draußen bleiben. Ihr seid hier Hausherr. Ihr könnt sie fortweisen." – „Ja. Aber da ist der dicke Sam zu schlau.

Er wird tun, als ginge er, und sich in der Nähe auf die Lauer legen. Das gibt dann eine förmliche Belagerung, und sie bekommen Euch doch." – „Verdammt! Was ratet Ihr?" – „Geht ins Versteck!" – „Aber wenn sie es finden!" – „Unsinn. Hustet oder nieset nur nicht." – „Alle Teufel! Was tue ich?"

Er war totenbleich. Es klopfte an die Tür.

„Schnell, schnell!" drängte der Schwarze. – „Ihr werdet mich nicht verraten?" – „Fällt mir nicht ein!"

Aber Walker hatte Bommys Blicke gesehen; er traute ihm nicht. Er nahm noch drei Goldstücke heraus, gab sie ihm und raunte ihm zu:

„Wenn sie mich nicht entdecken, bekommt Ihr noch fünfzig, sobald ich das Geld von der Bank erhalten haben werde!" – „Gut, gut! Schnell hinein!" – „Holla! Aufgemacht!" ertönte draußen die Stimme des langen Jim.

In wenigen Augenblicken stak Walker unter dem Herd. Der Schwarze trat zur Tür und fragte:

„Wer ist draußen?" – „Gäste." – „Wie viele denn?" – „Zwei." – „Oho! Es sind doch drei!"

Es entstand eine Pause. Draußen flüsterte man einen Augenblick lang, dann sagte Jim:

„Wie viele wir sind, kann dir gleich sein. Mache nur auf Mann." – „Wer seid ihr denn?" – „Sei verdammt für deine Neugierde! Ist das eine Art und Weise, ehrliche Leute auszufragen! Wir wollen einen Schluck trinken. Verstanden? Oder ist hier das Himmelreich, vor dessen Pforte jede Seele vorher examiniert wird? Da wollen wir zunächst dir die deinige an die Nase binden." – „Tut es meinetwegen und kommt herein!"

Er schob den Riegel zurück. Die drei Jäger traten ein. Sams Plan war unnötig geworden. Er hatte nicht an die Möglichkeit gedacht, daß er auch von innen gesehen worden sei.

Eintreten und mit einem einzigen, raschen Blick sich umschauen, das war natürlich eins. Es war außer Bommy kein Mensch zu sehen. Die drei setzten sich an den einen Tisch, und die Brüder Snaker überließen dem klugen Sam die Rolle des Fragenden.

„Gib uns einen Morgentrunk, Schwarzer!" sagte der Dicke. „Du hast doch wohl etwas, was den Magen eines alten Jägers wärmt?" – „Es wird ausreichen", antwortete der Neger. – „Ach, ja! Da ist ein ganzer Keller voll."

Er trat an das offene Loch, blickte hinein, kniete sodann nieder und tat, als ob er die Etiketten der Flaschen betrachten wolle, untersuchte dabei aber mit den tastenden Händen alle vier Seiten und auch den Boden des Loches. Ein kurzer Wink benachrichtigte dann die Gefährten, daß er nichts gefunden habe. Er kehrte also an seinen Platz zurück und griff zum Glas.

„Schenke dir auch eins ein und stoße mit uns an, Schwarzer! Geht dein Geschäft gut?“ – „Leidlich.“ – „Man sieht es! Wer mit Goldstücken bezahlt wird, der hat keine Veranlassung, über schlechte Zeiten zu klagen.“

Walker hörte diese Worte natürlich. Der Angstschweiß brach ihm aus allen Poren. Auch der Neger erschrak. Er hatte in der Eile die letzten Goldstücke, die er erhalten, auf den Tisch gelegt, um beide Hände für die Bewegung des Eichblockes frei zu haben. Dort lagen sie jetzt noch. Er bemühte sich, eine unbefangene Miene zu zeigen, stieß mit Sam an, ergriff dann das Geld, steckte es in die Tasche und antwortete:

„Ihr hättet recht, wenn dies meine heutige Einnahme wäre. Alle Tage drei Goldstücke, das wäre sehr gut!“ – „Was für Geld ist es denn?“ – „Das wird Euch wohl gleichgültig sein, Master. Ich frage Euch auch nicht nach Eurem Beutel.“ – „Sehr richtig. Aber wenn du es tätest, würdest du eine höflichere Antwort erhalten, als die deinige ist. Hattest du heute schon Gäste?“ – „Ja“. – „Wie viele?“ – „Es fehlen einige am Hundert.“ – „Das glauben wir dir ungeschworen. Es würde uns aber weit lieber sein, wenn du uns eine bestimmtere Antwort gibst. Wir denken nämlich, hier bei dir mit einem guten Bekannten zusammenzutreffen.“ – „Wer ist es?“ – „Du wirst ihn auch bereits gesehen haben. Sein Name ist Walker.“ – „Walker? Diesen Namen habe ich hier noch gar nicht gehört, Master.“ – „Nicht? Hoffentlich hast du doch die lobenswerte Angewohnheit, deine Gäste nach dem Namen zu fragen!“ – „Nein; ich tue das im Gegenteil niemals. So zum Beispiel werde ich auch euch nicht fragen. Was geht mich euer Name an, wenn ich nur bezahlt werde.“ – „So tue uns wenigstens den Gefallen, uns zu sagen, was für Persönlichkeiten heute bei dir eingekehrt sind!“ – „Massa Leflor war hier.“

„Wer noch?“ – „Weiter niemand.“ – „Hm! Bist du vielleicht einmal für einen Augenblick von deiner Hütte fortgewesen?“ – „Nein.“ – „Nicht? Sonst dächte ich, es hätte sich während deiner Abwesenheit jemand hier eingeschlichen und ohne dein Wissen versteckt.“ – „Meint Ihr jenen Walker?“ – „Ja.“ – „Das ist eine Unmöglichkeit. Wo sollte sich ein Mensch hier verstecken?“ – „Vielleicht dort unter das Lager.“ – „Seht nach.“ – „Oder unter das Brennholz?“ – „Da hätte er sich einen sehr unbequemen Platz herausgesucht." – „Freilich; aber wir wollen doch einmal sehen, ob es nicht der Fall ist."

Die drei Jäger untersuchten das Laub und das Reisig sehr genau, fanden aber natürlich nichts. Der Schwarze sah ihnen angstvoll zu. Wie, wenn sie auf den Gedanken kamen, auch den Herd zu untersuchen! Das konnte er ja verhüten!

Er nahm einen Arm voll Reisig, warf es auf den Herd, brannte es an und ging sodann mit einem Topf hinaus, um Wasser zu holen.

„Verdammt!" sagte Jim. „Wo steckt er? Er muß hier sein!"

Sam winkte ihm und antwortete:

„Ich habe euch doch gleich gesagt, daß er gar nicht in Wilkinsfield ist. Wir hätten ja auch das Kanu finden müssen. Er ist weiter flußabwärts gerudert. Nun haben wir hier die kostbare Zeit versäumt und können uns sputen, sie wieder einzuholen. Wenn der Schwarze wieder hereinkommt, werden wir bezahlen und dann sogleich aufbrechen."

Bommy kam und stellte den Wassertopf auf das Feuer. Er schürte die Flamme an, um ein lautes Knistern zu erregen, damit man nicht ein etwaiges Husten oder Niesen Walkers hören könne. Dann wandte er sich mit freundlichem Grinsen an Sam:

„Ich braue mir jetzt ein Glas Grog. Hoffentlich bleiben die Masters hier, um eins mitzutrinken!" – „Danke für dein Gebräu, Schwarzer! Wir werden machen, daß wir deine rauchige Bude hinter uns bekommen."

Sam fragte nach der Zeche und bezahlte. Dann entfernten sich die drei in der Richtung nach dem Wald zu. Dort hinter den Büschen, wo sie von der Hütte aus nicht mehr gesehen werden konnten, blieben sie stehen.

„Du winktest uns", sagte Tim. „Du glaubst also auch, daß er drin steckt?" – „Ganz sicher!" – „Aber wo?" – „Das weiß der Teufel! Ein Loch muß es in der Bude irgendwo geben. Der Boden war so fest gestampft, daß man eine Spur gar nicht sehen konnte. Ich wette meinen Kopf, daß die Goldstücke von Walker waren. Es geht nicht anders. Zwei von uns legen sich hier in den Hinterhalt. Der dritte eilt zu Monsieur Wilkins mit der Weisung, daß er schleunigst nach Van Buren um Militär senden soll. Es müßte mit dem Teufel zugehen, wenn wir den Vogel nicht doch noch erwischten!"

8. KAPITEL

Bommy hatte ihnen nachgeblickt und natürlich hinter ihnen die Tür verriegelt. Dann ließ er Walker aus dem Versteck. Der Letztere sah wie eine Leiche aus, und doch standen ihm dicke Schweißtropfen im Gesicht.

„Das war entsetzlich!" sagte er. „Erst die Angst, daß sie mich entdecken würden, und dann die Hitze!"

„Oh", lachte der Neger, „vom Feuer hat es gar keine Hitze gegeben. Die Wärme steigt nach oben, und die Platte ist so stark, daß sie erst nach Stunden durchhitzt würde, namentlich von einem so kleinen Feuer. Die Hitze, die Euch ausgetrieben ward, stammt nur von der Angst. Sind diese drei Jäger wirklich so furchtbar?" – „Sie trachten mir nach dem Leben. Es wäre um mich geschehen gewesen, hätten sie mich entdeckt." – „Was habt Ihr ihnen denn so gar Schlimmes getan?" – „Das werde ich Euch später erzählen. Jetzt muß ich vor allen Dingen wissen, wo sie stecken." – „Sie sind fort." – „Das ist nicht wahr!" – „Ich sah sie ja gehen." – „Sie haben nur so getan, als ob sie sich entfernen. Der Dicke ist ein schlauer Kerl, heute aber hat er es einmal gar zu schlau angefangen. Während Ihr nach Wasser gingt, sagte er laut, daß sie sogleich weiter stromabwärts wollten ..." – „Nun, das ist ja sehr gut für Euch!" – „Sehr schlimm im Gegenteil! Er weiß, daß ich hier bin, und hat es gesagt, um mich irrezuführen. Daß sie hierhergekommen sind, ist ein deutlicher Beweis, daß sie meine Fährte gefunden haben. Sie werden sich ganz in der Nähe der Hütte auf die Lauer legen, um zu warten, bis ich gehe. Das ist so sicher wie irgend etwas." – „So müßt Ihr bleiben, bis es Nacht ist." – „Warum nicht länger?" – „Ihr werdet mir doch nicht zumuten, daß ich mir meine Wohnung für eine halbe Ewigkeit belagern lasse! Ihr könnt doch nicht tagelang in dem engen Loch unter dem Herd stecken, und ich habe auch mehr zu tun, als mich herzusetzen, um Euch zu bewachen. Heute abend erhalte ich mehrere Gäste, welche Euch nicht sehen dürfen." – „So wollt Ihr mich preisgeben?" – „Nein. Ihr bezahlt mich gut, und ich diene Euch. Es wird sich wohl bis heute abend ein Mittel finden lassen, Euch ohne Gefahr von hier fortzuschaffen. Einen Ort, wo Ihr dann sicher seid, wird es auch geben. Wir wollen nachdenken!"

Da ertönte draußen der Hufschlag eines Pferdes. Leflor kehrte zurück. Er rief:

„Boomy, bist du da?"

Der Neger trat an die Fensteröffnung und antwortete:

„Ja, Massa. Hier bin ich." – „Bringe mir einen Schnaps heraus, aber einen tüchtigen!" – „Hat Master Wilkins ja gesagt?" – „Nein. Hole ihn der Teufel!" – „So kommt einmal herein zu mir. Ihr werdet etwas für Euch Gutes erfahren."

Vor der Hütte gab es einen Pfahl, an den Leflor, als er abgestiegen war, sein Pferd band. Dann ging er nach der hinteren Seite des Hauses und trat ein, worauf Bommy wieder zuriegelte. Als er Walker erblickte, stutzte er und fragte zornig:

„Da ist bereits jemand. Warum rufst du mich da herein, Schwarzer?" – „Zu Eurem Besten, Massa", antwortete der Gefragte. „Dieser Master interessiert sich für Euch." – „Wer ist es?"

Walker war von seiner Bank aufgestanden und antwortete an des Schwarzen Stelle:

„Verzeiht, Monsieur! Ich hoffe, daß unsere zufällige Begegnung für uns beide von Vorteil sein wird. Ich heiße Walker." – „Walker?" fragte Leflor erstaunt. „Alle Teufel! Herr, man sucht Euch!" – „So? Wer sucht mich?" – „Ein dicker Kerl, namens Sam Barth, der noch zwei Begleiter bei sich hat." – „Ich weiß es bereits. Woher aber wißt Ihr es?" – „Der dicke Halunke war bei Wilkins. Er glaubte, Euch bei diesem zu finden." – „Wann?" – „Vor vielleicht einer Stunde." – „Verdammt! Sie sind dann hierher gegangen. Also wissen sie genau, daß ich hier bin, und so werden sie auch in der Nähe auf mich warten." – „Was wollen sie von Euch?" – „Wir haben ein kleines Geschäft miteinander, was man so eine Blutrache nennt." – „Dann tut es mir leid um Euch. Dieser Sam Barth ist der beste Spürhund, den es gibt. Hat er Euch etwa eine Kugel zugedacht?" – „Etwas anderes nicht. Er war mit den beiden anderen soeben hier, hat mich aber nicht gefunden und wird mir nun auflauern. Ich hoffe, daß Ihr mir Euren Schutz gewähren werdet." – „Ich? Mich geht Eure Angelegenheit gar nichts an!" – „Vielleicht doch!" – „Daß ich nicht wüßte. Der Dicke hat mich zwar bei Wilkins aufs tödlichste beleidigt, so daß ich, aufrichtig gestanden, darauf brenne, ihm einen Streich zu spielen, aber was Ihr mit ihm habt, das liegt mir vollständig fern." – „Vielleicht näher, als Ihr denkt." – „Wieso?" – „Verzeiht, Sir, wenn ich da eine Frage tue, welche Euch sehr zudringlich erscheinen wird! Aber sie gehört zur Sache." – „Fragt nur zu." – „Ihr habt um Wilkins' Tochter angehalten und einen Korb bekommen?" – „Donnerwetter! Hat hier dieser schwarze Schuft zu Euch geplaudert?" – „Ja. Aber Ihr dürft es ihm verzeihen, denn er hat es nur zu Eurem Vorteil getan." – „Das möchtet Ihr mir wohl erklären!" – „Gern! Setzt Euch zu mir! Bommy mag Wache halten, damit wir nicht gestört werden."

Sie holten sich eine Flasche Rum aus dem Loch, setzten sich zusammen und begannen, sich im Flüsterton zu unterhalten. Bommy setzte sich auf seinen Holzklotz, brannte sich seinen Pfeifenstummel an und beobachtete durch die Ritze der Tür mit scharfem Auge die draußen liegenden Gebüsche. Er konnte von dem leisen Gespräch der beiden nichts verstehen, schien aber auch gar nicht darauf versessen zu sein, etwas zu erfahren, was ihm nicht freiwillig gesagt wurde.

Walker hatte die Unterhaltung mit der Bemerkung begonnen: „Wenn ich um die Hand eines Mädchens anhalte und abgewiesen werden, so wird mein erstes Gefühl dasjenige sein, diese Niederträchtigkeit heimzuzahlen. Darf ich annehmen, daß bei Euch dasselbe der Fall auch ist?“ – „Hm! Ich bin kein anderer Mensch als Ihr.“ – „Es kommt freilich ganz auf die Art und Weise an, in welcher man den Korb erhält.“ – „Die war allerdings so gemein wie nur möglich. Ich gestehe, auch ohne Euch und Eure Absichten zu kennen, daß ich sehr an Vergeltung denke.“ – „Habt Ihr bereits einen Plan?“ – „Ja.“ – „Der sicher gelingen wird?“ – „Von einer absoluten Sicherheit kann ich freilich nicht sprechen. Und das ist es, was mich ganz ungeheuer ärgert.“ – „Beruhigt Euch, ich habe die Mittel in der Hand, die Euch eine ganz eklatante Rache ermöglichen!“ – „Wie kämt Ihr dazu? Kennt Ihr Wilkins?“ – „Gar nicht.“ – „Oder steht Ihr in Geschäftsbeziehungen zu ihm?“ – „Nein, doch werde ich bald in diese Beziehung zu ihm treten. Ihn kenne ich nicht, desto besser aber seinen Neffen Arthur Wilkins.“ – „Alle tausend Teufel! Ihr kennt Arthur? Wo habt Ihr ihn gesehen? Wo befindet er sich? Lebt er überhaupt noch?“ – „Das sind mehrere höchst bedeutungsvolle Fragen auf einmal. Erlaubt, daß ich sie später beantworte. Jetzt möchte ich vor allen Dingen fragen, ob Ihr die Verhältnisse auf Wilkinsfield genau kennt?“ – „Natürlich. Ich bin ja der nächste Nachbar.“ – „Wem gehört die Plantage?“ – „Natürlich Wilkins.“ – „Hm! Ihr dürftet Euch da sehr irren.“ – „Schwerlich. Wem sollte sie sonst gehören?“ – „Wem, fragt Ihr? Wem anders als mir!“

Leflor fuhr auf:

„Was? Euch? Ihr phantasiert wohl?“ – „Oh, ich bin vielleicht bei noch mehr als den gewöhnlichen Sinnen. Aber sprecht nicht so laut! Der Schwarze braucht hiervon nichts zu hören.“

Und nun begann ein angelegentliches Flüstern, als ob es sich um die höchste irdische Wichtigkeit handle. Endlich zog Walker ein Portefeuille aus der Tasche und entnahm demselben mehrere Schriftstücke, die er Leflor vorlegte. Den großen Siegeln nach zu urteilen, waren es lauter behördliche Dokumente. Leflor sah sie durch, hielt sie gegen den durch die Fensteröffnung hereinfallenden Sonnenstrahl, kurz, prüfte sie auf jede Art und Weise.

„Außerordentlich, ganz außerordentlich!“ sagte er. „Wer hätte das gedacht? Wer hätte das überhaupt denken können! Ah! Ihr habt ganz recht, Master Walker. Ihr gebt mir da eine förmliche Sprengkugel in die Hand, mit der ich das Rohr meiner Rache laden werde. Wann wollt Ihr Eure Ansprüche geltend machen?“ – „Natürlich baldigst. Habt Ihr Euch überzeugt, daß sie rechtsgültig sind?“ – „Selbst der raffinierteste Advokat würde keinen Weg finden können, sie anzufechten. Ich wollte, diese Eure Rechte gehörten mir.“ – „Hm!“ brummte Walker nachdenklich. – „Habt Ihr nicht Lust, sie mir zu verkaufen?“ – „Nein, Sir. Ich müßte sie doch, ehe Ihr sie mir abkaufen würdet, zuvor selbst verfechten, und dann habe ich keine Lust mehr, sie aus der Hand zu geben.“ – „Ihr irrt. Ich würde sie Euch jetzt abkaufen.“ – „Um mir ein Lumpengeld zu bieten! O nein!“ – „Es fällt mir nicht ein, Euch zu drücken. Eure Rechte sind unantastbar, aber dennoch wird Wilkins sich wehren. Es wird einen Prozeß geben. Habt Ihr die Mittel, ihn auszuhalten?“ – „Hm! Ich habe mein ganzes Vermögen hingegeben, diese Dokumente zu erwerben.“ – „So bedenkt sehr wohl, ob Ihr den Prozeß auszufechten vermögt! Ich rate Euch, Eure Ansprüche zu verkaufen. Ihr werdet allerdings nicht die volle Summe erhalten, doch habt Ihr sie jedenfalls wohl auch nicht gegeben, und ich würde Euch nicht sehr drücken. Überlegt es Euch!“ – „Ich würde nur gegen bare und sofortige Zahlung verkaufen.“ – „Und ich bin in der Lage, darauf einzugehen. Es liegt mir viel daran, diese Dokumente in meinen Besitz zu bringen. Ich gönne es Euch nicht, diesen famosen Schlag gegen Wilkins zu führen. Ich will es sein, der diesen Menschen aus dem Hause wirft. Er hat mich aus demselben gewiesen, und es soll meine Rache sein, daß ich als Eigentümer vor ihn hintrete.“ – „Nun, wieviel bietet Ihr?“ – „Das läßt sich nicht so über das Knie brechen. Wir sehen uns doch nicht nur in diesem Augenblick. Habt Ihre Eure Gegenwart hier schon irgend jemanden versprochen?“ – „Noch niemandem. Ich kenne hier ja überhaupt noch keinen Menschen.“ – „So bitte ich um die Erlaubnis, Euch zu mir einzuladen. Wollt Ihr mein Gast sein?“ – „Da es so steht, nehme ich Eure Einladung ohne alles Bedenken an.“ – „Schön, sehr schön! Ich werde sofort einen Expressen nach Van Buren senden, um einen Notar kommen zu lassen. Er mag die Papiere prüfen und kann dann gleich dasjenige vornehmen, was zum Übergang derselben in mein Eigentum erforderlich ist.

Einig werden wir ja werden." – „Ich hoffe es." – „So halte ich es für das allerbeste, gleich aufzubrechen. Warum wollt Ihr Euch noch länger in diese Hütte setzen?" – „Ihr vergeßt, daß ich hier wahrscheinlich belagert werde, Sir!" – „Sapperment! Es ist ja wahr. Hoffentlich werde ich auch erfahren, wie Ihr mit diesen drei Jägern in Konflikt geraten seid?" – „Ich werde es Euch erzählen. Meine Schuld ist es nicht, daß ich gegenwärtig meines Lebens nicht sicher bin." – „Sie trachten Euch also nach dem Leben! Ich rate, Euch an den Sheriff zu wenden, um ihnen das Handwerk legen zu lassen." – „Das beabsichtige ich ja auch. Aber ich bin ihnen erst heute wieder begegnet, und hier gibt es weder Sheriff noch anderweiten polizeilichen Schutz. Diese Kerle werden mich niederschießen und dann sehr einfach das Weite suchen. Die Hauptsache ist, ihnen für diesen Augenblick zu entkommen; dann habe ich ja gewonnen." – „Nur dieser Wilkins könnte die Mörder durch seine Leute verjagen lassen; aber er schien in den Dicken geradezu verliebt zu sein. Meine Untergebenen darf ich zu diesem Zweck nicht auf fremdes Gebiet senden. Man müßte also zur List ... Sapperment! Da kommt mir ein köstlicher, gottvoller Gedanke, Master Walker!" – „Ich wünsche sehr, daß er auch in Wirklichkeit so köstlich sein möge, wie er Euch erscheint." – „Das ist er, ja, das ist er! Wenn wir nur gewiß wüßten, ob die drei Kerle sich hier in der Nähe der Hütte befinden." – „Ich bin überzeugt, daß es der Fall ist." – „Wo mögen sie da stecken?" – „Ich bin mit den Gebräuchen der Prärie bekannt genug, um diese Frage beantworten zu können. Wenn sie mir auflauern, wollen sie mich aus dem Haus treten sehen. Sie stecken also auf der Seite, auf der sich die Tür befindet."

Walker hatte jetzt lauter als vorher gesprochen. Der Schwarze hörte es und sagte:

„Das ist richtig. Ich weiß, wo sie sind." – „Ah! Wirklich! Wo, wo?"

Bei diesen Fragen erhoben sich die Männer von ihren Sitzen und traten an die Tür. Bommy aber wies zum Fenster und erklärte:

„Da drüben, gerade der Tür gegenüber, gibt es einen hohen, dichten Mesquitebusch; in demselben stecken sie. Ich habe sie zwar nicht gesehen, aber ich sah die Bewegung der Äste und Zweige; sie waren nicht durch den Wind hervorgebracht. Es ist sicher; sie stekken da drin." – „Wollen sehen."

Ehe die anderen ihn hindern konnten, hatte Leflor die Tür geöffnet und trat hinaus. Die Hände in den Hosentaschen, blickte er sich um, als ob er nach etwas suche, und schritt scheinbar ganz unbefangen weiter, dem bezeichneten Busch immer näher, doch nicht direkt, sondern auf Umwegen und wie ganz zufällig. In der Nähe desselben angekommen, legte er sich in das Gras, ganz nach Art eines unbeschäftigten Menschen, der augenblicklich nichts anderes zu tun hat, als die Zeit totzuschlagen. Das Gesicht auf den Arm gelegt, gab er sich den Anschein, als ob er einzuschlafen beabsichtigte, lugte dabei aber unter dem Ärmel scharf in den Busch hinein. Plötzlich sprang er auf, rieb sich das Bein und rief:

„Verdammte Ameisen! Hol euch der Teufel!"

Dann kehrte er schlendernd nach der Hütte zurück. Walker empfing ihn mit den Worten:

„Das hat lange gedauert. Man hätte unterdessen vor Ungeduld auswachsen mögen." – „Hm! Ich mußte es klug anfangen." – „Sind sie dort?" – „Ja, alle drei! Man muß es aber bereits wissen, sonst bemerkt man sie nicht, so gut haben sie sich versteckt. Diese Kerle sind wirklich schlau. Wir aber werden noch schlauer sein und sie auf eine Weise betrügen, daß sie sich darüber totärgern." – „Da bin ich doch begierig zu erfahren, wie Ihr es anfangen wollt." – „Sehr einfach. Ihr habt fast dieselbe Gestalt wie ich. Wir ziehen uns hier aus und vertauschen die Anzüge. Ihr setzt Euch auf mein Pferd und reitet fort. Sie werden Euch dann für mich halten und Euch also gar nichts in den Weg legen." – „Alle Teufel! Der Gedanke ist nicht nur höchst originell, sondern er gewährt mir auch die sicherste Errettung von dem Ungeziefer. Ihr verpflichtet mich zu allergrößtem Dank." – „Pshaw! Eine Hand wäscht die andere. Also, Sir, genieren wir uns nicht voreinander. Legt immer die Kleider ab. Ihr seht, daß ich schon beginne."

Leflor zog sich wirklich aus, und Walker tat dasselbe. Nach fünf Minuten hatte jeder des anderen Kleider angezogen. Sie sahen sich an und lachten. Auch Bommy lachte und meinte:

„Oh, könnte ich die Gesichter sehen, die die drei dann machen werden!" – „Es ist sehr wahrscheinlich, daß dir dieser Wunsch erfüllt wird", meinte Leflor. „Sie werden ja wohl herkommen, um sich nach Master Walker umzusehen. Aber bitte, Sir, gebt mir doch die Brieftasche aus meinem Rock und nehmt hier dafür die Eurige. Ihr werdet eher bei mir ankommen, und so will ich Euch einige Zeilen mitgeben, damit man sofort für Euch sorgt und auch einen Expressen nach Van Buren sendet, des Notars wegen. Ich möchte da keine Stunde unnütz versäumen." – „Aber ich weiß ja keinen Weg." – „Ist auch nicht nötig. Ihr reitet hier den Weg, den ich von Wilkinsfield hergekommen bin, immer geradeaus, durch den Wald hindurch. Ist dieser letztere zu Ende, so beginnt meine Besitzung. Wenn Ihr Euch in schnurgerader Richtung haltet, reitet Ihr strikten Weges zu meinem Tor hinein. Der Aufseher wird Euch empfangen, und ihm gebt Ihr die Zeilen, die ich Euch ausfertigen werde." – „Das klingt wirklich, als ob man eine Humoreske liest. Aber wenn ich an Euch denke, wird mir nicht sehr humoristisch zumute." – „Warum?" – „Weil Ihr Euch in Gefahr befindet." – „Das sehe ich nicht ein." – „Wenn sie mich für Euch halten, werden sie dafür Euch für mich halten." – „Das mögen sie tun." – „Wenn sie Euch nun eine Kugel geben!" – „Da habt nur keine Sorge. Das tun sie nicht. Sie werden Euch doch wohl lieber lebendig als tot haben wollen. Ich werde also in aller Ruhe und Gemütlichkeit nach ihrem Versteck gehen. Fallen Sie dann über mich her, nun, da werden sie wohl merken, wen sie haben." – „Und wenn sie sich rächen?" – „Pshaw! Das werden sie wohl unterlassen. Diese Art von Leuten ist zu gewissenhaft! Nehmt Ihr nur Euch ich acht, daß sie Euer Gesicht nicht sehen. Bommy mag jetzt mein Pferd herüber nach der Tür holen. Ihr steigt so auf, daß Ihr diesen Lauschern den Rücken zuwendet. Auf dieser Weise werden sie am sichersten getäuscht."

Der Neger ging, das Pferd nach dieser Seite der Hütte zu holen. Also nahte der Augenblick, in dem Walker hinaustreten sollte. Er hatte große Sorge. Wenn die drei Jäger den Betrug ahnten, so erhielt er doch seine Kugel. Er gab dieser Besorgnis jetzt Worte; Leflor aber sagte:

„Macht Euch doch nicht lächerlich, Sir! Seht das Pferd draußen! Es steht so vor der Tür, daß Ihr hinaustreten könnt, ohne daß die Kerle Euer Gesicht sehen. Dann dreht Ihr Euch herum, steigt in den Sattel und reitet fort."

So geschah es, und es glückte wirklich.

9. KAPITEL

Die drei Westmänner hatten natürlich das ganze Gebaren Leflors beobachtet. Als er wieder aufgesprungen war, um sich zu entfernen, brummte der lange Jim in den Bart:

„Sonderbarer Kerl! Wollte hier schlafen! Mag sich doch nach Hause scheren!" – „Hier schlafen?" meinte Sam. „Ist ihm jedenfalls nicht eingefallen." – „Na, du hast doch selbst gesehen, daß er sich hier niederlegte!" – „Ja, das hat er wohl getan, aber nur zum

Schein. Der Kerl hatte irgendeine Absicht." – „Welche denn?" – „Wer weiß es! Ob er ahnte, daß wir hier sind, und sich davon überzeugen wollte?" – „Du, das könnte der Fall sein!" – „Ich glaube es auch. Es war mir, als ob er so ganz heimlich unter dem Arm hindurchblickte. Hat er uns wirklich bemerkt, so wird er irgendeinen Plan aushecken, diesen Walker ohne Gefahr aus der Hütte fortzubringen." – „Donnerwetter, das soll ihm nicht glücken." – „Nein, sonst bekommt er es mit mir, mit Sam Barth, zu tun, der sich nicht ungestraft eine Nase drehen läßt. Passen wir auf. Schaut, da tritt der Nigger heraus! Er geht nach der vorderen Seite des Hauses." – „Es ist weiter nichts. Er bringt das Pferd. Leflor reitet fort. Das ist alles." – „Laßt euch nicht betrügen", sagte Sam. „Ich ahne, was er will. Das Pferd wird vor die Tür gestellt; Leflor steigt auf und reitet langsam fort; hinter dem Pferd aber wird sich Walker befinden, um uns unter dieser Deckung glücklich zu entwischen." – „Alle Teufel, das ist wahr", stimmte Jim bei. „Sie können gar nichts anderes beabsichtigen. Tim, lege die Büchse an! Wir werden zwar von Walker nichts als die Füße sehen können; aber gerade in diese soll er unsere Kugeln bekommen, so daß er es unterlassen wird, an uns vorbeizulaufen. Aufgepaßt!"

Die beiden Brüder legten ihre Gewehre an und hielten sich schußfertig. Sam Barth aber, der nicht in ihrer Weise mit Walker abzurechnen hatte, ließ sein Gewehr zur Seite liegen.

„Jetzt!" flüsterte Tim. „Da kommt Leflor heraus. Nun wird Walker folgen!"

Aber die drei sahen sich getäuscht. Der vermeintliche Leflor stieg auf, ihnen den Rücken zuwendend, gab dem Schwarzen die Hand, wechselte noch einige Worte mit ihm und ritt davon.

„Sapperlot!" meinte Jim. „Er reitet wirklich allein. So befindet sich Walker also noch drin."

Sam schüttelte langsam und bedenklich den Kopf. Ihm war die Sache nicht recht geheuer. Er brummte:

„Der Teufel hole diese verfluchte Geschichte. Ich werde aus ihr nicht klug. Warum wälzt sich dieser Leflor hier im Gras herum, um nachher ganz charmant abzutraben? Das Ding verursacht mir Kopfschmerzen. Ohne Absicht ist er nicht hier in unserer Nähe gewesen, und ohne Absicht hat er auch nicht sein Pferd nach dieser Seite des Hauses bringen lassen. Er konnte ebensogut auf der anderen aufsteigen. Da ist irgendeine Teufelei los; darauf könnt ihr euch verlassen." – „Aber welche?" – „Werden wir erfahren." – „Die allergrößte Teufelei wäre die, daß wir hier vor diesem alten Wigwam liegen, und Walker hätte sich gar nicht drin befunden. Das wäre wahrlich dazu angetan, einen vor Ärger zerplatzen zu lassen." – „Er ist drin gewesen. Ich habe ganz deutlich gehört, daß Bommy es zu dem Neger David sagte. Heraus ist er auch noch nicht, folglich steckt er noch drin." – „Höre, Sam, es wäre doch am allerbesten, wir gingen noch einmal hinein, um nochmals genau zu durchsuchen. Vielleicht fänden wir doch eine Spur." – „Meinetwegen! Aber da kommt mir ein anderer Gedanke, ein verfluchter Gedanke!" – „Welcher denn?" – „Habt ihr nicht ein Beil drin gesehen?" – „Ja, es war ein solches da." – „Na, wir liegen alle drei auf dieser Seite. Wie nun, wenn sie auf der entgegengesetzten Seite Luft gemacht und einen der Balken entfernt hätten, so daß es Walker möglich gewesen wäre, hinauszukriechen?" – „Einen solchen schweren, dicken Klotz entfernen?" – „Es ist doch am allerbesten, wir gehen nochmals hinein. Aber hört, anders als vorher! Nicht offen, sondern wir schleichen uns hin. Kommt, wir wollen keine Zeit versäumen!"

Sie krochen nun aus dem Busch heraus und näherten sich, immer Deckung suchend, dem Haus. In der Nähe desselben angekommen, schritten sie dann gerade auf eine Ecke zu, so daß sie von keinem Fenster aus gesehen werden konnten. Dann blieben sie zunächst halten, um zu lauschen.

„Die Tür ist jetzt offen", flüsterte Jim. – „Es sind zwei drin. Hört ihr sie sprechen?" fragte sein Bruder. – „Habe ich also nicht recht gehabt?" frohlockte Sam. „Jetzt kriegen wir den Kerl. Kommt hinein."

Als Walker fortgeritten war und der Schwarze wieder seine Hütte betreten hatte, saß Leflor auf der Bank und goß sich den Rest der Rumflasche ein.

„Nun kommt das Schwierigste", sagte Bommy. „Ihr seid doch nicht ganz des Lebens sicher." – „Hm! Jetzt erscheint mir die Geschichte auch bedeutend bedenklicher als vorher. Ich weiß nicht genau, was Walker mit diesen Kerlen gehabt hat. Ist es eine Geschichte, bei der Blut geflossen ist, so ist es leicht möglich, daß sie mir, sobald ich hinaustrete, eine Kugel in den Kopf geben und sich dann davonmachen. Ich werde mir die Sache doch vorher überlegen."

Er stand auf und näherte sich dem Fenster. In diesem Augenblick bewegte sich der Mesquitebusch, ohne daß es eine Spur von Wind gab. Sodann rührten sich einige Zweige eines nahe stehenden Strauches, und dann sah Leflor ganz deutlich dreimal etwas wie einen flüchtigen Schatten über den Zwischenraum zweier Sträucher huschen.

„Sie machen es mir leichter", sagte er. „Sie kommen, wie es scheint." – „Wieder herein?" – „Ja." – „Da bin ich neugierig, was erfolgen wird." – „Ich setze mich hierher. Du aber trittst ihnen entgegen und verhinderst sie daran, falls sie auf mich schießen wollen. Mach schnell! Sie werden in kurzer Zeit da sein."

Er setzte sich nun so, daß er dem Eingang den Rücken zukehrte. Bommy aber näherte sich der Tür. Sie wechselten noch einige Worte, die draußen gehört wurden; sodann erschienen die beiden Brüder unter dem Eingang, hinter ihnen Sam.

„Good morning zum zweiten Male, schwarze Eule!" sagte Jim. „Ah, ist dein Schützling aus seinem Loch geschlüpft?" – „Schützling?" fragte der Neger. „Wer?" – „Nun, der gute Master Walker." – „Kenne keinen Walker." – „Schön, mein Junge. Du sollst ihn kennenlernen. Ich werde dir ihn sofort zeigen."

Jim schob den Schwarzen beiseite, trat, gefolgt von Tim und Sam, von hinten an Leflor heran, klopfte ihm auf die Achsel und sagte:

„Endlich ein Wiedersehen seit gestern abend, Master! Wo waret Ihr doch so plötzlich hin?"

Leflor hatte, als er sie eintreten hörte, das Glas ergriffen und an den Mund gesetzt. Er trank es ruhig aus, drehte sich langsam um und fragte:

„Bei allen Teufeln! Welcher Flegel wagt es denn da, mir einen Schlag zu versetzen? Das muß ich mir allen Ernstes verbitten. Verstanden!"

Es ist unmöglich, die Gesichter zu beschreiben, die die drei Getäuschten sehen ließen. Diese Gesichter waren so über alle Maßen drollig, daß Leflor in ein lautes Lachen ausbrach und dabei fragte:

„Himmel und Hölle! Welch Narrenspiel wird denn da aufgeführt? Wer sind die beiden? Und wer ist . . . ah, wen sehe ich da? Sam Barth, der mein Gesicht nicht leiden kann! Nun, mein kleiner, dicker Sir, das Eurige ist auch nicht sehr geistreich, wenigstens in diesem Augenblick nicht. Was starrt Ihr mich denn an?"

Aber er hatte sich in dem listigen Sam denn doch verrechnet. Es bedurfte nur dieses Spottes, um dem Dicken seine volle Disposition wiederzugeben. Er machte plötzlich ein ganz anderes Gesicht, schüttelte verwundert den Kopf und sagte:

„Master Walker, wie einer in Eurer Lage noch so das große Maul haben kann, das begreife ich nicht. Wenn Ihr glaubt, Euch dadurch Nutzen zu bringen, so irrt Ihr Euch sehr." – „Walker!" lachte der Angeredete. „Ihr seid wohl gar blind geworden, seit wir uns sahen?" – „Wenn es Euch Spaß macht, mich für einen Esel zu halten, so kann ich nichts dagegen haben; aber der Ernst wird gar nicht auf sich warten lassen."

Sam machte dabei ein so strenges Gesicht, daß Leflor denn doch eine ängstliche Regung fühlte und sagte:

„Ich hoffe doch, daß Ihr mich kennt!" – „Natürlich!" – „Nun, wer bin ich denn?" – „Dumme Frage. Mit einer solchen bringt mich ein Walker nicht aus der Fassung." – „Aber Mann, Ihr müßt doch wissen, wer ich bin!" – „Freilich! Ihr seid Walker!" – „Ich verstehe Euch nicht. Ihr habt mich ja vor einiger Zeit bei Monsieur Wilkins gesehen." – „Da habe ich nur einen einzigen Mann gesehen, und das war Monsieur Leflor." – „Nun, der bin ich ja." – „Ihr? Leflor?"

Sam stieß ein lustiges Lachen aus und wandte sich an die beiden Brüder:

„Habt ihr schon einmal so einen Kerl gesehen? Er macht es gerade so, wie die Fabel vom Vogel Strauß erzählt. Er denkt, wenn er niemanden sieht, so werde er auch von niemandem gesehen. Lächerlich!"

Jim und Tim hatten auch bereits ihr Erstaunen überwunden. Zunächst hatten sie Sams Verhalten für unsinnig gehalten. Jetzt konnten sie zwar nicht begreifen, was er eigentlich bezweckte, aber daß er eine bestimmte Absicht verfolgte, und daß sie ihn da nicht stören durften, das erkannten sie sofort. Darum stimmten sie in sein Lachen ein, und Jim meinte:

„Ja, so eine Albernheit ist auch mir noch niemals vorgekommen!"

Das ließ Leflor seine Lage noch bedenklicher erscheinen. Er versicherte daher sehr nachdrücklich:

„Aber, Masters, mein Name ist wirklich Leflor." – „Papperlapapp!" antwortete Sam. „Kommt uns doch nicht mit solchen Kindereien. Leflor ist soeben auf seinem Pferd davongeritten." – „Das war ein anderer." – „Pshaw! Das macht Ihr mir nicht weis. Ich kenne diesen Mann; ich habe vor kurzem mit ihm gesprochen. Ihr aber steht ganz so vor uns, wie wir Euch gestern abend draußen am Fluß gehabt haben. Ihr seid der Dieb und Mörder Walker. Eure unsinnige Ausrede hilft Euch nichts." – „Aber, zum Donnerwetter, ich begreife Euch nicht!" – „Ich begreife Euch desto besser. Mit mir macht Ihr keinen Mummenschanz. Wir haben ganz und gar keine Lust, Fastnacht mit Euch zu spielen; Jim, gib einmal den Riemen her. Wir wollen dem Master die Hände ein wenig binden." – „Das dulde ich nicht!" rief Leflor zornig. „Fragt hier den Neger! Er wird es Euch bezeugen, daß ich nicht Walker heiße." – „Der? Bezeugen? Der uns vorhin bereits belogen hat? Da müßten wir doch noch dümmer sein, als er und Ihr."

Da trat aber doch Bommy heran und sagte:

„Dieser Massa ist Massa Leflor, Sir". – „Schweig, Hund!" donnerte Sam ihn an. „Mit dir wird kurzer Prozeß gemacht." – „Aber, Sir, ich sage Euch, daß ..."

Bommy kam in seiner Versicherung nicht weiter. Sam stieß ihm die geballte Faust mit solcher Kraft in die Magengrube, daß er wie ein Sack in die Ecke flog und dort liegenblieb.

„Mann, ich werde Euch zur Verantwortung ziehen!" rief Leflor drohend. „Ihr habt Euch hier an keinem Menschen zu vergreifen!" – „Das wird immer hübscher", lachte Sam. „Höre, wenn du dein Maul noch ein einziges Mal so voll nimmst, so stopfe ich es dir, daß du einige Zeit lang an Sam Barth denken sollst. Ich habe keine Lust, mich von so einem Halunken auch noch in so großartiger Weise anrasseln zu lassen. Ein jeder erntet, was er sät, ist's nicht in dieser, so ist's in jener Weise."

Da ballte Leflor die Faust und drohte:

„Kerl, nenne mich noch einmal du, oder sage noch einmal das Wort Halunke, so antworte ich dir, wie sich's gehört!" – „Schön. Antworte mir einmal. Hier, da hast du meine Frage!"

Mit einer blitzartigen Schnelligkeit, die man dem so unbehilflich erscheinenden Dicken gar nicht zugetraut hätte, versetzte er dem Gegner von unten herauf einen Hieb gegen die Nase, daß sofort das Blut aus derselben sprang, faßte ihn im selben Augenblick an den Hüften, hob ihn hoch empor und schmetterte ihn mit solcher Gewalt zu Boden, daß es klang, als ob alle Knochen krachten.

„So, nun antworte doch, Hundsfott. Her mit dem Riemen! Wir wollen die Kerle einwickeln, daß sie in fünf Minuten wie grün geklopfte Rindsrouladen aussehen."

Beide, sowohl Leflor wie der Neger, hatten von der Riesenkraft des Dicken einen solchen Beweis bekommen, daß sie nicht wagten, sich zu wehren. Desto heftiger protestierten sie mit Worten.

„Hört", drohte aber Sam, „seid nur still, sonst mache ich euch schweigsam. Es paßt mir keineswegs, mich in alle Ewigkeit von solchen armseligen Geschöpfen ankläffen zu lassen. Jetzt lege ich euch einstweilen zur Ruhe. Wollt ihr da nicht still sein, so kriegt ihr einen Klaps, wie er unartigen Buben gehört!"

Sam nahm hierauf erst den Weißen und schleuderte ihn auf das Lager Bommys; dann warf er den Schwarzen wie einen Sack auf den ersteren hin. Sie waren von den Lassos der Jäger so fest zusammengeschnürt, daß sie sich gar nicht regen konnten. Zu sprechen oder gar zu schimpfen, getrauten sie sich auch nicht mehr, zumal Sam den anderen die Instruktion gab:

„Ich gehe jetzt fort, um für den Transport dieser Kerle zu sorgen. Ihr bleibt bei ihnen, riegelt von innen die Tür zu und laßt keinen Menschen ohne meine Erlaubnis herein. Nötigenfalls gebraucht ihr eure Büchsen. Solche Schufte, wie der Weiße einer ist, muß man festhalten. Machen sie Lärm, so gebt ihr ihnen die Faust auf die Nase, das ist das beste Mittel für dergleichen Buben."

Sam ging, und er hörte, daß hinter ihm die Tür verriegelt wurde. Er hatte die Absicht, nach dem Schloß zurückzukehren, freute sich aber nicht wenig, als er in ganz kurzer Entfernung den deutschen Oberaufseher erblickte, der zu Pferde herbeigeritten kam. Er eilte ihm entgegen und fragte:

„Sir, darf ich vermuten, daß Ihr zu den Bewohnern von Wilkinsfield gehört?" – „Jawohl, Master Sam", antwortete der Gefragte in deutscher Sprache. „Ich heiße Adler und bin Aufseher." – „Sapperment, das ist prächtig, ein Deutscher. Herr Adler, Sie sind der Mann, den ich brauche. Ist der Bote nach Van Buren fort?" – „Längst." – „Ich brauche noch einen zweiten, aber er muß ein gescheiter Kerl sein." – „Wohin?" – „Nach Leflors Plantage." – „Das ist schlimm. Wir stehen seit heute früh in Feindschaft mit ihm." – „Schadet nichts. Er bekommt soeben bereits seinen Lohn. Wir suchen nämlich einen Schurken, namens Walker; er steckte in Bommys Hütte, die wir belagerten. Da kam Leflor und gab diesem Halunken, um ihn zu retten, seine Kleider und zog dafür diejenigen des anderen an. Infolgedessen hielten wir Walker für Leflor und ließen ihn fortreiten. Vermutlich ist er nach Leflors Besitzung. Wir müssen darüber sofortige Gewißheit haben. Auch möchten wir erfahren, wie, wo und auf wie lange der Kerl dort einquartiert ist." – „Mit einem solchen Menschen den Anzug gewechselt? Das sieht Leflor ähnlich. Er ist selbst ein Schurke. Den Boten werde ich selbst machen." – „Sie selbst? Herrlich! Aber schön wäre es, wenn Leflor es nicht erführe, daß wir uns erkundigt haben." – „Keine Sorge. Er erfährt es nicht. Der Oberaufseher seiner Plantage ist ein Deutscher, ein Landsmann also, er weiß alles und wird mich nicht verraten." – „Wann können Sie zurück sein?" – „Wenn ich den Landsmann gleich treffe, spätestens in einer Viertelstunde. Hat es Eile?" – „Sehr große sogar." – „So reite ich Karriere. Ich habe mit Leflor heute bereits ein Renkontre gehabt. Er beleidigte mich. Er hat um die Hand des Fräuleins angehalten und einen Korb bekommen." – „Sehr gut. Sie werden Genugtuung erlangen. Gibt es vielleicht einen nicht offenen Wagen?" – „Wozu" – „Einen Gefangenen zu transportieren." – „Lassen Sie sich einen Baumwollekarren geben und ein Pferd dazu. Wo finde ich Sie bei meiner Wiederkehr?" – „Im Herrenhaus bei Monsieur Wilkins."

Sie trennten sich hierauf, Adler ritt nach der einen und Sam lief nach der entgegengesetzten Seite weiter. Trotz seines Leibesumfanges kam er gar schnell vorwärts. Er schwitzte zwar tüchtig, erreichte aber das Herrenhaus binnen fünf Minuten. Dort standen mehrere der erwähnten Karren bereit, nach den Feldern zu gehen. Sam schob, ohne erst viel zu fragen, den schwarzen Fuhrmann beiseite, ergriff Peitsche und Zügel und fuhr im Galopp davon. Nach zwei Minuten hielt er vor der Hütte Bommys.

Er klopfte. Es wurde ihm geöffnet. Die beiden Gefangenen lagen noch so, wie er sie hingeworfen hatte. Nun faßte er Leflor an, hob ihn empor und gab Jim ein Zeichen, mit dem Neger ein Gleiches zu tun.

„Faß an! Wir laden sie auf!"

Sam brachte den Weißen auf die Karre; der Schwarze wurde auf ihn gelegt, und dann rafften die drei das ganze Laub des Lagers zusammen und schütteten es über die beiden Gefangenen. Darauf fuhr Sam davon, dem Herrenhaus zu.

Seine beiden Gefährten aber gingen neben ihm, mehr verwundert und neugierig, was Sam eigentlich beabsichtige, als besorgt um die Folgen dessen, was sie getan hatten.

„Was hast du denn eigentlich vor, Sam?" fragte Jim halblaut, so daß es von Leflor und Bommy nicht gehört werden konnte. – „Dumme Frage! Der Neger hat uns belogen und betrogen, und der Pflanzer hat uns den anderen Streich gespielt. Dürfen drei brave Westmänner sich dies gefallen lassen?" – „Nein. Hast recht. Wie aber wird es ablaufen?" – „Gut, sage ich euch. Kein Mensch kann uns deshalb ein Haar krümmen. Leflor hat sich verkleidet, um uns zu täuschen, und gerade diese Verkleidung dient zu unserer Rechtfertigung. Es geschieht ihm sein Recht, nicht mehr, eher weniger."

Da kam ihm im Galopp ein Reiter nach. Es war Adler. Als er Sam einholte, wollte er laut sprechen, erhielt aber einen Wink, und der Dicke übergab hierauf den Gefährten das Fuhrwerk und blieb mit Adler ein wenig zurück.

„Abgemacht", sagte der letzterer. „Ich traf den Oberaufseher noch vor der Besitzung. Walker ist zu Pferde und in der Kleidung Leflors angekommen; er bleibt längere Zeit da und hat zwei Gastzimmer der ersten Etage erhalten. Zugleich ist infolge eines Zettels, den er von Leflor mitgebracht hat, ein reitender Bote abgeschickt worden, um schleunigst einen Advokaten aus Van Buren zu holen." – „Ah! Weshalb wohl?" – „Das wußte der Aufseher nicht." – „Hängt jedenfalls mit Walker zusammen." – „Sie haben doch Laub geladen, Herr Barth?" – „Einstweilen, ja. Bitte, reiten Sie schnell nach dem Herrenhaus und trommeln Sie das ganze dort zu habende Volk zusammen. Ich will den Leuten eine Freude machen." – „Welche denn?" – „Es wird nichts verraten. Nur so viel will ich sagen, daß es sich um zwei Gefangene handelt." – „Sie sind ein ..." – „Still!" unterbrach ihn Sam. „Eilen Sie, damit ich das ganze Volk versammelt finde!"

Adler ritt im Trab weiter, während der Baumwollekarren im Schritt folgte.

10. KAPITEL

Als die drei Jäger ihr Ziel erreichten, stand Almy mit ihrem Vater auf der Veranda; vor derselben aber waren aller Bewohner der Plantage, soweit sie nicht auswärts beschäftigt waren, versammelt. Die Schwarzen vollführten einen außerordentlichen Lärm. Sie standen vor einem Geheimnis und umdrängten den Wagen, es enthüllt zu sehen. Jeder wollte den besten Platz haben.

Adler war in der Nähe vom Pferd gestiegen. Er wurde auf die Veranda gerufen und nach der abenteuerlichen Fracht gefragt. Aber wenn er auch so eine kleine Ahnung hatte, welche Überraschung der Dicke den Anwesenden bereiten werde, hielt er es doch für geraten, nicht davon zu sprechen, und sagte nur:

„Nach allem, was man von diesem wackeren Sam gehört hat, gibt es ein gewagtes und doch dabei humoristisches Intermezzo. Er fürchtet sich vor keinem Teufel, und wehe dem Menschen, der es wagt, in irgendeiner Weise mit ihm anzubinden."

Jetzt ließ sich Sams Stimme vernehmen:

„Hochgeehrte weiße und schwarze Ladies und Gentlemen! Ich stehe im Begriff, euch ein Beispiel von dem Gesetz der Savanne zu geben, damit ihr einmal erfahrt, wie es unter den Männern des fernen Westens zugeht. Wie heißt der dicke, schwarze Sir dort drüben mit dem Zylinderhut auf dem Kopf und dem großen Säbel an der wehrhaften Seite?" – „Es ist Master Scipio, der Nachtwächter der Negerhütten", antwortete einer. – „Ich danke, Mylord! Also, mein teurer Master Scipio, wollt Ihr mir wohl einmal sagen, ob Ihr im Besitz einer Nase seid?"

Der nachtschwarze Wächter der Nacht fuhr sich schnell mit allen zehn Fingern in diejenige Gegend des Gesichtes, von der er überzeugt war, daß er bis dato dort den erwähnten Gegenstand gehabt hatte. Als er ihn noch an Ort und Stelle fühlte, nickte er befriedigt, zog sein breites Maul noch fünfmal breiter und antwortete:

„Yes! Master Scipio hat eine Nase."

Alles lachte, selbst die Herrschaften auf der Veranda. Sam fuhr fort:

„Wer ist die schwarze Lady, die dort an dem Baum lehnt?" – „Ist Miß Juno aus der Küche", antwortete eine andere Negerin. – „Danke sehr, Madame! Also, Miß Juno, wessen Eigentum ist wohl die Nase, die Master Scipio in seinem Gesicht trägt?" – „Master Scipio sein Eigentum", antwortete die Gefragte, höchst stolz darauf, daß ihr der Vorzug geworden war, gefragt zu werden.

Scipio griff sich abermals an die Nase, nickte sehr nachdrücklich mit dem Kopf und stimmte bei:

„Yes! Master Scipio sein Eigentum." – „So sagt mir einmal, Master Scipio, ob Euch irgendein Mannskind die Nase nehmen darf." – „O no! Keiner sie mir nehmen darf." – „Wenn Euch nun jemand Eure Nase wegschnitte, was würdet Ihr tun, Master? – „Ihm seine auch wegschneiden." – „Schön! Sehr gut! Das ist das Gesetz der Savanne. Was mir einer nimmt, das nehme ich ihm auch. Nun seht Ihr hier am Wagen einen weißen Gentleman stehen. Er heißt Master Jim Snaker und ist ein berühmter Savannenmann. Einst hatte er sehr viele Felle erbeutet, die einen ganzen Reichtum ausmachten. Er lagerte mit denselben in der Prärie. Da wurde er überfallen und beraubt, und man nahm ihm nicht nur die Felle, sondern einer der Räuber schoß ihm auch eine Kugel durch die Brust und schnitt ihm dann noch die Nase ab. Es dauerte monatelang, ehe seine Wunden heilten. Von da an hat er nach dem Mann gesucht, der ihm nicht nur seine Biberfelle, sondern auch seine Nase raubte. Heute nun hat er ihn gefunden. Master Scipio, was wird dieser Mann wohl hergeben müssen?" – „Seine Nase." – „Ganz richtig! Seine Nase – und was noch?" – „Die Felle." – „Wenn er sie aber nicht mehr hat?" – „Kann er nichts hergeben." – „Oho! Ein Fell hat er noch, nämlich das seinige. Was wird mit demselben geschehen?" – „Wird es hergeben müssen, wird ihm abgezogen." – „Sehr schön! Master Scipio, Ihr seid zum Sheriff oder zum Lordmajor geboren." – „Yes, yes, Sir! Bin sehr klug, bin außerordentlich klug, wunderbar klug!" grinste der geschmeichelte Schwarze. – „Dieser Räuber, der sein Fell und seine Nase hergeben muß, befindet sich hier auf dem Karren als Gefangener. Er hatte sich bei einem seiner Freunde versteckt, der ihn beschützte, der uns belog, damit wir den Verbrecher nicht ergreifen sollten. Auch dieser Mitschuldige liegt mit auf dem Karren. Zur Strafe, daß er sich der Ausübung der Gerechtigkeit widersetzt hat, soll er jetzt verurteilt sein, an seinem Schützling die Strenge des Savannengesetzes zu vollziehen. Er soll ihm die Nase abschneiden und sodann ihm das Fell abziehen, die ganze Haut vom Leibe herunterschinden."

Der Jubel, der jetzt ausbrach, ist nicht zu beschreiben. Alles schrie, lachte und tanzte durcheinander.

„Abschinden! Die Haut abschinden! Die Nase abschneiden! O Jessus, Jessus, ein großes Fest!"

Solche und ähnliche Ausdrücke wurden ausgestoßen. Almy wandte sich schaudernd ab und fragte:

„Pa, ist es möglich?" – „O nein", lächelte dieser. „Wer weiß, was Sam beabsichtigt. Er sieht gar nicht mordgierig aus."

Der Dicke wandte sich jetzt an den Jäger:

„Jim Snaker, du bist der Verletzte. Dir steht es zu, diesen Helfershelfer vom Wagen zu heben und ihm dein Messer zu geben, damit er seine Pflicht erfülle. Tue es!"

Der lange Jim ließ ein breites, vergnügtes Lachen hören, griff unter das Laub und zog Bommy vom Wagen herab, legte ihn zur Erde, löste ihm die Fesseln und versetzte ihm dann einen so kräftigen Klaps, daß der Getroffene mit einem lauten Schrei aufsprang. Jetzt wurde er erkannt.

„Bommy, Bommy, oh, Bommy ist es! Bommy ist mitschuldig! Bommy muß Haut abschinden!" rief es rund umher. – „Jetzt auch den anderen herab!" sagte Sam. „Der, welcher die Felle raubte und die Nase abschnitt."

Aller Hälse wurden länger, und aller Köpfe streckten sich, um dieses Ungeheuer zu sehen, dem nun zur Strafe die Haut abgeschunden werden sollte. Und Jim langte abermals unter das Laub, zog ihn hervor, warf ihn herab und band ihm die Fesseln los. Leflor blieb jedoch liegen, nicht etwa aus Schwäche, o nein! Er fühlte wohl eine Kraft in sich, als ob er die ganze Welt ermorden könne. Aber die Scham, die ungeheure Blamage, die hielt ihn an der Erde fest, damit man sein Angesicht nicht sehen solle. Vergebliches Beginnen!

Jim ergriff ihn mit seinen Eisenarmen und hob ihn in die Höhe, wie man ein Kind aufrichtet. Leflor bot in der Tat einen bedauernswerten Anblick. Die Nase war ihm von Sams Fausthieb geschwollen, die Haare hingen ihm wirr um den Kopf, Kleidung und Wäsche waren in Unordnung. Zunächst traute niemand dem eigenen Auge. Dann aber brach es los, erst einzeln und leise und endlich im Chor und laut, überlaut:

„Massa Leflor! Massa Leflor! Ihm wird die Nase weggeschnitten und die Haut geschunden!" – „Ihr irrt!" rief Sam. „Das ist nicht Massa Leflor, sondern dieser Mann heißt Walker und mag dem Massa Leflor ähnlich sein." – „Nein, nein, ist Massa, Massa Leflor!" brüllte es rundum. – „Ruhig! Still! Wer dieser Schuft ist, das muß ich doch besser wissen, als Ihr! Ich bin es ja, der ihn gefangen hat!"

Jetzt erst kam Bewegung in den Gefangenen.

Er stieß einen heiseren Wutschrei aus und versuchte, sich von Jims Griff loszureißen, aber sofort griff auch Tim mit zu, und nun stand der Gefangene zwischen beiden, von ihren sehnigen Armen umspannt, so daß er sich nicht zu bewegen vermochte. Seine Augen waren mit Blut unterlaufen, und vor seinen Lippen stand weißer Schaum.

Wilkins hatte bisher geschwiegen. Jetzt trat er vor und fragte laut:

„Master Barth, was ist das? Wie kommt Ihr dazu, Monsieur Leflor solche Gewalt anzutun?" – „Monsieur Leflor?" antwortete der Gefragte im Ton der Verwunderung. „Verzeiht, das ist ein gewisser Walker, aber nicht Euer Plantagennachbar. Seht seine Kleidung an!" – „Diese könnte mich allerdings fast irreführen. Der Mann selbst aber ist Monsieur Leflor." – „Unmöglich! Er hielt sich doch bei Bommy versteckt, als wir ihn suchten." – „Ihr müßt Euch irren!" – „O nein. Wir sind ihrer drei mit sechs sehr guten Augen. Wir sahen den richtigen Leflor bei Bommy einkehren und dann wieder fortreiten. Was sagt Master Adler zu diesem Mann?" – „Das Ihr Euch irrt", antwortete der Gefragte. „Er ist Monsieur Leflor." – „Wunderbar! Wir können doch nicht blind gewesen sein. Ist er Walker, so werden wir ihn nach Van Buren transportieren, um ihm den Prozeß machen zu lassen, ist er aber wirklich Leflor, so müssen wir ihn freigeben. Er selbst mag sich durch offene Antworten aus seiner Lage befreien. Also sagt einmal, wer Ihr seid!"

Diese Frage war an den Gefangenen gerichtet.

Leflor antwortete nicht. Sie wurde wiederholt, und er schwieg abermals.

„Ihr seht, daß ich recht habe", sagte Sam. „Wäre er Leflor, so würde er antworten."

Da knirschte der Gefangene in fürchterlichem Grimm:

„Ich bin Leflor! Laßt mich los!"

Zugleich machte er einen vergeblichen Versuch, sich aus der festen Umschlingung zu befreien.

„Nicht zu schnell!" sagte Sam. „Wenn Ihr wirklich Leflor seid, so haben wir das Recht, zu erfahren, wie es kommt, daß wir Euch für den Verbrecher halten mußten. Erklärt es uns!"

Leflor antwortete nicht.

Da trat Wilkins ganz an den Rand der Veranda und sagte in befehlendem Ton:

„Sam Barth, ich gebiete Euch, diesen Mann jetzt freizugeben!" – „Da macht Ihr doch nur Spaß!" meinte Sam in seinem freundlichen Ton. – „Nein, es ist mein Ernst. Ich befehle es Euch!"

Da nahm das gutmütige Gesicht des Dicken auf einmal einen ganz anderen Ausdruck an. Seine Augen blitzten zornig auf, seine Gestalt richtete sich in die Höhe, und er antwortete:

„Verzeiht, Sir, wenn ich Euch bei aller Hochachtung Euren Wunsch nicht erfüllen kann. Von einem Befehl ist gar keine Rede. Wir drei Männer sind freie, unabhängige Prärieläufer. Wir gehorchen nur dem Gesetz, das in der Savanne herrscht. Würde diesem Gesetz der Gehorsam verweigert, so würden die menschlichen Untiere ihre Häupter erheben, und Sünde und Verbrechen würden die grausigen Beherrscher des Westens sein. Was wir mit unserem Herzblut der Wildnis abgerungen haben, das wollen wir nicht aus feiger Schwäche dem Verderben preisgeben. Hilfe und Rettung jedem Braven, Untergang und Verderben aber jedem Gottlosen, das ist der Wahlspruch, von dem wir nicht lassen werden. Wir haben gestern abend einen jahrelang gesuchten Bösewicht ergriffen, er entkam uns wieder. Wir folgten seiner Spur, die endlich in Bommys Hütte führte. Hier steht er, den wir gefunden haben, in der Kleidung, in der wir ihn gestern ergriffen, und an dem Ort, zu dem seine Spur führte. Er sagt, er sei ein anderer. Gut. Wir wollen gnädig sein und ihn anhören, was wir nach dem Gesetz der Savanne nicht notwendig hätten, aber er soll uns antworten und erklären, wie er in die Kleider des Verbrechers gekommen ist. Das können und müssen wir verlangen, und wenn irgend jemand uns hindern wollte, so mache ich, so wahr ich lebe, kurzen Prozeß und jage ihm vor allen Versammelten eine Kugel durch den Kopf. Ich heiße Sam Barth und verstehe, wenn es sich um einen elenden Bösewicht handelt, keinen Spaß!"

Sam nahm wirklich die Büchse von der Schulter, richtete den Lauf nach Leflors Kopf und sah sich dann herausfordernd im Kreis um.

Seine Worte hatten eine förmliche Rede gebildet, und diese hatte einen ungeheuren Eindruck gemacht. Alles schwieg, und keiner wagte es, zu widersprechen. Sie sahen es Sam an, daß er sofort geschossen hätte. Almy zitterte beinahe, und doch vermochte sie es nicht, ihr Auge von der düsteren Gruppe abzuwenden.

„Nun, Mann, wie steht es?" fuhr Sam fort. „Wenn Ihr nicht antwortet, so nehmen wir an, daß Ihr Walker seid, und dann habt Ihr zum letzten Male im Leben die Hände und die Füße frei. Wir warten keine Ewigkeit auf Eure gütige Antwort." – „Ich bin Leflor", stieß der Gefangene hervor. – „Wie kommt Ihr in das Gewand des Bösewichtes?" – „Ich habe den Anzug mit ihm getauscht." – „Wozu?"

Leflor zögerte mit der Antwort.

„Wenn Ihr nicht sprechen könnt, so werde auch ich nicht weitersprechen, sondern handeln." – „Ich wollte ihn retten." – „Er ist auf Eurem Pferd und in Eurem Anzug davongeritten?" – „Ja." – „Warum habt Ihr ihm geholfen? Kanntet Ihr ihn?" – „Nein." – „Ihr lügt!" – „Ich sage die Wahrheit." – „Wo ist er hin?" – „Ich weiß es nicht." – „Da lügt Ihr abermals. Schämt Euch! Ihr wollt ein Gentleman sein, ein vornehmer, reicher Plantagenbesitzer, und fürchtet Euch vor einem armseligen Präriejäger! Aber ich bin zu stolz, um mich länger mit Euch abzugeben. Ihr seid der Verbündete eines Diebes, Räubers und Mörders. Ihr habt seine Kleidung getragen und ihm zur Flucht verholfen; dadurch seid Ihr mit ihm verwechselt worden. Ihr habt Sam Barth ausgelacht und ihn betrügen wollen. Jetzt habt Ihr die Folgen davon. Ein Mann wie Ihr muß sich stets sehr hüten, mit einem braven Westmann in Konflikt zu geraten. Wir sind nicht so spitzfindig und raffiniert wie Ihr, aber wir haben unseren Scharfsinn und unseren Mutterwitz, an den alle Eure Klugheit nicht heranreicht. Geht jetzt fort und hütet Euch in Zukunft vor ähnlichem!"

Jim und Tim ließen nunmehr die Hände von dem Gefangenen. Dieser tat einige schnelle Schritte vorwärts, um aus dem Bereich der vielen auf ihm ruhenden Blicke zu kommen, blieb aber doch noch einmal stehen, drehte sich um, erhob den Arm und rief drohend:

„Merkt euch das, ihr alle! Ich komme wieder! Und dir, du dicker, deutscher Hund, werde ich es zeigen, was Rache heißt!" – „So fange es sehr klug an!" antwortete Sam. „Denn wenn du zum zweiten Male in meine Hände gerätst, so holt dich der Teufel, in dessen Raritätenkammer du schon lange gehörst."

Leflor eilte mit langen, schnellen Schritten fort. Auch Bommy wollte gehen, da aber legte Sam ihm die Hand auf den Arm und sagte:

„Halt, Schwarzer! Mit dir habe noch ein ernstes Wörtchen zu sprechen."

Er hatte nicht fest zugegriffen. Bommy riß sich daher los und sprang davon.

„Gut, so zwinge ich dich, stehenzubleiben", sagte der Dicke, indem er seine Büchse zum Schuß an die Wange legte.

Doch bog sich Wilkins von der Veranda herab, ergriff das Rohr und zog es empor.

„Halt, Master! Wir wollen kein Blutvergießen." – „Oh, nur ein klein wenig, einen Schuß in das Schenkelfleisch." – „Nein! Hängt denn Euer Glück so sehr davon ab, daß Ihr noch mit dem Schwarzen sprecht?" – „Das meinige nicht, aber vielleicht das Eurige, Sir." – „So laßt ihn laufen! Ich will mein Glück nicht dem Blut anderer verdanken." – „Hm! Ganz, wie Ihr wollt! Aber wenn ich mit keinem anderen mehr sprechen darf, so will ich doch wenigstens noch mit Euch einige Worte reden."

Sam schwang sich auf die Veranda hinauf, und Jim und Tim folgten ihm. Wilkins gab dem versammelten Volk einen Wink. Die Leute entfernten sich, aber nicht etwa ruhig, sondern das aufregende Vorkommnis wurde lärmend und schreiend bis auf das kleinste erörtert. Der Neger ist ein Virtuos im Lärmmachen, und die Negerin übertrifft ihn noch.

Wilkins machte ein sehr ernstes Gesicht. Er sah fast zornig aus.

„Befandet Ihr Euch wirklich im unklaren über die Persönlichkeit Leflors?" fragte letzterer Sam. – „Nicht im geringsten", antwortete der Sachse hierauf offen. – „Ihr wußtet also gewiß, daß es nicht Walker war?" – „Ja." – „ „Ah, so habt Ihr ganz einfach eine Komödie vorführen wollen?" – „Komödie?" meinte der Dicke, seinerseits nun auch sehr ernst. „Ich weiß nicht, was Ihr unter Komödie versteht; ich aber meine, daß es Komödien gibt, die man nicht oft genug ansehen kann. Zur Unterhaltung ist es nicht gewesen." – „Notwendig war es auch nicht." – „Notwendig? Hm! Strafe ist naturnotwendig, und Abschreckung ist wünschenswert. Dieser Mann hatte sich unterstanden, mich zu übertölpeln; er mußte also die Folgen tragen." – „Also nur die Rücksicht auf Euer, wie es scheint, stark entwickeltes Selbstgefühl hat Euch veranlaßt, dieses

Schauspiel aufzuführen. Das muß ich streng tadeln, Master Barth!" – „Tut, was Euch beliebt! Ich tue auch, was mir gefällt, nämlich meine Pflicht. Aus diesem Grund wollte ich Bommy zurückbehalten." – „Ihr sagtet doch, daß Ihr dies nicht Euret- sondern meinetwegen beabsichtigt hättet." – „Allerdings. Ich meinerseits bin mit diesem Menschen fertig. Aber er hat jedenfalls viel von dem mit angehört, was Leflor mit Walker gesprochen hat. Er muß zum Geständnis gebracht und nötigenfalls dazu gezwungen werden." – „Ich verzichte darauf. Ich will keine weitere Aufregung, keinen ferneren Skandal." – „Ich habe weder die Pflicht noch Lust, Euch zu etwas zu bereden, was Eurem Gefühl widerstrebt, meine aber, daß Ihr durch Bommy viel über Walker und Leflor erfahren könnt." – „Walker geht mich gar nichts an, und alles, was Leflor betrifft, werde ich jedenfalls erfahren." – „Vielleicht erst dann, wenn es zu spät ist. Übrigens bin ich keineswegs der Meinung, daß Walker Euch nichts angehe, sondern ich meine vielmehr, daß er Euch noch zu schaffen machen kann. Er hat sich nicht ohne Absicht durch Eure Besitzung geschlichen, und er scheint die Veranlassung zu sein, daß Leflor schleunigst nach einem Notar gesandt hat. Bommy muß davon wissen. Habt Ihr ihn jetzt gehenlassen, so wollen wir ihn doch heute abend, wo er mit den Bushbeaters in unsere Hände fallen wird, recht ernstlich ins Gebet nehmen." – „Nein. Das wird nicht geschehen, so lange mein Wille etwas gilt, und ich bin der Ansicht, daß hier an diesem Ort eben nur dieser, mein Wille maßgebend sei. Ich mag nichts über Leflor wissen und nichts über ihn erfahren. Wird Bommy ergriffen, so mag er als Mittäter der Bushbeaters behandelt werden, von weiterem aber sehe ich ab." – „Wann wird das Militär eintreffen?" – „Nach Anbruch der Dunkelheit. Monsieur Adler hat durch den Boten bitten lassen, daß die Truppen sich nicht sehen lassen mögen." – „Das ist sehr klug, auf diese Weise werden wir wie ein Wetter über die Kerle kommen. Ich hoffe, daß ihrer viele in das Gras werden beißen müssen."

Wilkins Stirn zog sich zusammen.

„Ich hoffe das nicht. Ich will sie fangen und der Gerechtigkeit übergeben. Diese mag sodann mit ihnen nach den Gesetzen verfahren." – „Das klingt zwar sehr schön, taugt aber nichts. Die Kerle werden hingesetzt und erhalten alle Gelegenheit, sich davonzumachen. Man kennt das schon. Eine Kugel vor den Kopf, und zwar sofort, das ist die beste Medizin gegen diese Seuche." – „Ihr seid ein Unmensch!" – „Oho! Wenn mich ein Floh beißt, so wird er gefangen und gefingert. Und zapft mir ein Mensch mein Blut und Leben, mein Hab und Gut ab, so hat er ganz dasselbe verdient, ja noch mehr, denn der Floh hat von der Vorsehung das Recht erhalten, der Kostgänger eines jeden Gentleman und einer jeden Lady zu sein, der Mensch aber soll sich seinen Schluck und Bissen selbst verdienen. Ich bin ein Menschenfreund und habe ein Herz, das bei jedem Leid im Einundzwanzigachteltakt klopft, aber wenn der Mensch aufhört, Gottes Ebenbild zu sein, dann muß man sich seiner erwehren. Anderes gibt es nicht. Wer mir heute abend vor den Lauf kommt, der muß dran glauben. Das ist Savannengesetz, und davon gehe ich nicht ab; das ist ein jeder brave Westmann seinen Kameraden schuldig. Der Halunke, den ich heute aus falscher Nachsicht schone, schießt mir morgen wohl bereits den besten Freund über den Haufen, übermorgen einen zweiten und so weiter. Indem ich ihn geschont habe, bin ich mitschuldig an dem Tode der anderen."

Wilkins machte eine höchst mißbilligende Handbewegung und sagte:

„Nach dem, was Ihr da sprecht, muß ich Euch drei dringend ersuchen, Euch heute abend an der Affäre gar nicht zu beteiligen." – „Ist das Euer Ernst?" fragte Sam erstaunt. „Alle Teufel! Das ist verwunderlich. Hoffentlich wird der Offizier anders denken als Ihr, Mylord. Und hoffentlich wird er mir auch seine Leute gegen Walker zur Verfügung stellen." – „Was ist Eure Absicht dabei?" – „Walker befindet sich bei Leflor. Ich darf da nicht eindringen; das Militär aber hat die Macht dazu. Ich werde mir durch die Soldaten den Kerl von Leflors Pflanzung holen lassen." – „Ich habe Euch ja bereits gesagt, daß ich wünsche, Leflor möge in Ruhe gelassen werden!" – „Ich aber wünsche das Gegenteil, Sir. Wir drei müssen Walker holen!" – „Wenn diese Feindseligkeiten von hier ausgehen, werde ich in Leflor einen unversöhnlichen Feind haben. Das wünsche ich nicht." – „Hoffentlich braucht Ihr ihn nicht zu fürchten!"

Der Pflanzer hob schnell den Kopf empor, fixierte Sam mit scharfem Blick und sagte:

„Gedenkt Ihr etwa, mich zu beleidigen?" – „Nein, Sir." – „Euer Ton ist mir aber ein unbequemer." – „Der Eurige mir ebenso." – „So wird es für beide Teile am vorteilshaftesten sein, wenn wir aufeinander verzichten. Auf meinen Einfluß hin wird der betreffende Offizier sich nicht zum Vollzieher Ihrer Privatrache hergeben."

Wilkins hatte das im allerschärfsten Ton gesagt. Er fürchtete die Rache Leflors. Sam seinerseits war auch sehr ärgerlich. Aber er verstand besser, sich zu beherrschen. Er fragte jetzt:

„Ihr werdet also den Offizier bewegen, Walker bei Leflor in Ruhe zu lassen?“ – „Ja. Und ich bin überzeugt, daß mein Einfluß dazu genügen wird.“ – „Jedenfalls. Ich besitze ja gar keinen Einfluß. Also heute abend dürfen wir nicht mittun, und Walker wird auch nicht arretiert? Dazu sagt Ihr, daß es am besten für beide Teile sei, aufeinander zu verzichten? Mylord, ich bin ein einfacher Mann; aber unsereiner wird im Kampf mit allen möglichen Gefahren und Hindernissen gewitzigt und gestählt. Ich habe geglaubt, das Richtige zu wünschen; haltet Ihr Euch aber für erfahrener und scharfsinniger, so wäre es Zudringlichkeit von mir, wenn ich Euch weiter belästigen wollte. Ich wünsche, daß Ihr niemals wieder eines fremden und unangenehmen Rates bedürfen möchtet. Denkt zuweilen einmal an Sam Barth, den Dicken! Gott sei bei Euch!“

Damit legte Sam sein Gewehr auf die Achsel, sprang von der Veranda hinab und schritt in gerader Richtung über den offenen Platz hinweg nach den Bäumen zu, wo Walker gestanden hatte, Almy zu betrachten.

„Good bye!“ sagte darauf Jim und stieg mit einem einzigen Schritt seiner langen Beine hinab und folgte dem Dicken.

„Farewell!“ knurrte Tim in grimmigen Ton und stelzte ebenso davon wie sein Bruder.

Die drei Jäger hatten sich mit dem Pflanzer allein befunden, da Almy in ihr Zimmer zurückgekehrt, Adler aber den Negern nachgegangen war, um ihnen ihre Beschäftigung anzuweisen. Jetzt stand Wilkins ganz allein und betroffen da. Das hatte er freilich nicht beabsichtigt. Fortgehen sollten sie nicht, am allerwenigsten in dieser Weise. Sie sollten ja bleiben, um seine Dankbarkeit zu erfahren. Sie waren gekommen, ihn vor den Bushbeaters zu warnen; sie waren seine Retter, und jetzt beleidigte er sie, jetzt schickte er sie fort. Das durfte nicht sein.

„Messieurs!“ rief er ihnen nach. „Mesch'urs, wo wollt ihr hin? So bleibt doch da!“

Aber sie hörten nicht auf ihn. Sie gingen fort. Keiner drehte sich um. Schon war Tim als der letzte hinter den Bäumen verschwunden.

Da eilte der Pflanzer ihnen nach, geradewegs, wo sie ja auch gegangen waren und lief weiter und immer weiter, aber ohne sie zu sehen. Und obwohl er auch ihre Namen rief, es war alles umsonst. Er kannte die Art und Weise dieser braven, charaktervollen Männer nicht. Er hatte sie fortgewiesen, ob im Ernst oder aus

Übereilung, das war gleich; ein Trapper tut das niemals. Sie sollten gehen, und sie gingen also. Daß sie in demselben Augenblick, in welchem er sie nicht mehr sehen konnte, scharf im rechten Winkel von ihrer ersten Richtung abgewichen waren, ahnte Wilkins nicht. Da er immer in gerader Linie weiterlief, so war es unmöglich, daß er sie einholen konnte, zumal da er auch kein Westmann war, um ihre Spur aufsuchen und finden zu können.

Endlich dachte er an Adler, seinen Oberaufseher, und ging diesen aufzusuchen, als er ihn erst nach längerer Zeit traf, klagte er ihm sein Mißgeschick und teilte ihm in Eile die Unterredung mit, die Schuld an der Entfernung der Jäger gewesen war.

„Nun sind sie fort. Was sagt Ihr dazu?" schloß er seinen Bericht.

Adler zuckte wehmütig die Achsel.

„Zu spät!" sagte er. – „Können wir sie nicht finden?" – „Nein." – „Aber sie sind doch nicht aus der Welt. Sie können sich noch nicht sehr weit entfernt haben!" – „Sie sind gegangen und wollen nicht wiederkommen, Mylord. Wenn solche Männer dies wollen, so lassen sie sich nicht finden." – „Aber wir müssen ihre Spuren suchen." – „Das würde vergebens sein. Sie werden ihre Spuren verwischen oder gar keine machen." – „Master Adler, Ihr seid so oft und so lange im Westen gewesen; Ihr seid ein sehr guter Pfadfinder, Ihr werdet ihre Spur entdecken." – „Gerade, weil ich die Eigenheiten solcher Männer kenne, weiß ich genau, daß ich sie nicht finden werde. Sie werden sich getrennt haben, um sich an irgendeinem gegebenen Punkt wieder zu vereinigen. Wir würden im günstigsten Fall nur einen von ihnen erwischen, und dieser würde nicht mit zurückkehren. Das ist er den beiden anderen schuldig, Sir." – „Ich war in heftiger Stimmung. Ich habe unrecht getan, wirklich unrecht!" – „Und ich hatte mich so sehr auf den wackeren Sam gefreut, der mein Landsmann ist! Dieser alte, kühne und listige Bär ist ein Kerl, der hundert vornehme Herren aufwiegt." – „So tut es mir um so mehr leid. Auch Euch habe ich um das Vergnügen gebracht. Gibt es denn keine Hoffnung, sie wiederzuerlangen?"

Adler sann eine kurze Weile nach und sagte dann:

„Einen Weg gibt es, aber nur, sie vielleicht wiederzufinden. Ob sie jedoch zurückkehren, das möchte ich bezweifeln." – „Was meint Ihr denn?" – „Sie haben es auf Walker abgesehen. Dieser befindet sich bei Leflor. Folglich werden sie das Haus Leflors so streng bewachen, daß es Walker möglichst schwer wird, zu entkommen. Dort also müßte man sie suchen." – „Wollt Ihr das tun?" – „Ja, wenn Ihr es wünscht." – „Ich wünsche es sogar sehr. Steigt zu Pferde, Sir, damit Ihr in kurzer Zeit große Strecken durchstreifen könnt. Vielleicht findet Ihr sie, ehe sie da hinüber kommen." – „Ich will es wünschen, bezweifle es aber."

Nach wenigen Minuten ritt Adler davon. Als er zurückkehrte, war der Abend bereits hereingebrochen. Er hatte keinen der drei gesehen.

Andere aber waren gekommen, nämlich ein Detachement US-Dragoner unter einem Oberleutnant. Sie hatten ledige Pferde mitgebracht, um etwaige Gefangene sogleich und leicht transportieren zu können.

Es wurde Kriegsrat gehalten, und da merkte Wilkins sehr wohl, welchen Wert der Rat Sam Barths gehabt hätte. Adler war der einzige, der infolge seiner früheren Präriefahrten befähigt war, den guten Dicken zu ersetzen. Sein Rat wurde auch akzeptiert.

Er selbst lag zur betreffenden Zeit, durch die Dunkelheit geschützt, im Busch, unweit der Tür der Blockhütte, und beobachtet, daß die Erwarteten nach und nach kamen, einzeln, einer nach dem anderen, und erst, als er meinte, daß sie alle beisammen seien, kroch er zurück, wo die Dragoner, mit allem Nötigen versehen, seiner warteten, und führte sie zur Hütte.

Jetzt erschallten verschiedene dumpfe Schläge durch die Nacht. Es wurden starke Pfähle gegen die Tür und die Laden gestemmt und in den Boden eingerammt, an Tür und Läden aber festgenagelt. Von drinnen war zunächst ein lauter, verworrener Tumult zu vernehmen; dann wurde es still.

Nachher loderten Feuer rund um die Hütte auf, um jeden sehen zu können, der sich etwa auf irgendeine Weise Ausgang verschaffen wollte. Hinter diesen Feuern wuchs irgend etwas schwarz aus dem Boden hervor. Was es war, konnten die Belagerten durch ihre kleinen Gucklöcher, die sie sich gemacht hatten, nicht erkennen. Aber als der Morgen tagte, zeigte es sich als eine rund um die Hütte errichtete, aus Reisigbündeln und allerlei Holzwerk bestehende Mauer mit zahlreichen kleinen Öffnungen für die Gewehre. Aus der ganzen, weiten Umgegend kam alt und jung herbei, um dem eigenartigen Schauspiel der Belagerung einer Bushbeaterbande beizuwohnen.

Die Glieder der letzteren erkannten bald, daß Widerstand vergebens sein werde. Sie hätten durch denselben nur ihr Los verschlimmert. Ergaben sie sich aber, so war Hoffnung vorhanden, daß dem einzelnen nichts bewiesen werden und er also freigesprochen werden könne. Wasser gab es nicht, Proviant auch nicht, und so kam es denn, daß die Eingeschlossenen gegen Abend auf Gnade und Ungnade kapitulierten.

Das war ein Fang, über den die Bewohner der weitesten Umgegend jubelten. Es war dem Unwesen für lange Zeit ein Ende gemacht worden, und schnell sprach es sich herum, daß man dies nur allein dem dicken Sam Barth und den beiden dürren Brüdern Snaker zu verdanken habe.

11. KAPITEL

Diese Nacht der Belagerung war auch anderweit durchwacht worden. Nämlich in einem mit eisernen Läden versehenen Zimmer seines Erdgeschosses saß Leflor mit dem am Abend angekommenen Notar und Walker bei emsiger Prüfung, Schreiberei und Berechnung.

Der Notar erklärte das Geschäft als vollständig gefahrlos für Leflor, und gegen Morgen war es abgeschlossen. Walker erhielt eine sehr bedeutende Summe, bestehend aus Bankbilletts und Wechseln auf gute Häuser.

Er befand sich in einer sichtbaren Aufregung. Sein Gesicht wandte sich immer nach der Tür, als ob er sich nun schnell fort sehne.

„Jetzt könnt Ihr das Leben genießen, Sir", meinte der Notar. „Ihr habt, trotzdem Ihr nicht den vollen Preis erhieltet, ein gutes Geschäft gemacht. Uns aber steht ein Prozeß bevor, dessen Ausgang zwar ganz unzweifelhaft ein für uns günstiger ist, dessen Dauer aber doch als eine sehr unangenehme Beigabe betrachtet werden muß. Ihr hingegen könnt sofort in die Tasche greifen." – „Das sagt Ihr, aber es ist nicht so!" – „Inwiefern?" – „Draußen stehen drei Hunde, die bereit sind, sich auf mich zu werfen, sobald sie mich erblicken." – „Ihr meint Sam, Jim und Tim. Sollten sie sich wirklich hier umhertreiben?" – „Ganz sicher!" – „Bittet die Behörde um Schutz!" – „Kann mir nichts nützen!" – „Ah, Wieso? Das ist mir neu. Die Behörde besitzt doch die Mittel zu noch ganz anderen Dingen."

Walker durfte nicht sagen, daß die Behörde, an die er sich um Schutz wenden solle, eigentlich sehr ernste Veranlassung habe, sich seiner sehr gefährlichen Person zu versichern. Er antwortete daher:

„Die Behörde wird mich allerdings sicher hier aus dem Haus

bringen. Aber die drei Trapper werden, hierdurch erst recht aufmerksam gemacht, mir folgen bis dahin, wo die Behörde mich mir selbst überläßt, und fallen dann über mich her.“ – „Sollten sie Euch wirklich so leicht folgen können?“ – „Wenn Ihr das bezweifelt, so kennt Ihr diese Art von Menschen nicht. Ein echter Savannenmann verfolgt seinen Feind zehn Jahre lang Schritt für Schritt, um die ganze Erdkugel herum. Er erreicht ihn sicher.“ – „Das ist ja eine ganz gefährliche Gesellschaft!“ – „Für jeden ehrlichen Menschen, ja.“ – „Wie wollt Ihr aber fort?“ – „Am geratensten wäre eine Art und Weise, in der ich ihnen gar nicht auffallen könnte. Vielleicht eine Verkleidung.“ – „So versucht es doch! Das ist erstens interessant, und zweitens bietet es die größte Sicherheit. Ich habe da einen ganz famosen Gedanken. Monsieur Leflor, habt Ihr einen Diener, der zu frisieren versteht?“ – „Oh, gewiß.“ – „Nun, Master Walker hat dunkles Haar. Er mag es sich kurz schneiden und wollig kräuseln lassen. Dann schwärzt er sich Arme und das Gesicht und geht als Neger von hier fort. Das ist das naheliegendste und zugleich einfachste, was es nur geben kann.“ – „Meine Gesichtszüge sind nicht nach Negerart.“ – „So verkleidet Euch als Negerin! Die schwarzen Ladies haben durchschnittlich regelmäßigere Züge als die dunklen Gentlemen. Gibt es nicht einen treuen Neger, auf den Ihr Euch fest verlassen könnt, Master Leflor?“ – „Oh, mehrere!“ – „So gebt Master Walker, wenn er als Negerin geht, einen männlichen Begleiter mit, damit die Sache noch mehr causa bekommt. Der Gentleman mag einen Sack tragen und die Lady einen Korb. Es sollte mich sehr wundern, wenn die Belagerer sich groß um dieses Paar bekümmerten.“

Es war um die Zeit zwei Stunden nach Mitternacht. Da mußten die schwarzen Arbeiter hinaus auf die Felder, jede Person an den ihr zugewiesenen Platz. Erst gingen sie in einem dichten Haufen. Dieser teilte sich nach und nach in einzelne Gruppen; die Gruppen lösten sich dann weiter auf, bis zuletzt nur noch einzelne Personen oder höchstens ein paar zu sehen waren. Eins dieser Paare schritt langsam am Rand des Reisfeldes nach dem Fluß hinab. Es war ein Neger und eine Negerin.

Ersterer hatte eine riesige Angelrute in der Hand, und sie trug einen großen irdenen Krug auf dem kurzwolligen Kopf. Sie flüsterten miteinander, während ihre Augen verstohlen suchend nach allen Seiten schweiften.

Am Fluß angekommen, setzten sich beide an das Ufer nieder, und der Neger befestigte den Köder an dem Haken und ließ ihn so in das Wasser fallen. Sie hatte den Krug mit Wasser gefüllt, neben sich gestellt und begann, aus schnell gepflückten, umherstehenden Blumen einen Kranz zu winden, den sie sich, als er fertig war, auf den Kopf setzte. Viel wert war dieser Kranz nicht. Die Negerin schien kein Geschick für solche Art von Arbeit zu besitzen.

Unterdessen unterhielten sie sich weiter, und zwar die Negerin nur mit leiser Stimme, da raschelte es seitwärts in den Büschen. Dort hatte ein Mann gesteckt. Als er sich jetzt emporrichtete, erkannte die Negerin in der langen Gestalt, dem eigentümlichen Anzug und den verwetterten Gesichtszügen Tim, den Trapper.

Er kam langsam näher und grüßte:

„Good day, Niggers! Was tut ihr da?“ – „Nigger fangen Fische“, antwortete der männliche Angler. „Massa will carps – Karpfen – essen.“ – „Welcher Massa?“ – „Massa Leflor. Will essen sehr gut viel große carps.“ – „Ah! Ihr gehört zu Leflor?“ – „Yes, Massa.“ – „Da du fischen gehst, bist du wohl im Hause beschäftigt?“ – „O yes! Ich bin Pluto, und Pluto arbeitet in der Küche.“ – „Ist diese hier dein Weib?“ – „Weib? Nein. Diese ist Mally, und Mally wird sein meine Frau.“ – „Also deine Braut?“ – „Yes, Braut, Massa.“ – „Ist sie auch in der Küche?“ – „O yes! Mally kocht in Küche viel große, fette carps für Massa.“ – „So wißt Ihr wohl auch, wer im Haus wohnt?“ – „Massa Leflor wohnt in Haus.“ – „Das versteht sich! Habt ihr Gäste?“ – „Gäste? Pluto nicht wissen, was sein Gäste.“ – „Ich meine, ob Fremde da sind, für die ihr mit kochen müßt.“ – „O yes! Zwei Fremde.“ – „Wer ist das?“ – „Massa Notary und Massa – Massa ...“ – „Nun, wie heißt der andere?“ – „Oh, Pluto hat vergessen.“ – „Vielleicht Walker?“ – „Yes, yes! Massa Walker.“ – „Was tut Master Walker?“ – „Hat gegessen. Wird fahren in Cab, o nein, sondern in groß schön Kutsche.“ – „Wohin?“ – „Pluto nicht wissen. Massa Walker fahren mit Massa Notary.“ – „Vielleicht nach Van Buren?“ – „Yes, yes! Van Buren.“ – „Wann?“ – „Jetzt bald anspannen.“ – „Schön, sehr schön! Wünsche euch viel Glück! Macht guten Fang!“ – „Dank, Dank! Massa auch mach guten Fang, großen carp!“

Pluto sagte das so treuherzig, mit so aufrichtiger Miene. Aber als der Jäger fort war, lachte er vor sich hin und meinte:

„Der wird keinen Fang machen; er geht, um die beiden anderen zu holen, und dann werden sie sich in der Richtung nach Van Buren aufstellen. Jetzt sind wir sicher. Wir werden ein Floß bauen, und Ihr geht an das andere Ufer. Bis heute abend seid Ihr in Sicherheit.“

Als am Abend der schwarze Kutscher Leflors, der den Notar

nach Van Buren gefahren hatte, zurückkehrte berichtete er auf die Frage seines Herren, daß er unterwegs von drei bewaffneten Männern, zwei langen und einem sehr dicken, der ein Bärenfell getragen habe, angehalten worden sei. Sie hatten in das Innere des Wagens geblickt, ihn aber unbelästigt passieren lassen, als sie sich überzeugt hatten, daß nur der Notar vorhanden war.

Diese drei Männer wurden, allerdings einzeln und nicht beisammen, noch mehrere Male in der Gegend gesehen, bis nach mehreren Tagen der schwarze Pluto wieder fischend am Fluß saß und Tim sich abermals zu ihm gesellte. Der Jäger fragte den Schwarzen nach verschiedenen Dingen, erhielt aber nur kurze und mürrische Antworten.

„Du hast heute schlechte Laune. Es fehlt dir wohl Mally, deine Braut?" – „Mally? Oh, Pluto mag nichts wissen von Mally." – „Warum? Hat sie dich betrogen?" – „Sehr groß Betrug. Massa Leflor auch sein großer Betrug." – „Auch er hat dich betrogen?" – „Yes, sehr!" – „Wieso denn?" – „Massa mir geben Mally-Mally neu auf Plantage, Mally meine Braut. Ich mit Mally fischen – hier, da!" – „Wohl als ich mit euch sprach?" – „Yes, yes, Massa! Ich geben will Mally einen Kuß. Mally mir gibt Ohrfeige und springen hier ins Wasser." – „Donnerwetter! Die war nicht allzusehr verliebt in dich, wie es scheint. Was tat sie dann?" – „Schwimmen hinüber über Fluß. Drüben ausziehen Weiberkleid. Darunter Männerkleid. Nachher sich waschen – sein gar nicht mehr Braut, nicht mehr Mally."

Da machte der Jäger eine Bewegung des Schreckens. Das hatte er nicht erwartet. Er fragte:

„Es war also kein Mädchen mehr, als sie sich gewaschen hatte? Keine Mally?" – „Nicht Mädchen, nicht Mally und nicht Negerin." – „Alle Teufel! Sie war weiß?" – „Ja. Schwarze Haut weggewaschen." – „Kanntest du das Gesicht?" – „Sehr viel! War Massa Walker." – „Walker! Da sollen doch sofort alle neunundneunzigtausend Teufel dreinschlagen! Hast du denn auch richtig gesehen?" – „Yes! Blicke sehr viel gute Augen." – „So ist er entkommen, geflohen bereits seit vier Tagen! Weißt du nicht, wo er hin ist?" – „Yes, Sehr!" – „Nun?" – „Er mir herüberrufen: Wenn jemand fragen, ich soll sagen, er sein nach Trippsdrille. Drei Massa mögen nachkommen, zwei lang Massa und ein dick Massa." – „Hole ihn der Henker! Auch noch spotten! Und ich habe hier bei ihm gestanden, habe ihn angesehen, konnte ihn mit allen beiden Händen und allen zehn Fingern ergreifen! Mensch, Schwarzer, Pluto, hast du denn fest geglaubt, daß er ein Mädchen war?" – „Hab geglaubt." –

„Und daß er eine Schwarze war?“ – „Eine Schwarze, yes!“ – „Aber hast du sie denn nicht angegriffen?“ – „Yes, sehr! Bei Hand und Wange.“

„Da mußt du doch bemerkt haben, daß er sich nur angemalt hatte. Er muß ja abgefärbt haben, und du mußt schwarz geworden sein!“ – „Schwarz? Pluto schwarze Flecke bekommen?“

Der Neger hielt Tim die nackten, pechdunklen Arme entgegen und lachte aus vollem Hals. Da sah dieser ein, welch eine Dummheit er begangen habe. Er versetzte dem Schwarzen einen Fußtritt und knurrte grimmig:

„Feixe nicht, Orang-Utan! Ich glaube gar, du machst dich über mich lustig!“ – „Warum nicht lustig? Pluto genau wissen, daß Mally nicht Mädchen. Mally war Massa Walker. Pluto haben Massa Walker anmalen und über Fluß schaffen. Massa Tim Snaker kein Orang-Utan, aber ein gewaltig groß viel Esel und unendlich viel Dummkopf!“

Ehe der Jäger sich nur recht in den Inhalt dieser Worte hineinzudenken vermochte, war der verschlagene Schwarze von seinem Sitz aufgeschnellt, hatte Angelrute und Topf ergriffen und jagte mit der Schnelligkeit eines trabendens Pferdes davon.

Tim stand noch lange Zeit mit offenem Mund da und starrte nach der Richtung, in welcher der Neger verschwunden war. Seit dieser Stunde aber ließen sich die drei Jäger in dieser Gegend nicht mehr sehen, bis einst nach ungefähr – doch das darf erst später berichtet werden.

12. KAPITEL

Kurz nachdem an jenem Nachmittag der Notar nach Van Buren gefahren war, hatte auch Leflor seine Pflanzung verlassen, jedoch nicht zu Wagen, sondern zu Fuß. Er ging langsam und nachdenklich in der Richtung nach Wilkinsfield, von wo er gestern zweimal in so verhängnisvoller Weise fortgewiesen worden war. Wollte er etwa wieder hin? Er machte einen Umweg, um nicht an dem noch belagerten Blockhäuschen vorüber zu müssen. Er war sehr sorgfältig gekleidet. Die Geschwulst seines seit gestern mit Arnika behandelten Gesichtes hatte nachgelassen. Auf seinen Zügen prägte sich Spannung, Schadenfreude, Haß und Triumph aus.

Er suchte seinen Weg unter den Bäumen, da, wo es keine Bahn gab, bis er gerade gegenüber der oft genannten Veranda angekommen war. Als er hinüber zu derselben blickte, sah er Almy. Sie befand sich nicht wie gestern früh im leichten Morgengewand, sondern in vollständiger Toilette. Sie hatte auf einem leichten Rohrsessel Platz genommen und hielt ein Buch in der Hand. Aber sie las nicht in demselben. Zwar ruhte ihr Auge zuweilen für einige Sekunden auf den Zeilen, es erhob sich dann aber wieder von denselben und schweifte ungeduldig nach der Richtung, in der die Blockhütte lag. Sie schien von dorther jemand zu erwarten.

„Wie schön sie ist, wie wunderbar schön!" murmelte Leflor. „Ich habe noch niemals ein solches Mädchen gesehen. Sie hat nicht die dürre, langhalsige Gestalt und das hektische, gelangweilte und darum wieder langweilende Gesicht einer Yankeedame, aber auch nicht die übermäßigen Formen einer Millionärin aus niederländischem Blut, nicht das matte, charakterlose Blond einer Dame aus dem frommen Philadelphia und doch auch nicht den dunklen Teint einer übermütigen und anspruchsvollen Bewohnerin von Baltimore. Sie ist eine Vermählung zwischen den Göttinnen Juno, Venus und Flora. Man kann sie eigentlich nach gar keinen Typus klassifizieren, und ... ah!"

Von daher, wohin Almy so ungeduldig blickte, kam jetzt Adler, der Oberaufseher. Da erhob sich schnell das schöne Mädchen, trat an die Brüstung der Veranda und rief, noch ehe er nahe gekommen war:

„Monsieur Adler! Gut, daß Ihr kommt! Wie steht es draußen bei der Hütte?" – „Sehr gut, Mademoiselle", antwortete er, seine Schritte beschleunigend. – „Habt Ihr sie?" – „Nur eingeschlossen." – „O wehe! Da gibt es Kampf!" – „Ich glaube nicht!" – „Wenn das doch zu vermeiden wäre! Ich habe gar so große Angst." – „Oh, Ihr braucht Euch nicht zu sorgen!" – „Ich nicht? Ich glaube doch, ich am allermeisten." – „Darf ich fragen, weshalb?" – „Nun, Pa wird ganz sicher mitkämpfen." – „Das wird er doch nicht tun!" – „Er wird es, Sir. Ich kenne ihn." – „So werde ich ihm abraten." – „Ihr Rat wird keinen Erfolg haben." – „So werde ich ihn zwingen, von einer Beteiligung am Kampf abzusehen." – „Glaubt Ihr, daß er sich zwingen läßt?" – „Ja. Ich werde mich an den Offizier wenden, dessen Anordnung er sich zu fügen hat." – Oh, wenn Ihr das wirklich tun wolltet!" – „Ich tue es sicher." – „Ich danke Euch, Sir! Aber – werdet auch Ihr von der Beteiligung am Kampf absehen?"

Adler schüttelte lächelnd den Kopf.

„Das wird nicht möglich sein, Miß Almy." – „O doch! Warum sollte es nicht möglich sein?" – „Weil ich der eigentliche Anführer bin. Nach meiner Anordnung ist bisher alles geschehen. Was wir bisher getan haben, war für uns nicht gefährlich. Darf ich da feig zurücktreten, wenn es beginnt, Gefahr zu geben?" – „Nein, nein! Feig soll man Euch nicht nennen, Euch gar nicht! Aber Ihr habt es doch nicht nötig, Euch dorthin zu stellen, wo es am gefährlichsten ist." – „Diese Stelle kennt man leider vorher nicht." – „Nun, Ihr werdet doch bald merken, wo die meisten Kugeln pfeifen?"

Almy sprach in einem außerordentlich besorgten Ton.

„Ja", antwortete er, „das werde ich freilich merken." – „Schön! Und wenn Ihr es merkt, so geht Ihr schnell an eine andere Stelle." – „Oh, das würde auffallen, Miß!" – „Dieses Auffallen ist lange nicht so schlimm, wie das Umfallen, Sir!" – „Umfallen?" – „Ja, wenn Euch eine Kugel trifft, so fallt Ihr doch um." – „Ach! Das hat nichts zu bedeuten!" – „Nichts? Mein Gott! Dann seid Ihr ja tot!"

Almy war bleich geworden, während er in einem leichten, unbesorgten Ton gesprochen hatte. Jetzt aber wurde sein Gesicht auch ernst. Er antwortete, auf jedes Wort einen besonderen Nachdruck legend:

„Der Tote ist glücklich!" – „Wie? Habt Ihr Euer Leben so wenig lieb?" – „Für wen hätte es denn einen Wert?" – „Für Euch doch!" – „Pshaw!"

Adler machte eine wegwerfende Bewegung mit der Hand und fügte dann hinzu:

„Das Leben ist für den Menschen nur dann von Wert, wenn es auch für andere wertvoll ist." – „Ich kann Euch gar nicht recht geben, Sir!" – „Nun, es ist mit dem Leben genau so wie mit dem Reichtum. Bin ich etwa reich, wenn ich eine Million oder einige Millionen besitze?" – „Ganz gewiß." – „Ich setze aber nun den Fall, diese Millionen hätten für andere keinen Wert. Ich will annehmen, ich besäße drei Millionen in Papieren einer Aktiengesellschaft, die vollständig bankrott gemacht hat, so daß kein Gläubiger einen Penny bekommt. Wäre ich in diesem Fall reich?" – „Ganz und gar nicht, sondern im Gegenteil sehr arm und bedauernswert." – „Nun seht, so ist es auch mit dem Leben. Mein Leben hat für mich ganz genau denselben Wert, den es für andere hat. Ist es anderen sehr gleichgültig, ob ich lebe oder sterbe, nun so kann ich eben ruhig sterben, da mir das Leben doch keine Genugtuung bringt." – „Ich vermag nicht, Euch in Euren Anschauungen und Erklärungen zu folgen. Ich kann aber nicht glauben, daß Ihr denkt, Euer Leben habe für andere keinen Wert." – „Für wen sollte es Wert besitzen?" – „Nun, für Pa zum Beispiel." – „Weil ich sein Beamter bin? Oh, wenn mich die Bushbeaters niederschießen sollten, so bekommt er recht bald einen anderen Aufseher. Das weiß er genau." – „Aber keinen solchen! Er schätzt und achtet Euch nicht wie einen Angestellten, sondern wie einen Freund!" – „Vielleicht!"

Adler zuckte die Achsel, und es legte sich ein Zug tiefer Wehmut über sein schönes Gesicht.

„Vielleicht? Nein, ganz gewiß!" beeilte sich Almy zu sagen. „Und außer ihm gibt es auch noch Leute, die gar nicht wünschen, daß Euch eine Kugel treffen möge." – „Wer mag das sein? Etwa die gute My?" – „Sir!" – „Oder gar Ty?" lächelte er. – „Wollt Ihr in dieser ernsten Angelegenheit Scherz treiben oder gar trivial werden, Sir? Dann würde ich Euch sehr zürnen!" – „Um Gottes willen, nur das nicht!" sagte er rasch. „Aber ich weiß doch keine Person, der ganz besonders unlieb wäre, wenn ich auf irgendeine Weise von hier fortginge." – „Nicht? Nun, Pa habe ich Euch genannt; da will ich wenigstens auch von mir noch sprechen." – „Von Euch?"

Sein Blick senkte sich fragend in ihr Auge.

„Ja", antwortete sie. „Ich würde sehr traurig sein, wenn Euch ein Leid geschähe." – „Wirklich, Miß?" – „Ja, gewiß." – „Mit dieser Versicherung macht Ihr mir eine Freude, wie ich sie mir gar nicht größer denken kann. Habt Dank, tausend Dank!"

Er streckte seine Hand aus, und sie reichte ihm von der Veranda aus die ihrige entgegen, die er warm an seine Lippen drückte und für einen Moment fest in der seinen behielt.

„Denkt einmal an diesen Augenblick, Miß, wenn ich nicht mehr bei Euch sein werde ..."

Sie fiel sichtlich erschrocken ein:

„Ihr wollt doch nicht etwa fort?" – „Nein; aber die Zukunft steht ja doch nur in Gottes Hand. Niemand weiß, was der nächste Augenblick zu bringen vermag. Wenn ich einmal nicht mehr in Eurer Nähe bin, und Eure Gedanken weilen für einen Augenblick bei mir, so seid dann überzeugt, daß mein Leben nur Euch gehört, und daß es nicht mehr vorhanden ist, weil es mir nicht vergönnt war, für Euch zu leben. Jetzt aber muß ich zu Monsieur Wilkins. Er wartet auf mich."

Dann gab er ihr Händchen frei und entfernte sich rasch. Sie aber legte, als er um die Ecke verschwunden war, die Hände auf das Herz und hob wie betend die Augen empor. Der Lauscher hörte deutlich den lauten tiefen und schweren Seufzer, der ihren Lippen entfloh, und die darauf folgenden Worte:

„Mein Gott! Sein Leben ist nicht mehr vorhanden, weil er nicht für mich leben durfte! So soll ich dann denken! Das heißt doch, er ist tot! O Gott, das wäre schrecklich, sehr schrecklich!"

Sie drehte sich um und trat langsam in ihr Zimmer zurück, die Tür hinter sich schließend.

„Verdammt!" flüsterte Leflor. „Dieser Bommy ist ein sehr guter Beobachter. Er hat recht. Almy liebt diesen deutschen Schurken, und er weiß das und spekuliert auf sie. Warum auch nicht? Sie ist schön und reich. Wie schlau er es anfängt, sie zu fangen. Er seufzt und stöhnt. Wenn er direkt von seinen Absichten spräche, so würde er sie scheu machen. Das weiß er. So schmachtet er um sie herum, verdreht die Augen und spricht vom Sterben. Das erregt ihr Mitleid, und man weiß ja, daß das Mitleid die Mutter oder doch wenigstens die Tante der Liebe ist. Also deshalb hat sie mich abgewiesen! Sie will Madame Adler sein! Oh, so weit sind wir noch lange nicht! Hier steht einer, der da einige Worte mitzusprechen hat. Zunächst wollen wir damit beginnen, zu beweisen, daß dieser Master Wilkins nicht nur reich ist, sondern sogar eine Menge Passiva hat. Master Adler soll Zeuge sein. Dann wollen wir sehen, ob er die Tochter des Bettlers noch zum Weib begehrt!"

Leflor verließ darauf sein Versteck und machte, damit man ihn kommen sehe und bemerke, daß er Zeuge der Begegnung gewesen sei, einen Umweg nach dem anderen, um in die vordere Seite des Gebäudes zu gelangen.

Die Diener pflegen, selbst wenn ihnen nicht direkt etwas mitgeteilt wird, doch immer genau zu wissen, woran sie sind. Sie besitzen einen eigentümlichen Instinkt, eine außerordentliche Gabe, alles zu erraten.

Der Schwarze, der unter dem Tor stand, wußte sehr genau, daß der Besuch Leflors nicht mehr gewünscht werde. Kein Mensch hatte es ihm gesagt, aber er wußte es. Darum wunderte er sich jetzt, als er ihn kommen sah, und stellte sich so in die Mitte des Eingangs, daß der Pflanzer ohne Zusammenstoß nicht an ihm vorüber konnte.

„Ist Monsieur zu Hause?" fragte Leflor, vor ihm stehenbleibend. – „Weiß nicht!" lautete die Antwort des Gefragten, indem er auch nicht einen Zollbreit zur Seite wich. – „Aber ich weiß es!" – „Ist möglich." – „Also packe dich! Was stehst du da?" – „Ich stehe da, weil ich Diener von Master bin." – „Und ich will mit Master sprechen. Mache also Platz. Warum grüßt du überhaupt nicht, Halunke?"

Leflor war als Weißer gewöhnt, mit größter Untertänigkeit behandelt zu werden. Der Schwarze antwortete lachend, die Zähne zeigend:

„Warum ich nicht grüße? Weil Massa Leflor erst auch nicht gegrüßt hat." – „Hund! Meinst du, daß ich dich zu grüßen habe?" – „Yes, Massa. Ich stehe hier und Massa kommt. Wer kommt, hat zuerst zu grüßen. Massa aber hat nicht einmal an den Hut gegriffen." – „Bist du toll, Schafskopf? Die Zeit ist nicht fern, in der ich dir den Kopf zurechtsetzen lassen werde."

Leflor gab dem Schwarzen mit dem Ellbogen eine Stoß und schritt zum Tor hinein. Der Neger rieb sich die Seite, blickte ihm nach und brummte dabei drohend:

„Oh, Massa stößt mich! Komm nur wieder! Er denkt, weil er ein Weißer ist, darf er stoßen; aber ein Schwarzer hat auch Ellbogen, viel stärkere als ein Weißer. Komm nur wieder. Ich bleibe hier; ich gehe nicht fort, bist du gesehen und gefühlt, daß auch ich Ellbogen habe."

Leflor stieg die Treppe hinauf, dann ging er durch das Vorzimmer und trat, ohne anzuklopfen, in das ihm bekannte Zimmer des Hausherrn ein.

Dieser letztere saß soeben mit dem Oberaufseher am Tisch, in ein sehr angelegentliches Gespräch vertieft. Beide zeigten sehr erstaunte Gesichter, als sie den Eintretenden erkannten, und während Adler sitzen blieb, stand Wilkins auf und sagte:

„Monsieur Leflor! Ist es möglich!" – „Das es möglich ist, beweise ich ja." – „Ihr bei mir!" – „Ihr seht es ja!" – „Wie kommt Ihr herein? Niemand meldete Euch!" – „Ich fand einfach keinen Menschen, der mich hätte melden können." – „Ohne anzuklopfen!" – „Habe ich das vergessen? Nun, so ist das wohl keine Sache, von der man großen Lärm macht." – „Wollt Ihr nicht wenigstens ablegen?"

Wilkins deutete auf den Hut, den Leflor noch auf dem Kopf behalten hatte.

„Danke. Ich habe nicht geschwitzt und werde wohl auch hier nicht dazu kommen. Warum also den Hut abnehmen?"

Das klang so höhnisch, und Leflor blickte sich dabei mit einer solchen Unverschämtheit im Zimmer um, daß Wilkins vor Erstaunen nicht wußte, was er sagen sollte.

„Monsieur", stotterte er, „ich begreife nicht ..." – „Oh, ich begreife es auch nicht", unterbrach ihn Leflor rasch. – „Was?" – „Das Ihr mir keinen Stuhl anbietet. Ich werde mir also aus eigener Machtvollkommenheit einen nehmen. So!"

Leflor setzte sich mit diesen Worten nieder und legte die Füße behaglich auf den Tisch, an dem Wilkins gesessen hatte. Das war nicht nur ein rüdes, gemeines Benehmen, sondern geradezu eine Beschimpfung der beiden anwesenden Herren. Wilkins, der den Ausbruch einer offenen Feindseligkeit zwischen sich und Leflor nicht wünschte, wußte nicht, wie er sich benehmen solle. Adler aber stand jetzt langsam von seinem Stuhl auf, trat näher und fragte:

„Monsieur Wilkins, wünscht Ihr, daß ich einige Diener rufe?" – „Nein, nein, Sir!" – „Oder ist es Euch recht, wenn ich diesen gemeinen Flegel selbst hinauswerfe?"

Ehe der Gefragte antworten konnte, sagte Leflor:

„Das werdet Ihr bleibenlassen, Mann! Ehe Ihr die Hand ausstrecktet, hättet Ihr eine Kugel im Kopf. Dasselbe wird auch geschehen, wenn Ihr noch ein einziges Wort hören laßt, das mich beleidigen könnte. Seht her, ich habe mich vorbereitet."

Er zog einen Revolver aus der Tasche.

„Pshaw!" lachte Adler auf. „Ein Feigling wie Ihr darf nicht mit solchen Instrumenten spielen. Er macht sich damit nur lächerlich und kann, da er mit Waffen nicht umzugehen versteht, leicht sich selbst verletzen. Das wollen wir verhüten."

Ein rascher Schritt, ein ebenso schneller Griff, und Adler hatte Leflor den Revolver entrissen, steckte denselben ein und trat wieder zurück. Leflor aber sprang auf ihn ein und wollte mit den Worten: „Dieb! Her mit meinem Eigentum!" den Deutschen eben beim Arm fassen, da erhielt er aber einen so kräftigen Faustschlag an die Stirn, daß er zurückfuhr und niederstürzte.

„Da! Das ist für den Dieb!" sagte Adler. „Ich mache es nicht wie andere, die drohen, aber zu dumm und ungeschickt zum Handeln sind. Ich drohe nicht, sondern schlage gleich zu. Ah, etwa noch einmal, Monsieur?"

Leflor hatte sich nämlich schnell aufgerafft und drang mit geballten Fäusten, vor Wut laut aufbrüllend, auf ihn ein. Für einen Gegner wie Adler war er jedoch zu ungeschickt. Er erhielt nochmals einen so kräftigen Faustschlag, daß er an die Wand taumelte.

Diese Angriffe und Abwehrungen waren so rasch geschehen und so schnell aufeinandergefolgt, daß Wilkins weder Zeit gefunden hatte, ein Wort zu sagen, noch durch eine Bewegung die Karambolage der zwei Männer zu verhüten. Jetzt trat er zwischen sie und gebot:

„Halt! Keinen Streit oder gar Kampf, Monsieur Leflor, ich ersuche Euch, mein Haus zu verlassen!" – „Ich! Euer Haus verlassen, ohne diesem Kerl gezeigt zu haben, was es heißt, sich an mir zu vergreifen? Das fällt mir gar nicht ein. Hier!"

Damit ergriff Leflor einen Stuhl, um mit demselben, den Pflanzer beiseite schiebend, Adler zu schlagen. Dieser jedoch versetzte ihm einen dritten und so derben Fausthieb, nicht an die Stirn, wie die beiden ersten Male, sondern in das Gesicht, daß dem Angreifer der Stuhl entfiel, und er, mit beiden Händen nach dem Gesicht greifend, wieder zurück gegen die Wand taumelte.

Man hatte gar nicht sehen können, wie Adler seine gedankenschnellen Hiebe ausgeführt, der jetzt ruhig lachend dastand und, sich in höflichem Ton an Wilkins wendend, sagte:

„Ihr seht, Master, daß ich nicht der Angreifer bin; ich habe nur die Gewohnheit, mich zu wehren, wenn ich mit Worten und in der Tat angegriffen werde. Wenn es Euer Wunsch ist, werde ich freilich so tun, als ob nur wir beiden hier vorhanden seien. Handelt also ganz nach Eurem Belieben." – „Ich wünsche weiter nichts, als das Monsieur Leflor mein Haus verläßt."

Der Genannte hatte keine Zeit zu einer Bemerkung. Er hatte das Taschentuch gezogen, um seine bereits gestern verletzte und jetzt wieder blutende Nase abzutrocknen. Adler aber zuckte die Achsel und meinte:

„Ich kann freilich auch nicht begreifen, wie er es zu unternehmen vermag, hier ohne Gruß und Anmeldung einzudringen. Er hat bereits gestern eine vollgültige Lehre von mir erhalten. Nachher hat er vor dem dicken Sam gestanden, sich in einer Weise blamiert, daß ich an seiner Stelle mir vor Scham eine Kugel in den Kopf gejagt hätte, und ist als der Mitschuldige eines armseligen Niggers und eines noch armseligeren Verbrechers entlarvt worden. Daß er es trotzdem wagt, sich hier wieder zu zeigen, ist ein Beweis von dem gänzlichen Mangel allen Ehrgefühles."

Leflor bückte sich, um den Hut aufzuheben, der ihm entfallen war, setzte ihn wieder auf und antwortete in stolzem Ton:

„Es wird sich sogleich zeigen, wer hier von Ehre reden kann!" – „Ihr sprecht sehr stolz, trotz der jammervollen Gestalt, die Ihr bietet. Nehmt Euern Hut ab, sonst mache ich den Lehrer, der seinen Buben zeigt, wie man es anzufangen hat, um höflich zu sein!"

Adler trat einen Schritt auf Leflor zu. Dieser hatte nun doch erkannt, daß er mit physischem Widerstand nicht weit kommen werde. Er nahm also den Hut ab und sagte:

„Wenn es Euch augenblicklichen Spaß macht, Master Wilkins, meinetwegen. Später werdet Ihr desto höflicher gegen mich sein.

Diesen Herrn Aufseher aber werde ich hinauswerfen lassen, nachdem ich ihn vorher für sein jetziges Verhalten gehörig abgestraft habe."

Adler zuckte verächtlich die Achseln. Wilkins, der einen abermaligen Ausbruch der Tätigkeiten befürchtete, winkte ihm jedoch beruhigend zu und wandte sich nun selbst an Leflor:

„Mir geht es genauso wie Monsieur Adler. Ich kann nicht begreifen, daß Ihr Euch nach dem, was gestern geschehen ist, so rasch entschlossen habt, mir eine Visite zu machen." – „Ich habe alle Veranlassung dazu." – „So hättet Ihr Eure Absicht in höflicher Weise ausführen sollen." – „Seid Ihr etwa gestern höflich gegen mich gewesen?" – „So weit es mir möglich war, bin ich es gewesen. Monsieur Adler, gebt ihm seinen Revolver wieder! Ich werde hören, was er mir zu sagen hat, und dann habt Ihr wohl die Güte, Euch wieder hier bei mir sehen zu lassen." – „Oh", warf Leflor schnell ein, „er braucht sich gar nicht zu entfernen. Was ich zu sagen habe, ist auch mit für ihn bestimmt. Ich bin überzeugt, daß es ihn im höchsten Grade interessieren wird." – „So bleibt!" sagte Wilkins zu dem Aufseher.

Dieser nickte leichthin und antwortete in Beziehung auf die an ihn ergangene Aufforderung:

„Wenn Ihr gestattet, bleibe ich. Die Waffe wird er erhalten, wenn er geht. Ich habe nicht die Absicht, es ihm so leicht zu machen, hier sein Pulver zu verpuffen." – „Auch wünsche ich, daß Mademoiselle geholt werde", fügte Leflor bei, indem er tat, als ob er die Worte des Deutschen gar nicht verstanden habe. – „Meint Ihr etwa meine Tochter?" fragte Wilkins. – „Ja" – „Ich kann mir keinen Grund denken, der ihre Anwesenheit notwendig macht." – „Der Grund ist sogar sehr triftig." – „So ersuche ich Euch, ihn zu sagen." – „Das habe ich wohl nicht nötig." – „So wird meine Tochter unserer Unterhaltung fernbleiben, Monsieur." – „Meint Ihr etwa, daß ich den Gegenstand unseres gestrigen Gespräches heute wieder aufwärme?" – „Oh, es ist Euch zuzutrauen!" – „Da irrt Ihr Euch gewaltig. Hätte ich gestern gewußt, was ich heute weiß, so wäre es mir wohl nicht eingefallen, Euer Schwiegersohn werden zu wollen. Ihr könnt also überzeugt sein, daß ich nicht im geringsten die Absicht habe, zudringlich gegen Mademoiselle Almy zu werden."

Leflor hatte das in stolzem, wegwerfenden Ton gesagt und nahm auf seinem Stuhl, auf dem er sich niedergesetzt hatte, eine Haltung an, als ob er jetzt ein Richter sei, der Angeklagte in aller Eile abzuurteilen hat.

Adler zog die Brauen zusammen. Was er gehört hatte, war eine Beleidigung der heimlich Geliebten, und es zuckte in ihm, dem frechen Menschen dafür einen Faustschlag zu versetzen; aber Wilkins legte ihm die Hand auf dem Arm und sagte:

„Still! Wir wollen uns nicht aufregen. Monsieur Leflor will mit mir sprechen, und ich habe die Absicht, ihn anzuhören. Er wünscht, daß meine Tochter gegenwärtig sein möge; ich werde ihm auch diesen Wunsch erfüllen, wenn er mir ihn zu begründen vermag. Unterläßt er das, so gebe ich ihm den Rat, sich lieber zu entfernen. Almy wird nur dann kommen, wenn ich ihr sagen kann, daß ihre Gegenwart notwendig sei." – „Sie ist es", sagte Leflor. „Ich würde sie sonst gar nicht verlangen." – „So sagt den Grund." – „Eigentlich habe ich es gar nicht notwendig. Ich brauche nur zu sprechen, so würdet Ihr sofort nach Eurer Tochter schicken. Aber ich will mich dennoch herbeilassen, ihn Euch zu sagen. Ich bringe nämlich Grüße von einer Person, die Miß Almy sehr nahesteht." – „Von einer ihr nahestehenden Person? Ich wüßte nicht, wen Ihr da meinen könntet." – „Denkt einmal nach." – „Es gibt nur eine einzige Person, von der man dies sagen könnte, und diese Person bin ich." – „Sollte es wirklich sonst niemand geben?"

Leflors Blick war mit schadenfroher Spannung auf den Pflanzer gerichtet.

„Nein", antwortete dieser. – „Sonderbar! Ich denke doch, ein Verlobter müsse der Dame nahestehen, die bestimmt ist, seine Frau zu werden. Oder sollte ich mich da vielleicht irren?"

Wilkins horchte auf.

„Ihr sprecht von einem Verlobten Almys? Da gibt es keinen, Sir." – „O doch! Ich bin überzeugt davon. – „Wer wäre das?" – „Ein gewisser Arthur."

Als Wilkins diesen Namen hörte, machte er eine Bewegung des Erstaunens.

„Arthur! Herrgott! Wen meint Ihr?" – „Ihr habt doch wohl einen Neffen, der diesen schönen, poetischen Namen trägt?" – „Freilich. Ich habe ihn aber nicht, sondern ich hatte ihn. Er ist verschollen." – „Das hat Euch jedenfalls Freude gemacht!" – „Wie kommt Ihr zu dieser Frage?" – „Nun, es gibt Umstände, unter denen es einem Oheim sehr lieb ist, wenn sein Neffe verschwindet." – „Das kann ich mir nicht denken. Wie kommt Ihr übrigens dazu, meinen Neffen Arthur den Verlobten meiner Tochter zu nennen?" – „Hm! Ist er es etwa nicht?" – „Er war es, aber niemand wußte davon. Selbst Almy hat bis heute keine Ahnung davon gehabt. Ich bin nicht imstande, mir zu denken, auf welche Weise Ihr zu diesem Geheimnis gekommen seid." – „Und doch ist das sehr leicht zu denken. Ich habe Euch ja gesagt, daß ich Grüße bringe." – „Doch nicht etwa von Arthur selbst?" – „Von ihm selbst." – „Unmöglich!" – „Wirklich! Und zwar bringe ich von ihm nicht nur Grüße, sondern sogar Briefe oder doch wenigsten Schriftstücke, für die Ihr Euch im höchsten Grade interessieren werdet, Ihr, Eure Tochter und wohl auch dieser Master Adler, der Euch so außerordentlich in Schutz genommen hat und welcher die Absicht besitzt, Eurer Tochter sein Leben zu widmen." – „Sein Leben? Wieso?" – „Hm! Ich hörte, daß er ihr sagte, sie solle später denken, er lebe gar nicht mehr." – „Lauscher!" rief Adler. „Wer gibt Euch das Recht, hier umherzuschleichen und ..." – „Halt! Still!" sagte Wilkins. „Keinen Streit wieder. Was ich da von Arthur höre, das ist mir freilich in solchem Grade interessant, daß ich jetzt nichts anderes zu hören vermag. Also Ihr bringt Grüße und Schriften von ihm, Monsieur? Ist dies Wahrheit?" – „Natürlich!" – „Herrgott! So lebt er?" – „Ich weiß das nicht genau. Ich weiß nur, daß er der Verfasser der betreffenden Skripturen ist. Sie sind in meine Hände gekommen, und ich halte es für meine Pflicht, Euch davon zu benachrichtigen." – „Das ist recht, sehr recht von Euch, Monsieur. Das söhnt mich vollständig mit Euch aus. Hier ist meine Hand. Lassen wir das Vergangene vergessen sein!"

Er streckte Leflor die Hand entgegen. Dieser ergriff sie und antwortete:

„Jawohl! Lassen wir das Vergangene vergessen sein und nehmen wir die neuen Verhältnisse so, wie sie uns geboten werden!" – „Die neuen Verhältnisse? Ich meine doch, daß alles beim alten bleiben möge." – „Oh, es wird sich doch vielleicht einiges ändern, und ich bin ganz gern bereit, mich darein zu fügen." – „Ich begreife nicht, was Ihr meint. Hoffentlich darf ich bitten, mich die Grüße hören und die Schriftstücke, von denen Ihr sprecht, lesen zu lassen." – „Natürlich. Aber ich habe gewünscht, daß dies nur in Gegenwart Eurer Tochter geschehen möge." – „Gut, gut! Ich gehe, sie zu holen."

Wilkins ging eiligen Schrittes nach der Tür. Als er sie geöffnet hatte, um das Zimmer zu verlassen, wandte er sich noch einmal um und sagte besorgten Tones:

„Aber bitte, keine Feindseligkeiten während meiner Abwesenheit!" – „O nein, gewiß nicht!" antwortete Leflor.

Aber als der Pflanzer fort war, trat ersterer an das Fenster, blickte hinaus, drehte Adler den Rücken zu und sagte wie zu sich selbst:

„Wenn ich nicht mehr in Eurer Nähe bin und Eure Gedanken weilen für einen Augenblick bei mir, so seid dann überzeugt, daß mein Leben nur Euch gehört, und daß es nicht mehr vorhanden ist, weil es mir nicht vergönnt war, für Euch zu leben!" – „Schuft!" murmelte Adler.

Das war nur halblaut gewesen, Leflor hatte es aber doch gehört und wandte sich um.

„Galt dieses schöne Wort mir?" – „Natürlich!" – „Hm! Ich nehme das ruhig hin, weil ich Euch im höchsten Grade überlegen bin." – „Wundersam!" – „O doch! Ich gefalle mir einmal heute in der Rolle des Löwen, der sich von dem kleinen Hündchen ankläffen läßt, weil er im Vollgefühl seiner Stärke sehr wohl weiß, daß es nur eines Druckes bedarf, den Kläffer zu zermalmen und zu verschlingen." – „Der Vergleich ist sehr alt und sehr unzutreffend. Ich denke, daß das Hündchen den mächtigen Löwen nicht nur angekläfft hat." – „Nur angekläfft! Was Ihr getan habt, das war nur ein Gekläff gegen das, was ich zu tun vermag. Ich werde es beweisen." – „So führt diesen Beweis so rasch wie möglich, sonst wird das Hündchen den Löwen verschlingen, ehe es Euch gelungen ist, nur zu Worte zu kommen!"

In diesem Moment kam Wilkins zurück und brachte Almy mit, der es anzusehen war, wie ungern sie seiner Aufforderung gefolgt war.

„Hier ist meine Tochter", sagte er. „Jetzt redet!"

Almy war zu Adler getreten.

„Bitte", flüsterte sie, „keinen Streit mit ihm! Er ist es ja doch nicht wert, daß Ihr nur mit ihm redet."

Ihr Vater hatte ihr also wohl einige Andeutungen über das Geschehene gemacht. Adler antwortete mit einer zustimmenden Verneigung.

Leflor war nicht einmal aufgestanden, um Almy zu begrüßen. Er blieb sitzen und entgegnete auf Wilkins Aufforderung:

„So schnell und so gut, wie Ihr gebietet, kann ich mich leider nicht fassen. Habt Ihr der Miß gesagt, um was es sich handelt?" – „Sie weiß, daß Ihr Grüße von Arthur bringt." – „Weiß sie auch, daß er ihr Verlobter ist?" – „Noch nicht. Ich will ihr aber ..." – „Arthur mein Verlobter?" fiel Almy ihrem Vater in die Rede. „Aber Pa, das kann doch nichts als ein Irrtum sein. Ich müßte davon wissen." – „Eigentlich müßtest du davon wissen, das ist wahr, aber wir hatten unsere guten Gründe, es dir gegenüber noch zu verschweigen." – „Ja, die hattet Ihr", lachte Leflor höhnisch. – „Wie meint Ihr das, Sir?" fragte Wilkins. – „Ganz so, wie ich es Euch sagte: Ihr hattet Eure sehr guten Gründe." – „Natürlich. Aber ich sehe nicht ein, was Ihr dabei in dieser Weise zu lachen habt." – „Oh, Eure Gründe geben mir solchen Spaß." – „Das verstehe ich nicht. Ihr könnt meine Gründe ja gar nicht wissen." – „Wenn ich sie nicht weiß, so kann ich sie mir doch wenigstens denken." – „Vielleicht, ja. Als Almy mit Arthur versprochen wurde, war sie noch zu klein, um zu begreifen, um was es sich handelte. Darum wurde ihr nichts gesagt. Außerdem wollte ich ihre Regungen nicht beeinflussen. Ich war überzeugt, daß sie ihren Cousin ganz von selbst lieben werde." – „Das hätte Euch den Kram erleichtert!" – „Ja, obgleich ich nicht einsehen kann, wie Ihr dazu kommt, das so ungewöhnliche, aber ebenso ordinäre Wort Kram zu gebrauchen." – „Nun, dann will ich mich anders ausdrücken, Master Wilkins. Ich will Euch also nicht sagen, daß es Euch den Kram erleichtert hätte, sondern das es Euch eine sehr große Sorge vom Halse genommen hätte." – „Sorge? Welche etwa?" – „Wie nun, wenn Eure Tochter ihren Cousin nicht geliebt hätte?" – „Das war unmöglich. Leider trat er dann eine so weite Reise an und ist nicht zurückgekehrt." – „Setzen wir aber den Fall, sie hätte ihn nicht so geliebt, wie man den Mann liebt, dem man für das ganze Leben angehört?" – „Welchen Zweck hat Eure Frage?" – „Und setzen wir noch den anderen Fall, daß er hiergeblieben wäre, anstatt seine weite und gefährliche Reise anzutreten. Was dann?" – „Nun, so hätte er wohl eine andere geheiratet." – „Und sein Vermögen ...?"

Der Blick des Sprechers war jetzt mit durchdringender Schärfe auf Wilkins gerichtet. Letzterer wurde um einen Schatten bleicher und antwortete:

„Sein Vermögen hätte ich ihm herauszahlen müssen." – „Während es jetzt Euch gehört?" – „Ja." – „Mit welchem Recht?" – „Er ist spurlos verschwunden, und ich bin sein einziger Erbe." – „Ach so! Hm, hm! Hättet Ihr ihm denn auch wirklich sein Vermögen herauszahlen können?" – „Warum nicht?" – „Vielleicht wäre es zu bedeutend gewesen und hätte Eure Kräfte überstiegen." – „Ganz gewiß nicht. Jedermann weiß, daß ich mit meinem Bruder diese Pflanzung in Compagnie besaß. Sie gehörte ihm zur Hälfte. Nach seinem Tode ging diese Hälfte natürlich auf Arthur, seinen einzigen Sohn, über." – „Ja, ja, wie einfach diese Angelegenheit steht oder vielmehr zu stehen scheint!" – „Wie soll sie anders stehen?"

Adler hatte sich, seit Almy eingetreten war, nicht wieder gesetzt. Er hatte sich an die Wand gelehnt. Die Arme über der Brust verschlungen, beobachtete er Leflor. Jetzt trat er einen Schritt vor und sagte.

„Bitte, Monsieur Wilkins, laßt Euch doch von diesem Mann nicht an der Nase herumziehen. Er hat etwas gegen Euch. Seine Absicht ist keine gute. Er will Euch irgendeinen Streich spielen, irgendeinen Hieb versetzen. Er weiß irgend etwas von Euch und gibt Euch jetzt das Gift tropfenweise ein. Seht sein hämisches Lächeln. Er mag reden. Er mag sagen, was er will. Dann wissen wir es und werden ihm eine ebenso kurze und bestimmte Antwort geben."

Leflor lachte höhnisch auf.

„Welch ein scharfsinniger Mensch dieser Deutsche ist!" sagte er. „Er hat es ganz richtig erraten. Ich habe einen Streich in petto. Ich werde es kurz machen. Ich will Euch eine Geschichte erzählen." – „Macht keine Faxen!" sagte Wilkins. „Ich habe keine Zeit, Geschichten zu hören." – „Die meinige könnt und müßt Ihr hören, Sir. Ich werde mich Euch zuliebe sehr kurz fassen. Ihr werdet bereits bei den ersten Worten bemerken, daß die Erzählung höchst interessant ist. Also: Es waren einmal zwei Brüder, die ganz gleiche Mittel besaßen. Sie kauften eine Pflanzung in Compagnie und zahlten jeder die Hälfte des Preises. Beide waren sehr brave Männer, aber von politisch verschiedenen Ansichten. Als der Bürgerkrieg in den Vereinigten Staaten ausbrach, hielt es der eine mit dem Norden und der andere mit dem Süden."

Der Erzähler machte eine Pause und fixierte Wilkins mit scharfem Blick. Dieser rückte sehr verlegen auf seinem Stuhl.

„Die Brüder zankten sich freilich nicht über ihre politischen Gesinnungen, denn sie hatten sich herzlich lieb. Der eine, der es mit dem Norden hielt, machte seine Hälfte flüssig und unterstützte damit die Regierung des Nordens. Sein Geld wurde alle. Als der Krieg zu Ende war und der Norden gewonnen hatte, dachte man an die Opfer gar nicht, die der brave Mann gebracht hatte, der zu stolz dazu war, Ansprüche zu erheben. Eigentlich war er nun ein armer Mann. Er hatte es dem Bruder schwarz auf weiß geben müssen, daß er sein Vermögen herausgezahlt erhalten hatte. Letzterer aber hatte Mitleid und sagte: ‚Laß das Verlorene fahren. Wir haben noch Geld genug. Ich habe einen Sohn, du hast eine Tochter. Beide mögen sich heiraten, so kommt meine Hälfte, die uns übriggeblieben ist, auch dir zugute.' So sagte der brave Mann, dann – starb er."

Der Erzähler hielt abermals inne. Wilkins hatte den Kopf in die Lehne des Stuhles gelegt. Er sah leichenblaß aus. Jetzt stand er langsam auf, starrte Leflor an und fragte mit zitternder Stimme:

„Monsieur, woher wißt Ihr das?" – „Dachtet Ihr vielleicht, es sei Geheimnis?" – „Niemand wußte es als ich, mein Bruder und sein Sohn. Keiner von uns dreien hat es verraten." – „Hm! Davon nachher! Gefällt Euch die Geschichte?" – „Peinigt mich nicht! Wer hat es Euch erzählt?" – „Sagt mir erst, warum Ihr so erregt seid! Gesteht Ihr es vielleicht, daß Ihr selbst jener Bruder seid, der sein Vermögen vergeudete?" – „Vergeudete? Nein! Ich habe es auf dem Altar des Vaterlandes geopfert." – „Nennt es, wie Ihr wollt. Aber es war nicht nur Euer Anteil, den Ihr Euch auszahlen ließt. Ihr stelltet auch noch Papiere auf Euren Bruder aus im Wert von dreißigtausend Dollar, und er löste sie ein. Ist das wahr oder nicht?" – „Es ist wahr. Aber meint Ihr etwa, daß diese Papiere gefälscht gewesen seien?" – „O nein. Es ist alles höchst ehrlich zugegangen!" Und in höhnischer Aufrichtigkeit fügte Leflor hinzu: „Ehrlicher als mir jetzt lieb ist!" – „Dann begreife ich aber gar nicht, wie Ihr dazu gekommen seid, dies alles zu erfahren." – „Sehr einfach: Euer Neffe hat es ausgeplaudert." – „Das ist nicht wahr." – „Oho! Wer soll es denn sonst gesagt haben? Es war Geheimnis, das ist sehr richtig. Euer Bruder starb, hat das Geheimnis mit in das Jenseits hinübergenommen, und der Tote plaudert bekanntlich nicht. Ihr selbst habt Euch natürlich gehütet, etwas zu sagen. Wer bleibt da noch übrig als Euer Neffe?" – „Ich kann es nicht glauben." – „War er denn einverstanden, Almy auch wirklich zu heiraten, wie es der Wille der Väter war? – „Er hat sich niemals geweigert." – „Aber wirklich liebgehabt, nämlich wie man eine Braut liebt, hat er sie auch nicht, sonst hätte er es wohl unterlassen, Euch diesen Streich zu spielen." – „Streich?" – „Ahnt Ihr es nicht?" – „Ich habe nicht die mindeste Ahnung, was Ihr meinen könntet." – „O weh! Ich dachte bisher, daß er es Euch brieflich mitgeteilt habe." – „Kein Wort." – „So tut es mir leid, Euch so unangenehm überraschen zu müssen.

Leflor stand langsam auf. Auch Wilkins erhob sich. Er hatte keine Farbe mehr im Gesicht. Er wußte, daß Leflor sich an ihm rächen wolle, und konnte sich denken, daß das, was er jetzt hören werde, nichts Gutes sei, zumal Leflor es selbst als etwas Unangenehmes bezeichnet hatte.

„Was habt Ihr mir mitzuteilen?" fragte er. – „Nichts weiter, als das ich gekommen bin, mich Euch als den gegenwärtigen Besitzer von Wilkinsfield vorzustellen, Monsieur und Mademoiselle."

Damit machte Leflor den beiden Genannten eine tiefe, höhnische Verneigung. Almy blieb still. Sie blickte nur ihren Vater besorgt an. Auch dieser fand keine Worte. Er hielt die Augen weit geöffnet und starr auf Leflor gerichtet. Seine Lippen bebten, seine Hände zuckten, er wollte sprechen und konnte nicht.

„Vater, mein Vater! Fasse dich!" bat die Tochter, indem sie schnell herbeitrat und die Arme um ihn legte.

Auch Adler kam herbei, ihn zu unterstützen. Leflor jedoch musterte die Gruppe und sagte:

„Wunderschön! Gerade wie auf der Bühne! Ein ausgezeichnetes Tableau! Außerordentlich rührend!" Das gab dem Pflanzer seine Selbstbeherrschung zurück. Er wehrte Adler und Almy von sich ab und er sagte bittend:

„Laßt mich! Entweder haben wir falsch verstanden oder es liegt sonst ein ungeheurer Irrtum vor, der sich sogleich aufklären muß." – „Ein Irrtum ist nicht vorhanden. Aufklärung aber könnt Ihr allerdings sogleich finden", entgegnete Leflor, indem er in die Tasche griff und sein Portefeuille hervorzog. – „Ja, um diese Aufklärung muß ich freilich bitten!" – „Natürlich! Aber es kann mir nicht einfallen, diese Papiere in Eure Hand zu geben ohne alle Sicherheit, daß Ihr sie mir sofort wieder aushändigt." – „Ich gebe sie zurück, sobald ich sie gelesen habe." – „Euer Ehrenwort?" – „Ja. Ich hoffe, daß Euch dies genügen werden." – „Natürlich. Ihr habt noch niemals Euer Wort gebrochen. Also hier nehmt zunächst diese drei Anweisungen, jede auf zehntausend Dollar, zahlbar von Eurem Bruder, ausgestellt von Euch."

Wilkins betrachtete die Papiere genau.

„Ja, sie sind es", sagte er. – „Hier nehmt sodann Eure eigene Erklärung und Unterschrift, daß Euer Bruder Euch Euren Anteil an der Plantage und noch dreißigtausend Dollar darüber ausgezahlt habe, notariell beglaubigt und petschiert. Ist's richtig?" – „Ja", gestand Wilkins, nachdem er das Dokument geprüft hatte. – „Ihr gebt also zu, daß die Pflanzung nun Eurem Neffen Arthur Wilkins gehörte?" – „Als ehrlicher Mann muß ich es zugeben." – „Und das Ihr sie ihm nur verwaltet habt?" – „Ja." – „Das ihr ihm jene dreißigtausend Dollar schuldig seid? Oder habt Ihr sie ihm zurückgegeben?" – „Nein" – „Schön! Ist er mündig?" – „Ja, wenn er noch lebt." – „Er hat also das Recht, die Pflanzung zu verkaufen, an wen es ihm beliebt?" – „Dieses Recht hat er; aber ich bin überzeugt, daß er diesen Schritt niemals tun wird, ohne es mir zu melden und mich um Rat zu fragen." – „Da irrt Ihr. Er hat es getan." – „Nein und abermals nein und tausendmal nein." – „Und ja und abermals ja und tausendmal ja." – „Wo soll er es getan haben?" – „In Santa Fe." – „An wen?" – „An einen Amerikaner namens Walker. Ihm habe ich die Pflanzung wieder abgekauft und sogleich bar bezahlt." – „Ihr seid ja nie in Santa Fe gewesen." – „Er war hier bei mir. Hier habt Ihr das Dokument über den Kauf in Santa Fe. Prüft es! Ihr werdet nichts Unrechtes darin finden."

Der Pflanzer nahm das Schriftstück, prüfte jede Zeile und jedes Wort. Dann ließ er es auf den Tisch fallen, sank selbst in den Sessel und sagte:

„Es ist wahr, unglaublich und dennoch wahr! Er hat die Farm verkauft mit allem, allem, allem!" – „Ist keine Täuschung möglich?" fragte Adler. – „Nein. Der Kauf ist vor dem Mayor abgeschlossen worden. Dieser hat die Rechte Arthurs genau geprüft und als unanfechtbar erklärt. So unanfechtbar sind nun auch die Rechte jenes Walker." – „Walker? Ah! Ist es vielleicht derselbe Walker, den Monsieur Leflor gestern gerettet und mit nach Hause genommen hat?" – „Ganz derselbe", lachte Leflor. „Bei mir angekommen, habe ich ihm die Pflanzung abgekauft. Vorhin ist er bereits wieder abgereist. Ihr mögt daraus ersehen, daß er sich eigentlich hier ganz gut hätte öffentlich sehen lassen können. Er war der Besitzer." – „Könnt Ihr denn beweisen, daß Ihr ihm die Pflanzung auch wirklich abgekauft habt?" – „Zur Evidenz. Hier ist der Kauf!"

Wilkins prüfte auch dieses Dokument. Es war genau nach Vorschrift abgefaßt. Selbst der kniffligste Advokat hätte nicht den geringsten Fehler oder auch nur die kleinste Nachlässigkeit zu entdecken vermocht.

Leflor erhielt das Schriftstück wieder und fragte:

„Erkennt Ihr es an?" – „Diese Frage kann ich natürlich nicht beantworten." – „Was gedenkt Ihr zu tun?" – „Auch das weiß ich nicht." – „Nun, ich will zugeben, daß Euch diese Angelegenheit nicht nur ungelegen kommt, sondern das sie sogar ein schwerer Schlag für Euch ist. Aber machen könnt Ihr nichts. Es ist am allerbesten, Ihr fügt Euch in das Unvermeidliche." – „Ich werde natürlich einen Rechtsgelehrten fragen." – „Gut. Ich gebe Euch eine volle Woche Zeit. Habt Ihr bis dahin noch keinen Entschluß gefaßt, so mache ich meine Ansprüche bei der Behörde geltend und lasse Euch ganz einfach hinauswerfen." – „Damit werdet Ihr doch wohl noch ein Weilchen warten müssen, Monsieur." – „Wollen sehen! Meine gerechten und wohlbezahlten Ansprüche anfechten zu wollen, das wäre ein Unsinn. Mit dieser Angelegenheit sind wir fertig. Die Pflanzung gehört mir. Wie aber steht es denn nun eigentlich mit jener Summe?" – „Mit welcher Summe?" fragte Wilkins erstaunt. – „Nun, mit den dreißigtausend Dollar?“ – „Wie soll es denn mit ihnen stehen? Die bin ich meinem Neffen schuldig.“ – „Nicht mehr. Er hat die Schuld verkauft.“ – „Oho! An wen?“ – „An jenen Walker. Diesem habe ich sie gestern wieder abgekauft. Das könnt Ihr Euch ja denken, da Ihr mich im Besitz Eures Dokumentes seht.“ – „Beweißt es mir!“ – „Sehr gern. Hier, lest einmal diese Schriften.“

Wilkins las. Als er fertig war, sagte er, fast stöhnend:

„Es ist wahr. Er hat auch diese Schuld verkauft.“ – „Das möchte ich doch nicht glauben“, meinte Adler. „Habt Ihr Euch denn nicht gut mit ihm gestanden?“ – „Oh, stets, stets!“ – „Ist er in Unfrieden von Euch geschieden?“ – „Nein, ganz das Gegenteil.“ – „So will ich glauben, daß er aus irgendeinem uns unbekannten Grund die Pflanzung verkauft hat. Dies hat ihm eine sehr bedeutende Summe eingebracht. Die Schuld hätte er dann aber nur in der Absicht verkaufen können, Euch vollständig und gründlich zu ruinieren. Das tut kein Neffe seinem Onkel gegenüber.“ – „Es ist aber hier seine Handschrift.“ – „Wißt Ihr das so genau?“ – „Als ob es meine eigene wäre.“ – „Und dennoch glaube ich nicht daran.“

Da bemerkte Leflor in scharfem Ton:

„Ob Ihr daran glaubt oder nicht, das ist hier ganz gleichgültig! Ihr werdet jedenfalls gar nicht gefragt werden, und darum kann ich Euch nur raten, Euer Mundwerk unbewegt zu lassen.“

Adler antwortete dagegen in ruhigem Ton:

„Es mag Euch sehr wohltun, hier in dieser Weise auftreten zu können. Ihr meint, in Wilkinsfield Herr zu sein, und aus diesem Grunde ...“ – „Und aus diesem Grunde werdet Ihr der erste sein, den ich zum Teufel jage“, fiel Leflor ein. – „Daß Ihr das beabsichtigt, davon bin ich vollständig überzeugt; aber gelingen wird es Euch nicht!“ – „Oho! Meint Ihr, wenn es zum Prozeß kommt, daß ich ihn verlieren werde?“ – „Ob Ihr ihn gewinnt oder verliert, das ist ganz gleich in dieser Frage. Zum Teufel jagt Ihr mich auf keinen Fall. Wenn Ihr den Fuß hierher setzen solltet, bin ich längst schon fort.“ – „Das ist Euer Glück, denn ich würde Euch einige Hunde zwischen die Beine jagen.“ – „Tut das in Eurer Phantasie, die allerdings einen sehr hündischen Charakter zu haben scheint; in Wirklichkeit werdet Ihr es nicht fertigbringen.“ – „So macht Euch schleunigst fort, denn ich komme sehr bald. Selbst wenn ich prozessieren muß, werde ich bereits heute Schritte tun, mein Guthaben von dreißigtausend Dollar einzutreiben. Drüben in Eurem guten Deutschland mag der Gläubiger kein Recht besitzen; hier aber bei uns gibt es zum Glück noch die Schuldhaft. Das müßt Ihr bedenken. Wenn Master Wilkins mich nicht bezahlt, lasse ich ihn einstecken. Und wenn ich Ansprüche auf die Pflanzung mache und er im Gefängnis sitzt, werde ich einen Sequestrator einsetzen und Euch fortjagen lassen." – „Hm! Euer Advokat ist ein schlauer Kerl!" – „Ja. Euch ist er jedenfalls gewachsen. Also, Monsieur Wilkins, könnt Ihr bezahlen? – „Nein" – „So müßt Ihr unbedingt in das Loch!" – „Nur nicht so eilig!" fiel Adler ein. „Ehe Ihr von Schuldhaft redet, müßt Ihr daran denken, daß auch Eure Ansprüche bezüglich der dreißigtausend Dollar nicht gerichtlich anerkannt sind. Bis dies geschehen ist, könnt Ihr einstweilen Euch in das Loch setzen, von dem Ihr redet. Wenn Monsieur Wilkins auf meinen Rat hört, so zeigt er Euch jetzt die Tür. Das ist jedenfalls das allerbeste, was er tun kann." – „Meint Ihr? Schaut doch einmal an, wie klug und weise Ihr seid! Auch ich habe einen guten Rat für ihn, der aber tausendmal besser ist als der Eurige. Wenn er verständig ist, wird er übrigens einsehen, daß ich es viel besser mit ihm meine, als Ihr. Eure Absichten kenne ich!"

Wilkins war von dem, was er jetzt erfahren hatte, beinahe betäubt. Es summte und brummte ihm in den Ohren, und es flimmerte ihm vor den Augen. Er hörte ganz genau, was gesprochen wurde, aber die Worte drangen wie aus der Ferne herüber und durch das Rauschen einer Brandung zu ihm. Als er jetzt die letzten Worte Leflors vernahm, glaubte er, Rettung finden zu können. Darum fragte er ihn:

„Welchen Rat habt Ihr denn für mich?" – „Könnt Ihr ihn Euch nicht denken?" – „Nein" – „Und er ist doch so sehr einfach! Indem ich Euch diesen Rat gebe, beweise ich Euch, daß Ihr keinen besseren Freund besitzt als mich und daß ein jeder andere Mensch, der anders redet als ich, es nur auf seinen eigenen Vorteil abgesehen hat, nicht aber auf den Eurigen. Ich wundere mich wirklich selbst über mich. Ich befinde mich in einer so versöhnlichen Stimmung, als hättet Ihr mir nur lauter Gutes getan, anstatt so viel Böses. Ich will auch das, was gestern geschehen ist, vergessen und nie wieder daran denken; aber ich hoffe, daß Ihr auch einsehen werdet, wie gut ich es meine." – „So sagt, was Ihr ratet." – „Gut! Ich bin überzeugt, daß Ihr meinen Rat befolgen werdet! Es gibt ja wirklich weiter nichts für Euch. Wenn Ihr verständig seid, könnt Ihr die Pflanzung für Euch retten. Sucht nach einem reichen Mann für Miß Almy, der die Mittel besitzt, die Pflanzung zu erwerben!" – „Würdet Ihr dann bereit sein, sie wieder zu verkaufen, falls sie Euch zugesprochen würde?" – „Nein; im ganzen Leben nicht." – „Nun, so könnte auch der reichste Schwiegersohn sie nicht erwerben." – „Ist auch nicht nötig. Ihr müßt nur einen wählen, dem die Pflanzung bereits gehört." – „Ah, das ist deutlich genug! Ihr meint Euch selbst?" – „Ja. Das würde der ganzen Geschichte das beste Ende geben. Ich hoffe, Ihr seht das ein!" – „Natürlich sehe ich es ein. Ihr kommt und nehmt mir die Pflanzung. Dazu gebe ich Euch noch dreißigtausend Dollar und meine Tochter! Hm!" – „Ihr lacht?" – „Vor Freude nicht!" – „Das gebe ich zu. Ich habe Verstand genug einzusehen, wie unangenehm Euch diese Angelegenheit ist. Aber wenn Ihr denselben Verstand habt, so werdet Ihr auch erkennen, daß mein Rat der beste ist."

Da stand Wilkins von seinem Stuhl auf, drehte sich zu Adler und fragte:

„Was sagt Ihr dazu?" – „Was ich bereits gesagt habe: Jagt den Menschen fort!"

Doch Leflor trat herzu, stellte sich Adler gegenüber und sprach:

„Ich habe nicht die geringste Lust, mich hier noch mehr zu ärgern, als es bereits geschehen ist. Dieser Mann gibt Euch einen Rat, und ich habe Euch einen gegeben. Welchen wollt Ihr befolgen?"

Wilkins befand sich in größter Verlegenheit. Er kannte das Land und seine Verhältnisse. Er wußte, daß er einer schweren Zeit entgegengehe. Das alles konnte er vermeiden, wenn er Leflors Wunsch erfüllte. Darum wandte er sich an seine Tochter:

„Almy, antworte du an meiner Stelle! Aber mache mir dann später keine Vorwürfe, wenn ich nach deinem Wille handle, und es wird anders und schlimmer als du denkst." – „Wirst auch du mir keine machen?" – „Gewiß nicht!" – „So will ich lieber arbeiten, daß meine Hände bluten, und lieber verhungern, als daß ich einem Mann angehöre, der Leflor heißt."

Der Genannte stieß einen Laut aus, der spitz und scharf wie ein Pfiff aus seinem Mund tönte. Er hatte wirklich geglaubt, daß man sich nach seinem Rat richten werde. Jetzt stieß er hervor:

„Das ist ja Unsinn! Da rennt Ihr ja mit offenen Augen in das Verderben!" – „Dieses Verderben ist mir angenehmer als Ihr!" antwortete das schöne Mädchen.

Das war ihm denn doch zu viel.

„Ah!" zischte er. „Wenn ich Euer Vater wäre!"

Almy hatte sich bisher scheinbar gleichgültig gehalten. Während der ganzen Unglücksbotschaft war ihr kein Wort des Schrekkens entfahren, denn sie war viel zu stolz und verachtete Leflor viel zu sehr, als daß sie ihn hätte merken lassen wollen, wie tief sie von dem Verlust, der sie treffen sollte, erschüttert sei. Jetzt aber stand sie stolz und erhobenen Hauptes vor ihm, um ihm zu sagen, was sie zu sagen hatte, und fragte streng:

„Was würdet Ihr tun, wenn Ihr mein Vater wäret, Monsieur Leflor?"- „Ich würde Euch befehlen, meinen Willen zu tun." – „Und wenn ich nicht gehorchte?" – „So würde ich Euch zwingen." – „Womit?" – „Mit–mit–mit allem, womit man ungeratene Kinder zu zwingen vermag." – „Nun, mein Vater ist nicht so unglücklich, ungeratene Kinder zu besitzen. Schade, daß der Eurige nicht mehr lebt. Er könnte das von Euch erwähnte Experiment an Euch vornehmen. Mein letztes Wort ist gesprochen. Eure Anwesenheit hat keinen Zweck mehr. Ihr könnt gehen!"

Almy stand, trotz ihrer Jugend, da wie eine Königin. Ihr erhobener Arm zeigte nach der Tür. Ihre Augen blitzten. Sie war in ihrem Stolz, in ihrem sittlichen Zorn, in ihrer weiblichen Entrüstung so schön, so entzückend schön, daß Adler kein Auge von ihr zu verwenden vermochte.

Aber Leflor ging es ebenso. Er vergaß zu gehen. Er blieb stehen, das Auge auf sie gerichtet, als ob er sie verschlingen wolle.

„Nun?" rief sie.

Da fuhr er zusammen und griff nach seinem Hut.

„Also wirklich? fragte er. – „Wirklich! Keinen Augenblick länger, sonst rufe ich nach der Dienerschaft."

Bereits hob er den Fuß, um zu gehen. Da aber übermannte in der Eindruck ihrer Schönheit; er wandte sich zurück und rief, seiner nicht mehr mächtig:

„Ja, ich gehe, aber nur einstweilen; dann komme ich zurück, um dich zu meinem Weib zu machen. Du wirst es, du wirst! Ich schwöre es! Wenn alle Engel und alle Teufel dagegen wären, du würdest dennoch mir gehören. Du bist mein Eigentum. Hier ist das Zeichen!"

Zwei schnelle Schritte, und er ergriff sie, riß sie in seine Arme und wollte sie küssen. Sie stieß einen Schrei aus und beugte das Köpfchen zur Seite. In demselben Augenblick aber hatte auch schon Adler ihn am Hals gefaßt, so daß der Freche nun seinerseits einen lauten Schrei ausstieß. Adler warf ihn wie einen Ball an die Tür, so daß sie aufsprang und Leflor im Vorzimmer hinstürzte. Ehe er sich erheben konnte, hatte ersterer ihn schon wieder gepackt und schleuderte ihn zur vorderen Tür hinaus.

Natürlich flog Leflor auf die steinernen Platten des Flurs. In dem letzteren aber stand der Neger, der den Weißen noch erwartete. Als er ihn jetzt in diesem Zustand erblickte, sprang er auf ihn zu und rief lachend:

„O Jessus, Jessus! Wer kommt da? Massa Leflor kommt geflogen! Soll weiter fliegen!"

Dann griff auch er den Weißen vom Boden auf, schüttelte ihn, als ob alle Knochen klappern sollten, und warf ihn vollends zum Tor hinaus. Das ging so gedankenschnell, daß jetzt erst Adler aus der Tür trat. Er sah Leflor nicht, aber den Schwarzen und fragte:

„Wo ist der Kerl?"

Der Neger lachte im ganzen Gesicht, so daß sein Mund von einem Ohr bis an das andere reichte, deutete hinaus auf den Vorplatz und antwortete:

„Dort liegt er, Massa! Soll ich ihn noch über den Garten wegwerfen und nachher vielleicht noch in die Wolken hinauf?" – „Nein, mein Lieber! Er hat genug. Laß ihn laufen!" – „Er wird schnell genug machen, daß er fortkommt."

Adler trat unter das Tor, schoß, um allen Eventualitäten vorzubeugen, sämtliche Schüsse des Revolvers ab, warf ihn seinem Besitzer nach, befahl dem Schwarzen, letzteren nicht wieder einzulassen, und kehrte dann zu Vater und Tochter zurück.

Leflor hatte keinen Schaden genommen, aber es war ihm, als stecke er in einer Pauke, auf der tausend Musikanten herumtrommelten. Er sagte kein Wort, raffte sich und seinen Revolver von der Erde auf und hinkte davon. Es war natürlich vorauszusehen, daß er alles aufbieten werde, sich auf die eklatanteste Weise zu rächen.

13. KAPITEL

Eine geraume Zeit nach den soeben geschilderten Ereignissen ritt ein einsamer Mann langsam den Wellen eine kleines Baches entgegen, der von einer fernen Höhe kam. Diese Höhe schien das Ziel des Reiters zu sein.

Er war kein junger Mann mehr und hatte jedenfalls die Fünfzig bereits zurückgelegt. Sein Gesicht war wetterbraun, aber das Auge blickte hell und jugendfrisch in die Ferne.

Doch nicht bloß in die Ferne. Es suchte auch rechts und links die Büsche zu durchdringen. Zuweilen neigte er den Kopf zur Seite, um irgend auf ein Geräusch zu lauschen. In solchen Augenblicken hielt er das Gewehr schußfertig in der Hand.

So ritt er langsam weiter. Sein mageres Pferd war höchst ermattet, und auch er selbst schien ermüdet zu sein. Eben kam er an einem kleinen Gebüsch vorüber. Da war es ihm, als habe er inmitten desselben ein leises Rauschen vernommen. Er hielt sein Pferd an und lauschte – vergeblich. Also ritt er weiter, fuhr aber erschrocken zusammen, denn:

„Puff, paff", hatte es aus dem Busch hervorgeklungen, aber nicht aus einem Gewehr, sondern aus einem menschlichen Mund.

So wie der Reiter war auch das Pferd erschrocken. Er hielt es abermals an; dann fragte er:

„Wer da?" – „Ich!" antwortete es. – „Wer bist du?" – „Das was du bist." – Nun, was denn?" – „Ein Esel, ein Dummkopf, ein Rindvieh!" – „Sapperment! Laß dich doch einmal sehen!" – „Gleich, Gevatter!"

Jetzt bewegte sich das Gebüsch, und der Sprecher trat heraus. Bei seinem Anblick bäumte das Pferd des Reiters hoch empor, so daß dieser Mühe hatte, das Tier zu zügeln. Der Anblick dieses Mannes war aber auch zum Erschrecken. Seine kleine, außerordentliche dicke Figur war ganz und gar in ein Gewand aus Bärenfell gekleidet, das, mit der behaarten Seite nach außen gewandt, bereits so viele Haare verloren hatte, daß der Mann einem geschundenen Ungetüm ähnlicher war, als einem menschlichen Wesen. Ebenso sah seine Pelzmütze aus. Sein Gesicht aber war frisch, und seine Äuglein blickten ganz lustig in das im hohen Grade erstaunte Gesicht des Reiters.

„Good day!" grüßte der Dicke lachend. – „Good day!" antwortete der andere. – „Nun, seid Ihr fertig mit Eurer Verwunderung? Ihr sperrt ja den Schnabel auf, als ob Ihr mich, wie ein Storch den Frosch, mit Haut und Haar verschlingen wolltet!" – „Danke sehr! Eure Haut und Euer Haar sehen nicht so appetitlich aus, daß ich Euch verschlingen möchte. Aber wie kommt es, daß Ihr Euch einen Esel nennt?" – „Mich nicht allein, sondern Euch auch." – „Schön! Warum aber?" – „Weil wir beide uns hier im Westen herumtreiben und könnten es doch besser haben." – „Möglich bei Euch, bei mir aber nicht." – „So, so! Hm, hm!"

Der Dicke musterte den Reiter mit scharfen Blicken, schüttelte den Kopf und fragte:

„Wo habt Ihr denn Euren Wagen?"

Der andere machte eine Bewegung, als ob er erschrecke, betrachtete den Dicken nun seinerseits mit einem Blick, in dem sich das deutlichste Mißtrauen aussprach, und sagte:

„Wie kommt Ihr auf die Idee, mich nach einem Wagen zu fragen?" – „Weil Ihr einen solchen habt." – „Oho!" – „Schreit oho so viel Ihr wollt! Ihr reitet Eurem Wagen voraus, um den Weg zu suchen und Euch einen Braten zu schießen." – „Verdammt! Habt Ihr mit den Halunken gesprochen?" – „Nein." – „Nein? Ihr antwortet so bestimmt. Ihr wißt also, wen ich meine? – „Nein." – „Oho!" – „Abermals oho? Gewöhnt Euch das ab!" – „Unsinn! Steht mir Rede und Antwort, sonst werde ich Euch den Mund öffnen." – „Etwa so weit wie der Eurige war, als Ihr mich erblicktet? Versucht es einmal!" – „Warum nicht? Hier ist mein Zahnbrecher!"

Der Reiter deutete auf seine Büchse.

„Und hier der meine!"

Der Dicke zeigte sein Gewehr. Der andere sah es an, lachte verächtlich und meinte:

„Eine schöne Grete! Was ist denn das für ein Prügel, he? – „Grete? Das muß eine Verwechslung sein. Dieser Prügel heißt nicht Grete, sondern Auguste." – „Hört, Mann, denkt ja nicht, daß ich Spaß mit Euch mache. Ihr kommt mir verdächtig vor. Ihr habt mich nach meinem Wagen gefragt, und das fällt mir auf. Ihr leugnet, die Halunken gesehen zu haben, und ich verlange aufrichtige Antwort!" – „Und wenn ich sie nun nicht gebe?" – „So werde ich Euch zwingen. Ihr dürft nicht denken, das ein Westmann nur zum Spaß fragt!"

Der Dicke betrachtete sich den Reiter abermals, lachte lustig auf und sagte:

„Ihr ein Westmann? Pshaw! Das macht Ihr mir nicht weis! Wißt Ihr, wie Ihr mir jetzt in diesem Augenblick vorkommt?" – „Nun?" – „Wie ein ehrsamer, deutscher Förster, der einen Holzdieb ertappt hat und diesen nun nach Pflicht und Gewissen ins Gebet nimmt." – „Verdammt! Eure Augen sind nicht übel. Aber was wißt Ihr von Deutschland?" – „Wohl mehr als Ihr. Oder solltet Ihr ...? Hm, Euer Englisch schmeckt nach Holzasche. Es wäre wahrhaftig möglich, daß Ihr da drüben in Bismarks Vaterland Euren ersten Zulp zerbissen hättet." – „Das habe ich auch." – „Was? So seid Ihr ein Deutscher?" – „Yes." – „Haltet den Schnabel! Wenn ein Deutscher deutsch reden will, so schreit er nicht yes oder oui! Auch ich bin von drüben herüber. Wir sind also Landsleute. Hier meine Patsche! Willkommen!"

Der Reiter schlug nicht sofort in die dargereichte Hand. Er musterte den Kleinen abermals mit Mißtrauen und antwortete:

„So schnell geht das nicht. Erst muß ich gewiß sein, daß Sie wirklich nichts von den Schuften wissen, die mich bestohlen haben." – „Donnerwetter! Ich habe Schufte genug kennengelernt; aber ich lasse mich fressen, wenn ich sagen kann, welcher von ihnen allen gerade Sie bemaust hat. Wann ist es denn geschehen?"

– „Vor vier Tagen." – „Und wo?" – „Dahinten, von wo ich herkomme.

Dabei deutete der Reiter nach rückwärts.

„Sapperment! Wenn Sie so klug antworten, so brauche ich ja gar nicht erst zu fragen. Natürlich müssen Sie dahinten bemaust worden sein, von wo Sie herkommen, und nicht da vorn, wo Sie hin zu wollen scheinen. Ich meine den Ort." – „Es war in einer Gegend, die ganz aus Felsen bestand, glatt wie eine Tischplatte." – „Hm! Eine solche Gegend kenne ich; aber sie liegt nicht vier, sondern nur eine Tagesreise weit von hier." – „Da ist sie es. Wir haben sehr langsam reisen müssen. Wir sind vier Personen." – „Das ist kein Grund, langsam zu reiten." – „Reiten? Ja, wenn man das nur könnte! Aber wir vier haben nur ein Pferd, nämlich dieses hier." – „Verdammt! Da kommt auf die Person freilich nur ein Pferdebein, und da geht es langsam. Und unter diesen Umständen nennen Sie sich so frank und frei einen Westmann?" – „Bin ich es etwa nicht?" – „Ich halte Sie nicht dafür." – „Sehr aufrichtig! Aber ein Mann bin ich doch! Nicht?" – „Ja freilich! Für einen Maulwurf halte ich Sie natürlich nicht." – „Und im Westen befinden wir uns. Folglich bin ich ein Westmann." – „Wenn Sie diese Logik befolgen, sind Sie allerdings einer. Aber da sitzen Sie auf dem Pferd und sind müde. Steigen Sie doch ab und gönnen Sie dem Tier die Ruhe und ein paar grüne Halme. Zwei Landsleute, die sich im Felsengebirge treffen, können schon eine Viertelstunde plaudern." – „Ich weiß nicht, ob ich Ihnen trauen kann." – „Donnerwetter! Habe ich denn eine solche Galgenphysiognomie?" – „Das nicht, aber ich bin vorsichtig geworden." – „Dagegen hat kein Mensch etwas. Vorsichtig muß hier ein jeder sein. Sie sollen es auch sein, ohne daß ich es Ihnen übelnehme. Setzen Sie sich hierher, und ich setze mich Ihnen gegenüber, sechs Schritt entfernt. Sie nehmen Ihr Gewehr schußfertig in die Hand, und wenn ich das Geringste tue, was Ihnen Veranlassung gibt, mich für einen schlechten Kerl zu halten, so schießen Sie mich einfach nieder." – „Na, das werde ich wohl nicht nötig haben! Wir sind ja Landsleute; die Kerle aber, die ich meine, waren Yankees." – „Hm! Man darf hier keinem Landsmann trauen. Merken Sie sich das. Aber vielleicht haben Sie meinen Namen einmal gehört. Man nennt mich hier im Westen den dicken Sam." – „Den dicken Sam! Sapperment, ja, von Ihnen habe ich gehört! Ja, es stimmt, Sie stecken in einem Bärenfell. Daß ich so einen kühnen Jäger und Waldläufer finde, das kann meine Rettung sein. Ich befinde mich mit meiner Gesellschaft nämlich in einer schlimmen Lage." – „Gut! Ich habe noch niemals einen

Hilfsbedürftigen verlassen. Kann ich Ihnen nützlich sein, so bin ich es herzlich gern. Sie dürfen sich auf mich verlassen. Steigen Sie also in Gottes Namen ab!" – „Aber ich versäume dabei meine Zeit! Ich will jagen, und wenn ich nichts schieße, so haben meine Leute heute abend nichts zu essen." – „Wenn es nur das ist, so machen Sie sich ja keine Sorge. Ich habe genug zu essen für uns und für mehrere Personen."

Der Reiter stieg jetzt vom Pferd, ließ es weiden und setzte sich neben Sam in das Gras. Dieser fragte ohne alle Umstände:

„Wer sind denn die drei anderen Personen, die sich bei Euch befinden" – „Meine Frau, mein Sohn und meine Schwägerin." – „Sapperment! Zwei Weibsen dabei! Wie kommen denn die nach dem Westen?" – „Ich will aufrichtig sein und Ihnen alles sagen. Sie haben mich für einen Förster gehalten, und ich bin auch wirklich einer. Ich war drüben in der Gegend von Zeulenroda angestellt und ..." – „Himmelelement! Ist's wahr?" – „Ja. Warum erschrecken Sie?" – „Erschrecken? Fällt mir gar nicht ein!" – „Ich dachte, weil Sie so laut schrieen." – „Hm, ja, ich brülle manchmal so ein bißchen zum Zeitvertreib. Fahren Sie fort!" – „Die Besitzung, auf der ich amtierte, gehörte einer Familie von Adlerhorst. Es brach über sie ein noch nicht aufgeklärtes Unglück herein, und die Besitzung kam in fremde Hände. Es gab Differenzen mit dem neuen Herrn. Ich hatte recht und bestand auf meinem Recht. Er vergaß sich im Zorn und griff nach der Peitsche, nämlich nach der Reitpeitsche. Da wallte auch in mir das Blut; ich wehrte mich und schlug ihn nieder. Natürlich wurde ich abgesetzt. Bei der großen Konkurrenz und dem schlechten Zeugnis, das ich erhielt, wollte es mir nicht glücken, bald eine neue Anstellung zu erhalten. Ich wartete, ich lief und gab mir Mühe; ich petitionierte – vergebens. Da lief mir die Galle über. Mein Sohn wollte schon längst nach Amerika. Ich entschloß mich kurz. Wir packten ein, und die Rutsch ging fort." – „Doch nicht gleich nach dem fernen Westen?" – „Ja." – „Das war verwegen." – „Jetzt sehe ich es ein. Aber ich hatte mir das alles ganz anders und viel leichter gedacht. Wir wollten quer durch das Land nach Kalifornien. Wir kauften Wagen, Pferde und Zugochsen. Wir luden auf, was wir hatten und kamen nach Santa Fe. Da trafen wir auf eine Gesellschaft, die auch nach Kalifornien wollte. Wir schlossen uns ihr an. Es wurde ein Anführer gewählt. Es gab eine bestimmte, militärische Ordnung, denn wir kamen durch das Indianergebiet. Vor vier Tagen erreichten wir die felsige Gegend, von der ich vorhin sprach. Da stellte sich heraus, daß ich ein ganzes Paket Decken vom Wagen verloren hatte. Ich ritt natürlich zurück und fand sie auch nach mehreren Stunden; aber es war indessen Abend geworden. Als ich an den Lagerplatz zurückkam, war die Karawane nicht mehr vorhanden, aber meine Frau, der Sohn und die Schwägerin lagen gefesselt und mit verbundenen Augen am Boden. Nachdem ich sie von den Stricken und Binden befreit hatte, erzählten sie mir, daß man sie kurz nach meinem Fortgang überfallen und gebunden hatte. Gleich darauf war die Karawane wieder aufgebrochen. Meinen Wagen hatten sie natürlich mitgenommen." – „Wie alt ist denn Ihr Sohn?" – „Vierundzwanzig." – „Pfui Teufel! Hat er sich denn nicht gewehrt?" – „Er hat keine Zeit dazu gehabt. Sie haben ihn ganz plötzlich und von hinten niedergerissen." – „Natürlich sind Sie den Spitzbuben nach?" – „Ja. Aber ich habe sie nicht gesehen." – „Hm! Sie müssen doch ihre Spuren gefunden haben!" – „Auf dem felsigen Boden?"

Da lachte Sam auf und sagte: „Das ist nun ein Forstmann und Jäger! Ja, wenn eine Eichhörnchenfährte nicht so groß ist wie ein Elefantentapfen und ein Wagengleis nicht so breit und so tief wie die Elbe, so findet man keine Maus! Haben Sie denn nachgedacht, wohin diese Schurken mit Ihrem Wagen gefahren sein werden?" – „Doch nach Kalifornien?" – „Oder auch nicht!" – „Sie sagten doch, daß sie da hinwollten!" – „Pshaw! Man wird Ihnen nicht alles auf die Nase gebunden haben. Ich denke mir, daß man gleich von vornherein entschlossen gewesen sein wird, Sie zu berauben. Da hat man Ihnen natürlich die Wahrheit nicht gesagt. Und als sie nachher die Ihrigen überfallen haben und fortgefahren sind, haben sie eine ganz andere Richtung eingeschlagen. Sie aber sind ganz nach der Richtung der Nase weitergelaufen und geritten. Haben Sie alles verloren?" – „Alles, mit Ausnahme dessen, was wir auf dem Leib haben." – „O wehe! Also das Geld auch?" – „Auch! Es befand sich im Wagen, von den beiden Frauen bewacht." – „Wieviel?" – „Wir haben es in New York umgewechselt. Ich erhielt fünfzehnhundert Dollars, meine Schwägerin aber achttausend." – „Sapperment!" – „Ja, sie ist wohlhabend, oder vielmehr sie war es leider Gottes." – „Ich hoffe sehr, daß sie es wieder sein wird." – „Wieso?" – „Nun, natürlich nehmen wir den Halunken das Geld wieder ab!" – „O bitte! Sie sagen das, als ob es sich so ganz von selbst verstehe!" – „Das ist auch der Fall." – „Als ob es so ganz und gar leicht sei!" – „Leicht oder schwer, es wird gemacht." – „Herrgott, wenn wir es wiederbekommen könnten! Aber wir wissen ja gar nicht, wohin die Diebe eigentlich sind!" – „Wir werden es erfahren. Wir reiten nach der Stelle zurück, an der die Tat geschehen ist. Dort werde ich die Spuren finden, denen wir ganz einfach folgen." – „Die Spuren? Nach vier Tagen?" fragte der Förster ganz erstaunt. – „Warum nicht?" – „Weil es unmöglich ist." – „Unsinn und abermals Unsinn! Wenn es dort Grasboden gäbe, so hätte sich das niedergedrückte Gras längst wieder aufgerichtet, und es wäre nichts zu sehen. Da es sich aber um Steinboden handelt, so haben wir zu erwarten, daß wir Spuren finden. Ein schwerer Ochsenkarren läßt selbst im festesten Gestein sichtbare Fährten zurück. Seit vier Tagen hat es weder bedeutenden Wind noch Regen gegeben, die Spuren sind also nicht verweht oder verwaschen worden. Es steht sehr zu erwarten, daß wir den Weg nicht vergebens machen werden." – „Hm! Selbst wenn wir sie ereilen, werde ich nichts wiederbekommen!" – „Sie unschuldiges, neugeborenes Wickelkind, Sie! Wie viele Wagen sind es denn?" – „Drei mit dem meinigen." – „Und wie viele Leute?" – „Zwölf." – „Und da meinen Sie, daß wir uns vor ihnen fürchten müssen? Dieses lumpige Dutzend nehme ich auf mich allein. Ich schieße sie einzeln von den Wagen weg, daß es pufft! Solche Schurken verdienen nichts anderes. Aber geht es ohne Blutvergießen ab, so ist es desto besser. Wie ist denn eigentlich Ihr lieber, hochgeehrter Name, Landsmann?" – „Ich heiße Rothe."

Dabei warf der Sprecher, weil Sam vom Blutvergießen gesprochen hatte, einen besorgten Blick auf dessen Büchse. Sam sah es, gab ihm das Gewehr hin und sagte:

„Sie verstehen sich doch auf Waffen?" – „Auf diese Art nicht, obgleich ich sonst ein guter Schütze bin, ebenso wie mein Sohn. Schießen Sie wirklich mit diesem Gewehr?" – „Womit soll ich sonst schießen? Etwa hier mit meiner Nase? Da müßte ich den Schnupfen sehr stark haben, denn mit einem gewöhnlichen Katarrh niest man keinen Büffel und keinen Bären tot." – „Ich möchte es nicht versuchen. Das Ding wäre mir viel zu gefährlich! Und Auguste heißt es? – „Ja, Auguste, meinetwegen auch Gustel." – „Sonderbarer Name für eine Flinte. Es ist der Vorname meiner Schwägerin." – „Da fällt mir ein, daß sie noch einen anderen Namen haben muß. Sie heißen also Rothe. Wie heißt Ihre Schwägerin? Ich muß sie doch nennen können, wenn ich mit ihr spreche." – „Auch Rothe. Sie war die Frau meines verstorbenen Bruders und stammt aus Ruppertsgrün." – „Rupp– rupp– rupp– rupppp. . .!"

Sam brachte das Wort gar nicht heraus. Er war emporgesprungen und starrte den Förster an, als ob er ein Gespenst vor sich sehe.

„Warum erschrecken Sie?“ – „Er– schrecken? Ich erschrecke nicht.“ – „Ach so. Sie sagten bereits vorhin, daß sie zuweilen gerne schreien. Eine sonderbare Eigentümlichkeit. Sind Sie nervös?“ – „Fällt mir gar nicht ein. Ein Savannenläufer und nervös! Das ist ganz dasselbe, als ob Sie fragten, ob eine Krokodilgroßmutter Hühneraugen haben könne.“ – „So kann ich mir Ihre Angewohnheit nicht erklären.“ – „Ist auch nicht nötig. Also aus Ruppertsgrün stammt Ihre Schwägerin? Und ihr Mann ist Ihr Bruder gewesen? Was waren denn ihre Eltern?“ – „Sie hatten eine Ökonomie. Die Auguste ist eigentlich schuld, das ich so rasch eingewilligt habe, nach Amerika zu gehen. Sie hat eine besondere Vorliebe für Amerika. Das sie nämlich ihre erste Liebe in Amerika hat, das konnte sie nicht vergessen.“ – „Sapperment. Eine erste Liebe, also einen Geliebten?“ – „Ja, mein Bruder war nämlich ein eigentümlicher, halsstarriger Kerl. Sie hat nicht gut mit ihm gelebt, und da ist ihr ihr erster Liebhaber wieder eingefallen. Der war ein Knopfmacher aus ...“ – „Kno– Kno– Kno– nopf. . .!“

Sam war aufgesprungen. Der andere sah ihn bestürzt an und sagte.

„Wieder ein Anfall! O wehe! Wenn nun Indianer in der Nähe wären. Die hörten uns. Das würde eine schöne Geschichte werden. Sie schreien ja wie der Besitzer einer Riesendame auf dem Jahrmarkt.“ – „Sapp– sapp– sapperment. Knopfmacher!“ – „Wundert Sie das? Meinen Sie etwa, daß ein Knopfmacher keine Geliebte haben kann?“ – „Oh, oh, wa– wa– warum denn nicht? Ich habe sogar einmal gehört, daß die Knopfmacher ganz tüchtige und hübsche Kerle sein sollen.“ – „Möglich. Wenigstens der, welcher hier in Rede steht, mag ein braver Kerl gewesen sein. Ein bißchen dumm, wie ich vermute ...“ – „Dumm?“ fiel Sam ein „Hole Sie der Teufel!“ – „Warum gerade mich?“ – „Weil – na, es war nicht so ernst gemeint.“ – „Schön. Er hat Samuel Barth geheißen und war aus Herlasgrün im ...“ – „Her– herrr– herrrrr– lalas. . .?“ rief Sam abermals laut. – „Schon wieder!“ meinte der Förster. „Hören Sie, Ihre Angewohnheit ist eine gefährliche. Sie tritt zu häufig auf. Wenn ein Feind in der Nähe ist, darf man doch nicht so brüllen.“ – „Nein, denn da würden wir von keinem Knopfmacher, keiner Gustel und keinem Herlasgrün und Ruppertsgrün sprechen.“ – „Also, diese Namen bringen Sie aus der Fassung?“ – „Ja. Weil ich auch ein Deutscher bin. Wenn ich da den Namen eines deutschen Ortes höre, so geht es mir ans Gemüt, und ich schreie vor Entzücken. Also Ihre Schwägerin ist Witwe?“ – „Ja. Sie ist nur drei Jahre verheiratet gewesen, kinderlos;

dann starb mein Bruder. Sie hat nicht wieder geheiratet und sich sehr gegrämt, daß sie den Knopfmacher nach Amerika hinübergetrieben hat." – „Das alte, gute Weibsen." – „Ja, ein gutes Gemüt hat sie. Jetzt ist sie arm wie eine Kirchenmaus, und noch dazu im fremden Land. Es ist schlimm, sehr schlimm!" – „Schadet nichts; schadet nichts. Sie soll ihr Geld wiederhaben und noch viel mehr dazu. Jetzt erst recht, da sie aus Ruppertsgrün ist. Auf diesen Ort halte ich große Stücke." – „Warum? – „Weil- weil- weil – na, eben darum, weil der Ruppert grün ist. Wir haben zu solchen langen Auseinandersetzungen keine Zeit. Wir wollen aufbrechen. Sind die Ihrigen weit hinter Ihnen?" – „Nein. Sie laufen meiner Spur nach. Ich schätze, daß wir sie in einer Stunde haben werden, wenn wir umkehren." – „So weit?" – „Ja, weil Sie doch laufen müssen." – „Ich? Hm! Passen Sie auf!"

Sam steckte zwei Finger in den Mund und stieß einen schrillen Pfiff aus. Ein Wiehern antwortete, und sogleich kamen zwei nach indianischer Weise gesattelte Pferde herbei.

„Sapperment", meinte der Förster, „Sie haben Pferde, und gar zwei?" – „Ja mein Lieber. Diese Tiere haben die feinste indianische Dressur. Sie haben dort hinter dem Busch still gelegen, nur meinen Pfiff erwartend." – „Aber wozu brauchen Sie zwei?" – „Das will ich Ihnen sagen. Es gibt zweierlei Art, im Westen zu jagen, zu Fuß und zu Roß. Das erstere tut man im Urwald und das letztere außerhalb desselben. Ich habe mit zwei sehr guten Kameraden vom Norden herunter die Wälder abgepirscht und will mich hier in dieser Gegend, an diesem Bach mit ihnen wieder treffen, nachdem wir uns vor einigen Monaten getrennt haben. Von hier aus wollten wir hinaus in die offene Prärie. Dazu sind Pferde nötig, und zwar gute. Da habe ich denn ihrer zweie mitgebracht, falls es einem Kameraden nicht geglückt sein sollte, eins zu bekommen. So ist es. Steigen wir jetzt auf. Es wird bald Abend sein. Wir müssen uns sputen."

Die beiden so seltsam bekannt gewordenen Männer setzten sich auf und ritten in derselben Richtung zurück, aus der Rothe, der Förster, gekommen war. Unterwegs meinte dieser:

„Ich war erst mißtrauisch gegen Sie, weil Sie wußten, daß ich einen Wagen gehabt habe. Ich habe Sie noch gar nicht gefragt, woher Sie das so genau wissen." – „Wenn Sie sich seit längerer Zeit in der Prärie befänden, würden Sie gar nicht fragen. Hier im Gürtel haben Sie Peitschenschmitzen hängen. Die braucht man nur, wenn man fährt. Und wer fährt, der hat einen Wagen. Nicht?" – „So, so also ist es." – „Ja, so und nicht anders. Ganz ebenso leicht hoffe ich auch die Diebe, von denen Sie bestohlen worden sind, zu erwischen. Lassen Sie uns nicht schwatzen, sondern schnell reiten."

Sie ritten nach Osten zu und hatten die untergehende Sonne hinter sich, die weite, von einzelnen Buschinseln besetzte Savanne vor sich. Sam war in tiefe Gedanken versunken. Er sollte die erste und einzige Geliebte seine Lebens finden, hier in der Prärie. Welch ein Zufall! O nein, sondern geradezu welch ein Wunder!

Er gedachte nicht der Jahre, die vergangen waren, und nicht der Veränderungen, die sie gebracht hatten. Die alte, tief im Herzen schlummernde Liebe war in ihrer ganzen früheren Stärke und Gewalt erwacht. Wie würde die Gustel aussehen? Hübsch und adrett wie früher? Würde sie ihren Samuel wiedererkennen? Schwerlich! Er war so rund und dick geworden, dazu von der Sonne gefärbt und vom Wind und dem Wetter gegerbt. Er hatte mit Absicht dem Förster nichts verraten. Er wollte erst prüfen, sehen und hören, ehe er sich zu erkennen gab. Sie befand sich in Not und Gefahr. Das Herz klopfte ihm bei dem Gedanken, daß er berufen sei, ihr Retter zu sein. Aber – dumm sollte er gewesen sein? Hatte sie dies selbst gesagt, oder hatte nur der Förster es vermutet? Es war jedenfalls sehr richtig, daß der frühere Knopfmacher sich mit dem jetzigen Savannenläufer nicht messen konnte. Ja, ein jeder sagt sich, wenn er an seine Jugend zurückdenkt, daß er vieles und womöglich alles anders hätte machen können. Sam durfte also niemandem zürnen.

So ritt er schweigsam weiter, zur Rechten den Förster und zur Linken das Saumpferd. Er glaubte nicht, Veranlassung zu außerordentlicher Vorsicht zu haben, da sich in einem nicht sehr geringem Umkreis gegenwärtig keine Indianer sehen lassen würden.

Darum stieß er auch einen lauten Ruf der Überraschung aus, als er plötzlich, zufälligerweise nach links hinüberblickend, zwei Reiter bemerkte, von denen er und der Förster auch bereits gesehen worden waren, denn sie hatten ihre Pferde in Galopp gesetzt und kamen in schnurgerader Richtung auf die beiden zugesprengt.

„Donnerwetter", sagte er, „das wird eine allerliebste Geschichte. Nehmen Sie nur in Gottes Namen Ihre Büchse nicht von der Schulter." – „Warum nicht? Ich glaube, das sind Indianer, und da muß man doch auf Abwehr bedacht sein." – „Ja, Indianer sind es, und zwar scheinen es feindliche Komantschen zu sein." – „O wehe. Und da sagen Sie, ich soll mein Gewehr in Ruhe lassen?" – „Ja, gewiß. Sehen Sie die Adlerfedern auf ihren Köpfen? Das ist das

Häuptlingszeichen. Es sind Häuptlinge, und wo die sind, da befindet sich gewöhnlich eine Anzahl Krieger in der Nähe. Häuptlinge reiten nicht so allein in der Prärie herum, und da sie zu zweien sind, läßt sich vermuten, daß es sich um eine wichtige Angelegenheit handelt und daß sich eine größere Anzahl Indsmen hier in der Nähe befindet. Zu fürchten brauchen wir uns wenigstens jetzt noch nicht. Aber aus Vorsicht wollen wir absteigen. Tun Sie ganz dasselbe, was auch ich tue."

Sam hielt an, stieg ab und stellte sich hinter seine beiden Pferde. Dann legte er seine Büchse an und wartete, daß die Indsmen näher kommen sollten. Er konnte ihnen hinter seinen Pferden hervor, die ihn deckten, eine Kugel geben, ohne selbst von ihnen getroffen zu werden. Natürlich war der Förster seinem Beispiel gefolgt und hielt, hinter seinem Pferd stehend, auch seine Waffe schußbereit.

Die Indianer schienen sich nicht zu fürchten. Sie kamen bis in große Nähe heran und parierten ihre Pferde kaum zwanzig Schritt von den Weißen entfernt.

„Halt, nicht weiter", hatte Sam gerufen, „sonst schießen wir!"

Die Roten berieten leise miteinander, lachten laut auf, was sonst nicht in der Gewohnheit ihrer ernsten Rasse liegt, und dann antwortete der eine von ihnen in einem Gemisch von Indianisch, Englisch und Spanisch, das dort zwischen Indianern und Kaukasiern gesprochen wird:

„Fürchtet sich etwa das Bleichgesicht?" – „Fällt uns gar nicht ein!" – „Warum versteckt ihr euch?" – „Weil es uns so beliebt." – „Kommt hervor, damit wir mit euch sprechen können." – „Das können wir so auch. Woher kommt ihr?" – „Von daher."

Der Rote deutete dabei nach rückwärts.

„Das hätte ich nicht gewußt, wenn du es mir nicht sagtest. Ich glaube, ihr wäret geradewegs vom Himmel gefallen. Aber wohin wollt ihr?" – „Dorthin."

Der Gefragte deutete vorwärts.

„So reitet weiter!" – „Das werden wir tun, wenn wir mit euch gesprochen haben." – „Wir haben keine Zeit dazu." – „Seit wann sind die Bleichgesichter so unhöflich geworden? Sie haben doch stets so gern mit dem roten Mann gesprochen." – „Wenn sie Zeit hatten, ja." – „Zeit haben sie stets. Sie reden mit dem roten Mann, um ihn zu betrügen, und dazu haben sie immer Zeit. Kommt hervor, wir wollen eine Beratung halten." – „Ich wüßte nicht, was wir mit euch zu beraten hätten. Wer seid ihr?" – „Das werden wir dir sagen." – „Ah, ihr verschweigt eure Namen, das empfiehlt euch nicht. Wir werden also wieder aufsteigen und weiterreiten." – Wenn ihr das tut, werden wir eurer Fährte folgen." – „So will ich euch sagen, daß wir euch unsere Kugeln zu kosten geben werden, wenn ihr uns mehr inkommodiert, als wir dulden können." – „Die Prärie gehört allen Menschen. Jeder kann reiten, wohin er will."

„Was sprechen Sie denn mit Ihnen?" fragte Rothe, der Förster. „Ich verstehe dieses Sprachgemisch nicht."

Sam erklärte es ihm, und dann meinte der Förster:

„Das klingt freilich feindselig. Was tun wir?" – „Hm! Ich bin mir selbst noch unklar. Ich weiß nicht, was ich aus ihnen machen soll. Komantschen sind sie nicht, wie ich jetzt sehe." – „Was sonst?" – „Pawnees auch nicht. Sioux ebensowenig, denn die kommen jetzt nicht so weit nach dem Süden herab. Sie haben sich die Gesichter bemalt, aber freilich nicht mit den Kriegsfarben, aus denen man den Stamm zu erkennen vermag." – „Lassen wir die Kerle halten und reiten wir weiter!" – „So kommen sie uns nach. Jeder Bewohner der Savanne verfolgt die Spur, die er findet. Diese Kerle können nicht wissen, ob wir nicht zu einer größeren Truppe gehören. Um das zu erfahren, werden sie also folgen." – „O wehe! Da stoßen sie auf meine Familie!" – „Natürlich! Und dann weiß man nicht, was geschieht." – „Bleiben wir lieber!" – „Ich halte das auch für das beste. Sehen wir also, was sie von uns wollen. Ich weiß wirklich nicht, woran ich bin. Sie haben bei ihren Reitpferden noch zwei ledige, gesattelte Pferde. Die führt doch sonst kein Häuptling mit sich. Hört!"

Sam trat jetzt langsam hinter seinen Pferden hervor und schritt auf die Indianer zu, das Gewehr im Anschlag. Diese waren abgestiegen und kamen ihnen, da Rothe Sams Beispiel befolgt hatte, entgegen, ihre Gewehre auch schußfertig in der Hand. Fünf Schritt voneinander entfernt blieben die Parteien halten.

„Seid ihr gekommen, die Pfeife des Friedens mit uns zu rauchen?" fragte Sam. – „Vielleicht rauchen wir sie mit dir", antwortete der, welcher bereits vorhin gesprochen hatte. „Willst du dich zu uns setzen?" – „Ja."

Jetzt setzten die vier sich nieder, zwei und zwei gegenüber, die Gewehre quer über die Knie gelegt. Sie betrachteten sich prüfend.

Die beiden Häuptlinge waren von gleicher Gestalt, lang und hager, mit sehnigen Gliedern. Ganz in Büffelfell gekleidet, hatten sie ihr Haar in einen Schopf gebunden, in dem die Häuptlingsfedern befestigt waren. Ihre eigentlichen Züge waren nicht zu erkennen, da die Gesichtsmalerei sehr dick aufgetragen war.

„Also, was wollt ihr?" fragte Sam. „Warum haltet ihr unseren Ritt auf?" – „Wir wollen eure Namen wissen." – „Ihr habt uns die eurigen noch nicht gesagt." – „Wir sind Häuptlinge. Ein Häuptling sagt seinen Namen erst dann, wenn die anderen geantwortet haben." – „Auch wir sind Häuptlinge", meinte Sam. – „Beweise es! Wir können beweisen, daß wir Häuptlinge sind, denn wir haben die Federn, das Zeichen der Anführer. Was aber habt ihr?" – „Meint ihr etwa, daß ein Weißer auch Federn anstecken soll?" – „Nein; aber die Bleichgesichter haben auch ihre besonderen Zeichen, die sie auf der Brust oder auf den Achseln tragen, und aus denen man merkt, wer ein Häuptling ist." – „Na, jetzt soll ich mir gar noch Epauletten aufstecken!" lachte Sam zu dem Förster. Dann setzte er, zu den Roten gewandt, hinzu: „Diese Zeichen tragen wir nur im Krieg. Jetzt aber haben wir gewöhnliche Kleider. Übrigens bin ich nicht Soldat, sondern ein Jäger. Ich habe nicht den Beruf, mit den Indsmen Krieg zu führen. Ich liebe sie und bin ihr Freund." – „Du nennst dich unseren Freund und willst uns doch deinen Namen nicht sagen!" – „Nun, wenn ihr ihn so notwendig wissen wollt, so will ich ihn euch nennen. Ich heiße Daniel Willers, und mein Gefährte nennt sich Isaak Balten." – „Und ich bin der brüllende Stier", sagte der Häuptling ernst und würdevoll. – „Und ich", meinte der andere ebenso stolz, „bin der tanzende Bär." – „Ich habe eure Namen noch nie gehört", meinte Sam. – „Wir die eurigen auch noch nicht. Ihr könnt noch nicht lange Zeit in dieser Gegend jagen." – „Wir kennen diese Prärie; aber wir sind stille Jäger. Wir jagen nicht nach Berühmtheit, sondern nach Bibern und Büffeln." – „Habt ihr auch andere Jäger kennengelernt?" – „Einige." – „Ist euch vielleicht einmal einer begegnet, der sich Sam Barth nennen läßt?" – „Ja." – „Es sollen noch zwei andere bei ihm sein, lang und dünn, wie die Stange eines Zeltes. Wie heißen sie? – „Jim und Tim." – „Das ist richtig. Sind diese drei Jäger vielleicht Freunde von euch?" – „Nein." – „Das ist sehr gut. Wir würden euch sonst töten!" – „Oho! Wir beide würden uns nicht so ohne alle Gegenwehr umbringen lassen; das sage ich euch. Ist denn Sam Barth ein Feind von euch?" – „Ja." – „Warum?" – „Er hat einige Brüder von uns getötet." – „Zu welchem Stamm gehört ihr?" – „Zum Stamm der Pawnees." – „So seid ihr sehr falsch unterrichtet worden. Der kleine Sam hat noch nie einen Pawnee getötet. Er hat es mir selbst gesagt." – „Wenn du uns belügst, wirst du sterben müssen. Wann hast du ihn gesehen?" – „Vor einigen Monden." – „Wo?" – „Droben in den schwarzen Bergen." – „Das stimmt. Da ist er gewesen. Er hatte seine beiden Freunde bei sich. Er trennte sich von ihnen und sagte, daß er sie hier in dieser Gegend wieder treffen wolle." – „Ah! Woher wißt ihr das?" – „Tim und Jim sagten es uns." – „Sie haben euch das gesagt, trotzdem sie eure Feinde und seine Freunde sind?" – „So ist es."

Die Brauen des Dicken zogen sich finster zusammen, aber nur für einen Augenblick. Er war klug genug, seine Gedanken zu verbergen. Auch ließ er es, wie er meinte, sich gar nicht merken, daß er sie jetzt scharf und bis ins Einzelne musterte.

„Ihr seid also mit ihnen zusammengekommen?" – „Ja. Wo sind sie jetzt?" – „Sie sind fortgeritten; wir wissen nicht, wohin." – „Und ihr sucht nun diesen Sam Bart?" – „Ja. Wir dachten, du hättest ihn gesehen." – „Ich habe ihn nicht gesehen, aber ich bin mit meinem Gefährten hier erst seit einigen Stunden beisammen. Er war längere Zeit in dieser Gegend und hat ihn vielleicht getroffen. Soll ich ihn fragen?" – „Warum sollten wir ihn nicht selbst fragen?" – „Er würde euch nicht verstehen, da er eure Sprache nicht zu reden weiß." – „So frage ihn!"

Das hatte Sam gewollt. Er wollte mit Rothe sprechen dürfen, ohne das Mißtrauen der Indsmen zu wecken. Jetzt hatte er die Gelegenheit dazu. Er machte also eine unbefangene Miene und sagte in deutscher Sprache zu ihm:

„Beherrschen Sie ihr Gesicht. Wir befinden uns in großer Gefahr. Machen Sie ein nachdenkliches Gesicht, als ob Sie sich auf irgend etwas besinnen wollten; zeigen Sie aber nicht etwa, daß Sie erschrecken. Sehen Sie diese Kerle ganz freundlich an, obgleich wir alle Ursache haben, sie zum Teufel zu wünschen." – „Warum?" – „Sie suchen mich, um mich zu ermorden. Sie haben bereits meine zwei besten Freunde getötet. Sie sind zwar viel zu klug, mir dies zu sagen, aber ich habe erst jetzt bemerkt, daß die beiden Gewehre, die sie da haben, meinen Gefährten gehörten. Sie haben sie ihnen abgenommen." – „Dafür soll sie der Teufel holen."

Aber bei diesen Worten blickte Rothe die Indsmen freundlich an und nickte ihnen vertraulich zu.

„Es sind Pawnees. Diese Schufte sollen erfahren, was es heißt, Freunde des dicken Sam zu töten. Ich murkse sie ab, als ob sie junge Ziegen seien. Beobachten Sie mich genau. Wenn ich zu Ihnen das Wort ‚jetzt' sage, so ergreife ich das Gewehr des einen; Sie nehmen in demselben Augenblick dasjenige des anderen. Wir springen auf, treten einige Schritte zurück und legen die Gewehre an. Das muß freilich blitzschnell geschehen und für sie ganz unerwartet. Sie haben dann nur noch die Messer, mit denen sie gegen die Gewehre nicht aufkommen können. Machen sie nur eine

Miene, sich zu wehren, so schießen wir sie nieder. Getrauen Sie sich, das zu tun, was ich sage?" – „Natürlich." – „Gut! Passen Sie also genau auf!"

Jetzt wandte Sam sich an die beiden Häuptlinge zurück. Diese flüsterten sich einige Worte zu, dann fragte der eine:

„Nun, hast du ihn gefragt?" – „Ja. Er hat ihn hier gesehen." – „Hier? Das ist nicht gut möglich. Es gibt hier keine Spuren außer den eurigen und den unsrigen." – „Nun, da ist eben die Spur Sam Barths dabei." – „Ich verstehe dich nicht." – „Du wirst mich sogleich verstehen!"

Im nächsten Augenblick rief Sam, zu dem Förster gewandt:

„Jetzt! Aber schnell!" und beide griffen nach den Gewehren der Indianer, rafften sie weg, sprangen um einige Schritte zurück und legten die Büchsen auf die Roten an. Diese letzteren blieben sonderbarerweise ganz gemütlich sitzen und taten, als ob nichts geschehen sei.

„So, ihr Hunde, jetzt habe ich euch!" rief Sam drohend. – „Und wir dich!" antwortete einer der Häuptlinge in ruhigem Ton. – „Wir dürfen nur losdrücken, so seid ihr weg!" – „Und ihr auch. Glaubt ihr, daß zwei Häuptlinge sich allein befinden? Hinter uns, in jenem Gesträuch, stecken die anderen roten Krieger. Ich brauche nur die Hand zu erheben, so werfen ihre Kugeln euch nieder." – „Verdammt!" meinte Sam, besorgt nach dem betreffenden Gesträuch hinüberschielend. – „Legt also die Gewehre ab!" befahl der Wilde.

Sam ließ allerdings das Gewehr sinken, sagte aber:

„Meint ihr, daß ich mich fürchte? Da irrt ihr euch gewaltig. Ich will euch zeigen, daß ich selbst einen ganzen Haufen roter Krieger nicht fürchte. Ich bin Sam Barth, den ihr sucht." – „Wir wissen es." – „Was? Ihr wißt es?" – „Ja. Du bist Sam Barth, der dicke Sam. Aber du bist nicht nur das, sondern noch etwas dazu." – „Was denn?" – „Ein großer Esel. Du hast weder Augen noch Ohren, du bist blind und taub. Außerdem hast du uns sehr falsch beurteilt. Meinst du, daß die roten Männer die Sprachen der Bleichgesichter nicht verstehen? Wir haben gehört, was du mit deinem Gefährten gesprochen hast."

Sam machte ein ganz verblüfftes Gesicht und antwortete:

„Das war ja deutsch!" – „Ja. Wir wissen so viel von dieser Sprache, daß wir gar wohl verstanden, was du mit ihm sprachst. Du berietest mit ihm, uns die Gewehre wegzunehmen." – „Verflucht! Indianerhäuptlinge, die deutsch verstehen! Das ist mir auch noch nicht vorgekommen!" – „Es wird dir noch mehr vorkommen. Hast du denn unsere Stimmen noch nicht gehört?" – „Nein." – „Und uns noch nicht gesehen?" – „Nie." – „Du bist wirklich ein gewaltiger Esel. Du hättest uns doch an den Büchsen erkennen sollen!" Jetzt hatte der Sprecher auf einmal eine ganz andere Stimme, eine Stimme, die dem guten Sam allerdings sehr bekannt vorkam.

„Alle guten Geister!" rief dieser. „Was soll ich denn da denken! Das ist am Ende gar eine Maskerade. Da schlage doch der Teufel drein! Also wirklich, wirklich! Ihr seid es selbst, ihr gottvergessenen Racker! Wer hätte das gedacht!"

Und sich zu dem Förster wendend, erklärte er:

„Denken Sie sich, das sind gar keine Indianer! Es sind Jim und Tim, meine Freunde, die ich hier treffen wollte. Nein, nein, so etwas habe ich freilich noch nicht erlebt!" – „Uns nicht zu erkennen!" lachte Jim, der aufgestanden war und seine langen Glieder dehnte.

„Na, eigentlich ist das nicht zu verwundern", verteidigte sich Sam. „Diese Anzüge, der Schopf mit den Adlerfedern, die dicke Farbe im Gesicht, und – und, ja, das ist die Hauptsache, Jim hat ja eine Nase!" – „Ja, die habe ich", lachte der andere vergnügt. – „Angeklebt?" – „O nein." – „Nun, ich habe noch niemals gehört, daß den Präriejägern die abgeschnittenen Nasen wieder nachwachsen, wie den Krebsen die Schwänze." – „Und doch ist diese Nase gewachsen. Es ist wirklich unglaublich, aber es ist wahr. Als wir von dir gegangen waren, kamen wir nach Fort Jackson. Dort gab es einen Doktor, einen jungen, aber sehr gescheiten Kerl. Als er sah, daß mir die Nase fehlte, mußte ich ihm sagen, wie ich um sie gekommen sei, und er bat mich förmlich um die Erlaubnis, mir eine neue machen zu dürfen. Ich ging darauf ein, denn eine Nase aus zweiter Ehe ist doch immer besser wie gar keine. Nicht?" – „Freilich. Wo aber hat er sie hergenommen?" – „Das weiß der Teufel. Er hat mir ein wenig im Gesicht herumgeschnitten, Pflaster darauf, einen Verband darüber; in zwei Wochen war es heil, und ich hatte eine Nase. Ich glaube, er hat mir das Fleisch dazu von der Wange herübergeholt. Na, woher er es hat, das ist mir sehr gleichgültig, wenn ich nur die Nase habe. Sie sieht zwar nicht ganz klassisch aus, aber es ist doch immerhin ein Riecher. Die Stimme klingt besser als vorher, und es ist nun endlich auch das verteufelte Zeichen fort, an dem man mich stets sofort erkannte. „Er hat keine Nase!" das klingt verflucht miserabel für denjenigen, der sie eben nicht hat." – „Sonderbar und wunderbar! Wie aber kommt ihr zu dieser Verkleidung?" – „Verkleidung? Pshaw! Es ist unsere gegenwärtige Kleidung, also keine Verkleidung. Wir kamen in sehr freundschaftlicher Weise mit einem Pawneehäuptling zusammen. Das heißt, die Sioux hatten ihn gefangengenommen und wollten ihn an den Marterpfahl binden. Wir befreiten ihn und brachten ihn glücklich nach seinem Wigwam. Seine Dankbarkeit war grenzenlos. Wir wurden aufgenommen wie die Brautjungfern und bekamen diese beiden indianischen Anzüge geschenkt, nebst den vier Pferden, die du hier erblickst." – „Vortrefflich! Die Pferde können wir sehr gut verwenden. Es gibt da vorn drei Personen, die keine Reittiere haben." – „Wer ist das?" – „Davon nachher. Wollt ihr denn in diesem Anzug steckenbleiben?" – „Natürlich. Unsere alten Anzüge haben wir diesen guten Pawnees geschenkt. Sie waren unendlich glücklich über den Reiterhelm und den Soldatenmantel." – „Aber es ist gefährlich, als Indsmen zu gehen." – „Zuweilen, zuweilen aber auch nicht. Wir werden also bald Rothäute sein und bald Bleichgesichter, ganz wie es die Gelegenheit fordert. Aber ein verfluchter Kerl bis du doch! Wären wir wirklich Indsmen gewesen, ohne Deutsch zu verstehen, so hättest du uns übertölpelt." – „Sicher, obgleich es mir höchst fatal war, zu hören, daß dort in dem Gesträuch noch andere Rote seien. Aber ich hatte euch in meiner Gewalt und brauchte sie also nicht zu fürchten. Übrigens fällt es mir jetzt bei, daß es gerade jetzt wohl von Vorteil ist, wenn ihr als Indianer geht. Wir haben nämlich einen kleinen Streich vor, zu dem diese Maskerade ganz und gar geeignet ist. Setzen wir uns wieder. Ich will es euch erzählen."

Aus der vorher so feindselig erscheinenden wurde nun eine sehr friedlich ausschauende Szene. Sam erzählte den beiden Gefährten die Erlebnisse des Försters Rothe.

Es war das hier wieder einmal ein Beispiel von dem Scharfsinn und der Umsicht, mit denen die Leute, die sich im wilden Westen bewegen, zu verfahren pflegen. Sam hatte ganz einfach irgendeinen Punkt der Prärie bestimmt, an dem er mit Jim und Tim zusammentreffen wollte, und sie hatten sich nun da auch wirklich gefunden, ohne Weg und Steg, ohne Kompaß und Uhr. Es gibt Tausende von Beispielen, die die Bewunderung eines jeden erregen, der gewohnt ist, nur mit den Hilfsmitteln der Wissenschaft zu verfahren.

„Was sagt ihr dazu?" fragte der Dicke, als er mit seinem Bericht zu Ende war. – „Was sollen wir sagen", antwortete Jim. „Es gibt nur eins, was wir sagen können: Wir reiten diesen Schurken nach und nehmen ihnen ihren Raub wieder ab. Das versteht sich doch ganz von selbst." – „Ich habe es mir doch gleich gedacht, daß ihr mit darauf eingehen würdet." – „Na, wir wären schöne Kerle, wenn wir diesen guten Mann in der Tinte sitzen ließen! Wie meinst du denn, daß wir es anfangen, den Kerlen ihren Raub wieder abzujagen?" – „Das kann ich doch jetzt noch nicht wissen. Wir müssen warten, wie und wo wir auf sie treffen. Nur so viel denke ich mir, daß ihnen der Mut in die Hosen fahren wird, wenn sie euch erblicken. Sie werden euch für Indianer halten und verteufelten Respekt bekommen, mehr Respekt, als ich vor euch habe. Jetzt aber wollen wir die Zeit nicht unnütz verplaudern, sondern aufbrechen, damit wir die bald finden, die wir suchen."

Es wurde aufgestiegen. Sam befand sich in großer Aufregung. Er ließ sein Pferd ausgreifen, und die anderen folgten natürlich mit derselben Schnelligkeit.

14. KAPITEL

Schon war die Sonne im Westen niedergesunken. Die Reiter kamen in offene Prärie, wo es in einem beträchtlichen Umkreis keine Büsche gab, und da erblickte man denn drei einzelne Punkte, die sich in gerader Linie von Osten her bewegten.

„Das sind sie", sagte Rothe. „Sie laufen ziemlich schnell, um noch vor Dunkelheit wieder mit mir zusammenzutreffen." – „Reiten Sie ihnen entgegen", erwiderte Sam. „Sie könnten erschrecken, wenn sie Fremde von weitem erblicken. Wir werden hier auf sie warten."

Das geschah. Rothe erreichte in kaum zwei Minuten die Seinigen und teilte ihnen mit, welche Hilfe er für sie gefunden habe. Sie waren ermüdet, die gute Nachricht aber ließ sie alle Erschöpfung vergessen.

Als sie dann mit den drei anderen zusammenkamen und sich bei ihnen bedankten, mußte der gute Sam sich Mühe geben, seine Tränen zu unterdrücken.

Auguste war nicht ganz vierzig Jahre alt, man hätte sie für dreißig halten können. Ihre runden, vollen Formen ließen sie jünger erscheinen, als sie war. Zwar waren ihr die Sorgen des Augenblickes anzusehen, aber das Zusammentreffen mit den drei Jägern hatte ein hoffnungsvolles Lächeln auf ihrem Gesicht hervorgerufen. Sie hatte sich gegen früher fast gar nicht verändert. Sam erkannte sie sofort als die einstige Geliebte wieder.

Er nahm zunächst ein eingeschlagenes Stück Wildbret vom Sattel seines Saumpferdes und sagte:

„Unsere Freunde werden Hunger haben. Halten wir hier eine kleine Rast. Ich habe da ein gutes Stück Hirschrücken, das ich mir heute früh am Feuer gebraten habe. Das muß alle werden. Morgen früh schieße ich einen anderen Braten." – „Ist nicht nötig", meinte Jim. „Wir zwei haben uns auch mit Proviant versehen. Für einen Tag oder auch für zwei reicht es aus. Also essen wir! Dabei können wir beraten, was wir tun wollen. Ich möchte den Kerlen, die wir suchen, gern so bald wie möglich auf das Fell rücken."

Sie setzten sich in das großflockige, duftende Büffelgras und begannen zu essen.

Sam verwandte keinen Blick von seiner ehemaligen Braut, der Lehrerswitwe, ließ es sich aber nicht merken. Es war ihm so eigentümlich um das Herz. Fast glaubte er, sie jetzt noch zehnmal lieber zu haben als früher.

Er überlegte, wie es anzufangen sei, den beiden Frauen, die ja nicht an die Anstrengungen und Entbehrungen der Prärie gewöhnt waren, dieselben zu ersparen, das war aber schwer.

„Es wird am besten sein", sagte er, „wir suchen uns für die beiden Damen ein Versteck, wo sie bleiben können, bis wir von unserem Rachezug zurückkehren. Meinst du nicht, Jim?" – „Hm!" brummte der Genannte, ein unzerkautes Stück Knorpel mühsam hinunterschluckend. „Wollen einmal rechnen. Vor vier Tagen ist es geschehen. Wie viele Meilen kann man mit Ochsenwagen in einem Tag zurücklegen?" – „Höchstens acht." – „Also zweiunddreißig Meilen. Die reiten wir nötigenfalls in einem Tag. Englische Meilen sind eben kürzer und kleiner als andere. Heute ist keine Spur mehr aufzufinden. Es ist zu dunkel dazu. Aber wir wollen noch am Abend dahin, wo der Diebstahl stattgefunden hat. Da lagern wir, um die Pferde auszuruhen. Bei Tagesanbruch finden wir hoffentlich die Fährte, und wenn wir ihr sofort und schnell folgen, können wir die Schufte noch am Abend erreichen. Meinst du nicht, Sam?" – „Ich bin ganz derselben Ansicht." – „Aber die Ladies, die Ladies! Wo tun wir sie hin? Das ist die Frage." – „Einen solchen Ritt, wie der morgende einer sein wird, können sie nicht mitmachen, das ist gewiß. Für heute aber können wir ihnen nicht erlassen, mit zu Pferde zu steigen und wieder umzukehren. Heute müssen sie mitreiten, so gut es eben gehen will." – „Was das betrifft", meinte der Förster, „so werden sie uns keine sehr große Mühe machen. Sie sind zwar durchaus keine Reiterinnen, aber während der langsamen und langweiligen Wagenfahrt haben sie sich, um eine Abwechslung zu haben, zuweilen in den

Sattel gesetzt. Ich bin darum überzeugt, daß sie wenigstens nicht herabfallen werden."

Der Sohn des Försters hatte jenes Paket Decken getragen, das für sie so verhängnisvoll geworden war. Diese Decken konnten jetzt sehr gut gebraucht werden. Sie wurden auf die Sättel gelegt, so daß die beiden Frauen einen weichen Sitz hatten. Dann begann man den Ritt fortzusetzen.

Der Weg war nicht gar sehr weit, da der Förster mit seinem einzigen Pferd für vier Personen keine großen Strecken zurückgelegt hatte. Sam hielt sich, als ob sich das ganz von selbst verstehe, an der Seite der einstigen Geliebten, deren Pferd er am Zügel führte. Er gab sich alle Mühe, ihr die Anstrengungen des Rittes zu ersparen. Sie bemerkte es und war ihm dankbar dafür. Natürlich aber kam es ihr nicht in den Sinn, in dem Mann, der da in dem häßlichen Bärenfell stak, denjenigen zu vermuten, der einst ihr Anbeter gewesen war.

Noch lange vor Mitternacht wurde der Platz erreicht. Das Lager war bald hergestellt, doch gab man sich Mühe, das Verwischen der morgen aufzusuchenden Spuren zu vermeiden.

Ein Überfall war nicht zu erwarten. Feindliche Jäger oder Indianer vermutete man nicht in der Nähe, und so wurde ein Feuer angebrannt, bei dem die Beraubten nochmals ausführlich erzählten, was sie hier an dieser Stelle erlebt hatten.

Es wurde abermals gegessen, jetzt von Jims und Tims Vorräten. Sam schnitt für Auguste das Beste ab und legte es ihr vor, als ob er ein Kind zu bedienen habe. Sie beobachtete ihn dabei, und wenn er ihren warmen Blick auf sich ruhen sah, wurde es ihm noch viel wärmer um das Herz. So bekam er schließlich Sorge, sich zu verraten, und stand vom Feuer auf, um die Umgebung einmal abzulaufen, wie er sagte, und um zu sehen, ob man sich auch wirklich in Sicherheit befinde. Als Sam nachher zurückkehrte, wurden die Wachen ausgelost. Er erhielt die erste Wache. Dann legten sich alle nieder, um den Schlaf zu suchen.

Alle? Nein. Sam stand in einer Entfernung, daß er von dem Schein des Feuer nicht getroffen werden konnte, und lauschte vorsorglich in die Nacht hinaus, damit ihm ja kein verdächtiges Geräusch entgehen möge. Und dort, am Feuer, saß Auguste. Sie hatte sich nicht zur Ruhe begeben, legte Zweig um Zweig in die Flamme, damit sie nicht ausgehen möge, und gab den eigenartigen Gefühlen und Gedanken Audienz, die jetzt auf sie eindrangen.

Der kleine, dicke Gefährte hatte einen außerordentlich wohltuenden Eindruck auf sie gemacht. Sein Blick war so treu und sein Gesicht so voller Aufrichtigkeit. Alles, was er gesagt hatte, hatte so gut geklungen. Und sie dachte auch an das, was morgen unternommen werden sollte. Jedenfalls gab es Gefahren dabei. Waren diese groß? Sie hätte es so gern gewußt. Sie wollte lieber auf ihr geraubtes Geld verzichten, als zugeben, daß deshalb ein Menschenleben verlorengehe. Sie stand auf, um mit Sam zu sprechen, entfernte sich vom Feuer und versuchte, mit ihrem Blick die Dunkelheit zu durchdringen, um zu sehen, wo er stehe.

Sam hatte sie wohl gesehen und kam näher.

„Sie schlafen nicht, Miß Rothe?" fragte er.

Das klang so eigentümlich. Er, der Deutsche, gab ihr diesen amerikanischen Titel, den Titel einer unverheirateten Dame. Es war ihm so in den Mund gekommen. Er hatte sie als Mädchen gekannt und wollte sie sich nicht als die Frau eines anderen denken. Das eigentlich richtige Wort Mistreß war ihm gar nicht in den Sinn gekommen.

„Noch nicht", antwortete sie. – „Und doch haben Sie es so nötig. Erst das anstrengende Laufen und dann der rasche Ritt. Sie sollten wirklich die Ruhe suchen. Man weiß nicht, wie Sie sich vielleicht morgen werden anzustrengen haben." – „Oh, die Anstrengung achte ich nicht. Aber es wird morgen Gefahren geben. Sie werden vielleicht mit den Räubern zu kämpfen haben. Jeder Kampf bringt Gefahr!" – „Nein, nicht jeder. Der Kampf zum Beispiel, den wir morgen wahrscheinlich haben werden, ist eigentlich gar keiner zu nennen. Wir folgen den Kerlen; holen wir sie ein, so schleichen wir vorsichtig nahe, so daß sie uns gar nicht bemerken. Dann schießen wir sie einfach nieder und haben alles, was sie bei sich führen." – „Das ist doch gräßlich!" – „Oh, meinen Sie etwa, daß wir zu diesen Halunken vielleicht in ritterlicher Weise sagen sollen: ‚Hört einmal, wir kommen, um euch zu erschießen. Da sind wir. Nun seid gescheit und verteidigt euch'?" – „Nein, das meine ich nicht, sondern es ist mir schrecklich, daß diese Leute getötet werden sollen. Ein Menschenleben ist doch ein kostbares Gut." – „Ja, das ist es zuweilen. Aber wenn einer sein Leben nur benutzt, um Schandtaten zu vollbringen, so muß man es ihm nehmen. Sehe ich irgendwo ein giftiges Kraut wachsen, so reiße ich es aus und denke nicht daran, daß es auch geschaffen worden ist. Und dieses Kraut kann nicht dafür, daß es giftig ist; der Mensch aber ist selbst schuld, daß er schlecht und gottlos ist." – „Und dennoch sollen wir barmherzig sein!" – „Hm! Ja! Hm! Barmherzig!"

Sam wußte nicht, was er ihr antworten sollte.

„Können Sie denn das Geraubte nicht vielleicht ohne Blutvergießen wiederbekommen?" – „Ohne Blutvergießen? Hm! Ohne Kampf? Diese Kerle werden es nur nicht freiwillig wieder hergeben wollen." – „So gebrauchen Sie doch lieber List als Gewalt." – „List? So, so! Nun, ich will Ihnen etwas sagen, Mylady: Man nennt mich den dicken Sam, und der dicke Sam ist als ein listiger Kerl bekannt." – „Ja, ich habe Sie betrachtet, und ..." – „Und wie bin ich Ihnen denn da vorgekommen?" – „Sie haben so viel Aufrichtiges und Treuherziges an sich, daß man gleich Vertrauen zu Ihnen fassen muß. Dabei haben Sie aber in Ihrem Gesicht etwas so Schlaues und Pfiffiges, daß ..." – „Wie? Schlau und pfiffig bin ich Ihnen vorgekommen? Nun, da haben Sie sich sehr verändert. Ich dachte, Sie hätten mich für dumm gehalten."

Es fielen ihm nämlich die Worte ein, die der Förster gesagt hatte.

„Ich Sie für dumm gehalten? Wer hat das gesagt?" – „Das hat Ihre Schwe... ah, ich dachte nur so." – „Da haben sie sich geirrt. Also Sie haben etwas so Pfiffiges an sich, und da denke ich, daß Sie vielleicht Mittel und Wege finden werden, den Dieben ihre Beute auch ohne Gewalt abzujagen." – „Da gibt es nur ein Mittel und einen Weg: Man müßte ihnen das Gestohlene wieder mausen. Aber das ist doch eigentlich eine Dummheit. Was man mir gestohlen hat, kann ich offen wieder fordern." – „Da gibt es aber Kampf." – „Das schadet ja gar nichts. Wenn ich mich als Dieb an diese Kerle schleiche, muß ich gewärtig sein, erwischt zu werden, und dann strangulieren sie mich." – „O wehe! Das wäre schlimm!" – „Pah! Ein Mensch weniger, das schadet nichts!" – „Nein, so dürfen Sie nicht sprechen. Meinetwegen soll Ihnen kein Leid geschehen." – „Oh, Ihretwegen ist mir schon früher ... verdammt! Da stehe ich und plaudere Dummheiten wie ein Schulbube! Haben Sie an diesen Spitzbuben denn ein gar so großes Wohlgefallen gefunden, daß Sie jetzt solche Schonung für sie verlangen?" – „Im Gegenteil, sie haben mir gar nicht gefallen. Besonders der Anführer hatte ein Gesicht, dem man unmöglich Vertrauen schenken konnte. Ich bin gar nicht vorurteilsvoll. Kein Mensch kann für seine Gestalt, für sein Gesicht und für sein Haar, aber dieser Mann hatte rotes Haar, und da war es mir schwer, von diesem Burkers Gutes zu denken." – „Burkers?" fragte Sam schnell. „So hieß er? Sapperment! Sollte es der rote Burkers sein!" – „Er war es. Ich hörte einmal zwei seiner Gefährten von ihm sprechen. Sie glaubten sich unbelauscht, und da nannten sie ihn den roten Burkers." – „Alle Teufel! Ist der es! Na, gnade Gott, wenn ich den erwische! Der hat sein letztes Brot gegessen!" –

„Das klingt ja bitterbös. Kennen Sie Ihn?" – „Na und ob! Ich habe da vor einiger Zeit ein Renkontre mit ihm gehabt. Er ist ein Mörder, ein Räuber, ein Dieb und Spitzbube durch und durch. Er wollte damals eine Plantage überfallen. Ich habe ihn überlistet, und er wurde mit seiner Bande gefangengenommen. Man schaffte die ganze Sippschaft nach Van Buren, um ihr den Prozeß zu machen. Mehreren gelang es, freigesprochen zu werden. Sie wurden entlassen und benutzten den ersten freien Tag dazu, die anderen des Nachts aus dem Gefängnis zu holen. Das gab damals ein Aufsehen weit und breit. Der Rote fing natürlich sein Geschäft sofort wieder an. Man war aber bald hinter ihm her. Er war klug und machte sich davon, so daß man längere Zeit nichts von ihm hörte. Später wurde sein Name dann im Westen viel genannt. Wo irgendeine Teufelei begangen wurde, da war sicher er dabei. Jetzt wiederum höre ich, daß er es gewesen ist, der euch beraubt hat. Nun, es soll ihm sehr wohl bekommen!" – „Ist er wirklich so schlimm?" – „Fragen Sie, ob ein Raubtier schlimm ist?" – „So werden Sie ihn nicht schonen?" – „Nein, ihn am wenigsten." – „Aber wenn ich Sie nun bitte?" – „Tun Sie das nicht! Ich könnte Ihnen diese Bitte nicht abschlagen, und das wäre geradezu eine Sünde." – „Barmherzigkeit kann doch keine Sünde sein." – „O doch! Wenn wir ihm nicht das Handwerk legen, treibt er es weiter, und dann fällt alles, was er tut, auf mein Gewissen. Daß er gerade Sie bestohlen hat, das macht die Sache noch schlimmer." – „Wieso?" – „Nun, Sie sind ja meine Landsmännin, da ist es gerade, als ob er es mir selbst getan hätte." – „Mein Schwager sagte mir freilich, daß Sie ein Deutscher, vielleicht gar ein Sachse seien." – „Ich bin ein Sachse." – „O bitte, wo sind Sie her?" – „Ich bin aus Rupp... aus Rodewisch." – „Aus Rodewisch bei Auerbach?" – „Ja. Sie kennen doch dieses berühmte Rodewisch?" – „Ich kenne es, ob es aber so berühmt ist..." – „Freilich ist es berühmt, nämlich durch das alte, schöne Studentenlied, in welchem es auch heißt:

Die Voigtskarline von Rodewisch,
Die handelt mit Spinat!"

„Dann sind Sie aus dem Vogtland, gerade wie ich." – „Das ist prächtig. Wo sind denn Sie her?" – „Aus Ruppertsgrün." – „Das ist ein kleines, hübsches Nestchen." – „Kennen Sie es?" – „Ja. Ich war früher in meinen jungen Jahren zweimal dort zum Tanz. Steht denn die alte Schenke noch?" – „Sie ist neu gebaut worden. Also dort waren Sie zum Tanz? Von Rodewisch aus etwa?" – „O nein. Ich bin nämlich eigentlich Fleischer. Ich stand in Herlasgrün als Geselle in Arbeit und hatte dort einen sehr guten Bekannten, der immer nach Ruppertsgrün zum Tanz ging. Er hat mich zweimal mitgenommen." – „Das ist wunderbar! Und jetzt treffen wir uns hier im fernen Amerika. Also aus Herlasgrün. Hm! Wann ist das ungefähr gewesen?" – „Vor vielleicht zwanzig Jahren." – „Herrgott! Was war denn Ihr Freund?" – „Knopfmacher. Ich konnte ihn sehr gut leiden, den alten guten Samuel." – „Samuel? Samuel hieß er?" fragte sie rasch. – „Ja, Samuel." – „Etwa Samuel Barth?" – „Ja, Barths Samuel. Dort in Herlasgrün machte man die Sache kurz und sagte einfach Barthsamel."

Da schlug sie die Hände zusammen und sagte:

„Das ist doch kaum zu glauben. Hier in der Wildnis jemand zu treffen, der ihn kennt." – „Haben Sie ihn denn auch gekannt?" – „Sehr gut, sehr gut!" – „So, so! Nicht wahr, ein guter, aber auch ein recht dummer Kerl? Wie?" – „Ja, gut war er, seelensgut! Aber dumm? Nein. Ich habe ihn damals für dumm gehalten, heute aber sehe ich ein, daß er es nicht war. Er war aufrichtig und treuherzig, und das kann fast wie dumm aussehen." – „Möglich. Ich habe ihn für dumm gehalten, zumal er mir nicht glaubte. Er hatte nämlich eine Geliebte, wegen der er nach Ruppertsgrün lief. Die hielt ihn nur zum Narren, und er sah das nicht ein." – „Haben Sie sie gekannt?" – „Nein. Ich habe zwar im Saal gesehen, daß er mit ihr tanzte, aber weiter um sie gekümmert habe ich mich nicht. Der Racker war es nicht wert." – „Racker? Warum?" – „Weil sie ihn doch nur an der Nase herumführte, und ich hielt große Stücke auf ihn. Wir waren nämlich fast alle Abende beisammen und machten Musik miteinander, ich mit der Ziehharmonika und er mit der Gitarre. Ein dritter schlug das Triangel dazu." – „Ach ja! Er spielte Gitarre. Sein Lieblingslied war, glaube ich – hm, ich habe den Anfang vergessen, aber die letzten Zeilen kann ich noch." – „Meinen Sie etwa:

Von dir geschieden,
Bin ich bei dir,
Und wo du weilest,
Bist du bei mir.
Von dir zu lassen,
Vermag ich nicht,
Weil du mein Alles,
Mein Lebenslicht!"

„Ja, ja, das war es, das! Es hatte eine so schöne, einfache, aber ergreifende Melodie. Der Schluß war:

Doch du ziehst weiter
Und weiter fort,
Nie hör' ich wieder
Dein süßes Wort.
O sel'ge Tage,
O kurzes Glück,
Ruft keine Sehnsucht
Euch je zurück?"

„Wahrhaftig, Sie können es auswendig! Wer hat es Ihnen denn gelehrt?" – „Er. Ach ja, es ist wahr: ‚Doch du ziehst weiter und weiter fort!' Er ist fortgezogen!" – „Von ihm haben Sie es? Haben Sie ihn denn gekannt?" – „Und wie! Ich war's ja." – „Sie waren es? Was denn?" – „Seine Geliebte." – „Was? Sie waren es? Sapperment! Auf Ihrem Schweinestall hat er gestanden?" – „Fast alle Abende!" seufzte sie. – „Ohne durchzubrechen?" – „Das Dach war fest." – „Also Sie, Sie sind es gewesen! Und ich habe Sie vorhin einen Racker genannt." – „Ich nehme es Ihnen nicht übel. Ich bin auch ein Racker gewesen. Ich habe ihn hinausgestoßen in die weite Welt. Ich war Schuld, daß er ging." – „Warum haben Sie denn das getan?" – „Weil – weil ich ihn für ein bißchen albern hielt." – „Schwerebrett!" – „Ja. Und das war er doch gar nicht. Er war nur aufrichtig. Er war mir so gut, daß er mir keine Lüge, keine Unwahrheit sagen konnte. Das habe ich für Dummheit gehalten." – „So geht es! Die besten Menschen werden verkannt. Als er von mir Abschied nahm, sagte er noch, daß er Sie nie vergessen werde." – „O Gott! Hat er das gesagt?" – „Ja. Er gab mir noch ein Herz, das ich Ihnen bringen sollte, zum Andenken an ihn." – „Der Liebe, der Gute! Aber von dem Herzen weiß ich gar nichts. Sie haben es mir ja nicht gebracht." – „Leider nicht. Es war aus Pfefferkuchen. Vorn klebte ein roter Zettel, auf dem in schöner Goldschrift der Reim stand:

Du bist so süß wie Pfefferkuchen,
Doch muß ich meiner Liebe fluchen.
Ein andrer küßt dich auf den Mund,
Das bringt mich vollends auf den Hund."

Jetzt trat eine Gesprächspause ein. Sam erwartete ein Wort, sie aber sagte nichts. Es war zu dunkel, als daß er ihr Gesicht hätte sehen können. Was dachte sie jetzt? Glaubte sie es von diesem Herzen? Merkte sie, daß er Jux machte? Die letzte Zeile des Pfefferküchlerreimes war wohl einem liebenden Herzen nicht ganz angemessen!

Und als sie immer noch schwieg, sagte er:

„Ich hätte es Ihnen gern gebracht, aber ich hatte selber eine Geliebte, die mir untreu geworden war, und so habe ich dieser das Herz gegeben. Es ist also doch an den richtigen Mann gekommen, das wird Sie trösten, Mylady." – „Es gehörte aber mir!" – „Nun ja. Hat das Stück Pfefferkuchen denn so großen Wert für Sie?" – „Es war ja von ihm!" – „Ganz richtig, von ihm, und darum hat es einen solchen Wert. Es ist genau so, wie in dem Lied von den alten zerrissenen Hosen. Da sagte die Frau:

> Geh mit deinen alten Fetzen,
> Die kein Mensch mehr flicken kann!

und er antwortet darauf:

> Frau, die mußt du liebreich schätzen,
> Denn sie sind von deinem Mann!"

Wieder trat eine Pause ein. Die Art und Weise, wie er sich in dieser Herzensangelegenheit ausdrückte, war ihr gar nicht sympatisch. Er fühlte das. Vielleicht war er mit Absicht so drastisch. Er wollte sie ein wenig peinigen für alles, was sie ihm früher zugefügt hatte. Aber es tat ihm doch weh, und so fuhr er fort:

„Haben Sie niemals wieder von ihm gehört?" – „Nie." – „Er hat nicht einmal an Sie geschrieben?" – „Ich habe keinen Brief erhalten. Ich hätte mich sehr gefreut darüber." – „Oh! Sie hatten ja einen Mann." – „Mit dem ich aber nicht glücklich lebte. Ich möchte doch wissen, wo Barth jetzt steckt." – „Das kann ich Ihnen sagen." – „Sie? Mein Himmel! Wissen Sie es?" – „Ja, sehr genau. Er hat mir von Amerika aus geschrieben. Er wußte, daß ich auch herüber wollte. Ich bin also nachgereist und mit ihm in Cincinnati zusammengetroffen. Dort haben wir miteinander gute Freundschaft gehalten, bis er starb." – „Starb? Herr Jesus! So ist er tot?" – „Ja." – „Seit wann?" – „Er hat nur zwei Jahre in Amerika gelebt." – „Woran ist er denn gestorben?" – „Das hat selbst der Arzt nicht genau gewußt. Aber Samuels letzte Worte waren:

> Die Liebe ist das schlimmste Gift,

Das, ach, nur die Verliebten trifft!

Daraus schließe ich, daß er an unglücklicher Liebe gestorben sein mag. Friede seiner Asche!" – „Herr, ich weiß nicht, was ich von Ihnen denken soll!" – „Wieso, Mylady?" – „Ich habe solches Vertrauen zu Ihnen, und Sie drücken sich in einer Weise aus, daß es mir leid tut, mit Ihnen über diese Angelegenheit gesprochen zu haben." – „Wirklich? Nun, ich will Sie nicht täuschen. Hier ist ein Felsstück, gerade wie eine Bank gelegen. Kommen Sie, Mylady! Setzen Sie sich! Ich will nicht länger scherzen und Ihnen die Wahrheit sagen."

Er nahm sie bei der Hand und führte sie zu dem Stein. Sie setzte sich und bat dann:

„Aber bitte, die Wahrheit!" – „Gewiß!" – „Er ist nicht tot?" – „Nein." – „Gott sei Dank! Er lebt!"

Das klang so froh, so glücklich, daß es ihm wirklich schwer wurde, in der beabsichtigten Weise fortzufahren. Aber er wollte sie auf die Probe stellen.

„Ja, er lebt, und zwar sehr glücklich." – „Glücklich? Ich gönne es ihm. Wo ist er?" – „Eben in Cincinnati." – „Was treibt er da?" – „Er war Knopfmacher und ist noch immer Knopfmacher, doch in amerikanischer Weise und in amerikanischem Maßstab. Er hat eine große Fabrik und treibt das Geschäft mit seinem Schwiegervater in Compagnie." – „Schwie..."

Sie brachte das Wort nicht heraus.

„Ja, in Compagnie", wiederholte Sam. – „Er hat – hat einen Schwie- Schwiegervater?" – „Gewiß!" – „Er ist also ver- heiratet?" – „Und zwar sehr glücklich. Das ältste von seinen fünf Kindern, ein Mädchen von siebzehn Jahren, wird sich nächstens verheiraten." – „Sieb- zehn – Jahren! Vergessen, vergessen!" – „O nein. Er spricht oft von Ihnen." – „Seine Tochter ist siebzehn Jahre alt. Er hat also bereits nach drei Jahren geheiratet! So schnell, so schnell hat er mich vergessen!"

Auguste legte die Hände zusammen und ließ den Kopf tief auf die Brust herniedersinken.

„Sie klagen ihn an, Mylady! Haben Sie ein Recht dazu, ein gutes Recht?" – „Ich glaubte, daß er mich geliebt habe!" – „Das hat er, ja gewiß, das hat er! Aber Sie haben ihn von sich gestoßen, Sie haben ihn fortgewiesen, fort, in die weite Welt. Sie haben sich einen Mann genommen, und nun verlangen Sie, daß Barth Ihnen treu bleiben soll für das ganze Leben! Bedenken Sie!" – „Ach ja, Sie haben wohl recht. Aber der Mensch ist so egoistisch. Ich habe ihn stets liebgehabt, stets, stets. Es ist mir unmöglich gewesen, zu denken, daß er verheiratet sei. Ich bin, wie ich aufrichtig gestehen will, herübergekommen in der unausgesprochenen Hoffnung, daß ich ihn vielleicht wiedersehen werde. Und nun erfahre ich, daß er für mich verloren ist!" – „Sie sind böse darüber, daß er sich verheiratet hat?" – „Nein, nicht böse, aber ich bin nun um die größte Hoffnung ärmer." – „Sie werden sich trösten. Der Gedanke, daß er glücklich ist, muß Ihnen die Enttäuschung tragen helfen. Wie wäre es, wenn er unglücklich wäre, arm, elend, in Lumpen gehüllt!" – „Das wollte ich, ja, das wollte ich! Ich würde ihm alles geben, was ich habe, alles!" – „Was haben Sie denn?" – „Mein Gott! Ja, Sie haben recht! Ich habe ja selbst nichts, gar nichts mehr. Ich bin selbst eine Bettlerin. Ich weiß nicht, was ich tun soll und wovon ich später leben werde, wenn Sie mir nicht das Verlorene retten."

Sam sagte jetzt nichts, aber als er hörte, daß sie still vor sich hinweinte, meinte er nach einer Weile:

„Trösten Sie sich, Mylady! Es ist immer besser so, als daß er tot ist. Noch schlimmer aber wäre es, wenn Sie sich in Ihrer Liebe getäuscht hätten. Ich setze den Fall, er wäre noch frei und ledig. Sie fänden ihn, aber er hätte sich äußerlich und innerlich so verändert, daß Sie ihm nicht mehr gut sein können, daß er Ihnen vielmehr widerwärtig wäre!" – „Das kann nie der Fall sein." – „O bitte, sagen Sie das nicht so kategorisch! Das Leben geht hier mit den Menschen um vieles rauher um, als drüben im Vaterland. Tausende gehen da äußerlich verloren und Tausende innerlich. Wäre er ein Lump geworden, so würden Sie ihn ..." – „Ich würde mich seiner annehmen", fiel sie ein. „Vielleicht gelänge es mir, einen Mann aus ihm zu machen." – „Hm! Wie stellen Sie sich diesen Samuel Barth jetzt eigentlich vor? Vielleicht entspräche seine Person gar nicht einmal den Erwartungen, die Sie hegen." – „Nun, er war nicht groß, ungefähr in Ihrer Statur; nur so außerordentlich ..." – „Bitte, sprechen Sie immer weiter!" – „So außerordentlich dick würde er nie sein." – „Da irren Sie sich. Er ist gerade so dick wie ich. In der Beziehung gleichen wir einander auf das Haar. Ein solcher Körperumfang ist keineswegs eine Schönheit, wie Sie wohl zugeben werden. Und stellen Sie sich einmal vor, er wohne nicht in einem zivilisierten Ort dieses Landes, sondern er streifte, so wie ich, heimatlos im wilden Westen herum. Ein solches Leben ist von schlimmen Einfluß auf den Menschen. Der Mann wird roh, grausam und rücksichtslos." – „Samuel würde das nie werden. Er hatte ein so tiefes, gutes Gemüt, und dieses würde sich selbst bei einem solchen Leben erhalten." – „Gott segne Sie für dieses Wort! Wenn Barth es hörte, würde er sich sehr freuen. Übrigens glaube ich, daß er ein Andenken von Ihnen hat." – „Ach ja, aber es ist gar nichts wert. Einst zur Kirmes kam ein Händler auf den Tanzsaal. Er bot allerlei feil. Samuel kaufte mir eine silberne Haarnadel. Der Gute! Er war arm und gab sein einziges Geld dafür aus. Ich kaufte ihm einen silbernen Ring, über den er große Freude zeigte. Ob er denselben wohl noch hat?" – „Er hat ihn noch, nur ist nicht viel davon zu sehen. Der dicke Kerl ist so fett geworden, daß das Fleisch des Fingers über dem Ring fast zusammengewachsen ist. Die Nadel aber haben Sie gewiß weggeworfen?" – „O nein. Ich hatte sie mir aufgehoben. Später suchte ich sie wieder vor. Seitdem habe ich sie stets getragen. Ich habe sie auch jetzt noch im Haar." – „Sapperment! Hat denn das Silber so lange Zeit gehalten?" – „Nicht ganz. Ich habe mir die Nadel einige Male wieder versilbern lassen. Aber, mir kommt es vor, als hätten Sie mir noch immer nicht das Richtige gesagt. Ich bitte Sie dringend, mir die volle Wahrheit mitzuteilen." – „Na, wenn Sie so dringend bitten, muß ich wohl gehorchen." – „Also er lebt wirklich noch?" – „Ja, wirklich. Er ist Waldläufer geworden. Er hat Sie nicht vergessen können und nirgends Ruhe gefunden. Darum hat es ihm nirgends gefallen." – „Der Gute! Ich kann mir ihn aber gar nicht als halbwilden Präriejäger vorstellen. Er war so sanft, er konnte kein Wässerlein trüben." – „Oh, jetzt ist er imstande, einen ganzen Strom trübe zu machen, wenn er mit seiner dicken Gestalt hineinplanscht. Übrigens bricht Not Eisen. Wer nach dem wilden Westen kommt, der wird entweder bald ein tüchtiger Kerl, oder er geht unter. Mir hat es ja auch niemand an der Wiege gesungen, daß ich mich einst mit Indianern herumschlagen würde." – „Nun, bei Ihnen ist das doch wohl etwas anderes. Ihr früheres Handwerk war ja schon ein weit derberes als das seinige. Es ist ein Unterschied zwischen einem Fleischer und einem Knopfmacher, mein lieber Herr – Herr – da fällt mir ein, daß ich Ihren Namen noch gar nicht weiß." – „Ich heiße Sam, und nach meiner schönen Gestalt nennt man mich den dicken Sam" – „Sam! Ist das der Familienname? – „Nein, sondern Vorname." – „Ein sonderbarer Name. Ich habe ihn noch nie gehört." – „Vielleicht doch. Sam ist Abkürzung. Der Amerikaner macht sich alles möglichst leicht. Er spricht lange Worte nicht gern aus, sondern er hackt ein Stückchen oder einige Stückchen davon ab. Er sagt Pa und Ma anstatt Papa und Mama, Mo statt Salomo. So gibt es eine Menge einsilbige Namen, mit denen man fast nicht weiß, wohin: Bill, Will, Rob,

Bob und andere. So ist es auch mit Sam." – „Was heißt dies eigentlich?" – „Es ist die erste Silbe von Samuel." – „Wie? So heißen auch Sie Samuel?" – „Ja." – „Ein sonderbares Zusammentreffen! Sie sind sein Freund und haben auch ganz denselben Vornamen! Aber wie ist Ihr Familienname?" – „Vollständig heiße ich Sam Barth." – Barth? Höre ich recht?" – „Jedenfalls. Gefällt Ihnen der Name nicht?" – „Oh, sehr, sehr! Aber es ist doch ganz der seinige!" – „Freilich!" – „Und Sie sind aus – aus Rodewisch!" – „Na, ich will Ihnen offen gestehen, daß ich da ein klein wenig geflunkert habe. Eigentlich bin ich wo ganz anders her, nämlich aus Herlasgrün. Und eigentlich bin ich auch nicht Fleischer gewesen, sondern vielmehr Knopfmacher. Und eigentlich ist ..." – „Herrgott!" unterbrach sie ihn „Bitte zeigen Sie einmal her! Schnell, schnell!"

Sie ergriff seine Hände und tastete prüfend an den Fingern hin. Es war ja zu dunkel, um etwas sehen zu können. Da fühlte sie an dem Goldfinger der linken Hand etwas Rundes, Hartes, worüber sich das Fleisch gelegt hatte.

„Mein Heiland! Dies ist der Ring!" – „Ja, das ist er, der silberne." – „Du bist's! Du bist's! Ist es möglich?"

Sie war von ihrem Sitz aufgesprungen. Sie stand vor ihm und hielt seine Hand gefaßt. Er fühlte, wie die ihrige zitterte.

„Ja, Gustel, ich bin's", sagte er tief gerührt und gar nicht in dem selbstironisierenden Ton, in dem er bisher gesprochen hatte. – „Und ich habe dich nicht erkannt!" – „Ich dich sofort. Aber das ist ja auch kein Wunder, da ich mich so gewaltig verändert habe." – „So ist mir mein Wunsch erfüllt, und meine Ahnung hat mich nicht getäuscht. Als der Schwager von Amerika redete, dachte ich an dich. Ich hatte keine Ahnung von der Größe des Landes. Und wenn auch, es war mir doch, als wenn ich dich ganz bestimmt treffen und wiedersehen werde. Meine Sehnsucht ..."

Sie hielt inne. Wäre es nicht dunkel gewesen, so hätte er gesehen, wie tief sie errötete.

„Rede weiter, Gustel! Deine Sehnsucht ..." – „Ah, geh! Davon kann ich doch nicht sprechen." – „Warum nicht? Als du mich für einen Fremden hieltest, hast du dich nicht geschämt, sondern mir alles gesagt. Jetzt, da du weißt, wer ich bin, willst du schweigen. Fürchtest du dich vor mir?" – „Ich möchte wohl!" – „Das darfst du nicht!" – „Aber ich muß doch, da ich so schlecht an dir gehandelt habe." – „Nun, was das betrifft, so ist es am allerbesten, wir denken nicht mehr daran." – „Ja, wenn du mir vergeben könntest." – „Das ist schon längst geschehen. Himmelelement. Ich könnte vor Freude droben dem Mond, der sich aber heute gar nicht sehen läßt, eine Maulschelle geben, daß er sich selbst für einen Eierkuchen halten sollte. Niemals habe ich daran gedacht, daß ich dich wiedersehen könne, und nun treffe ich mit dir in dieser alten Prärie zusammen. Wie albern sind doch die Leute, die meinen, daß es keinen Gott gebe! Nur der liebe Gott ist es, der dich auf den Gedanken gebracht hat, herüber nach Amerika zu gehen. Oder meinst du nicht?" – „Ja, es war wie eine Eingebung." – „Und nun stehst du da, hier vor mir. Höre, Gustel, es ist mir ganz so, als ob ich erst gestern in Ruppertsgrün gewesen wäre, und da ... weißt du den Weg, den ich immer nahm?" – „Sehr genau." – „Über den Zaun hinweg." – „Ja, durch den Garten in den Hof." – „An der Mauer lehnte der Sägebock, den stellte ich an den Schweinestall. Erst auf den Bock, dann auf den Stall, und dann ... hm!" – „An das Fenster." – „Ja. Du langtest mit deinen Patschen herunter, ich hielt alle zehn Finger in die Höhe, und da hatten wir uns. Aber bequem war es doch nicht. Nicht wahr?" – „Das ist wahr." – „Von dem ewigen Hinaufsehen tat mir noch früh am Morgen stets das Genick weh. Wir hätten es bequemer haben können, aber du wolltest nicht. Na, vielleicht hättest du gewollt, aber ich war zu schüchtern. Ich hatte mir hundertmal vorgenommen, dir einen tüchtigen Kuß zu geben, aber wenn ich dann vor dir stand, so hatte ich den Mut nicht dazu. Dann aber kam ganz plötzlich die Galle über mich. Ich nahm dich her und drehte dein Gesicht herum. Wir standen an der Haustür, ich hatte dich vom Tanz heimgebracht. Ich machte schon die Lippen spitz, wie eine Karpfenschnute. Da prasselte es von oben herab. Es war im Winter, und das Dach lag dick voll Schnee. Dieser war locker geworden und prasselte gerade in dem wichtigen Augenblick auf uns hernieder, daß wir wie zwei Schneemänner dastanden, hustend, prustend und niesend, daß das ganze Dorf hätte aufwachen mögen. Weißt du es noch, Gustel?" – „Oh, sehr gut!" – „Aber den Schmatz habe ich mir doch noch geholt, und da dann der Knoten gerissen war, so habe ich mich nach und nach immer besser eingerichtet. Weiß der liebe Himmel, wie das so schmeckt, obgleich es dabei nichts zu schlucken gibt, und ist auch weder süß noch sauer, weder bitter, noch salzig! Wenn ich heute nicht dieses dumme Bärenfell anhätte, so ..." – „Nun, so ..." – „So nähme ich dich einmal recht herzlich in die Arme und versuchte, ob ich das Küssen während der zwanzig Jahre vielleicht verlernt habe. Einen Schneesturz hätten wir nicht zu befürchten, und da ... hm, was sagst du dazu, Gustelchen?"

Sie zögerte einige Augenblicke mit der Antwort, sie konnte ja doch nicht sagen, wie gerne sie mit ihm seinen Wunsch erfüllt hätte, fragte aber dann:

„Was hat denn der Bärenpelz verbrochen?" – „Eigentlich nichts, aber wenn man monatelang nicht aus dieser Haut herauskommt, so befindet man sich nicht in einem sehr appetitlichen Zustand. Und so ein Herzeleid will ich dir doch nicht antun" – „Oh, ich habe doch auch keinen Ballstaat an." – „Meinst du? Also ich darf?"

Sam fühlte es mehr, als daß er es sah, daß sie nickte, denn er hatte ja bereits den einen Arm um sie gelegt, jetzt zog er sie an sich heran und küßte sie lange und innig auf die ihm willig entgegenkommenden Lippen. Dann setze er sich auf den Stein, zog sie neben sich nieder und küßte sie wieder und immer wieder.

Das dauerte lange, sehr lange. Die beiden hatten ganz den Maßstab für die Zeit verloren. Sie fühlten sich jung, als ob sie noch Bursche und Mädchen seien, gerade wie damals in Ruppertsgrün. Sie bemerkten gar nicht, daß sich hinter dem Stein, auf dem sie saßen, etwas bewegte, leise und langsam, nach dem Feuer hin. Sie sprachen im Flüsterton. Sie hatten sich ja so sehr viel zu erzählen. Sie hatte ihm so viel abzubitten und er ihr so viel zu vergeben. Und die Vergebung wurde so oft wiederholt und allemal mit einem Kuß besiegelt.

15. KAPITEL

Sam hätte noch lange nicht daran gedacht, daß seine Wachzeit längst vorüber sei und daß er Jim hätte wecken sollen, aber da wurden von dem nun freilich ganz niedergebrannten Feuer laute Rufe hörbar.

„Sapperment", fuhr der Dicke zusammen und blickte nach dem Himmel, der freilich nur wenige Sterne zeigte. „Ich habe nun drei Stunden gewacht. Was ist denn dort los?"

Er sah, daß die Schläfer erwacht und aufgesprungen waren, und eilte hinzu.

„Was gibt es? Was habt ihr denn?" – „Dicker, bist du blind und taub gewesen?" – „Nein." – „Wo sind denn unsere Gewehre?" – „Sind die denn weg?" – „Ja, alle. Oder hast du dir wieder einmal einen dummen Spaß gemacht?" – „Fällt mir nicht ein! Legt euch schnell wieder auf die Erde nieder, damit ihr kein Ziel bietet. Wie ist denn das gekommen?"

Sie lagen am Boden, auch Auguste, die mit herbeigekommen war.

„Das mußt du doch wissen", sagte Jim. „Du hattest die Wache. Warum hast du mich nicht geweckt? Deine Zeit ist ja längst um!" – „Du dauertest mich. Ich wollte dir Ruhe gönnen." – „Hole dich der Teufel mit deinem Bedauern! Wir sind beschlichen und bestohlen worden. Vielleicht ist es gar etwas noch Schlimmeres!" – „Schwerlich. Räuber hätten sich nicht mit den Gewehren begnügt, sondern mit den Messern gearbeitet. Verdammt! Ich habe nichts gehört." – „Leider! Vielleicht hast du wieder einmal übers Wasser hinübergedacht nach - nach - na, wie heißt das grüne Nest? Ruppertsgrün, wo die Auguste jetzt mit einem anderen schnäbelt. Wenn die Gewehre wirklich weg sind, so hast du es mit mir zu tun. Du bist so dumm, so dick du bist!" – „Na, halte das Maul! Vielleicht ist es gar nicht so schlimm. Wenn wir nur die Pferde noch haben. Ich bin schuld und werde also das Wagnis unternehmen. Ich krieche nach den Pferden."

Tief am Boden hingestreckt, kroch Sam in die Nacht hinaus. Aber bereits nach wenigen Sekunden hörten sie ihn rufen:

„Was ist das? Kommt einmal her!"

Sie folgten seiner Aufforderung. Etwa fünfzehn Schritt von ihnen entfernt waren die fehlenden Gewehre zusammengestellt, und an der Spitze dieser Pyramide befand sich ein weißes Papier.

„Was hat das zu bedeuten?" fragte Tim. – „Werden es gleich erfahren", antwortete Sam, indem er nach dem Papier griff. „Nehmt eure Büchsen, ich sehe nach den Pferden."

Dann schlich er sich fort und kehrte erst nach längerer Zeit nach dem Lagerplatz zurück, wo sich die anderen wieder niedergelegt hatten.

„Es ist alles in schönster Ordnung", meldete er. „Die Pferde sind da, und ich habe keinen Menschen bemerkt. Heiliger Donner! Wenn das Feinde gewesen wären! Unsere Seelen befänden sich schon im fünften Himmel!" – „Da siehst du, was du mit deiner Achtlosigkeit hättest anrichten können!" brummte Jim. – „Rede nicht! Du hättest auch nichts gehört. Es ist freilich stark, sich mitten zwischen euch hineinzuschleichen und euch die Flinten abzunehmen. Der Kerl, der das getan hat, ist ein Savannenvirtuose. Aber ein Feind ist er sicherlich nicht." – „Warum aber läßt er sich nicht sehen und hören?" – „Das ist auch mir ein Rätsel, wird sich aber vielleicht bald aufklären, wenn wir uns das Papier ansehen. Es ist, wie ich fühle, kein Druck-, sondern Schreibpapier. Vielleicht steht etwas darauf. Da gibt es noch glühende Asche. Blase sie einmal an, Tim, und lege einige Zweige darauf!"

Tim tat dies, und als nun die Flamme hell aufprasselte, hielt Sam das Papier in die Helle und las. Es war wohl nicht sehr leicht zu entziffern, da die Wörter mit Bleistift und im Dunkel geschrieben worden waren. Es dauerte einige Zeit. Dann aber sprang Sam mit einem Ruf der Freude auf und rief mit lauter Stimme, so daß es in der nächtlichen Stille wohl eine englische Meile weit schallen mußte:

„Halloo, Sir, halloo! We thank to you thousand, thousand times! Hallo, Sir, hallo! Wir danken Euch tausend, tausendmal!"

Im Nu war auch Jim aufgesprungen und sagte, im höchsten Grade erschrocken:

„Bist du verrückt, Dicker? Du brüllst uns ja alle Indianer des Felsengebirges auf den Hals! Willst du denn mit aller Gewalt skalpiert werden? Gleich kommst du nieder und hältst das Maul!"

Er zerrte an Sam herum, um ihn wieder zum Sitzen zu bringen, aber der Dicke lachte und sagte:

„Keine Sorge! Wo der ist, den ich meine, da reißen alle Indsmen aus. Ich möchte am liebsten noch einmal rufen, dann ..." - „Um Gottes willen, laß das bleiben!" – „Pshaw! Haltet ihr mich für einen Kindskopf? Ich denke, der dicke Sam weiß stets, was er tut." – „Ja, besonders wenn er die Wache hat. Da schläft er ruhig ein und läßt sich die Gewehre forttragen!" – „Na, was das betrifft, so hätte ich mich am liebsten vorhin selbst ohrfeigen mögen, das ist wahr. So hat man mich noch nicht übers Ohr gehauen. Aber nun ist es anders. Jetzt, da ich weiß, wer es gewesen ist, kann ich es mir vergeben. Wenn der es will, so trägt er euch alle vom Feuer fort, ohne das ihr es merkt. Darauf könnt ihr euch verlassen." – „Sei nicht verrückt! Wer ist es denn?" – „Da steht es unten auf dem Zettel in indianischer Sprache. Spitzt eure Ohren! Ihr habt den vornehmsten Besuch gehabt, den man hier im fernen Westen nur haben kann!"

Sam setzte sich wieder nieder, um den Zettel abermals an die Flamme zu halten.

„Wenn ich nicht wüßte", zürnte Jim, „daß es hier keinen Tropfen Feuerwasser gibt, so dächte ich, du hättest dich bekneipt und seist total betrunken. Wer ist denn dieser außerordentliche Kerl?" – „Oh, es sind ihrer zwei. Hört also und staunt! Hier steht groß und deutlich, ‚Tan-ni-kay' und daneben lese ich ..." – „Tan-ni-kay!" rief Jim, überrascht aufspringend. „Das ist etwas anderes! Ist's wahr? Steht das wirklich da?" – „Ja, natürlich! Ich werde doch so viel herausbuchstabieren können!" – „Du hast doch einst gesagt, daß du nicht lesen könntest! Ich glaube, es war an jenem Abend, an dem wir uns bei Wilkinsfield im Wald trafen." – „Das war Spaß. Ein Deutscher, und zumal ein Sachse, kann stets lesen. Der wird gleich mit dem Abc geboren und in das große und kleine Einmaleins eingewindelt; als Zulp bekommt er eine Federbüchse in das Maul gesteckt, und wenn er schreit, so schreit er gleich perfekt nach Noten im Violinschlüssel. Also lesen kann ich, auch den zweiten Namen." – „Und der heißt?" – „Lata-nalga." – „Lata-nalga! Donnerwetter! Das sind nun freilich die berühmtesten Männer, die es hier im Westen gegeben hat. An sie kommt kein anderer, und da ist es nun gar nicht zum Verwundern, daß sie uns so famos an- und abgeschlichen haben." – „Was heißen denn diese Namen?" fragte der Förster, dessen Wißbegierde natürlich auch erwacht war, da er die anderen so aufgeregt sah.

Sam Barth erklärte:

„Lata-nalga sollte eigentlich heißen Lata-nalgut. Es ist aus der Apachensprache und bedeutet Starke Hand. Tan-ni-kay ist die Abkürzung von Natan-si-ni-tle-kayi, auch aus der Sprache der Apachen und heißt Fürst der Bleichgesichter. Haben Sie das verstanden?" – „Natürlich. Aber wer sind die beiden?" – „Die Starke Hand ist ein Apachenhäuptling, ein Krieger, Reiter, Ringer und Schütze wie kein zweiter. Er besitzt eine Körperkraft, eine Faust, die Steine zerhauen kann, daher sein Name. Er ist ein Freund der Weißen überhaupt, aber nicht auch ein Freund der US-Regierung, die seinem Volk den Raum zum Leben immer enger und enger macht. Wehe dieser Regierung, wenn die Starke Hand einmal auf den Gedanken kommen sollte, sich an die Spitze der südwestlichen Indianerstämme zu stellen! Dieser Häuptling ist nicht alt, aber von einer Einsicht, Klugheit und Geschicklichkeit, die nur mit seiner Tapferkeit verglichen werden kann. Wenn er in der Versammlung erscheint, beugen sich alle zur Erde, und wenn er sich erhebt, um zu sprechen, so bleibt selbst der Sturm stehen und schweigt, um den Worten des roten Häuptling zu lauschen." - „Sie werden ja förmlich poetisch!" – „Ja, das möchte ein jeder werden, der von diesem Manne spricht. Er ist unvergleichlich, und es gibt nur einen einzigen, der sich mit ihm messen kann, ja, der ihm wohl gar noch über ist. Ich meine da den Fürsten der Bleichgesichter." – „Auch ein Indianer?" – „O nein; das zeigt ja bereits sein Name. Er muß ein Bleichgesicht, ein Weißer sein." – „Aber sein Name ist doch indianisch!" – „Gerade darum hat er um so größeren Wert. Der Indianer besitzt einen ungemeinen Scharfblick in Beziehung auf die Beurteilung eines anderen. Er findet für jeden Menschen stets einen zutreffenden Namen, der die hervorragenden Eigenschaften oder Eigentümlichkeiten desselben genau bezeichnet. Daß gerade die Wilden diesen Weißen den Fürsten der Bleichgesichter genannt haben, ist der deutlichste Beweis, daß dieser Mann wirklich der außerordentlichste Weiße ist, den sie gesehen haben." – „Weiß man, wer er ist?" – „Nein. Er kennt den Westen, wie ich die Linien meiner Hand kenne, und doch spricht man erst seit ungefähr einem halben Jahr von ihm. Aber in dieser kurzen Zeit ist er auch so berühmt geworden, daß die zweijährigen Indianerkinder von ihm schwärmen und die weißen Großväter und Großmütter von ihm erzählen. Er ist der Überall und Nirgends. Wo etwas Großes geschieht, hat er es angestiftet, und die Starke Hand ist dabei. Beide sind nämlich ganz unzertrennliche Freunde. Es ist, als ob er allgegenwärtig sei. Heute hat er die Sioux über den Schädel gehauen, und nach kurzer Zeit hört man bereits, daß er die Komantschen in die Enge getrieben hat. Gestern hat er eine weiße Familie vom sicheren Tode errettet, und morgen oder übermorgen haut er einen braven Indsman aus den Feinden heraus. Er soll so stark sein wie ein brauner Bär, und doch ein Kind von Gemüt. Er kommt und verschwindet wie ein Geist. Niemals läßt er Spuren zurück, und findet man ja einmal eine Fährte seines Pferdes, so hört sie plötzlich mitten im tiefen Sand, wo sie doch am sichtbarsten ist, auf, als wären Reiter und Pferd plötzlich davongeflogen. Darum sagen die Roten, daß er ein Geisterpferd besitze, das vier Flügel habe." – „Es ist jedenfalls viel Übertreibung dabei." – „Ja, der Jäger, sowohl der rote wie auch der weiße, ist sehr zum Übersinnlichen und zur Übertreibung geneigt. Die Einsamkeit, in der er sich befindet, die großartige Natur, die er durchschweift, die Gefahren, die ihn umgeben, das alles regt seine Phantasie an und gibt ihr eine eigentümliche, fremdartige Richtung. Die Heldentat, die am Lagerfeuer erzählt wird, bekommt bald einen überirdischen Anstrich. Aber selbst, wenn man diese Übertreibung abrechnet, bleibt von den Taten der beiden Männer, von denen wir sprechen, so viel übrig, daß man eingestehen muß, sie werden von sonst keinem erreicht." – „Ist dieser Fürst der Bleichgesichter ein Yankee?" – „Wer das wüßte! Er erscheint niemals in zahlreicher Umgebung und verschwindet ebenso schnell, wie er gekommen ist. Niemand wagt es, ihn auszufragen, und seinen Namen nennt er nicht." – „Aber man muß ihn doch als den Fürsten kennen?" – „Ich habe ihn noch nie gesehen, aber ich habe mir sagen lassen, daß man erst nach seiner

Entfernung merke, mit wem man es zu tun gehabt hat. Es ist ganz so, wie jetzt hier bei uns. Er ist dagewesen und wieder fortgegangen, ohne daß wir es gemerkt haben. Doch nun er fort ist, wissen wir, wer uns besucht hat. Aber bei diesen Erklärungen vergessen wir die Hauptsache, nämlich den Zettel." – „Ja",meinte Jim. „Es muß doch noch mehr daraufstehen, als nur die beiden Namen." – „Natürlich! Es ist wahrhaftig ganz so, als ob er allwissend sei. Horcht einmal!"

Sam beugte sich zum Feuer hin und las:

„Genau Nordwest reiten – in vier Stunden enges Tal, drei Akazien am Eingang – drin die Wagen – nur zwei Mann Wache – die anderen nach Süden geritten, um Paloma-nakana zu bestehlen – vorderster Wagen linkes Hinterrad euer Geld vergraben – haltet später bessere Wacht – wir konnten auch Feinde sein – gratulieren Sam Barth und Gustel aus Ruppertsgrün.
Tan-ni-kay – Lata-nalga."

Jim und Tim schüttelten die Köpfe. Der erstere sagte verwundert: „Sollte man das für möglich halten! Stehen diese Worte denn wirklich da auf dem Papier?" – „Versteht sich! Hier, lies es selbst!"

Sam hielt ihm den Zettel hin.

„Unsinn! Behalte nur getrost das Papier! Ich will lieber mich mit fünfzig Indianern als mit drei Buchstaben herumbalgen. Mit den Indsmen werde ich fertig, mit dem Geschreibsel aber nicht. Es hat eben ein jeder seine starken und seine schwachen Seiten. Aber höre, Sam, diese Sache kommt mir doch ein wenig unwahrscheinlich vor!" – „Warum?" – „Weil erstens diese Kerle nur vier Stunden entfernt von hier stecken sollen." – „Ist das so unmöglich?" – „Unmöglich wohl nicht. Aber sie werden sich doch nicht so nahe hersetzen, wo sie hier den Diebstahl ausgeführt haben." – „Hm! Man kennt ihre Gründe nicht." – „Und nun nur zwei bei den Wagen lassen!" – „Jemand muß doch als Wache zurückbleiben!" – „Und das Geld vergraben! Das steckt man doch ein und behält es bei sich!" - „Schau, wie klug du bist! Diese Kerle sind zu einem Raubzug aufgebrochen. Sie wissen nicht, ob er gelingen werde. Gelingt er nicht, so laufen sie Gefahr, das zu verlieren, was sie bei sich haben. Es ist also ganz klug, daß sie es vergraben haben." – „Hm! Es ist das alles möglich, sehr wahrscheinlich aber ist es nicht!" – „Ich glaube es." – „Bedenke, wenn irgendein Lump sich den Spaß gemacht hätte, uns irrezuführen. Vielleicht einer aus der Spitzbubengesellschaft selbst. Sie bringen uns von der richtigen

Spur ab und kommen unterdessen in Sicherheit." - „Pshaw! Ein solcher Halunke hätte es nicht fertiggebracht, sich in dieser Weise anzuschleichen, er hätte uns auch nicht die Gewehre und Pferde gelassen." – „Das ist freilich wahr." – „Und zudem hoffe ich, daß wir, wenn der Tag anbricht, eine Spur der Wagen finden werden, obgleich bereits fünf Tage vergangen sind." – „So willst du also diesem schriftlichen Rat folgen?" – „Natürlich! Wir haben ja noch Zeit, zu beraten. Von großem Vorteil hierbei wäre es, daß wir für unsere Ladies kein Versteck zu suchen brauchten. Vier Stunden können sie es zu Pferde aushalten. Wir können sie also gleich mitnehmen. Es scheint mir, daß der rote Burkers das Tal, in dem die Wagen stehen, bereits gekannt hat. Es ist sein Versteck, von dem aus er noch einige Beutezüge unternehmen will. Die Wagen bieten ihm die vortrefflichste Gelegenheit, das Geraubte dann bequem in Sicherheit zu bringen. Wie gesagt, ich glaube alles, was hier auf dem Zettel steht. Und da diese beiden Namen daruntergeschrieben sind, so bin ich bereit, auf den Inhalt zu schwören, wie auf das Evangelium." – „Warum aber tut dieser Fürst der Bleichgesichter so heimlich? Warum hat er uns nicht geweckt, um uns seine Mitteilung mündlich zu machen?" – „Er wird seine Gründe gehabt haben." – „Natürlich! Aber woher weiß er das alles?" – „Das ist seine Sache." – „Und woher weiß er, daß diese gute Lady aus dem Ort Ruppertsgrün ist?" – „Ich schätze, daß er sich länger, als wir annehmen, hier bei uns befunden und uns belauscht hat." – „Und was hat es mit der Gratulation für eine Bewandtnis? Seid Ihr etwa beide an demselben Datum geboren und feiert heute euren Geburtstag?" – „Fast ist es so. Wir feiern den Tag der Wiedergeburt." – „Du siehst mir nicht aus wie ein wiedergeborenes Wickelkind, Dicker. Macht keine Faxen!" – „Na, so will ich deutlicher sein. Du selbst hast heute bereits auf die Lady angespielt, deren Bekanntschaft ich da drüben gemacht habe ..." – „Ja, auf dem Schweinestall!" – „Wo, das ist gleichgültig." – „Aber nicht so gleichgültig ist es wohl, daß sie dir den Laufpaß gegeben hat." – „Oh, im höchsten Grade gleichgültig! Oder meinst du etwa, daß ich mich sehr abgehärmt habe?" – „Nun ja, du hast dir ganz im Gegenteil ein hübsches Bäuchlein angehärmt. Der Gram aus unglücklicher Liebe ist dir sehr gut bekommen. Wie würde da erst eine glückliche Liebe bei dir anlegen!" – „Das wirst du sehr bald erfahren und beobachten können, da ich eben jetzt an einer sehr glücklichen Liebe erkrankt bin." – „Zu wem denn?" – „Zu dir nicht, mein süßer Jim, aber besagte Liebe ist eine so glückliche, daß ich mir vorgenommen habe, in allernächster Zeit

Ehemann zu werden." – „O wehe! Dich möchte ich als Ehemann sehen, im roten Schlafrock, mit gelben Bummeln und Quasten, Blumentöpfe begießend und Handtücher waschend." – „Kannst dir es mit ansehen. Und damit du dir nicht Sorge machst, ob ich auch eine Squaw bekomme, so werde ich sie dir zeigen." – „Wohl im nächsten Indianerdorf? Da wird sich wohl irgendeine rote Urahne finden lassen, die geneigt ist, ihr zartes Herz dir an den Rücken nageln zu lassen." – „Das könnte sie. Bei mir hätte der Nagel guten Halt, bei dir ginge er aber durch, wie bei einem Zigarrenkistenholz von zwei Zehntel Zoll Dicke. Aber bis wir an ein Indsmendorf kommen, will ich dich gar nicht warten lassen. Eigentlich kannst du mich herzlich dauern. Nachdem ich dir die Gratulation vorgelesen habe, müßtest du selbst wissen, wer das Vergnügen haben wird, jene Urahne zu sein. Mache deine Augen auf und siehe dir meine Braut an. Hier sitzt sie, gerade vor dir."

Er zeigte auf die Witwe. Jim machte ein sehr erstauntes Gesicht und sagte:

„Dir wollen wohl die Gedanken vergehen, Dicker?" – „Gar nicht, ich habe sie vielmehr noch niemals so gut beisammen gehabt wie jetzt. Diese Lady ist diejenige Auguste, unter deren Fenster ich auf dem Schweinestall stand ..." – „Und die dir dann den Abschied gab ..." – „Um mich jetzt desto herzlicher wieder aufzunehmen." – „Ist das wahr, Mylady?"

Auch der Förster zeigte sich im höchsten Grade überrascht, freute sich aber schließlich, als er den Zusammenhang erfuhr. Jim war jetzt überzeugt, daß Sam im Ernst gesprochen habe, und sagte, dieses Mal allerdings in wirklicher Aufrichtigkeit:

„Ich muß Euch gratulieren, Mylady, aber eigentlich bedaure ich es, daß ihr euch wiedergefunden habt. Wir verlieren an unserem Sam einen Jäger, wie ihrer sehr wenige gefunden werden. Wir ärgern zwar zuweilen einander ein wenig, aber das ist nur zum Zeitvertreib, wie es so die Kinder zu machen pflegen, im Ernst kennen wir einander und wissen seinen Wert zu schätzen. Macht also unseren kleinen Dicken so glücklich, wie es Euch nur möglich ist." – „Woher weißt du, daß ihr mich verlieren werdet?" fragte Sam. – „Nun, ich schätze, daß du als Ehemann hübsch daheim bleiben wirst, um Kartoffeln zu schälen und Quirle zu schnitzen. Das ist deine Schuldigkeit." - „Warte es ab! Wir haben überhaupt jetzt keine Zeit, über meine Angelegenheit zu sprechen. Wir sind hier mit dem Schreiben noch nicht fertig. Da steht nämlich: ‚Die anderen nach Süden geritten, um Paloma-nakana zu bestehlen.' Wißt ihr, was das zu bedeuten hat?" – „Natürlich!" antwortete

Tim. „Man sagt, daß die Nakana große Schätze verberge. Die will der rote Burkers holen." – „Wer ist dieser oder diese Palomanakana?" erkundigte sich der Förster. – „Es ist nicht ein Er, sondern eine Sie", antwortete Sam. „Dieses weibliche Wesen ist von ebensolchen Geheimnissen umgeben, wie der Fürst der Bleichgesichter. Man spricht seit einiger Zeit von ihr. Sie soll jung sein, ein Mädchen von ganz außerordentlicher Schönheit, eine Weiße, die aber von den Indsmen wie eine Göttin verehrt wird, weshalb, das kann man nicht sagen. Wir drei haben immer den Norden abgepirscht und sind seit langem nicht nach dem Süden gekommen, darum sind wir noch nicht zu ihr gelangt. Jetzt aber hoffe ich, daß wir sie sehen werden, da wir uns in der Nähe befinden." – „Ja, weißt du denn, wo sie wohnt?" fragte Jim. – „Ja." – „Vor kurzem wußtest du es noch nicht." – „Das ist sehr richtig. Ich wußte weiter nichts von ihr, als was auch ihr gehört hattet, nämlich daß sie ihr Wigwam aufgeschlagen hat, wo die Gebiete der Komantschen und Apachen zusammenstoßen. Diese beiden Stämme sind von jeher Todfeinde gewesen. Die Wohnung der Nakana aber ist ihnen heilig. Wo das schöne Mädchen sich befindet, ist neutraler Boden. Wo ihr Auge hinfällt, da hört die Feindschaft und die Blutrache auf, und die Komantschen kommen von Osten, die Apachen von Westen her, um sie zu verehren und mit Geschenken zu überschütten. Vor zwei Wochen bin ich mit einem Scout – Pfadfinder – zusammengetroffen, der bei ihr gewesen ist und mir den Weg zu ihr beschrieben hat. Sie lebt mit ihrem Vater in einer eingegangenen Mission. Ich habe nach dem Namen gefragt, konnte aber nichts anderes erfahren, als daß sie ihn nur Pa nennt, er sie aber Almy." – „Du", meinte da Jim. „Der Name kommt mir sehr bekannt vor. Hieß nicht so die schöne junge Lady Wilkins auf Wilkinsfield, wo wir damals mit Walker zusammentrafen, den unser kluger Tim so hübsch wieder laufen ließ?" – „Ja, die junge Lady hieß so. Es war überhaupt dort eine unglückliche Gegend. Wilkins hat seinen Prozeß gegen den Nachbar Leflor verloren. Er sollte in Schuldhaft gesteckt werden und schoß nach Leflor. Das brachte ihn in Untersuchung wegen Mordverversuch, und er entfloh mit seiner Tochter. Der brave deutsche Oberaufseher – Adler hieß er wohl – war schon vorher auch verschwunden, niemand mußte, wohin. Aber wir kommen von unserem Gegenstand ab. Wir sprachen doch von der Wohnung der Nakana. Der Pfadfinder hat sie mir so beschrieben, daß ich sie sehr wohl zu finden vermag. Wir befinden uns hier im Osten von der Sierra de los Mimbres. Wenn wir noch einen halben Tag lang nach Süden reiten und sie nach Westen hin übersteigen, so kommen wir an die Sierra della Acha, die ihre Wasser dem Rio Gila und durch diesen dem Colorado zusendet, der in den Golf von Kalifornien mündet. Da oben auf der Acha gibt es einen wunderherrlichen Gebirgssee, an dessen Ufern ich vor über zehn Jahren einmal mit den Komantschen zusammengeraten bin. Sie halten das Gebiet sehr heilig, weil sie dort ihre berühmten Häuptlinge begraben. Sie litten deshalb kein Bleichgesicht da oben, und ich war froh, mit dem Leben und einigen Messerstichen davonzukommen. Am Ufer des Sees stehen die alten Gebäude einer katholischen Mission, die nicht mehr bewohnt waren. Man sagt, daß dort einst ein sehr reiches Volk gewohnt habe, Tolteken oder so ähnlich soll ihr Name gewesen sein. Dieses Volk fand viel Silber in den Bergen, und als es dann verdrängt wurde, hat es unermäßliche Schätze in der Nähe des Sees vergraben. Deshalb und weil das Wasser des Sees bei klarem Wetter, wenn die Sonne scheitelrecht steht, wie Silber funkelt, hat man ihn den Silbersee genannt. In der alten Mission am Ufer wohnt die Nakana." – „Was bedeutet denn das Wort Nakana?" erkundigte sich der Förster. – „Eigentlich heißt es vollständig Paloma-nakana. Beide Worte gehören dem Tehuadialekt an. Das erstere bedeutet Taube und das letztere Wald, Urwald, zusammen also die Taube des Urwaldes. Warum dieses Mädchen von den Indianern so genannt wird, weiß ich freilich nicht. Vielleicht erfahren wir es." – „Sie wollen wirklich hin?" – „Ja, und ich denke, daß Sie mitgehen werden." – „Sie vergessen, daß wir nach Kalifornien wollen." – „Und Sie wissen nicht, daß der beste Weg von hier aus nach Kalifornien über die Sierra della Acha geht. Auch müssen Sie bedenken, daß ich mich nicht ohne Not wieder von Auguste trennen werde, und daß Sie überhaupt noch nicht wissen, wie sich Ihre Zukunft entwickeln wird. Zunächst werden wir wiederholen, was Ihnen gestohlen worden ist. Dann wissen wir die Taube des Urwaldes in Gefahr, und es ist unsere Pflicht, sie zu warnen, sie also am Silbersee aufzusuchen." – „Eigentlich unnötig!" schaltete Tim ein. – „Warum?" – „Erstens weil der rote Burkers bereits aufgebrochen ist und also vor uns dort ankommen wird. Das ist sicher." – „Nicht so sicher, wie du denkst. Wir haben ein gutes Gewissen und können daher in gerader Richtung reiten, Burkers aber ist als Dieb bekannt. Läßt er sich treffen, so wird er einfach gehängt. Er wird also die einsamsten Gegenden aufsuchen und einen bedeutenden Umweg machen müssen. Aber was wolltest du zweitens sagen?" – „Das überhaupt unsere Warnung auf alle Fälle unnötig ist. Denkst du vielleicht, der Fürst der Bleichgesichter habe nur uns die Mitteilung gemacht, das sich die Taube in Gefahr befindet? Er ist jedenfalls hin zu ihr. Vielleicht hat er uns nur deshalb eine schriftliche Nachricht gegeben, um von uns nicht aufgehalten zu werden und dort schnell eintreffen zu können. Verstanden, Dicker?" – „Sehr wohl. Aber gerade weil der Fürst hin ist und die Starke Hand mit ihm, will auch ich hin. Ich will diese beiden berühmten Männer unbedingt kennenlernen. Verstanden, Langer?" – „Ja, und du hast allemal recht. Meint ihr aber nicht, daß es jetzt besser wäre, noch eine Stunde zu schlafen? Unsere Pferde sind klüger als wir, sie liegen im Gras und ruhen sich aus, wir aber sitzen hier und plaudern, als ob morgen ein Feiertag sei. Macht die Augen zu und schwatzt nach innen hinein. Das ist das Beste, was ich euch raten kann."

Die anderen stimmten bei. Die Wache trat an, und bald lagen außer ihr alle im erquickenden Schlaf.

16. KAPITEL

Mit Tagesanbruch war die Gesellschaft bereits wieder munter. Für die Frauen wurden die Sitze auf den Pferden möglichst bequem hergerichtet; der Morgenimbiß war bald vorüber, und da die Toilette im Westen keine lange Zeit in Anspruch nimmt, so war die Sonne noch nicht am östlichen Horizont emporgestiegen, als die kleine Kavalkade sich auch schon in Bewegung setzte, gerade auf Nordwest zu, wie es auf dem Zettel gestanden hatte.

Sam ritt voran, an seiner Seite natürlich die Jugendgeliebte. Diese beiden hatten sich so sehr viel zu fragen und zu beantworten. Aber trotzdem entging während des Rittes den scharfen, klugen Äuglein Sams nicht das Geringste, was Interesse hätte haben können.

Je länger, desto mehr schüttelte er mit dem Kopf. Er begann, während die anderen geradeaus ritten, im Galopp Abstecher nach rechts und links zu machen und sagte, als er von einem derselben wieder resultatlos zurückkehrte:

„Ich glaubte, die Wagenspur zu finden, aber vergeblich. Hätte uns der Fürst nicht seine Weisung gegeben, so ständen wir wie die Ochsen vor dem Berg und kämen niemals hinauf." – „Wenn nur diese Weisung auch zutreffend ist", brummte Jim, der auch verdrießlich geworden war.

Auch er hatte nach der Fährte gesucht, ohne nur das Geringste zu entdecken. Darum fügte er hinzu:

„Ich denke, sie sind in einer ganz anderen Richtung davongefahren." – „Der Fürst lügt nicht, ich vertraue ihm."

So ging es weiter und weiter. Sam hielt die Augen immer am Boden. Wohl zwei Stunden lang war man geritten, da hielt er plötzlich an und fragte, vor sich hindeutend:

„Jim, siehst du etwas?" – „Nein, nichts als Gras." – „Aber im Gras?" – „Nichts, gar nichts." – „Hm! Wenn ich mich nicht ganz irre, so habe ich die Fährte gefunden." – „Möchte wissen wo! Ich habe doch auch Augen!" brummte Tim. – „So gebrauche sie richtig! Blicke einmal rück- und vorwärts! Siehst du denn gar nichts auf dem Gras?" - „Dürre Halme! Soll das deine Fährte sein?" – „Natürlich. Diese Halme sind ausgerauft worden, in regelmäßigen, engen Linien, nicht ganz vier Meter breit. Sie liegen oben auf, in ganz schnurgerader Richtung. Wenn mich nicht alles täuscht, so sind sie mit einem Ding ausgerauft worden, das die größte Ähnlichkeit mit einem Rechen, einer Harke hat. Diese Harke hat etwas mehr Breite als der Wagen gehabt. Über diese Breite hinaus findest du nicht einen einzigen Halm ausgerauft." – „Sapperment! Du hast recht, Dicker!" gab Jim zu, und sein Bruder stimmte bei. – „Diese Kerle haben an jedem Wagen so ein harkenähnliches Werkzeug gehabt", fuhr Sam fort. „Das müssen doch Sie wissen, Herr Förster." – „Das weiß ich freilich. Sie haben sich diese eisernen Harken in Santa Fe machen lassen. Jetzt denke ich erst daran. Ich bin eben kein Präriejäger." – „Nicht wahr, diese Harken wurden hinten an die Wagen gehängt und von denselben nachgeschleift, damit sie das von den Rädern und Hufen niedergedrückte Gras wieder aufrichten sollten?" – „So ist es. Der rote Burkers sagte, es sei wegen der Indianer, damit diese unsere Spur nicht entdecken sollten." – „Dieser Kerl hat die Weißen mehr gefürchtet als die Roten. Er ist gleich in Santa Fe bereits darauf ausgegangen, Sie zu belügen. Na, jetzt haben wir also glücklich die Spur. Der Zettel hat uns nicht betrogen. Nun frisch drauflos!"

Es war, als ob die Pferde von der munteren Stimmung ihrer Herren angesteckt würden, so wacker griffen sie aus. Die Prärie begann sich mit Buschwerk zu schmücken. Das Terrain hob sich höher und höher. Einzelne Bäume zeigten sich. Zur Seite lag eine ziemlich bedeutende Höhe. Sam ritt hinauf, um Umschau zu halten. Als er zurückkehrte, lachte er fröhlich und sagte im Ton der Befriedigung:

„Noch zehn Minuten, so sind wir dort. Aber wir müssen einen

Umweg machen. Es steht zu erwarten, daß am Eingang des Tales ein Posten steht oder daß einer oder auch alle beide in der Gegend umherschweifen. Da wir sie aber am besten überraschen sollten, so müssen wir uns anschleichen. Darum schlage ich vor, diese Höhe zu umreiten, damit wir aus einer anderen Richtung kommen.“ – „Hast du denn das Tal gesehen?“ fragte Jim. – „Ja, das heißt, den Eingang desselben und sogar die drei Akazien davor. Aber in das Innere hineinzublicken, das war mir freilich unmöglich. Kommt, wir reiten hier links ab.“

Sie bogen in die genannte Richtung ein und hielten sich so, daß sie hart am Fuß der Höhe hinritten. Auf der anderen Seite angelangt, erblickten sie nun den Berg, in dem ein früher wohl breiteres Wasser das Tal ausgewaschen hatte. Jetzt war es klein und schmal, kaum mehr ein Bach zu nennen. An seinen Ufern standen dichte Sträucher, die es ermöglichten, sich dem Tal zu nähern, ohne von dort aus gesehen zu werden.

„Das ist gut“, sagte Tim Snaker. „Auf diese Weise können wir uns ganz unbemerkt nähern und die Kerle überraschen, so daß sie vor Schreck die Cholera bekommen werden.“ – „Der Gedanke von der Cholera ist nicht schlecht“, antwortete Sam. „Das andere aber taugt desto weniger.“ – „Wieso?“ – „Du meinst natürlich, daß wir ganz gemütlich durch den Eingang in das Tal kommen?“ – „Natürlich! Das ist ja das bequemste.“ – „Aber zugleich auch das dümmste. Wer sich alles recht bequem zu machen strebt, der wird es nicht sehr weit bringen. Bist du einmal dabeigewesen, wenn die Polizei irgendeinen fangen will?“ – „Nein. Ich bin weder ein Polizeimann gewesen, noch hat man mich irgend einmal arretieren wollen.“ – „Nun, so will ich dir sagen, daß die Polizei stets so klug ist, nicht durch die vordere Tür in das Haus zu platzen. So müssen wir es auch machen. Es versteht sich ganz von selbst, daß die zwei Bushbeaters, auf die wir es abgesehen haben, gewisse Sicherheitsvorkehrungen getroffen haben. Worin dieselben bestehen, kannst du dir wohl denken. Oder bist du vielleicht um deine zwei Gedanken gekommen?“ – „Noch nicht ganz. Ich meine, daß einer von ihnen am Eingang des Tales Wache halten wird.“ – „Natürlich. Er wird da hinter einem Busch oder hinter einem Felsen stecken, wo wir ihn gar nicht sehen können. Er aber bemerkt uns natürlich und gibt uns von seinem sicheren Versteck aus einige Kugeln. Sein Gefährte hört die Schüsse und versteckt sich auch, um uns zu empfangen, ohne daß er von uns gesehen werden kann. Auf diese Weise werden wir ganz gemütlich von den Pferden heruntergeputzt und hinauf in den Himmel geschafft, von wo aus wir dann unsere Nasen herunterstecken können, um zu sehen, wie die Kerle uns auslachen." – „Du willst also von einer anderen Seite in das Tal?" - „Natürlich. Wenn du Augen hast, so siehst du da links drüben den Wald. Wir können ihn in weniger als einer Viertelstunde erreichen. Befinden wir uns unter seinen Bäumen, so kann uns kein Mensch sehen. Wir folgen seinem Rand und kommen dann von der Seite auf den Berg zu. Reiten wir ihn dann hinan, wobei wir nicht gesehen werden können, weil er gut mit Holz bestanden ist, so stoßen wir gerade im rechten Winkel auf das Tal ..." – „Welches aber vielleicht so steile Wände hat, daß wir gar nicht hinabkommen können!" – „Hoffentlich wird es nicht so schlimm sein. Hinab müssen wir auf alle Fälle, du auch. Und geht es nicht anders, so werfe ich dich hinab. Das ist das allerschnellste. Also vorwärts!"

Sie ritten im Trab auf den genannten Wald zu, welcher mit seinem Rand einen Bogen bildete, der an den Berg, das Ziel ihres Rittes, stieß. Diesem Bogen folgend, erreichten sie natürlich auch den Berg. Er war an dieser Seite nicht steil, so daß sie an seiner Lehne ganz gut emporreiten konnten.

Oben angekommen, erblickten sie sehr bald das Tal, auf das sie es abgesehen hatten.

Es teilte den Berg in zwei Hälften, die hinten am Ende der Vertiefung durch eine steil ansteigende Felsenwand zusammenhingen. Da war nicht hinabzukommen, wenigstens mit den Pferden nicht. Aber weiter nach dem Eingang zu waren die Seiten des Taleinschnittes nicht so steil und so mit Buschwerk besetzt, daß man sich unbemerkt anschleichen konnte.

„Seht", sagte Sam, „es ist so, wie ich dachte. Wir binden hier oben die Pferde an und steigen hinab. Die Damen brauchen wir nicht, sie mögen oben bleiben, beschützt von ihren beiden Herren. Jim, Tim und ich, wir drei sind einstweilen genug." – „Warum soll ich nicht mit?" fragte der Förster. - „Weil ich Ihnen nicht traue." „Oho!" – „Ja freilich! Ich will Sie nicht beleidigen, aber Sie sind zu wenig Präriejäger, als daß ich meinen sollte, Sie könnten sich unbemerkt hinunterpirschen. Wir müssen vorsichtig sein. Ist es soweit, so werde ich dreimal scharf pfeifen. Dann kommen Sie mit den Damen hinab. Die Pferde holen wir später."

Rothe machte noch einige Einwendungen, die aber nicht beachtet wurden.

„Wir wissen ja gar nicht, ob sich nicht einer der Burschen hier in der Nähe herumdrückt", meinte Sam. „Darum können wir die

Damen unmöglich hier allein lassen. Sie und Ihr Sohn sind die natürlichen Beschützer derselben. Folglich bleiben Sie bei Ihnen." – „Wenn Ihnen aber da unten etwas geschieht? Wie leicht können Sie erschossen werden." – „So hören Sie die Schüsse und kommen hinunter, um uns wieder lebendig zu machen! Glauben Sie ja nicht, daß ich meine Nase ganz ruhig hinhalte, wenn irgend jemand mich mit dem Gewehrlauf daran kitzeln will. So schnell wird Sam Barth nicht erschossen. Er ist zwar nur aus Herlasgrün, aber Milchreis hat er nicht im Kopf. Basta und abgemacht! Vorwärts, ihr beiden!"

Sam schlich sich mit Jim und Tim fort.

Sie waren noch nicht weit gekommen, so befanden sie sich an einer Stelle, an der sie den vorderen Teil des Tales erblicken konnten. Da standen die Wagen. Die Zugochsen weideten im Gras, und hüben am Rand, in der Nähe der Wagen, saß ein Mann an einem Feuer, über dem er ein großes Stück Fleisch an einem Ast briet.

„Seht ihr das Männchen?" fragte Sam. „Ein alter, guter Kerl! Ich hätte doch nicht gedacht, daß er so viel auf uns hält!" – „Auf uns hält? Wieso?" fragte Jim erstaunt. – „Dummkopf! Siehst du denn nicht, wie liebevoll er für uns sorgt? Macht uns der Prachtkerl da unser Frühstück fertig! Es geht doch nichts über einen guten Freund, auf den man sich verlassen kann! Horcht! Er hat gepfiffen!" – „Ja. Das wird dem anderen gelten." – „Natürlich, alter Schlaukopf! Oder meinst du etwa uns? Schaut, da kommt sein Kamerad. Ihm ist zum Frühstück gepfiffen worden. Machen wir, daß wir hinunterkommen und unsere Portion auch erhalten, sonst essen sie uns dieselbe weg."

Sam stieg weiter hinab, und die Brüder folgten ihm. Das war gar nicht schwer. Sie hatten Gras und weiches Moos unter den Füßen, wodurch ihre Schritte ganz unhörbar wurden. Deckung fanden sie durch die Sträucher, und die drei Jäger kamen in aller Gemütlichkeit bis in die Nähe der Stelle, an der sich die beiden Bushbeaters befanden.

Hinter einem dichten Buschwerk verborgen, nicht weiter als fünf oder sechs Schritt von den zwei Männern entfernt, konnten sie deren Worte ganz gut hören.

„Setze dich!" sagte der eine zum anderen. „Ich denke, das Fleisch wird gar sein. Sind wir fertig mit dem Essen, so halte ich Wache." – „Dieses Wachehalten ist einfach ein Unsinn", meinte der andere, indem er sich verdrießlich niedersetzte. „Ich wette, daß hier in einem Umkreis von vielen Meilen sich kein Mensch befindet." –

„Bin ganz deiner Meinung, obgleich du von einem gar so großen Umkreise doch nicht reden darfst. Ich denke, daß diese Förstersleute sich noch hier irgendwo in der Nähe aufhalten werden." – „Da wären sie dumm. Sie müssen trachten, an einen Ort zu kommen, wo es Menschen gibt." – „Den wissen sie nicht." – „Ja, dieses Volk ist verteufelt dumm. Ich habe noch niemals einen Deutschen gefunden, der ein gesundes Gehirn im Kopfe hat. Da, schneide dir ab! Ist das Fleisch weich?" – „Ja. Ich möchte wissen, was diese Leute heute speisen werden." – „Das ist mir sehr gleichgültig. Der alte Rothe mag sich etwas schießen. Ich denke nur, er wird nicht viel treffen. Das will ein Förster sein! Läuft da mit seinem Jungen und zwei Weibern in der Prärie herum, ohne sie zu kennen! Es war überaus lustig, wie froh er in Santa Fe war, uns kennenzulernen. Er freute sich königlich, Kameraden zu finden, mit denen er nach Kalifornien konnte. Na, ich denke, daß er uns jetzt kennengelernt hat!" – „Es ärgert mich nur das eine, daß die beiden Frauenzimmer so alt waren."

Der andere sagte:

„Was das betrifft, so war die eine gar nicht so übel. Ich kann mich jetzt fast ärgern, daß wir sie nicht mitgenommen haben. Wir befänden uns dann im Besitz einer Frau, die wir jetzt gut zu allerlei gebrauchen könnten." – „Verdammt!" flüsterte Sam. „Meine Auguste zu allerlei gebrauchen. Na, du sollst sie kennenlernen!" – „Wollen wir hin?" fragte Jim flüsternd. – „Noch nicht. Vielleicht sagen sie etwas, was zu wissen uns von Vorteil ist." – „Aber da fressen sie uns das Fleisch auf!" – „Pah! Das Stück ist groß genug. Und daneben liegt noch ein halbes Reh, das sie geschossen haben. Warten wir noch ein bißchen!"

Er hatte recht. Der eine, der den Koch gemacht hatte, sagte:

„Weißt du, wir wollen uns doch die Geschichte nicht so schwer machen. Das Wachen ist gar nicht notwendig. Ich setze mich nicht mehr da vorn hin. Ich lege mich nachher lieber hierher und schlafe." – „Hm! Wenn der rote Burkers kommt und es bemerkt, bekommen wir unser gehöriges Fett." – „Ja, dieser Burkers gebärdet sich zuweilen wie ein Sklavenzüchter, der nur mit der Peitsche drohen kann. Das sollte man nicht dulden." – „Was willst du dagegen tun? Eine gewisse Disziplin muß doch sein!" – „Ja, aber sie kann in Gemütlichkeit gehandhabt werden. Er hat es doch nur uns zu verdanken, daß er nicht einige Meter hoch aufgehängt worden ist, besonders uns beiden. Damals in Van Buren wäre es ihm an den Kragen gegangen, wenn wir ihm nicht aus dem Loch geholfen hätten." – „Das ist richtig. Wir staken da selbst sehr tief in der Patsche. Glücklicherweise gab es niemand, der uns etwas nachweisen konnte. Wenn ich jemals diesem verdammten Dicken begegne, so soll er an mich denken!" – „Sam Barth?" – „Ja. Er ist schuld gewesen, wie wir später gehört haben. Hat uns im Wald belauscht, wo wir doch sicher waren, unbeobachtet zu sein. Wenn er mir einmal in die Hände läuft, so schlachte ich ihn ab wie ein Schwein und mache Stearinlichter aus seinem Fett. Darauf kann er sich verlassen." – „Und ich helfe mit. Man sollte dann die beiden langen Brüder bei ihm finden. Aus ihnen ist freilich nicht viel Fett zu schneiden." – „Nein, aber man könnte sie als Dochte benutzen. Man wickelt den dicken Sam um sie herum und brennt sie an. Das gibt eine Kerze, welche ... du, hörtest du nichts?" – „Nein." – „Es war, als hätte es da im Busch geraschelt." – „Vielleicht eine Eidechse, weiter nichts."

Der lange Tim hatte, als von ihm die Rede war, die Faust erhoben und gedroht und war dabei mit der Hand über einen Ast gestrichen.

„Nimm dich in acht, Esel!" flüsterte Sam. – „Donnerwetter! Ich ein Docht!" knurrte Tim. „Na, ich werde euch ein Licht aufstecken, ihr Halunken! Und ihr sollt nicht lange darauf warten müssen." – „Eigentlich ist es sehr unvorsichtig von Burkers, uns hier zurückzulassen", wurde das Gespräch fortgesetzt. – „Willst du etwa mit den schweren Fahrzeugen durchbrennen?" – „Nein; das kann mir nicht einfallen. Aber mit dem anderen könnte man sich aus dem Staube machen." – „Pshaw! Die paar tausend Dollars würden nicht lange aushalten. Wir müßten verzichten auf alles, was sie vom Silbersee mitbringen. Ich bin neugierig, ob der Streich gelingen wird." – „Warum soll er nicht gelingen? Burkers ist schlau. Ist das Geschäft gemacht, so wird der Raub hier aufgeladen, und dann fort von hier, hinein ins Arizona!" – „Zu Walker." – „Ja. Mit ihm machen wir dann wohl ein ebenso feines Geschäft. Höre, es ist doch eigentümlich, daß der rote Burkers mit diesem Walker zusammengetroffen ist. Er ist ein tüchtiger Kerl. Damals in Wilkinsfield wäre es ihm beinahe auch an den Kragen gegangen. Er ist doch förmlich belagert gewesen, ehe wir dann nach der Hütte des schwarzen Bommy kamen. Die Brüder Jim und Tim und der dicke Sam hatten es auf ihn abgesehen. Sie sollen eine Rache auf ihn haben. Na, wenn sie wüßten, daß er jetzt in Prescott ist und ein steinreicher Kerl dazu, so würden sie schleunigst aufbrechen, um ihm einen Besuch zu machen. Wo diese drei Kerle wohl stecken werden? Ich hätte doch Freude, wenn ich ihnen einmal begegnete. Ich möchte meine Rechnung mit ihnen ins reine bringen." – „Ich mag nichts mit ihnen zu tun haben. Der Dicke soll ein spaßhafter Kerl sein; aber es ist besser, man verzichtet auf solche Späße. Ich male niemals gern den Teufel an die Wand." – „Du denkst, er kommt?" – „Ja." – „Unsinn! Er wird sich hüten!" – „Oh, er ist schon da!" erklang es hinter ihnen.

Die Männer fuhren erschrocken mit den Köpfen herum. Da stand Sam, der Dicke, von dem sie soeben gesprochen hatten. Sie kannten ihn nur zu gut. Sie waren so entsetzt, daß sie sogar das Aufspringen vergaßen. Sie blieben sitzen und starrten ihn wie eine überirdische Erscheinung an. Er aber trat näher an sie heran und sagte fröhlich lachend:

„Good morning, Mesch'urs! Sperrt die Mäuler nicht so weit auf! Oder habt ihr vielleicht vor Freude über mich die Maulsperre bekommen?" – „Sam Barth!" stieß der eine hervor. – „Ja, Sam Barth, wie er leibt und lebt! Ihr habt also Gelegenheit, eine Stearinkerze aus meinem Fett zu machen. Der Docht wird nicht lange auf sich warten lassen." – „Verdammt! Er hat gelauscht!" – „Ja, gerade wie damals im Wald bei Wilkinsfield. Habt ihr vielleicht etwas dagegen?" – „Sogar sehr viel, mein Bursche!"

Der das sagte, sprang jetzt empor und zog sein Messer. Sein Kamerad tat dasselbe. Sam schüttelte lachend den Kopf und sagte:

„Gebt euch keine Mühe! Eure Messer sind vollständig unnütz. Ehe ihr an mich kämet, hätte ich euch erschossen. Aber das ist gar nicht nötig. Da guckt euch einmal diese beiden Männer an, die euch da auf dem Korn haben!"

In diesem Augenblick erschienen Jim und Tim zur rechten und linken Seite des Busches. Sie hielten ihre Gewehre schußfertig auf die beiden Kerle gerichtet. Diese standen bewegungslos und brachten kein Wort hervor.

„Nun, was sagt ihr dazu?" fragte Sam. – „Indianer!" – „Na, die besten Augen habt ihr nicht. Diese beiden Herren sind keine Indianer. Sie sind gute Bleichgesichter, die sich nur einstweilen ein bißchen angemalt haben, um euch einen Spaß zu machen. Es sind nämlich die beiden Dochte, die ihr haben wolltet, um das Stearinlicht fertig zu machen." – „Jim und Tim?" – „Ja. Ihr habt so sehnsüchtig gewünscht, uns zu sehen. Und wir sind höfliche Leute. Wir lassen nicht gern jemand auf uns warten." – „Hol's der Teufel! Komm!"

Der das sagte, wollte fliehen, und sein Kamerad machte Miene, ihm zu folgen. Sie sahen ein, daß eine Gegenwehr erfolglos sein werde.

„Halt!“ sagte Sam. „Ihr entkommt uns nicht. Wer sich von der Stelle bewegt, erhält einen Schuß in den Leib!“ – „Versucht es!“

Der eine der Überrumpelten tat einen schnellen, weiten Sprung vorwärts, um hinter die Wagen und unter deren Schutz an die andere Seite des Tales zu kommen. Sein Gefährte folgte ihm. Aber eine Kugel ist schneller als der schnellste Läufer. Die zwei Schüsse krachten, und die beiden Fliehenden stürzten zu Boden.

„Da habt ihr es!“ sagte Sam. „Warum seid ihr so dumm, uns ausreißen zu wollen. Dankt überhaupt Gott, das wir es so gnädig gemacht haben! Ihr habt diese Kugel nur in die Beine bekommen! Das nächste Mal zielen wir höher.“

Während dieser Worte schnallte er seinen Lasso los und schritt auf die am Boden Liegenden zu. Jim und Tim standen auch bereits da. Die Verwundeten verzichteten auf unnütze Gegenwehr, durch die sie ihre Lage doch nur verschlimmern konnten. Sie wurden gebunden.

„So!“ sagte Sam. „Ihr seid die zwei albernsten Menschen, die mir während meines langen Lebens vorgekommen sind. Da sollt ihr Wache halten, sitzt aber beim Rehbraten und habt die Schießgewehre nicht bei euch. Ihr seid mir schöne Kerle! Schämt euch! Da ich aber kein Menschenfresser bin, so macht es mir keinen Spaß, euch umzubringen. Wenn ihr vernünftig seid, so will ich euch das Leben schenken. Wollen also einmal nach euren Wunden sehen. Haltet still!“

Er hatte, hinter dem Busch stehend, den beiden Brüdern gesagt, daß sie im Fall eines Fluchtversuches so zielen sollten, daß nur eine Fleischwunde am Oberschenkel entstehe. Das hatten sie befolgt. Die Kugeln waren durch die Muskeln des Oberbeines gegangen, so daß die Verletzung wohl eine schmerzhafte, aber keine lebensgefährliche war.

Sam schnitt ihnen die Hosen auf und holte dann von dem einen Wagen das erste, beste Kleidungsstück, das zerschnitten wurde, um als Verband zu dienen.

Als die Verbände angelegt waren, meinte er:

„So, das ist fertig. Jetzt wollen wir nun einmal erfahren, was ihr eigentlich in dieser schönen Gegend zu suchen habt. Wem gehören diese Wagen?“ – „Uns natürlich!“ antwortete der eine, die Schmerzen seiner Wunde und zugleich auch seinen Grimm verbeißend. – „Euch? Hm! Wen versteht ihr denn unter diesem Wort ‚uns‘?“ – „Uns beide.“ – „Ah! Ihr beide seid Besitzer der Wagen?“ – „Ja.“ – „Wer hat sie denn hierher gebracht?“ – „Wir.“ – „Ihr beide allein?“ – „Ja.“ – „Da habt ihr ein Meisterstück fertiggebracht, um das ich euch beneide. Zwei einzelne Personen verstehen es, mit diesen Ochsengespannen fertigzuwerden! Das ist eine geradezu bewundernswerte Leistung. Es hat euch niemand geholfen?" – „Nein." – „Auch nicht etwa der rote Burkers?" – „Nein." – „Na, Kinderchens, macht euch doch nicht lächerlich! So etwas macht ihr uns überhaupt nicht weis, und sodann will ich euch sagen, daß wir drei euch eine ganze Weile belauscht haben. Wir wissen Bescheid. Ihr gehört zu Burkers." – „Nein." – „Nun, wenn ihr wollt, so werden wir uns ganz genau nach euren Wünschen richten. Ich sehe da eine recht hübsche Ochsenpeitsche liegen, nach der ihr Appetit zu haben scheint. Ich bin bereit, euren Appetit zu stillen. Jim, hole sie einmal her. Wir wollen sehen, ob sie behilflich ist, diese Herren zum Sprechen zu bringen." Jim holte die Peitsche. Sie war aus starken Riemen geflochten nach Art der bekannten Hetzkoller, die früher bei Schlittenfahrten häufig in Anwendung kamen. Er versuchte, ob er sie zu führen verstehe, und sagte dann zu Sam:

„Es geht. Wieviel soll ich ihnen aufzählen?" – „Du haust so lange zu, bis sie die Wahrheit sagen. Hieb um Hieb, einmal den einen und dann den anderen. Drehen wir die Mesch'urs um, so daß sie uns ihre Kehrseiten zu sehen geben."

Jetzt bemerkten die beiden Verwundeten, daß Ernst gemacht werden solle. Darum erklärten sie, daß sie die Wahrheit gestehen wollten.

„Gut! Wenn ihr nicht Verstand annehmt, so machen wir euch welchen. Also wie steht es mit Burkers?" – „Er war mit hier." – „Wo ist er jetzt?" – „Auf der Jagd." – „So, so! Was will er denn jagen?" – „Was er findet. Wir brauchen Fleisch." – „Und das holt er vom Silbersee?"

Die beiden Männer schwiegen. Sam fuhr fort:

„Ihr merkt, das wir alles gehört haben. Aber was wir wissen, brauchen wir nicht von euch zu erfahren. Ich will also nicht in euch dringen. Ihr habt beide ein überaus zartes Gewissen, und so will ich euch nicht zumuten, euren lieben Hauptmann zu verraten. Eins aber möchte ich sehr gern erfahren. Wer ist denn eigentlich der Förster, von dem ihr spracht?" – „Ein früherer Bekannter." – „Wo befindet er sich jetzt?" – „In St. Louis." – „Hm! Mit seinem Sohn und den beiden Frauen, die ihr erwähntet?" – „Ja." – „Wunderbar! Es schien mir doch, als hättet ihr gesagt, der Kerl sei sehr dumm, daß er sich in die Prärie gemacht habe. Es steckt da jedenfalls ein Geheimnis dahinter." – „Nein."

Sam stieß einen wiederholten scharfen Pfiff aus und antwortete:

„Ich muß euch natürlich glauben, was ich euch nicht als unwahr nachweisen kann. Darum will ich euch nicht weiter belästigen, als nur mit noch einem. Ihr spracht von einem gewissen Walker. Woher wißt ihr denn, daß sich dieser Mann jetzt drüben in Prescott befindet?" – „Burkers sagte es." – „Und von wem weiß er es?" – „Von einem Boten, den Walker zu ihm nach Santa Fe gesandt hat." – „Ihr wollt mit ihm Geschäfte machen. Welcher Art sind dieselben wohl?" – „Das wissen wir nicht, das ist Burkers Sache." – „Und vielleicht auch ein wenig die unsrige. Jetzt wollen wir euch in Ruhe lassen. Ihr habt eure ganze Aufrichtigkeit über uns ausgeschüttet, dafür sind wir euch dankbar, darum wollen wir euch nicht länger quälen und uns lieber einmal nach eurem Braten umsehen. Kommt, ihr beiden."

Sam setzte sich gemütlich zum Feuer nieder, und die Brüder taten dasselbe. Sie machten sich über das Fleisch her und taten gar nicht, als ob sie es bemerkten, daß hinter ihnen sich Schritte hören ließen. Der Förster kam mit den Seinen.

Die Spitzbuben waren natürlich bei seinem Anblick nicht wenig erschrocken. Seine Frau und die Schwägerin eilten sofort nach ihrem Wagen, um zu sehen, was von ihrem Eigentum noch vorhanden sei. Die Verbrecher aber flüsterten leise miteinander. Jedenfalls sprachen sie über das Verhalten, das sie unter diesen Umständen einzuschlagen hätten.

„Nun, ich hoffe, daß ihr jetzt wißt, wieviel die Glocke geschlagen hat", sagte Sam. „Es ist sogar diejenige hier, die ihr so gut gebrauchen könntet. Ich bin leider kein Pfarrer, sonst würde ich gern bereit sein, diese Ehe einzusegnen. Ich denke aber, daß ich euch meinen Segen auf eine andere Weise geben kann. Da steht der Förster, euer Ankläger. Er mag auch euer Urteil fällen. Was meinen Sie?"

Diese Frage war an Rothe gerichtet. Dieser antwortete:

„Ich bin nicht blutgierig. Ich will nur mein Eigentum wiederhaben. Übrigens sehe ich, daß diese Kerle verwundet sind. Sie sind bestraft genug." – „So wollen Sie sie laufenlassen?" – „Ja." – „Nach den Gesetzen der Savanne haben sie den Tod verdient. Da Sie es aber so wollen, werden wir sie laufenlassen. Etwas aber müssen wir ihnen doch zum Andenken geben. Wir zählen einem jeden fünfundzwanzig gute Hiebe auf. Das wird ungemein zur Heilung ihrer Schußwunden beitragen. Vielleicht bin ich aber bereit, ihnen diese Hiebe zu erlassen, wenn sie mir eine Frage der Wahrheit nach beantworten: Wer hat das Geld, das ihr diesen Leuten abgenommen habt?" – „Wir wissen von keinem Geld." – „Oho!

Es hat sich da im Wagen befunden." – „So hat es der rote Burkers. Er hat den Wagen durchsucht, nicht wir." – „Gut, so sollt ihr eure fünfundzwanzig bekommen. Hättet ihr ein Geständnis abgelegt, so wäre euch diese Strafe erlassen worden." – „Was man nicht weiß, das kann man nicht gestehen!" – „Schon gut!"

Sam ging, um nach einer Hacke zu suchen. Mittlerweile flüsterte der eine der beiden Gefangenen dem anderen zu:

„Wäre es nicht besser, ihm alles zu sagen?" – „Unsinn! Wir kommen sonst um das Geld." – „Aber wir erhalten die Hiebe." – „Nein. Er droht uns nur. Töten will er uns nicht, er wird uns also hier lassen müssen. Wir behalten das Geld, das wir später sehr nötig haben werden. Diesen verdammten Kerl hat der Teufel hergeführt. Er hat den Förster getroffen und unsere Fährte gefunden. Dem ersteren wäre es niemals geglückt, sie aufzuspüren. Donnerwetter! Was will er denn mit der Hacke?"

Als er sie in einem Wagen gefunden, gab er sie dem Förster und sagte:

„Hier! Graben Sie also einmal da vorn am ersten Wagen unter dem linken Hinterrad nach. Da wird sich das Gesuchte wohl finden."

Darauf kehrte er zu den Gefangenen zurück und beobachtete mit innerlicher Freude die Bestürzung, die sie zeigten, als der Förster nachzugraben begann.

„Ihr macht ja Gesichter, als ob euch die Pflaumenbäume verhagelt seien!" sagte er. „Nicht wahr, wir wissen sehr genau, wo das Geld zu finden ist?" – „Der Teufel hole euch!" – „Pshaw! Mit dem habe ich nichts zu schaffen. Er wird sich an euch halten müssen."

Die Familie des Försters stand mit bei dem Wagen, Jim und Tim waren auch dort. Nach einiger Zeit stieß Rothe einen Freudenruf aus. Er förderte eine Pferdedecke zutage, in die ein großer Lederbeutel eingewickelt war.

„Bringt das Ding einmal her!" sagte Sam. „Wir wollen sehen, was drinnensteckt.

Der Beutel wurde geöffnet. Er war voller Geld. Die Summe betrug über neuntausend Dollars.

„Habe es mir gedacht!" lachte der Dicke. „Dieser rote Burkers ist so freundlich gewesen, auch sein eigenes Geld mit hineinzustecken. Na, das sind die Zinsen, die er bezahlt. Master Rothe, da sind Sie also wieder zu Ihrem Geld gekommen. Stecken Sie es ein, und nehmen Sie es in Zukunft besser in acht!"

Weder der Förster noch Auguste wollten von dem Überschuß

etwas haben. Sie verlangten, daß die drei Jäger sich darein teilen sollten. Diese aber gingen nicht darauf ein.

Jetzt wurde Beratung gehalten, was mit den Gefangenen, den Wagen und deren Inhalt gemacht werden solle. Man stellte es Sam anheim, darüber zu bestimmen, und dieser sagte:

„Wir nehmen mit, was wir mit uns führen können, ohne daß wir unsere Pferde überlasten. Alles andere verbrennen wir, auch die Wagen mit. Diesen Spitzbuben soll nichts zugute kommen." – „Können wir denn die Wagen nicht mit uns nehmen?" fragte die Försterin." – „Nein, das ist unmöglich." – „So komme ich ja um alles, um meine schönen Betten, meine Wäsche ..." – „Weinen Sie nur deshalb nicht. Mit uns schleppen können wir die Sachen nicht. Ich werde dafür sorgen, daß Sie für diesen Verlust Ersatz finden. Wir verlassen diesen Ort zu Pferde. Die Wagen können wir unmöglich gebrauchen. Sie hindern uns."

Die Frau mußte sich darein ergeben.

Der eine Wagen enthielt verschiedene Kleidungsstücke, Munition und Proviant. Es wurde alles, was mitgenommen werden konnte, zusammengepackt. Mittelst einiger Betten wurden für die Frauen zwei weiche Sattelsitze hergerichtet. Dann wurden die Wagen zusammengeschoben und in Brand gesteckt.

Die Gefangenen sahen mit Zähneknirschen zu. Sie konnten nichts ändern, nahmen sich aber vor, sich später bei einem etwaigen Wiederzusammentreffen zu rächen.

Bis das zerstörende Feuer seine Schuldigkeit getan hatte, blieben die Reisenden im Tal. Dann machten sie sich zum Aufbruch bereit, und Sam sagte zu den beiden Bushbeaters:

„Wir wollen nicht, das ihr elendiglich zugrunde gehen sollt. Darum lassen wir euch eure Waffen und auch einige Munition zurück. Verhungern könnt ihr nicht. Hier fließt Wasser, und dort habt ihr eure Zugochstiere. Wenn ihr einen Ochsen niederschießt, habt ihr zu essen, so viel euch beliebt. Jetzt aber muß ich euch die Fünfundzwanzig geben, die ihr verdient habt, weil ihr gelogen habt."

Noch immer glaubten die Gefangenen, daß Sam es nicht tun werde, aber bereits kamen Jim und Tim herbei, die sich zu der Exekution einige gute, elastische Stöcke abgeschnitten hatten.

„Docht aus uns machen!" sagte der erstere. „Jetzt werden wir euch einige Dochte überziehen, und zwar nicht schlecht. Ihr sollt sie brennen fühlen, ohne daß ihr sie anzuzünden braucht!"

Die beiden Frauen entfernten sich, um die Exekution nicht mit ansehen zu müssen; die anderen aber blieben zurück. Jim und

Tim übernahmen die Ausführung des Urteiles, und sie machten die Sache so vortrefflich, daß der eine der beiden Delinquenten, die die Strafe in wortlosem Grimm hinnahmen, nach dem letzten Streich unter Zähneknirschen sagte:

„Das Leben habt ihr uns geschenkt. Wir behalten es, um es nur zur Rache zu verwenden." – „Zur Rache gegen uns?" lachte Sam. – „Ja." – „Das könnte uns veranlassen, euch eine Kugel durch den Kopf zu jagen." – „Tue es meinetwegen. Aber wenn wir hier nicht liegenbleiben, wenn wir wieder gesund werden, so nehmt euch vor uns in acht. Das erste Wiedersehen bringt euch den Weg in die Hölle. Ihr sollt uns nicht umsonst geschlagen haben!" – „Gib dir keine Mühe, uns angst zu machen. Wenn du dich wieder einmal vor mir sehen lassen solltest, so erhältst du fünfzig aufgezählt anstatt nur fünfundzwanzig. Solche Halunken, wie ihr seid, sollte man eigentlich um einen Kopf kürzer machen. Wäre es nur auf mich angekommen, so wäre das geschehen. Ihr habt nur denen, die ihr beraubtet, euer Leben zu verdanken. Pflegt euch gut, damit ihr bald gesund werdet. Was ihr dann anfangt, ist mir sehr egal, nur hütet euch, mir jemals wieder vor die Augen zu kommen!"

17. KAPITEL

Der nun folgende Ritt über die Sierra de los Mimbres nach der Sierra della Acha ging ganz glücklich und ohne besondere Erlebnisse vonstatten. Von seinem früheren Aufenthalt am Silbersee kannte Sam den Weg dorthin. Er wußte, daß Eile notwendig sei, darum hütete er sich vor jedem Umweg und jedem unnötigen Aufenthalt.

Ein Glück war es, daß die beiden Frauen den Ritt sehr gut aushielten, obgleich sie diese Art und Weise des Reisens nicht gewohnt waren. Freilich gab der gute Sam sich die größte Mühe, ihnen die Sache so leicht wie möglich zu machen.

Jim und Tim hatten sich die Farbenmalerei aus dem Gesicht gewaschen. In der Gegend, in der sie sich befanden, war es nicht mehr von Vorteil, als Indianer aufzutreten. In den Wagen hatten sie zwei Hüte gefunden, die sie nun zu ihren Anzügen trugen.

Die ganze Gesellschaft war außerordentlich gespannt, die Taube des Urwaldes kennenzulernen. Beim Aufbruch am Morgen hatte Sam gesagt, dies sei ihr letztes Nachtlager gewesen, da sie heute den See erreichen würden. Jetzt befanden sie sich auf einer ziemlich breiten Hochebene, die von bewaldeten Höhen rechts und links eingeschlossen wurde, selbst aber keinen Baum zeigte, sondern von Gras bestanden war. Sie schien sich nach vorwärts zu verengen und Sam sagte, daß der Silberfluß von den zur Linken liegenden Höhen herabkomme und sich da vorn, wo die Ebene ganz schmal werde, in einem hohen Fall in den Talkessel des Sees herabstürze.

Am Schluß dieser Erklärung blickte er sich nach der Richtung um, aus der sie gekommen waren, und rief überrascht:

„Sapperment! Wir sind nicht die einzigen Menschen, die es hier gibt. Da seht!"

Als sich nun auch die anderen umblickten, sahen sie zwei Reiter in noch ziemlicher Ferne hinter sich. Diese Entfernung verminderte sich aber zusehends, da die Reiter im schärfsten Galopp herbeikamen. Außer Schußweite hielten sie an, um die Gesellschaft zu betrachten.

„Indianer", sagte Sam. „Sie scheinen beide noch jung zu sein, den Gestalten nach, denn die Gesichter kann man nicht erkennen." – „Apachen oder Komantschen?" fragte Jim. – „Das weiß ich nicht. Sie haben kein Zeichen an sich, nach dem man diese Frage beantworten könnte. Ah, sie scheinen sich beruhigt zu haben. Sie kommen heran."

Die Indianer setzten ihre Pferde wieder in Galopp, und je näher sie kamen, desto besser waren sie zu erkennen.

Der eine größere von ihnen war wohl zwanzig Jahre alt und in einen dunklen Jagdanzug gekleidet. Er trug eine Doppelbüchse, die am Riemen über seiner Schulter hing. Sein Gesicht war unbemalt, braun, aber von beinahe kaukasischen Zügen.

Der andere war noch jünger und in einen weißen Jagdanzug von Rehleder gekleidet. Genäht war dieser Anzug mit rot gefärbter Hirschsehne. Dieser Kleinere hatte sein Gesicht mit quer über dasselbe gehenden roten und gelben Strichen gefärbt, so daß die eigentlichen Züge nicht zu erkennen waren. Auch er trug ein Gewehr, aber einen prachtvollen Lefaucheux-Hinterlader, eine große Seltenheit bei einem Indianer.

Beritten waren die beiden außerordentlich gut. Der ältere saß auf einem Rapphengst und der jüngere auf einer Schimmelstute.

Als sie herangekommen waren, parierten sie ihre Pferde.

„Uff, uff! Lo, lo!" rief der Jüngere mit knabenhaft feiner Stimme, als ob er sich über etwas wundere, während der Ältere die Gesellschaft mit ernster Miene musterte und sagte:

„Die Bleichgesichter haben einen weiten Weg hinter sich?" –

„Ja, einen sehr weiten", antwortete Sam. – „Woher kommen sie?" – „Von jenseits des Gebirges." – „Und wohin wollen sie?" – „Nach dem Silbersee." – „Wollen sie vielleicht dort jagen?" – „Nein. Wir wollen dort ausruhen." – „So weiß mein weißer Bruder wohl nicht, das es dort keinen Ort gibt, an dem ein Fremder sein Wigwam aufschlagen darf?" – „Wer will es mir verwehren?" – „Die Krieger der roten Nation." – „Sie werden mich nicht fortweisen, ich bin ihr Freund." – „Alle Bleichgesichter nennen sich Freunde der roten Männer, aber ihre Zungen sind falsch. Sie handeln anders, als sie sprechen." – „Ist mein roter Bruder schon so bei Jahren, daß er solche Erfahrungen gemacht hat?" – „Die Bleichgesichter sorgen dafür, das der rote Mann sie bereits in seiner Jugend kennenlernt. Mein weißer Bruder wird sehr klug handeln, wenn er mit den Seinen umkehrt. Es ist am Silbersee kein Platz." – „So ist der Platz schon besetzt?" – „Ja." – „Von wem?" – „Es befindet sich dort das Nest der Taube des Urwaldes, und die roten Krieger sorgen dafür, daß kein Raubvogel sich diesem Nest nahe." – „Ich bin kein Raubvogel, ich komme als ein Freund der Taube, um ihr eine wichtige Entdeckung zu machen." – „Sie wird den weißen Mann nicht empfangen." – „Ich werde doch versuchen, ob sie es tut!"

Da sagte der Jüngere:

„Sie wird es tun. Du bist ihr willkommen." – „Ich danke dir, Knabe. Deine Worte klingen lieblicher als diejenigen deines Bruders." – „Ich spreche gern freundlich mit dir, du bist ein kühner Jäger, und dein Herz ist voller Güte und Ehrlichkeit." – „Wie kannst du das wissen?" – „Ein jeder wird Sam Barth so beschreiben, wie ich es getan habe." – „Sapperment! Du kennst mich?" – „Ja. Auch Jim und Tim werden der Taube sehr willkommen sein." – „Alle Wetter! Auch diese kennst du?" – „Sehr gut." – „Kann mich nicht besinnen!" meinte Tim. „Woher willst du uns kennen?" – „Ihr habt mir einmal einen großen Dienst geleistet." – „Welchen denn?" – „Davon später!"

Der junge Indianer gab seinem Pferd die Sporen und sprengte, gefolgt von dem anderen, in gestrecktem Galopp davon.

„Da brate mit einer einen Storch!" sagte Jim. – „Brate ihn dir nur selbst!" lachte Sam. – „Ich habe das Kerlchen noch nie gesehen!" – „Ich auch nicht. Und doch ... hm!" – „Was denn – hm!" „Er sprach im reinsten Englisch, während der andere sich im Indianermischmasch ausdrückte. Es kommt mir irgend etwas bekannt an diesem Kleinen vor." – „Etwa die Visage?" – „Die konnte man ja gar nicht sehen. Nein, aber die Stimme – diese Stimme!" – „Hast du sie gehört?" – „Welche Frage! Natürlich habe ich sie gehört; ich habe ja meine Ohren! Aber sie kommt mir bekannt vor. Es ist mir, als ob ich sie bereits einmal gehört hätte." – „Täuschung." – „Das ist möglich. Aber hast du seine Hände angesehen?" – „Was gehen mich die Hände an!" – „Da sieht man, wo du die Augen hast. Du willst ein Westmann sein und siehst doch so etwas nicht. Die Händchen waren klein wie Damenhände, ganz zart und so weiß, wie ein Indsman keine Hände hat. Es kommt mir das sehr verwunderlich vor." – „Na, warte, bis wir zur Taube kommen, bei ihr werden sich diese beiden Indianer befinden. Aus ihren Reden war zu hören, daß sie sie kennen, und sie haben ja die Richtung eingeschlagen, die zu ihr führt." – „Natürlich werde ich da warten müssen; sie sind eben fort. Dort reiten sie, und wie! So kostbare Pferde habe ich fast noch niemals gesehen. Machen wir, das wir nachkommen."

Sie setzten den unterbrochenen Ritt fort. Nach einiger Zeit traten die Höhen, zwischen denen die Hochebene lag, näher zusammen, mit ihnen der Wald, und von der Seite her näherte sich das Flüßchen, dessen Wasser den Silbersee speiste. Dann vernahmen sie das Brausen eines hohen Wasserfalles. Das Flüßchen stürzte sich wohl über fünfzig Meter hoch hinab in ein Felsbassin, das es sich ausgehöhlt hatte, und floß von da weiter dem See entgegen, den man aber noch nicht sehen konnte.

Der Weg, den die Reiter einzuschlagen hatten, ging in einem weiten, sich immer tiefer senkenden Bogen um den Wasserfall hinab nach dem Bassin und von da am Flüßchen hin, bis die Bäume, die dort einen geschlossenen Wald bildeten, wieder auseinandertraten. Jetzt war das Tal des Sees in seiner ganzen Ausdehnung zu überblicken.

Es bot einen Anblick von wunderbarer Schönheit.

Die fast lotrecht aufsteigenden Wände konnten keine Bäume tragen, waren aber mit Buschwerk bestanden, das für seine Wurzeln überall einen Felsenriß gefunden hatte. Nur hier und da stand an einer horizontalen Stelle eine Zeder, aber von solcher Mächtigkeit, wie in dem berühmten Yosemitetal in Kalifornien. An diesen Felswänden konnte kein menschlicher Fuß hinauf- oder herabklettern. Es gab nur zwei Wege, in das Tal zu kommen, nämlich da, wo das Flüsschen in dasselbe trat, und da, wo es dasselbe wieder verließ.

Der größte Teil der Talsohle war mit Wasser angefüllt – dem Silbersee. Die Sonne stand bereits hoch, und unter ihren Strahlen erglänzten die Wellen wie poliertes Silber.

An seinem diesseitigen Rand, da, wo sich das Flüßchen in ihn ergoß, stand das alte Gebäude der Mission. Es war gebaut wie ein Kloster und durchweg aus Steinen aufgeführt. Diejenigen, die es vor alter Zeit errichtet hatten, waren gezwungen gewesen, sich gegen feindliche Angriffe zu schützen. Sie hatten den Mauern eine bedeutende Stärke gegeben und im unteren Stock keine Fenster, wohl aber zahlreiche Schießscharten angebracht. Aus demselben Grund gab es auch nur einen einzigen Eingang, der durch ein mächtiges hölzernes Tor verschlossen wurde. Neben demselben befand sich eine Klingel, die jedenfalls erst in neuerer Zeit angebracht worden war.

In der Nähe des Gebäudes weideten mehrere Pferde, unter ihnen auch der Rappe und der Schimmel, welche die beiden Indianer geritten hatten. Am Ufer des Sees waren mehrere Rindenkähne befestigt. In der Mitte der Wasserfläche sah man eine Insel. Ein kleines, steinernes Gebäude, das sich auf derselben befand, ließ vermuten, daß sie vom Ufer aus sehr oft besucht werde.

Um den See herum gab es eine Menge künstlicher Erhöhungen, meist ungefähr zwölf Meter hoch und mit Gras bewachsen, oben darauf irgendein Busch mit in die Erde gesteckten Lanzen und allerlei anderem Gerät. Sam erklärte:

„Das sind die Häuptlingsgräber, die in der ganzen Gegend für heilig gelten." – „Die liegen in ihren Särgen unter so riesigen Hügeln?" fragte der Förster. – „Liegen? In Särgen? Fällt keinem Menschen ein. Ein Häuptling wird nicht in einen Sarg gepreßt. Man zieht seiner Leiche das beste Gewand an, setzt sie auf das Lieblingspferd und gibt ihr die Waffen und den Medizinbeutel in die Hand. Das Wort Medizin bedeutet nicht etwa so viel wie Arznei, sondern es heißt Heiligtum. Der Medizinbeutel enthält Amulette und andere Gegenstände, die durch den Priester, den Medizinmann, geweiht worden sind. – Nun wird um das Pferd und die Leiche Erde aufgehäuft. Das Tier kann sich zuletzt nicht mehr bewegen und wird erstochen, damit es nicht so lange mit dem Tode zu kämpfen hat. Die Erde wächst höher und höher, dann türmt man Steine darüber, die dem Grab Halt geben. Hat der Hügel seine Höhe erreicht, so steckt man allerlei Gerätschaften des Häuptlings, seine Lanzen, Pfeile und seinen Bogen oben in die Erde und hängt verschiedenes daran, was ihm im Leben lieb gewesen ist. Diese Gegenstände sind unantastbar. Wer sich an ihnen vergreift, begeht ein Verbrechen, das nur mit dem Tod gesühnt werden kann. Es sind Weiße hier gewesen, die die Gräber entweiht haben. Darum wurde zu der Zeit, als ich zum ersten Male hierher kam, ein jedes Bleichgesicht feindselig empfangen und mit den

Waffen fortgewiesen. – Hier sind wir an dem Tor. Wir werden klingeln müssen."

Sam zog an der Glocke. Man hörte ihren Ton wie aus weiter Entfernung. Nach einiger Zeit wurde ein kleines Guckloch, das sich in dem Tor befand, geöffnet und das Gesicht einer alten Indianerin erschien.

„Wohnt hier die Taube des Urwaldes?" fragte der kleine Dicke. – „Paloma-nakana wohnt hier", lautete die Antwort. – „Ist sie daheim?" – „Sie ist da." – „Ich habe mit ihr zu sprechen." – „Es ist ein großes Wunder geschehen. Ihr seid Bleichgesichter, die nur Unheil bringen, und doch habe ich den Befehl erhalten, euch alle einzulassen. Kommt ihr in arglistiger Absicht, so werdet ihr dieses Haus nicht lebendig verlassen. Darum reitet lieber sogleich wieder fort." – „Wir sind Freunde der Taube. Wir haben uns nicht zu fürchten." – „So kommt herein."

Das Tor ging auf, und die Angekommenen folgten dem breiten, gewölbten Durchgang bis in einen großen viereckigen Hof, der von den vier Flügeln des Gebäudes eingeschlossen wurde. Auch hier ließ sich kein Mensch sehen.

In jeder Seite dieses Hofes befand sich eine Tür. Hier gab es zahlreiche Fenster; aber in den wenigsten war noch der Rest einer alten Glasscheibe zu finden. Wo sollte auch hier mitten im Indianergebiet ein Glaser herkommen?

„Wer ist der Anführer?" fragte die Alte. – „Ich bin es", meinte Sam. – „Steige hier diese Treppe hinauf. Die anderen mögen warten."

Sie deutete nach der Türöffnung, in der aber die Tür fehlte. Sam stieg nun vom Pferd und ging die steinerne Treppe hinan. Droben kam er auf einen Korridor. Dort stand der ältere Indianer, der ihnen draußen begegnet war.

„Du sollst den Vater der Taube sehen, komm mit mir!" sagte er und führte Sam zu einer Tür, öffnete dieselbe und winkte ihm, einzutreten. Dann machte er von außen die Tür wieder zu.

Sam befand sich nun in einem hohen, düsteren Raum, der außer den nackten Steinwänden nichts als einen roh zugehauenen Tisch und einige ebenso primitive Bänke zeigte. Vor ihm stand ein Mann in indianischem Lederanzug. Sein Gesicht trug einen gewaltigen Vollbart, so daß man die Züge fast gar nicht erkennen konnte. War er ein Indianer oder ein Weißer? Das ließ sich schwer entscheiden. Er streckte Sam die Rechte entgegen und sagte:

„Herzlich willkommen, Master Barth! Ich habe mich sehr gefreut, als ich hörte, daß ich Euch einmal wiedersehen würde."

Der Blick des Dicken forschte vergebens in dem bärtigen Gesicht nach einem Erkennungszeichen. Er schüttelte den Kopf und antwortete:

„Ich will mich auf der Stelle auffressen lassen, wenn ich weiß, wo ich Euch schon einmal gesehen habe. Ihr sprecht ein famoses Englisch, könnt also wohl kein Indsman sein?" – „Da vermutet Ihr ganz richtig. Ich bin keine Indianer, sondern ein Weißer." – „Und der Vater der Taube?" – „Ja." – „Darf ich einmal mit ihr sprechen?" – „Natürlich. Eigentlich habt Ihr bereits mit ihr gesprochen. Es begegneten Euch zwei Indsmen. Mit diesen habt Ihr doch gesprochen? Der kleinere der beiden Indianer war meine Tochter." – „Was? Donnerwetter! Ich denke, ich habe gute Augen, und – na ja, es kam mir sonderbar vor! Diese kleinen, weißen Hände, und diese Stimme. Ich bin überzeugt, daß ich diese Stimme bereits einmal gehört habe." – „Ganz richtig, Sir." – „Aber ich weiß gar nicht, wo. Es fällt mir da ein, gehört zu haben, daß die Taube des Urwaldes eigentlich Almy heißt; ich kenne keine Almy außer einer einzigen ... hm!" – „Wer ist diese einzige?" – „Die Tochter eines Pflanzers bei Van Buren." – „Meint Ihr Wilkins?" – „Himmelelement! Ihr kennt den Mann?" – Ja, ich kenne ihn, und diese da kennt ihn auch."

Mit diesen Worten öffnete der Bärtige eine Nebentür und rief den Namen Almy hinein. Die Tochter kam auf diesen Ruf herbei. Sie war höchst einfach auf indianische Weise gekleidet. Alle Stükke ihres Anzuges bestanden aus dem feinsten, schneeweiß gegerbten Leder. Das kleine, kurze, kaum über das Knie reichende Röckchen, das enge Leibchen, das sich drall um die Fülle des Busens legte, die Gamaschen, die sich faltenlos um die Waden schlossen, die kleinen Mokassins, wie für ein Kind gemacht, alles aus schneeglänzendem Leder und mit mühevoller, roter Sehnenstickerei verziert! Um den Hals trug sie eine kostbare Schnur von Zähnen und Krallen des grauen Bären, kostbar durch die Gefahr, die mit der Erlegung dieses starken Tieres verbunden ist. Das prächtige, dunkle, in langen, schweren Flechten herabhängende Haar trug keinen Schmuck als eine Doppelnadel, an der sich zwei Nuggets von der Größe eines Gänseeies befanden.

Das einst so rosige Gesichtchen sah bleich aus. Ein Hauch tiefer Schwermut, der es durchgeistigte, konnte selbst durch das freundliche Lächeln kaum gemildert werden, unter dem sie dem Jäger ihr kleines Händchen entgegenstreckte.

„Willkommen, Master Sam! Ihr habt mich vorhin wohl schwerlich erkannt?" – „Himmelsapperment!" rief er aus. „Ist das denn wahr oder nicht? Fräulein Wilkins!" – „Die bin ich." – „So ist also dieser Sir Euer Vater, Monsieur Wilkins aus Wilkinsfield?" – „Natürlich." – „Ich will mich fressen lassen, wenn ich euch beide wiedererkannt habe! Ihr hier, ihr! Das ist ein blaues Wunder und ein grünes und gelbes dazu! Wie in aller Welt kommt denn ihr hierher an den Silbersee, mitten zwischen Komantschen und Apachen hinein?" – „Das ist eine lange und traurige Geschichte, die ich Euch wohl noch erzählen werde", antwortete Wilkins. „Ich trage selbst mit daran Schuld. Ich habe damals den Fehler gemacht, daß ich Euren Rat nicht befolgte." – „Ja, ja! Hm! Wer nicht hört, der muß eben fühlen. Ihr hattet so eine Art von Respekt vor diesem, diesem – na, wie hieß denn der Halunke gleich?" – „Leflor." – „Ja, Leflor. Der Kerl schien mir dazusein, um einen guten Strick um den Hals zu bekommen. Ihr habt viel zu viel Umstände mit ihm gemacht." – „Ja, ich hätte mehr auf Euch hören sollen. Ich hätte es vielleicht auch noch getan, aber Ihr wart so plötzlich verschwunden. Ich ließ zwar sogleich nach Euch suchen, konnte aber Eurer nicht habhaft werden." – „Ja, wenn sich der Sam nicht finden lassen will, so wird er eben nicht gefunden. Er ist ein Sappermentskerl! Nicht? Etwas zu dick, sonst aber ein ganz ordentliches Menschenkind." – „Ich habe mich damals bei Euch nicht bedanken können. Ich will das hiermit nachgeholt haben, und es sollte mich herzlich freuen, wenn ich Euch heute einen Dienst erweisen könnte." – „Das könnt Ihr sehr gut." – „Dann sagt mir nur, was ihr wünscht." – „Ich wünsche, daß Ihr den roten Burkers tüchtig anlaufen laßt." – „Den? Ah, das möchte ich wohl. Wenn dieser Kerl mir nur einmal in die Hände kommen wollte." – „Er will, er will, Sir!" – „Wie? Ich verstehe Euch nicht." – „Na, ich denke, Ihr wißt es bereits!" – „Was soll ich wissen? Ich weiß von nichts." – „Das ist sonderbar! Ihr kennt doch den Apachenhäuptling, den man die Starke Hand nennt?" – „Freilich kenne ich ihn. Ich habe ihm sehr viel zu verdanken. Er ist unser Beschützer." – „Und kennt Ihr vielleicht auch einen weißen Jäger, dem man den Namen Fürst der Bleichgesichter gegeben hat?" – „Ich kenne ihn nicht, habe aber sehr viel von ihm gehört." – „So habe ich mich allerdings in meinen Vermutungen geirrt. Ich habe geglaubt, diese beiden Männer hier bei Euch zu finden. Es erschien mir als ganz selbstverständlich, daß sie kommen würden, um Euch zu warnen. Die beiden Männer müssen durch irgend etwas verhindert worden sein." – „Mich warnen? Droht mir etwa eine Gefahr?" – „Freilich. Der rote Burkers hat es abermals auf Euch abgesehen; er will Euch hier am Silbersee einen Besuch abstatten." – „Der? Ah, wenn das wahr wäre!“ – „Freilich ist es wahr.“ – „Befindet er sich denn in dieser Gegend?“ – „Und ob! Mit einer ganzen Bande. Er ist bereits unterwegs nach hier. Er meint, daß die Taube des Urwaldes große Schätze besitze.“ – „Und wie habt Ihr denn erfahren, daß er diesen Streich gegen mich beabsichtigt?“ – „Durch den Fürsten der Bleichgesichter. Ich will Euch die Sache kurz erzählen.“

Sam berichtete Wilkins nunmehr die Ereignisse der letzten Zeit. Als er geendet hatte, sagte Wilkins kopfschüttelnd:

„Das ist wirklich wunderbar! Zweimal will mich dieser Mensch berauben, und zweimal seid Ihr es, der kommt, mich zu warnen. Ich bin Euch wirklich außerordentlich verpflichtet.“ – „Wenn Ihr das meint, so werdet Ihr mir wohl die einzige Bitte erfüllen, die ich habe?“ – „Nun, welche?“ – „Laßt die Halunken dieses Mal nicht entkommen!“ – „Dieser Wunsch wird Euch ganz gewiß erfüllt, Master Barth. Ich wünsche nur, daß sie auch wirklich kommen mögen.“ – „Hoffentlich tun sie uns den Gefallen. Der Fürst der Bleichgesichter ist zuverlässig. Er hätte es nicht geschrieben, wenn es nicht wahr wäre. Darf ich Euch bei diesem Fang ein wenig helfen?“ – „Wenn es Euch Spaß macht, ja, obgleich ich ganz und gar nicht ohne Schutz bin.“ – „Hm! Ich habe bisher nur eine alte Indianerin und einen jungen Burschen gesehen. Ist das Euer ganzer Schutz?“ – „O nein. Zunächst bietet mir dieses Haus Schutz vor einer ganzen Menge von Feinden. Ich bin reichlich verproviantiert und könnte eine lange Belagerung aushalten. Waffen und Munition habe ich auch genug. Mein bester Schutz aber sind die Indianer, die meine Tochter fast wie ein höheres Wesen verehren.“ – „Hm! Kein Wunder!“ meinte Sam, indem er das schöne Mädchen freundlich betrachtete. „Fräulein Almy ist auch wirklich etwas ganz Apartes, etwas Höheres. So viel ist wenigstens sicher, das sie etwas Höheres ist, als Sam Barth. Aber sind diese Indsmen denn bei der Hand, wenn ihr sie braucht?“ – „Ja. Wenigstens kann ich mich hier so lange halten, bis sie kommen.“ – „Ihr müßt sie also benachrichtigen?“ – „Ja.“ – „Etwa einen Boten senden? Das ist umständlich und gefährlich.“ – „Oh, der Bote, den ich ihnen sende, ist schneller als der schnellste Reiter.“ – „Oho! Den möchte ich sehen! Und wenn sie ihn nun unterwegs wegfangen?“ – „Das können sie nicht.“ – „Na, na! Ich sage Euch, daß auch der schlaueste Kerl ergriffen werden kann!“ – „Mein Bote wird offen durch sie hindurch oder an ihnen vorübergehen, und sie werden ihn gehen lassen.“ – „Dann sind sie Prügel wert. Wer ist denn dieser prachtvolle Kerl?“ – „Das Wasser.“

Sam machte ein höchst erstauntes Gesicht und fragte:

„Das Wasser? Hm! Ja, ich kann mir so ungefähr denken, was Ihr meint. Ihr steckt einen Brief oder so etwas in ein Kästchen und tut dasselbe in den Fluß, wo er aus dem See kommt. Der Fluß nimmt es mit dahin, wo es aufgefangen wird." – „Das wäre höchst unzuverlässig. Unter hundert Malen würde das Kästchen neunundneunzig Male unbeachtet bleiben. Es kann doch nicht Tag und Nacht jemand am Fluß sitzen und aufpassen." – „Wie ist es denn?" – „Der See hatte früher einen kleinen Seitenabfluß, der sich durch die Seite des Tales einen Weg gebahnt hatte. Wir haben die Öffnung verschlossen. Von diesem Haus geht ein Draht zu ihr hin. Ich darf nur ziehen, so ist der Weg für das Wasser wieder frei; es fließt ab, nicht in großen Wogen, sondern als ein kleines schmales Bächlein. Sobald es unten in der Ebene erscheint, wissen die Bewohner derselben, daß ich mich in Gefahr befinde, und kommen mir zu Hilfe." – „Nicht übel! Ganz hübsch ausgedacht. Ich denke aber, wir werden das gar nicht nötig haben. Habt Ihr uns jetzt kommen sehen?" – „Ja." – „So werdet Ihr bemerkt haben, daß Jim und Tim wieder bei mir sind, dazu ein deutscher Förster mit seinem Sohn. Wir sind also Manns genug, es mit den Kerlen aufzunehmen. Wir schießen sie nieder, wie sie kommen." – „Lieber möchte ich sie lebendig haben." – „Das ist freilich noch besser. Wie aber denkt Ihr denn, dies anzufangen?" – „Ich stelle es mir gar nicht schwer vor. Glaubt Ihr etwa, daß diese Menschen Sturm gegen meine Mauern laufen werden?" – „Gewiß nicht." – „Nein. Sie werden zunächst die Gelegenheit erkunden. Sie werden einen der Ihrigen zu mir schicken, der mich vielleicht um Gastfreundschaft bitten und ihnen des Nachts die Tür öffnen soll." – „Das ist sehr denkbar. Aber wir wollen sie empfangen!" – „Natürlich. Aber wie es scheint, haben wir noch Zeit. Wir brauchen uns nicht zu überstürzen. Zunächst will ich mit hinabgehen, um auch die anderen zu begrüßen. Wir haben sie bereits zu lange warten lassen." – „Ganz recht! Aber – hm! Könnten wir wohl für einige Zeit hier wohnen?" – „Natürlich." – „Auch die beiden Ladies?" – „Freilich!" – „Ich muß Euch da nämlich sagen, daß die eine davon meine Verlobte ist, die eines schönen Tages sogar meine Frau sein wird. Euch wird das freilich sehr gleichgültig sein, mir aber desto weniger. Ich möchte sie gern so viel wie möglich in Sicherheit haben." – „Was das betrifft, so könnt Ihr ruhig sein. Sie ist bei mir hier ganz genau so sicher, als ob sie in Abrahams Schoß säße." – „Na, wenn es notwendig ist, daß sie sich irgendeinem in den Schoß setzt, so will ich diesen Abraham doch lieber selbst machen. Besser ist besser." – „Ich habe Euch also eingeladen. Und Eure Verlobte kann hier bei mir bleiben, so lange es ihr beliebt, jahrelang, mir soll es recht sein. Jetzt aber wollen wir hinunter in den Hof gehen."

Nach kurzer Zeit saßen alle die Neuangekommenen in einem großen Saal beim Essen, das allerdings nur in Maiskuchen und riesigen Büffelbratenstücken bestand. Als das Mahl beendet war, hatte Sam keine Ruhe. Er dachte an den roten Burkers und wollte unbedingt einen Plan entworfen haben. Dazu war es aber nötig, die Örtlichkeiten genau zu kennen, und so ersuchte er Wilkins, ihm die Erlaubnis zu einer Rekognoszierung zu erteilen.

„In Gottes Namen", antwortete dieser. „Tut nur immer, was Ihr für notwendig haltet. Ich werde selbst mitgehen."

18. KAPITEL

Sam, Wilkins, Tim und Jim brachen zu vieren von dem Missionsgebäude auf. Wilkins wollte sie rund um den See führen, damit sie die ganze Gegend kennenlernen könnten. Unterwegs erkundigte sich Sam, ob der Zugang zum See auch von den Höhen herab möglich sei.

„Nein", antwortete Wilkins. „Man kann nur durch das Zu- und Abflußtor des Tales zu mir kommen. Und diese beiden Örtlichkeiten sind so beschaffen, daß zwei Wachen genügen, um mich über jeden Nahenden zu unterrichten."

Sie wanderten nun an der einen Längsseite des Sees hin und gelangten so an das Ende desselben, wo das Flüßchen wieder heraustrat und, sich durch eine Felsenenge Bahn brechend, in mehreren aufeinanderfolgenden Schnellen von der Höhe hinabrauschte. Neben diesen Schnellen gab es nur so viel Raum, daß kaum zwei sich begegnende Reiter einander ausweichen konnten.

Als die vier Männer da oben standen und mit ihren Blicken den Sprüngen des Flusses folgten, schob plötzlich Sam die anderen zur Seite und sagte:

„Tretet schnell zurück! Sehr ihr den Mann?" – „Wo?" fragte Jim. – „Ganz unten. Er kommt langsam am Flusse heraufgeritten. Er ist ein Weißer."

Jetzt sahen auch die anderen den Reiter, verbargen sich hinter den Bäumen und beobachteten ihn.

„Der Kerl kommt mir verdächtig vor. Was für einen alten, starkknochigen Gaul er reitet! Er sitzt ganz vornübergebeugt und sucht nach Spuren. Dabei gehen die Augen nach rechts und links, wie diejenigen eines Spitzbuben." – „Du, ich weiß, wer das ist!" sagte Jim. – „Nun, wer denn?" – „Das ist derjenige von der Bande des roten Burkers, den er zum Rekognoszieren geschickt hat." – „Meinst du? Kannst recht haben." – „Wollen wir ein paar Worte mit ihm sprechen?" – „Natürlich. Aber kommt noch ein wenig zurück. Hier ist es zu eng. Wir müssen Platz haben, ihn festzuhalten." – „Der Kerl hat gar kein Gewehr." – „Das hat er natürlich zurückgelassen, damit wir ihn für einen friedlichen Menschen halten sollen. Er soll sich in uns getäuscht haben."

Der Reiter kam unterdessen langsam näher. Er hatte die vier Männer längst bemerkt, tat aber nicht so. Er war von hoher, breitschultriger Gestalt und trug einen dichten Vollbart. Gekleidet war er in starkes, ungegerbtes Wapitileder. Im breiten Ledergürtel steckten ein Messer und ein großes Beil; eine andere Waffe bemerkte man nicht an ihm. Um die Schulter hatte er einen Lasso geschlungen, und auf dem Rücken trug er einen Tornister, der ihm ein eigenartiges Aussehen gab. Er hatte seinem großen, starkknochigem Pferd die Zügel auf den Hals gelegt und sich die Hände in die Hosentaschen gesteckt. So kam er ganz gemütlich dahergetrollt.

Das Pferd schnaubte, wedelte mit den Ohren und warf den Schwanz hin und her.

„Nein, ist dieser Mensch dumm!" sagte Sam. „Sein Gaul ist viel klüger. Das Pferd hat uns längst gewittert, er aber merkt gar nicht, wie unruhig es tut. Und das will ein Räuber sein! Pshaw!"

Jetzt wollte der Fremde vorüber. Da trat Sam hervor und rief:

„Halt, Mann! Ihr seid nicht so ganz und gar allein, wie Ihr anzunehmen scheint!"

Die anderen drei waren dem Dicken gefolgt. Der Fremde sah ihn ein wenig von der Seite an, zuckte die Achseln und antwortete:

„Weiß es! Habe Euch längst bemerkt." – „Ah! Oh! Wann denn?" – „Schon als ich noch weit unten war. Euer Körper ist nicht so dünn, das man ihn für einen Strich im Weg halten könnte." – „So! Gesehen habt Ihr uns? Und dennoch kommt Ihr da herauf? Was wollt Ihr denn da oben?" – „Hm! Mich ein wenig umsehen." – „Das ist verboten." – „Wer hat es denn verboten? Etwa Ihr? Daraus werde ich mir nicht viel machen. Adieu, Master!"

Der Fremde nickte dem Dicken zu und wollte weiter. Schnell jedoch ergriff Sam das Pferd beim Zügel, Jim aber stellte sich zur rechten und Tim zur linken Seite des Reiters auf, und beide griffen nach den Steigbügelriemen.

„Halt, Mann!" meinte Sam. „Ihr werdet warten."

Der Fremde hatte noch immer die Hände in den Hosentaschen. Er nahm sie auch jetzt nicht heraus, lächelte den Dicken lustig an und fragte:

„Ihr wollt mich aufhalten?" – „Ja. Steigt einmal aus dem Sattel." – „Hm! Da habt Ihr meine Antwort!"

Im nächsten Moment stieß der Fremde einen scharfen Pfiff aus – ein Druck seiner Schenkel – und sein Gaul ging mit allen vieren in die Luft, schlug nach vorn und hinten aus und blieb dann stehen, nachdem er sich in dieser Weise zweimal im Kreis gedreht hatte.

Sam war an einen Baum geschleudert worden, Jim lag rechts und Tim links am Boden; beide standen langsam auf, und alle drei rieben sich diejenigen Stellen ihres Körpers, mit denen die Hufe des Pferdes in Berührung gekommen waren.

Der Fremde aber saß ganz gemütlich im Sattel, die Hände noch in den Hosen, und sagte:

„Nicht wahr, Mesch'urs, es ist ziemlich schlimm, wenn so ein Pferd sich nicht festhalten lassen will?" – „Eine verdammte Bestie ist Euer Vieh!" zürnte Sam. „Nehmt Euch in acht, daß ich ihm nicht eine Kugel in den Dickkopf gebe!" – „Das würde die letzte Kugel sein, die Ihr verschießt. Wir Rafters verstehen es, unser Eigentum zu verteidigen." – „Ah! Für einen Rafter, für einen Holzfäller gebt Ihr Euch aus? Und Ihr meint, daß wir es glauben? Wir werden Euch nachher sagen, was wir denken." – „Ich kann Euch jetzt schon sagen, was ich von Euch denke." – „Was denn, he?" – „Das ihr alle vier Euch ein wenig überschätzt. Mich anzuhalten, dazu gehören andere Kerle." – „Oho, Mann! Kennt Ihr mich?" – „Pah! Wer werdet Ihr denn sein?" – „Oder diese beiden?" – „Englische Nähnadeln, etwas in die Länge geklopft." – „Donnerwetter! Wir werden Euch eine höflichere Sprache lehren. Ich sage Euch, steigt vom Pferd herunter, sonst holen wir Euch herab!" – „Versucht es doch noch einmal! Zwanzig Yankees, wie Ihr seid, bringen keinen braven Deutschen aus dem Sattel, wenn er nicht will." – „Wie? Was?" fragte Sam schnell. „Ihr seid ein Deutscher?" – „Ja, wenn Ihr nichts dagegen habt." – „Wie lautet denn da Euer Name?" – „Steinbach." – „Das ist freilich stockdeutsch. Wunderbar! Es sollte mir leid tun, wenn Sie ein schlechter Kerl wären."

Sam hatte diese Worte in deutscher Sprache gesprochen, und Steinbach antwortete ebenso:

„Wer das behauptet, dem schlage ich die Faust an den Kopf. Verstanden?“ – „Was für ein Landsmann sind sie denn?“

Über das männlich schöne Gesicht Steinbachs zuckte es lustig. Er nahm den breitkrempigen Filzhut, den er auf hatte, höflich ab und antwortete:

„Sie sind wohl auch ein Deutscher?“ – „Ja, freilich!“ – „So erlauben Sie mir, daß ich mich Ihnen als ein Sachse vorstelle.“ – „Ein Sachse! Kreuzschockschwerenot! Ist das möglich? Woher denn?“

Abermals leuchtete für einen Augenblick aus Steinbachs Augen der Schalk. Er antwortete ernsthaft:

„Sie werden das kleine Örtchen wohl nicht kennen. Ich bin aus Herlasgrün.“ – „Her... Her...!“ – „Ja, Herlasgrün“, nickte Steinbach.

Der Dicke war perplex. Er stemmte die Arme in die Seiten und stammelte:

„Her–her–las–lasgrün! Da schlage doch Gott den Teufel tot! Möchte man da nicht vor lauter Freude den Ofen einschmeißen?“ – „Warum denn?“ – „Ich bin ja auch aus Herlasgrün!“ – „Sie machen Spaß!“ – „Nein, nein! Ich heiße Samuel Barth ...“ – „Etwa der Knopfmacher?“

Das war dem Dicken doch zu toll. Er riß sich die Pelzmütze vom Kopf, warf sie vor Freude zur Erde und schrie jubelnd:

„Gottstrambach, der Kerl kennt mich! Er kennt mich! Nein so ein Weihnachten!“ – „Natürlich kenne ich Sie“, sagte Steinbach, obgleich er in seinem ganzen Leben nicht in Herlasgrün gewesen war. „Ich war so eine kleine Kröte, als Sie nach Ruppertsgrün zu Ihrer Gustel auf die Freite gingen.“ – „Auch die Gustel kennt er! Ist so etwas denn möglich! Und Steinbach heißen Sie? Sind Sie etwa einer vom Fleischer Steinbach? – „Ja, der jüngste.“ – „Und jetzt hier in der Sierra della Acha! Wenn mir noch einmal einer behauptet, daß keine Wunder mehr geschehen, dem klopfe ich das Leder, daß er sich selbst für einen Kanonenstiefel halten soll! Wie geht es denn jetzt in Herlasgrün?“ – „Ich danke! Ganz gut. Vor zwei Jahren hat Winters Ziege zwei Karnickel geworfen, und nur eine Woche später hat der Stadtrat wegen der heißen Hundstage dem Kirchturm einen grünseidenen Sonnenschirm machen lassen.“ – „Wie – wa – wo – hören Sie, Sie scheinen ein ziemlicher Nichtsnutz zu sein.“ – „Das nicht. Ich mache nur gern Spaß, mein lieber Sam der Dicke.“ – „Verteufelt! Jetzt kennt er meinen Trappernamen.“ – „Ich kenne auch noch andere. Sind diese beiden hier nicht die Masters Jim und Tim Snaker?“ – „Ja, sie sind es. Woher wißt Ihr das?“ – „Woher? Wenn man irgendwo im Westen auf einen recht Dicken trifft, der zwei recht Dünne bei sich hat, so heißen diese drei Kerle sicherlich Sam, Jim und Tim. Das weiß doch alle Welt." – „Sehr viel Ehre! Aber, sagt mir einmal, was Ihr eigentlich hier oben in der Sierra wollt. Ihr habt ja nicht einmal ein Gewehr bei Euch." – „Nicht? Nun, wenn ich keins habe, so werde ich wohl keins brauchen, sonst hätte ich sicherlich eins mit. Hier ist doch wohl der Silbersee?" – „Ja." – „Da wohnt ein Master Wilkins?" – „Ja. Was wollt Ihr bei ihm? Ihr kommt doch nicht etwa von einem gewissen Burkers?" – „O nein. Ich kenne keinen Burkers. Einen Burkert kenne ich, der war Erbsenwächter in der Oberwiese bei Altenburg, aber keinen Burkers. Der mich schickt, das war ein gewisser – na, wie war doch gleich der Name? Es war ein so indianisches Wort, obgleich der Mann ein Deutscher war, so ähnlich wie Tan – tan mi oder Talmi oder ..." – „Etwa Tan-ni-kay?" fragte Sam rasch. – „Ja, ja, so war der Name." – „Alle Teufel! Also haben Sie mit dem Fürsten der Bleichgesichter gesprochen?" – „Habe keine Ahnung davon. Der Mann nannte sich so und hatte einen Indianer bei sich, der hieß La– la– la..." – „Lata-nalga?" – „Ja, so hieß er." – „Das war also die Starke Hand. Sapperment! Diese beiden schicken uns wohl eine Botschaft?" – „So ähnlich. Ich soll herauf an den Silbersee reiten zu Master Wilkins und ihm sagen, der dicke Sam würde mit seiner Gustel aus Ruppertsgrün kommen und ihn warnen; Master Wilkins solle sich aber nicht fürchten, denn die zwei, die mich senden, wären hinter den Kerlen her und würden die Ankunft derselben melden und zur geeigneten Zeit selbst hier oben eintreffen." – „Gott sei Dank!" sagte Wilkins. „Diese Botschaft ist mir von hohem Wert. Sie beruhigt mich vollends, obgleich ich schon vorher keine Furcht hatte." – „Ich bin also an die richtige Adresse gekommen?" – „Ja, Master Steinbach." – „Nun, so kann ich wieder gehen."

Damit wandte Steinbach sein Pferd um; da aber griff Sam demselben schnell in die Zügel, obgleich er vorhin eine schlimme Erfahrung gemacht hatte und sagte:

„Was fällt Ihnen ein? Ich hoffe doch nicht, daß Sie so schnell wieder gehen werden!" – „Warum nicht? Der Empfang, den ich gefunden habe, war kein sonderlich einladender." – „Das müssen Sie verzeihen. Wir hielten Sie nämlich für einen Spitzbuben." – „Sapperlot, habe ich denn so ein Spitzbubengesicht?" – „Nein, gar nicht. Ich kann sogar sagen, das mir Ihr Gesicht sehr gut gefällt." – „Schön. So haben Sie Ihr Versehen wiedergutgemacht; ich gehe aber trotzdem fort."

Da sagte Wilkins zu ihm:

„Wenn ich Sie bitte, sich bei mir auszuruhen, so hoffe ich, daß diese Bitte mir nicht angeschlagen wird."

Steinbachs Auge ruhte mit einem eigentümlich forschenden Blick auf dem Sprecher. Er antwortete:

„Ich würde Ihrem Wunsch sehr gern entsprechen; aber es ist mir leider unmöglich. Die Botschaft, die ich Ihnen brachte, hat mir einen Teil meiner Zeit genommen, die ich so notwendig brauche. Ich muß diesen Verlust wieder einholen." – „Darf man vielleicht erfahren, was Ihre Zeit so kostbar macht? Die Rafters pflegen sonst doch immer genug Muße zu haben." – „Bei mir ist es anders, ich habe nämlich eine Privataufgabe zu erfüllen. Ich suche einen verschwundenen Menschen." – „Hier? Im Indianergebiet?" – „Ja." – „Da dürfte Ihre Mühe vergeblich sein." – „Seine Spur führt hierher." – „So ist er wohl tot. Ich kenne alle Weißen im weiten Umkreis. Darf ich fragen, wie der Mann heißt, um den es sich handelt?" – „Adler." – „Adler? Ah! Sein Vornahme?" fragte Wilkins schnell." – „Martin." – „Martin Adler? Höre ich recht? Welcher Nationalität war der Mann, und welchen Beruf hatte er?" – „Er war ein Deutscher und soll zuletzt in den Vereinigten Staaten als Verwalter oder Oberaufseher einer Pflanzung in Arkansas tätig gewesen sein. Aber was haben Sie, Master Wilkins?" – „Sie sehen mich im höchsten Grad betroffen. Ein Martin Adler war als Oberaufseher bei mir angestellt." – „Hier?" – „O nein. Ich wohnte damals in Arkansas." – „In Wilkinsfield?" – „Ja. Die Pflanzung war nach unserem Familiennamen genannt worden. Kennen Sie den Ort?" – „Freilich; ich war dort." – „Welch ein Zusammentreffen! Ist das Zufall oder Gottes Schickung? Sie suchen denselben Mann, den auch ich lange gesucht habe, ohne ihn zu finden. Es kann keine Rede davon sein, daß ich Sie fortlasse. Sie bleiben bei mir. Sie teilen mir mit, was Sie wissen, und ich sage Ihnen, was ich weiß. Auf diese Weise kommen wir zu einem Resultat. Und wenn es auch nur wäre, um zu erfahren, daß und wann und wo er gestorben ist."

Steinbach tat, als ob er noch zögere. Da sagte Sam:

„Unsinn. Sie gehen mit uns, Landsmann, sonst haben Sie es mit mir zu tun. Sie werden es nicht bereuen, denn Sie lernen meine Auguste kennen und ihre Verwandten, die aus der Gegend von Zeulenroda stammen. Er ist Förster und hat bei einem Herrn von Adlerhorst in Dienst gestanden. Also kommen Sie. Man läuft doch nicht so schnell wieder auseinander."

Steinbach horchte auf.

„Adlerhorst?" fragte er. „Hat denn ein Herr dieses Namens Besitzungen in dieser Gegend?" – „Ja, wie mir der Förster sagte." – „Wie war der Vorname dieses Adlerhorst?" – „Das weiß ich nicht mehr, wenn ich den Namen überhaupt gehört habe. Wenn Sie es gern erfahren wollen, müssen Sie eben mit uns gehen. Sie sehen, daß es besser für Sie ist, nicht so schnell fortzureiten." – „Nun, so will ich mich erbitten lassen. Ich bleibe da." – „Das wird auch für Ihr Pferd besser sein. Der alte Gaul ist so abgetrieben und abgemagert, daß es einem ordentlich leid tun kann. Er mag einige Tage hier grasen, damit er sich wieder Fleisch anfrißt." – „Ja, das alte Pferd taugt gar nicht viel. Aber ein armer Holzfäller, wie ich bin, bringt es eben selten zu einem guten Mustang. Man muß zufrieden sein mit dem, was andere nicht mehr gebrauchen können."

Steinbach hatte dabei eigentümlich gelächelt und stieg vom Pferd. Als die Männer nun langsam am Ufer des Sees dahinschritten, um nach der Mission zurückzukehren, lief das Pferd wie ein Hund hinter seinem Herrn her. Es ließ die Ohren und den Schwanz hängen und hatte dabei ein gar trauriges Aussehen. Als aber zufälligerweise ein Geier von einem nahen Felsen aufstieg und einen schrillen Schrei ausstieß, warf es den Kopf und den Schwanz in die Höhe, spitzte die Ohren und funkelte mit den Augen, daß es eine Art hatte. Erst als es den Vogel emporkreisen sah, ließ es Kopf und Schwanz wieder sinken. Es hatte sich überzeugt, daß der Schrei nicht die Nähe einer Gefahr bedeute. Sam hatte diese Bewegung nicht bemerkt, sonst hätte er seine Ansicht über das Tier jedenfalls geändert. Ein anderer hatte ein besseres Auge dafür. Als sie nämlich in die Nähe des Gebäudes gelangten, kam ihnen der junge Indianer entgegen, der vorher mit Almy ausgeritten war.

„Das ist ein Indsman, der trotz seiner Jugend bereits wegen seiner Tapferkeit, Klugheit und besonderen Schnelligkeit bekannt ist", sagte Wilkins zu den anderen. „Wegen der letzteren, von den er schon bedeutende Proben abgelegt hat, wird er der Flinke Hirsch genannt."

Der Indianer blieb achtungsvoll stehen, um die Männer vorüber zu lassen. Kaum aber erblickte er Steinbachs Pferd, so stieß er den indianischen Ruf der Verwunderung aus.

„Uff, uff!" – „Worüber wundert sich mein roter Bruder?" fragte Sam.

Der Indsman betrachtete Steinbach mit einem scharfen Blick und antwortete:

„Ist dieses Bleichgesicht ein Freund der Taube?" – „Ja." – „Da du es sagst, will ich es glauben, sonst hätte ich ihm das Messer in die Brust gestoßen." – „Warum?" – „Die Starke Hand hat mir befohlen, die Taube zu beschützen, und so darf ich keinen Dieb in ihre Nähe kommen lassen." – „Hältst du ihn für einen Dieb?" – „Da er Euer Freund ist, kann er keiner sein, sonst aber hätte ich es sicher angenommen." – „Aus welchem Grund?" – „Weil er wie ein Seste-tsi aussieht, und er ist doch keiner."

Das apachische Wort Seste-tsi heißt Baumtöter. Der Indianer meinte damit Rafter, Holzfäller. Sam fühlte sich betroffen und fragte:

„Warum soll er keiner sein?" – „Frage ihn selbst. Der Flinke Hirsch kann nicht wissen, warum ein Bleichgesicht sich ein falsches Angesicht gibt. Ist dieser Euer Freund auch der Freund der Starken Hand?" – „Ja. Die Starke Hand hat ihn zu uns gesandt." – „Uff! So könnt Ihr ihm vertrauen, wie ich ihm vertraue."

Der Indianer blickte Steinbach ehrfurchtsvoll an und legte dabei die Hand auf Stirn und Herz, zum Zeichen des untertänigen Grußes. Dabei ging ein pfiffiges, selbstbewußtes Zucken über sein Gesicht, als ob er Steinbach sagen wolle, daß er ihn durchschaut habe, aber nichts sagen werde. Dann schritt er weiter.

„Was mag er wohl haben?" fragte Sam. „Wissen Sie es, Herr Steinbach?" – „Wenn Sie es nicht wissen, meinen Sie da, daß ich es wissen kann, der ich ihn zum ersten Male sehe?" – „Hm! Er machte Ihnen ein so eigentümliches Gesicht." – „Ich kann nicht dafür." – „Aber Sie warfen ihm auch so ein Lächeln hin, als ob Sie ihm sagen wollten: Schon gut! Gehe nur immer weiter; wir verstehen uns ja! Fast möchte ich glauben, daß Sie irgendein Geheimnis miteinander haben. Aber Sie haben sich doch noch gar nicht gesehen. Er hielt Sie sicherlich für einen Spitzbuben." – „Haben Sie selbst mich zuerst nicht auch für einen gehalten?" – „Na, ich hoffe, daß ich mich wirklich getäuscht habe, sonst würde es Ihnen traurig ergehen, trotzdem Sie mein Landsmann sind." – „Ja, das ist wahr, Sir", bestätigte Tim, sich an Steinbach wendend. „Wir würden Euch die Seele ein wenig aus dem Leib herausquetschen." – „Wirklich?" lächelte Steinbach. „Wie wolltet Ihr das wohl anfangen?" – „Das könnte ich Euch zeigen, wenn es mir nicht leid um Eure Knochen täte." – „Oh, bitte, um meine Knochen braucht es Euch nicht bange zu sein. Ich möchte wirklich gern wissen, wie Ihr Euch bei so einer Seelenherausquetscherei benehmen würdet." – „Na, wenn es Euch wirklich Spaß macht, will ich es Euch zeigen, wie man die Seele aus dem Leib drückt. Das fängt man nämlich so an."

Der Präriejäger läßt nicht gern eine Gelegenheit, seine Kraft und

Gewandtheit zu zeigen, vorübergehen. So auch der lange Tim. Er ergriff mit der linken Hand Steinbach beim Hals und mit der rechten beim Gürtel, um ihn emporzuheben und zur Erde zu werfen. Da er von starkem, knochigen und sehnigen Körperbau war, eine gute, langjährige Übung besaß und seine jetzige Bewegung mit außerordentlicher Schnelligkeit und Sicherheit ausführte, so wäre ihm der Angriff wohl auch gelungen, wenn er nicht gerade gegen Steinbach gerichtet gewesen wäre. Es hatte den Anschein, als ob Tim Sieger sein werde, denn Steinbach tat, als ob er erschrocken sei und blieb stehen, ohne eine Hand zu rühren. Nur die Füße hatte er auseinander gesetzt.

„Halt, Tim! Mach keine Dummheiten!" sagte Sam. „Du könntest ihm Schaden tun." – „Keine Angst, Master Sam!" lachte aber Steinbach. „Den Schaden würde er sich nur selbst tun. Wollen doch sehen, wie lange er an mir herumhantieren wird."

Und er blieb auch fernerhin unbeweglich mit ausgespreizten Beinen stehen. Zum größten Erstaunen gelang es Tim bei aller Anstrengung nicht, ihn aufzuheben oder auch nur um einen Zoll vom Standpunkt, den er einnahm, zu entfernen.

„Verdammt!" keuchte der Lange. „Das geht doch mit dem Teufel zu. Das ist mir noch nicht passiert." – „Drücke doch drauf, Tim!" rief sein Bruder Jim. „Du mußt dich ja sonst schämen." – „Mache es besser, wenn du kannst." – „Natürlich werde ich es können. Paß auf!"

Jim packte nun Steinbach schnell von der anderen Seite. „Oho! Zwei gegen einen!" lachte Steinbach. „Da muß ich euch doch zeigen, wie es ein Holzfäller macht!" Dann ergriff er Jim mit der Rechten und Tim mit der Linken oberhalb des Gürtels bei den Jagdhemden, stieß sie so kräftig von sich ab, daß sie ihre Hände loslassen mußten, riß sie wieder an sich, daß sie den festen Halt verloren, und hob sie hoch vom Boden empor. Darauf tat er noch drei, vier schnelle Schritte zum Wasser des Sees hin, riß die zwei einige Male auf und nieder und setzte sie dann, indem er sie plötzlich fahren ließ, in das Gras.

„So, da sitzt ihr, Mesch'urs!" meinte er munter. „Ich hätte euch recht gut da in den See werfen können, wenn es sich nicht um einen bloßen Spaß handelte. Das werdet ihr doch zugeben."

Die Brüder sahen erst einander und dann Steinbach mit einem so unendlich erstaunten Ausdruck an, daß er in ein lautes Lachen ausbrach.

„Verdammt!" keuchte Jim. – „Verflucht!" hustete Tim. „Das ist doch eigentlich unmöglich!" – „Unglaublich! Noch nie dagewesen!“ – „Ich bin auch ganz starr!“ sagte Sam der Dicke. „Man möchte seinen eigenen Augen gar nicht trauen. Das ist doch eine wahre Elefantenstärke!“ – „Machen Sie es einmal nach, Master Barth“, meinte Steinbach zu dem Erstaunten. – „Unsinn! Das macht Ihnen überhaupt keiner nach. Ich hätte im Leben nicht geglaubt, daß aus Herlasgrün so ein Goliath kommen könne. Packt dieser Mensch die beiden Kerle hier an der Brust und hebt ...“ – „Halt! Fort!“ rief da Steinbach plötzlich.

Sam hatte nämlich, um seine Worte zu erklären, Steinbach bei der Brust gepackt, erhielt aber, obgleich er von diesem augenblicklich beiseite gerissen wurde, einen solchen Streifhieb über den Rücken, daß er zu Boden stürzte.

„Donnerwetter!“ rief er, sich schnell aufraffend „Wer war der Halunke?“

Aber er sprang augenblicklich zur Seite, sonst hätte er einen zweiten Hieb erhalten, der dieses Mal wohl gefährlicher ausgefallen wäre. Nämlich Steinbachs Pferd hatte sich herumgedreht und mit den beiden Hinterhufen nach ihm ausgeschlagen. Den Kopf zurückgewandt, funkelte es ihn mit zornigen Augen an und fuhr, genau auf ihn zielend, mit den Schlägen so anhaltend fort, daß Sam eine ganze Strecke retirierte und ergrimmt ausrief:

„Verdammtes Biest! Ein Glück, daß mich der erste Hieb nur streifte! Ich wäre des Todes gewesen.“ – „Ja, ich hatte gerade noch Zeit, Sie zurückzuzerren“, bemerkte Steinbach. „Der Gaul ist brav.“ – „Was?“ rief Sam. „Wenn das Viehzeug ehrliche Leute totschlägt, nennen Sie es brav?“ – „Natürlich! Das Pferd will mich beschützen.“ – „Beschützen? Unsinn! Sie wollen mir doch nicht etwa weismachen, daß die Bestie nach mir geschlagen hat, bloß weil ich Sie angegriffen habe!“ – „Bloß deshalb!“ – „Pshaw! Warum hat sie dann nicht vorher nach Jim und Tim geschlagen?“ – „Weil der brave Gaul sofort sah, daß ich diese beiden Mesch'urs in die Höhe nahm. Eine Fortsetzung des Kampfes hat er aber doch nicht dulden wollen.“ – „Sollte man es denken! Er verteidigt seinen Herrn! Von so etwas habe ich noch nie gehört. Für andere ist das unter Umständen verhängnisvoll, für seinen Herrn aber vorteilhaft. Wer hat es ihm denn so beigebracht?“ – „Von einer Dressur ist dabei wohl nicht die Rede. Das Pferd ist eben ganz von selbst so treu und anhänglich, daß es seinen Herrn in Schutz nimmt. Sie mögen sich also in Zukunft in acht nehmen, daß Sie mich nicht falsch angreifen, Sir!“ – „Wer hätte das dem mageren Racker angesehen?“

Sam betrachtete jetzt das Pferd genauer. Steinbach aber nickte mit dem Kopf und sagte:

„Man kann sich eben in den Tieren geradeso irren wie in den Menschen. Ich bin der Meinung, daß dieses Pferd stets so gut genährt gewesen ist wie jetzt." – „Dann ist es zu bedauern, denn in diesem Fall hat es stets Hunger gelitten." – „Oho! Ich lasse mein Tier nicht Hunger leiden. Eierkuchen und Gänsebraten kann ich freilich nicht füttern, aber Sie haben gesehen, daß es mir nachgelaufen ist, wie ein Hund, ohne sich nach einem Grashalm oder nach dem Wasser des Sees zu bücken. Es hat also keine Spur von Hunger oder Durst." – „Aber diese Magerkeit, diese Knochen!" – „Nicht alle Geschöpfe können so dick und fett sein wie Sie, Master Sam. Aber bekommen die Masters Jim und Tim etwa weniger zu essen als Sie, weil sie so mager und knochig sind, noch mehr als mein Gaul?" – „Das ist Rasse." – „Nun, so ist es bei meinem Pferd eben auch Rasse. Vielleicht werden Sie bald eine andere Meinung von ihm haben."

Sie gingen jetzt weiter, auf das Missionsgebäude zu. Die alte indianische Torhüterin hatte sie bereits von weitem kommen sehen und das Tor geöffnet. So konnten sie hinein, ohne warten zu müssen. Das Pferd lief mit hinein, hinter seinem Herrn her, als ob sich dies ganz von selbst verstehe.

19. KAPITEL

Natürlich wurde auch Steinbach in den alten Speisesaal des Missionshauses geführt, um zunächst einen Imbiß zu sich zu nehmen, wie die Gastfreundschaft es erforderte. Die anderen gingen mit, teils um ihm Gesellschaft zu leisten, teils um mehreres zu hören. Es verstand sich ganz von selbst, daß Sam seine Braut und deren Verwandten brachte, um sie dem neuen Ankömmling zu zeigen, von dem er fest glaubte, daß er aus Herlasgrün sei.

Wilkins war am wißbegierigsten von allen und sagte, als Sam die Vorstellung der erwähnten Personen noch kaum beendet hatte, zu Steinbach:

„Nun, Sir, eßt und trinkt und laßt Euch nicht stören. Eine solche Störung wird es hoffentlich nicht sein, wenn ich mich nach dem erkundige, was ich sobald wie möglich erfahren möchte." – „Fragt nur in Gottes Namen, Master Wilkins! Neben dem Kauen und Schlingen wird man wohl einige Worte antworten können."

– „Nun, so bitte ich Euch, mir zu sagen, in welchem Verhältnis Ihr zu dem steht, den Ihr sucht. Ich meine natürlich meinen früheren Oberaufseher Adler." – „Das will ich Euch sagen, obgleich ich nicht davon sprechen soll. Ich bin ein wenig verwandt mit ihm." – „Hm! Das ist sonderbar. Es hieß doch allgemein, daß er aus einer adligen Familie von drüben stamme." – „Möglich." – „So müßtet auch Ihr adlig sein." – „Das ist nicht notwendig. Es ist sehr oft der Fall, das Adlige und Bürgerliche verwandt miteinander sind." – „Das muß ich freilich gelten lassen. Er hat nie von seiner Heimat und seiner Vergangenheit gesprochen. Wäre es nicht möglich, daß ich darüber von Euch ein weniges erfahren könnte?" – „Gewiß könnte ich Euch Auskunft erteilen; aber da er selbst nie davon gesprochen hat, so hat er jedenfalls beabsichtigt, die Sache geheimzuhalten. Daher halte ich es für meine Pflicht, seinen Willen zu ehren. Ihr werdet mir das wohl nicht übelnehmen. Vielleicht kommt die Zeit, in der es mir erlaubt ist, Euern Wunsch zu erfüllen. Sprechen wir darum lieber von seiner späteren Vergangenheit, seiner Gegenwart und Zukunft. Es liegt uns das viel näher und wird auch für Euch viel mehr Interesse haben." – „Na, was seine Gegenwart und Zukunft betrifft, so läßt sich nicht viel darüber sagen oder vielmehr gar nichts. Wir wissen eben nichts. Und was meint Ihr wohl mit seiner späteren Vergangenheit?" – „Unter seiner früheren Vergangenheit verstehe ich sein Leben drüben in der Heimat, unter seiner späteren aber seinen Aufenthalt bei Euch. Wie ist er denn eigentlich zu Euch gekommen?" – „Durch einen Agenten in New Orleans, dem ich Auftrag gegeben hatte, mir einen Oberaufseher zu beschaffen. Er schickte ihn mir unter vortrefflichen Empfehlungen. Er hatte ihn in New Orleans kennengelernt und so lange mit ihm verkehrt, daß er ihn mir als einen passenden, kenntnisvollen und zuverlässigen Beamten empfehlen konnte." – „Und Ihr seid mit ihm zufrieden gewesen?" – „Außerordentlich. Er war verschiedene Jahre lang Westmann gewesen und kannte das Land so gut, daß er mir selbst in den schwierigsten Fällen der beste Berater gewesen ist. Ich habe ihn fast wie einen Sohn liebgehabt, und er hing an mir mit solcher Hingebung, daß er sich schließlich für mich aufgeopfert hat. Wie die Sachen stehen, muß ich annehmen, das er für mich in den Tod gegangen ist." – „Ihr meint also, daß er nicht mehr lebt?" – „Das ist meine Überzeugung, obgleich ich lange das Gegenteil sehnlichst gehofft habe." – „Wie ist denn das alles gekommen?" – „Habt Ihr denn nichts davon gehört?" – „Ein weniges. Es gab auf Wilkinsfield zwei Negerinnen, die bereits damals dort gewesen sind. Ich glaube, sie wurden My und Ty genannt. Von denen habe ich ..." – „Was? Die sind noch dort?" fiel Wilkins ein. – „Ja. Sie haben mir einiges erzählt, freilich in der Art, wie Negerinnen erzählen: man muß sich alles selbst zusammenreimen. Darum ist mir auch sehr vieles unklar geblieben." – „War denn Leflor nicht da?" – „An ihn habe ich mich gar nicht gewandt. Er hätte mir doch nur falsch berichtet." – „Oder sein Verwalter, sein Oberaufseher, der auch ein Deutscher war und Adlers Freund gewesen ist?" – „Der war fort. Ich hörte, daß er fortgegangen sei, weil er nicht mit Leflors Verhalten gegen Euch einverstanden gewesen ist. Es mag da vor seinem Weggang einige arge Szenen gegeben haben. Um der Sache besser auf die Spur zu kommen, nahm ich mir vor, mit Euch selbst zu reden." – „Ihr habt nach mir gesucht?" fragte Wilkins im Ton des Staunens. – „Ja." – „Aber Ihr wußtet doch nicht, wo ich zu finden bin!" – „Das wußte freilich gar niemand. Man hat Euch ja von Amtswegen gesucht, um Euch wegen Mordversuchs den Prozeß zu machen, Euch aber glücklicherweise nicht gefunden." – „Daher erscheint es mir wunderbar, daß Ihr auf meine Spur geraten seid. – „Pshaw! Ich bin ein Rafter."

Steinbach sagte dies in einem ironisch bescheidenen Ton. Der dicke Sam fiel sogleich ein:

„Das ist auch etwas Rechtes, ein Rafter zu sein!" – „Warum, Master Barth?" – „Ein Rafter ist nichts weiter als ein Holzdieb. Er verbindet sich mit anderen Rafters zu einer Bande, die eine passende Stelle im Kongreßland oder in dem Besitztum eines anderen aufsuchen, die besten Bäume niederschlagen, zu Flößen verbinden und stromabwärts bringen, um sie zu verkaufen. Kein einziger Baum, der ihnen auf diese Weise Geld einbringt, war ihr rechtmäßiges Eigentum. Sie sind Forstspitzbuben, Holz- und Wilddiebe, und zwar die gefährlichsten, die es nur gibt; denn wenn der rechte Eigentümer kommt, um ihr Treiben sich zu verbitten, so lachen sie ihn doch nur aus und schießen ihn unter Umständen gar ohne weiteres tot. Also rühmt Euch ja nicht etwa, ein Rafter zu sein, Landsmann. Wenn Eure Verwandten drüben in Sachsen, in Herlasgrün wüßten, daß Ihr ein solcher Kerl geworden seid, so drehen sie sich im Grabe um, noch ehe sie gestorben und begraben sind." – „Macht die Sache nicht gar so schlimm!" – „Es ist so, wie ich sage. Übrigens treiben sich die Rafters nur in der Nähe von Flüssen herum. Sie brauchen ja das Wasser, um ihre Flöße zu transportieren. Kenner des Landes, Pfadpfinder sind sie also nicht, und Spürnasen haben sie auch nicht. Ich begreife also gar nicht, wie Ihr sagen könnt, daß Ihr die Spur unseres Master Wilkins gefunden habt, weil Ihr ein Rafter seid. Zu einem ordentlichen Scout gehört doch mehr, als ein Rafter sein kann." – „Ihr habt Euch da wirklich ganz in Zorn und Ärger hineingeredet!" lachte Steinbach. – „Es ist auch danach. Ihr seid zwar ein Landsmann von mir, aber noch ein Neuling in der Prärie. Ihr habt weder ein Gewehr, noch Pulver, Blei und Schrotbeutel. Ein Beil und ein Messer, das ist alles, was Ihr habt, und damit tut Ihr so dick, als ob Ihr die ganze Savanne zum Frühstück auffressen und den Mississippi dazu austrinken wolltet. Hier sind auch noch Leute, und von denen könnt Ihr etwas lernen. Merkt Euch das! Verstanden?" – „Ja, mein lieber Master Sam, Ihr habt recht. Ich bin ein bißchen unbescheiden gewesen. Der Mensch soll nicht dicker tun, als er ist. Ich will mir das in Zukunft abgewöhnen. Seid Ihr mit dieser Erklärung vielleicht zufrieden?" – „Ich muß wohl. Haltet aber auch Wort!"

Steinbach blinzelte ihn von der Seite an und sagte:

„Ich halte Wort, obgleich ich Eure Gedanken errate." – „Das sollte Euch wohl schwer werden." – „Leichter als Ihr denkt." – „Oho!" – „Sie stehen Euch im Gesicht geschrieben. Man kann sie sehr leicht erraten, wenn man nur aufpaßt, nach welcher Seite Ihr immer schielt. Ein Rafter kann auch scharfe Augen haben, obgleich er ein Spitzbube ist." – „Gerade Spitzbuben brauchen scharfe Augen. Was habt Ihr mit den Eurigen gesehen?" – „Das Ihr immer hinüber zu der guten Frau Auguste schielt." – „Hm! Das werde ich als ihr Schatz, Geliebter, Verliebter und Verlobter wohl dürfen." – „Ganz gewiß! Aber was Ihr dabei denkt, das ist die Hauptsache." – „Nun, was denke ich denn?" – „Ihr seid sonst ein ganz guter, lieber und friedfertiger Mann. Wenn wir unter uns gewesen wären, hättet Ihr sicherlich nicht so sehr auf die Rafters geschimpft, mich einen Neuling genannt und mir gesagt, daß ich von Euch noch lernen könne. Da aber Eure Gustel anwesend ist, muß der Knopfmacher dicketun, damit sie ihn für einen großen Kerl hält." – „Knopfmacher?" brauste Sam auf. – „Ja. Wenn der Tauber der Täubin oder der Hahn der Henne den Hof macht, so spreizt er die Flügel aus, so weit er kann." – „Verdammt! Was habt Ihr Euch um meine Flügel zu bekümmern?" – „Ich will Euch nur ebenso ein wenig ärgern, wie Ihr mich geärgert habt. Vielleicht könnt Ihr von mir auch noch etwas lernen." – „Was denn zum Beispiel?" – „Das werdet Ihr noch merken." – „Oho! Dicketun, das kann ich von Euch lernen, weiter nichts. Aber das ist nicht notwendig, denn ich habe bereits so viel Fleisch unter der Haut, daß ich nicht noch Eure Weisheit brauche." – „Schön! So will ich sie in Zukunft für mich behalten." – „Daran werdet Ihr sehr wohl tun, liebes Männchen. Tretet erst die Prärie und den Urwald einmal so breit, wie ich es getan habe, dann könnt Ihr mitreden, jetzt aber noch lange nicht. So ein Nesthäkchen denkt, ein großer Kerl zu sein, weil er aus dem berühmten Herlasgrün stammt! Damit ist aber nichts." – „Herlasgrün berühmt?" – „Ja." – „Weshalb?" – „Weil ich dort geboren bin." – „Ach so! Richtig!"

Alle lachten herzlich ob des gar nicht etwa im Ernst geführten Streites. Dann wandte Steinbach sich an Wilkins mit der Bitte, ihm doch zu erzählen, wie er veranlaßt worden sei, seine Besitzung zu verlassen. Der Aufgeforderte gab ihm den gewünschten Bericht und fügte hinzu:

„Hier diese Herren, Sam Barth, Jim und Tim, haben dabei auch eine Rolle mitgespielt. Ich folgte leider ihrem Rat nicht. Die Papiere, die Leflor von Walker gekauft hatte, waren unanfechtbar. Ich mußte die schöne Besitzung, den Preis einer fast lebenslangen Arbeit, hergeben, ohne einen Heller dafür zu empfangen, und sollte sogar noch Schulden haben und bezahlen. Ich konnte es nicht; da kam das Schuldgefängnis. Ich salvierte mich und hatte vorher noch einen Auftritt mit Leflor, der mir die Polizei auf den Hals brachte. Ich ging also fort." – „Gleich nach dem Westen?" – „Ja." – „Mit Ihrer Tochter?" – „Ja. Sie wollte mich nicht allein gehen lassen. Das Geld, das sie sich von Gelegenheitsgeschenken gespart und durch den Verkauf ihrer Schmucksachen gelöst hatte, war alles, was wir besaßen. Es hat nicht lange gereicht." – „Aber Ihr seid nicht sogleich hierher nach dem Silbersee gekommen?" – „O nein. Ich mußte meinen Neffen aufsuchen. Seine Spur führte nach Santa Fe, wo er den Verkauf mit Walker abgeschlossen hatte ..." – „Schwindel! Lüge!" – „Sie irren. Er ist es gewesen; er hat es wirklich getan. Ich wollte es auch nicht glauben; ich hatte es für unmöglich gehalten, daß er mir so einen schlechten Streich spielen werde. Aber er hat sich bei der Behörde legitimiert. Er ist es gewesen." – „Und dennoch zweifle ich. Wohin ist er dann gegangen?" – „Das wußte kein Mensch. In Santa Fe hatte seine Spur ein Ende. Aber, wie ich Euch eben erzählt habe, war mein Oberaufseher Adler gleich nach jenen Vorgängen in Wilkinsfield nach Santa Fe aufgebrochen, um Nachforschungen zu halten. Er war nicht wiedergekommen. Ich fand in Santa Fe seine Fährte. Sie führte nach dem Süden, nach Mexiko hinein. Ich reiste ihm nach; aber all mein Suchen ist vergeblich gewesen. Entweder ist er in dem Llano estacado oder in der Bolson mapimi zugrunde gegangen. In einer dieser beiden Wüsten hat er sein Ende gefunden." – „Hm! Sollte man nicht doch Hoffnung haben dürfen?" – „Nein. Ich habe sie lange Zeit gehegt, jetzt aber vollständig aufgegeben. Ich traf auf meinen rastlosen Wanderungen auf Starke Hand, den Apachenhäuptling, und hatte Gelegenheit, ihm einen Dienst zu erweisen. Er erfuhr, daß ich nicht nach dem Osten zurückdürfe, weil ich mit der Polizei in Konflikt geraten sei, und bot mir aus Dankbarkeit hier dieses Asyl an. Ich habe es angenommen. Es liegt so recht mitten im Abenteuergebiet und gab mir Gelegenheit, meine Forschungen nach allen Richtungen fortzusetzen. Ich wurde der Freund und Ratgeber der Apachen und Komantschen. Ich schlichtete die Streitigkeiten dieser beiden Völker. Ich bin mit meiner Tochter bei ihnen geradezu in den Geruch der Heiligkeit gekommen, und sie stehen mir so zu Diensten, daß ich durch sie die ausgedehntesten Erkundigungen nach den beiden Verschollenen vornehmen konnte. Vergebens! Lebte mein Neffe oder Adler noch, so hätte ich es sicherlich erfahren. Sie sind also beide tot. Das ist gewiß."

Steinbach schüttelte den Kopf und sagte:

„Ich bin gewöhnt, so lange zu hoffen, bis der Beweis des Gegenteils unumstößlich ist. Zeigt mir das Grab oder die Leiche Adlers, dann muß ich überzeugt sein, daß er tot ist; bis ich aber das nicht gefunden habe, halte ich es für möglich, daß meine Hoffnung noch in Erfüllung gehen könne." – „‚O Weib, dein Glaube ist stark!' sagt Christus in dem Evangelium. Hat Euch denn Adlers Familie Auftrag gegeben, ihn zu suchen?" – „Eigentlich nicht, wie ich offen gestehen will. Da ich aber seiner Spur gefolgt bin und bei Euch neue Anhaltspunkte gefunden habe, so nehme ich mir ganz natürlich fest vor, in meinen Nachforschungen fortzufahren." – „Lieber Master Steinbach, ich kann Euch nur raten, davon abzulassen." – „Warum?" – „Weil Ihr Euch nicht nur vergebliche Mühe macht, sondern weil ich auch befürchte, daß ..."

Wilkins hielt inne.

„Was befürchtet Ihr?" – „Daß Ihr ebenso zugrunde geht, wie die beiden, die wir suchen, ja, noch viel leichter und schneller als sie." – „Meint Ihr?" – „Ja, gewiß!" – „Und warum leichter und schneller als sie?" – „Weil Ihr nicht mit den Mitteln ausgerüstet seid, wie diese beiden."

Steinbach fixierte ihn lächelnd und fragte:

„Nun, welche Mittel haben sie denn besessen?" – „Mein Neffe hat in Santa Fe den ganzen Preis für Wilkinsfield ausgezahlt erhalten und war also mit einem wirklichen Reichtum ausgerüstet. Adler aber war ein tüchtiger Westmann. Er konnte sich das Wagnis, dem ersteren nachzuspüren, zutrauen." – „Aber ich nicht?" –

„Nein. Ihr werdet mir das nicht übelnehmen." – „Gewiß nicht." – „Er war ein Prärieläufer, wie er im Buch steht. Ihr aber seid ein einfacher Rafter, ein Neuling, dem sogar die Sprachkenntnisse entgehen, sich mit einem Indianer zu unterhalten." – „Nun, ich habe doch mit der Starken Hand gesprochen." – „Oh, der spricht sogar gutes Englisch." – „Das ist freilich wahr, dennoch aber hoffe ich, mich glücklich durchzuschlagen." – „Wäre ich bei Mitteln, ich würde Euch sehr gern unterstützen." – „Ich danke! Ich würde es gar nicht annehmen." – „Warum?" – „Weil es zu gefährlich ist. Wenn Euer Neffe wirklich zugrunde gegangen ist, so müssen wir annehmen, daß er wahrscheinlich ermordet wurde, und noch wahrscheinlicher ist daran das Geld schuld, das er bei sich getragen hat. Man soll im Westen so arm wie möglich sein, dann kommt man am sichersten durch." – „Wo aber wollt Ihr hin? Ihr habt hier heute zum letzten Male von Adler gehört. Hier bei mir also hört für Euch seine Fährte auf. Ich wüßte nicht, wo Ihr die Fortsetzung derselben suchen wolltet." – „Hm! Schwer ist es, sehr schwer. Aber man darf nicht nur die Hauptsache und die Hauptperson im Auge behalten. Nebensachen und Nebenpersonen können von großer Wichtigkeit werden." – „Eure Rede klingt sehr klug; aber welche Nebenpersonen und Nebensachen sollten hier noch berücksichtigt werden müssen?" – „Wie hieß gleich der Mensch, von welchem Leflor den Besitz über Wilkinsfield erwarb?" – „Walker." – „Sein Vorname?" – „Robin, also Robin Walker." – „Er ist damals verschwunden?" – „Ja. Daran bin leider ich allein schuld. Master Sam riet mir, mich seiner Person zu versichern, ich aber tat dies nicht." – „Und ich", fiel Sam ein, „wollte ihn ergreifen; dieser kluge Master Tim aber hat ihn entwischen lassen." – „Wenn man wüßte, wo er jetzt steckte", sagte Steinbach. – „Warum? Braucht Ihr ihn?" fragte der Dicke. – „Ja, sogar sehr notwendig." – „Wozu?" – „Er behauptet, dem jungen Wilkins die Besitzung abgekauft und bezahlt zu haben. Ich aber halte dies für eine Lüge. Dieser Walker, ein Abenteurer des Westens, hat nicht eine so große Summe. Es müssen damals geheimnisvolle Vorgänge stattgefunden haben, die zu erzählen ich diesen Mann zwingen würde." – „Ihr? Diesen Mann? Wo denkt Ihr hin? Der ist Euch an Erfahrung und List tausendfach überlegen." – „Mag sein; aber selbst der Dümmste begeht manchmal einen klugen Streich, warum also nicht auch ich ausnahmsweise? Und selbst, wenn damals der Handel ganz ehrlich und ordnungsgemäß vor sich gegangen wäre, müßte Walker wissen, wohin Arthur Wilkins sich gewandt hat." – „Das ist sehr fraglich." – „Nein, das ist sogar sehr wahrscheinlich. Wenn ich irgendeinem Menschen eine Plantage abkaufe und ihm den Preis im fernen Westen bezahle, so interessiere ich mich so sehr für diesen Mann, daß ich ihn wenigstens frage, wohin er sich wenden und was er mit dem vielen Geld anfangen wolle." – „Das ist freilich wahr", sagte Wilkins. – „Ganz gewiß. Walker würde mir also sagen können, wohin Euer Neffe von Santa Fe aus gegangen ist. Dahin ist ihm später Adler vielleicht gefolgt. Wir stehen also hiermit vor einer Pforte, in die wir nur den Schlüssel zu stecken brauchen. Wie aber diesen Walker finden!" – „Was das betrifft, so kann ich dienen", sagte Sam. – „Ah! Kennt Ihr vielleicht seinen Aufenthalt?" – „Glücklicherweise ja. Wir wollen hin zu ihm, nämlich ich und diese beiden famosen Brüder Jim und Tim. Er hat dem einen die Nase abgeschnitten, die aber wiederhergestellt und repariert worden ist. Deshalb wollen wir ihn eine Nuß aufknacken lassen, an der er sich den Kinnbacken verrenkt." – „Wo ist er denn?" – „In Prescott." – „Ah! Das ist ja gar nicht weit von hier. Das ist ja der Hauptort von Yavahai County im Territorium Arizona." – „So ist es, Sir!" – „Wir brauchen also nur den Rio Gila hinunter, an dessen Quellen wir uns hier befinden. In einigen Tagen sind wir dort." – „Freilich! Ihr wollt also mit?" – „Natürlich!" – „Das wird prächtig! Wie sich so etwas zusammenfindet! Zwei Helden aus Herlasgrün und der berühmte Jim und der berüchtigte Tim! Wir reißen das ganze Prescott auseinander." – „Aber, Master, wißt Ihr denn so genau, daß er sich dort befindet?" – „Hm! So ganz genau leider doch nicht. Einen Eid kann ich da nicht ablegen." – „Von wem habt Ihr es denn gehört?" – „Wir erfuhren es so nebenbei, und das haben wir nur dem Häuptling der Bleichgesichter zu verdanken."

Steinbach horchte verwundert auf.

„Dem? Wieso ihm?" – „Er brachte uns durch einen rekommandierten Brief auf die Stapfen einiger Spitzbuben. Wir folgten den Kerlen, belauschten sie und hörten dabei, daß sie später nach Prescott zu diesem ehrenwerten Walker wollten. Er erwartet sie jedenfalls, um irgendeinen Bubenstreich mit ihnen auszuführen."

Der Dicke erzählte ausführlicher von dem geheimnisvollen Brief des Fürsten der Bleichgesichter und was daraufhin geschehen war.

„Also diese Kerle wollen unter der Führung des roten Burkers hier die Mission überfallen?" fragte Steinbach mit unbefangener Miene. – „Wie Ihr gehört habt, ja." – „Ach, nun verstehe ich auch den Auftrag, den die Starke Hand mir gegeben hat. Dieser Indianer ist mit dem Fürsten der Bleichgesichter den Halunken gefolgt." – „Ja", lachte Sam. „Euch aber hat er die Sache nicht deutlich auf die Nase gebunden, weil er Euch gleich als einen Neuling erkannt hat, dem man nicht alles sagen darf." – „Und ihr wollt sie hier empfangen?" – „Natürlich. Wir werden sie gar nicht in das Tal lassen. Wir postieren uns an die Eingänge desselben, und wenn sie kommen, so schießen wir sie nieder." – „Haltet ihr das für klug?" – „Ja. Was sollen wir sonst machen?" – „Es wäre vielleicht besser, wenn ihr sie nicht sofort tötetet. Ich würde sie gefangennehmen. Es ist sehr möglich, daß man dabei irgend etwas erfahren kann." – „Was denn? Wieviel der Schnaps oben in Fort Callers kostet, oder ob es vorgestern geregnet hat?" – „Nein, aber gerade über Walker, zu dem sie wollen. Sie wissen, wo er in Prescott steckt. Wir wissen es nicht, wir müssen ihn suchen; dabei kann er Euch erblicken, und dann reißt er aus." – „Sapperment, Landsmann, Ihr seid doch nicht ganz so dumm, wie ich dachte. Wenigstens zuweilen scheint Ihr einen lichten Augenblick zu haben!" – „Ich sagte vorhin, daß auch ein Dummer manchmal einen klugen Streich begeht." – „Wie aber wollt Ihr sie fangen?" – „Wir lassen sie einfach herein." – „Da haben sie aber uns!" – „Nein, sondern wir sie." – „Unsinn! Wenn wir sie hereinlassen, kommt es auf alle Fälle zu einem Kampf, der für uns gefährlich wird. Ohne Wunden geht es wenigstens nicht ab. Empfangen wir sie aber draußen am Taleingang, hinter Bäumen versteckt, so schießen wir sie nieder, ohne daß sie uns eine Kugel geben können." – „Ob das so glatt ablaufen dürfte, das bezweifle ich sehr. Selbst wenn alles gutgeht, sind sie tot und können uns keine Frage beantworten. Doch horch, was war das? Gibt es eine Glocke im Haus?" – „Ja", antwortete Wilkins. „Es ist jemand gekommen, der Einlaß begehrt, jedenfalls der Besuch eines befreundeten Indianers."

Nach kurzer Zeit kam die Türhüterin und meldete, daß ein Weißer an der Tür halte und Einlaß begehre.

„Hast du ihn nach dem Namen gefragt?" – „Ja. Er heißt Bill Newton, ist ein verirrter Jäger und fragt, ob er sich hier vielleicht einen Tag lang ausruhen dürfe." – „Ist er zu Pferde?" – „Ja. Er sieht gar nicht schlecht aus." – „So laß ihn ein. Er ist willkommen."

20. KAPITEL

Die Anwesenden traten an die Fenster, um den Neuangekommenen in den Hof reiten zu sehen. Er kam und stieg vom Pferde.

Als Steinbach das Gesicht dieses Mannes erblickte, rief er, sich ganz vergessend:

„Mein Gott! Ist das möglich!" – „Was?" fragte Sam.

Aber der Gefragte hatte sich so in der Gewalt, daß er sogleich unbefangen antwortete:

„Daß dieser Mann auf der rechten Seite aus dem Sattel steigt und nicht auf der linken." – „Da hört man Euch nun wieder den Grünschnabel an. Ein Präriemann steigt ab, wie es ihm beliebt. Eure Sonntagsreiter drüben im alten Land halten sich freilich an Regeln, die gar nicht dümmer sein können. Kommt uns ja nicht mit solchen Dingen! Damit blamiert Ihr Euch nur!"

Jetzt hörte man den Schritt des Gastes draußen auf dem Korridor. Dann trat er ein. Er sah Steinbach nicht sogleich, weil dieser sich in die Ecke gestellt hatte. Wilkins bewillkommnete ihn. Aber er hatte noch nicht ausgesprochen, so trat der Förster Rothe herzu und rief im Ton des allerhöchsten Erstaunens:

„Heiliger Himmel! Sehe ich recht?"

Der Fremde blickt den Förster an, fuhr ebenso erstaunt zurück und antwortete:

„Rothe! Du, wirklich du! Hier!" – „Ja! Aber das ist noch gar kein solches Wunder als dasjenige, daß du in Amerika bist."

Der andere war plötzlich blaßgeworden. Anscheinend ärgerte er sich entsetzlich, daß er sich von seinem Erstaunen hatte zu einer solchen Unvorsichtigkeit hinreißen lassen. Nun aber war es einmal geschehen. Er konnte seine Bekanntschaft mit dem Förster nicht leugnen. Darum faßte er sich und antwortete:

„Es ist jedenfalls beides wunderbar." – „Du aus der Türkei!" – „Und du aus Sachsen!" – „Und nennst dich Newton. Woher kommt das?" – „Es hat auch seinen Grund, wie so manches hier in Amerika seinen Grund hat, der da drüben nicht gelten würde." – „Na, wie soll ich dich nennen? Newton oder Florin, wie früher?" – „Sage Newton. Ich habe mir einmal vorgenommen, hier so zu heißen." – „Schön. Da ist meine Frau. Kennst du sie noch?" – „Natürlich, obgleich wir uns seit zwanzig Jahren nicht gesehen haben. Ist das dein Sohn?" – „Ja, und hier meine Schwägerin. Du findest hier überhaupt noch mehr Deutsche. Da ist Sam Barth und auch Master Steinbach, beide aus Herlasgrün in Sachsen."

Newton-Florin gab allen, die ihm jetzt genannt worden waren, die Hand, auch dem dicken Sam. Zuletzt drehte er sich in die Ecke nach Steinbach herum. Da wurden seine Augen starr und groß; er streckte beide Arme von sich und schrie:

„Allah 'l Allah! Steinbach Effendi!"

Steinbach aber zuckte mit keiner Miene seines Gesichtes. Er hielt ihm freundlich die Hand entgegen und sagte im Ton des Befremdens:

„Sind das nicht russische oder chinesische Worte? Die verstehe ich nicht."

Die Augen Newtons erweiterten sich noch mehr. Er trat zurück und fragte:

„Kennen Sie mich?" – „Nein. Ich entsinne mich nicht, Sie jemals irgendwo gesehen zu haben." – „Nicht in der Türkei?" – „Nein." – „Und nicht in Tunis?" – „Auch nicht." – „Sie waren nicht dort? Wirklich nicht?" – „Nein. Wie könnte ein armer Teufel aus Herlasgrün nach der Türkei oder gar nach Tunis kommen! Waren Sie denn dort?"

Newton konnte nun nach den Fragen, die er gestellt hatte, die Wahrheit nicht verleugnen. Er antwortete:

„Ja." – „Als was denn?" – „Als Diener. Aber, ich habe doch gehört, daß Sie Steinbach heißen!" – „So heiße ich freilich." – „Und der, den ich meine, hieß auch Steinbach."

Newton forschte mit sichtbar angstvollem Blick in den Zügen des Genannten, jedoch dieser antwortete ruhig:

„Das ist wohl nur ein Zufall." – „O nein. Er war auch ein Deutscher und sah Ihnen so ähnlich wie ein Bogen Papier dem anderen." – „Hm. Zwei solche Zufälle sind freilich nicht gut denkbar. Aber ich habe die Türkei noch nie gesehen. Hm. Er hieß Steinbach und war mir ähnlich? Da fällt mir etwas ein. Vielleicht kann ich Ihnen die Sache sehr einfach erklären. War er auch groß und stark gebaut wie ich?" – „Genau so." – „Trug er am rechten Stiefel einen sehr hohen Absatz? Er geht nämlich lahm, weil das rechte Bein ein wenig kürzer ist als das linke. Der hohe Absatz muß das verstecken." – „Ich habe den Absatz nicht gesehen. Lahm ging der Mann nicht." – „Was war er?" – „Diplomat, wie es scheint." – „Sapperment, es ist so, wie ich denke", lachte Steinbach. „Es ist mein Milchbruder." – „Wer ist das?" – „Ein Baron von Rollenau. Seine Eltern wohnten in Herlasgrün. Seine Mutter konnte ihn nicht nähren, und die meinige wurde die Amme. So haben wir von einer Mutter getrunken, sind beide sehr wohl gediehen und groß und stark geworden. Wir sehen uns sehr ähnlich. Ich glaube gehört zu haben, daß er von der Regierung nach der Türkei geschickt worden ist."

Da holte Newton tief Atem, als ob er sich erleichtert fühlte, und fragte:

„Ist das auch wirklich so?" – „Natürlich." – „Sie machen mir nichts weis?" – „Sapperment! Zu welchem Zwecke sollte ich Ihnen denn ein Märchen aufbinden?" – „Ja, er sagt die Wahrheit", lachte der dicke Sam. „Dieser gute Steinbach hier ist in seinem ganzen Leben kein Diplomat gewesen; darauf können Sie sich verlassen."

Newton aber zweifelte doch noch und wandte sich nunmehr an Sam Barth:

„Ich hörte, daß Sie auch aus Herlasgrün sind!" – „Freilich, freilich." – „So haben Sie doch wohl auch die Familie dieses Barons von Rollenau gekannt?" – „Kann mich nicht besinnen, obgleich ich jeden Winkel weiß und wer da gewohnt hat." – „Er hielt sich vorübergehend dort auf", erklärte Steinbach. „Es war, als die Bahn gebaut wurde; da hatte er irgendein Amt dabei." – „Ja, das kann möglich sein. Damals waren viele Fremde da, deren Namen man sich nicht merken kann." – „Laß das sein!" sagte der ehemalige Förster zu Newton. „Dieser Mann ist sicherlich nicht in der Türkei gewesen, Sage mir lieber, wie du nach Amerika gekommen bist!"

Während der Gefragte irgendeine Antwort gab, raunte Steinbach Wilkins zu:

„Sofort hinaus mit ihm! Weist ihm ein Zimmer an, sonst geschieht ein großer Fehler!" – „Wieso?" fragte Wilkins ungläubig, aber leise. – „Nur fort, fort!" Steinbach machte dabei eine so dringliche Gebärde, daß Wilkins ihm doch den Willen tat und sich an Newton wandte:

„Master, Ihr seid mir willkommen. Darf ich Euch Eure Stube anweisen? Nachher sollt Ihr essen und trinken."

Darauf führte er ihn hinaus, kam aber augenblicklich wieder. Die Neugierde hatte ihm keine Zeit gelassen, sich bei dem Gast zu verweilen.

„Was habt Ihr denn mit ihm, Master Steinbach?" fragte er. „Warum sollte ich ihn so schnell fortschaffen?" – „Weil Ihr uns allen sonst einen schlimmen Streich gespielt hättet. Dieser Florin oder Newton darf nicht erfahren, daß wir wissen, daß der rote Burkers uns überfallen will." – „Warum nicht?" – „Weil er jedenfalls zu dessen Bande gehört."

Sie sprangen alle von ihren Sitzen auf.

„Was fällt Euch ein?" sagte der dicke Sam. „Ein Bekannter unseres Freundes hier!" – „Wer ist dieser Mann eigentlich?" fragte Steinbach den Förster Rothe." – „Er war der Diener meines Herrn, des Barons von Adlerhorst." – „Ah, ah, ah! Er spricht das Deutsche mit französischem Akzent?“ – „Er ist geborener Franzose.“ – „Begleitete er Ihren Herrn vielleicht mit nach dem Orient?“ – „Er ging mit, als Herr von Adlerhorst als Gesandter oder so etwas nach der Türkei ging.“ – „Und kam nicht wieder mit zurück?“ – „Nein. Er hatte sich einen anderen Dienst gesucht. Man sagt, er habe sich gegen die Baronin fehlerhaft benommen und sei deshalb fortgejagt worden. Gewiß weiß ich es nicht, denn die Herrschaft hat nie ein Wort darüber verloren.“ – „Was hatte er für einen Charakter?“ – „Hm! Wir sind nie Freunde gewesen, wenn es mich auch hier augenblicklich freute, einen alten Bekannten wiederzusehen.“ – „Gut. Ihr laßt Euch also nichts merken. Es ist fast sicher, daß er zu dem roten Burkers gehört.“ – „Das glaube ich nicht“, sagte Sam. „Er würde sich sehr hüten, sich allein hierherzuwagen.“ – „Warum? Wußte er, daß wir hier sind?“ – „Allerdings nicht.“ – „Kann er ahnen, daß wir wissen, was er will?“ – „Auch nicht.“ – „Nun also. Der rote Burkers hat ihn vorausgesandt, um sich den Weg zu ebnen. Dieser Mensch, der einen falschen Namen trägt, soll jedenfalls hier als Gast einziehen und den Schurken die Tür und das Tor öffnen.“ – „Sapperment! Das wäre!“ knurrte Sam. „Aber ich habe kein Vertrauen zu Euren Vermutungen, Master Steinbach. Ihr seid, wie gesagt, der allerklügste nicht. Der Mann ist ganz unschuldig.“

Steinbach wollte ungeduldig werden, bezwang sich aber doch und antwortete klugerweise:

„Der Fürst der Bleichgesichter hat mir aber doch gesagt, daß diese Kerle jedenfalls einen Quartiermacher schicken würden. Daher habe ich Euch den Vorschlag gemacht, sie hereinzulassen, um sie lebendig zu fangen. Den kurzen Prozeß könnt Ihr ihnen dann allemal noch machen.“ – „Hat er das gesagt? Ja, dann ist es freilich etwas anderes, als wenn es nur aus Eurem Kopf kommt.“ – „Ja, Master Sam, Ihr scheint eben der einzige Gescheite zu sein, den es in Herlasgrün gegeben hat. Aber ich muß Euch auch noch vor etwas anderem warnen.“ – „Auch noch?“ – „Ja. Hütet Euch, diesem Newton zu sagen, daß wir nach dem Oberaufseher Adler suchen wollen.“ – „Warum?“ – „Ich werde Euch dies später erklären.“ – „Wie kann ich Euch den Willen tun, wenn Ihr mir keine Gründe angebt!“

Jetzt war die Geduld Steinbachs doch etwas erschöpft. Er zog die Stirn in Falten und antwortete:

„Master Barth, die ewige Wiederholung, daß ich dumm sei, wird allgemach nun lächerlich. Wenn Ihr kein Vertrauen zu mir habt, so macht, was Ihr wollt. Paßt mir aber das, was Ihr tut, nicht, so werfe ich Euch einfach zum Fenster hinaus!“

Das klang so ernst und befehlend, daß Sam zurückfuhr und dabei ausrief:

„Na, na freßt mich nur nicht! Ich kann Euch ja den Willen tun. Aber mit dem zum Fenster Hinauswerfen geht es nicht so rasch. Da habe ich auch ein Wort mitzusprechen." – „Tut das später! Jetzt aber setzt Euch nieder und haltet das Maul! Verstanden?" – „Oho!" fuhr Sam auf. „So lasse ich mich nicht anschnauzen, selbst nicht von einem, der aus Herlasgrün ist, Master Steinbach!" – „Nun, wenn Ihr Euch nicht freiwillig setzt, so werde ich Euch hinsetzen müssen."

Steinbach faßte Sam blitzschnell, hob ihn empor, trug ihn zur Bank und setzte ihn so kräftig auf dieselbe, daß sie, obgleich sehr stark gezimmert, in allen Fugen krachte.

Das war dem dicken Sam doch zu viel. Er sprang wieder empor und griff Steinbach nach der Brust.

„Jetzt zahle ich es Euch heim!" rief er zornig.

Steinbach aber faßte ihn hüben und drüben an beiden Armen und preßte ihm dieselben mit solcher Gewalt an den Leib, daß der Dicke vor Schmerz laut aufstöhnte:

„Um Gottes willen! Ihr quetscht mir ja den ganzen Saft heraus! Haltet ein!" – „Wenn Ihr parieren wollt!" – „Na, meinetwegen!" – „So haltet nun Ruhe, und wenn der Kerl kommt, so macht ihm alle ein freundliches Gesicht, damit er kein Mißtrauen faßt!"

Er trat von Sam zurück. Dieser hustete und pustete, um wieder zu Atem zu kommen und sagte:

„Das muß man sagen, Kräfte habt Ihr wie ein Rhinozeros, aber an Verstand fehlt es Euch doch bedeutend. Landsleute brauchen sich doch wahrhaftig nicht zu ermurxen." – „Auch überhaupt nicht zu ärgern. Horcht, da scheint er zu kommen. Seid zutraulich mit ihm!"

Newton kam allerdings. Er hatte es sich in Beziehung auf seinen Anzug bequem gemacht und wurde zum Essen an den Tisch geladen. Während dieser Beschäftigung war zu bemerken, daß er seine Aufmerksamkeit meist auf Steinbach richtete. Dieser aber tat ganz unbefangen, und die anderen gaben sich auch Mühe, es zu sein.

Nur Sam, der Dicke, war bei schlechter Laune. Er sprach kein Wort. Er konnte es nicht verwinden, daß er von Steinbach in solcher Weise zurechtgewiesen worden war.

Während der allgemeinen Unterhaltung fragte Steinbach Newton, ob er sich nicht einmal den See und dessen Umgebung ansehen wolle.

„Nein, heute nicht“, antwortete der Gefragte. „Ich bin ermüdet vom weiten Ritt und werde mich ausruhen. Morgen ist auch Zeit dazu.“

Newton kehrte, als er gegessen hatte, in seine Stube zurück. Jetzt bekam der gute Sam die Sprache wieder. Sichtlich um Steinbach zu foppen, fragte er:

„Nun, Master, seid Ihr denn bei Eurer Ansicht geblieben?“ – „Ja, gewiß.“ – „Er gehört also zu den Spitzbuben? Da hättet Ihr ihn aber doch aushorchen sollen, um etwas über seine Absicht zu erfahren.“ – „Das habe ich getan.“ – „Nun, habt Ihr auch etwas erfahren?“ – „Ja.“ – „Sapperment! Da seid Ihr gescheiter wie ich.“ – „Das ist sehr wahrscheinlich.“ – „Macht Euch nicht lächerlich, alter Schwede! Sam Barth läßt sich so leicht nicht übers Ohr hauen, aber ich habe nicht eine Silbe gehört, aus der ich erfahren könnte, daß er den roten Burkers kennt und in böser Absicht kommt. Er hat gesagt, daß er von Santa Fe herunterkommt und hinein nach Texas will. Das ist sehr glaubhaft. Sein Verhalten ist ganz so, daß es Eure Ansicht über den Haufen wirft. Wäre er als Quartiermacher für die Spitzbuben gekommen, so würde er hier im Haus herumlaufen, um die Lokalitäten genau kennenzulernen, damit später alles klappt. Und was die Hauptsache ist, und woran Ihr trotz Eurer Klugheit noch gar nicht gedacht habt – sagt mir doch einmal, ob da unser guter Förster den Mann bei dem roten Burkers gesehen hat?“ – „Wohl nicht.“ – „Ja, sonst wäre seine Überaschung eine noch ganz andere gewesen. Sage einmal, liebe Auguste, ob dieser Newton mit Euch von Santa Fe abgereist ist!“ – „Nein“, antwortete die Gefragte. – „Da habt Ihr es! Glaubt Ihr etwa, daß der rote Burkers seine Leute auf der Prärie nur so aufliest wie der Hund die Flöhe?“ – „Nein, das glaube ich nicht“, lächelte Steinbach. „Aber habt Ihr Euch den Mann genau angesehen? Seinen Anzug, seine Waffen? Ist Euch da nichts aufgefallen?“ – „Ich wüßte nicht, was mir da aufgefallen sein sollte.“ – „Nun, wie lange Zeit hat der rote Burkers zugebracht von seiner Abreise aus Santa Fe an bis zum heutigen Tag?“ – „Elf Tage schätze ich.“ – „Wie lange Zeit aber vom letzten Aufbruch her ist dieser sogenannte Newton unterwegs?“ – „Das weiß der Teufel! Ihr jedenfalls nicht!“ – „Pshaw! Und da sagt Ihr, daß Ihr ein Präriejäger seid, von dem ich noch lernen müsse. Ich habe Euch nun zu bemerken, daß Ihr von mir noch lernen könnt.“ – „Möchte auch wissen, was! Macht Euch nicht wichtig!“ – „Habt Ihr sein Messer gesehen, als er aß?“ – „Ja.“ – „Wie alt war es?“ – „Hm!“ – „Ihr wißt es nicht?“ – „Ja, wenn so ein Messer reden könnte!" – „Es kann reden. Es war neu, schön poliert und stahlblau angelaufen. Man sah es ihm an, daß der Besitzer noch nicht sechsmal damit gegessen hat." – „Was Ihr für ein gescheiter Kerl seid!" höhnte Sam. – „Sodann war sein Tabaksbeutel so voll, daß er kaum drei Pfeifen geraucht haben kann." – „Er wird wenig rauchen." – „Er ist im Gegenteil ein sehr starker Raucher. Die alte Maserpfeife, die er am Gürtel hängen hatte, war so abgebissen, wie es nur bei einem leidenschaftlichen Raucher vorkommt. Ein Sonntagsraucher trägt auch eine Sonntagspfeife. Wenn nun ein so starker Raucher einen so vollen Beutel hat, ist er gewiß noch nicht elf Tage unterwegs." – „Ja", sagte der Förster, „ein leidenschaftlicher Raucher ist er von früher her, das weiß ich noch." – „Wollt Ihr etwa diesem Neuling recht geben?" knurrte Sam verdrießlich.

Steinbach fuhr unbeirrt fort:

„Habt Ihr seinen Bart angesehen?" – „Meint Ihr, daß ich die Haare gezählt habe?" – „Nein. Er trägt Vollbart, und einzelne Haare davon stehen auf der oberen Wange. Diese hat er sich abrasieren lassen, sie sind jetzt so kurz, daß sie höchstens drei Tage nach dem Rasieren gewachsen sein können." – „Donnerwetter! Wenn ich wieder einmal etwas erfahren will, nehme ich mir den Barbier gleich mit." – „Das ist ebenso unnötig wie Euer Spott. Ich schätze, daß dieser Newton noch vor drei Tagen in einer Niederlassung gewesen ist. Das kann nur Silver City sein. Und da Silver City nach Prescott zu liegt, wo Walker sich aufhält, so nehme ich an, daß Newton von Walker abgeschickt worden ist, um in oder bei Silver City mit Burkers zusammenzutreffen und ihm irgendeine Botschaft zu bringen."

Jetzt machte der wackere Sam ein ganz eigentümliches Gesicht und sagte in beinahe verlegenen Ton:

„Wahrhaftig, wer Euch so reden hört, der möchte glauben, daß Ihr ein alter, erfahrener Jäger seid. Da dies aber nicht der Fall ist, so haben Eure Vermutungen ganz und gar keinen Wert. Die Hauptsache wäre, dem Newton abgelauscht zu haben, was er heute hier anfangen will." – „Das habe ich getan. Ich habe doch gefragt, ob er sich die Umgegend ansehen will." – „Da sagte er nein, er wolle ausruhen." – „So weiß ich also genug." – „Was denn? Daß der Überfall heute nicht stattfindet? Das kann ich mir auch denken. Wenn die Kerle heute kommen wollten, würde Newton, falls er wirklich zu ihnen gehört, das Haus und dessen Umgebung durchsuchen und ihnen dann irgendein Zeichen geben. Heute also haben wir sie nicht zu erwarten. Ihr seht also, daß wir ebenso klug sind, wie Ihr." – „Und ich werde euch beweisen, daß ihr noch sehr viel zu lernen habt."

Nach diesen Worten verließ Steinbach das Eßzimmer.

„So kann man sich in dem Menschen irren", sagte Sam zu den anderen. „Erst gefiel er mir ganz gut, trotzdem ich keine Inklination für Neulinge zu haben pflege. Jetzt aber tut er so klug wie der König Salomo, und das kann ich nicht leiden. Er wird sich in mir verrechnet haben."

21. KAPITEL

Auf Wilkins hatte Steinbach einen ganz anderen Eindruck gemacht als auf Sam. Er ging ihm nach und fragte ihn:

„Sagt mir doch, was Ihr meint! Wird der Burkers heute noch kommen?" – „Ich werde es Euch zur richtigen Zeit mitteilen. Wie steht es mit Eurem Lederzeug? Habt Ihr Riemen?" – „Ja, dort im Stall hängen sie an den Nägeln." – „Und Heu?" – „Heu ist eigentlich eine Seltenheit im Westen. Ich aber habe welches, auch dort im Stall. Es kann ja einmal vorkommen, daß man von feindlichen Indsmen förmlich belagert wird. Dann muß man natürlich Futter für die Pferde haben." – „Und Wasser? Das könntet Ihr Euch dann nicht aus dem See holen." – „Ich habe einen Brunnen unten im Keller. Außerdem aber führt ein künstlicher Stollen unter dem Grund des Sees hinweg nach der Insel. Die Mönche, die diese Mission bauten, haben nichts versäumt, was ihre Sicherheit erhöhen konnte. Seht, der Tag neigt sich zu Ende. Ich wollte, der Besuch, den wir erwarten, wäre ebenso vorbei." – „Wo wohnt Newton?" – „Hinter der fünften Tür, von der Speisestube an gerechnet." – „Das ist das zweite Fenster an der Seitenmauer des Gebäudes. Nicht?" – „Ja. Warum?" – „Oh, nur um mich zu orientieren. Es ist besser, man weiß alles, als gar nichts." – „Soll ich Euch nicht auch Euer Zimmer anweisen, Sir?" – „Oh, das hat Zeit. Wir werden heute etwas länger als gewöhnlich munter bleiben. Hoffentlich haben wir uns einander sehr viel zu erzählen. Nicht wahr, dieser Newton wird auch zum Abendessen gerufen?" – „Natürlich." – „Ich vermute, daß er sich nach demselben für kurze Zeit entfernen wird. Da stellt Ihr den Zeiger der Uhr im Speisezimmer um soviel zurück, wie ich Euch sagen werde. Kommt er dann wieder, so sprecht Ihr gleich so angelegentlich mit ihm, daß er in den ersten Zeit gar nicht daran denkt, nach der Uhr zu blicken." –

„Darf ich denn nicht erfahren, welchen Grund das hat?“ – „Ihr werdet es später erfahren.“

Steinbach ging nicht wieder hinauf zu den anderen, sondern nach dem Tor, um den Verschluß desselben zu untersuchen. Dieser bestand jetzt aus zwei außerordentlich starken Querriegeln, die man wohl kaum einzudrücken vermochte. Da hörte er draußen Schritte. Schnell sah er durch die Klappe hinaus, und als er den Flinken Hirsch bemerkte, öffnete er, um den Indianer hereinzulassen.

Dieser blieb bei seinem Anblick stehen, legte grüßend die Hand auf das Herz und sagte:

„Darf ich deinen Namen hören?“ – „Steinbach.“ – „Warum soll der Flinke Hirsch dieses fremde Wort aussprechen, wenn er dich rufen will?“ – „Denkst du, daß es ein besseres gibt?“ – „Ja.“ – „Welches?“ – „Tan-ni-kay.“ – „Wie? Du hältst mich für den Fürsten der Bleichgesichter?“ – „Du bist es, oder du bist ein Dieb.“ – „Wieso?“ – „Starke Hand, der berühmte Häuptling, gibt das berühmteste Pferd der Apachen nicht einem gewöhnlichen Mann. Das dicke Bleichgesicht will ein kluger Mann sein, und doch hielt er dieses Pferd hier für ein sehr schlechtes. Du hast den Hengst von der Starken Hand zum Geschenk erhalten?“ – „Ja.“ – „So bist du der Häuptling der Bleichgesichter. Warum willst du es mir verschweigen?“ – „Nun gut, ich will es dir eingestehen, aber sage den anderen nichts.“ – „Mein Mund weiß zu schweigen.“ – „Ich werde dich dafür belohnen.“ – „Der Flinke Hirsch verlangt keine Belohnung dafür, daß er seine Pflicht erfüllt.“ – „Und doch möchte ich dir mein Wohlwollen erweisen, indem ich dich wie einen Helden behandle.“

Aus dem schönen, dunklen Auge des roten Jünglings brach ein Strahl hellster Freude. Er sagte:

„Der Flinke Hirsch kann für dich sterben, wenn du es befiehlst.“ – „Ich trachte nicht nach deinem Leben. Du sollst vielmehr Ruhm haben und beneidet werden von den Bleichgesichtern, die heute hier eingezogen sind. Sie wissen nicht, wer ich bin, und halten mich für einen unerfahrenen Knaben. Dafür will ich sie beschämen. Dieses Haus wird heute abend von weißen Feinden überfallen werden. Nur drei Personen werden es verteidigen: der Fürst der Bleichgesichter, die Starke Hand und der Flinke Hirsch. Willst du?“

Da griff dieser nach Steinbachs Hand und zog sie an seine Brust, ein außerordentlich hohes und ebenso seltenes Zeichen seiner dankbaren Ehrerbietung. Dann antwortete er:

„Bring tausend Feinde, und ich kämpfe mit ihnen." – „Ich weiß, daß du tapfer und klug bist. Als die Starke Hand fortzog, hat sie dich zum Beschützer der Taube des Urwaldes bestellt. Das wäre nicht geschehen, wenn du es nicht verdientest. Gehe jetzt in den Stall und fertige Knebel für ungefähr zweimal fünf Feinde. Wir fangen sie lebendig. Aber lasse es jetzt noch niemanden bemerken!"

Der Indianer ging. Sein Gesicht war ernst und unbewegt. Innerlich aber empfand er über die ihm gewordene Auszeichnung eine Freude, die es ihm schwer machte, ruhig zu erscheinen.

Steinbach aber trat hinaus und schritt zur Ecke des Gebäudes. Vorsichtig um dieselbe lugend, gewahrte er, daß Newton zu seinem Fenster heraussah. Unter demselben, und nicht allein dort, sondern längs der Mauer hin wuchs ein dichtes Gebüsch, ganz prächtig zu einem Versteck geeignet.

Steinbach hatte genug gesehen und kehrte in das Innere des Gebäudes zurück, daß er nun in allen seinen oberen Teilen durchwanderte, um die Einrichtung desselben kennenzulernen.

Mittlerweile wurde es Abend. Man brannte im Speisezimmer Licht an, und dann wurden mächtige Fleischstücke geholt, um als Abendbrot gegessen zu werden. Steinbach wartete, bis auch Newton dort erschienen war, und begab sich nun wieder vor das Haus um die Ecke und bis an das betreffende Fenster. Nicht unmittelbar unter demselben, sondern ein wenig seitwärts schnitt er von den Büschen die hart an der Mauer befindlichen Äste aus. Dadurch entstand an der Mauer ein leerer Raum für ein sehr bequemes Versteck. Die abgeschnittenen Zweige aber entfernte er, so daß sie von keinem Unberufenen bemerkt werden konnten. Dann kehrte er wieder in das Gebäude zurück und gesellte sich zu den übrigen Tischgenossen.

Bei diesen herrschte eine fröhliche, aber doch befangene Stimmung. Es ist ja stets unangenehm, mit einem Menschen freundlich verkehren zu sollen, von dem man eine ganz entgegengesetzte Meinung hat.

Wie bereits gesagt, besaß das Haus in seinen Fensteröffnungen nur ganz wenig Glas. Die Luft hatte freien Zutritt, und alle Geräusche der nächtlichen Natur wurden hörbar. Sehr bald bemerkte Steinbach, der Newton scharf beobachtet, an diesem eine nur mühsam unterdrückte Unruhe. Das war das sichere Zeichen, daß er jetzt jemand erwarte und sich jedenfalls sehr bald entfernen werde. Steinbach mußte vorher in seinem Versteck sein, sonst hätte sein Nahen von Newton vom Fenster aus bemerkt werden können. Er ging also unter einem plausiblen Vorwand hinaus. Seine Entfernung fiel keinem auf. Nicht einmal Newton dachte sich etwas dabei.

Jetzt, da es Abend war und der Feind sich jedenfalls in unmittelbarer Nähe befand, konnte das Tor nicht aufgelassen werden. Steinbach nahm sich also die alte Indianerin mit, verbot ihr, irgend jemanden zu sagen, daß er hinausgegangen sei, und wies sie an, hinter ihm zu verschließen und zu warten, bis er klopfen werde. Dann begab er sich um die Ecke, schob die stehen gelassenen Zweige auseinander und setzte sich hinter denselben an der Mauer nieder.

Es war gerade die rechte Zeit gewesen. Er hatte nicht lange zu warten, so vernahm er den lauten, brüllenden Ruf eines Ochsenfrosches. Er als Westmann hörte sogleich, daß dieser imitierte Laut aus einer menschlichen Kehle kam. Neugierig, wie Newton darauf antworten werde, blickte er nach oben, kein Auge von dort wendend. Mit der Stimme konnte die Antwort nicht erfolgen, da dieselbe sonst von anderen gehört und dadurch der Anschlag verraten worden wäre.

Steinbach hatte ganz richtig geurteilt. Der Ruf ertönte zum zweiten, zum dritten Male, und dann flammte als Antwort oben am Fenster ein Flämmchen blitzschnell auf, als ob eine Quantität Pulver angezündet worden wäre.

Damit hatte Newton gezeigt, an welchem Fenster er sich befinde.

Nur wenige Sekunden später kam eine dunkle Gestalt lautlos herbeigeschlichen und drückte sich gerade unterhalb des Fensters in das Gesträuch hinein, um in demselben Deckung zu finden und von einem sich zufällig Nahenden nicht bemerkt zu werden.

Wie gut also, daß Steinbach sich sein Versteck seitwärts und nicht gerade unter dem Fenster gewählt hatte!

Der Mann stand so, daß Steinbach ihn hätte mit der Hand ganz bequem an den Beinen fassen können.

„Pst!“ machte er.

Oben schien Newton zu lauschen.

„Pst!“ wurde wiederholt.

„Wer ist da?“ fragte Newton in gebrochenem Englisch. – „Burkers selbst. Gut angekommen?“ – „Ja.“ – „Aber wie steht es?“ – „Gut und nicht gut, wie man es nimmt.“ – „Warum?“ – „Gut, weil keine Indianer da sind, und ...“ – „Ah! So ist die Taube mit ihrem Vater allein?“ – „Nein. Das ist eben das, was ich nicht gut nenne. Es sind weiße Jäger angekommen.“ – „Donnerwetter! Wie viele?“ – „Fünf mit zwei Frauen.“ – „Sind es bekannte Namen?“ – „Ja, nämlich der dicke Sam Barth mit seinen Freunden Jim und Tim ...“ – „Gott sei Dank! Sind diese Kerle hier! Das ist mir ungeheuer lieb. Da kann ich sie für damals bezahlen. Wer noch?“ – „Ein Euch Fremder, der aber mich genau kennt, obgleich er es leugnet. Er ist mein Todfeind, und darum müßt Ihr ihn mir überlassen!“ – „Er ist dein. Mache mit ihm, was du willst!“ – „Er wird an den Marterpfahl gebunden. Sodann die anderen vier, die Ihr nicht vermuten werdet, nämlich der deutsche Förster Rothe mit Sohn, Frau und Schwägerin.“ – „Himmeldonnerwetter! Ist das möglich?“ – „Sam Barth hat sie getroffen und mit hierhergenommen. Weshalb, das weiß ich nicht.“ – „So steckt eine Schurkerei gegen uns dahinter.“ – „Wohl nicht. Ich hätte das bemerken müssen. Sie sind alle ahnungslos.“ – „Will es hoffen. Wer ist also noch da?“ – „Die Taube, ihr Vater und eine alte Indianerin als Torhüterin.“ – „Das ist sehr schön von diesen Leuten. Wir sind ihnen vollständig gewachsen. Wie gut, wie sehr gut, daß ich dich geschickt habe! Wäre ein anderer gekommen, so hätten diese verdammten Förstersleute ihn natürlich erkannt und festgenommen. Da wäre uns unser Brot gebacken gewesen. Wie sind diese Kerle denn bewaffnet?“ – „Sam, Jim, Tim und die beiden Rothe haben Büchsen. Aber die stehen in der großen Stube in der Ecke und werden uns nicht gefährlich. Der, den ich für mich haben will, scheint gar kein Gewehr zu besitzen, was mir eigentlich rätselhaft ist.“ – „Ist er ein Amerikaner?“ – „Nein, sondern ein Deutscher.“ – „Hole ihn der Teufel. Diese Deutschen haben gewöhnlich sehr gute Fäuste. Kannst du das Tor aufmachen?“ – „Nein. Das würde auffallen. Die alte Indianerin soll ein wahrer Drache sein.“ – „Gib ihr eins über den Kopf.“ – „Da schreit sie und macht die Männer aufmerksam.“ – „Verdammt. Wie aber kommen wir hinein?“ – „Sehr leicht und gut. Ich lasse meinen Lasso hinab, und ihr klettert alle empor zu mir.“ – „Ein Lasso ist zu dünn. Es reißt zwar nicht, aber man kann es nicht fassen, ohne daß es in die Hände schneidet.“ – „So nehmen wir mehrere Lassos zusammen, die ich an dem meinigen heraufziehe. Wenn ihr alle oben seid, gehe ich vor euch zu den Kerlen und stelle mich so, daß sie nicht zu den Gewehren können.“ – „Schön! Ich freue mich schon vorher auf den dicken Sam und auf die beiden Dürren. Die sollen vor Schmerzen wimmern, daß es von hier bis New York zu hören ist. Sie sind es, die uns damals an den Strick liefern wollten. Aber wann paßt es?“ – „Wann denkt Ihr denn?“ – „Nur nicht zu spät. Sonst könnten uns die dreihundert

Maricopas, wegen derer Walker dich uns entgegenschickte, zuvorkommen. Sie wollen die Taube des Urwaldes überfallen und an den Marterpfahl bringen und die hier aufgehäuften Schätze der Komantschen und Apachen holen. Vielleicht können sie schon morgen mittag hier sein. Wir müssen also bis dahin vollständige Arbeit gemacht haben. Da fällt mir ein, Walker hat wohl gesagt, daß diese Maricopas ein Frauenzimmer mit sich führen, um es hier auf den Häuptlingsgräbern zu verbrennen; aber anzugeben, wer es ist, das hat er vergessen!" – „Er weiß es selbst nicht. Es ist eine Weiße." – „Verdammt! Jung oder alt?" – „Ich kann es nicht sagen." – „Na, uns kann es ja gleichgültig sein. Wenn wir nur vorher ausgeräumt haben. Ist nicht von den Schätzen gesprochen worden, die sich hier befinden?" – „Kein Wort." – „Man wird sie nicht verraten wollen; aber ich zwicke den Kerlen jedes Fingerglied einzeln ab, bis sie gestehen. Wir können nicht länger warten, als bis um Mitternacht." – „Gut! So werde ich Punkt zwölf Uhr hier am Fenster sein." – „Du mußt aber bis dahin bei ihnen bleiben, damit sie hübsch beisammen sind. Da werden wir sie überrumpeln. Wenn aber ein jeder in seine Zelle geht und seine Waffen mit sich nimmt, würden wir schwierige und gefährliche Arbeit haben. Freilich, wenn du in der Stube bist, kannst du nicht an dem Stand der Sterne sehen, ob es Mitternacht ist." – „Das habe ich auch nicht nötig. Da, wo wir sitzen, gibt es eine alte Holzuhr, vielleicht noch von der Zeit der Mönche her. Da habe ich also die Zeit am bequemsten." – „Schön! So wären wir also fertig. Oder hast du mir noch etwas zu sagen?" – „Nein – oder doch, ja, gerade die Hauptsache. Wißt Ihr, wer der Vater der Taube ist?" – „Nun? Kennst du ihn etwa?" – „Nein; aber den Namen habe ich gehört. Ob es vielleicht der ist, mit dem Ihr auch schon zu tun hattet? Er heißt Wilkins." – „Donnerwetter! Etwa von Wilkinsfield?" – „Das weiß ich nicht. Ich habe nur aus einigen unvorsichtigen Worten erlauscht, daß er wegen Mordversuches hat fliehen müssen und lange Zeit nach irgendwem hier im Westen herumgesucht hat!" – „Tod und Teufel. Er ist's, er ist's! Na, freue dich, Alter. Dich braten wir lebendig. Und zuvor sollst du zusehen, wie deine Tochter von uns behandelt wird. Wie entzückt wird Walker sein! Der Fang, den wir hier machen, wird besser und wertvoller, als ich gedacht habe. Es wird mich doch niemand hier gesehen haben?" – „Nein. Es sind alle beisammen. Die alte Indianerin müßte sich hier herumschleichen." – „Diese alten Hexen verstehen das nur zu gut. Zur Sicherheit bleibst du noch eine Weile am Fenster und paßt auf, ob sich etwas regt. Ich werde nach zehn Minuten den Ruf des Frosches nachahmen; antwortest du mit Pulver, so ist alles gut, antwortest du aber nicht, so gibt es Gefahr."

Burkers entfernte sich.

Auch Steinbach mußte fort, um früher als Newton in die Stube zu kommen. Er war erfahren und geschickt genug, ohne das geringste Geräusch aus dem Versteck herauszukommen. Dann kroch er, lang am Boden ausgestreckt, um von oben nicht bemerkt zu werden, längs der Mauer und des Gesträuches hin. Erst als er hinter der Ecke angekommen war, erhob er sich wieder.

Als Steinbach das Tor erreichte, stand an demselben eine hohe, breite Gestalt. Sie flüsterte:

„Mein weißer Bruder hat gelauscht. Hat er die Worte der Übeltäter gehört?" – „Ja." – „Die Starke Hand hat sie verfolgt bis hierher. Soll ich mit in das Gebäude gehen?" – „Ja, aber nicht mit hinauf zu den Bleichgesichtern, sondern in die Stube, in welcher dein Neffe Flinker Hirsch sich befindet. Wir drei allein werden die Räuber empfangen." – „Uff! So ist's gut!"

Dieser Indianer war also die berühmte Starke Hand. Er und Steinbach hatten den roten Burkers mit seiner Schar nicht ereilt, aber aus den Fährten gesehen, daß das Unternehmen heute abend vor sich gehen werde. Darum war Steinbach vorausgeeilt, um nach dem Stand der Dinge zu sehen und die Starke Hand dann hier zu treffen.

Die Indianerin öffnete, als geklopft wurde, und war erfreut, den großen Krieger zu sehen. Dieser verschwand sofort in der abgelegenen Kammer seines Neffen. Steinbach aber begab sich hinauf in das Speisezimmer, wo die Insassen desselben sich lebhaft unterhielten.

„Die Uhr um eine Stunde zurück", flüsterte er Wilkins zu.

Dann nahm er recht lebhaft am Gespräch teil, um die Aufmerksamkeit der anderen von der Uhr weg auf sich zu lenken. Es gelang ihm auch. Er wollte gern alle unnötigen Fragen vermeiden.

22. KAPITEL

Nach kurzer Zeit hörte man draußen den Schrei des Ochsenfrosches, und wenige Sekunden später trat Newton wieder ein. Er blickte nicht nach der Uhr und bemerkte also auch nicht, daß sie weiter zurückstand als vorhin, da er den Raum verlassen hatte.

Es wurden allerlei Jagdabenteuer erzählt. So verging die Zeit ziemlich schnell. Als die Uhr fünf Minuten vor elf zeigte und es also ebensoviel vor zwölf war, ging Steinbach hinab zu den beiden Indianern und fragte:

„Die Bleichgesichter wollen durch das Fenster kommen. Werden wir sie geräuschlos überwältigen können?"

Die Starke Hand antwortete:

„Hier stehen keine Knaben, sondern Männer! Der Flinke Hirsch hat Riemen und Knebel besorgt. Es wird alles sehr schnell gehen. Mein weißer Bruder wird am Fenster sein; die Starke Hand wird den Eingestiegenen empfangen, der Flinke Hirsch wird ihn fesseln, und ein jeder wird sofort nach der Kammer getragen, die gegenüberliegt." – „So kommt!"

Sie schlichen sich lautlos aus dem Hof hinauf in Newtons Gastraum. Die gegenüberliegende Tür wurde vorsorglicherweise schon jetzt geöffnet, dann warteten sie. Keinem klopfte das Herz schneller als gewöhnlich. Wenigstens die beiden Männer waren an noch ganz andere Gefahren gewöhnt, und der braune Jüngling war ja ein angehender Held.

Nach kurzer Zeit hörte Steinbach das Zeichen:

„Pst!"

Er sah hinaus. Unten stand einer.

„Ich bin da", flüsterte er. – „Alles in Ordnung?" – „Alles."

Ein zweites „Pst" nach rückwärts, und die ahnungslosen Kerle kamen herbei.

„Deinen Lasso herab!" sagte Burkers unten.

Steinbach ließ den seinigen hinab und zog an demselben noch drei andere heran. Diese vier waren stark genug zum Daran-Emporklettern. Natürlich war Burkers der erste, der kam. Als er sich noch auf der Fensterbrüstung befand, sagte er:

„So, das ist der erste Schritt zu dem Gold und der Rache, die wir hier finden werden. Hast du den Lasso in der Hand gehalten?" – „Nein, angebunden", antwortete Steinbach flüsternd, weil alle Stimmen im Flüstern ziemlich gleich klingen. – „Recht so! In der Hand halten, das ist zu schwer!"

Burkers stieg vom Fenster herab. Steinbach hatte den Lasso wirklich an einem starken Haken befestigt, der in der Mauer stak. Daher hatte er die Hände frei. Plötzlich legte er sie dem nichtsahnenden Burkers um die Gurgel und drückte diese so zusammen, daß der tödlich erschrockene Mann wohl den Mund weit aufsperrte, aber keine Laut ausstoßen konnte. Einen Faustschlag an die Schläfen, einen Knebel in den aufgesperrten Mund, einen

Riemen je um Arme und Beine – das alles war für diese drei das Werk weniger Augenblicke! Burkers lag schon in der anderen Kammer, ehe der zweite heraufkam.

Ganz in derselben Weise wurden sie alle, außer dem letzten, empfangen. Keiner hatte seine Büchse mitgehabt. Jetzt rief dieser letzte mit unterdrückter Stimme von unten:

„Pst! Nun erst die Gewehre empor, ehe ich komme. Ich binde sie unten mit dem Lasso zusammen."

Das geschah. Sie wurden emporgezogen, und sodann folgte auch dieser Mann nach, dem es natürlich ganz ebenso ging wie den anderen.

Jetzt holt der Flinke Hirsch vor allen Dingen ein Licht, damit die Gefangenen beobachtet werden konnten. Einige waren noch bewußtlos, andere hatten ihre Besinnung wiedererlangt, konnten aber weder sprechen, noch sich bewegen. Der rote Burkers hatte die Augen offen und hielt sie mit grimmigen Blick auf die drei gerichtet.

„Ich bin der Fürst der Bleichgesichter", sagte Steinbach zu ihm, „und hier stehen die Starke Hand und der Flinke Hirsch. Ihr sollt genauso behandelt werden, wie ihr die Bewohner dieses Hauses behandeln wolltet. Euer Schicksal ist schon jetzt besiegelt. Wir zwar werden euch nicht töten, aber wir geben euch in die Hände der heranziehenden Maricopas."

Der Anführer der Bushbeaters war bei der Nennung der Namen tief erschrocken. Er schloß die Augen, er wollte nichts mehr sehen.

Steinbach überließ die Gefangenen der Bewachung der beiden Indianer und entfernte sich dann. Als er zur Gesellschaft zurückkehrte, stand die Uhr doch bereits über halb zwölf; es war also eine halbe Stunde vergangen.

Newton war unterdessen nach seinen Erlebnissen in der Türkei gefragt worden und hatte erzählt, was ihm gerade eingefallen war. Er berichtete von verschiedenen Bekanntschaften, die er gemacht hatte. Da fragte Steinbach, der die Zeit nun für gekommen hielt:

„Master Newton, habt Ihr auch Ausländer kennengelernt?" – „Viele." – „Vielleicht einen Lord Eaglenest?" – „Nein", antwortete er erbleichend. – „Einen Normann Effendi und Wallert Effendi?" – „Auch nicht." – „Ist Euch ein Ibrahim Pascha bekannt?" – „Ich hörte seinen Namen."

Jetzt hatte sich die Farblosigkeit seines Gesichtes in glühende Röte verwandelt.

„Oder eine gewisse Zykyma, Gökala und Tschita?" – „Ich weiß

nicht, was Ihr wollt." – „Oh, ich will Euch nur sagen, daß vom Derwisch bis zum Präriejäger ein ungeheurer Sprung ist, ein Sprung, der wohl noch niemals im Leben vorgekommen ist." – „Derwisch? Was meint Ihr denn?" – „Verstellt Euch doch nicht! Ihr wißt ebensogut wie ich, daß Ihr zu den heulenden Derwischen gehört habt." – „Ich? Welch ein Irrtum!" – „Na, Mann wir wollen es kurz machen! Ich habe nicht Lust, mich länger als nötig mit so einem Schuft zu unterhalten. Ich bin in Wirklichkeit der Steinbach-Effendi, den du in der Türkei gesehen hast. Ich kenne dein ganzes Tun und Treiben und kann nicht begreifen, wie du aus Tunis entkommen bist, wo du doch des Mordversuches an dem Herrscher angeklagt warst."

Der Derwisch glaubte jetzt, Frechheit sei seine einzige Rettung. Er schlug daher mit der Hand auf den Tisch und rief in zornigem Ton:

„Himmeldonnerwetter! Das ist doch zu arg! Ein Derwisch soll ich sein und ein Mörder? Master Steinbach, wenn Ihr mir das noch einmal sagt, so habt Ihr es mit mir zu tun." – „Oh, ich habe es schon jetzt mit dir zu tun und werde schnell mit dir fertig werden, mein Bürschchen. Ich sehe, daß diese Mesch'urs ganz erstaunt sind über das, was wir sprechen. Sie wissen eben nicht, was früher geschehen ist. Darum wollen wir von deinen türkischen Abenteuern lieber schweigen und zunächst von deinen hiesigen reden." – „Da bin ich neugierig!" sagte der Derwisch. „Ich wüßte nicht, von welchen Abenteuern die Rede sein könnte." – „Nicht? Nun, ein sehr interessantes soll ja Punkt zwölf Uhr losgehen. Es fehlen nur noch zehn Minuten. Es wird also Zeit, daß du in deine Kammer gehst, um den roten Burkers mit seinen Leuten einsteigen zu lassen." – „Was?" rief Sam. „Der Rote will einsteigen? Heute abend?" – „Ja, mit Hilfe dieses Eures Freundes." – „Wenn das bewiesen werden kann, so werden wir wenig Federlesens mit diesem Master Newton oder Florin machen!" – „Es ist Lüge!" rief der Derwisch, die Hand an das Messer legend und eine leise, unbemerkt sein sollende Wendung nach der Tür machend. Er merkte, daß alles verraten sei. Sein einziges Heil lag in der Flucht, die er sich nötigenfalls mit dem Messer bahnen wollte.

Steinbach merkte diese Absicht und wollte sich ihm in den Weg stellen, sah aber, daß die Tür um eine kleine Luke geöffnet war, durch die ein dunkles, blitzendes Auge hereinfunkelte. Der Mensch konnte nicht entkommen.

„Er nennt es Lüge", sagte Sam. „Master Steinbach, könnt Ihr beweisen, daß es wahr ist? – „Ja. Er sah vorhin zum Fenster hinaus und besprach mit dem roten Burkers, der unten stand, den ganzen Plan. Ich aber saß nebenan und hörte ein jedes Wort. Punkt zwölf soll es losgehen." – „Himmelkreuzelement! Kerl, ich hacke dich in Stücke und koche Stiefelschmiere daraus!"

Sam fuhr mit beiden Fäusten auf den Menschen los, dieser machte einen Seitensprung und eilte auf die Tür zu, prallte aber zurück.

Die Starke Hand war schnell eingetreten und hielt ihm die blitzende Klinge entgegen, ohne ein einziges Wort zu sagen. Steinbach aber faßte sein Handgelenk mit solcher Kraft, daß er eine lauten Schmerzensschrei ausstieß und das Messer fallen ließ.

„Halunke, willst du etwa noch leugnen?" rief er ihm zu. – „Ich bin unschuldig!" behauptete der Gefragte. Er verließ sich darauf, daß er nicht am Fenster war und seine Helfershelfer also nicht heraufkamen; also konnte ihm doch nichts bewiesen werden.

„Nun, wir wollen dir den Beweis gleich beibringen. Du bist mir bereits so oft entschlüpft, jetzt aber werde ich dich festhalten. Master Sam, habt doch einmal die Güte, ihm den Lasso so um den Leib zu wickeln, daß er die Arme nicht bewegen kann." – „Gleich, gleich, Sir!" antwortete der Dicke, indem er schnell hinzutrat. Newton protestierte in Worten und wollte sich sogar wehren, vermochte aber gegen die Riesenkräfte Steinbachs nichts. Als er gefesselt war, sagte dieser letztere zu den anderen:

„Jetzt nehmt ihn mit euch und folgt der Starken Hand hier. Der tapfere Häuptling wird euch dahin führen, wo der Beweis der Schuld mit Händen zu greifen ist." – „Die Starke Hand?" rief Sam erstaunend. – „Ja, Master. Euch widerfährt heute das große Heil, den berühmtesten und tapfersten Häuptling aus Amerika und den dümmsten Weißen aus Herlasgrün, nämlich mich, kennenzulernen. Dieses letzere werdet Ihr allerdings für keine große Ehre halten, wie mir scheint." – „Ja, viel Ehre kann man mit Euch nicht einlegen", antwortete der Dicke. „Das andere aber lasse ich mir desto eher gefallen. Also dieser rote Master ist wirklich der große Häuptling? Oder macht Ihr nur Spaß?" – „Er ist es." – „So muß ich ihm auf der Stelle meine Hand geben. Man ist zwar nur in Herlasgrün geboren, aber man hat sich dennoch genug Conduite – gutes Betragen – angeeignet, um zu wissen, wie man einen so berühmten Krieger zu begrüßen hat."

Da ging Sam auf die Starke Hand zu, streckte ihm die Rechte entgegen, nickte ihm freundlich zu und sagte:

„Der große Häuptling der Apachen sei willkommen am Silbersee. Ich freue mich, ihn zu sehen."

Der Indianer blieb trotz der freundlichen Miene des Dicken ernsthaft. Er drückte ihm die Hand und antwortete:

„Die Starke Hand ist am Silbersee zu Hause. Er ist es, der sich freut, Entschar-til willkommen zu heißen."

Sam drehte sich zu den anderen um und sagte:

„Entschar-til? Ich kenne das Wort nicht. Was mag es heißen, und wen mag er meinen?"

Da antwortete Steinbach lachend:

„Entschar-til heißt der Große Bauch, der Dicke Bauch. Seht Euch an, Master Sam, so werdet Ihr gleich wissen, wen er gemeint hat." – „Donnerwetter! Mich gleich so zu nennen! Diese Apachen sind sehr schnell im Namengeben." – „Oh, den gibt er Euch nicht erst jetzt. Sämtliche Apachen nennen Euch nicht anders als Entschar-til, den Dicken Bauch." – „Das habe ich noch gar nicht gewußt. Wenn sie mich so nennen, muß ich doch ein ihnen sehr bekannter Kerl sein." – „Na, ich will Euch aufrichtig sagen, daß Ihr weiter bekannt seid, als Ihr vielleicht denkt. Ihr seid ein berühmter Mann, ob wegen Eurer Verdienste oder wegen Eures dicken Bauches, das will ich nicht untersuchen." – „Das ist auch nicht nötig. Ihr braucht Euch gar keine Mühe geben. Der Grund ist gleichgültig, wenn ich nur berühmt bin. Ihr freilich werdet niemals eine Berühmtheit erlangen, weder wegen eines dicken Bauches, noch wegen Eurer Tapferkeit. Das ist der Unterschied zwischen Euch und mir."

Diese Worte waren in englischer Sprache gesprochen, und da der große Häuptling der letzteren mächtig war, so hatte er sie verstanden. Er richtete einen kurzen fragenden Blick auf Steinbach, und als dieser leise mit dem Kopf schüttelte, sagte er zu Sam:

„Mein weißer Bruder Steinbach ist zwar kein großer Krieger und Jäger, aber er hat keine Furcht und wird bald berühmt werden unter den Männern des Westens." – „Der? Da irrt sich die Starke Hand. Ich habe noch niemals einen berühmten Rafter gekannt. Aber wir haben jetzt Notwendigeres zu tun. Ihr wolltet uns doch irgendwohin führen, um uns den Beweis zu liefern, daß dieser Mann hier schuldig ist." – „Kommt!" sagte die Starke Hand und schritt voran.

Die anderen folgten. Als sie die Kammer erreichten und da die Gefangenen erblickten, die vom Flinken Hirsch bewacht worden waren, gerieten sie freilich in das allergrößte Erstaunen.

„Gefangene!" rief Wilkins. „Gebunden und gefesselt, also ohne unser Wissen und unseren Beistand besiegt und überwältigt! Wer hat das getan?" – „Es bedarf nicht vieler Männer, solche Kröten zu fangen“, antwortete der Häuptling stolz. „Meine weißen Brüder saßen so schön in der Stube, und da wollten wir sie nicht stören dieses Burkers wegen.“ – „Burkers? Ah! Wo?“

Der Flinke Hirsch leuchtete dem Genannten ins Gesicht.

„Himmelsapperment! Ja, das ist der Kerl!“ rief Sam. „Na, freue dich, Bruder Straubinger, daß wir dich haben! Dir wollen wir das Leder versohlen, daß du alle sechzigtausend Brautjungfern singen hören sollst. Er ist es, er und seine ganze Bande! Das ist ja ein Fang, ein Meisterstück! Wie ist denn dieser angenehme Besuch hereingekommen?“ – „Durch das Fenster“, antwortete der Häuptling. „Der Flinke Hirsch und mein Bruder Steinbach haben sie empfangen und mit Riemen gebunden. Sie sind unser Eigentum, wir aber geben sie in Eure Hände.“

Sam stellte sich gerade vor Steinbach hin, sah ihn vom Kopf bis zu den Füßen an und fragte:

„Also Ihr, Ihr seid dabeigewesen? Ist das wahr?“ – „Ja“, nickte der Gefragte. – „Wer hätte das gedacht! Wer hätte Euch das zugetraut! Ich im ganzen Leben nicht!“ – „Na, es ist auch nichts dabei. Diese beiden Indianer haben alles getan, ich habe ihnen nur dabei geleuchtet.“ – „Also das Licht gehalten?“ – „Ja.“ – „Während sie die Kerle gefangennahmen?“ – „Ja.“ – „Na, das begreife ich, das will ich glauben. Ihr seid zwar lang und breit und stark genug, aber doch nur ein Neuling. Und eine Bande solcher Halunken zu überlisten, dazu gehört doch viel mehr als bloße Körperkraft. Wie aber hat die Starke Hand es angefangen, die Bushbeaters hereinzulocken und festzunehmen?“ – „Sie sind selbst hereingekommen. Mein dicker Bruder frage nicht weiter. Es ist nicht schwer, Mücken zu fangen, die durch das Fenster kommen. Wir übergeben sie Euch. Tut mit ihnen, was Ihr wollt!“

Der Häuptling gab keine weitere Erklärung, weil er bemerkte, daß es Steinbach Spaß mache, für einen Neuling gehalten zu werden. Sam begnügte sich einstweilen damit und wandte sich an Wilkins:

„Diese Halunken sind in Eurem Haus, Euch haben sie überfallen wollen; Ihr seid es also eigentlich, der zu bestimmen hat, was mit ihnen geschehen soll.“

Wilkins blickte sich verlegen um. Steinbach hatte auf ihn einen bedeutenden Eindruck gemacht, obgleich auch er ihn nicht für einen erfahrenen Westmann hielt. Darum gab er seine Antwort an diesen ab:

„Was ratet Ihr, Master Steinbach?“ – „Ich rate, Euch nicht zu übereilen. Gibt es hier nicht einen Raum, in dem wir diese Kerle so verwahren können, daß ihnen die Flucht unmöglich ist?" – „Oh, mehrere! Diejenigen, die die Mission bauten, hatten sämtliche Indianerhorden zum Feind; sie mußten sich auf Kampf und Verteidigung gefaßt machen und haben auch für Gefängnisse gesorgt, die so fest und stark gebaut wurden, daß sie sich heute noch im besten Zustand befinden. Sie liegen unter der Erde im Keller." – „Das ist gut. Wir werden diesen ehrenwerten Herren dort Quartier geben. Einen aber trennen wir von ihnen; den beanspruche ich für mich, denn ich habe eine sehr dringliche Privatangelegenheit mit ihm zu erledigen." – „Ihr meint diesen Newton hier?" – „Ja. Habt Ihr nicht ein Gefängnis hier apart für ihn?" – „Freilich. Ihr könnt die verschiedenartigsten Lokalitäten bekommen, klein, groß, hoch, niedrig, trocken, naß, ganz wie es Euch beliebt." – „Na", fiel da Sam ein, „gar zu bequem wollen wir es den Mesch'urs nicht machen. Wir nehmen das niedrigste und feuchteste Gewölbe. Sie haben uns heiß machen wollen, und da wollen wir sie abkühlen. Und was die Verpflegung betrifft, so schlage ich vor, wir geben ihnen Austern, Trüffeln, indianische Vogelnester und Champagner, so viel ihr Herz begehrt. Vorher aber möchte ich ein Wort mit diesem allerliebsten Burkers sprechen."

Sam bückte sich darauf nieder, nahm dem Genannten den Knebel aus dem Mund und fragte ihn:

„Ihr kennt mich doch, nicht?"

Der Gefragte antwortete nicht. Dann meinte Sam:

„Hört einmal, ich bin gewöhnt, eine Antwort zu erhalten, wenn ich frage. Gebt Ihr keine, so habe ich gewisse Mittelchen, Euch zur Sprache zu verhelfen. Also antwortet! Kennt Ihr mich?"

Sam schnallte während dieser Worte den Lasso von der Hüfte ab und legte ihn mehrfach zusammen.

„Ja", antwortete Burkers schnell. – „Schön so! Hättet Ihr nicht geantwortet, so hätte ich Euch diesen Riemen über das Gesicht gezogen. Mit solchen Leuten muß man nämlich vernünftig sprechen. Wer bin ich denn?" – „Sam Barth", knirschte der Gefragte. – „Ja, und diese beiden Herren sind Jim und Tim Snaker, eine alte, gute Bekannschaft von Wilkinsfield her, nicht? Ihr seid hierhergekommen, um die Schätze dieses Ortes zu holen?" – „Nein. Wir sind jetzt ehrliche Leute und wollten nur um Obdach bitten." – „Und da steigt ihr alle miteinander zum Fenster herein? Eine schöne Obdachbitterei! Und ehrliche Leute seid ihr jetzt? Wunderbar! Was würde der Förster Rothe dazu sagen, wenn er es hörte!"

Es befand sich nämlich nur ein einziges Hirschtalglicht in der

Kammer, so daß dieselbe ganz spärlich erleuchtet war. Wilkins, Steinbach, die beiden Indianer, Sam, Jim und Tim standen um die Gefangenen herum, der Förster mit seinem Sohn und seiner Frau nebst Schwägerin aber an der Tür. Diese letzteren waren vom Licht nicht getroffen, vom roten Burkers also nicht gesehen worden.

Burkers aber wußte bereits durch die Mitteilungen des einstigen Derwisches, die Steinbach ja belauscht hatte, daß Rothe mit seiner Familie anwesend sei. Er antwortete:

„Es war nur ein Scherz, den wir uns mit ihm machten." – „Oho, ein Scherz!" rief Rothe, indem er sich herbeidrängte. „Gibt man ehrliche Leute zum Scherz dem Hungertode preis? Nimmt man ihnen nur zum Spaß ihr Geld und ihre ganze Habe? Wenn das ein Scherz war, gut, so möget Ihr auch die Strafe, welcher Ihr nicht entgehen werdet, als Spaß betrachten. Übrigens dürft Ihr nicht meinen, daß ich nur zufällig hier bin. Der Fürst der Bleichgesichter kennt Euren Schlupfwinkel und hat ihn uns verraten. Wir sind im Tal bei den Wagen gewesen, haben sie verbrannt und das Geld unter dem linken Hinterrad des vorderen Wagens gefunden." – „Verdammt!" entfuhr es dem roten Burkers. – „Ja, und die beiden Wächter, die Ihr dort zurückgelassen habt, haben ihre Strafe bereits erhalten. Dann sind wir hierhergeritten, um das Wiedersehen mit Euch zu feiern. Ich hoffe, daß Ihr ganz entzückt darüber sein werdet." – „Na, für das Entzücken werde ich schon sorgen", sagte Sam, der Dicke. „Wie steht es denn eigentlich, Master Burkers, ist Euch nicht vielleicht ein ehrenwerter Sir bekannt, der sich Walker nennt? Er soll in Prescott wohnen?" – „Ich kenne ihn nicht." – „Ah! Ihr kennt ihn nicht und empfangt doch Boten von ihm! Das ist sonderbar!" – „Ich weiß von keinem Boten etwas." – „Ist dieser Master Newton nicht von ihm zu Euch gesandt worden?" – „Nein." – „Na, wir wissen das besser. Was Ihr nicht gesteht, werden uns andere sagen. Ihr aber verschlimmert durch Euer Verhalten nur Eure Lage. Wie steht es, Master Wilkins, wollen wir sie einstweilen einsperren, damit sie noch überlegen, ob sie mitteilsamer werden wollen oder nicht?" – „Ja", antwortete Steinbach an Wilkins Stelle. „Vorher aber möchte ich mir einmal die Gefängnisse betrachten." – „Ihr? Hm! Das klingt ja gerade, als sei Euch hier der Oberbefehl zugefallen."

Da sagte die Starke Hand schnell:

„Man tue nach dem Willen meines weißen Bruders Steinbach. Ich will es so! Wir bleiben hier, und er mag mit dem Vater der Taube gehen, um sich die Gewölbe anzusehen."

Dieser Ausspruch des berühmten Häuptlings galt. Wilkins holte ein Licht und die Schlüssel und führte Steinbach nach den Kellerräumen.

„Der Häuptling scheint Euch ein großes Vertrauen zu schenken", sagte er dabei. „Hat dies vielleicht einen besonderen Grund, Sir?" – „Nein, er will mir wohl, das ist alles." – „Darauf könnt Ihr stolz sein. Ein einfacher Holzfäller ist nicht leicht so glücklich, die Freundschaft eines solchen Helden zu erlangen."

Da unten bei den eigentlichen Kellern, aber von diesen durch eine starke Tür getrennt, gab es mehrere verschieden hohe und verschieden große Räume, deren Wände ganz aus Quadern bestanden und deren mit Eisen beschlagene Türen jedem Fluchtversuch den stärksten Widerstand entgegensetzten.

Der niedrigste dieser Räume war wie ein Loch. Ein Mensch konnte darin nicht stehen, sondern nur sitzen.

„Hier herein kommt Newton", sagte Steinbach. – „Auf diesen müßt Ihr eine außerordentliche Pike haben, wie es scheint." – „Er hat noch Schlimmeres verdient, als nur das. Ihr werdet es noch erfahren. Ich empfehle Euch in Beziehung auf ihn die allergrößte Strenge und Wachsamkeit an. Er darf auf keinen Fall entkommen. Als einstweilige Erklärung will ich, weil wir zu ausführlichen Erzählungen keine Zeit haben, Euch nur sagen, daß er als wahrhaft teuflischer Schurke an der Familie Eures früheren Oberaufsehers gehandelt hat." – „Meint Ihr Adler?" fragte Wilkins erstaunt. – „Ja. Er hat dieser Familie ein wahrhaft höllisches Schicksal bereitet. Es ist ein außerordentlich glücklicher Fang, den wir mit ihm machen. Und daß er sich hier im Westen befindet, läßt mich hoffen, daß wir bald etwas von Adler sehen oder wenigstens hören werden." – „Mein Gott! Welch ein Zufall!" – „Es ist kein Zufall. Es thront über der Erde ein gerechter Gott, der die Gedanken und Füße der Menschen leitet. Er ist es, der diesen Schurken in unsere Hand gegeben hat. Jetzt aber weiter. Einen Raum für die anderen."

Wilkins schloß einige Türen auf, und Steinbach trat in die Gewölbe. Sie waren weit über Manneshöhe und boten nichts als die nackten Mauern. Auch der Boden bestand aus starken Steinen. Beim Schein des Lichtes gewahrte Steinbach in der Mitte der Decke ein Loch. Er erkundigte sich:

„Dient dieses Loch der Ventilation?" – „Ja, es hat aber auch noch einen anderen Zweck. Es führt nämlich in ein kleines Parterregemach und ist dort durch einen Stein verdeckt. Hebt man denselben auf und legt das Ohr an das Loch, so hört man jedes Wort, das hier gesprochen und selbst nur geflüstert wird." – „Das ist von großem Vorteil für uns. Wir können da leicht erfahren, was sie uns verschweigen wollen. Eigentlich wollte ich Newton allein sprechen, aber es kommt mir darauf an zu erfahren, wo und wie ich Walker, der ihn geschickt hat, finden kann. Stecken wir ihn mit den anderen zusammen, so werden sie davon sprechen, und wir hören es. Also mag er mit ihnen hier eingeschlossen werden. Damit sie nicht erraten können, wo sie sich befinden, führen wir sie mit verbundenen Augen hierher. Aber da muß auch bereits ein Lauscher oben am Loch liegen." – „Wer?" – „Hm! Es gilt heute, zu handeln. Zum Lauschen können wir nur einen nehmen, der zu entbehren ist." – „Den Förster oder seinen Sohn?" – „Nein. Beide sind des Englischen nicht recht mächtig und übrigens hier unbekannt. Die Gefangenen werden Namen bringen und über Verhältnisse sprechen, die zu verstehen man Westmann sein muß. Ich werde den langen Tim an das Loch postieren."

Sie begaben sich wieder nach oben. Dort fanden sie den dicken Sam noch dabei, die Gefangenen auszufragen. Er wollte soeben wissen, wo sie ihre Pferde stehen hätten. Sie sagten es ihm jedoch nicht.

„Mögen sie schweigen", meinte der Häuptling. „Die Starke Hand ist hinter ihnen her und weiß alles. Sie haben einen Mann mit den Pferden bei den vier Zedern zurückgelassen, die jenseits des Felsrandes stehen. Ich werde sie holen, und der Dicke Bauch und die beiden Itseh werden mich begleiten." – „Itseh? Was bedeutet das?" fragte Sam. – „Es bedeutet so viel wie Hölzer", antwortete Steinbach lachend. – „Hölzer? Wen meint er damit?" – „Natürlich Jim und Tim." – „Sapperment! Darauf könnt ihr euch viel einbilden, ihr zwei. Also Hölzer seid ihr! Hm! Nicht übel! Gut, wir gehen mit." – „Tim wird hierbleiben, ich brauche ihn." – „Wozu? Ihr spielt wirklich den Kommandanten, Master Steinbach. Übrigens, wie kommt Ihr denn dazu, zu wissen, was Itseh und Entschar-til bedeutet? Ich wußte es nicht, trotzdem ich mich gut auf Indianerdialekt verstehe, und Ihr als Neuling wißt es. Das kann ich nicht begreifen." – „Es hat mir einmal davon geträumt." – „So! Also ein altes Traumbuch seid Ihr? Na, meinetwegen. Jetzt aber fort mit den Gefangenen."

Tim wurde an seinen Posten plaziert. Er entfernte den Stein, legte sich lang ausgestreckt auf den Boden hin und hielt das Ohr an das Loch. Dann wurden die Bushbeaters in das Gewölbe geschafft und dort eingeschlossen.

Als diejenigen, die dies besorgt hatten, nach oben zurückkehrten, fanden sie Almy, die Taube des Urwaldes, ihrer wartend. Diese war gewöhnt, bereits früh am Abend die Ruhe zu suchen. Sie hatte dies auch heute getan, war aber durch das in der Einsamkeit der Mission ungewöhnliche Geräusch wieder geweckt worden. Jetzt wollte sie sich nach der Ursache desselben erkundigen. Wohl hatte sie erfahren, daß der rote Burkers mit seinen Bushbeaters kommen wolle, aber, gerade wie die anderen, nicht geglaubt, daß dies bereits heute geschehen werde. Darum war sie ganz sorglos zur Ruhe gegangen und zeigte sich nun nicht wenig erstaunt, als sie erfuhr, was geschehen sei.

Nun sollten die Pferde der Gefangenen geholt werden. An Tims Stelle ging Steinbach mit. Es dauerte nicht lange, so brachte man die Tiere und den Mann dazu, der bei ihnen zurückgelassen worden war. Er wurde natürlich sogleich zu den anderen eingesperrt.

Nach der Gefangennahme des roten Burkers und seiner Spießgesellen glaubte Wilkins bereits alle Gefahr vorüber. Er erschrak daher nicht wenig, als er von Steinbach hörte, daß dreihundert Maricopa-Indianer im Anzuge seien. Steinbach mußte erzählen, wie er dies erfahren hatte. Als Sam das hörte, sagte er erstaunt:

„Wie? Was? Höre ich recht? Ihr, Master Steinbach, habt es gewagt, Euch unter das Fenster zu legen?" – „Wie Ihr hört, ja." – „Und Ihr habt gewußt, daß die Kerle kommen würden?" – „Natürlich." – „Seid Ihr denn bei Trost! Ihr, ein Neuling, wagt so etwas! Wenn sie Euch nun kapauniert hätten!" – „So gefährlich war es doch nicht!" – „Nicht? Ja, da sieht man wieder einmal, wie dreist und unvorsichtig so ein Muttersöhnchen ist. Wenn ich es getan hätte, so ließ ich es mir gefallen, ich bin doch der Kerl dazu, aber Ihr, da muß ..." – „Na, beruhigt Euch! Es ist gelungen, und damit wollen wir uns zufriedengeben." – „Daß es gelungen, habt Ihr lediglich Eurem guten Glück zu verdanken. Ich werde aber dafür sorgen, daß so etwas nicht wieder vorkommt. Erst müßt Ihr noch vieles lernen, ehe man Euch solche verantwortliche Posten anvertrauen darf. Also die Maricopas kommen! Mir soll es recht sein. Ich fürchte mich nicht vor ihnen. Aber, was wollen sie?" – „Sie wollen zweierlei. Erstens haben sie eine Absicht auf die Taube des Urwaldes und auf die Schätze, die sich am Silbersee befinden, und zweitens ..."

Sam unterbrach jetzt Steinbach, sich an Wilkins wendend:

„Man spricht und hört so viel von diesen Schätzen. Ist denn etwas Wahres daran?" – „Man täuscht sich außerordentlich", antwortete der Gefragte ausweichend. – „Nun, so mögen die roten Herren kommen und sich holen, was nicht da ist. Und zweitens?" – „Zweitens wollen sie eine weiße Frau auf den Gräbern der

Häuptlinge opfern." – „Habt Ihr das wirklich gehört?" fragte Wilkins rasch. – „Jawohl." – „Das kommt mir sonderbar vor. Der Silbersee ist der Friedens- und Begräbnisplatz berühmter Häuptlinge der Apachen und Komantschen. Die Krieger dieser beiden sich stets bekämpfenden Stämme sollen in Frieden hier nebeneinander ruhen. Ein Maricopa ist hier niemals begraben worden, also kann auch auf seinem Grab nicht geopfert werden." – „So opfern sie auf dem Grab eines Apachen oder Komantschen", meinte Sam. – „Unmöglich. Kein Indianer bringt dem toten Häuptling eines anderen Stammes Opfer dar. Die Maricopas jagen am Gila und sind Blutsfeinde der Apachen und Komantschen. Das mit der weißen Frau muß einen anderen Grund und einen anderen Zweck haben."

Da sagte die Starke Hand:

„Die Hunde der Maricopas sind aus ihren Löchern gekrochen, um die Gräber der Apachen zu besudeln und zu entehren. Das ist die größte Schande, die man einem Stamm antun kann. Die Starke Hand wird diese Hunde mit der Peitsche zurücktreiben und ihrer so viele erschlagen, daß der Gila überfließen soll von ihrem Blut und von den Jammertränen ihrer Weiber und Töchter. Ich gehe sogleich, ihnen entgegenzureiten und zu sehen, wo sie ihr Lager aufgeschlagen haben." – „Im Dunkeln?" fragte Sam erstaunt. – „Dem Häuptling der Apachen ist die Nacht wie der Tag", entgegnete der Indianer stolz. – „Aber du kennst ja die Richtung gar nicht, aus der sie kommen." – „Blamiert Euch nicht, Master Sam!" meinte Steinbach. – „Blamieren? Ich? Mich? Was fällt Euch ein? So ein in Herlasgrün ausgebrütetes Ei kommt als grünes Küchlein herüber in das Felsengebirge und sagt zu so einem alten, erfahrenen Kampf- und Streithahn, daß er sich nicht blamieren solle! Das ist mir doch noch mehr als stark, das ist stärker, nein, das ist sogar am stärksten, am allerstärksten!" – „Nicht gar so sehr, wie Ihr denkt. Ihr kennt doch wohl die Maricopa-Indianer?" – „Jedenfalls besser als Ihr." – „Nun, was sind sie denn für Leute?" – „Wollt Ihr mich etwa examieren, oder soll ich Euch unterrichten, Sir?" – „Ich will unterrichtet sein, Master Sam." – „Das will ich mir gefallen lassen. Wäre es das erstere gewesen, so hättet Ihr keine Antwort erhalten, sondern etwas ganz anderes. Also die Maricopas werden mit zu den Pueblo-Indianern gerechnet, sind ein höchst kriegerischer Stamm und wohnen mit den ebenso gefährlichen Papago-Indianern am Gilafluß. So, jetzt wißt Ihr es." – „Ich danke Euch", sagte Steinbach ernst. „Ihr seid wirklich der Mann, von dem man etwas erfahren und lernen kann. Wenn nun die Maricopas am Gila wohnen, so kommen sie also jetzt vom Gila her?" – „Natürlich! Das ist überhaupt eine höchst geistreiche Frage, mein bester Master Steinbach. Der Regen steckt in den Wolken, also muß er auch aus den Wolken kommen. Man merkt nicht, daß Ihr aus Herlasgrün stammt. So sehr dumm sind die Leute dort doch nicht." – „Sehr verbunden! Ich meine nur, daß wir uns hier nördlich von den Quellen des Gila befinden, und darum denke ich, daß sich die Maricopas nicht an der Südseite des Flusses gehalten haben werden." – „Jedenfalls nicht, Herr Professor der Geographie. Da kämen sie nach Mexiko, nicht aber zu uns herauf." – „Schön. Aber auf dieser Route liegt ihnen doch wohl Silver City im Weg, wo sie sich nicht sehen lassen dürfen." – „Das lassen sie rechts liegen." – „Dann kommen sie ja nach Fort West, wo man ihnen sogleich den Garaus machen würde." – „So weit gehen sie natürlich nicht. Sie lassen das Fort links liegen. Ihr freilich würdet entweder nach Silver City oder nach Fort West rennen, um Euch dort die Nase einzustoßen; diese roten Leute aber sind klüger als Ihr, sie reiten zwischen beiden hindurch." – „Ja, ja, das ist wahr. Aber Ihr seid doch noch viel klüger als sie. Ihr seid ein Mann, von dem man sehr viel lernen kann. Doch, mein lieber Master Sam, sagtet Ihr nicht soeben noch zu der Starken Hand, daß man nicht wissen könne, woher sie kommen?" – „Ja." – „Und nun habe ich es doch aus Euch herausexaminiert, daß sie zwischen Silver City und Fort West kommen werden! Wer ist da der Dumme, der Schüler oder der Lehrer?"

Jetzt erkannte Sam, daß er übertölpelt worden sei. Er öffnete den Mund, blickte Steinbach ganz betroffen an und sagte:

„Heiliges Pech! Jetzt weiß ich wirklich nicht, woran ich bin! Das habt Ihr gut gemacht, wirklich sehr gut! Aber es ist ja eben nur ein Zufall. Dennoch will ich gern gestehen, daß ich ohne Eure dummen Fragen nicht darauf gekommen wäre. Es ist ganz richtig, daß die Roten aus der angegebenen Richtung kommen müssen. Südlicher oder nördlicher können sie sich gar nicht wenden." – „Ich freue mich, daß Ihr einseht, welche guten Erfolge einmal auch die Dummheit haben kann. Nun habe ich aber belauscht, daß die Maricopas bereits morgen hier sein können. Sie sind also keinen Tagesmarsch mehr entfernt. Wo werden sie da während der Nacht wohl lagern?" – „Hm! Ich bin sonst nicht auf den Kopf gefallen, aber allwissend bin ich doch nicht." – „Nun, nachdenken kann man, ohne allwissend zu sein. Werden sie vielleicht hier in der Nähe liegen?" – „Nein, fällt ihnen gar nicht ein." – „Oder in der Nähe der beiden genannten Orte?" – „Gewiß nicht. Sie liegen rückwärts von diesen." – „Schaut, wie richtig Ihr zu antworten versteht, wenn man Euch nur richtig fragt! Wann werden sie zwischen den Orten hindurchpassieren?" – „Heute, wenn es dunkel geworden ist. Wir müssen ‚heute' sagen, weil Mitternacht vorüber ist." – „Ich bin ganz Eurer Meinung. Sie werden also bis zu dieser Zeit hinter der Linie, die man von Silver City nach Fort West zieht, liegen bleiben. Das gibt uns Muße, sie des Tages über zu beobachten." – „Das klingt nicht übel. Aber das Anschleichen ist schon des Nachts eine schwierige Sache, bei Tage also doppelt und zehnfach schwer. Es dürfen daher nur die gewandtesten Männer dazu genommen werden. Wer soll gehen?" – „Ehe wir das bestimmen, ist es notwendig, über den Ort nachzudenken, wo die Roten sich lagern werden. Kennt Ihr die Gegend, Master Sam?" – „So leidlich. Als ich damals hier am Silbersee war, bin ich da hinuntergeritten." – „Macht nicht der Gila hinter der Silver City einen ziemlichen Bogen nach Süden?" – „Ja, woher wißt Ihr das?" – „Nebensache. Er ist dort seicht und schmal und kann sehr leicht überritten werden. Das Wasser reicht den Pferden nicht bis an den Leib. Das Land, das innerhalb dieses Bogens liegt, trägt einen dichten Urwald. Am Ufer steht Schilf und dichtes Gestrüpp, dazwischen Gras, genug für viele Pferde. Dort werden die Roten gehalten haben." – „Verflucht! Ich werde freilich ganz irre an Euch! Ja, es gibt kein besseres Versteck für sie, als jene Stelle. Mitten im Urwald, vorn vom Fluß gedeckt, sind sie so sicher wie in Abrahams Schoß. Dort und nirgends anders sind sie zu suchen und zu finden. Hin müssen wir, um zu sehen, woran wir sind. Wer geht?" – „Die Starke Hand geht", sagte der Häuptling. – „Und ich auch!" meinte Sam. – „Die Starke Hand wird allein reiten. Wenn der Dicke Bauch auch gehen will, so mag er es tun. Aber ich rate ihm, einen starken Beschützer mitzunehmen."

Sam war ganz sprachlos vor Erstaunen. Es dauerte fast eine Minute, ehe er, den Häuptling anstarrend, die Antwort fand: „Ich? Einen Beschützer? Donnerwetter! Wen denn?" – „Meinen weißen Bruder Steinbach." – „Den? Na, das wäre ja lustig! Der würde mir das schöne Geschäft verderben, anstatt mich zu beschützen." – „Na, versucht es doch einmal", bat Steinbach ironisch. – „Fällt mir gar nicht ein!" – „Ich denke, Ihr wollt mein Lehrer sein?" – „Hm! Das wohl! Aber Ihr macht mir Albernheiten und bringt uns in Gefahr!" – „Ich werde mir die möglichste Mühe geben." – „Wirklich? Na, Ihr habt Euch jetzt nicht ganz so unklug benommen, wie ich es Euch zugetraut hatte. Darum will ich es einmal mit Euch versuchen." – „Aber ich", fiel Jim ein, „soll ich etwa dableiben?" – „Ja", erklärte Sam. „Die halbe Welt braucht nicht mitzugehen. Pflege dich, Langer. Du hast die Aufgabe, die Mission und die Taube des Urwaldes zu beschützen:"

Da fiel der junge Apache schnell ein:

„Der Flinke Hirsch beschützt die Taube. Er braucht keinen zweiten."

Es klang wie eifersüchtiger Ehrgeiz aus seinen Worten. Aber sein Oheim, der Häuptling, wies ihn zurecht:

„Es nahen viele Feinde, da ist ein Arm zum Schutz nicht genug. Die weißen Freunde mögen das Haus mit hüten. Die Starke Hand reitet jetzt fort. Er wird nach Norden gehen, um an Fort West vorüber den Maricopas in den Rücken zu kommen." – „So halten wir beide, Master Sam, uns nach Süden", sagte Steinbach. „Wir reiten um Silver City herum und kommen den Indsmen von der anderen Seite in den Rücken. Dort treffen wir vielleicht mit der Starken Hand zusammen." – „Ich habe eine andere Ansicht", meinte Sam. „Mit diesem Umweg vergeuden wir eine kostbare Zeit, und so halte ich es für besser ..."

Da aber fiel ihm der Häuptling in die Rede:

„Der Dicke Bauch wird es für besser halten, zu tun, was unser weißer Bruder Steinbach gesagt hat. Ich erwarte das ganz bestimmt. Howgh!"

Er drehte sich um und ging hinaus.

Das indianische Wort Howgh ist fast allen Stämmen gemein und hat verschiedene Bedeutung. Meist aber bedeutet es so viel wie eine Bekräftigung, also: „Basta, abgemacht! So ist es, und anders wird es nicht."

Die Starke Hand hatte das mit Nachdruck gesprochen. Sam sah nach der Tür, hinter der der Häuptling verschwunden war, und sagte, den Kopf schüttelnd:

„Na, Herr Jesses! Ich darf doch auch wohl eine Meinung haben! Aber meinetwegen, wir wollen es so machen, wie er es angegeben hat. Wann reiten wir?" – „Jetzt noch nicht. Erst muß ich hinunter zu Tim", antwortete Steinbach. – „Ist das denn so notwendig?" – „Mehr als alles andere." – „Aber wir versäumen kostbare Zeit." – „Wir holen sie wieder ein." – „Inzwischen wird es Tag!" – „Das ist desto besser für uns. Wir sehen, wo wir uns befinden und wer in der Nähe ist. Übrigens wird Euch Master Wilkins eins seiner guten Pferde geben, da das Eurige ermüdet ist." – „So tauscht nur das Eurige ebenso um! Euer Ziegenbock würde bald zusammenbrechen."

Steinbach begab sich hinunter nach der Parterrekammer, wo

beim Schein eines Lichtes Tim an der Erde lag. Als er Steinbach eintreten sah, erhob er sich und sagte:

„Verdammte Aufgabe! Soll ich etwa die ganze Nacht so liegenbleiben?" – „Nein, Master Tim. Das verlange ich nicht." – „Will mir es auch verbitten. Ich steche mir ja alle Knochen durch die Haut!" – „Schafft Euch Fett zwischen Haut und Knochen an. Wie steht es, haben die Kerle gesprochen?" – „Nur leise geflüstert. Sie glaubten, es sei jemand draußen an der Tür stehengeblieben, um zu horchen. Erst als der letzte eingebracht war, hörten sie Wilkins fortgehen, und seitdem reden sie lauter. Aber es ist nichts für uns Wichtiges. Erst jetzt fing der eine, der sich Newton nannte, von der Türkei an." – „Das muß ich hören."

Steinbach legte sich nieder und horchte. Aber das Gespräch hatte bereits eine andere Wendung erhalten. Er hörte den früheren Derwisch sagen:

„Wenn sie nur wenigstens dich nicht erwischt hätten, du hättest können nach Prescott reiten, um Walker zu unserer Rettung herbeizuholen." – „Vielleicht hätte ich ihn gar nicht gefunden!"

Der dieses sagte, war jedenfalls derjenige, der bei den Pferden zurückgeblieben war.

„Freilich", antwortete der Derwisch. „Er nennt sich natürlich dort nicht Walker. Er heißt Zennort und wohnt in einem Cottage in den Mogollon-Bergen." – „Das ist doch nicht in Prescott!" – „Nein. Man hat von dort aus noch vier Stunden zu reiten. Aber in diesem Land wird das gar nicht so genau gerechnet. Übrigens würde dich jeder Besitzer einer Kneipe zu ihm weisen. Nun aber erzählt mir, wie es gekommen ist, daß man euch abgefangen hat wie die Krammetsvögel!"

Das wußte Steinbach natürlich ganz genau. Er brauchte es nicht zu hören. Darum gab er seinen Lauscherposten auf. Übrigens hatte die Minute, die er bei dem Loch zugebracht hatte, reichliche Frucht gebracht. Er wußte jetzt Walker zu finden.

Er legte den Stein auf das Loch und entfernte sich mit Tim, um seinen Ritt anzutreten.

Er fand Sam, den Dicken, im Hof beschäftigt, einen ihm von Wilkins anvertrauten Braunen zu satteln.

„Was für ein Pferd werdet Ihr nehmen?" fragte Barth. – „Das meinige." – „Zu einem solchen Ritt?" – „Ja." – „Aber bedenkt, daß es müde ist, daß wir rekognoszieren wollen, in Gefahr kommen können und es wohl einen Ritt auf Leben und Tod geben kann." – „Da wären wir sehr dumme Kerle." – „Wieso?" – „Gäbe es einen Ritt auf Tod und Leben, so hätte man uns bemerkt, und wir hätten unsere Sache also höchst unklug angefangen." – „Nun, wollen hoffen, daß ich Euch klüger finde, als ich jetzt denke. Vorwärts also!"

Sie wollten aufbrechen. Da kam aber Wilkins nach, um ihnen adieu zu sagen.

„Fürchtet Euch nicht", meinte Sam. „Wir werden für Euch wachen. So lange wir nicht zurück sind, hat es keine Gefahr für Euch." – „Danke, Sir. Übrigens verlasse ich mich auch ein wenig auf mich selbst. Sobald ihr fort seid, werde ich das Wasser loslassen, dann sind bis Mittag wenigstens hundert tüchtige Krieger der Apachen hier am See beisammen." – „Laßt sie aber nicht sehen, sondern nehmt sie in das Haus herein. Es steht nämlich zu erwarten, daß die Maricopas Kundschafter senden."

Dann brachen die beiden auf.

23. KAPITEL

Der Morgen dämmerte, und als Sam und Steinbach die Schlucht, die letzterer heute heraufgekommen, hinabgeritten waren, dann die Vorberge hinter sich und die Ebene vor sich hatten, war es vollends Tag geworden.

Steinbach lenkte nach Süden, um einen weiten Bogen zu schlagen. Sam machte Einwendungen. Aber wunderbarerweise war Steinbachs alter Gaul dem Pferd des Dicken immer acht bis zehn Längen voraus. Sam konnte gar nicht zu Wort kommen.

Nach zwei Stunden hatten sie die Silver City zur Rechten und lenkten nun nach Westen ein, dann mehr nach Norden zurück, bis sie auf den Fluß trafen.

„Aber Master, was fällt Euch denn ein, in dieser Weise mit mir – Donnerwetter!"

Steinbach hatte nämlich von der Klage des Dicken gar keine Notiz genommen, sondern sein Pferd in einem kühnen Satz in den Fluß hineingetrieben und hielt erst am anderen Ufer an. Als Sam dort ankam, keuchte er:

„Mensch, ich bin ganz außer Atem! Ihr reitet ja wie der Tod, und Euer Vieh rennt wie der Teufel! Laßt mich doch endlich einmal reden! Wir befinden uns viel zu weit nordwärts. Wir müssen weiter nach Süden!" – „Meint Ihr? Hm. Wollt Ihr nicht absteigen?" – „Warum?" – „Weil ich die Pferde hier in diesem günstigen Dikkicht verstecken will." – „Was fällt Euch ein! Ich meine, daß ..." –

„Pst! Schreit nicht so! Die Indianer brauchen uns nicht zu hören. Macht übrigens, was Ihr wollt. Laßt Euch meinetwegen skalpieren, wenn Ihr Spaß daran findet! Ich tue, was ich will."

Steinbach drängte das Buschdickicht auseinander und führte sein Pferd hinein, um es da anzubinden. Sam sah sich gezwungen, dasselbe zu tun. Als das geschehen war, wurden alle Spuren verwischt. Sam wollte eine Rede halten, aber Steinbach schnitt sie ihm durch eine energische Handbewegung ab und schritt voran, immer den Fluß entlang und zwischen den Büschen hindurch, dabei sorgfältig vermeidend, eine Fährte zurückzulassen. Der Dikke folgte natürlich seinem Beispiel, konnte sich jedoch, als Steinbach einmal zögernd stehenblieb, nicht enthalten zu sagen:

„Aber Sir, ich begreife Euch nicht! Warum sollen die Indsmen denn gerade hier sein? Warum rennt Ihr denn so? Übrigens habt Ihr kein Gewehr mit, keine Pistole, keine Schußwaffe! Ihr dauert mich!" – „Schußwaffe? Beim Anschleichen? Nein, Ihr dauert mich! Schießt man denn, wenn man ein Indianerlager belauschen will?" – Wenn man sich verteidigen muß, ja." – „Ich schieße nur im Notfall." – „Womit denn? Etwa aus dem Nasenloch? Ihr habt ja gar nichts anderes als Euer Beil und das Messer. Und dazu steckt dieses unförmliche Beil in einem Lederfutteral. Ein Beil ist es überhaupt gar nicht; es ist größer als eine Axt. Und dazu der Ranzen auf dem Rücken, gerade wie ein Herlasgrüner Knabe, der in die dritte Klasse gehört."

Steinbach antwortete nicht, sondern schritt weiter, je länger, desto vorsichtiger werdend. Eben bog er zwei Büsche auseinander, um zwischen ihnen hindurchzuschreiten, da fuhr er zurück, schob die Zweige wieder zusammen und ließ einen leisen Ruf der Überraschung hören.

„Was gibt es?" fragte Sam. – „Indsmen." – „Sapperment! Sollten sie wirklich hier sein? Solltet Ihr so eine Nase besitzen? Ihr hättet sie ja geradezu stundenweit in der Luft gerochen!"

Beide kauerten sich nieder, um durch das Buschwerk zu lauschen. Der Fluß hatte hier eine Einbuchtung. Am selben Ufer, aber jenseits dieser Bucht, erschienen drei Gestalten, zwei männliche Indianer und eine Frau, nach der Art der Weißen gekleidet. Sie hatte das Gesicht verhüllt und schritt nach dem Wasser, während die Indianer zurückblieben. Aber letztere hatten zwei Lassos um den Leib der Weißen geschlungen und hielten die Enden derselben fest, indem sie mit dem Rücken nach dem Wasser zu standen.

„Verteufelt zart und rücksichtsvoll!" meinte Sam. „Sie soll sich waschen, dabei aber nicht entweichen und sich auch nicht ertränken. Sie muß sich entblößen, was die Roten nicht sehen dürfen. Um da einen Ausweg zu finden, drehen sie sich zwar um, haben sie aber an die Lassos gebunden, um mit Hilfe derselben jede unerlaubte Bewegung sofort zu fühlen." – „Es muß die Gefangene sein, welche geopfert werden soll!" – „Jedenfalls. Paßt auf, Master! Sie nimmt das Tuch vom Kopf."

Diejenige, von der sie sprachen, war nach der Tracht der mexikanischen Provinz Sonora gekleidet. Sie trug ein leichtes, kurzes, rotes Jäckchen und auf dem Kopf einen spanischen Rebozo, einen Schleier, der zwar in Falten hochgenommen werden konnte, aber so lang war, daß er die ganze Gestalt wie ein leichter dünner Mantel zu umhüllen vermochte.

Diesen Rebozo nahm sie jetzt ab und legte ihn an das Ufer. Als sie die oberen zwei Schnüre des Jäckchens geöffnet und die Ärmel weit zurückgeschlagen hatte, stieß selbst Sam einen Laut des Entzückens aus.

Das Röckchen ließ ein kräftiges, wohlgerundetes Unterbein und ein außerordentlich zierliches Füßchen sehen. Unter dem geöffneten Jäckchen rundete sich das weiße Untergewand über der Fülle eines herrlichen Busens. Die weißen Arme glänzten wie Alabaster. Bei Entfernung des Schleiers war eine Fülle reichen, langen, blonden Haares über die ganze Gestalt fast bis zum Boden herabgefallen. Und nun erst dieses Gesicht!

„Mein Gott! Mein Gott! Ist das möglich!" sagte Steinbach. – „Daß ein Mädchen so schön ist? Natürlich! In Herlasgrün gibt es ganz ähnliche."

Aber Steinbach hörte diese Worte gar nicht. Sein Blick wollte das herrliche Mädchen verschlingen.

„Tschita!" hauchte er erschrocken. – „Meine Gustel in Ruppertsgrün war damals fast noch hübscher." – „Tschita! Wie kommt sie hierher?" – „Tschita? Wer ist Tschita?" fragte Sam. – „Eine junge Dame, die ich in Konstantinopel, in Tunis und dann in Ägypten sah." – „Und die soll hier sein? Unsinn!"

Die Breite der Bucht betrug vielleicht fünfzig Meter. In untrüglicher Schärfe waren also die Züge des Gesichtes nicht zu erkennen. Aber Gestalt, Haar und alles andere waren wie bei Tschita, der geretteten Tochter der unglücklichen Familie Adlerhorst.

Es war Steinbach zumute, als ob er träumte. Und als sie nun die Arme, sich bückend, in das Wasser tauchte, sich wusch und mit dem eigenen Haar abtrocknete, waren ihre Bewegungen genau so rund, so zierlich, so harmonisch wie diejenigen von Tschita, der deutschen Sultana, der Blume des Harems.

Sie befestigte das Haar wieder und den Schleier darüber; dann trat sie langsam zu den Indianern zurück, mit denen sie hinter den Büschen des Ufers verschwand, wie eine Erscheinung aus dem Feenreich, gehütet von häßlichen Bewohnern nordischer Felsenklüfte.

„Nicht übel!" brummte Sam. „Die müssen wir herausangeln! Nicht?"

Steinbach erhob sich, holte tief Atem und antwortete:

„Sam Barth, hört, was ich Euch sage!" Seine Stimme klang ernst, und sein Gesicht hatte den Ausdruck kühner, ja verwegener, todesmutiger Entschlossenheit. „Ich gehe nicht eher hier vom Platz, als bis ich mit diesem Mädchen gesprochen habe." – „Herr, meine Seele! Seid Ihr überspannt? Überschnappt? Verrückt? Albern? Wahnsinnig? Nicht bei Troste? Ein Rädchen zu wenig oder zu viel im Kopf? Oder habt Ihr ein Volk von Bienen oder ein ganzes Nest von Ameisen unter dem Schädel, daß Ihr auf den Gedanken kommt, hier in den sicheren Tod zu gehen?" – „Ich habe es gesagt, und ich tue es!" – „Da hat man es! Ich habe es gleich und stets gesagt, daß Ihr kein Westmann seid und nie ein Westmann werdet. Wenn Ihr solche Unvernünftigkeiten begehen wollt, so konntet Ihr getrost daheim in Herlasgrün bleiben und ..." – „Ach was! Herlasgrün! Geht mir mit Eurem Nest!" – „Nest? Wie? Was? Wo?" – „Ich bin gar nicht aus Herlasgrün!" – „Nicht? Woher denn? Etwa aus einem Dorf, das daneben oder dort in der Nähe liegt?" – „Auch nicht. Ich bin gar kein Sachse!" – „Alle Teufel! Was denn? Ein Kosake?" – „Ein Preuße." – „Ja, das glaube ich. Wenigstens jetzt kommt Ihr mir ganz preußisch vor."

Sam blickte ihn forschend an, als ob er wirklich an seinem Verstand zweifle. Steinbach sah das, zuckte lächelnd die Achseln und meinte:

„Ihr habt mich dumm genannt, aber Ihr seid es selbst, und zwar in hohem Grade! Habt Ihr denn nicht gemerkt, daß ich nur meinen Scherz mit Euch getrieben habe?" – „Scherz? Wie? Das will ich mir verbitten!" – „Das ich alles besser wußte als Ihr?" – „Besser als Sam Barth? Das ist stark!" – „Das mich sogar die Starke Hand viel höher achtete als Euch, Sir?" – „Als mich? Donnerwetter!" – „Mich sogar zu Eurem Beschützer erklärte?" – „Hole mich der Teufel. Wenn Ihr mich beschützen solltet, so wäre ich verloren." – „Nun, wer befand sich denn bei der Starken Hand? Wer hat Euch im Lager belauscht und Euch den Zettel geschrieben?" – „Davon könnt Ihr gut sprechen; ich habe Euch alles ja erst erzählt." – „Nun, wer war es?" – „Der Fürst der Bleichgesichter." – „Und wo ist er jetzt?" – „Irgendwo. Er wird sich schon blicken lassen, wenn es nötig ist und wenn man es gar nicht denkt. Das ist ja so seine Art und Weise, seine Angewohnheit." – „Na, gerade jetzt denkt Ihr es ja gar nicht." – „Nein." – „Und doch ist er da." Sam blickte sich schnell um und sagte, als er keinen Menschen bemerkte, kopfschüttelnd:

„Wo denn? Ihr müßtet es gerade selbst sein." – „So ist es auch. Ich bin Tan-ni-kay." – „Tan-ni-kay! Ihr? Ihr?"

Der Dicke fuhr um einige Schritte zurück, starrte Steinbach an und lachte auf:

„Ihr, der Fürst der Bleichgesichter? Das ist lustig." – „Mag es Euch immerhin lustig erscheinen. In einigen Minuten wird es um so ernsthafter werden. Denkt an unser Zusammentreffen, an mein Pferd; es ist das beste der Prärie; die Starke Hand hat es mir geschenkt. Erinnert Euch ferner, wie ich Tim und Jim und dann auch Euch belehrt habe? Denkt auch daran, daß ich mit nur zwei Apachen gestern abend den roten Burkers mit seiner ganzen Bande gefangengenommen habe und daß ich jetzt mit einer selbst für Euch wunderbaren Schnelligkeit und Sicherheit den Lagerplatz dieser Maricopas entdeckte. Wenn Ihr dann noch zweifelt, so ist Euch nicht zu helfen." – „Alle neunundneunzigtausend Himmelelemente! Soll ich es denn wirklich glauben?" – „Ja doch." – „Na, ich möchte wohl. Aber es fehlt mir so verschiedenes an Euch." – „Was denn zum Beispiel?" – „Euer berühmtes Gewehr." – „Das habe ich ja bei mir."

Steinbach schlug dabei mit der Hand an die Axt die im Lederfutteral an seinem Gürtel hing.

„Ist es etwa die Axt hier?" – „Ja. Sie ist Axt und zugleich Gewehr." – „Donnerwetter! Wer hätte das gedacht!" – „Also fragt nicht erst weiter! Ich möchte keine Zeit verlieren. Hier meine Hand und mein Wort darauf, daß ich der Fürst der Bleichgesichter bin."

Steinbach streckte Sam die Hand entgegen. Dieser schlug ein und meinte, indem seine Äuglein leuchteten und sein ganzes Vollmondgesicht vor heller Freude glänzte:

„Bei Gott, jetzt ist es mir, als ob ich mit Blindheit geschlagen gewesen sei und als ob mir die Schuppen von den Augen fallen. Ja, Ihr habt ganz die Gestalt und das Wesen des Fürsten, wie man mir ihn beschrieben hat. Also topp, topp, ich glaube es! Doch wollt Ihr denn wirklich mit diesem Mädchen sprechen?" – „Ich muß! Und auch Ihr sollt an dem Wagnis teilnehmen, nämlich als Wächter. Ich habe viel von Euch gehört, ich schätze Euch. Ihr seid der Mann, mit dem man so etwas unternehmen kann. Bleibt also hier verborgen. Kehre ich zurück, ist es gut. Hört Ihr aber sechs Schüsse schnell hintereinander, so ist es meine Büchse. Dann bin ich gefangen, wenngleich auch nicht tot, denn ich nehme mich in acht. Reitet in diesem Fall zurück nach der Mission, um es zu melden. Die Starke Hand wird dann schon wissen, was zu tun ist." – „Ich weiß es bereits jetzt. Hier soll ich bleiben? Euch allein gehen lassen? Fällt mir gar nicht ein. Da kennt Ihr freilich den dicken Sam Barth schlecht! Er ist nicht der Mann, einen Gefährten in irgendeiner Gefahr stecken oder gar umkommen zu lassen. Ich gehe mit!" – „Vielleicht wird durch Eure Begleitung die Gefahr vermehrt anstatt verringert." – „Oho! Haltet Ihr mich für einen Kindskopf?" – „Nein. Fehler werdet Ihr wohl nicht machen. Aber ein einzelner vermag sich jedenfalls leichter einzuschleichen als zwei." – „Wenn Ihr wirklich in Gefahr kommt, so ist es gerade gut, daß Ihr einen Begleiter habt. Nein. Ich habe mich förmlich gesehnt, den Fürsten der Bleichgesichter einmal zu treffen. Da nun nicht nur dieser Wunsch in Erfüllung gegangen ist, sondern ich sogar einen gefährlichen Streifzug mit Euch unternehme, will ich diese Gunst des Schicksals auch gehörig ausnützen und mich mit Euch ins Wasser stürzen. Ich gebe Euch nicht nur mein Ehren- sondern sogar mein Savannenwort, daß ich keinen Fehler machen werde. Sam Barth ist als ein guter Westmann bekannt und wird sich doch heute, wo er die Ehre hat, zum ersten Male mit Euch einen Streich auszuführen, nicht etwa blamieren. Das werdet Ihr mir wohl glauben." – „Ich sage Euch dennoch aufrichtig, daß ich lieber allein gehe und Euch, sozusagen, als Reserve zurücklasse, aber ich will Euch nicht wehe tun. Ihr könntet denken, daß ich kein Vertrauen zu Euch habe, und das will ich vermeiden. Einen Rat muß ich Euch aber trotz allem Wohlwollen, das ich für Euch empfinde, doch geben. Nämlich den: Achtet niemals einen Mann gering, den Ihr noch nicht genau kennt. Wenn ich einen anderen Charakter gehabt hätte, so wäre es leicht zu einem Zusammenstoß zwischen uns beiden gekommen, bei dem Ihr wohl den kürzeren gezogen hättet. Ihr habt Eure Ausdrücke zwar stets halb scherzhaft gemeint, fünfzig Prozent Ernst aber waren dabei, und die hätte Euch jeder andere übelgenommen." – „Das ist wahr", gestand Sam aufrichtig. „Ihr habt eben gewußt, wie sehr überlegen Ihr mir seid, und so habt Ihr Euch so großmütig gegen mich verhalten wie der Löwe gegen das kleine Hündchen, das man zu ihm in den Käfig steckt. Er frißt es nicht, obgleich es nur eines Schluckes bedarf. Das Kerlchen ist ihm eben zu gering und zu klein. Aber wir versäumen hier unsere beste Zeit ..." – „Ja. So lange Plaudereien in der Nähe eines solchen Feindes zu wagen, das können eben nur Männer, wie wir sind. Jetzt aber haben wir lange genug gesprochen und wollen nun handeln!" – „So macht mir Eure Vorschläge!" – „Die werden nicht sehr komplizierter Natur sein. Die Indsmen scheinen gerade hinter der Einbuchtung zu kampieren. Wir schlagen also einen Bogen, indem wir dorthin zurückkehren, wo wir die Pferde gelassen haben, und kommen dann von hinten an die Roten. Aber ich bitte Euch sehr, vermeidet jedes, auch das kleinste Geräusch und vertilgt jede Spur hinter dem einen Fuß, ehe Ihr den anderen vorwärts bewegt. Hat man den Fuß emporgehoben, so fährt man, zurückblickend, mit der Spitze desselben über die Stelle, auf der er geruht hat. Kein Zweig, kein Ästchen darf zertreten und zerknickt werden. Jedes unbedeutende Geräusch kann bei dem scharfen Gehör der Indianer zum Verräter werden." – „Und wenn wir dennoch bemerkt werden, wenn man auch nur einen von uns sieht, was tun wir da?" – „Mich werden sie nicht sehen, das weiß ich sehr genau." – Mich auch nicht." – „Wollen aber das Schlimmere annehmen. Werden wir beide bemerkt, so können wir nichts anderes tun, als schleunigst unsere Pferde aufsuchen, um uns aus dem Staube zu machen. Wird nur einer gesehen, so entfernt sich auch dieser, aber nicht nach den Pferden zu, weil dann dem anderen der Ritt abgeschnitten wird. Übrigens bleiben wir wohl zusammen oder uns wenigstens so nahe, daß wir uns auf alle Fälle ein Wort sagen können, wie wir uns verhalten wollen. Kommt jetzt!"

Sie schlichen wieder zurück, an ihren Pferden vorüber und in einem großen Bogen um die Bucht herum. Dabei waren sie peinlich darauf bedacht, alle ihre Spuren auf das sorgfältigste zu verwischen.

24. KAPITEL

Am Wasser war zunächst ein nicht sehr breiter Raum von Buschwerk, dann gab es hohen Wald, der ganz ausschließlich aus solchen Bäumen bestand, die im Westen Deepbranch- oder Greatleafbäume genannt werden. Zuweilen heißt man sie auch Straightwoods. Diese Ausdrücke bedeuten in der hier angegebenen Reihenfolge: Tiefast-, Großblatt- und Geradeholzbäume. Aus diesen

Namen läßt sich auch ohne weitere Beschreibung auf den Bau dieser Riesen des Lauburwaldes schließen. Sie sind von bedeutender Höhe und Stärke. Ihre Zweige beginnen bereits zwei Fuß über dem Boden. Die Hauptäste sind oft über mannesstark und stehen schnurgerade im rechten Winkel vom Stamm ab, so daß man leicht auf ihnen wie ein Seiltänzer laufen kann. Die Blätter gleichen beziehentlich der Gestalt denen unserer Walnußbäume, sind aber bedeutend größer und bilden ein sehr dichtes Laubwerk. Diese Art Bäume stehen zwar niemals nahe beieinander; aber die Äste erreichen eine sehr ansehnliche Länge; das Astwerk des einen Baumes erstreckt sich häufig in dasjenige des anderen hinein, und so bildet ein solcher Wald mit seinen verschiedenen Astlagen ein dichtes, grünes, aus vielen Etagen bestehendes Dach, unter dem man der Niedrigkeit der Äste wegen zwar nicht gut gehen kann, aber einen trefflichen Schutz vor Regen und – vor Entdeckung findet.

Ein geübter Kletterer, oder vielmehr einer, der es versteht, sich gut im Gleichgewicht zu erhalten, kann da oben in den Laubetagen auf den starken Ästen von Baum zu Baum balancieren, ohne unten bemerkt zu werden. Freilich muß er sich hüten, einen Zweig zu knicken oder ein anderes Geräusch zu verursachen, sonst ist er, falls sich Indianer unten befinden, verloren. Steinbach und Sam hatten den Saum der Büsche durchdrungen und wollten nun in den Wald, unter dessen Dach die Roten zu stecken schienen. Da ließ sich das Schnauben eines Pferdes vernehmen.

„Halt, Master!“ flüsterte Steinbach. „Wahrscheinlich haben sie ihre Tiere in der Nähe. Es ist immer besser, zu wissen, wie es mit diesen beschaffen ist. Sehen wir sie uns also zuvor an. Ich möchte mich überzeugen, ob sich eine Wache dabei befindet.“

Sie krochen nun am Boden hin, in der Richtung weiter, aus der das Schnauben gehört worden war, und umschlichen, immer von den Sträuchern gedeckt, zwischen dem Buschsaum und dem eigentlichen Wald eine ziemlich große, mit Gras bewachsene Blöße, auf der eine bedeutende Anzahl Pferde weidete. Sie zählten dreihundert und einige Tiere, die an den Vorderfüßen gefesselt waren, so daß sie nicht entfliehen konnten.

„Ich sehe keine Wache“, meinte Sam. – „Ich auch nicht. Die Roten fühlen sich hier vollständig sicher. Sapperment! Bemerkt Ihr dort die beiden Goldfüchse?“ – „Ja. Prächtige Tiere. Die werden sicher nicht von gewöhnlichen Indsman geritten.“ – „Nein, gewiß nicht. Ich bin kein Pferdedieb, aber wenn ich Verwendung für diese Pferde hätte und nicht berücksichtigen müßte, daß dadurch unsere Anwesenheit verraten würde, so holte ich sie mir heraus. Machen wir vorwärts, in den Wald hinein!"

Als sie sich, versteckt von den unteren Zweigen, die fast den Boden berührten, zwischen den hohen, starken Stämmen befanden, schnoberte Sam mit der Nase und fragte:

„Riecht Ihr nichts, Sir?" – „O doch! Sie haben ein Feuer und braten." – „Aber was?" – „Fische." – „Ja. Ihr habt eine ebensogute Nase wie ich. Aber woher kommt der Geruch? Hier mitten im Blätterwerk täuscht man sich." – „Dort vom Fluß her." – „Scheint mir auch so. Dahin müssen wir also." – „Ja. Hm! Wenn ich wüßte!"

Steinbach richtete dabei den Blick prüfend empor und dann auf die Gestalt des Dicken.

„Was?" fragte dieser. – „Ob Ihr klettern könnt." – „Wie ein Eichkätzchen." – „Na! Das ist bei Eurem Körperbau nicht leicht zu glauben." – „Pshaw! Der Bär ist auch nicht gebaut wie ein Bandwurm und klettert doch ausgezeichnet. Ich versichere Euch, daß Ihr Euch in dieser Beziehung wirklich auf mich verlassen könnt, Sir." – „Ich halte es nämlich für geratener, hinaufzusteigen und da oben von Ast zu Ast weiterzuklettern." – „Ich bin dabei." – „Aber wenn Ihr stürzt. . ." – „Unsinn! Das zu denken, ist geradeso dumm, als wenn Ihr nicht glauben wolltet, daß der Aal schwimmen kann oder der Falke fliegen. Paßt auf!"

Sam warf das Gewehr über die Schulter, ergriff einen starken Ast, der sich hier in Manneshöhe befand, und saß im nächsten Augenblick oben. Eine kleine Entfernung weiter empor ragte ein zweiter und dann ein dritter Ast in das Zweigwerk des nächsten Baumes hinein. Ein Schwung und noch einer, und Sam saß oben in der zweiten Laubetage, so daß Steinbach ihn gar nicht mehr sehen konnte.

Letzterer nickte befriedigt vor sich hin. In zwei Sekunden saß auch er oben bei Sam.

„Na, was meint Ihr dazu?" fragte dieser. – „Gut gemacht, was das Emporkommen betrifft. Aber ob das Vorwärtsklettern auch so gut gelingt, das müßt Ihr erst beweisen." – „So paßt auf!"

Sam wollte vorwärts. Steinbach aber hielt ihn fest und sagte in warnendem Ton:

„Halt! Keine Unvorsichtigkeit! Hier stecken wir hinter dem Stamm. Ehe wir diese Deckung verlassen, müssen wir uns erst überzeugen, daß wir sicher sind. Es können auch andere Leute auf den Gedanken gekommen sein, hier oben herumzuspazieren." – „Wie ich die Indsmen kenne, so sind sie nicht sehr große Freunde vom Klettern." – „Das ist wahr. Zudem wohnen die Maricopas in den offenen Ebenen am Rio Gila, wo es außer Kaktus keine Pflanzen gibt. Viel Übung im Klettern ist ihnen also nicht zuzutrauen. Aber dennoch müssen wir vorsichtig sein. Wir machen es in der Weise, daß ich stets vorangehe. Am nächsten Stamm angekommen, sehe ich mich genau um. Bemerke ich nichts Verdächtiges, so winke ich, und Ihr kommt nach. Hier sehe ich keinen Menschen, wir können also weiter."

Steinbach stellte sich aufrecht auf den über mannesstarken Ast und balancierte auf demselben vorwärts, bis er einen gleichen Ast des nächsten Baumes erreichte, auf dem er dann, ebenso gerade aufgerichtet, nach dem Stamm desselben schritt. Hinter diesem kauerte er sich nieder und musterte die Umgebung. Darauf gab er den Wink. Sam folgte ihm, und zwar mit einer Gewandtheit und Sicherheit, die Steinbach vollkommen zufriedenstellte.

Auf diese Weise bewegten sie sich von Baum zu Baum vorwärts. Doch je weiter sie kamen, desto größere Vorsicht wandte Steinbach an, und Sam tat desgleichen. Es war wirklich ein Kunststück, das diese beiden vollbrachten; sie verursachten nicht das mindeste Geräusch, kein Zweiglein, kein Blatt fiel herab. Ihre Bewegungen waren so gewandt, daß die Äste sich gar nicht bewegten, obgleich beide eine ziemliche Schwere besaßen.

Plötzlich hörte der Wald auf. Einer jener Stürme, die strichweise, aber mit desto größerer Kraft, durch die Wälder gehen und auf ganzen Flächen die Bäume niederreißen, war dem Lauf des Flusses gefolgt und hatte an dem einen Ufer desselben weithin die stärksten Bäume entwurzelt und übereinandergestürzt. Es war ein vollständig undurchdringliches Chaos entstanden, und am Rand desselben hatten sich die Indianer gelagert.

Von dem hohen Standpunkt der beiden Jäger aus konnten sie wohl bemerken, daß die Roten den Hurrikan, wie man die Stürme und demzufolge auch die verwüsteten Stellen nennt, auf der einen Seite umgangen hatten, um an den Fluß zu kommen. Dort saßen viele von ihnen mit Angeln beschäftigt am Ufer, eine lange Reihe bewegungsloser Gestalten. Diejenigen, die bereits etwas gefangen hatten, waren nach diesseits zurückgekehrt und brieten ihre Beute, nachdem sie mit den Kriegsbeilen Löcher in den Boden gemacht, dann Feuer darüber angezündet und die Fische, ohne sie vorher auszunehmen, in die glühende Asche gelegt hatten.

Eben nahm einer ein großes Exemplar heraus und biß hinein.

„Pfui Teufel!" kicherte Sam leise. „So einen Fisch mit sämtlichen Eingeweiden zu fressen, das bringt eben auch nur so ein roter Kerl fertig!" – „Pah! Wir Weißen essen noch andere Dinge!" –

„Was denn?“ – „Ist nicht Käse verfaulte Milch?“ – „Hm! Schmeckt aber fein!“ – „Indianische Vogelnester!“ – „Kenne ich nicht.“ – „Schnecken! Schnepfendreck.“ – „Brrr! Ja, es gibt auch unter den Weißen so richtige Schweinigel.“ – „Donnerwetter!“ – „Was gibt es?“ fragte Steinbach rasch. – „Dort ist das Mädchen.“ – „Wo?“ – „Seht Ihr den starken Baum da, den zweiten? Sein Stamm liegt über einem anderen. Das gibt ein Schlupfloch, in diesem hat die Miß gesteckt. Ah, jetzt tritt sie hervor.“ – „In der Tat! Aber sie ist gebunden.“ – „Leider! Verdammte Geschichte! Man hat sie an das eine Ende des Lassos festgemacht, das andere hat sich der rote Kerl, der an seinem Fischkopf knabberte, um den Arm gebunden. Es ist also unmöglich, unbemerkt mit ihr zu sprechen.“ – „Vielleicht doch.“ – „Wenn Ihr das Leben riskiert, ja.“ – „Hm! Der Lasso ist lang, fünfundzwanzig bis dreißig Meter. Die Miß hat also ziemlich weiten Spielraum. Wenn wir auf den Baum gelangen können, der ihr am nächsten steht, und ihr einen Wink geben, so ...“ – „So wird sie vor Schreck schreien, und man nimmt uns beim Schopf.“ – „So schnell geht das nicht. Versuchen wir es!“ – „So müssen wir eine Strecke zurück. Hier am Rand des Hurrikans können wir nicht hinklettern. Da würde man uns bald bemerken.“

Sie kehrten nunmehr eine kurze Strecke zurück, und bald gelang es ihnen, Äste zu finden, die in die angegebene Richtung führten. Sam blieb auf dem vorletzten Baum zurück; Steinbach aber kletterte, allerdings sein Leben wagend, nach demjenigen, der am Rand stand. Seitwärts desselben, etwa zwanzig Meter entfernt, saß der Indianer am Feuer. Die Gefangene, die mit ihm zusammengebunden war, stand um vieles näher, und der Lasso war so lang, daß sie bis unter das Gezweig herankommen konnte.

Steinbach hätte, um von ihr gehört zu werden, ein ziemlich lautes Zeichen geben müssen. Daher wagte er lieber etwas anderes. Er stieg einen Ast tiefer herab, legt sich lang auf denselben und kroch so weit nach außen, als es möglich war, ohne daß der Ast sich senkte. Jetzt war er höchstens acht Meter von ihr entfernt und konnte ihr Gesicht ganz deutlich sehen. Sie besaß allerdings eine geradezu wunderbare Ähnlichkeit mit Tschita, war es aber doch wieder nicht. Steinbach sah, daß sie jünger war als Tschita. Ihr schönes Gesichtchen war bleich, sehr bleich, wohl vor Gram und Angst und jedenfalls auch vor körperlicher Anstrengung und Entbehrung. Sie blickte, in traurige Gedanken versunken, zu Boden, und ein schwerer Seufzer nach dem anderen hob die jugendliche Brust, als sie so, mit dem Gesicht von dem Indianer abgewandt, dastand. Steinbach glaubte, es wagen zu können.

„Pst!" machte er.

Sie hörte es nicht, denn er hatte natürlich nicht so laut sein dürfen, daß der Indianer es vernehmen konnte.

„Pst!" Da fuhr sie zusammen und drehte sich nach dem Indianer um. Aber sogleich zuckte es wie eine plötzliche Erkenntnis über ihr Gesicht. Sich erinnernd, daß ein Indianer niemals das „Pst" gebraucht, hatte sie sich wieder herumgedreht und lauschte. Da klang es leise:

„Señorita!"

Steinbach hatte sich diese spanischen Wortes bedient, weil das Mädchen die Tracht von Sonora trug, wo spanisch gesprochen wird. Jetzt hob sie das Köpfchen ein wenig und blickte nach oben, und es schoß rot und bleich über ihre Wangen.

„Señorita!" wiederholte Steinbach.

Nun hatte sie es deutlich verstanden und wußte auch, wo der Sprecher sich befand. Sie zuckte mit beiden Händen nach dem Herzen und wankte; fast hatte es den Anschein, als ob sie umfallen werde. Aber sie kämpfte den freudigen Schreck nieder und besann sich noch zur rechten Zeit.

Wie um sich ein Sträußchen des flockigen Mooses zu sammeln, bückte sie sich nieder und kam langsam näher, soweit der Lasso reichte. Der Indianer merkte es. Er blickte finster vor sich hin; aber als er sah, daß sie das Moos ausraufte, wandte er sein Gesicht wieder dem Feuer zu. Sie war ihm ja sicher. Sie konnte den Knoten des Lassos, der sich auf ihrem Rücken befand, nicht lösen und hatte auch kein Messer, den Riemen zu durchschneiden.

Jetzt erhob sie sich aus ihrer gebückten Lage und raunte, ohne daß sie den Kopf nach oben hob, vor sich hin:

„Quien habla – wer spricht?" – „Soy tu amigo – ich bin ein Freund von dir."

Da leuchtete es in ihren schönen blauen Augen wonnig auf.

„Señor Carlos?" fragte sie. – „No" – „O ayme." – „Pero soy un hombre blanco – aber ich bin ein Weißer!"

Hatte sie erst einen Ruf des Bedauerns geflüstert, als sie vernahm, daß Steinbach nicht Señor Carlos, jedenfalls ein Bekannter von ihr, war, so sagte sie jetzt:

„Bendito sea Dios – gelobt sei Gott!" – „Soy un aleman – ich bin ein Deutscher."

Ob er vielleicht erwartete, daß sie ihm hierauf in deutscher Sprache antworten werde? Schwerlich. Aber dennoch sagte sie deutsch, indem ihr Gesichtchen vor Wonne leuchtete:

„Mein Gott! Ist es möglich!" – „Sie sprechen deutsch? Sind sie eine Deutsche?" – „Von Geburt." – „Wie heißen Sie?" – „Magdalena Hauser. Man nennt mich Magda. – „Wo wohnen Sie?" – „Ich weiß es nicht; weit von hier." – „Sie müssen doch den Namen Ihres Wohnortes kennen!" – „Ich kenne ihn nicht. Es ist ein Quecksilberbergwerk und liegt in einer entsetzlichen Einöde." – „Haben Sie Verwandte?" – „Vater und Mutter." – „Was ist ihr Vater?" – „Er arbeitet unten im Bergwerk und Mutter auch. Sie kommen nie an das Tageslicht."

Bei diesen Worten flossen ihr sofort die Tränen aus den Augen.

„Um Gottes willen, bücken Sie sich. Der Indianer blickt hierher!"

Sie tat, als ob sie Moos abpflücke. Der Rote beruhigte sich und drehte sich wieder um.

„Wie kommen Sie unter die Indianer?" erkundigte Steinbach sich weiter. – „Roulin hat mich ihnen übergeben." – „Wer ist das?" – „Der Besitzer des Quecksilberbergwerkes." – „Was sollen Sie bei den Roten?" – „Mein Gott! Ich soll geopfert, verbrannt werden." – „Warum?" – „Weil ich nicht Roulins Weib werden will." – „Ah, so! Wo sollen sie verbrannt werden?" – „Am Silbersee." – „Dorthin also wollen die Maricopas?" – „Ja. Heute abend wollen sie dort sein. O mein Heiland! Mein Herr und Gott! Wäre ich doch schon tot!" – „Beruhigen Sie sich. Ich werde Sie retten." – „Können Sie das denn?" – „Ich hoffe es." – „Was sind Sie?" – „Ich bin Jäger. Es sind mehrere bei mir, droben am Silbersee. Wir wissen, daß die Maricopas kommen wollen, und ich bin als Kundschafter hierhergegangen. Ich sah Sie am Wasser und habe mich herbeigeschlichen, um womöglich mit Ihnen zu sprechen." – „Oh, wie danke ich Ihnen. Gott wird es vergelten." – „Wie viele Häuptlinge sind da?" – „Nur einer." – „Wie heißt er?" – „Der Eiserne Mund. Er hat seine beiden jungen Söhne mit, die die Kriegsprobe ablegen sollen." – „Ah! Ich vermute, diese beiden Kerle haben auf zwei Goldfüchsen gesessen?" – „Ja, das sind ihre Pferde." – „Wo befindet sich der Häuptling?" – „Dort rechts. Sie haben ihm eine Hütte gebaut. Roulin ist bei ihm." – „Ah! Dieser Mann ist anwesend?" – „Ja. Er hat, als ich seine Hand ausschlug, Vater und Mutter in das Bergwerk gesteckt, und nun soll ich, da er auch damit seinen Zweck nicht erreichte, verbrannt werden." – „Hm. Es ist mir das unerklärlich; aber ich kann nicht lange fragen. Ich werde jedenfalls noch weiteres droben am See erfahren. Mein Zweck ist erreicht. Ich habe Ihnen gesagt, daß ich Sie retten werde. Also haben Sie keine Sorge und vertrauen Sie Gott, dem Herrn. Nur eins noch: Woher stammen Ihre Eltern?" – „Ich weiß es nicht." – „Aber Sie müssen mit ihnen doch davon gesprochen haben!" – „Das durfte ich nicht." – „Haben Sie keine Geschwister?" – „Nein." – „Auch keine gehabt?" – „Auch nicht." – „Welchen Vornamen hat Ihr Vater?" – „Friedrich." – „Und wie nennen Sie Ihre Mutter?" – „Ich sage nur Mama zu ihr." – „Wie aber sagt Ihr Vater zu ihr?" – „Sind Leute dabei, so nennt er sie Anna, sind sie aber allein, so sagt er gnädige Frau zu ihr." – „Hm. Aber ihr Vater muß doch etwas sein? Er muß doch gearbeitet haben?" – „Er ist nichts; er hat nicht gearbeitet; jetzt nur arbeitet er im Bergwerk. Mein Gott, er wird bald sterben und Mutter auch!"

Ihre Tränen begannen von neuem zu fließen. Da wandte der Indianer den Kopf zu ihr und erhob sich langsam, als er sie in der auffälligen Haltung stehen sah. Er schien Verdacht zu fassen.

„Um Gottes willen!" flüsterte Steinbach. „Er kommt! Gehen Sie. Wir sehen uns wieder. Gott sei mit Ihnen!"

Sie war geistesgegenwärtig genug, seinem Rat sofort zu gehorchen. Wie in tiefe Gedanken versunken, ging sie nach dem umgestürzten Baum zurück, unter dem sie vorher gestanden hatte und setzte sich dort wieder nieder. Der Indsman blickte ihr scharf nach, trat näher und betrachtete den Boden, wo sie das Moos gepflückt hatte. Sodann erhob er den Blick nach oben in die Zweige, wo Steinbach im höchsten Fall fünf Meter über ihm lag. Es war ein gefährlicher Moment, aber er ging glücklich vorüber, und der Rote kehrte an sein Feuer zurück.

Steinbach kroch rückwärts bis zum Stamm und erhob sich dort. Er konnte das Mädchen sehen, das zu ihm emporblickte, ohne ihn erkennen zu können. Es war ihm weh ums Herz. Eine zweite Tschita, fast noch schöner und herrlicher, schien sie doch geistig nicht völlig entwickelt zu sein. Sie wußte gar nichts, weder wie ihr Vater hieß, noch den Namen ihres Wohnsitzes. Aber etwas war höchst auffällig: daß ihr Vater ihre Mutter „gnädige Frau" nannte, wenn sie unbeobachtet waren. Das gab zu denken. Irgendein Geheimnis mußte hinter diesem Mädchen stecken, daß diese wunderbare Ähnlichkeit mit Tschita, mit den Familienzügen der Adlerhorsts besaß!

Diese Gedanken drängten sich Steinbach in aller Schnelligkeit auf, doch hatte er keine Zeit, ihnen nachzuhängen, da es nun für ihn und Sam darauf ankam, sich ebenso glücklich zurückzuziehen, wie sie sich herbeigeschlichen hatten. Er fand Sam hinter dem Stamm des zweiten Baumes auf dem Ast zusammengekauert. Der Dicke sagte:

„Die Situation war gar nicht so übel. Der Rote witterte Unrat.

Wie gut, daß das Laub so dicht und die Blätter so schief sitzen, daß man zwar von oben hinab, nicht aber von unten herauf durch das Laub blicken kann! Habt Ihr Wichtiges erfahren?“ – „Darüber bin ich noch im unklaren. Eins hat mich überrascht: Sie ist eine Deutsche.“ – „Sapperment! Das ist doch wunderbar. Abermals deutsch. Wir haben da die doppelte Verpflichtung, sie herauszuangeln. Meint Ihr nicht auch?“ – „Ja. Als ich sie unter mir stehen sah, kam mir für einen Augenblick der Gedanke, sie sofort zu entführen.“ – „Das wäre Tollheit gewesen.“ – „Nicht Tollheit gerade, aber unendlich verwegen. Ich habe aber noch Gefährlicheres vollbracht. Ich hätte sicher zugegriffen; aber sie war ja mit dem Roten zusammengebunden und wird also noch bis heute abend gefangen bleiben müssen. Jetzt haben wir nicht Zeit zu einem weiteren Diskurs. Kommt, Master!“ – „Wohin? Gleich fort? Wollen wir nicht weitersuchen?“ – „Allerdings noch ein klein wenig nur. Ich möchte einmal den Häuptling sehen. Er steckt da unten in der Hütte.“ – „Wie heißt er?“ – „Der Eiserne Mund.“ – „Tausend Donner! Von dem habe ich gehört. Er ist ein berüchtigter Kerl, grausam, falsch und treulos sowohl gegen Weiße, wie auch gegen Rote, und ein Dieb, wie es keinen zweiten geben soll. Ich freue mich königlich darauf, ihm eine Ladung auf den roten Pelz zu brennen.“ – „Wenn es möglich ist, machen wie diese Sache ganz ohne Blutvergießen ab.“ – „Das wäre jammerschade. Solches Ungeziefer muß man ausrotten, Sir.“ – „Sie sind auch Menschen.“ – „Na meinetwegen! Ich weiß freilich nicht, wie Ihr es anfangen wollt, ohne Kampf zu Eurem Ziel zu kommen.“ – „List ist oft besser als Gewalt. Ihr wißt das ebensogut wie ich, denn Ihr seid ja als ein sehr durchtriebener Schlaukopf bekannt.“ – „Bin ich das? Hm. Freut mich, Sir.“ – „Ja, das seid Ihr. Darum freue ich mich, Euch bei mir zu haben. Euer Rat kann uns von großem Nutzen sein. Also kommt jetzt da links hinüber. Vielleicht gelingt es uns, den Eisernen Mund von Angesicht zu sehen.“

Sie bewegten sich in der bereits beschriebenen Art und Weise nach der angegebenen Richtung hin. Da sie sich dabei in unmittelbarer Nähe der Indianer befanden, mußten sie ihre Vorsicht nicht nur verdoppeln, sondern verzehnfachen und schritten daher nicht mehr stehend über die Äste hin, sondern auf Händen und Füßen, gerade wie die Affen, auf denselben fort. Der dicke Sam entwickelte dabei eine Gewandtheit, die man ihm bei seiner Leibesbeschaffenheit gar nicht zugetraut hätte.

Da, bereits nach kurzer Zeit, hörten sie Stimmen, denen sie sich näherten. Zwei Männer sprachen in jenem Gemisch von Spanisch und Indianisch, dessen sich die Weißen am Rio Gila bedienen, wenn sie mit den Roten sprechen.

Bald hielten die beiden Jäger oben auf dem Baum, unter dem das Gespräch geführt wurde. Sie konnten die Sprechenden zwar nicht sehen, aber es war ihnen möglich, ein jedes Wort zu verstehen. Dicht am Stamm, auf je einem Ast niedergekauert, lauschten sie.

„Welchen Plan hat der Eiserne Mund entworfen?" fragte einer, der seiner Aussprache nach kein Indianer, sondern ein Weißer war. „Wäre es nicht geraten, List anzuwenden?" – „Welche List meint mein weißer Bruder Sonataka?"

Der dies sagte, war der Häuptling selbst. Er nannte den anderen Sonataka, das heißt so viel wie Silberner Mann. Der betreffende war also höchstwahrscheinlich jener Roulin, Besitzer des Quecksilberbergwerkes, von dem Magda gesprochen hatte. Er wurde, da er Quecksilber grub, von den Indianern der Silberne Mann genannt. Auf die letzte Frage des Häuptlings antwortete er:

„Wir sollen voranreiten und sagen, daß wir den Gräbern der Häuptlinge unsere Verehrung bringen wollen." – „Mögen diese sitzen im finstersten Winkel der ewigen Jagdgründe! Es sind lauter verdammte Apachen und Komantschen." – „Wir sagen ja nur so. Man würde uns dann als Gäste in der Mission aufnehmen. Des Nachts kämen unsere Leute, und wir öffneten ihnen Tor und Türen." – „Das geht nicht." – „Warum nicht? Es ist ja sehr leicht." – „Es ist nicht leicht, es ist sogar gefährlich. Man kennt den Eisernen Mund, würde uns sogleich gefangennehmen, und ich käme an den Marterpfahl zu Ehren der Gräber der Häuptlinge. Nein, dieser Plan taugt nichts, gar nichts."

„So sage einen anderen." – „Was ich tun werde, das weiß ich längst. Es wohnen wenig Leute in der Mission, und ihre Beschützer, die Apachen, sind auf der Jagd. Wir zählen zehn mal drei mal wieder zehn. Wir werden des Nachts das Tal des Silbersees erreichen und die Mission umzingeln. Die Bewohner ahnen nichts. Sie werden überrascht und von uns niedergemacht, ehe es ihnen einfallen kann, sich zu verteidigen. Wir werden sie dann am Marterpfahl verbrennen, wie sie uns verbrennen würden." – „Und die Schätze, die sich dort befinden?" – „Sie sind dein, wie wir besprochen haben. Du wirst sie aber erst dann bekommen, wenn du uns Pulver und Blei dafür gegeben hast, wie zwischen uns ausgemacht worden ist." – „Aber wenn wir das Gold und Silber nicht finden?" – „So werden wir die Taube des Urwaldes so lange peinigen, bis sie uns den Ort sagt." – „Und sie dann töten?" – „Ob ich sie töten werde, weiß ich noch nicht", klang die Stimme des Häuptlings unwirsch. „Ich bin der Anführer der Maricopas und tue, was ich will." – „Du vergißt, daß ich nicht dein Untergebener bin." – „Und du vergißt, daß ein Häuptling niemals sagt, wie er mit dem Feind kämpfen werde. Ich rate dir, dein Mahl zu halten und dann zu schlafen, damit du heute in der Nacht nicht ermüdest."

Man hörte einen nicht ganz unterdrückten Fluch, und dann entfernte sich der Silberne Mann. Die Lauscher blickten durch das Blätterdach. Als er aus dem Schutz des Baumes getreten war, konnten sie ihn sehen. Er mochte wenig über dreißig Jahre zählen.

„Wer ist denn dieser Ehrenmann?" fragte Sam.

Steinbach sagte ihm, was er von Magda erfahren hatte.

„Hm! Schätze rauben, Menschen töten und ein armes, weißes Mädchen verbrennen, weil es ihn nicht leiden kann! Das ist allerliebst. Den Kerl wollen wir einmal das Vaterunser beten lehren, daß es ihm beim Amen angst und bange wird. Was nun? Der Häuptling scheint noch unten zu sitzen." – „Jedenfalls. Ich werde mich einen Ast tiefer hinablassen, um ihn einmal anzusehen." – „Wenn er Euch aber bemerkt!" – „Das geschieht hoffentlich nicht. Wartet hier!" – „Fällt mir nicht ein. Ich will mir den roten Kerl doch auch einmal betrachten."

Sie schwangen sich also eine Astetage tiefer hinab. Da sahen sie, daß aus Buschwerk für den Häuptling eine kleine Hütte errichtet worden war, in deren Dach eine Lanze steckte, an der ein Skalp hing. Der Häuptling selbst saß vor dem Eingang und hatte zwei kleine Farbentöpfe vor sich stehen, in die er abwechselnd den Pinsel tauchte, um sich das Gesicht zu bemalen.

„Gelb und schwarz", sagte Sam flüsternd. „Das sind die Kriegsfarben. Der Kerl meint es also sehr ernst und wird keinen Pardon geben. Doch wer kommt da?"

Soeben eilten längs des Hurrikans zwei junge Indianer herbei, denen man es ansah, daß sie Brüder waren. Sie mochten siebzehn und achtzehn Jahre alt sein. Als sie ihren Vater bei seiner Beschäftigung sahen, blieben sie in erfurchtsvoller Entfernung stehen. Das Bemalen mit den Kriegsfarben ist nämlich stets eine heilige Handlung und darf nicht gestört werden.

Da sie nicht fremd, sondern seine Söhne waren, winkte er sie endlich herbei.

„Was wollen die beiden Finger hier?" fragte er.

Der Ältere antwortete:

„Der Rechte Finger und der Linke Finger kommen zu ihrem

Vater, dem Häuptling, um ihm eine Bitte zu sagen." – „Sagt sie." – „Warum sollen wir hier sitzen unter den Bäumen, wenn wir uns auf dem Kriegspfad befinden? Sind nicht unsere Pferde frisch und mutig? Wir kennen das Ziel des Zuges. Wir wollen Krieger werden und Proben unserer Tüchtigkeit ablegen. Die Jünglinge, die sich einen Namen verdienen wollen, werden stets als Kundschafter ausgesandt. Warum sendet unser Vater, der Eiserne Mund, keine Kundschafter aus? Warum gönnt er uns nicht den Ruhm, mit den Skalps zweier Feinde zurückkehren zu können?"

Diese beiden Indsmen hatten nämlich noch keine festen Namen; sie wurden nur einstweilen Rechter und Linker Finger genannt. Den Namen, den der Indianer für das ganze Leben trägt, bekommt er erst dann, wenn er seine Probe bestanden hat. Der alte Häuptling ließ ein wohlgefälliges Grinsen sehen, das sich auf seinem halbbemalten Gesicht schrecklich ausnahm. Er fühlte sich von der Unternehmenslust seiner Sprößlinge sehr befriedigt.

„Wollen die zwei Finger dem Adler Befehle geben?" antwortete er. „Was versteht ihr von dem Krieg, den wir jetzt führen? Wozu bedarf ich der Botschafter? Ich kenne den Ort genau, an den wir gelangen werden. Durch Botschafter würden wir uns verraten. Die beiden Finger werden beim nächsten Morgengrauen Gelegenheit finden, sich die Skalps der Weißen zu holen. Sie sollen die ersten sein, die in das Gebäude eindringen." – „Wir sind ihrer so viele, und der Bleichgesichter sind so wenige. Die zwei Finger werden keine Skalps bekommen, wenn sie warten. Sie werden voranreiten." – „Ihr bleibt hier!" gebot er. – „Der Eiserne Mund ist streng mit seinen Söhnen. Wir haben hier unsere Messer, Köcher, Pfeile und Bogen. Sollen wir damit nichts schießen als Nisch-yuknovan?"

Dieses letzere Wort bedeutet Schmetterlinge. Der Falter ist wegen seines unregelmäßigen Zickzackfluges außerordentlich schwer zu schießen. Darum üben sich die Indianerknaben mit ihren kleinen Pfeilen auf dieser Jagd. Später aber, wenn sie mannbar geworden sind, schämen sie sich ihrer.

„Schießt so lange Nisch-yuknovan, bis ihr gelernt habt, dem Häuptling zu gehorchen."

Die jungen Indianer blickten einander fragend an und wandten sich dann rasch ab, um sich in den Wald zu entfernen. Es war ihren trotzigen Mienen anzusehen, daß sie gewillt waren nicht zu gehorchen, sondern irgend etwas zu tun, was ihnen Ruhm und Ehre brachte.

Der Alte dachte das gewiß, denn er brummte wohlgefällig vor

sich hin, und die beiden Lauscher verstanden das Wort „Okameka", das so viel wie „junge Löwen" bedeutet.

„Die begehen irgendeine Dummheit", flüsterte Sam. – „Das werden wir sehr gut benutzen. Folgt mir! Aber etwas langsamer als ich, und macht Euern Lasso los, Master Barth." – „Warum?" – „Werdet es sogleich sehen."

Steinbach eilte mit wahrhaft unbegreiflicher Leichtigkeit von Ast zu Ast, von Baum zu Baum, in der Richtung fort, in der die beiden Indsmen gegangen waren. Er befand sich oben im Gezweig, legte sich auf den Ast und hielt den Kopf unter die Zweige hinab, um Umschau zu halten. Kein Mensch war in der Nähe.

Da schwang er sich schnell hinab. En leiser Sprung, und er befand sich hart hinter den beiden und ergriff, seine Arme ausstreckend, natürlich von hinten, hüben den einen und drüben den anderen beim Hals, dann drückte er seine Finger fest zusammen. Sofort verloren die Indianer den Atem und die Besinnung. Sie hatten auch nicht den geringsten Laut ausgestoßen.

„Donnerwetter Sir!" klang Sams Stimme gedämpft von oben herab. „Ich dachte mir so etwas. Sieht es denn jemand?" – „Jetzt nicht, aber es kann in jedem Augenblick jemand kommen. Schnell, nehmt einen hinauf."

Mit diesen Worten hob Steinbach den einen der Gefangenen empor, Sam zog denselben schleunigst zu sich hinauf und gleich darauf den zweiten. Steinbach aber schwang sich zu ihm empor, band sie mit Sams Lasso zusammen, stieg dann einen Ast höher und zog sie da hinauf. Sam folgte. Sie konnten unten nicht bemerkt werden.

„Ein Geniestreich! Ein Geniestreich!" kicherte Sam. „Hoffentlich leben sie noch. Es wäre jammerschade, wenn Ihr den süßen Kinderchens wehe getan hättet!" – „Sie sind nicht tot. Sie sollen mir dazu dienen, die Geschichte ohne Blutvergießen zu beendigen." – „Ah! Als Geiseln?"

„Ja. Jetzt zu den Pferden." – „Unsinn! Wir haben ja die unsrigen. Die tragen die beiden Puppen auch noch mit." – „Nein. Wir nehmen die Goldfüchse. Der alte Häuptling muß denken, daß sie aus Verlangen, sich auszuzeichnen, dem Stamm als Kundschafter vorangeritten sind." – „Hm! Nicht übel. Auf diese Weise bekommen wir auch die Goldfüchse. Und Euch habe ich für dumm gehalten, Sir, und geglaubt, daß Ihr ein Herlasgrüner seid! Das ist der größte Schwabenstreich, den ich je begangen habe." – „Macht ihn heute wieder gut. Vorwärts!" – „Könnt Ihr denn alle beide tragen?" – „Natürlich. Kommt nur."

Steinbach balancierte, die zwei zusammengebundenen Gefangenen in den Armen, voran. Es war das höchst schwierig, sogar gefährlich, bei diesem riesenstarken und so außerordentlich gewandten Mann aber sah es aus, als ob er nur so spiele.

So gelangten sie schnell an den Rand des Waldes, wo derselbe an den Weideplatz stieß. Dort mußte Sam von Ast zu Ast zur Erde niederspringen. Nachdem er sich überzeugt hatte, daß niemand zugegen sei, ließ ihm Steinbach auch die Gefangenen am Lasso herab und folgte endlich selbst nach.

„Jetzt zunächst Knebel in den Mund", gebot er dann – „Wovon diese machen?" – „Von Gras. Wir haben nichts anderes. Wenn wir es fest zusammenballen, wird es wohl dazu zu verwenden sein. Schnell, Master Barth."

Nachdem den Gefangenen diese Knebel in den Mund geschoben worden waren, so daß sie beim Erwachen nicht zu sprechen oder gar nach Hilfe zu rufen vermochten, wurden sie zu der Stelle getragen, an der sich ihre beiden Goldfüchse befanden. Diese waren gesattelt, ein Umstand, der den beiden Jägern sehr zustatten kam. Die beiden dreißig Meter langen Lassos aber reichten mehr als zu, die Jünglinge, deren Füße unter dem Bauch des Pferdes weg von den Riemen gehalten wurden, auf den Pferden festzubinden.

Während dies geschah, wachten sie auf. Ihre Gesichter zeugten von der Größe ihres Schreckes. Sie konnten nichts weiter tun, als eine Art Röcheln auszustoßen, und waren gezwungen, sich widerstandslos in ihr Schicksal zu ergeben.

Die beiden Weißen hatten die Pfeile der Roten wohlweislich mitgenommen. Wären diese liegengeblieben, so hätten sie als Verräter dienen können.

„Jetzt werde ich diese Pferde eine Strecke flußaufwärts führen", sagte Steinbach. „Ihr, Sam, geht unterdessen zu den unsrigen, reitet sie in das Wasser und schwimmt in derselben Richtung aufwärts, damit man keine Spuren findet."

Als Steinbach den Fluß erreichte, hatte er nicht lange zu warten, so kam der Dicke herbei.

„Ihr habt doch die Spuren im Gebüsch verwischt?" fragte er diesen. – „Meint Ihr wirklich, daß ich so dumm bin und es nicht getan hätte? Ich will den Indsman sehen, der auf den Gedanken kommt, daß die Herrn Maricopas so hohen und exzellenten Besuch gehabt haben." – „Schön! Man wird die Spuren dieser beiden Pferde sehen und ihnen ein Stückchen folgen. Auf eine Fährte von vier Pferden darf man nicht stoßen, sonst sind wir verraten.

Wir trennen uns also jetzt. Ihr nehmt einen Gefangenen und setzt über den Fluß. Ich nehme den anderen, schwimme noch eine Strecke hinauf, reite im Uferwasser weiter, bis es mir genügend erscheint, setze dann auch über und reite einen Bogen, um unsere beiden Fährten, so weit wie möglich, auseinanderzubringen." – „Und wo treffen wir uns?" – „Am letzten Vorberg, an dem wir früh vorüber gekommen sind. Könnt Ihr Euch besinnen, daß am Fuß desselben das ausgetrocknete Bett eines Baches zu sehen war?" – „Seht genau, Sir." – „Dort treffen wir zusammen. Wer zuerst dort ankommt, der wartet." – „Das werde ich sein, da Ihr einen Bogen reitet." – „Wollen sehen. Ihr wollt noch immer nicht glauben, daß mein Rapphengst etwas wert ist." – „Hm! Sollte mich wundern, wenn ich später käme als Ihr. Aber erlaubt vorher, Sir! Ich meine nämlich gerade so wir Ihr, daß die Roten hier diese beiden Waisenknaben vermissen und nach ihnen suchen werden. Sie finden, daß die Goldfüchse fehlen, und folgen ihren Spuren. Hier gehen die zwei Tiere in das Wasser, am jenseitigen Ufer aber steigt nur ein Goldfuchs nebst meinem Braunen heraus. Wenn sie das nun bemerken? Wenn sie nun sehen, daß eins der Pferde umgewechselt worden ist!" – „Das werden sie nicht, denn die Goldfüchse sind auch beschlagen, was mich sehr wundert! Ich vermute daher, daß sie gestohlen worden sind. Bei den Maricopas soll es keine Schmiede geben. Euer Brauner wird keine andere Spur machen als das Indianerpferd. Übrigens könnt Ihr Euch darauf verlassen, daß die Indsmen gar kein Mißtrauen haben werden. Sie werden sich die Spuren nur flüchtig ansehen und dabei erkennen, daß die zwei Finger auf ihren Pferden das Lager verlassen haben, über den Fluß gesetzt sind und höchstwahrscheinlich die Absicht verfolgt haben, nach dem Silbersee voranzureiten, um sich als Kundschafter ihre Rittersporen zu verdienen. Das ist eigentlich eine Unbotmäßigkeit, die aber von jungen Leuten, die sich sehnen, den Namen eines Kriegers zu erlangen, sehr oft begangen wird. Es kann das freilich zu irgendeiner Unzuträglichkeit führen, und darum wird der alte Eiserne Mund ein wenig ungehalten auf seine beiden Finger sein, im stillen aber wird er sich doch über ihren Mut und Unternehmungsgeist freuen. Keinesfalls jedoch wird er auf den Gedanken kommen, daß sie inmitten des Lagers gefangengenommen, aus demselben entführt und dann in aller Gemütlichkeit nach dem Silbersee gebracht worden sind." – „Hm, ja! Das leuchtet allerdings ein! Der Alte sagte zu ihnen, daß sie die ersten sein sollten, die Mission zu betreten. Wir tun ihm den Gefallen, sein Wort in Erfüllung gehen zu lassen, und zwar viel schneller, als er es für möglich gehalten hat. Er wird es uns höchstwahrscheinlich Dank wissen! Das ist ein Streich, Sir, den uns nicht so leicht einer nachmachen wird. Man wird lange Zeit von dem Fürsten der Bleichgesichter und dem dicken Sam erzählen und über das Schnippchen lachen, das wir den Roten heute geschlagen haben. Nun gut, so bringt mir den einen Monsieur herein! Holen darf ich ihn mir doch nicht, sonst findet man die Spuren dreier Pferde am Ufer."

Steinbach folgte dieser Aufforderung. Er führte beide Indianerpferde in das Wasser, gab das eine dem dicken Jäger und schwang sich, das andere am Leitzügel behaltend, dann auf sein eigenes Pferd. So befanden sich nun alle vier im Fluß, während an dieser Stelle nur die Spuren zweier Tiere in denselben leiteten.

„So, Master!" meinte Sam. „Jetzt sind wir in Ordnung, und der Ritt kann beginnen. Wir werden uns am angegebenen Ort wiederfinden. Gehabt Euch wohl!"

Hierauf lenkte er um und trieb die beiden Pferde dem jenseitigen Ufer entgegen, das er ganz wohlbehalten erreichte, um dann im Galopp in der ihm vorgeschriebenen Richtung davonzureiten.

25. KAPITEL

Steinbach suchte, nachdem er sich von Sam getrennt hatte, mit seinen beiden Pferden das tiefere Wasser auf und schwamm da eine ziemliche Strecke stromaufwärts, ehe er sich dem Ufer, und zwar natürlich dem jenseitigen, näherte. An diesem ritt er in dem hier seichteren Wasser weiter, bis er von der Stelle aus, an der er sich von Sam verabschiedete, ungefähr eine halbe Wegstunde zurückgelegt hatte.

Bis hierher, hoffte er, würden die Maricopas nicht kommen, und darum lenkte er aus dem Wasser heraus an das Ufer, das hier eine scharfe Krümmung machte, so daß er mit dem Blick dem Fluß nicht weiter aufwärts zu folgen vermochte.

Er wollte nun weiter landeinwärts, der Gegend von Silber City zu, reiten, um womöglich trotz des Umwegs, den er zu machen hatte, noch vor dem Dicken am Ort des Stelldicheins einzutreffen. Aber sein Pferd weigerte sich, fortzugehen. Es wandte den Kopf stromaufwärts, spielte in höchst verdächtiger Weise mit den Ohren und schnaubte leise zum Zeichen, daß in der angegebenen Richtung irgend etwas nicht in Ordnung sei. Steinbach kannte sein Pferd zu gut, als daß er diese Warnung hätte unberücksichtigt lassen mögen. Darum führte er die beiden Tiere nach einem Baum, wo sie von einem nebenan stehenden Gebüsch verdeckt wurden, band sie an den Stamm desselben fest, stieg ab und legte sich, nachdem er sich überzeugt, daß die Fesseln des jungen Indianers sich noch in Ordnung befanden und derselbe sich nicht zu befreien vermochte, auf den Boden nieder, um längs des Ufers dem Strom entgegenzukriechen.

Er wußte, daß sein vortreffliches Pferd ohne genügenden Grund kein Warnungszeichen gebe, und wollte nun sehen, worin dieser Grund bestand.

Nur wenige Schritte weit war er gekommen, so weit, daß er mit dem Auge der vorhin angegebenen Krümmung des Flusses zu folgen vermochte, als er den Gegenstand erblickte, den er suchte: ein Reiter kam den Fluß herabgeschwommen.

Das Pferd desselben schien ein vortreffliches Tier zu sein. Es schwamm außerordentlich schnell und doch ruhig und leicht und, wie es schien, ganz ohne alle Anstrengung. Das Gesicht des Reiters war noch nicht zu erkennen. Er trug einen sehr breitrandigen Sombrero. Seine Kleidung war aus Büffelleder gefertigt und hatte den Schnitt, den man bei den mexikanischen Rinderhirten zu finden pflegt. Der Mann hatte die hohen Stiefeln, an denen ein paar gewaltige Sporen befestigt waren, ausgezogen, um sie nicht naß werden zu lassen, und sie sich zusammengebunden über den Nacken gehängt. Mit der Rechten das Pferd lenkend, trug er mit der Linken die Büchse, deren Schaft mit silbernen Nägeln beschlagen war, die im Sonnenlicht glänzten. Als er bei der Schnelligkeit, mit der sein Pferd schwamm, jetzt näher kam, wurden auch seine Züge deutlicher. Er konnte nicht viel über drei- oder vierundzwanzig Jahre alt sein. Sein nordisch weißes Gesicht war außergewöhnlich hübsch zu nennen. Der kleine Schnurrbart, den er trug, machte es pikant. Seine dunklen, scharfen Augen hielt er suchend auf das linke Flußufer gerichtet. Am rechten aber befand sich Steinbach.

Dieser vermochte sich die Anwesenheit dieses jungen Mannes nicht zu erklären. Er ließ ihn so weit herankommen, daß er ihm zurufen konnte, ohne die Stimme sehr laut erheben zu müssen. Dann richtete er sich aus seiner liegenden Stellung auf und redete ihn an:

„Hallo, Señor! Wollt Ihr nicht ein wenig näher kommen?“

Der Fremde fuhr erschrocken zusammen. Doch schien er eine sein Alter übersteigende Geistesgegenwart zu besitzen, denn zugleich mit seinem Blick richtete er auch den Lauf seines Gewehres auf Steinbach.

„Macht keine Dummheit, Señor!" sagte dieser. „Ich bin kein Feind von Euch, Euer Schuß würde mich übrigens nicht treffen und Euch nur denjenigen verraten, die es nicht so gut meinen wie ich." – „Caramba, ein Weißer!" antwortete der junge Mann. „Das ist etwas anderes. Ich werde also hinüber zu Euch kommen, Señor."

Damit ließ er das Gewehr sinken und lenkte sein Pferd zu Steinbach herüber.

„Wer seid Ihr?" fragte er, als er das Ufer erreicht hatte. Doch blieb er vorsichtig im Wasser halten und ließ seinen Blick scharf herumschweifen, ob sich vielleicht etwas Verdächtiges sehen lasse.

„Ich bin ein ehrlicher Präriejäger. Ihr braucht kein Mißtrauen zu haben." – „Hm! Euer Gesicht gefällt mir freilich. Aber der Teufel traut zuweilen seiner eigenen Großmutter nicht, und wie man sagt, soll er alle Ursache dazu haben. Seid Ihr allein?" – „In diesem Augenblick, ja." – „Gerade das befremdet mich." – „Warum?" – „Weil ein erfahrener Jäger, wie Ihr sein wollt, nicht allein in eine so gefährliche Gegend geht." – „Ah so! Seid Ihr allein?" – „Ja." – „Nun, das könnte mich doch auch befremden. Ich will aber Eurem jungen, ehrlichen Gesicht trauen. Darf ich vielleicht Euren Namen erfahren?" – „Warum nicht! Ich heiße Carlos Cuartano." – „Carlos, Carlos, hm! Dieser Vorname wurde mir vor ganz kurzer Zeit genannt. Es wäre freilich mehr als eigentümlich, wenn ich richtig vermutete, aber hier und in der Welt ist ja alles möglich. Ist Euch vielleicht ein anderer Vorname bekannt, ein Mädchenname – Magda meine ich?"

Der junge Mann richtete sich schnell in den Steigbügeln empor und antwortete überrascht:

„Valga me Dios! Magda! Habt Ihr sie etwa gesehen, Señor?" – „Ja." – „Himmel! Ist's wahr?" – „Nicht nur gesehen, sondern sogar gesprochen." – „Das ist unmöglich!" – „Warum?" – „Weil sie von diesen verdammten Indianos bewacht wird." – „Pah! Ich habe mich dennoch zu ihr geschlichen." – „Wann?"- „Vor nicht viel mehr als einer Stunde." – „Also am hellen, lichten Tag?" – „Ja."

Der junge Mann zog die Brauen zusammen, fixierte Steinbach mit finsterem Blick und meinte:

„Señor, ich bin zwar noch nicht alt, habe aber keineswegs die Gewohnheit, mich an der Nase herumführen zu lassen." – „Das ist auch nicht meine Absicht. Ich sage Euch nichts als die reine

Wahrheit." – „Dann werde der Teufel klug aus Euch. Euer Gesicht ist dasjenige eines ehrlichen Mannes, aber das, war Ihr mir sagt, klingt so unglaublich, daß ich an der Wahrheit zweifle. Ich bin kein Kind und habe bereits vieles erfahren und vieles gewagt und durchgemacht, doch daß sich einer am hellen Tag unter eine Indianerbande schleicht, um die Gefangene derselben zu sehen und zu sprechen, das ist verwegen." – „Und dennoch ist es wahr. Wenn Ihr Euch aus dem Wasser herausbemühen wollt, will ich Euch erzählen, wie es zugegangen ist." – „Danke Señor! Es wird besser sein, wenn ich es gar nicht erfahre. Wer so wenig Zeit hat wie ich, der darf die kostbaren Minuten nicht vergeuden, um ein Märchen anzuhören." – „Ganz, wie Ihr wollt. Ich vermute, daß Ihr es so eilig habt, weil Ihr die Maricopas sucht?" – „Das ist allerdings der Fall." – „Nun, so schwimmt in Gottes Namen weiter; so werdet Ihr sie in einer Viertelstunde finden, sie Euch aber auch. Adios, Señor!"

Steinbach wandte sich um und tat, als ob er fortgehen wolle. Das lag aber nicht in der Absicht des jungen Mannes. Dieser, der bisher mit seinem Mißtrauen gekämpft hatte, besiegte es jetzt und bestätigte dies durch die Bitte:

„Halt, Señor! Es wird doch besser sein, wenn ich Euch anhöre. Vorher aber sagt mir Euren Namen, da Ihr auch den meinigen gehört habt."

Steinbach hemmte sofort seinen Schritt und antwortete:

„Gern. Ich heiße Steinbach." – „Wie? Steinbach? Das ist ja ein germanischer Name!" – „Allerdings. Ich bin ein Deutscher." – „Ein Deutscher! Hurra! Das ist prächtig!" rief da der Fremde und gab seinem Pferd einen Schenkeldruck, daß es in einem riesigen Satz aus dem Wasser auf das Ufer sprang und beinahe Steinbach umgeritten hätte.

„Vorsicht, Vorsicht!" lachte dieser. „Wollt Ihr mich etwa kaputt reiten, Señor!" – „Ach was, Señor! Laßt dieses spanische Wort beiseite! Ich bin auch ein Deutscher." – „Ihr? Aber Ihr heißt ja Cuartano!" – „Nun, wie heißt dieses Wort auf deutsch?" – „Zimmermann." – „Richtig! Und so nenne ich mich auch: Zimmermann, Karl Zimmermann, oder vielleicht mehr Karl von Zimmermann. Ich bin also sogar adlig, wie Sie hören, mein bester Herr Steinbach."

Er sagte das lachend, war vom Pferd gesprungen und streckte, am ganzen Gesicht vor Freude glänzend, Steinbach die Hände zum Gruß entgegen. Dieser drückte sie ihm herzlich und antwortete:

„Das ist freilich eine höchst angenehme Überraschung! Als ich Sie den Fluß herabkommen sah, hielt ich Sie für einen verirrten

Vaquero, konnte aber nicht ahnen, daß Sie ein Landsmann von mir sind."

Natürlich gebrauchten sie jetzt ihre Muttersprache, und Zimmermann, der suchend umherblickte, meinte:

„Jetzt sind Sie über mich im klaren; doch ich habe Sie noch als Rätsel vor mir stehen. Bitte, bekennen Sie, daß Sie mir vorhin nicht die Wahrheit gesagt haben. Nicht wahr, Sie wollten mich ein wenig foppen?" – „Ist mir nicht eingefallen." – „So hätten Sie also wirklich Magda gesehen und sogar mit ihr gesprochen?" – „Gewiß." – „Ich kann es nicht glauben. Ich begreife es nicht. Sie haben nicht einmal ein Pferd." – „O doch. Kommen Sie mit. Es steht ganz in der Nähe." – „Gut. Aber erlauben Sie, daß ich vorher meine Stiefel anziehe. Ich habe mich Ihnen leider als Barfüßler vorgestellt."

Und während er hastig mit den Füßen in die Stiefel fuhr, konnte er doch seine Zweifel nicht zurückhalten und sagte:

„Sie kennen den Vornamen des Mädchens. Etwas Wahres muß schon an Ihren Worten sein. Wäre dies nicht der Fall, so würde ich doch als sicher annehmen, daß Sie mich uzen wollen. Wird denn Magda so schlecht bewacht, daß es Ihnen so leicht geworden ist, zu ihr zu gelangen?" – „Hm! Leicht ist es mir freilich nicht geworden. Ich werde es Ihnen erzählen. Vor allen Dingen aber kommen Sie zu meinem Pferd."

Zimmermann warf die Büchse über, ergriff sein Pferd am Zügel und folgte Steinbach. Als beide hinter das Buschwerk an den Baum gelangten, blieb ersterer im höchsten Grade erstaunt stehen und rief:

„Alle Teufel! Sehe ich recht?"

Sein Blick war auf den Gefangenen gerichtet.

„Nun?" meinte Steinbach lächelnd. – „Der Linke Finger!" – „Allerdings." – „Und zwar gefangen?" – „Wie Sie sehen! Kennen Sie ihn?" – „Mehr als zur Genüge. Haben Sie selbst ihn gefangengenommen?" – „Natürlich. Sie werden wohl nicht annehmen, daß die beiden Finger sich aus eigenem Antrieb gefangen gegeben haben." – „Höre ich denn recht? Auch der andere Bruder ist gefangen?" – „Auch er." – „Sind Sie allein hier?" – „Ich hatte einen Gefährten, der mit dem anderen Gefangenen vorausgeritten ist. Er ist ein sehr wackerer Westmann, ein Deutscher, und heißt Sam Barth." – „Donner und Doria! Ist es etwa der dicke Sam, von dem man so viel erzählen hört?" – „Ganz derselbe." – „Nun, wenn dieser bei Ihnen gewesen ist, so glaube ich schon, daß Sie sich bei hellem Tag unter die Roten gewagt haben. Der Dicke ist ebenso pfiffig wie verschlagen. Ihm ist so etwas zuzutrauen. Was aber werden Sie mit den Gefangenen machen?" – „Wir bringen sie hinauf nach dem Silbersee." – „Sogleich?" – „Ja. Und ich lade Sie ein, mich zu begleiten." – „Das ist leider unmöglich. Ich freue mich zwar königlich, einen Landsmann getroffen zu haben, auch würde ich die Gelegenheit, den berühmten Dicken kennenzulernen, sehr gern ergreifen, aber meine Pflicht gestattet mir dies nicht. Ich darf nicht von den Fersen der Maricopas weg. Ich habe mir geschworen, Magda zu befreien." – „Weiter nichts?" – „Weiter nichts! Ist das nicht genug? Fragen Sie den Dicken. So ein Westmann wie er weiß ganz genau, was es heißt, eine Gefangene aus der Mitte von hundert Indianern herauszuholen." – „Nun, ich kann es mir, auch ohne ihn zu fragen, denken, daß so etwas nicht leicht ist. Sie könnten Ihren Vorsatz sehr leicht mit dem Leben bezahlen." – „Das kann mich nicht abschrecken. Bitte, Herr Steinbach, erzählen Sie mir, wie Sie zu der Gefangenen gekommen sind, wie es Ihnen gelungen ist, mit dem Mädchen zu sprechen, und wo ich überhaupt die Indianer zu suchen habe. Dann werde ich mich von Ihnen verabschieden." – „Sie werden sich nicht von mir verabschieden, sondern mit mir nach dem Silbersee reiten." – „Unmöglich." – „Es ist nicht nur möglich, sondern es bleibt Ihnen sogar keine andere Wahl. Bereits in diesem Augenblick werden die Maricopas die Söhne des Häuptlings vermissen und nach ihnen suchen. Gehen Sie stromab, so gehen Sie gerade in Ihr Verderben. Sie wollen Magda befreien; ich beabsichtigte ganz dasselbe und bin überzeugt, daß sie heute abend frei sein wird. Sie soll nämlich von den Indianern nach dem Silbersee gebracht werden. Dort erwarten wir sie."

Zimmermann blickte den Sprecher ganz erstaunt an. Er schüttelte den Kopf und meinte:

„Ich verstehe Sie nicht." – „Jetzt haben wir zu einer Erklärung keine Zeit. Steigen Sie in den Sattel und kommen Sie mit mir!" – „Hm! Wissen Sie genau, daß die Kerle nach dem Silbersee wollen?" – „Ganz genau. Wenn Sie meinem Rat folgen, werden Sie schneller und gefahrloser Ihr Ziel erreichen, als wenn Sie hinter den Roten bleiben. Ich will Ihnen, um Sie zu beruhigen, den Namen dreier Männer nennen, die Ihnen vielleicht Garantie bieten, daß Sie mir trauen können. Magda, die Sie befreien wollen, steht unter dem Schutz derselben. Ich meine den dicken Sam, den Apachenhäuptling Starke Hand und endlich den Fürsten der Bleichgesichter." – „Ist es möglich! Diese letzteren befinden sich auch hier?" – „Sie werden sie am Silbersee sehen. Gerade jetzt sind sie im Begriff, bei den Roten zu rekognoszieren." – „Wenn dies der Fall ist, so kann ich allerdings mit Ihnen reiten. Was ich niemals fertigbrächte, diese drei berühmten Männer machen es möglich. Ich werde mich also an sie wenden. Sie, lieber Landsmann, sind sehr zu beneiden, daß Sie das Glück gehabt haben, die drei Koryphäen des fernen Westens kennenzulernen. Wie ist denn das geschehen?" – „Ganz zufällig. Sie kennen ja wohl das deutsche Sprichwort, daß die dümmsten Bauern die größten Kartoffeln haben. So habe auch ich mehr Glück gehabt, als ich eigentlich verdiene. Wir können später davon sprechen. Jetzt aber wollen wir uns hier fortmachen. Der Boden brennt mir unter den Füßen."

Der gefangene junge Indianer hatte so getan, als ob er Zimmermann gar nicht bemerkt habe. Auch, als die beiden Weißen aufstiegen und im Galopp mit ihm über die Ebene davonritten, verzog er keine Miene. Er blickte nur starr auf den Hals seines Pferdes nieder und glich einer leblosen, auf das Tier gebundenen Bildsäule.

„Sie kennen ihn", sagte Steinbach zu Zimmermann. „Kennt er Sie vielleicht auch? – „Ja. Er hat mich öfter gesehen." – „Wo?" – „Im Todestal, wo er mit seinem Vater und Bruder zuweilen bei Roulin verkehrte." – „Ist dieser Roulin der Besitzer der Quecksilbergruben?" – „Ja. Auch ich war einige Male bei ihm. Haben Sie von ihm gehört und erfahren?" – „Nichts weiter, als was Magda mir vorhin sagte." – „Ach bitte, jetzt haben wir Zeit und brauchen die Roten nicht mehr zu fürchten. Haben Sie die Güte, mir zu erzählen, wie Sie mit Magda zusammengetroffen sind, Herr Steinbach."

Der Genannte erzählte nunmehr seine Erlebnisse, aber so, daß der dicke Sam als derjenige erschien, dem das ganze Verdienst zufiel. Als er geendet hatte, sagte Zimmermann, tief Atem holend:

„Gott sei Dank! Sie nehmen die größte Sorge von mir. Ich hatte nämlich Angst, daß die Dame viel gequält und gemartert werde." – „Äußerliche Not habe ich ihr nicht angesehen. Aber wir wollen aufrichtig sein, lieber Freund! Ist Magda vielleicht Ihre Verlobte?" – „Leider nein." – „Aber Geliebte?" – „Auch nicht – oder doch!"

Der junge Mann errötete und blickte eine kleine Weile schweigend vor sich hin. Dann fuhr er fort:

„Sie sind mir als Landsmann, Freund und Helfer begegnet; ich darf Sie daher über das, was ich mitteilen kann, nicht im unklaren lassen. Meinen Namen kennen Sie. Über meine übrigen Verhältnisse habe ich zu schweigen. Ich kam aus gewissen Gründen in dieses Land und in die Gegend von Palmetto. Ich hörte von dem berüchtigten Todestal, das der Amerikaner Death Valley nennt, reden, und beschloß, es zu besuchen. Dort angekommen, war ich für einige Tage der Gast Roulins, den die Indianer den ‚Silbernen Mann' nennen. In seinem Hause sah ich Magda. Sie machte einen Eindruck auf mich, den ich unmöglich beschreiben kann. Roulin bemerkte es und wies mir die Tür. Ich mußte gehen, kam aber wieder, um sie heimlich zu sehen, und es gelang mir, einige wenige Worte mit ihr zu wechseln. Von Liebe aber haben wir nicht gesprochen. Als ich zum letzten Male kam, war Roulin fort und sie mit ihm. Ich bekam Angst um sie und erkundigte mich. Ich erfuhr nach großer Mühe, daß er mit ihr unter der Begleitung der Maricopas nach Osten geritten sei. Das konnte nur eine für sie gefährliche Veranlassung haben; daher zögerte ich keinen Augenblick, dem Zug zu folgen. Über den Colorado bis hierher habe ich die Spuren der Roten verfolgt. Weiteres zu erreichen aber ist mir unmöglich gewesen." – „So kennen Sie also den eigentlichen Zweck dieser Reise des Silbernen Mannes gar nicht?" – „Nein." – „Hm! Er will sich die Schätze des Silbersees holen." – „Also die Taube des Urwaldes berauben?" – „Ja. Dabei soll Magda auf einem der Häuptlingsgräber geopfert werden." – „Herrgott im Himmel! Er will sie töten?" – „Es scheint so. Sie hat seine Werbung abgewiesen, und nun will er sich rächen." – „Vielleicht ist es nur eine Drohung. Er will sie wohl nur einschüchtern." – „Möglich. Jedenfalls aber ist er ein Mensch, mit dem wir einige ernste Worte sprechen müssen." – „Er ist mir seit dem ersten Augenblick unheimlich vorgekommen. Kein Mensch kennt sein Herkommen, seine Vergangenheit. Auch sein gegenwärtiges Treiben liegt im tiefsten Dunkel. Er bewohnt eine fürchterliche Gegend; er fördert Massen von Quecksilber, ohne das man weiß, wie. Man sieht zwar die Gruben, niemals aber einen einzigen Arbeiter. Die abergläubischen Bewohner der Nachbarschaft sagen, daß er mit dem Teufel einen Pakt geschlossen habe und daß die bösen Geister ihm das giftige Metall aus der Erde holen. Ich bin bestrebt gewesen, in dieses Dunkel einen Blick zu werfen; es ist mir aber nicht gelungen." – „Er hat Arbeiter. Magdas Eltern befinden sich ja im Schacht, wie sie mir mitgeteilt hat." – „Mir hat sie dasselbe gesagt; aber es ist das wohl ein Irrtum von ihr. Die Arbeiter müssen doch, wenn die Schicht vorüber ist, zutage fahren." – „Hm! Vielleicht bringen wir noch mehr zutage, als nur die Arbeiter. Ist Ihnen über Magdas Verhältnisse Näheres bekannt?" – „Nein. Ich weiß nur, daß sie Magdalene Hauser heißt, also einen deutschen Namen hat. Zwischen ihren Eltern scheint ein sehr eigentümliches Verhältnis obzuwalten. Doch habe ich viel zu wenig mit ihr verkehren und sprechen können, als daß es möglich gewesen wäre, mir ein klares Bild zu machen. Sie hat also meinen Namen genannt?" – „Ja. Jedenfalls hat sie mich im ersten Augenblicke für Sie gehalten."

Das Gesicht Zimmermanns strahlte vor Glück. Er erwiderte: „Also hat sie doch gehofft, daß ich ihr folge, um sie zu retten. Sie soll sich nicht getäuscht haben. Ich werde mein Leben wagen und es gern hingeben, um sie aus der Hand dieses Roulin zu erlösen." – „Gewagt haben Sie es bereits, indem Sie den Maricopas nachgefolgt sind. Hinzugeben aber brauchen Sie es hoffentlich nicht. Sie haben jetzt Verbündete, und mehreren wird das leichter gelingen, was Ihnen allein wohl kaum möglich gewesen wäre. Aber wir wollen unsere Pferde jetzt besser ausgreifen lassen. Ich werde erwartet und möchte die Geduld des Dicken nicht zu sehr auf die Probe stellen."

Zimmermanns Pferd war ein ausgezeichnetes Tier, dasjenige des Indianers nicht minder, und so flogen die drei Reiter mit größter Schnelligkeit über die Prärie dahin. Silber City blieb ihnen zur Linken liegen. Dann bauten sich die Berge in der Ferne auf. Sie rückten denselben sehr schnell näher. Bald erreichten sie die erste Vorhöhe und auch das ausgetrocknete Bett des betreffenden Baches. Dort hielt Sam mit seinen Gefangenen.

„Hallo!" rief er bereits von weitem. „Wer ist denn eher da, Sie oder ich, Master Steinbach?" – „Na, Sie, wie es scheint." – „Ja. Ihr Pferd ist also – Sapperment, Sie bringen ja noch einen mit!" – „Das ist der Grund, daß ich mich verspätet habe. Sie werden Freude haben, einen Landsmann begrüßen zu können, Master Barth." – „Einen Landsmann? Einen Deutschen?" – „Ja. Dieser Herr heißt Zimmermann. Sie können deutsch mit ihm sprechen." – „Prächtig! Herrlich! Aber es ist doch wahr! Hier in diesem Amerika stolpert man heutzutage nur so über die Deutschen hinweg. Sogar in diesem entlegenen Winkel schießen sie herum wie die Fliegen. Also grüß Gott, Landsmann! Darf ich wissen, in welcher Gegend Sie Ihre ersten Zähne erhalten haben?" – „In Bayern", antwortete Zimmermann, dem Dicken die Hände schüttelnd. – „Sapperment! Da sind wir ja Nachbarn! Ich bin nämlich ein Sachse. Kennen Sie vielleicht Herlasgrün?" – „Dem Namen nach." – „Na, da bin ich her. Wenn Sie mit uns reiten, so werden Sie da oben am See noch mehr Landsleute sehen, auch meine Auguste sogar. Aber wie haben Sie beide sich denn eigentlich gefunden?"

Es wurde ihm in Kürze erklärt, und dann setzten sie mit ihren beiden Gefangenen den Ritt fort.

Je höher sie kamen, desto mehr Apachenindianer erblickten sie, die langsam denselben Weg verfolgten. Sie alle waren gut bewaffnet, aber zu Fuß. Sie hatten das Zeichen, das Wilkins ihnen gegeben hatte, bemerkt. Es galt, das Missionsgebäude gegen einen Überfall zu verteidigen, und dazu konnten sie keine Pferde gebrauchen. Sie traten, als die Reiter an ihnen vorüberkamen, still zur Seite und stießen höchstens beim Anblick der Gefangenen ein halblautes und verwundertes „Uff" aus.

Oben am See war kein Mensch zu sehen; aber als sie dann in den Hof des Missionsgebäudes gelangten, erblickten sie wohl gegen hundert Apachen, die ruhig und wortlos am Boden saßen, bereit, die Taube des Urwaldes gegen die Feinde zu verteidigen.

Draußen ließen sie sich nicht sehen. Es war ja möglich, daß die Maricopas Späher ausgesandt hatten, und diese sollten alles still und leblos finden, um denken zu müssen, daß man von ihrer Annäherung keine Ahnung habe.

26. KAPITEL

Als Wilkins, Jim und Tim herbeikamen, gab es freilich ein Hallo beim Anblick der Gefangenen. Steinbach hatte Sam heimlich gebeten, noch zu verschweigen, daß er der Fürst der Bleichgesichter sei, und so kam es, daß man dem Dicken den Löwenanteil des Ruhmes zusprach.

Dann wurde Kriegsrat gehalten. Steinbach schlug vor, ehe man etwas unternahm erst die Rückkehr der Starken Hand zu erwarten. Wilkins ging darauf ein. Er hielt es überhaupt für das allerbeste, die Feinde ruhig herbeikommen zu lassen, um sie dann desto sicherer vernichten zu können.

„Vernichten?" fragte Steinbach. „Das ist meine Absicht nun freilich nicht. Auch die Roten sind Menschen, und man soll nicht ohne die größte Not Menschenblut vergießen." – „Pah!" antwortete Sam. „Was Ihr da sagt, das klingt freilich sehr human und zivilisiert, ist aber trotzdem nicht viel wert. Diese Maricopas sind gekommen, um zu rauben und zu plündern. Sie werden jeden Skalp mitnehmen, den sie sich überhaupt verschaffen können. Wir haben uns unserer Haut zu wehren. Falsch angebrachte Nachsicht kann uns nur Schaden bringen. Ich habe mir ganz besonders diesen weißen Roulin auserlesen. Er ist ein Schurke, der uns die Roten auf den Hals hetzt; er wird ganz sicher meine Kugel bekommen." – „Wenn Ihr mir und uns allen einen Gefallen tun wollt, so unterlaßt Ihr das!" – „Warum?" – „Wenn Ihr ihn tötet, so kann er mir keine Auskunft geben. Ich habe die Ahnung, daß bei ihm der Schlüssel zu einem Rätsel steckt, das uns alle, besonders aber Master Wilkins, interessiert. Der Mann muß leben bleiben, um uns Auskunft geben zu können." – „Meint Ihr? Na, ich will Euch nicht widersprechen und hoffe, daß Ihr Euch nicht irrt. Er mag sich aber dennoch in acht nehmen, daß er meiner Büchse nicht zu nahe kommt, sonst könnte es ihr einfallen, auch ohne meinen Willen loszugehen."

Die Vorbereitungen, welche zum Empfang der Maricopas getroffen wurden, bestanden zunächst in Anfertigung von Leuchtgegenständen, die auf das platte Dach des Missionsgebäudes geschafft wurden, um da beim Nahen der Feinde angebrannt zu werden. Es war Petroleum, Pech und Harz genug vorhanden zu einem Feuer, mit dem man das ganze Tal des Sees beleuchten konnte.

Die beiden Gefangenen waren eingeschlossen worden. Zimmermann hatte sich schnell mit den Bewohnern des Hauses bekanntgemacht. Man saß in verschiedenen Gruppen im Hof, um sich die Erlebnisse früherer Zeiten zu erzählen und sich in Vermutungen über den Verlauf des zu erwartenden Abenteuers zu ergehen.

Als es dunkel geworden war, hatten sich wohl an hundertundfünfzig Indianer eingefunden, die wohlbewaffnet des Angriffsaugenblickes harrten. Der Häuptling war noch nicht zurück. Wilkins wollte in Sorge um ihn geraten. Er befürchtete, daß ihm ein Unglück geschehen sei; aber Steinbach beruhigte ihn.

„Habt keine Sorge, Sir! Wie ich die Starke Hand kenne, so kommt er nicht eher, als die Feinde selbst, um sie uns anzumelden. Mir ist nicht im geringsten bange um ihn."

Es zeigte sich später, daß er recht hatte.

Schon war es gegen Mitternacht. Draußen herrschte dichte Finsternis. Ruhig und dunkel lag auch das Gebäude da. Keins der Fenster, die nach außen führten, war erleuchtet. Da klopfte es leise an das Tor; die alte Indianerin öffnete den Schieber und fragte, wer draußen sei. Es war der Apachenhäuptling. Er ging, als sie ihn einließ, wortlos an ihr vorüber. Sein Pferd hatte er nicht mit; er hatte es an irgendeiner sicheren Stelle untergebracht, um besser lauschen und beobachten zu können. Im Hof brannte ein Feuer, dessen Schein aber nicht nach außen dringen konnte. Es beleuchtete die Gestalten der Apachen. Der Häuptling rief ihnen nur einige kurze Worte zu, worauf sie sofort verschwanden, um sich auf die Plattform des Hauses und in diejenigen Stuben zu verteilen, deren Fenster nach auswärts gingen. Auch als er in das Gemach kam, in dem die Weißen versammelt waren, sagte er nichts als:

„Die Hunde der Maricopas sind da." – „Endlich!" meinte Sam. „Nun kann das Theater losgehen. Dieses ewig lange Warten ist das unangenehmste, was es nur geben kann. Werden sie sogleich angreifen?" – „Sie sind hart hinter mir her und nahen sich jetzt dem Haus, das sie umzingeln werden. Haben meine weißen Brüder dafür gesorgt, daß ein Feuer angebrannt wird?"

Er erhielt natürlich eine bejahende Antwort, und nun begab sich ein jeder auf seinen Posten. Der dicke Sam ließ es sich nicht nehmen, hinter das Eingangstor placiert zu werden. Er glaubte da am ersten zum Schuß zu kommen.

Draußen war nicht das leiseste Geräusch zu vernehmen. Sam stand am Guckloch und blickte hinaus, konnte aber nichts, gar nichts sehen. Dennoch wußte er, daß die Angreifer nur wenige Schritte entfernt seien. Erkennen konnte er sie nicht; es war mehr Instinkt, der es ihm sagte.

Verwundert horchte er auf, als er den Schritt eines Pferdes hörte, der langsam näher kam und draußen am Tor anhielt. Man klopfte. Sam wartete eine Weile, um den Einlaß Begehrenden glauben zu machen, daß man bereits im Schlaf sei, und erst nach wiederholtem Klopfen schob er den Schieber zurück und fragte laut hinaus:

„Wer ist da?" – „Ein Bote", antwortete der Betreffende. Es war seiner Ausdruckweise nach ein Indianer. – „An wen?" fragte Sam. – „An die Taube des Urwaldes." – „Von wem?" – „Von der Starken Hand." – „Wer bist denn du?" – „Ich bin der Fliegende Pfeil vom Volk der Apachen." – „Wunderbar! Wo befindet sich denn der große Häuptling, der dich sendet?" – „Er jagt den Büffel an den Ufern des Gila."

Dann vernahm Sam leises Schleichen. Es kamen mehrere der Angreifer herbei. Der Plan war, sich öffnen zu lassen und mit demjenigen, der sich für einen Boten ausgab, zugleich einzudringen. Sam hatte mit demselben so laut gesprochen, daß man es oben auf dem Dach hören konnte. Jetzt antwortete er:

„Er jagt? Hm! Mein roter Bruder irrt sich wohl!" – „Der Fliegende Pfeil irrt sich nicht." – „Und dennoch. Der berühmte Häuptling Starke Hand befindet sich hier in diesem Haus. Und derjenige, der sich den Fliegenden Pfeil nennt, ist auch hier.“ – „Uff“, erklang es da draußen im Ton des Schrecks. – „Ja“, lachte Sam. „Wer einen anderen übertölpeln will, der muß natürlich klüger sein, als dieser andere. Ihr albernen Maricopas aber seid die dümmsten Kerle, die es nur geben kann. Ich war heute bei euch in Eurem Lager und habe die Söhne des Eisernen Mundes aus eurer Mitte geholt und als Gefangene hierhergebracht. Jetzt wißt ihr, woran ihr seid. Dir aber will ich auf die Lügen, die du uns machst, mein Ja und Amen geben.“

Er hatte bei diesen Worten den Lauf seines Gewehres durch das Guckloch gesteckt, und gleich darauf krachte ein Schuß. Bei dem Blitz desselben sah man den Indianer vom Pferd sinken und zugleich auch eine Anzahl seiner Genossen, die sich herbeigeschlichen hatten, um mit ihm ins Haus zu dringen.

Ein wütendes Geheul antwortete auf den Schuß; dann trat eine momentane tiefe Stille ein. In diesem Augenblick loderte oben auf der Plattform des Hauses eine riesige Petroleumflamme auf, so daß die ganze Umgebung fast tageshell erleuchtet war. Die Belagerten sahen nun, daß die Maricopas das Haus rundum umgaben. Da ertönte von oben eine tiefe, mächtige Stimme:

„Hier steht Starke Hand, der Häuptling der Apachen, um seinen Feind, den Steinernen Mund zu empfangen. Gebt Feuer!“

Von oben herab und aus allen Fensteröffnungen erschallten im selben Moment Schüsse. Jede Kugel traf, da die Flamme die Angreifer hell beleuchtete und ein genaues Zielen ermöglichte. Die Maricopas erhoben ein weitschallendes Wutgeschrei. Während desselben rannten sie aber davon, um außer Schußweite zu kommen, und diejenigen, die nur verwundet waren, hinkten oder krochen von dannen. Die Apachen wollten sie niederschießen; Steinbach jedoch gab dies nicht zu.

Als dann einige der Maricopas sich vorsichtig wieder näherten, um zu versuchen, ob man ihnen erlauben werde, ihre Leichen zu holen, war Steinbach der Ansicht, daß man es ihnen gestatten solle; aber Starke Hand sagte in entschiedenem Ton:

„Die Skalpe der Toten gehören meinen Leuten. Man soll sie uns nicht nehmen. Mein weißer Bruder sammelt nicht die Skalpe seiner Feinde. Wenn ich den Apachen verbieten wollte, sich die Zeichen des Sieges zu nehmen, so würden sie mir niemals wieder gehorchen. Hough!“

Dieses Wort, das wie „Hau“ ausgesprochen wird, hat die Bedeutung, daß es bei der Bestimmung, die er getroffen hatte, verbleiben werde. Die herbeischleichenden Maricopas wurden also durch einige Kugeln vertrieben, und die Leichen blieben im Bereich des Hauses liegen.

Der Feind hatte einen solchen Empfang erfahren, daß er es nicht wagte, einen neuen Angriff zu unternehmen. Die Flamme auf dem Haus wurde bis zum Anbruch des Morgens unterhalten; dann verlöschte sie. Als der Tag heller wurde, konnte man die Toten zählen. Es waren ihrer über vierzig.

Die Maricopas lagerten unweit des Seeufers. Sie verhielten sich vollständig ruhig; es war also anzunehmen, daß sie irgendeinen Entschluß gefaßt hatten.

Steinbach saß auf dem platten Dach und hatte sein Fernrohr in der Hand, durch das er die Feinde beobachtete. Wilkins befand sich bei ihm und ließ sich das Rohr auch geben. Als er eine Weile hindurchgeblickt hatte, stieß er einen Ruf aus, dem man es nicht anhörte, ob er ein Zeichen der Freude oder des Schrecks sei.

„Was gibt es?" fragte Steinbach. – „Eine Überraschung, eine ungeahnte Überraschung. Arthur ist dabei." – „Arthur? Ist das nicht der Name Ihres verschwundenen Neffen?" – „Ja." – „Der sollte bei ihnen sein?" – „Ja. Ich sehe ihn sitzen." – „Wo?" – „Neben dem Häuptling, zur linken Seite desselben." – „Verzeihung, Sir! Der, den Sie meinen, ist jener Roulin, von dem ich erzählte." – „Wissen Sie das genau? Ich kann es nicht glauben. Es muß Arthur sein." – „Jedenfalls nur eine Ähnlichkeit!" – „O nein. Eine solche Ähnlichkeit ist gar nicht glaubhaft. Er ist es." – „Wollen Sie bedenken, daß dieser Mann nicht etwa der Gefangene der Maricopas ist! Er ist frei; er ist Herr seines Tuns. Wäre er der, für den Sie ihn halten, so würde er längst in die Heimat zurückgekehrt sein." – „Das sollte man denken. Aber wer weiß, was ihn daran hindert. In diesem Land geschehen unbegreifliche Dinge. Arthur hat die Pflanzung verkauft; der Grund mag sein, welcher es wolle; nun aber getraut er sich nicht wieder zurück; er schämt sich, mir unter die Augen zu treten." – „Hm! Ich kann mich nicht mit dem Gedanken befreunden, daß der Besitzer der Quecksilberbergwerke im Todestal ein Verwandter von Ihnen sein solle. Vielleicht erhalten wir sehr bald Aufklärung. Sehen Sie! Es kommt einer der Roten."

Sie sahen jetzt in der Tat einen Maricopa, der sich langsam dem Haus näherte. Er trug ein weiß gegerbtes Fell in der Hand und schwenkte es zum Zeichen, daß er in friedlicher Absicht komme.

„Ein Parlamentär", sagte Wilkins. „Ich werde gleich sehen, was er will." – „Bitte, überlassen Sie das mir!"

Wilkins sah Steinbach einigermaßen befremdet an. Den Parlamentär zu empfangen, das war doch Sache des Hausherrn. Da trat der Apachenhäuptling herbei, der auf der Plattform gelegen und das Nahen des Maricopas bemerkt hatte, deutete auf denselben und sagte:

„Ein Bote des Eisernen Mundes." – „Ich werde ihn empfangen", meinte Wilkins.

Der Apache aber schüttelte den Kopf, zeigte auf Steinbach und bestimmte:

„Mein weißer Bruder mag zu ihm hinabgehen. Er ist klug, zu tun, was am besten ist."

Steinbach ging. Wilkins schüttelte verwundert den Kopf und schmollte:

„Eigentlich ist es aber doch meine Sache, einen Parlamentär zu empfangen." – „Ja, aber du weißt nicht, was er will, und wenn er eine schnelle Antwort verlangt, mußt du dich rasch entscheiden und kannst dabei sehr leicht das Falsche treffen." – „Ah! Meint mein roter Bruder etwa, daß Steinbach leichter als ich das Richtige treffen werde?" – „Mein Bruder darf sich nicht beleidigt fühlen. Er wird Steinbach bald besser kennenlernen."

Steinbach ließ sich unterdessen unten das Tor öffnen und trat hinaus, da der Maricopa durch Zeichen zu verstehen gab, daß er nicht näher kommen wolle, dann schritt er auf ihn zu und fragte nach seinem Begehr.

„Ich bin gesandt von dem Eisernen Mund und soll sprechen mit der Starken Hand." – „Der Häuptling der Apachen hat jetzt keine Zeit. Du wirst also mit mir sprechen."

Der Indianer betrachtete Steinbach mit einem langen, keineswegs ehrfurchtsvollen Blick und erwiderte:

„Du bist kein Häuptling. Ich spreche nur mit Kriegern, die Häuptlinge sind." – „Lüge nicht! Es schmückt keine Feder dein Haupt. Du bist ein gewöhnlicher Krieger und mußt stolz sein, wenn ich mit dir rede." – „Sende mir die Starke Hand. Mit dir habe ich nichts zu schaffen." – „So trolle dich von dannen! Aber ich sage dir, daß wir einen Boten des Eisernen Mundes nun nicht wieder empfangen werden."

Darauf wandte Steinbach sich scharf ab, um zu gehen. Sein entschiedenes Wesen verfehlte die beabsichtigte Wirkung nicht.

„Uff!" rief der Indsman. „Mein Bruder bleibe noch! Die roten Männer wollen ihre Toten holen. Die weißen Krieger werden ihnen das erlauben." – „Nein, wir erlauben es nicht. Die Skalpe der Maricopas gehören den siegreichen Apachen." – „Sind deren viele im Haus?" – „So viele, daß die Hälfte von ihnen genügt, die

Maricopas in das Wasser des Sees zu stürzen." – „Mein weißer Bruder nimmt den Mund so voll Wasser, daß er überläuft. Wie kommt es, daß so viele Krieger der Apachen hier sind?" – „Um euch zu empfangen." – „Kein Apache hat gewußt, daß wir kommen." – „Alle haben es gewußt. Der Häuptling hat euch am Gila umschlichen, und ich selbst bin mitten in eurem Lager gewesen, habe gehört, was der Eiserne Mund mit Roulin sprach, und dann seine beiden Söhne gefangengenommen." – „Sie sind auf ihren Pferden davongeritten." – „Ich habe sie gefesselt und auf ihre Pferde gebunden. Die Maricopas sind keine Krieger. Sie stellen nicht einmal während eines Kriegszuges Wachen zu ihren Pferden." – „Wird mein weißer Bruder die Söhne des Häuptlings töten?" – „Ja."

Der Rote erschrak und meinte:

„Warum soll dies geschehen? Kein Tapferer tötet einen, den er nicht im Kampf besiegt hat." – „Ich habe die beiden besiegt, und ihr Leben gehört mir; ich kann mit ihnen tun, was mir beliebt." – „Ihr habt unsere Krieger getötet. Wir müssen die Toten rächen." – „Tut das, wenn ihr könnt." – „Ihr habt sie nicht besiegt, sondern ermordet. Wir kamen im Frieden zu euch. Ihr aber habt uns sofort mit Kugeln empfangen." – „Mein roter Bruder denkt, ich habe keinen Verstand. Er gehe und lasse erst den seinigen wachsen. Ihr kommt als Räuber und Diebe, und wir haben euch demgemäß empfangen. Hast du mir noch etwas zu sagen, so mache es kurz!" – „Der Häuptling der Maricopas verlangt eine Unterredung mit dem Häuptling der Apachen." – „Und wo soll diese stattfinden?" – „Nicht im Haus, sondern hier, wo wir stehen." – „Gut. Er soll diese Unterredung haben. Er mag Roulin mitbringen und noch einen." – „Bringt der Häuptling der Apachen auch Leute mit?" – „Ja, zwei." – „Aber es ist Regel, daß keinem Abgesandten ein Leid geschehen darf." – „Das wissen wir. Ihr dürft alle Waffen mitbringen. Keiner jedoch wird sie gebrauchen. Melde, was ich dir gesagt habe. Ich habe keine Zeit weiter!"

Steinbach wandte sich ab, schritt dem Hause zu, wo man ihn neugierig erwartete. Als er den Zweck und das Resultat der Unterredung mitteilte, fragte Wilkins:

„Also sie kommen zu dreien? Wer aber wird von uns zu ihnen gehen?" – „Sie, der Apache und ich. Ich bitte, mir das Wort zu überlassen, da Sie mir leicht meine Absichten verderben könnten." – „Absichten? Was für Absichten können Sie haben?" – „Das werden Sie bald erkennen. Von Ihnen erbitte ich mir weiter nichts, als das eine: Sehen Sie sich diesen Roulin genau an und sagen Sie mir baldigst so unbemerkt wie möglich, ob Sie in ihm Ihren Neffen erkennen. Das übrige überlassen Sie mir." – „Master Steinbach, Sie sind ein rätselhafter Mann!" – „Vielleicht, ja! Da aber diesen Wilden niemals recht zu trauen ist, so müssen wir auf alles gefaßt sein. Es ist möglich, daß sie auf Verrat sinnen und uns überfallen wollen, um uns so in die Hand zu bekommen, wie wir die Söhne des Häuptlings. Lassen Sie also das Dach mit den besten Schützen besetzen, die mit ihren Kugeln den Beratungsplatz bestreichen können!"

27. KAPITEL

Es dauerte wohl über eine Stunde, ehe man den Anführer der Maricopas mit seinen beiden Begleitern kommen sah.

Der Indianer ist ein ganz anderer Mann, als er gewöhnlich beurteilt wird. Er ist vor allen Dingen ein guter Sprecher und läßt keine Gelegenheit, eine Rede zu halten, unbenützt vorübergehen. Eine solche bot sich jetzt. Da mußte denn alles auf das feierlichste eingeleitet und angeordnet werden.

Der Eiserne Mund nahte sich in einem Aufzug, der nach indianischen Begriffen geradezu überwältigend war. Er hatte seinen besten Kriegsstaat angelegt. Von seinem kunstvoll zusammengeflochtenen Haarschopf wehten vierundzwanzig Federn des Kriegsadlers herab. Als Mantel trug er das Fell eines Jaguars, das mit zahlreichen Büffelschwänzen und Klapperschlangenhäuten geschmückt war. Bewaffnet war er mit allem möglichen, so daß man sich eigentlich zu wundern hatte, wie er alles fortbringen konnte: Büchse, Messer, Tomahawk, Lanze, Köcher, Bogen und Munitionsbeutel. Über die Brust hingen mehrere zusammengedrehte Lassos herab. Das Hauptstück aber trug ihm sein Begleiter voran, derselbe Indianer, mit dem Steinbach vorhin gesprochen hatte. Es war das eine überaus lange Lanze, an deren Spitze drei Medizinsäcke hingen. Sie war mit mehreren Querleisten versehen. An diesen und an dem Schaft hingen zahlreiche Skalpe, wohl über dreißig Stück, von Weißen und von Indianern. Da auch sein ganzer Anzug mit den Skalphaaren getöteter Feinde ausgeputzt war, so konnte man auf die Anzahl von Menschen schließen, die von der Hand des Eisernen Mundes gefallen waren.

Roulin ging an seiner Seite, aber um einen halben Schritt zurück. Auf dem bestimmten Platz angekommen, steckte der rote

Begleiter des Häuptlings die Lanze in den Boden, nahm demselben den Mantel ab und breitete ihn auf dem Boden aus. Der Eiserne Mund ließ sich in wohl bewußter Würde darauf nieder. Nun setzten sich auch die beiden anderen, doch etwas nach rückwärts, wie es die ihm zu zollende Achtung erforderte. Sie warteten.

Erst nach längerer Zeit öffnete sich das Tor des Missionsgebäudes, und Wilkins, Steinbach und der Apache kamen herbei. Der letztere stach in seinem Äußeren auf das auffälligste von dem feindlichen Häuptling ab. Er trug als Schmuck nur eine einzige Feder und als Waffe nur ein Messer im Gürtel. Aber diese Feder war aus dem Schwanz des weißen Kriegsadlers, die höchste Seltenheit, die es gibt, und hatte einen Wert von wenigstens sechzig Pferden.

Wilkins hatte nichts als einen Revolver bei sich, und Steinbach trug nur sein Beil an der Seite. Diese drei Männer traten so einfach, so anspruchslos auf, und doch war ihre Haltung eine so Ehrfurcht gebietende, daß Roulin sich bei ihrem Nahen unwillkürlich von seinem Sitz erhob. Er wurde aber von dem Indianer ergriffen und wieder niedergezogen.

Die drei zuletzt Angekommenen setzen sich ohne ein Wort der Begrüßung den anderen gegenüber. So saßen die sechs wohl eine Viertelstunde lang wie Statuen, ohne sich zu regen, ohne ein Wort zu sagen. Es kam jetzt darauf an, wer das Schweigen und damit seine Würde am längsten wahrte.

Dem Maricopa dauerte dies denn doch zu lange. Er erhob sich endlich, zählte die Taten seines Stammes und die Tugenden desselben auf und berichtete dann auf das ausführlichste von seinem eigenen Heldentum. Von seinen gegenwärtigen Absichten aber erwähnte er kein einziges Wort. Dieser bombastische Wortschwall erforderte über eine halbe Stunde Zeit.

Jetzt mußte der Häuptling der Apachen reden. Er erhob sich daher, legte die Hand an den Griff seines Messers und sagte einfach:

„Ich bin die Starke Hand. Man kennt mich, und wer mich noch nicht kennt, der kann mich kennenlernen. Ich spreche durch die Tat. Mein weißer Bruder hier mag an meiner Stelle das Wort führen."

Er deutete dabei auf Steinbach und setzte sich wieder nieder. Der Maricopa richtete sein Auge verächtlich auf diesen und sagte:

„Ich bin ein Häuptling. Soll ich mit einem Mann sprechen, der unter mir steht?" – „Woher weißt du, daß ich unter dir stehe?" fragte Steinbach in ruhiger Weise. – „Welches Häuptlingszeichen trägst du an dir?" – „Bedarf es eines solchen? Du trägst deine Zeichen auf dem Körper, und sie hindern dich. Die Bleichgesichter aber tragen ihre Häuptlingszeichen hier hinter der Stirn. Habe ich nicht deine Söhne mitten aus dem Lager geholt? Habe ich nicht auf dem Baum gestanden, unter dem du saßest und mit ihnen redetest? Du versprachst ihnen, daß sie die ersten sein sollten, dieses Haus zu betreten. Ich habe dein Versprechen erfüllt. Sie sind die ersten gewesen, aber als Gefangene. Ist das nicht ein Beweis, daß ich dir ebenbürtig bin?" – „Du bist listig, aber nicht tapfer!" – „So stehe auf, um mit mir zu kämpfen. Du darfst dich aller deiner Waffen bedienen; ich aber nehme nur die bloße Hand und werde dich besiegen!" – „Der große Geist hat deinen Verstand verdüstert. Welche Waffe hättest du auch! Du hast nur ein Beil. Mit ihm vermagst du nicht einmal den Vogel zu treffen, der da oben auf dem Ast sitzt!"

Der Maricopa deutete nach einem Baum, auf dem eine Rabenkrähe sich niedergelassen hatte. Anstatt aller Antwort stand Steinbach auf und zog das Beil aus dem Gürtel. Es einige Male um den Kopf schwingend, schleuderte er es dann fort, scheinbar gar nicht gegen den Baum. Es flog eine Strecke waagerecht, stieg dann plötzlich in die Höhe und beschrieb einen wirbelnden Bogen nach dem Baum hin. Ein Schrei der Bewunderung entfuhr dem Maricopa. Das Beil hatte die Krähe getroffen und getötet. Es kam im Bogen zurückgeflogen und fiel nur wenige Schritte von Steinbach zur Erde nieder.

Das war ein Meisterstück, viel, viel größer als der meisterhafteste Schuß aus einem Gewehr. Das australische Bumerang kann so geworfen werde, daß es zurückkehrt. Auch das indianische Schlachtbeil wird von Meistern so geschleudert, daß es auf- und niedersteigt und sein Opfer im Bogen, beinahe im Zickzack, verfolgt. So einen Wurf aber wie hier hatte der Maricopa für eine Unmöglichkeit gehalten. Auch Wilkins sagte:

„Welch eine Geschicklichkeit! Man entdeckt an Ihnen immer neue Seiten!"

Steinbach steckte das Beil ruhig in den Gürtel und setzte sich wieder. Dann fragte er:

„Wirst du nun mit mir sprechen?" – „Du bist listig und geschickt, aber doch kein Häuptling", antwortete der Maricopa. – „Du irrst. Ich bin ein größerer Häuptling als du. Ich bin der Häuptling der Bleichgesichter."

Alle außer dem Apachen fuhren erschrocken auf.

„Ist das wahr?" fragte Wilkins. – „Uff!" antwortete die Starke

Hand bestätigend. – „Dann ist alles erklärt. Nun begreife ich alles. Aber wer hätte das gedacht!" – „Beruhigen Sie sich", lächelte Steinbach. „Ich nenne den Titel, den man mir gegeben hat, nicht gern. Geben Sie mir lieber die erwartete Nachricht."

Da neigte sich Wilkins ihm zu und flüsterte:

„Die Ähnlichkeit ist allerdings bedeutend, aber mein Neffe ist er nicht; nun ich ihm so nahe sitze, sehe ich es."

Dieser kleine Gedankenaustausch war so schnell erfolgt, daß er den Maricopas gar nicht aufgefallen war. Sie starrten Steinbach noch immer wortlos an, so daß dieser seine vorherige Frage, ob der Häuptling mit ihm sprechen wolle, abermals wiederholte.

„Wenn du der König der Bleichgesichter bist, werde ich deine Fragen beantworten." – „Das erwarte ich freilich. Du wirst von mir gehört haben; ich habe keine Zeit zu unnützen Worten. Sage mir also, ob das Bleichgesicht, das da neben dir sitzt, dein Freund ist!" – „Er ist mein Freund und Bruder."

Da wandte sich Steinbach ganz unerwartet an den Weißen, und zwar in französischer Sprache:

„Sie heißen Roulin?" – „Ja." – „Sind Sie Franzose?" – „Von Geburt, ja." – „Wie kommt Magda Hauser mit ihren Eltern in eine so traurige Abhängigkeit von Ihnen?"

Das hatte Roulin nicht erwartet. Er stotterte:

„Was wissen Sie davon?" – „Vielleicht genug. Wie lange bewohnen Sie den Westen der Vereinigten Staaten bereits?" – „Warum fragen Sie?"

Roulin begann Verdacht zu schöpfen. Steinbachs Blick war so scharf und durchdringend, daß der Franzose irgendeine Gefahr für sich nahen fühlte.

„Weil ich jedenfalls Veranlassung dazu habe. Es liegt in Ihrem eigenen Interesse, mir zu antworten. Also wie lange Zeit befinden Sie sich bereits im Westen?" – „Seit einer Reihe von Jahren." – „Ist Ihnen ein Mann namens Walker bekannt?"

Der Gefragte erbleichte sichtlich.

„Nein", antwortete er. – „Aber dieser Sir ist Ihnen bekannt?"

Steinbach deutete auf Wilkins.

„Vermutlich ist er der Vater der Taube des Urwaldes." – „Ganz richtig. Kennen Sie seinen Namen?" – „Nein." – „Er heißt Wilkins und kam aus Wilkinsfield hierher."

Roulin schluckte und druckte, um ein Wort zu sagen, endlich stieß er hervor:

„Kenne ich nicht." – „O doch! Ganz gewiß! Besinnen Sie sich nur!" – „Das ist vergebens." – „Nun, so will ich Ihnen auf die Spur helfen: Haben Sie die Legitimationen von Arthur Wilkins vielleicht noch in Ihrem Besitz?"

Jetzt spielte die Blässe Roulins geradezu in das Leichenfahle. Er hustete und gab sich die größte Mühe, seine Beherrschung zu behaupten. Dann antwortete er:

„Ich verstehe Sie nicht; ich weiß wirklich ganz und gar nicht, wen und was Sie meinen." – „Verstehen Sie mich auch nicht, wenn ich Sie frage, wohin der Oberaufseher Martin Adler aus Wilkinsfield gekommen ist?" – „Kein Wort begreife ich!" – „Nun, es wird die Zeit kommen, in der mir gelingen wird, Ihr Gedächtnis aufzufrischen. Jetzt haben wir einstweilen anderes zu besprechen."

Und sich an den Maricopa wendend, fuhr Steinbach fort:

„Also weshalb ist der Eiserne Mund gekommen, um mit uns zu sprechen?" – „Er verlangt die Leichen der Gefallenen zurück!" – „Er soll sie bekommen, nachdem die tapferen Apachen ihnen die Skalpe genommen haben." – „Der König der Bleichgesichter spricht nicht wie ein Vermittler des Friedens. Weiß er nicht, daß ein roter Mann, dem die Skalplocke fehlt, nicht in die ewigen Jagdgründe gelangen kann?" – „Ich weiß es." – „Warum sollen da unsere Toten die Skalpe einbüßen? Warum soll das tapfere Volk der Maricopas beleidigt und geschändet werden?" – „Dieses Volk hat sich gegen uns nicht tapfer, sondern verräterisch benommen. Wäre euch der Überfall geglückt, so hättet ihr uns allen die Skalpe genommen. Nun aber haben wir die eurigen. Der große Geist hat es so gewollt." – „Wenn ihr unsere Toten skalpiert, werden wir zur Strafe auch euch die Skalpe nehmen." – „Das könnt ihr versuchen. Wenn du uns weiter nichts zu sagen hattest, so brauchtest du dich nicht zu bemühen. Wir sind fertig." – „Noch nicht. Ich habe noch eins. Du hast mir meine Söhne geraubt. Du hast zu diesem Mann hier gesagt, daß sie sterben müssen. Ist das wahr?" – „Ja." – „Was haben sie dir getan, daß du sie töten willst?" – „Was hatten die Bewohner dieses Hauses getan, daß du sie überfallen wolltest?" – „Sie sind meine Feinde, weil sie Freunde der Apachen sind." – „Und deine Söhne sind aus demselben Grund meine Feinde. Ich werde sie vertilgen aus dem Land der Lebendigen." – „Ich habe gehört, daß der Fürst der Bleichgesichter den Frieden liebt und das Blutvergießen haßt." – „Das ist wahr. Aber gerade aus diesem Grund töte ich deine Söhne, damit sie nicht später das Blut meiner Freunde vergießen können." – „Du ladest eine fürchterliche Schuld auf dich. Wir werden wenigstens so viele Apachen töten, wie ihr von den Unsrigen getötet habt. Das sind bis jetzt mehr als vier mal zehn." – „Die Apachen sind tapfer; sie werden sich zu verteidigen wissen."

Der Maricopa liebte natürlich seine Kinder, und als er Steinbach scheinbar unerbittlich fand, griff er zum letzten Mittel, das ihm übrigblieb:

„Ich will dir ein Lösegeld geben." – „Ich brauche kein Geld." – „Ich gebe dir Pferde." – „Das meinige genügt mir." – „Du bekommst die Pferde aller meiner Krieger, die heute in der Nacht gefallen sind." – „Ich brauche nicht vierzig Pferde, sondern nur eins, und das habe ich." – „Du kannst sie verkaufen." – „Ich bin kein Pferdehändler. Es gibt nur einen einzigen Preis, gegen den ich dir deine Söhne zurückgebe, einen einzigen, sonst keinen." – „Nenne ihn!" – „Du gibst mir für jeden Sohn eine andere Person." – „Wen meinst du da?" – „Diesen weißen Mann hier, der sich Roulin nennt, und das weiße Mädchen, das ihr gefangen bei euch führt."

Der Franzose sprang erschrocken auf. Der Maricopa aber sagte in beruhigendem Ton zu ihm:

„Fürchte dich nicht. Du stehst unter meinem Schutz. Ich kann dich nicht opfern." – „Also nicht? Auf keinen Fall?" fragte Steinbach. – „Nein. Lieber magst du meine Söhne töten. Man soll nicht von mir sagen, daß ich einen Freund geopfert habe, um meine Kinder zu retten." – „Aber der, den du deinen Freund nennst, ist ein Verbrecher, ein Schurke." – „Oho!" rief Roulin, in seinen Gürtel greifend.

Der Maricopa warf ihm einen ernsten, warnenden Blick zu und sagte dann:

„Nach euren Gesetzen mag er vielleicht unrecht getan haben, nach den unsrigen aber bin ich sein Beschützer und muß mein Wort halten." – „So müssen deine Söhne sterben."

Es glitt ein trotziges, siegesgewisses Lächeln über das bronzene Gesicht des Maricopa, als er antwortete:

„So schnell geht das nicht. Du wirst dich vielmehr sehr besinnen, ehe du sie tötest." – „Keinen Augenblick." – „Ich werde es dir beweisen." – „Das kannst du nicht." – „Sehr schnell sogar. Passe auf!"

Schnell gab er dem Franzosen einen Wink, und dieser entfernte sich, jedenfalls um einen bereits früher erhaltenen Auftrag auszuführen.

„Was mag er vorhaben?" flüsterte Wilkins. – „Wir werden es ja erfahren." – „Wollen Sie die beiden Jungens wirklich töten?" – „Fällt mir gar nicht ein. Es ist nur eine Drohung, um Roulin und das Mädchen in die Hand zu bekommen. Da, schauen Sie! Man drängt nach dem See hin."

Die Maricopas hatten während der Nacht eins der Boote in ihre Gewalt bekommen. Auf dieses schien sich jetzt das Augenmerk aller zu richten, und der Eiserne Mund zögerte nicht mit der Erklärung:

„Man wird jetzt das Mädchen, von dem du sprachst, hinüber auf die Insel schaffen, um sie dort an den Marterpfahl zu binden. Sie behält ihr Leben nur dann, wenn du meine Söhne freigibst und uns unsere Toten unskalpiert überantwortest."

Da zuckte es schnell über Steinbachs Gesicht, und er antwortete:

„So grausam wirst du nicht sein. Sie ist unschuldig." – „Meine Söhne sind auch unschuldig." – „Sie folgten freiwillig; das Mädchen aber habt ihr gezwungen, mitzugehen." – „Das ist gleich. Besinne dich! Siehe, das Boot stößt bereits vom Land." – „Ich werde mit meinem Gefährten sprechen."

Steinbach wandte sich darauf in deutscher Sprache, die der Maricopa jedenfalls nicht verstand, leise an Wilkins:

„Spracht Ihr nicht von einem Gang nach der Insel?" – „Ja." – „Ist er passabel?" – „Das versteht sich." – „So entfernt Euch unter dem Vorwand einer Beratung und begebt Euch sofort nach der Insel." – „Um das Mädchen zu holen?" – „Ja." – „Das wird blutig hergehen. Ich sehe, daß sie vier Begleiter hat. Und das Rasentürchen durch das ich muß, hat nur für einen einzigen Mann Raum. Sie stechen mich nieder, ehe ich heraus bin." – „Keine Sorge! Ich schieße alle vier nieder." – „Womit?" – „Mit meiner Büchse." – „Ihr habt ja gar keine mit!" – „Pah! Macht nur, daß Ihr fortkommt. Ihr tretet nicht eher auf die Insel, als bis Ihr hört, daß ich schieße." – „Aber Ihr wagt Euer Leben." – „Unsinn! Während ich die Augen nach der Insel habe, ist der Apache Mann genug, diese beiden Maricopas im Zaum zu halten. Übrigens liegt unser Dach voller Schützen. Also vorwärts!"

Wilkins entfernte sich. Anstatt Argwohn zu schöpfen, war dies dem Maricopa nur lieb. Er glaubte, daß Wilkins die beiden Knaben holen werde. Als dieser aber nach einiger Zeit nicht zurückkehrte, sagte der Eiserne Mund:

„Nun, erhalte ich meine Söhne?" – „Nur gegen die beiden Personen, die ich dir bereits genannt habe." – „Ich liefere diese nicht aus." – „So sterben deine Söhne." – „Und das Mädchen stirbt auch. Siehst du, daß meine vier Krieger sich mit ihr bereits auf der Insel befinden? Sie errichten schon den Pfahl." – „Ich sehe es. Aber sie dürfen ihr kein Leid tun." – „Wer will es ihnen untersagen?" –

„Ich. Wir unterhandeln hier. So lange dies währt, darf nichts Feindseliges geschehen." – „Es wird geschehen, denn ich habe es befohlen." – „Und es wird nicht geschehen, denn ich dulde es nicht." – „Was willst du dagegen tun?" – „Ich töte deine vier Krieger." – „Womit? Mit deinem Beil? Dorthin reicht selbst die Kugel des besten Gewehres nicht." – „Vergiß nicht, daß ich der Fürst der Bleichgesichter bin. Jetzt binden sie das Mädchen an. Gib Gegenbefehl, sonst schieße ich!" – „Mit dem Beil?" höhnte der Maricopa. – „Ja." – „So schieß!" – „Du willst es!"

Der Apachenhäuptling hatte unbemerkt in seine Tasche gegriffen, um zwei kleine Revolver herauszuziehen. Das genügte, um für Steinbach freie Hand zu machen. Letzerer zog sein Beil aus dem Gürtel. Der Eiserne Mund lachte dazu. Vorhin, als das Beil geworfen worden war, hatte der Besitzer desselben es gar nicht für nötig gehalten, erst die lederne Scheide zu entfernen, in der es steckte. Jetzt aber zog er sie ab. Zwei schnelle Griffe, ein Druck an einem Hebel, und der Stiel des Beiles hatte sich in die Läufe eines Doppelgewehres verwandelt. Der eigentliche Beilkörper bildete einen Kolben in Axtgestalt, mit dem man einem Büffel den Kopf spalten konnte.

„Also gibst du den Befehl, sie nicht anzurühren?" fragte Steinbach nochmals. – „Nein. Sie wird gemartert! Schieße doch!" – „Du höhnst? Paß auf, wie der Fürst der Bleichgesichter schießt!"

Im Nu war geladen – den Kolben an die Backe – zwei Knalle – zwei neue Patronen in die Kammern – noch zwei Knalle – und die vier Maricopas, die das Mädchen nach der Insel gerudert hatten, lagen lang ausgestreckt am Boden – einer wie der andere durch den Kopf geschossen, wie sich später zeigte. Und zu gleicher Zeit tauchte aus dem Boden der Insel Wilkins Gestalt auf, der Magdas Stricke durchschnitt und mit ihr wieder im Boden verschwand, gerade so schnell, wie er erschienen war.

Dieser ganze Vorgang hatte sich in Zeit von einer einzigen Minute abgewickelt. Darum herrschte zunächst die Stille starren Erstaunens, droben auf dem Dach des Gebäudes, drüben bei den Haufen der Maricopas und auch an dem Beratungsort, wo der Häuptling der letzteren offenen Mundes dastand und ebenso wie sein Begleiter mit weit aufgerissenen Augen nach der Insel starrte.

Außer Steinbach und dem Häuptling der Apachen gab es nur einen, der trotz der kurzen Minute, die der Vorgang in Anspruch genommen hatte, sofort voller Geistesgegenwart handelte. Das war Sam, der Dicke.

Die Tür des Missionsgebäudes öffnete sich, und Sam kam in

langen Sprüngen, die man ihm bei seiner außerordentlichen Wohlbeleibtheit gar nicht zugetraut hätte, herbeigeeilt.

„Master Steinbach, was ist geschehen?" rief er. „Haben die roten Kerle vielleicht trotz der Verhandlung den Parlamentärfrieden gebrochen? Da soll sie sofort alle zusammen der helle, lichte Teufel holen! In Beziehung auf das Völkerrecht verstehen wir Herlasgrüner nämlich gar keinen Spaß." – „Es ist so etwas Ähnliches. Ich habe aber dafür vier von ihnen erschossen." – „So ist es recht! Wenn sie nicht Verstand annehmen, bringe ich die anderen auch noch um!"

Damit trat Sam drohend vor den Eisernen Mund hin und schwang sein Gewehr in einer Weise, als ob er ihm mit dem Kolben den Kopf einschlagen wolle. Dieses Verhalten weckte den Häuptling aus seinem starren Erstaunen, und er wandte sich zornig an Steinbach:

„Was hast du getan! Du hast vier meiner besten Krieger getötet!" – „Ganz recht!" lautete die ruhige Antwort. – „Das ist eine Tat, die ich rächen muß!" – „Du scherzt!" – „Blicke mich an! Sehe ich so aus, als ob ich über die Ermordung meiner Krieger scherzen möchte?" – „Du siehst sehr ernst aus, machst aber dennoch Spaß. Wie kannst du eine Tat rächen wollen, zu der du selbst mich vorher aufgefordert hast!" – „Das habe ich nicht getan!" – „Hast du nicht gesagt, daß ich schießen solle?" – „Aber nicht sie töten!" – „Ah! Meinst du, daß der Fürst der Bleichgesichter sein Gewehr nur bei sich trägt, um in die Luft zu schießen? Wehe demjenigen, auf den es gerichtet wird. Er ist unbedingt des Todes." – „Ich wußte nicht, daß dieses Beil ein Gewehr sei." – „Das ist nur allein deine Schuld." – „Und daß du so weit schießen könntest." – „Ich habe es dir gesagt! Warum glaubst du es nicht?" – „Deine Flinte ist verzaubert. Das konnte kein Mensch vorher wissen." – „Ich habe dir gesagt, daß ich schießen werde. Du hast mich höhnisch aufgefordert, es zu tun. Du selbst bist also der Mörder deiner Leute. Du bist es aber auch noch aus einem anderen Grund. Du kamst zu uns, um mit uns zu verhandeln. Während der Verhandlung muß jede Feindseligkeit unterbleiben. Du aber hast ein weißes Mädchen vor unseren Augen und während unserer Beratung martern und töten lassen wollen. Du hast also den Frieden gebrochen. Ich habe dir Sicherheit und ungefährdete Rückkehr zu den Deinen versprochen, ich brauche dir dieses Versprechen nicht zu halten. Was willst du dagegen tun, wenn ich dich jetzt gefangennehme, dich und deinen Begleiter, der sich so vornehm dünkte, daß er gar nicht mit mir sprechen wollte?"

Der Maricopa richtete sich zu seiner vollen Höhe auf und antwortete in stolzem Ton:

„Das wirst du nicht wagen!" – „Warum nicht?" – „Ich bin der Eiserne Mund, der oberste und der berühmteste Häuptling meines Volkes." – „Und ich bin der Fürst der Bleichgesichter! Verstanden?"

Da erhob sich auch der Apache und sagte ruhig:

„Und hier steht die Starke Hand. Wer will sagen, daß er ihr widerstehen könne?"

Auch der dicke Trapper tat einen Schritt näher, warf sich stolz in die Brust und sprach:

„Und ich bin Samuel Barth aus Herlasgrün in Sachsen. Ich mache Knöpfe und zerhaue Köpfe. Verstanden?"

Der Maricopa war im vollsten Häuptlingsstaat herbeigekommen. Fühlte er auch innerlich Besorgnisse, so ließ er sich dies doch nicht merken. Einmal wollte er sich vor seinem Begleiter nicht blamieren, und sodann war er es den Emblemen, mit denen er geschmückt war, schuldig, daß er keine Furcht zeigte. Er sagte daher:

„Seht hier die Skalpe, die ich erbeutet habe, so kann ich mir auch die eurigen holen." – „Versuche es!" lachte Sam. „Ihr beide gegen uns drei. Das ist lächerlich!" – „Hier an der Lanze hängen meine Medizinsäcke. Sie werden mir den Sieg geben!" – „Und hier an meinem Gürtel hängt mein Kugelsack, auf ihn kann ich mich eher verlassen!" – „Blickt dorthin zu meinen Leuten! Sie harren nur meines Winkes. Es sind mir vier Krieger getötet worden. Ich brauche nur die Hand zu erheben, so fallen die Meinigen über euch her, um die ermordeten Brüder zu rächen."

Der Eiserne Mund zeigte auf die Maricopas, die sich zusammengezogen hatten und, ihre Waffen in Bereitschaft haltend, allerdings drohend genug aussahen. Aber Sam fuhr mit seiner Hand auf eine geringschätzige Weise durch die Luft und antwortete:

„Du machst uns nicht bang. Du hast den Frieden gebrochen und bist also der schuldige Teil. Du magst meinetwegen ein berühmter Mann sein, stehst aber drei noch viel berühmteren gegenüber, die sich auch vor hundert Maricopas nicht fürchten würden. Du mußt also sehr froh sein, wenn wir dir erlauben, mit heiler Haut zu entkommen. Anspruch auf Rache aber kannst du auf keinen Fall machen. Das wäre ein sehr lächerliches Verhalten. Du sagst, daß du nur den Arm zu erheben brauchst, so fallen deine Krieger über uns her. Ich sage dir: Ich brauche nur die Hand auszustrecken, so bist du mein Gefangener, oder, wenn es mir beliebt, schicke ich dich gar in die ewigen Jagdgründe, wo du dann meinetwegen dein Wort brechen kannst, so oft du nur immer willst."

Das war eine sehr lange Rede, die der Dicke gehalten. Er meinte es keineswegs bös mit dem Roten, aber er ärgerte sich darüber, daß dieser so stolze Worte im Munde führte, trotzdem er es mit drei solchen Gegnern zu tun hatte. Der feindliche Häuptling hätte nun vielleicht so gehandelt, wie es für ihn am besten war, aber sein Begleiter war ergrimmt über die Art und Weise, mit der Steinbach über ihn gesprochen hatte und sagte:

„Ist das dicke Bleichgesicht wirklich ein solcher Held, daß es dergleichen Worte zu uns sprechen darf?"

Der Apache sah ein, was da kommen werde. Rasch wandte er sich nach dem Gebäude um, unter dessen geöffnetem Tor sein Neffe, der Flinke Hirsch, stand, und gab ihm ein Zeichen.

Es muß hier gesagt werden, daß die Indianer eine sehr ausgeprägte Zeichensprache ausgebildet haben. Bei den vielen unter ihnen herrschenden Sprachen und Dialekten, die untereinander oft nicht die geringste Ähnlichkeit besitzen, ist die Pantomimik von sehr großer Bedeutung. Mit Hilfe derselben unterhalten sich zwei Männer ganz gut, ohne ein Wort zu sprechen, ohne nur einen Begriff ihres wechselseitigen Dialektes zu haben. Die Starke Hand machte jetzt einen waagerechten Strich durch die Luft, dann an einem Ende desselben einen kleinen, abwärts gehenden und am anderen zwei noch kleinere, aufrecht stehende. Das bedeutete einen Leib mit einem Schwanz und zwei Ohren, er verlangte also ein Pferd. Und die hastige Weise, in der er diese Bewegungen gemacht hatte, sollte heißen, daß das Pferd sehr schnell herbeigebracht werden müsse. Dabei hatte er eine solche Stellung eingenommen, daß die beiden Maricopas nicht sehen konnten, daß er ein Zeichen gab. Sofort verschwand der junge Indianer im Inneren des Hauses.

Der feindliche Häuptling, der sich durch die Worte seines Begleiters ermutigt fühlte, antwortete unterdessen:

„Meinst du etwa, daß ich diese Männer fürchte? Sie nennen sich berühmt, aber wenn sie mich nicht um Verzeihung bitten. werde ich mit ihren Skalpen doch meinen Wigwam schmücken!" – „Denjenigen des Dicken nehme ich!" stimmte der Maricopa bei, indem er nach seinem Messer griff.

Sam lachte laut auf.

„Vortrefflich!" sagte er. „Der Einfall gefällt mir gar nicht übel.

Du hängst meinen Skalp in deinem Wigwam auf, und dann besuche ich dich, um zu sehen, wie er sich ausnimmt. Darauf gebe ich dir zu deiner Sicherheit mein Wort und auch noch als Handschlag diesen Nasenstüber."

Im nächsten Augenblick tat er einen schnellen, behenden Schritt und schlug dem Roten die Faust von unten herauf mit solcher Wucht an das Kinn und an die Nase, daß dieser sofort zu Boden stürzte, von wo er sich nicht so bald wieder zu erheben vermochte. Blut drang ihm aus Mund und Nase.

Gleich darauf aber kniete Sam bereits über ihm, zog sein Messer und rief:

„Töten will ich den Halunken nicht, skalpieren auch nicht, denn ich bin kein Wilder. Aber die Locke nehme ich ihm. Das brandmarkt ihn Zeit seines Lebens. Warum hat er es gewagt, uns zu verhöhnen!"

Damit zog er die Skalplocke des Roten scharf an, schnitt sie ab und warf sie weit von sich.

Es muß hier erwähnt werden, daß einige Indianerstämme das volle Haar tragen, selbst diejenigen aber, die sich scheren, auf dem Scheitel eine Locke stehenlassen. Sie wird Skalplocke genannt. Wollte ein Indianer diese Locke nicht stehenlassen, damit, wenn er ja einmal von einem Feind besiegt werde, dieser ihn nicht skalpieren könne, so wäre das ein Zeichen der Feigheit, wodurch er sich die Verachtung aller zuziehen würde.

Diese Locke nun hatte Sam dem Maricopa abgeschnitten. Das galt für ganz dasselbe wie das Skalpieren, ja, es war noch mehr als dieses, es entehrte den betreffenden für die ganze Zeit seines Lebens. Denn während selbst der Tapferste seinen Feinden unterliegen und skalpiert werden kann, ist es eine große Schande, nur die Locke zu verlieren. Der Feind hat dann den Besiegten für so verächtlich gehalten, daß er sogar von seiner Skalphaut nichts wissen mochte.

Auch dies war so schnell geschehen, daß der Häuptling der Maricopas gar keine Bewegung hatte machen können, seinem Gefährten beizustehen. Als er aber die Locke fliegen sah, stieß er einen lauten Wutschrei aus und machte Miene, sich auf Sam zu stürzen. Das ging aber nicht so schnell, wie er es sich vorgenommen hatte, denn sein Häuptlingsstaat hinderte ihn daran, und außerdem trat Steinbach ihm entgegen.

„Halt!" sagte dieser. „Du hast meine Warnung und Ermahnung mißachtet. Ich werde dir zeigen, daß der Fürst der Bleichgesichter nie umsonst warnt. Du bist mein Gefangener!" – „Dein – Gefangener...?" stieß da der Maricopa, mehr erstaunt, als erschrocken hervor. – „Ja. Folge mir gutwillig!" antwortete Steinbach und griff nach dem Mantel des Häuptlings. Der aber stieß die Hand, die ihn erfassen wollte, zurück und rief:

„Weißer Hund! Eher stirbst du!"

Damit riß er sein Schlachtbeil aus dem Gürtel, um sich zu verteidigen, kam aber nicht zum Hieb, denn es passierte etwas, was ihn vollständig verblüffte.

Nämlich in dem Augenblick, als Sam auf dem Maricopa niederkniete, um ihm die Locke zu nehmen, und also die ganze Aufmerksamkeit des Häuptlings auf diesen blitzschnellen Vorgang konzentriert war, kam der Flinke Hirsch aus dem Tor des Missionsgebäudes hervorgeritten. Er parierte im vollen Galopp sein Pferd vor der Gruppe, so daß der Häuptling ihm den Rücken zukehrte, und sprang vom Pferd. Im nächsten Augenblick saß sein Oheim, die Starke Hand, im Sattel, faßte mit der Linken den Zügel, ergriff mit der Rechten den Eisernen Mund hinten am Kragen seines ledernen Jagdhemdes und riß ihn mit einem gewaltigen Ruck zu sich auf das Pferd herauf. Dann zog er dieses herum und jagte davon, dem Haus entgegen.

Natürlich entfielen dem Häuptling Mantel, Schild, Schmuck und alle Waffen. Dabei schrie er laut um Hilfe. Jedoch es half ihm nichts. Er verschwand mit dem mutigen, riesenstarken Apachen in dem Inneren des Gebäudes.

28. KAPITEL

Es versteht sich ganz von selbst, daß sämtliche Maricopas, als sie das sahen, ein fürchterliches Geheul erhoben und herbeigeeilt kamen.

„Zurück!" warnte Sam. „Zu viele Hunde sind selbst des Bären Tod." – „Geht Ihr, wenn Ihr Lust habt", sagte Steinbach. „Ich aber bleibe." – „Seid Ihr bei Sinnen!" – „Ja." – „Nein, verrückt seid Ihr!" – „Ich weiß, was ich tue." – „Nun gut, so bleibe ich auch. Ich habe noch niemals einen Kameraden im Stich gelassen."

Dabei warf Sam einen Blick auf den am Boden liegenden Feind, ob dieser etwa bereits imstande sei, an Rache zu denken. Glücklicherweise aber war der Rote noch ohnmächtig.

Steinbach bückte sich nieder und hob das weißgegerbte Fell auf, das vorher als Friedenszeichen gegolten hatte. Es leicht schwingend, schritt er mutig und ohne das geringste Zeichen von Furcht den Maricopas entgegen.

Diese stutzten. Die vordersten blieben ganz erstaunt halten und zwangen so die ihnen folgenden, auch stehenzubleiben. Sie konnten Steinbachs Verhalten ganz unmöglich begreifen.

War dies Wahnsinn, Todesmut? Oder hatten sie sich geirrt? War das, was man an dem Häuptling getan hatte, gar nichts Feindseliges gewesen? Hatte es nur so geschienen und kam jetzt das Bleichgesicht, um es ihnen zu erklären?

Sam blieb stehen und hielt seine Büchse bereit, um Steinbach zu schützen und den ersten, der die Waffe gegen diesen erheben sollte, sofort niederzuschießen.

Auch die Besatzung des Missionshauses konnte sich Steinbachs Vorhaben nicht erklären. Das, was er tat, war mehr als Verwegenheit. Hatte der Häuptling der Apachen mit seiner gelungenen Entführung des Feindes verwegen gehandelt, so war das, was der Fürst der Bleichgesichter jetzt unternahm, geradezu tollkühn zu nennen. Ein Glück war es für ihn, daß die Leute in und auf dem Gebäude den Ort, an dem sich jetzt die Maricopas befanden, noch mit ihren Kugeln erreichen konnten.

Steinbach jedoch fühlte seinerseits auch nicht die geringste Sorge. Er wußte, was er wollte. Er schritt also stolz und aufrecht auf die Feinde zu, blieb hart vor ihnen stehen und fragte:

„Wohin wollen meine roten Brüder so eilig gehen?"

Diese Frage verblüffte sie noch mehr, so daß die Antwort vollständig ausblieb.

„Der Eiserne Mund hat meine roten Brüder hierher geführt. Befindet sich außer ihm vielleicht noch ein Häuptling bei ihnen?" – „Nein", antwortete ein alter Krieger, indem er ein wenig hervortrat. – „Mit wem kann ich da jetzt sprechen, da der Eiserne Mund abwesend ist?" – „Mit dem Scharfen Beil. Er ist der älteste unter den gegenwärtigen Kriegern der Maricopas." – „Wo ist er?" – „Ich selbst bin es." – „So höre meine Rede und antworte mir!" – „Ich werde deine Worte hören, ob ich dir aber antworte, das weiß ich noch nicht. Mein Haupt ist grau, und meine Taten sind unzählig. Du aber bist jung und hast noch nicht viel getan. Das Alter soll nur mit dem Alter sprechen." – „Woher weißt du, daß ich noch nichts getan habe? Man nennt mich den Fürsten der Bleichgesichter. Ist dir dieser Name nicht bekannt?" – „Uff! Uff! Uff!" riefen die Wilden.

Der Alte aber betrachtete Steinbach mit ungläubigem Blick und sagte:

„Ich kenne den Namen, aber nicht den Helden, dem er gehört. Auch ein anderer kann sagen, daß er so heiße. Die Zungen der Bleichgesichter lügen." – „Die meinige nicht. Laßt fünf oder sechs deiner Krieger hervortreten. Sie alle zugleich sollen mit mir kämpfen; sie mögen ihre Schlachtbeile nehmen oder ihre Messer, ganz wie es ihnen gefällt. Ich aber wehre mich nur mit der nackten Hand. Dennoch werde ich sie alle erschlagen, ohne daß sie mich verletzen." – „Uff!" rief der Alte. – „Uff, uff, uff!" ertönte es im Kreis.

Und mehrere legten ihre Schießgewehre weg, bereit, sich der Probe zu unterwerfen und die vermeintliche Prahlerei zu bestrafen. Steinbach sah dies und warnte:

„Sie mögen sich aber vorher wohl überlegen, was sie tun. Es geht auf Leben und Tod." – „Sie werden siegen, du aber wirst sterben!" sagte der Sprecher. – „Du irrst. Ich war in eurem Lager und habe die Söhne des Häuptlings mitgenommen. Kann dies ein gewöhnlicher Krieger?'" – „Nein."

Der Indianer erkennt die Vorzüge selbst seines Todfeindes an; daher diese ehrliche Antwort.

„Ich habe mit meinem Beil dort jenen Vogel getroffen. Habt ihr es gesehen?" – „Ja." – „Vermag das ein gewöhnlicher Mann?" – „Nein." – „Und ich habe jene vier Krieger erschossen, die drüben auf der Insel liegen." – „Du wirst ihren Tod mit dem deinigen bezahlen!" fiel ihm das Scharfe Beil in die Rede. – „Ich bin bereit, euch Genugtuung zu geben. Aber sage mir, ob einer von euch vier solche Schüsse getan hätte!" – „Nein. Du hast unsere Krieger getötet, aber ich muß die Wahrheit bekennen, du bist ein großer Schütze, und dein Gewehr ist eine große Medizin."

Der Indianer nennt nämlich alles Medizin, was ihm geheimnisvoll und unbegreiflich ist.

„Du gibst also zu, daß ich kein gewöhnlicher Jäger bin?" fuhr Steinbach fort. – „Jawohl." – „Warum glaubst du nicht, daß ich der Fürst der Bleichgesichter bin?" – „Weil du kein Zeichen deines Ranges an dir trägst." – „Ich verachte solche Zeichen. Ich bedarf ihrer nicht. Meine Taten sind meine Zeichen." – „Nun wohl! Ich werde sogleich sehen, ob du wirklich der Häuptling der Bleichgesichter bist. Du wolltest fünf oder sechs der Unsrigen mit der nackten Hand besiegen. Das kann nur der Fürst der weißen Jäger." – „Der bin ich, und ich kann es." – „Er hat den Tod und den Blitz in der Faust. Wo er hinschlägt, da sitzt eine Kugel, gerade so, als ob er mit einem Feuergewehr geschossen hätte." – „Du bist ganz genau unterrichtet." – „Kein zweiter hat den Blitz des Schießgewehres in der Faust. Hast du ihn, so bist du der Fürst der Bleichgesichter. Das soll die Probe sein." – „Ich habe ihn." – „In welcher Hand?" – „In welcher du willst. In der rechten oder in der linken. Ganz nach deinem Wohlgefallen." – „Zeige mir deine Hände!"

Steinbach streckte sie ihm entgegen. Das Scharfe Beil betrachtete sie genau und schüttelte den Kopf. „Uff!" rief er. „Diese Hände sind gerade so und nicht anders wie die Hände jeden Mannes. Willst du sie auch meinen Kriegern zeigen?" – „Sie mögen herbeitreten, sie zu besehen."

Die Indianer kamen einer nach dem anderen, sich die Hände Steinbachs genau zu betrachten.

„Uff!" rief der erste, und „uff!" riefen nach ihm alle anderen, da sie nicht begreifen konnten, daß ein Mann mit so naturgemäßen Händen den Blitz des Feuergewehres in denselben haben solle.

Während dieser eigentümlichen und beinahe spaßhaften Inspektion trat auch Sam herbei. Er hielt die Sache für eine Posse, die Steinbach nur Schaden bringen könne, wenn entdeckt werde, daß er nur Unsinn treibe. Darum sagte er zu ihm, aber deutsch, daß die Roten ihn nicht verstehen konnten:

„Master, macht keinen Hokuspokus! Er könnte Euch übel ausfallen!" – „Es ist keiner." – „Eure Hände werden doch nicht anders sein, als diejenigen anderer Menschenkinder." – „Vielleicht doch." – „Sind sie denn geladen?" – „Ja." – „Etwa gar mit Kugeln?" – „Natürlich! Ihr habt es ja von den Roten gehört." – „Unsinn und tausendmal Unsinn!" – „Pah! Ihr habt Euch gestern so viel in mir geirrt, und so geht es Euch auch jetzt wieder." – „Na, daß Hände geladen sind und losgehen werden, das kann man doch nur in einem Irrenhaus sagen. Aber glauben werden es selbst die Insassen eines solchen Hauses nicht. Darauf könnt Ihr Euch verlassen." – „Wartet es ab!" – „Ich warne Euch noch einmal. Ihr lacht zwar so ganz zuversichtlich dazu; aber Ihr werdet diese Leute kopfscheu machen und dann wird es unmöglich sein, sie wieder in die gehörige Ordnung zu bringen." – „Habt nur einige Augenblicke Geduld, Master Sam. Ihr seht, daß jetzt der letzte meine Hand betrachtet hat. Nun kann es losgehen."

Die Roten sahen einander ungläubig an. Das Scharfe Beil teilte ihren Zweifel. Er sagte:

„Der rote Mann wettet niemals mit einem Bleichgesicht, weil er weiß, daß er von dem Weißen betrogen wird; aber mit dir möchte ich doch wetten, daß du nicht das Feuer und die Kugel in deinen

Händen hast." – „Du würdest die Wette verlieren." – „Beweise es!" – „Ich bin dazu bereit. In welcher Hand soll ich den Blitz haben? Bestimme du es!" – „In der rechten." – „Und welchen von euch soll meine Rechte treffen?"

Diese Frage war nicht erwartet worden. Die Roten machten sehr verlegene Gesichter.

„Ach so!" lachte Sam. „Hier steckt des Pudels Kern. Wenn Ihr wirklich den Blitz in den Fingern habt, muß derjenige sterben, den Ihr trefft. Also wird sich keiner zu der Probe hergeben, und Ihr behaltet natürlich recht. Sehr pfiffig ausgesonnen!" – „Und Ihr irrt Euch abermals. Ich täusche diese Leute ganz gewiß nicht." – „Dann bin ich von Blech, oder ich habe einen Hopfenkloß zwischen den Schultern anstatt des Kopfes."

Die Roten sprachen mittlerweile leise miteinander. Dann erkundigte sich das Scharfe Beil:

„Muß denn deine Hand einen Menschen berühren?" – „Nein." – „Es kann auch ein Tier sein?" – „Ja." – „Oder ein anderer Gegenstand?" – „Auch das." – „Warum sollen wir da einen von uns töten lassen!" – „Ah, ihr fürchtet euch bereits! Ihr gebt schon im stillen zu, daß ich der Fürst der Bleichgesichter bin!" – „Wir zweifeln, daß du es bist; dennoch aber kannst du es sein. Sieh hier diesen Schild. Er ist aus vierfachem, geräucherten Büffelleder gemacht und hat noch kein Loch. Es sind viele Pfeile mit ihm abgewehrt worden, und noch keiner derselben hat ihn durchdrungen. Willst du uns den Beweis an diesem Schild liefern?" – „Gern. Ich bitte dich, ihn zu halten!" – „O nein, nein!" wehrte der Maricopa ängstlich ab. „Wenn du wirklich der Fürst der Bleichgesichter bist, so wäre ich verloren. Erlaube, daß wir ihn hier an diesen Baum aufhängen!" – „Meinetwegen."

Der Alte schlug mit seinem Kriegsbeil einen Ast des Baumes los und hing den Schild an den Stumpf.

„So!" sagte er. „Jetzt kannst du es tun."

Steinbach wollte zum Baum treten; der dicke Sam aber ergriff ihn beim Arm und sagte bittend:

„Hört, wenn Ihr etwas auf meine Bitte gebt, so tut mir den Gefallen und treibt es nicht zu weit!" – „Nur so weit, wie es geht!" – „Bedenkt, daß sich selbst ein Wilder nicht gern foppen läßt, zumal hier, wo es wohl auf Tod und Leben geht." – „Ich weiß ganz genau, was ich tue." – „Nun meinetwegen!" sagte Sam unwillig. „So mögt Ihr Feuer in den Händen haben oder Schnaps im Kopf, mir ist es egal. Aber wenn sie nachher über Euch herfallen, dann werde ich es sein müssen, der Euch herauszuhauen hat." – „Das werde ich schon selbst besorgen, lieber Sam. Paßt einmal auf, was jetzt geschieht!"

Steinbach trat mit diesen Worten zu dem Baum hin. Niemand hatte es beachtet, daß er vorher die rechte Hand einen Augenblick lang in den Gürtel gesteckt hatte. Nun stellte er sich zur Seite, so daß er einen bequemeren Hieb hatte, holte aus und schlug auf die Mitte des Schildes. Gleich darauf flammte ein Blitz auf und donnerte ein Krach, als ob jemand mit einem Gewehr geschossen habe. – Dann trat Steinbach zurück und sagte:

„Seht her!"

Sofort trat das Scharfe Beil näher und betrachtete den Schild, dann nahm der Krieger ihn vom Baum weg und prüfte auch die Stelle des Stammes, über der der Schild gehangen hatte.

„Uff, uff!" rief er verwundert.

Auch die anderen Maricopas kamen nun herbei, um ganz dasselbe wie er zu tun, und stießen laute Rufe der Verwunderung aus. Da ging Sam ebenfalls hin und griff nach dem Schild.

„Verdammt!" rief er. „Ein Kugelloch!" – „Und seht den Baum an!" lachte Steinbach.

Sam tat es.

„Wollt Ihr mir einen Storch braten, Sir?" meinte er ganz verwundert. „Hier sitzt die Kugel im Holz. Sie ist durch den Schild gedrungen und im Baum steckengeblieben." – „Na, also!" – „Woher ist sie gekommen?" – „Vom Himmel hoch, wie es im alten Gesangbuchlied heißt, mein bester Sam Barth." – „Macht keinen Unsinn! Das kann doch nur von einem Schießgewehr sein!" – „Pah! Seht hier meine Hand!"

Diese war, wie vorher, nackt und unbewaffnet.

„Etwas müßt Ihr doch in den Fingern gehabt haben!" – „Ja, ich will es gestehen." – „Aber was? Eine Pistole oder ein Revolver war es nicht. Beides hätte man gesehen." – „Natürlich." – „Was war es denn?" – „Später. Jetzt muß ich mit diesen Leuten reden."

Das Scharfe Beil war nämlich herbeigekommen, hatte Steinbachs rechte Hand ergriffen und betrachtete sie auf das aufmerksamste. Dann drehte er sie nach beiden Seiten, befühlte sie und sagte endlich:

„Ja, du hast es bewiesen, du bist der Fürst der Bleichgesichter. Ich glaube es." – „Glauben es auch deine Gefährten?" – „Ja, alle." – „So hoffe ich, daß ihr den Worten, die ich euch zu sagen habe, eure Aufmerksamkeit schenken werdet." – „Sprich! Wir werden dich hören." – „Warum seid ihr nach dem Silbersee gekommen?" – „Frage den Eisernen Mund. Er wird es dir sagen." – „Er ist nicht hier, und du bist der Sprecher." – „Gehe hinein in das Haus und rede mit Ihm. Ich darf nicht von dem sprechen, was du wissen willst." – „Nun, du brauchst es mir nicht zu sagen. Ich weiß es bereits. Als ich bei euch gestern in dem großblättrigen Wald war, stand ich auf dem Baum, unter dem der Eiserne Mund wohnte, und hörte ihn mit dem Hölzernen Mann sprechen. So erfuhr ich alles, was du mir nicht sagen darfst. Ich nahm die beiden Söhne des Häuptlings und eilte hierher zurück. Hättet ihr uns einen Boten gesandt, um uns den Angriff ehrlich zu verkündigen, so wäre keiner der Eurigen gefallen, und wir säßen jetzt beisammen, um die Pfeife des Friedens zu rauchen. Ihr habt es aber anders gewollt. Ihr wolltet das weiße Mädchen opfern ..." – „Uff! Wer sagt das?" – „Ich weiß es. Es ist euch nicht gelungen. Die Arme befindet sich jetzt in unserer Mitte. Sie ist gerettet. Ihr wolltet die Schätze des Silbersees haben für den Silbernen Mann, aber ..." – „Man hat dich getäuscht!" – „Der Häuptling selbst sagte es. Habt ihr sie erhalten? Nein! Ihr wolltet die Gräber der hier ruhenden Häuptlinge der Apachen und Komantschen entweihen. Ihr habt noch kein einziges berührt, und ihr werdet auch kein einziges entheiligen." – „Wir werden es dennoch tun!" – „Ihr werdet es unterlassen. Es ist euch von allem, was ihr tun wolltet, gar nichts gelungen. Im Gegenteil befindet sich euer Häuptling mit seinen zwei Söhnen in unserer Gewalt." – „Wir werden sie befreien." – „Wie wollt ihr das anfangen?" – „Wir stürmen das Haus!" – „Ihr wolltet es in der Nacht stürmen. Ist euch das gelungen? Nein. Blicke in die Fenster und schaue empor zum Dach! Siehst du nicht so viele Gewehrläufe auf euch gerichtet, wie ihr Krieger seid? Wir haben euch bisher geschont. Wenn wir aber ein Zeichen geben, so kommen die Apachen von allen Richtungen herbei, und ihr könnt nicht aus dem Tal hinaus und müßt alle eure Skalpe geben. Hast du einige Male von mir sprechen gehört?" – „Sehr oft." – „Hat man gesagt, daß ich ein Feind der roten Männer bin?" – „Nein. Du bist ihr Freund. Du liebst sie, wie du die Weißen liebst. Du bist keines Menschen Feind." – „Man hat die Wahrheit gesagt. Ich bin euer Freund. Euer großer Geist ist auch mein großer Geist. Er ist euer Vater und unser Vater. Er ist der Herr und König aller Menschen. Darum sind wir alle Brüder, und es tut mir leid, wenn ich einem Bruder Schmerz bereiten soll. Ich möchte Frieden mit euch schließen. Ihr seid in unserer Hand, dennoch möchte ich es so weit bringen, daß ihr nach eurem Jagdgebiet zurückkehren könnt, ohne noch mehrere eurer Brüder zu verlieren. Der Silberne Mann hat es bös mit euch gemeint; ich aber meine es gut mit euch. Er war begierig auf die Schätze, die hier aufbewahrt sein sollen; er aber ist zu feig, und darum hat er euch verleitet, sie für ihn zu holen. Es bereitet ihm keinen Schmerz, daß dabei eure tapferen und edlen Männer erschossen werden. Ich aber beklage das vergossene Blut meiner roten Brüder. Jetzt sage mir, was ist besser? Daß ihr auf ihn hört oder auf mich?"

Der Alte senkte das Auge lange zu Boden. Als er es wieder erhob, glühte es unheimlich in demselben auf.

„Deine Worte sind gut, und ich glaube an sie", sagte er. „Ich habe noch nie gehört, daß der Fürst der Bleichgesichter eine Lüge sagt. Versicherst du uns, daß du die Unsrigen, die gefallen sind, bedauerst, so ist es auch wahr. Die Apachen und Komantschen sind unsere Feinde; darum wollten wir die Gräber ihrer Häuptlinge beschimpfen. Diese Schande wäre die größte Strafe für sie gewesen." – „Ihr habt euren Vorsatz aber nicht ausführen können. Sie sind wachsamer gewesen als ihr." – „Es wäre uns gelungen, wenn du nicht gewesen wärest." – „Ja, ich habe sie gewarnt. Nun will ich auch euch warnen, damit ihr nicht ausgerottet werdet. Du bist ein großer Krieger. Die Zahl der Skalpe, die du erbeutet hast, ist eine bedeutende. Darum wirst du meine Frage begreifen. Wer ist mutiger von beiden: wer heimlich über die Gräber der Toten, die sich nicht verteidigen können, herfällt, oder wer seinen Feind offen und ehrlich bekämpft, Angesicht gegen Angesicht?"

Wieder blickte der Alte zu Boden. Als er den Blick erhob, richtete er ihn vorwurfsvoll auf Steinbach und erwiderte:

„Du bist unser Freund, wie du sagst, aber deine Worte klingen wie diejenigen eines Feindes, der uns kränken und beleidigen will." – „Ich will euch nicht beleidigen. Ich will euch nur erklären, warum die Krieger der Apachen neben dem Zorn auch noch etwas anderes für euch fühlen. Dennoch aber will ich mit ihnen sprechen. Vielleicht sind sie bereit, die Pfeife des Friedens mit euch zu rauchen." – „Sie sind nicht bereit, und wir auch nicht." – „Warum nicht?" – „Weshalb nahmen sie unseren Anführer gefangen?" – „Weil er als ihr Feind handelte. Ich wollte Frieden mit ihm schließen, er aber beabsichtigte, meine junge, weiße Schwester zu töten, obgleich er uns das weiße Fell des Friedens gezeigt hatte." – Was werden sie mit ihm tun?" – „Sie haben das Recht, ihn an den Marterpfahl zu binden." – „Er wird sterben wie ein Mann." – „Es ist besser, wie ein Mann zu leben, als wie ein Mann zu sterben. Ich werde mit dem Häuptling der Apachen sprechen und ihn bitten, den Eisernen Mund und dessen Söhne freizugeben." – „Das wird er nicht tun. Kein roter Häuptling wird sich einer solchen Unklugheit schuldig machen." – „Ich halte es für keine Unklugheit, sondern vielmehr für eine Klugheit. Wer an einem Feind edel handelt, der darf von ihm auch wieder Edelmut erwarten."

Das Scharfe Beil schüttelte langsam den Kopf.

„Mein weißer Bruder spricht Worte, die so gut und fromm sind, als ob sie aus dem Mund des großen Geistes kämen. Warum sind nicht alle weißen Männer so? Die roten Männer lebten in Frieden und Eintracht, da kamen die Bleichgesichter und brachten Blattern und das Feuerwasser, den Haß, die Feindschaft und das Verderben." – „Es gibt gute und böse Männer bei euch und bei uns. Heute spricht ein guter zu euch, und ich hoffe, daß ihr seine Stimme hören werdet. Ich wünsche den Frieden und die Versöhnung zwischen euch und den Apachen." – „Du wünschst das Unmögliche." – „Warum solltet ihr nicht Freunde werden können?" – „Weil sie nicht tun werden, was du von ihnen forderst, und weil auch wir nicht tun dürfen, was du von uns verlangst." – „Bisher habe ich noch nichts von euch verlangt." – „Nein; aber wir kennen im voraus die Worte, die du sagen wirst. Selbst wenn sie uns den Frieden anbieten, dürfen wir ihn nicht annehmen." – „Warum solltet ihr das nicht dürfen?" – „Weil sie viele unserer Krieger getötet haben." – „Nicht sie tragen die Schuld daran, sondern ihr tragt diese selbst. Ihr seid als Feinde gekommen, und sie mußten sich verteidigen." – „Du selbst hast vier von uns erschossen." – „Der eiserne Mund forderte mich auf, zu schießen. Er warf mir diesen Hohn in das Gesicht. Er glaubte nicht, daß meine Kugel so weit reichen würde. Ihr seht also, daß die Schuld nur auf eurer Seite ist." – „Das kann nichts ändern. Du scheinst die Gesetze der roten Männer nicht genau zu kennen." – „Ich kenne sie wohl. Blut erfordert wieder Blut oder wenigstens den Blutpreis, mag schuld an der Tötung sein, wer da wolle." – „So ist es. Du siehst also, daß wir Blut fordern müssen, und das werden die Apachen uns verweigern." – „Vielleicht gewähren sie es euch." – „Das ist unmöglich!" – „Vergiß nicht, daß ich der Fürst der Bleichgesichter bin, der bereits vieles möglich gemacht hat, was vorher unmöglich zu sein schien! Welche Absicht hattet ihr, als ihr vorhin auf mich und meinen Gefährten hier eingestürmt kamt?" – „Wir wollten euch töten, euch und den jungen Apachen, der nun zurückgewichen ist." – „Er hätte sich verteidigt wie ein Mann. Er ist der Flinke Hirsch, der Bruderssohn der Starken Hand. Es ist gut, daß ihr euren Vorsatz nicht ausgeführt habt, denn aus den Fenstern und von dem Dach des Hauses wären so viele Kugeln gekommen, daß ein großes monatelanges Klagen in euren Dörfern entstanden wäre. Laßt euch ruhig nieder. Ich und mein Gefährte, wir werden in das Haus gehen und für euch sprechen." – „Ihr redet diese Worte, um zu entkommen. Ihr habt den Eisernen Mund gefangengenommen und befindet euch nun an seiner Stelle in unserer Gewalt." – „Ich bin zu euch mit dem weißen Fell gekommen." – „Er auch zu euch." – „Er hat das Friedenszeichen nicht geachtet; er hat den Frieden gebrochen." – „Und du hast vier Krieger von uns dafür getötet. Auch du hast den Frieden gebrochen und befindest dich jetzt in unserer Gewalt. Wir geben dich nur gegen den Häuptling und dessen Söhne frei." – „Du meinst wirklich, der Fürst der Bleichgesichter sei dein Gefangener?" – „Ja." – „Und dieser weiße Mann hier auch?" – „Auch er." – „Er ist ein berühmter Jäger. Hast du einmal von den Taten des Dicken Bauches gehört?" – „Ich habe von ihm gehört. Er kennt alle Wege des Westens und ist ein listiger und verwegener Mann." – „Nun, mein weißer Gefährte ist der Dicke Bauch. Seht ihn euch an!" – „Uff, uff, uff!" erklang es aus aller Munde. – „Verdammt!" lachte Sam. „Das habt Ihr sehr gut gemacht, Master Steinbach. Das ist eine Vorstellung wie auf dem Theater. Jetzt bin ich neugierig, ob sie uns gefangennehmen werden." – „Fällt mir nicht ein, mich festhalten zu lassen!" – „Wollen wir uns gegen sie wehren?" – „Nein. Das würde ein wahres Massaker werden. Sie schießen, wir schießen, die vom Gebäude her schießen. Wir würden vollständig durchlöchert werden." – „Hm! Ja. Sie reden leise miteinander. Sie beraten. Der alte, brave Kerl, der sich das Scharfe Beil nennt, scheint Euch doch nicht gern feindlich behandeln zu wollen." – „Ich hoffe es." – „Wenn sie uns aber doch festhalten wollen?" – „So gehen wir trotzdem." – „Dann kommt es zum Kampf." – „Sicherlich nicht." – „Meint Ihr etwa, daß wir hier rechts hinter die Bäume springen und uns von da weiter fortpirschen? Da holen sie uns sofort ein." – „Das meine ich nicht. Ich habe so meine kleinen Mittel und Kunstgriffe. Eine Kleinigkeit kann einen aus der größten Gefahr erretten. Diesen Sachen habe ich wohl zum meisten meinen Titel als Fürst der Bleichgesichter zu verdanken." – „Hm! Ich möchte doch die Kleinigkeit wissen, die imstande wäre, uns aus dieser Patsche zu helfen." – „Von Bomben habt Ihr gehört?" – „Natürlich." – „Und von Granaten auch?" – „Auch. Ich fluche sogar zuweilen alle möglichen Bomben und Granaten." – „Habt Ihr auch von der Mephistophelesgranate gehört?" – „Was für ein Ding ist das?" – „Sie gehört zur Gattung der Handgranaten. Wenn man sie wirft, so zerplatzt sie und entwickelt einen entsetzlichen Qualm, der genau so riecht, wie der Teufel riechen soll, wenn er vor einer Seele Reißaus nehmen muß." – „Verdammt! Das ist interessant! So ein Ding sollten wir hier haben!" – „Habe es!" – „Wirklich?" – „Ja. Im Ranzen, den ich auf dem Rücken zu tragen pflege, befinden sich mehrere solcher Raritäten. Ich steckte vorhin eine solche Granate ein." – „Ist der Qualm dick?" – „So dick, daß sie nicht hindurchsehen können." – „Prächtig! Bin neugierig, was sie dazu sagen werden."

Diese Mitteilung in deutscher Sprache hatte vor sich gehen können, weil auch die Maricopas sich untereinander besprochen hatten. Dabei aber waren ihre Blicke fest auf Steinbach und Sam gerichtet gewesen, damit es diesen ja nicht gelingen möge, sich durch eine schnelle, unerwartete Flucht zu retten. Jetzt war ihre Beratung zu Ende, und das Scharfe Beil wandte sich wieder an Steinbach:

„Der Dicke Bauch ist auch kein Feind der roten Männer, aber wir müssen ihn dennoch mit gefangennehmen, weil er sich bei unseren Feinden befindet." – „Ihr tut unrecht. Ich habe den Frieden bringen wollen, und ihr nehmt uns gefangen." – „Dadurch werden wir den Frieden erlangen." – „Nein." – „Ja. Um euch beide frei zu sehen, werden die Apachen auf alle unsere Bedingungen eingehen. Aber wir werden euch nicht behandeln wie Feinde. Wir werden euch Wasser und Fleisch geben, so viel ihr braucht, und euch bis zu unserem Aufbruch nur an einen Baum binden."

Da lachte Sam laut auf.

„Du lachst?" fragte der Alte. – „Ja, ich lache. Hast du einmal gehört, daß der Dicke Bauch der Gefangene der roten Männer gewesen ist?" – „Nein, aber du wirst es jetzt sein." – „Und glaubst du wirklich, daß sich auch der Fürst der Bleichgesichter an einen Baum binden lassen wird?" – „Er wird es. Ihr seid beide kluge Männer und werdet einsehen, daß Gegenwehr euch verderben würde." – „Seht ihr nicht die Gewehre da oben?" – „Man kann nicht auf uns schießen, da man ja auch euch treffen würde. Hier ist mein Riemen. Der Fürst der Bleichgesichter mag mir seine Hände gutwillig geben, daß ich sie binde."

Der Maricopa trat auf Steinbach zu. Dieser streckte ihm die Hände entgegen und sagte:

„Hier sind sie. Binde sie. Aber nimm dich in acht, daß der Blitz nicht losgeht, den ich in den Händen habe!"

Daran hatte der alte Rote nicht gedacht. Er trat zurück und machte ein sehr betroffenes Gesicht.

„Geht er denn los?“ fragte er. – „Ja.“ – „Aber er ist doch vorhin nicht losgegangen, als ich sie berührte und untersuchte!“ – „Da hielt ich ihn zurück, weil ich glaubte, daß du mein Freund seist. Jetzt aber ist das anders. Also hier sind meine Hände. Binde sie!“ Das Scharfe Beil trat noch um einen Schritt weiter zurück und blickte höchst ratlos um sich.

„Uff!“ sagte er. „Wer will ihn binden?“

Keiner seiner Leute antwortete. Da aber zuckte es über sein scharfes, wetterhartes Gesicht. Es war ihm ein guter Gedanke gekommen. Er hielt nämlich Sam den Riemen hin und sagte:

„Der Dicke Bauch mag ihn binden. Er ist sein Freund, da wird der Blitz nicht losgehen.“

Sams Gesicht glänzte vor Vergnügen über diesen wahrhaft genialen Einfall des Indianers. Er ergriff auch wirklich den Riemen, trat zu Steinbach und sagte:

„Gut, ich werde ihn binden. Aber obgleich ich sein Freund bin, kann der Blitz doch losgehen, denn er ist zornig auf euch, weil ihr ihn gefangennehmen wollt. Nehmt euch also in acht, daß die Kugel nicht euch trifft.“

Das wirkte augenblicklich. Sie wichen um mehrere Schritte weiter zurück, während Sam tat, als ob er Steinbach binden wolle. Dieser hatte unterdessen einen kleinen, kugelrunden Gegenstand aus der Tasche gezogen und meinte zu dem Dicken:

„Das ist die Granate. Gut, daß die Roten etwas zurückgewichen sind. Da bekommen wir den Gestank nicht auch mit. Paßt einmal auf! Sobald ich werfe, lauft Ihr, so schnell wie Ihr könnt, dem Haus zu.“ – „Ihr denkt, sie schießen, wenn wir fliehen?“ – „O nein, daran ist nicht zu denken. Es ist nur des Gestankes wegen.“ – „Ist der denn gar so groß?“ – „Werdet sehen!“ – „Mach schnell!“ gebot da der Indianer, dem die Sache zu lange dauerte. – „Ja, ja! Aber ich glaube doch, der Blitz geht los. Reiß aus, Alter!“

Der Indianer tat wirklich einen schnellen Sprung nach rückwärts, denn er sah, daß Steinbach mit der rechten Hand zum Wurf ausholte. Die Granate flog auf den Boden und zerplatzte – ein Krach, ein lautes Zischen und Prasseln – ein Augenblick tiefer Stille, dann aber ein Heulen und Brüllen, als ob hundert böse Geister losgelassen worden seien.

Steinbach und Sam sprangen dem Haus zu. Sie hatten es noch nicht erreicht, so hörten sie ein lautes, vielstimmiges Gelächter vom Dach und aus den Fenstern schallen.

„Halt, Sam! Umblicken!“ gebot Steinbach.

Beide hielten im Lauf inne und sahen zurück. Da bot sich ihnen ein Anblick, der allerdings ganz und gar nicht zum Weinen war.

Die Granate hatte beim Zerplatzen einen geradezu undurchdringlichen Qualm entwickelt, so daß die Maricopas die beiden Flüchtigen gar nicht sehen konnten. Jetzt jedoch hatte ein Windstoß diesen Dampf gelichtet und zur Seite gefegt, und nun sah man die Wirkung, die die Granate hervorgebracht hatte.

Die meisten Indianer liefen, was sie laufen konnten, davon, sich mit den Händen die Nasen zuhaltend. Viele sprangen wir besessen hin und her, brüllten wie die Stiere und warfen die Arme in die Luft. Andere wieder hatten sich auf den Boden gelegt, steckten die Nase in den Sand und strampelten dabei wie verrückt mit Händen und Füßen. Einige waren direkt in das Wasser des Sees gesprungen und tauchten, um dem höllischen Gestank zu entgehen, unter. Er kam ihnen aber, so oft sie den Kopf über die Wasserfläche erhoben, um zu atmen, wieder in Mund und Nase, so daß sie schleunigst wieder verschwanden. Unglücklicherweise für sie trieb der Windhauch den Qualm nach dem Wasser hin, in dem sie herumpaddelten. Ihre einzige Rettung bestand also in Flucht. Sie sprangen daher an das Ufer und rannten den anderen nach, dabei schreiend und heulend, als ob sie vom Teufel verfolgt würden.

Das Gelächter der Missionsbesatzung aber brauste wie ein Sturm auf den See hinaus.

„Himmelelement!" hörte man die geradezu wiehernde Stimme des langen Jim. „Welcher Teufel ist denn in die Kerle gefahren? Was ist das für ein Rauch? Wo kommt er her?"

Sam stand nicht etwa mehr neben Steinbach, sondern er hatte sich einfach gleich in das Gras gesetzt und brüllte förmlich vor Lachen. So etwas hatte er in seinem ganzen Leben noch nicht gesehen.

„Seht Ihr's? Seht Ihr's, Master Steinbach?" fragte er. „Seht Ihr den Kerl dort, der wie ein Affe auf den Baum klettert, weil er denkt, daß es oben nicht so stinken werde wie unten? Die Beine, die Beine, die er macht! Er kann gar nicht klettern, aber dieses verdammte Parfüm treibt ihn hinauf. Oh, oh, oh! Hahahaha! Er verliert das Messer, den Gürtel, alles, alles! Schaut, da hat sich ein Fetzen vom Qualm losgerissen und wird nach dem Baum getrieben. Jetzt – jetzt erwischt er ihn! Jetzt steckt der Kerl gerade mit der Nase drin! Prosit, prosit! Wohl bekomme es! Prieschen gefällig, mein Herr? Ah, hahahaha! Jetzt rutscht er herunter! Droben ist's noch schlimmer als unten! Er rutscht nicht, er fällt – reckt alle viere in die Luft – springt auf und rennt ins Wasser – wieder heraus und fort! Oh, so etwas, nein, so etwas! Da ist doch selbst Herlasgrün nichts dagegen! So etwas habe ich noch nicht erlebt, nein, so etwas noch nicht! Hahahaha!"

Steinbach war trotz dieser Szene ernst geblieben. Er hatte das Experiment schon einige Male gemacht und kannte die Wirkung desselben.

„Kommt, Sam!" sagte er. „Wir haben unseren Zweck erreicht und müssen auch an das Weitere denken." – „An das Weitere? Was könnte das sein? Zunächst muß ich mir die Indsmen betrachten. Diesen Anblick muß man bis zu Ende genießen, denn so etwas erlebt man wohl nicht sogleich wieder."

Als er aber sah, das Steinbach nach der Tür ging, folgte er ihm doch nach. Man hatte sie für sie offengelassen. Hinter ihnen wurde sofort geschlossen.

29. KAPITEL

Vorhin, als Wilkins den Ort der Beratung so schnell verlassen hatte und nach dem Haus geeilt war, traf er hinter der Tür auf Karl Zimmermann, der sich die Szene durch das Guckloch betrachtet hatte.

„Was gibt es? Was ist geschehen?" fragte der junge Mann. „Warum seid Ihr so eilig davon?" – „Um die Miß zu retten." – „Welche Miß?" – „Die Weiße, die bei den Indsmen ist." – „Meint Ihr etwa Magda?" – „Ja. So heißt sie, wie mir Master Steinbach sagte." – „Was ist mit ihr? Schnell, schnell!" – „Habe keine Zeit. Es eilt!"

Wilkins wollte fort. Zimmermann aber hielt ihn am Arm fest und sagte:

„Bei Gott, ich lasse Euch nicht fort! Ihr müßt mir sagen, was mit ihr ist!" – „Was geht Euch das an! Laßt mich!" – „Was es mich angeht? Bin ich ihr nicht durch Prärien, Wälder und Wüsten gefolgt, um ..."

Nun besann sich Wilkins.

„Ah, richtig!" sagte er. „Ihr habt sie ja erretten wollen. Na, einen Begleiter kann ich brauchen. Habt Ihr Waffen bei Euch?" – „Die Büchse nicht, aber Messer und Pistolen." – „Das genügt. Kommt!"

Wilkins zog ihn durch den Gang bis in den Hof. Dort hatten sie gar keine Augen für die wenigen Apachen, die sich da befanden. Es ging zu einer Tür hinein und eine Treppe hinab. Da stand eine

Laterne, die Wilkins anbrannte. Noch eine Treppe tiefer erreichten sie einen schmalen, niedrigen Gang, der ganz aus dicken, festen Quadern gemauert war.

„Hier hinein! Aber schnell!" sagte Wilkins.

Sie mußten gebückt gehen, das erschwerte den Weg; dennoch eilten sie sehr rasch weiter. Es schien Zimmermann, als ob dieser unterirdische Gang gar kein Ende nehmen wolle, als ob er meilenlang sei. Endlich endete er an Stufen, die in die Höhe führten, sehr schmal und sehr eng.

Beide nahmen sich nicht die Zeit, die Stufen zu zählen, noch irgendein Wort zu sprechen, und erst, als sie oben ankamen, so daß ihre Köpfe fast an eine steinerne Platte stießen, fragte Zimmermann:

„Wo sind wir jetzt? Wo kommen wir hin?" – „Wir stehen im Inneren der kleinen Insel im See. Diese Platte ist sehr dünn und mit Gras bewachsen, so daß man sie von ihrer Umgebung nicht unterscheiden kann. Hören Sie etwas?" – „Ja, menschliche Stimmen." – „Es sind Indianer. Und da! Horch!" – „Eine Frauenstimme." – „Das ist Magda Hauser." – „Herrgott! Was wollen sie mit ihr?" – „Sie soll an den Marterpfahl." – „Oho! Hinaus, hinaus! Ich muß sie retten!"

Zimmermann wollte die Platte heben. Wilkins aber hinderte ihn daran.

„Halt, junger Mann, nicht zu hitzig. Jetzt warten wir!" – „Bis sie tot ist!" – „Nein, sondern bis die Indsmen tot sind." – „Pah! Wer wird sie töten? Von den Unsrigen kann doch keiner auf die Insel, und für eine Kugel ist es viel, viel zu weit." – „Steinbach schießt." – „Bis hierher nicht." – „Ihm ist alles zuzutrauen." – „Dann trifft er wohl gar auch Magda mit." – „Er ist ein sicherer Schütze." – „Darauf verlasse ich mich nicht. Wie viele Indianer sind bei ihr?" – „Vier." – „Vier? Nur vier? Und ich soll hier warten? Das fällt mir nicht ein! Ich trete hinaus!"

Der junge Mann wollte abermals die Decke entfernen. Wilkins hielt ihn jedoch zurück und warnte in erstem Ton:

„Wenn Sie voreilig handeln, werden Sie die Dame nur verderben und sich selbst auch mit. Sie haben es nicht nur mit diesen vier zu tun, sondern mit allen anderen auch. Sie können vom Ufer aus mit ihren Kugeln und Pfeilen die Insel sehr leicht bestreichen." – „Dann ist überhaupt an eine Rettung der Dame gar nicht zu denken. Sobald man hinaustritt, wird man erschossen." – „Das ist nicht der Fall. Steinbach wird vier Schüsse abgeben. Ich begreife allerdings nicht, wie er das anfangen wird, da er kein Gewehr bei sich hat. Auch erscheint es wirklich unglaublich, daß eine Kugel von dort aus die Insel erreichen kann. Aber nach dem, was ich von ihm gehört habe, muß ich ihm vertrauen. Hält er Wort, so stürzen die vier Kerle draußen. Es entsteht dann eine Verwirrung, die ich benutze. Ich eile blitzschnell hinaus und hole das Mädchen herein." – „Und ich?" – „Sie bleiben hier und strecken den Kopf höchstens bis an die Augen hinaus, um zu sehen, ob alle vier gut getroffen sind. Demjenigen, der noch lebt, geben Sie eine Kugel in den Kopf." – „Auch wenn er sonst wehrlos ist?" – „Ja. Es darf nicht bekannt werden, woher wir gekommen sind. Also, horchen wir!"

Die bittende, ja flehende Stimme des Mädchens war noch einmal zu hören; aber Zimmermann beherrschte sich. Da, endlich, war ein scharfer Knall zu vernehmen.

„Horch, jetzt!" flüsterte Wilkins.

Noch ein Knall, ein dritter und vierter. Dann stieß Wilkins augenblicklich die Decke auf und sprang hinaus, während Zimmermann eine Stufe höher trat. Da erblickte er, wenngleich ihn auch das Gebüsch hinderte, das Ufer zu sehen, die vier Indsmen, die alle tot, durch die Köpfe geschossen, neben- und übereinanderlagen.

Magda Hauser aber, die schon beim ersten Schuß glaubte, daß er ihr gegolten habe, hatte die Augen zugemacht und wußte deshalb gar nicht, daß ihre Peiniger tot seien. Da hörte sie plötzlich eine Stimme:

„Señorita, Fräulein, kommen Sie! Schnell!" und fühlte, daß ihre Bande durchschnitten wurden.

Schnell öffnete sie die Augen und erblickte Wilkins, der einige Worte deutsch zu ihr gesprochen hatte, da er ja von Steinbach wußte, daß sie eine Deutsche sei.

„Herrgott! Wer sind Sie?" wollte sie soeben fragen, im selben Augenblicke aber klang es jubelnd neben ihr: „Señorita Magda! Señorita!" und als sie sich umwandte, sah sie Karl Zimmermann, der aus der Öffnung des unterirdischen Ganges ihr zurief: „Kommen Sie! Rasch, rasch!"

Jetzt bedurfte es nicht eines zweiten Rufes. Sie sprang auf die Öffnung zu und kam herein. „Schnell weiter hinab, daß auch ich Platz habe", bat Wilkins.

Die beiden stiegen hinab. Die Angst, die Anstrengung und Entbehrung der letzten Tage und Stunden machten sich endlich geltend. Er mußte sie stützen, und als sie unten die letzten Stufen erreichten, brach sie ohnmächtig zusammen.

„Mein Gott, sie stirbt!" klagte Zimmermann.

Wilkins achtete nicht auf die Worte. Er hatte den Deckel wieder zugezogen und lauschte, was nun draußen geschehen werde.

„Haben Sie es gehört? Sie stirbt!" rief es von unten. – „Schweigen Sie!" – „Herr, mein Heiland! Sie ist ja schon tot!" – „Ich sage Ihnen nochmals, daß Sie schweigen sollen, sonst haben Sie es mit mir zu tun! Sind Sie denn ein Kind?"

Das half. Zimmermann war ruhig. Erst nach einer längeren Pause, während welcher ein dumpfes Heulen und Schreien von draußen hereingedrungen war, kam Wilkins herabgestiegen und meinte:

„Ich glaube, daß wir sicher sind." – „Sicher! Das ist das wenigste!" – „Oho! Wenn sie nun nach der Insel kämen, die Öffnung entdeckten und uns folgten?" – „So würde ich den Gang gegen Hunderte verteidigen." – „Ja, Sie sind ein großer Held, besonders wenn es sich um die Ohnmacht einer Dame handelt. Glücklicherweise liegt das Boot an der Insel, und ein zweites haben die Halunken nicht. Wir dürfen also annehmen, das sie wenigstens jetzt noch am Ufer bleiben. Steinbach wird sie beschäftigen. Wie steht es denn mit der Señorita?" – „Tot! Wahrscheinlich hat Steinbach sie erschossen." – „Wohin?" – „Ich weiß es nicht." – „So leuchten Sie. Ich werde nachsehen."

Die Rücksicht auf das Geschlecht der Ohnmächtigen hinderte Wilkins, die Kleider zu entfernen, aber auch so kam er zu der Überzeugung, das sie nicht verwundet worden sei. Es war kein Tropfen Blutes am ganzen Gewand zu bemerken.

„Erschossen?" lachte er. „Vier Schüsse sind gefallen, und vier Leichen liegen oben; das gibt vier Kugeln in die Köpfe. Woher sollte denn die Kugel gekommen sein, die die Señorita getötet hätte?" – „So meinen Sie wirklich, daß sie nur ohnmächtig ist?" – „Ja." – „Was ist da zu tun?" – „Nichts. Wasser haben wir nicht. Wir müssen warten." – „Aber wenn sie nicht wieder erwacht!" – „Unsinn! An einer Ohnmacht ist noch keine Fliege gestorben, viel weniger eine Dame." – „Ich habe solche Angst." – „Und Sie wollen ein Jäger sein und diesen Haufen Maricopas verfolgt haben!"

Da blickte Zimmermann ihn ernst an und antwortete:

„Das ist etwas anderes. Um mich habe ich niemals Angst, um einen anderen Menschen aber kann und darf ich sie haben, ohne eine Memme zu sein. Vielleicht verstehen Sie das nicht, Master Wilkins." – „Na, bitte, verzeihen Sie! So war es freilich nicht gemeint. Wenn man jemand liebhat, so ist die Angst begreiflich, die selbst der Beherzte empfindet. Ich kenne das. Ich habe eine Tochter. Und diese Dame hier ist Ihre ... hm! – Ihre Verwandte?" –

„Nein. Ich sah sie nur zweimal, ganz vorübergehend, so daß ich kaum einige Worte mit ihr wechseln konnte. Dennoch aber habe ich die Pflicht ..."

Er hielt inne, denn Magda hatte sich bewegt. Rasch legte er den Mund an ihr Ohr und sagte:

„Magda! Señorita Magda!" – „Was?" hauchte sie, ohne aber die Augen zu öffnen. – „Sehen Sie mich? Ich bin da." – „Wer?" – „Karl! Carlos! Sie sind gerettet!" – „Gerettet ... Carlos!" flüsterte sie.

Da glitt ein glückliches Lächeln über ihr schönes Gesicht; aber die Augen blieben doch geschlossen. Es war, als ob sie in einen Schlaf versinken wolle.

„Wir dürfen sie nicht hier liegenlassen", meinte Wilkins. „Tragen – das möchte ich auch nicht. Sie scheint auf Sie zu hören. Versuchen Sie es, sie munter zu machen!"

Zimmermann näherte seine Lippen abermals ihrem Ohr und sagte in bittendem Ton:

„Magda! Hören Sie mich?" – „Ja", antwortete sie, aber erst, als er seine Frage wiederholt hatte. – „Bitte, sehen Sie mich an!"

Jetzt schlug sie die Augen auf, richtete den Blick auf ihn, hielt denselben einen Moment auf ihn geheftet und ließ dann die Lider wieder sinken.

„Er ist es", lispelte sie. „Schöner Traum!" – „Es ist kein Traum. Sie wachen, Bitte, sehen Sie mich noch einmal an, Señorita."

Sie schlug die langen Wimpern abermals empor. Ihr Blick wurde belebter, selbstbewußter.

„Kein Traum?" fragte sie, umherblickend. – „Nein. Es ist Wirklichkeit." – „Wirklichkeit?"

Sie richtete sich auf und blickte abermals um sich. Ihr Gesicht war blaß gewesen. Jetzt aber schoß eine glühende Röte in dasselbe.

„Mein Gott, hier habe ich gelegen", flüsterte sie. „Carlos! Wo bin ich denn? Wer ist dieser Señor?" – „Señor Wilkins, Ihr Retter." – „Mein Retter? Also bin ich wirklich gerettet?" – „Ja, Sie sind hier in Sicherheit." – „Wo sind die Indianer?" – „Draußen am See. Sie, Señorita, befinden sich im Inneren der Insel. Wir haben Sie hereingeholt." – „Ich dachte, man wolle mich erschießen." – „Die Kugeln waren auf Ihre Peiniger gerichtet, die nun tot sind." – „Tot!" schauderte sie zusammen. „Schrecklich, schrecklich! Aber Gott sei ewig Dank, wenn ich mich wirklich in Sicherheit befinde! Was habe ich ausgestanden!"

Sie schlug die Hände vor das Gesicht, und nun kamen ihr die Tränen. Sie weinte.

Die beiden Männer ließen sie gewähren. Endlich sagte Wilkins: „Beruhigen Sie sich, Señorita, Sie haben nichts mehr zu befürchten. Der Schutz, unter dem Sie sich hier befinden, ist stark genug, Sie gegen jedes fernere Weh zu bewahren." – „Mein Vater! Meine Mutter!" – „Hoffentlich werden Sie beide wiedersehen. Bitte, ermannen Sie sich. Es ist nicht gut möglich, daß wir uns länger hier verweilen." – „Wohin gehen wir? Wohin führen Sie mich?" – „In das große Haus am See, das sie gesehen haben werden." – „In die Mission, wo die Apachen sind? Werden Sie mich nicht feindlich behandeln?" – „O nein. Die Apachen sind Ihre Freunde. Wir haben ja bereits seit gestern auf Sie gewartet, um Sie zu retten." – „Seit gestern? Ah! Es war ein Señor im Wald, der heimlich mit mir von Rettung sprach." – „Er ist hier. Er ist es, der die vier Indianer erschossen hat, die Sie an den Marterpfahl gebunden hatten. Sie finden lauter Freunde, Leute, die es gut mit Ihnen meinen. Ich werde Sie zu meiner Tochter bringen, von der Sie einen freundlichen Empfang zu erwarten haben, zumal Sie einer Person so ähnlich sehen, die wir sehr liebgehabt haben. Glauben Sie, das Sie nun wieder gehen können?" – „Ich glaube es. Versuchen wir es!"

Wilkins schritt mit dem Licht voran, Magda folgte, und Zimmermann machte den Schluß. Das abgemattete Mädchen kam nur langsam vorwärts; es dauerte geraume Zeit, ehe sie in den offenen Hof des Gebäudes traten. Gerade in diesem Moment erscholl von dem Dach herab ein lautes, vielstimmiges, brausende Gelächter.

„Was ist das?" fragte Magda befremdet. „War dies ein Lachen oder Indianergeheul?" – „Es ist unbedingt ein Gelächter", antwortete Wilkins, „und doch kann ich es nicht glauben. Worüber sollte man so lachen? Unsere Lage ist ernst. Kommen Sie!"

Er führte sie nunmehr eine Treppe hoch hinauf, öffnete eine Tür und sagte in das dahinterliegende Zimmer:

„Hier, Almy, ist die Dame. Wir haben sie gerettet. Ich muß gleich wieder fort. Entschuldige mich bei ihr. Sobald ich kann, komme ich wieder."

Magda trat ein. Wilkins aber machte die Tür hinter ihr zu und eilte auf die Plattform des Daches empor. Er kam gerade noch zur rechten Zeit, um die letzte Szene des lächerlichen Intermezzos zu sehen.

Am hinteren Ende des Sees wuschen sich die Maricopas, die sich dorthin geflüchtet hatten. Mehrere tanzten und schrieen noch herum.

„Was ist denn geschehen?" fragte Wilkins. – „Das will ich Euch wohl sagen", antwortete Jim. „So etwas ist ebenso unglaublich wie außerordentlich. Zwar weiß ich nicht, wie es eigentlich zugegangen ist, aber ... ah, da kommen die Mesch'urs selbst, die dieses Lustspiel gedichtet haben. Wendet Euch also an sie, Master Wilkins."

Steinbach und Sam waren von der anderen Seite auf das Dach getreten. Sie wurden sofort umringt und mußten erklären. Steinbach tat dies in kurzen Worten. Sam war mit dabeigewesen, zeigte sich aber dennoch von seiner Erklärung nicht zufriedengestellt. Er sagte:

„So weit ist alles sehr leicht begreiflich, wie aber steht es mit dem Blitz in der Hand, Master Steinbach?" – „Habt Ihr schon einmal von einem Schlagring gehört?" – „Ja. Man soll dergleichen drüben in den Alpen haben, um bei Prügeleien einen guten Hieb zu führen." – „Auch von einem Schießring?" –

„Schießring? Nein. Was ist das?" – „Hier ist er. Seht ihn Euch an!"

Steinbach zog den Ring aus der Tasche, der natürlich von Hand zu Hand ging und höchlichst bewundert wurde.

„Die Konstruktion ist sehr einfach. Der Ring hat fünf Schüsse", erklärte er. „Bei jedem Hieb geht einer los. Nach dem fünften aber muß man natürlich wieder laden. Die Indianer haben nicht gemerkt, daß ich vor dem Hieb diesen Schießring anlegte, den ich dann natürlich gleich wieder in die Tasche steckte. Doch das ist Nebensache. Wie ist es mit der Dame gelungen, Master Wilkins?" – „Sehr gut. Sie befindet sich bei meiner Tochter. Hoffentlich werden die Maricopas nicht entdecken, wie ... aber, sapperment! Schwimmen da nicht einige auf die Insel zu? Ich sehe die Köpfe." – „Ja", meinte Steinbach. „Sie werden die vier Leichen holen wollen." – „Leiden wir dies?" – „Warum nicht?" – „Sie werden das Geheimnis des unterirdischen Ganges entdecken." – „Vielleicht nicht." – „Oh, ganz gewiß. Wenn die Tür einmal geöffnet gewesen ist, legt sich das Gras nicht wieder so genau wie vorher um den Umriß derselben. Man muß sich erst nach der Insel begeben, um die Spur zu vertilgen. Diese Leute werden sofort entdecken, daß sich eine Falltür dort befindet. Sie machen die anderen darauf aufmerksam: diese steigen hinab, und ... „ – „Nun, daran wollen wir sie hindern.

Als Steinbach diese Worte sagte, zog er die Axt aus dem Gürtel und nahm sie aus dem Futteral. Man hatte vorhin seine Meisterschüsse gesehen und sie nicht begreifen können, zumal es von hier oben aus erschienen war, als ob er mit der Axt geschossen habe. Darum waren aller Augen jetzt auf diese eigentümliche Waffe gerichtet. Als er sie zum Schuß anlegte, wandten sich die Blicke hinaus auf das Wasser des Sees. Dort war in diesem Moment der vorderste der Schwimmer im Begriff, an das Ufer der Insel zu springen. Steinbach legte die Hand an den Mund und stieß einen schrillen durchdringenden Schrei aus, wie die Indianer zu tun pflegen, wenn sie einander warnen wollen.

Der Rote verstand den Laut und wandte sich, um herüberzublicken. Da winkte ihm Steinbach mit dem Arm vom Ufer ab. Nun besann sich der Mann einen Augenblick, stieg dann doch auf die Insel.

„Gut. Wer nicht hören will, muß fühlen", sagte Steinbach. „Er hält einen Spieß in der Hand, gerade wie die anderen Schwimmer auch. Jedenfalls wollen sie die Leichen an die Lanzen befestigen, um sie an das Land zu schaffen. Ich werde ihm die eine Hand lahm schießen."

Darauf zielte er, und der Schuß krachte. Der Wilde warf sofort die Hand hoch empor und stieß einen lauten Schrei aus. Nun stieg der zweite ans Land, ebenfalls eine Lanze in der Hand, und als der zweite Schuß aufblitzte, machte auch er dieselbe Handbewegung. Im nächsten Augenblick sprangen beide Indianer wieder in das Wasser und kehrten nach dem Ufer zurück. Sie hatten gemerkt, daß diese Schüsse genau so beabsichtigt gewesen waren, als sie getroffen hatten.

„Donnerwetter!" sagte Tim. „Welche Meisterschüsse!" – „Esel! Da wunderst du dich?" antwortete Sam. – „Natürlich! Ein Flößer, der so schießt!" – „Dreifacher Esel! Ein Flößer! Pah! Der Fürst der Bleichgesichter ist's." – „Alle Teufel! Ist's wahr?" – „Natürlich!" – „Von wem weißt du es ?" – „Von ihm selbst. Kann es auch anders sein? Ich habe es sofort gemerkt." – „Du? Laß dich nicht auslachen! Gerade du bist derjenige gewesen, der sich am allermeisten über ihn mokiert hat." – „Das war zum Spaß." – „Gehe mir mit deinem Spaß! Wer da weiß, daß er es mit dem Fürsten zu tun hat, der wagt es nicht, Spaß mit ihm zu treiben. Nun aber ist mir alles erklärlich. Sapperment! Welche Ehre, mit so einem Meister zusammentreffen! Hört ihr es, wer er ist?"

30. KAPITEL

Das Wort Fürst der Bleichgesichter ging von Mund zu Mund der Weißen und der Name Tan-ni-kay von Mund zu Mund der Apachen. Es waren ganz andere Blicke, die jetzt auf Steinbach gerichtet wurden.

Er aber tat, als ob er dies gar nicht bemerkte, und wandte sich an den Häuptling der Apachen.

„Wo ist der Anführer der Maricopas?" – „Mein Bruder komme, ihn zu sehen!"

Der Apache führte Steinbach nun hinab in ein Zimmer, in dem sich der Eiserne Mund befand, gefesselt an Händen und Füßen, entwaffnet und bewacht von zwei bewaffneten Apachen. Der Gefangene lag stolz und bewegungslos am Boden. Er tat, als ob er die Eintretenden nicht bemerke.

„Warum hat mein roter Freund ihn gefesselt?" – „Weil er gefangen ist." – „Er wird bald wieder frei sein." – „Frei?"

Es war der Ausdruck eines ganz außerordentlichen Erstaunens, mit welchem die Starke Hand dieses Wort sprach. Steinbach zog ihn mit sich fort an das Fenster, wo sich zwischen beiden ein leise geführtes aber höchst angeregtes Gespräch entwickelte. Der Weiße wollte den Roten zum Frieden, zur Versöhnung bewegen. Er hatte einen schweren Kampf, ging aber endlich doch als Sieger aus demselben hervor.

„Mein Bruder tue, was ihm beliebt", sagte der Apache. „Er mag mich rufen lassen, wenn er mich braucht."

Darauf verließ er das Zimmer, jedenfalls in der Absicht, seine Apachen auf die von ihnen ungeahnte Wendung der Verhältnisse vorzubereiten. Steinbach aber trat zu dem Gefangenen, löste ihm die Fesseln und gebot ihm:

„Stehe auf!"

Der Maricopa blieb liegen.

„Warum tust du nicht, was ich dir sage?" – „Die Eiserne Hand kann auch liegend sterben." – „Du wirst nicht sterben." – „Nicht?" – „Nein, sondern du wirst leben." – „Als Diener und Sklave der Apachen?" – „Als freier Mann."

Da fuhr der Maricopa mit einem Satz empor.

„Sagst du die Wahrheit?" – „Hat der Fürst der Bleichgesichter jemals gelogen?" – „Nein. Aber du hast nicht über mich zu bestimmen." – „Wer sonst? Ich bin hier Gebieter." – „Der Apache hat mich gefangengenommen." – „Er hat dich in meine Hand gegeben. Wo hast du deine Waffen?" – „Man hat sie in die Stube getragen, die nebenan liegt." – „So komm mit!"

Steinbach trat mit dem Maricopa in das betreffende Gemach. Dort lag alles, was man ihm abgenommen hatte, auf dem Tisch.

„Nimm es dir wieder! Es ist dein Eigentum!"

Der Rote blickte den Weißen mit einem unbeschreiblichen Ausdruck an. Nach seinem Begriff war der letztere geradezu verrückt.

„Du wunderst dich über mich", lächelte Steinbach. „Ich bin nicht dein Feind. Wenn du mir dein Wort gibst, dieses Haus nicht ohne meine Erlaubnis zu verlassen, wird dir nicht das geringste geschehen." – „Ich gebe es dir." – „So lege deine Waffen an, und komm dann in das erste Gemach zurück."

Steinbach ging voran und gab den beiden Wachen, die sich noch da befanden, den Befehl, die gefangenen Söhne des Häuptlings herbeizuholen.

Letzterer kam bald nach. Er erhielt eine Decke, um sich nach seiner Manier setzen zu können. Als gleich darauf seine Söhne eintraten, ungefesselt und mit ihren Messern, Bogen und Köchern bewaffnet, schien sein Erstaunen geradezu in das Maßlose zu gehen. Zwar war er zu sehr Indianer, als daß er sich zu einer Freudenszene hätte hinreißen lassen; er blieb vielmehr scheinbar gleichgültig und gab den beiden Jünglingen einen Wink, sich hinter ihm niederzusetzen, aber in seinem Auge glänzte doch ein nicht ganz zu verbergendes Etwas, und seine Stimme zitterte leise, als er sagte:

„Du selbst hast sie gefangen?" – „Ja." – „Und gibst sie wieder frei?" – „Sie können gehen, wenn sie wollen."

Da holte er tief Atem, wie um sich von einem schweren Alp zu befreien, und sagte, gerade wie das Scharfe Beil vorhin gesagt hatte:

„Warum sind nicht alle weißen Männer so wie du!" – „Und nicht alle roten so wie du!" – „Das kommt von deiner Zunge, nicht aber aus deinem Herzen!" – „Es kommt aus dem Herzen." – „Wie nun, wenn du dich in mir verrechnest?" – „So werde ich es sehr bedauern, dich für edler gehalten zu haben, als du wirklich bist, trotzdem aber werde ich ein Freund der roten Männer bleiben."

Da blickte der Eiserne Mund lange schweigend vor sich hin. Ob wohl eine innere Wandlung mit ihm vorging? Endlich sagte er:

„Du bist der Häuptling der Bleichgesichter, und du bist wert, diesen schönen Namen zu führen. Komm her zu mir und setze dich an meine Seite!"

Steinbach folgte natürlich dieser Aufforderung.

„Sage mir, was du von mir verlangst!" forderte ihn der Rote auf. – „Ich bitte dich um das, um was ich dich bereits gebeten habe. Das weiße Mädchen hast du mir verweigert; wir haben es uns selbst geholt. Nennst du den Silbernen Mann auch ferner deinen Freund?" – „Ich habe ihn vorhin so genannt; aber er ist es niemals gewesen. Ich habe ihm mein Wort gegeben, ihn zu schützen, und dieses Wort kann ich nicht brechen." – „So darf ich dich nicht weiter bitten. Wirst du ihn auch später beschützen, wenn du von diesem Zug nach deinem Dorf zurückkehrst?" – „Dann bin ich meiner Verbindlichkeit ledig." – „Wie kommt es, daß er dein Gefährte geworden ist?" – „Er ist das einzige Bleichgesicht in unserer Nähe. Die Maricopas kaufen Gewehre, Pulver, Kugeln, Messer und alles andere bei ihm im Todestal. Daher kennen wir ihn, und daher zogen wir mit ihm, weil er uns die Gräber unserer Feinde versprach, während er die Schätze erhalten sollte, die wir nicht brauchen und nicht achten." – „So mag er noch solange unbelästigt bleiben, wie er sich unter deinem Schutz befindet. Dann aber werde ich ihn heimsuchen." – „Willst du dich an ihm für irgend etwas rächen?" – „Ja." – „So nimm dich in acht. Er ist schlau und gewalttätig. Ich habe mehrere Männer gekannt, die ebenfalls mit ihm abzurechnen hatten. Sie kamen zwar zu ihm, sind aber niemals wieder von ihm fortgegangen." – „Kennst du vielleicht ihre Namen?" – „Nein." – „Du hast sie nicht gehört?" – „Ich habe sie gehört; aber der Name eines Bleichgesichtes ist dem Ohr des roten Mannes das, was der Sand dem Auge ist; er tut ihm wehe. Ich habe zwei gesehen. Erst kam einer, der jung war. Wenn er alt geworden wäre, hätte er das Gesicht deines Freundes, dem dieses Haus gehört, erhalten." – „Wie? Meinst du, daß er Wilkins ähnlich gesehen habe?" – „Heißt der Herr dieses Hauses Wilkins?" – „Ja." – „So hat jener junge Mann Wilkins ähnlich gesehen." – „Herrgott! Endlich wird Licht! Und den zweiten hast du auch gesehen?" – „Einige Male." – „Wie hieß er?" – „Das weiß ich nicht! Aber ich weiß, wem auch er so ähnlich gesehen hat." – „Nun wem?" – „Dem bleichgesichtigen Mädchen, das wir hierhergebracht haben, um sie zu opfern."

Steinbach wäre beinahe aufgesprungen; er besann sich jedoch zur rechten Zeit, daß der Indianer zu stolz ist, seine Erregung merken zu lassen. Er als Fürst der Bleichgesichter durfte also nicht weniger Selbstbeherrschung zeigen.

„Willst du mir wohl sagen, wie, wann und wo du diese beiden Männer gesehen und getroffen hast?" – „Jetzt nicht, aber wenn der Silberne Mann nicht mehr unter meinem Schutz steht. Jetzt bin ich sein Schirm und Schild; ich darf nicht von ihm erzählen." – „Ich sehe ein, daß du nicht anders kannst. Ich habe mit dem Häuptling der Apachen gesprochen. Er ist bereit, die Friedenspfeife mit dir zu rauchen. Es ist besser, wenn Friede und Freundschaft zwischen den roten Männern herrscht. Soll ich ihn rufen?" – „Nein." – „Warum nicht? Wünschst du nicht auch den Frieden?" – „Ich wünsche ihn, aber ich kann ihn jetzt noch nicht haben. Die Apachen haben mir in letzter Nacht meine Krieger getötet. Blut um Blut, Leben um Leben, Mensch um Mensch. Wenn sie mir ebenso viele ihrer Leute geben, werde ich das Kalumet rauchen." – „Das werden sie nicht tun. Aber ich werde dir für deine roten Krieger einige Bleichgesichter geben."

Das elektrisierte den Maricopa. Dieses Anerbieten war eigentlich ein unglaubhaftes, ein ungeheuerliches. Ein Bleichgesicht wollte seine Brüder hergeben. Aber ein weißer Gefangener ist dem Indianer lieber als zehn rote. Darum sagte der Eiserne Mund:

„Mein Ohr ist scharf; aber ich glaube, daß es jetzt geträumt hat. Was sprachst du?" – „Wir haben mehrere weiße Gefangene unten im Keller; diese will ich dir geben an Stelle der Apachen, die du verlangst." – „Wie viele sind ihrer?"

Steinbach gab die Zahl an. Da rief der Rote erstaunt:

„Und die willst du mir geben, damit ich sie skalpieren kann?" – „Nein. Das sollst du nicht. Du sollst sie mit dir nehmen in die Wohnungen deines Stammes, damit sie dir dienen und deine Befehle erfüllen. Sind sie dir untreu und begehen sie Verbrechen, dann, ja, dann magst du machen mit ihnen, was dir beliebt." – „So sind es nicht Freunde von dir?" – „Nein." – „Was haben sie dir getan?" – „Mir nichts. Sie sind Räuber und Mörder. Wenn sie nicht wären, so wäre auch dein jetziger Kriegszug nicht verunglückt." – „Willst du das erklären?" – „Sie sind schuld, daß wir von deiner Ankunft erfuhren. Einer ihrer Verbündeten sandte ihnen die Botschaft, daß du mit einem weißen Mädchen nach dem Silbersee kommen werdest. Von ihnen haben wir es erfahren. Sonst hätten wir nichts gewußt, und dein Überfall wäre dir gelungen."

Da glühten die Augen des Maricopa grimmig auf, und er sagte zornig:

„Und diese Männer gibst du mir mit?" – „Alle. Nur einen behalte ich für mich zurück." – „Sie sollen meine Diener sein, ja, meine Diener, und es soll ihnen an nichts fehlen, an gar nichts."

Das hieß natürlich, daß sie seine Sklaven sein würden und daß es ihnen an allem fehlen werde.

„Rufe den Häuptling der Apachen herbei!" fuhr er eifrig fort. „Ich bin bereit, mit euch die Pfeife des Friedens zu rauchen."

Kurze Zeit später saßen die beiden Häuptlinge mit Wilkins, Sam und Steinbach rund um ein Feuerbecken und besprachen die Grundlagen eines ewigen Friedens zwischen den Kriegern der Apachen und denjenigen der Maricopas. Dieser Frieden wurde abgeschlossen, mit kräftigen Handschlägen besiegelt und aus dem Kalumet geraucht.

Dann machte sich eine Prozession von roten und weißen Männern auf, um den Maricopas die Nachricht der Versöhnung zu bringen. Sie wurde von ihnen mit aufrichtiger Freude aufgenommen. Keiner aber freute sich so sehr, wie das alte, ehrliche Scharfe Beil. Dieser Indianer ruhte nicht eher, als bis der Fürst der Bleichgesichter mit ihm eine Extra-Friedenspfeife geraucht hatte.

Dabei fiel es Steinbach ein und auf, daß er Roulin, den Silbernen Mann, gar nicht mehr zu sehen bekam. Als er den Alten nach ihm fragte, antwortete dieser mit einem spöttischen Achselzukken:

„Der Silberne Mann ist wie der Tau." – „Wieso?" – „Wenn die Sonne des Friedens kommt, vergeht er." – „Meinst du etwa, daß er nicht mehr da sei?" – „Das meine ich. Als dein Gewehr unsere vier Krieger getötet hatte, sah er, daß das weiße Mädchen in eure Hände geriet. Dann nahmt ihr unseren Häuptling gefangen, er glaubte nun, daß unser Kriegszug verunglückt sei und daß wir uns an ihm, der der Anstifter war, rächen würden. Er ist ganz unbemerkt auf seinem Pferd davongeritten."

Als Steinbach das erfuhr, dachte er gar nicht daran, seine Erregung unter der Maske des Gleichmutes zu verbergen. Er sprang von seinem Sitz empor und suchte den Häuptling der Maricopas auf, der mit Sam, Wilkins und dem Häuptling der Apachen unter einem Baum saß, wo eine wiederholte Friedenspfeife den neu geschlossenen Bund zum wer weiß wievielten Male bekräftigte.

Der Eiserne Mund wollte es zunächst gar nicht glauben, daß sein weißer Verbündeter sich ohne Abschied entfernt habe. Weitere Nachforschungen ergaben aber die Richtigkeit dieser Aussage.

„Steht er nun noch unter deinem Schutz?" fragte ihn Steinbach. – „Nein. Er hat sich aus demselben entfernt. Als er mich gefangen sah, ist er entflohen. Der Feigling ist mein Gefährte gewesen, wird es aber niemals wieder sein." – „Wir müssen ihm schleunigst nach." – „Warum?" fragte Wilkins. – „Weil er uns Auskunft über Ihren Neffen und auch über Adler geben kann." – „Ist das möglich?" – „Ganz gewiß. Ich gehe sofort zu Magda Hauser, um zu versuchen, etwas Näheres über ihn zu erfahren."

Als Steinbach bei den beiden Mädchen eintrat, machte seine

Gestalt einen gewaltigen Eindruck auf Magda. Wieder hätte er bei ihrem Anblick den Namen Tschita ausrufen mögen, so sehr ähnlich sah sie der einstigen Sultana. Leider konnte sie ihm nicht die gewünschte Auskunft geben, weder über ihre Eltern, noch über Roulin. Das Porträt ihrer Mutter aber besaß sie. Sie hatte es an einem goldenen Kettchen am Hals hängen. Als sie das Medaillon öffnete und er das Bild sah, fuhr er mit der Hand zum Herzen.

„Anna von Adlerhorst!" hätte er beinahe ausgerufen. Doch drängte er die Worte noch zeitig genug zurück. Es konnte ja eine Täuschung möglich sein.

Da machte Almy ihn auf etwas anderes aufmerksam. Sie fragte ihn nämlich:

„Sie suchen Herrn Adler, den einstigen Oberaufseher meines Vaters. Haben Sie ihn einmal gesehen?" – „Nein." – „So sehen Sie sich hier meine neue Freundin an. Magda sieht ihm außerordentlich ähnlich. Als er nach dem Westen ging, ließ er mir seine Fotografie als Andenken zurück. Ich werde sie Ihnen zeigen."

Almy brachte darauf das heilig gehaltene Bild Adlers herbei. Als Steinbach einen Blick auf dasselbe warf, war es ihm, als ob er das Porträt Hermann von Adlerhorsts erblickte, der sich in Konstantinopel Wallert genannt hatte. Doch ließ er sich auch hiervon nichts merken.

Steinbach begab sich wieder hinaus an den See, um mit dem Eisernen Mund zu sprechen. Dieser aber war nicht mehr zu finden. Er hatte mit der Starken Hand und einem Apachen den Silbersee verlassen, um der Fährte des Silbernen Mannes nachzufolgen.

So tatkräftig, schnell und entschlossen war der Häuptling der Apachen gewesen. Der Eiserne Mund hatte sich ihm sogleich angeschlossen, um ihm einen Freundschaftsbeweis zu geben und sich zugleich an Roulin zu rächen.

Jetzt gab es große Beratung. Nun Wilkins wußte, wo er von den beiden Verschwundenen, seinem Neffen Arthur und Martin Adler, Nachricht erhalten konnte, litt es ihn nicht länger am Silbersee. Auch er wollte Roulin nach. Steinbach hatte natürlich dieselbe Absicht. Sam, Tim, Jim und Zimmermann erklärten, daß sie sich ihm anschließen würden.

So verging der Nachmittag, der Abend und die Nacht unter Schmieden verschiedener Pläne. Am Morgen erhielten die Maricopas die ihnen zugesagten Bushbeaters ausgeliefert. Diese waren nicht wenig erschrocken, als sie erfuhren, welches Schicksal ihrer wartete. Obwohl sie es verdient hatten, wollten sie sich dennoch beschweren und klagten, zankten oder fluchten; es half ihnen jedoch alles nichts. Die Maricopas zogen schon am Nachmittag mit ihnen ab. Natürlich nahmen sie die unskalpierten Leichen ihrer gefallenen Krieger mit.

Gegen Abend kehrte der Apache, der die beiden Häuptlinge begleitet hatte, auf schweißtriefendem Pferd zurück und meldete, daß die Genannten der Fährte Roulins bis nach dem Campo Grande gefolgt seien; dorthin sollten die anderen nachkommen.

Nun gab es kein Halten mehr, denn auch Magda wollte zu ihren Eltern in das Todestal, und Almy konnte nicht zurückbleiben, wo es sich um das Auffinden Adlers handelte. Es wurde daher beschlossen, die beiden Mädchen nach San Marcial zu bringen, wo sie mit der Südbahn bis nach Mohawk-Station fahren sollten, um unter dem Schutz Jims, Tims und Zimmermanns dort die anderen zu erwarten.

Von den Gefangenen war nur einer zurückgeblieben, nämlich der einstige Derwisch, den Steinbach für sich behalten wollte. Er sollte von dem Förster Rothe bewacht werden, der mit seinen Verwandten am Silbersee blieb, um Sams Rückkehr daselbst abzuwarten. Natürlich war der Förster nicht allein. Es blieb eine Anzahl der Apachen da, um das Missionsgebäude zu hüten, und diese Leute schienen zuverlässig genug zu sein, so daß man ihnen alles anvertrauen konnte, zumal kein Grund vorhanden war, irgendein störendes oder gar feindseliges Ereignis zu erwarten.

Am frühen Morgen bereits wurde aufgebrochen. Dann lag der Silbersee, an dessen Wasser es in der letzten Zeit so lebhaft hergegangen war, still und einsam an seinen Ufern.

Gab es in seiner Nähe oder im Missionsgebäude denn wirklich solche Schätze, wie man vermutete?

31. KAPITEL

Schon am Nachmittag wurde die Einsamkeit des Silbersees unterbrochen. Durch den vom Norden in das Tal führenden Paß kamen drei Reiter langsam herbeigetrabt, von denen zwei abgeschabte Jägerkleidung trugen. Der dritte hatte ein weniger mitgenommenes Gewand an. Auch sein Pferd war frischer und rüstiger als die anderen Tiere. Er deutete auf das Wasser und sagte:

„Das ist der Silbersee, Señor, von dem ich erzählte, daß wir an ihm vorüber müßten. Hat Eure Reise Eile?“ – „Warum fragt Ihr?“

– „Weil mir scheint, daß wir bald Regen haben werden, und ich möchte die Nacht lieber in einem Zimmer zubringen, als unter freien Himmel. – „Ihr sprecht vom Zimmer. Gibt es denn hier irgendeinen bewohnten Ort?“ – „Natürlich. Das ist die alte berühmte Mission am Silbersee.“ – „Ah! Mönche! Das ist mein Geschmack nicht.“ – „Die waren früher einmal da, sind nun aber schon längst zu den anderen frommen Vätern versammelt. Was Ihr da finden werdet, sieht gar nicht nach Mönch aus, nicht einmal nach Nonne.“ – „Doch nicht etwa eine junge Señorita?“ – „Gerade das und nichts anderes. Und was für eine! Schön wie ein Engel, fromm wie eine Heilige, und verführerisch wie eine Venus.“ – „Wer ist sie denn, und wie heißt sie?“ – „Die eine Frage kann ich beantworten, die andere aber nicht. Sie wird allgemein die Taube des Urwaldes genannt und wohnt mit ihrem Vater unter dem Schutz der Apachen in der alten, verlassenen Mission.“ – „Sie muß doch einen Namen haben.“ – „Hoffentlich. Ich kenne ihn leider nicht.“ – „Ist sie reich?“ – „Läßt sich denken. Hier um den See herum soll mancher Schatz vergraben liegen.“ – „Ist es noch weit bis zu der Mission?“ – „Gar nicht. Hier biegen wir um den Felsen, und da liegt sie. Seht Ihr, da links.“ – „Hm. Nicht übel. Und Ihr denkt, daß wir heute Regen bekommen?“ – „Ganz gewiß. Wir haben Euch nichts zu befehlen. Ihr habt uns als Führer gemietet und bezahlt uns gut. Wir müssen uns also nach Euren Befehlen richten. Aber wir haben doch auch auf Euer Wohl zu sehen, und wenn Ihr auf einen guten Rat hören wollt, so bleiben wir heute nacht in der Mission.“ – „Wird man uns dort aufnehmen?“ – „Sehr gern. In solcher Gegend ist man froh, einen Weißen zu sehen.“ – „Na, wollen es versuchen.“

Den beiden Führern war es um ein gutes Quartier, dem Herrn aber wohl meist darum zu tun, die Taube des Urwaldes kennenzulernen.

Es schien sich kein Mensch in der Nähe des Sees zu befinden. Als sie am Eingang der Mission angelangt waren, mußte der eine Führer wiederholt an der Pforte klopfen, ehe das Guckloch geöffnet wurde.

„Wer seid ihr?“ fragte dann endlich die alte Indianerin. – „Reisende, wir kommen von Isleta und wollen nach Prescott hinab.“ – „Weshalb klopft ihr an?“ – „Wir bitten um ein Quartier für die Nacht.“ – „Schlaft unter den Bäumen!“ – „Es wird heute regnen.“ – „Hm. Seid ihr Yankees?“ – „Nein. Wir sind gute Neu-Mexikaner. Dieser Señor aber ist aus dem Norden.“ – „Ich werde fragen.“

Die Alte machte das Loch wieder zu.

„Sapperment!" lachte der Yankee. „War das etwa eure Taube des Urwaldes?" – „Spottet nicht! So häßlich dieses alte Weib ist, so schön ist die Taube." – „Wenn sie nur auch gastfreundlicher ist!" – „Keine Sorge. Wir werden sicherlich aufgenommen."

Der Führer hatte recht. Bereits nach kurzer Zeit öffnete die Alte das Tor und sagte:

„Reitet hier herein, geradeaus bis in den Hof."

Die Reisenden folgten dieser Weisung. Im Hof saß ein Indianer zu Pferde. Er tat so, als ob er sich gar nicht um sie kümmere, nahm sie aber heimlich sehr scharf in Augenschein. Als sie abgestiegen waren, trat ihnen ein Mann aus dem Treppeneingang entgegen, grüßte und fragte in ziemlich schlechtem Englisch: – „Ihr wollt hier übernachten, Señores?" – „Ja." – „Darf ich vielleicht um euren werten Namen bitten?"

Der Yankee gab zur Antwort: „Ich heiße Leflor." – „Woher?" – „Aus Wilkinsfield drüben in Arkansas." – „Sapperment! Ist das möglich?" – „Möglich? Wieso? Es ist sogar wirklich. Wie kommt es, daß Ihr Euch so sehr darüber wundert, daß ich aus diesem Ort bin?" – „Weil der Herr dieses Hauses von ebendaher ist." – „Alle Teufel! Wie heißt er?" – „Wilkins."

Der Yankee erbleichte. Er war ja jener Leflor, der Wilkins aus seiner Pflanzung vertrieben, später nach ihm gesucht, ihn aber niemals gefunden hatte. Er beherrschte sich jedoch möglichst und meinte in scheinbar gleichgültigem Ton:

„Hoffentlich fallen wir diesem Herrn nicht beschwerlich." – „O nein. Er ist verreist." – „Ah! Auf wie lange?" – „Auf unbestimmte Zeit." – „Seine Familie ist aber doch zurückgeblieben?" – „Leider nicht. Er hat nur Miß Almy, und diese ist mit ihm fort." – „Wie schade!" stammelte Leflor verwirrt, „ich hätte die beiden gern begrüßt. Sind noch andere Personen aus jener Gegend da?" – „Keine einzige." – „Das tut mir wirklich herzlich und aufrichtig leid. Lieber möchte ich da gleich wieder fort." – „Oho! Wenn Ihr Master Wilkins kennt, so würdet Ihr ihm sicher willkommen sein. Darum ist es meine Pflicht, Euch ebenso willkommen zu heißen. Kommt also mit herauf zu uns. Eure Diener mögen sich dort an den Indianer wenden, der für sie sorgen wird."

Leflor war außerordentlich erschrocken gewesen; jetzt aber freute er sich königlich, hier eingekehrt zu sein. Er hatte den Aufenthalt des so lange Gesuchten kennengelernt und hoffte, auch außerdem von dieser Entdeckung zu profitieren. Es kam nun, da er einmal seinen Namen und Wohnort genannt und beide unmöglich wieder ableugnen konnte, darauf an, daß sich niemand hier befand, der sein Verhältnis zu Wilkins genau kannte.

Er folgte dem Mann nach oben in eine Stube, wo zwei Frauen und ein junger Bursche saßen, denen er von seinem Führer mit den Worten vorgestellt wurde:

„Ich bringe euch hier einen guten Freund von Master Wilkins, der gekommen ist, ihn zu besuchen."

Dann wandte sich der Mann wieder zu ihm und sagte:

„Noch heute morgen, Herr Leflor, hättet Ihr Master Wilkins angetroffen. Das läßt sich aber nun nicht ändern. Ich selbst bin eigentlich Gast hier. Ich heiße Rothe und war Förster drüben in Deutschland. Hier ist mein Sohn, meine Frau und meine Schwägerin, die – ah, da fällt mir ein, daß Sam Barth ja auch in Wilkinsfield gewesen ist. Kennt Ihr ihn?" – „Ja", antwortete Leflor erschrocken. – „Nun, das freut uns. Er ist nämlich der Bräutigam meiner Schwägerin." – „Jedenfalls befindet er sich hier?" – „Nein. Er war hier, ist aber heute mit Master Wilkins, Jim, Tim und Steinbach fort." – „Jim und Tim . . .?" entfuhr es Leflor. – „Ja. Kennt Ihr auch die?" – „Sehr gut. Nanntet Ihr da nicht auch einen Steinbach?" – „Ja. Er kam hierher, um einen gewissen Adler zu suchen, der in Wilkinsfield Oberaufseher gewesen ist. Vielleicht habt Ihr auch diesen gekannt?" – „Er war mein bester Freund." – „Seht, seht! Wie sich das so trifft. Na, setzt Euch nieder und macht es Euch bequem. Wir werden den Abend recht gemütlich verplaudern."

Leflor nahm Platz und fand nach einigen Fragen, daß er eine Entdeckung nicht zu fürchten habe. Es befand sich kein Mensch hier, der ihm hätte gefährlich werden können. Nun erst überkam ihn ein außerordentliches Wohlbehagen, und er kam sich vor wie ein Dieb, dem der Hausherr nicht nur alle Schätze zeigt, sondern auch den Ort, an dem sich die Schlüssel dazu finden.

Die Frauen entfernten sich, um das Abendessen zu bereiten. Indessen ergingen die drei anderen sich in einem sehr animierten Gespräch, im Verlauf dessen Leflor ganz unauffällig den Förster ausfragte und so die Erlebnisse desselben, die Ereignisse der letzten Tage erfuhr.

„Aber wo sind denn diese Leute alle hin, die heute abgereist sind?" fragte er schließlich. – „Das weiß man nicht. Nur die beiden Häuptlinge, die voran sind, wissen die Richtung. Die jungen Damen sind nach Mohawk-Station, wo sie warten, bis die Männer zu ihnen stoßen. Diese aber sind eben jenem Musjöh Roulin nach. Man hat mich nicht eingeweiht. Ich weiß nur das, was ich zufällig gehört habe. So viel aber ist sicher, daß sie einen jungen Wilkins und jenen Adler suchen."

Jetzt wurde das Essen aufgetragen. Bei dieser Gelegenheit erkundigte sich der ehrliche Förster, ob auch das Essen für den Gefangenen fertig sei. Die Frage wurde bejahend beantwortet.

Für Leflor konnte jede Kleinigkeit von Nutzen werden. Ein Gefangener hier, das war sehr auffällig. Er fragte also so nebenbei: „Es gibt hier einen Gefangenen? Wohl ein Indianer?" – „O nein; es ist ein Weißer." – „Hat er eine Strafe abzusitzen?" – „Was Sie meinen! Als ob wir ein Bezirksgericht oder so etwas hätten. Nein, nein; es ist eine Privatangelegenheit. Der Kerl wollte hier mit einbrechen und wurde mit den anderen festgehalten." – „Ich denke, sie sind alle den Maricopas ausgeliefert worden, wie Ihr vorhin erzähltet?" – „Alle, nur dieser eine nicht. Mit ihm scheint Steinbach etwas ganz Besonderes vorzuhaben, vielleicht, weil er ein Bote jenes Walker gewesen ist." – „Walker?" Leflor wollte bloß fragen, schrie aber den Namen in seiner Erregung laut auf. Dabei fuhr er mit der Hand unwillkürlich nach seiner Brusttasche, denn dort befand sich ein Brief, der folgendermaßen lautete:

„Macht Euch sofort auf und kommt zu mir. Ich habe Euch Wichtiges zu sagen. Ich nenne mich jetzt Robin und wohne bei Prescott, Arizona, in den Mogollon-Bergen. Jedermann weist Euch zu mir."

Walker."

Der Förster blickte Leflor erstaunt an und fragte:
„Das klang ja, als ob es Euch erschreckt hätte." – „O nein. Warum?" – „Weil Ihr so laut rieft." – „Davon habe ich keine Ahnung. Wer mag denn dieser Walker sein, der solche Spitzbuben hierher schickte?" – „Ein schöner Kerl!"

Und nun erzählte der gesprächige Rothe alles, was er von Sam Barth, Jim und Tim über den Genannten erfahren hatte. Zuletzt bemerkte er noch: „Und denkt Euch nur, der Kerl, den Walker geschickt hat, ist noch dazu ein alter Bekannter von mir!" – „Unmöglich! Das wäre ja ein reines Wunder." – „Beinahe. Der Kerl, der sich hier Bill Newton nannte und früher in der Türkei Derwisch und Mörder gewesen ist, war nämlich unter dem Namen Florin Kammerdiener bei demselben Grafen, bei dem ich Förster war." – „Wunderbar! Dieser Mann ist interessant. Er mag wohl ein rechtes Spitzbubengesicht haben." – „So ziemlich. Seid Ihr vielleicht so etwas, was man einen Psychologen nennt?" – „Jawohl."

– „Nun, wenn Ihr ihn Euch einmal ansehen wollt, so kann es ja geschehen." – „Oh, sehr gern!" – „Ich werde ihm das Essen hinuntertragen. Ihr könnt mitgehen, wenn es Euch beliebt."

Rothe nahm bei diesen Worten einen großen Schlüssel vom Nagel und ging mit Leflor nach der Küche, wo er ein Stück Fleisch und ein Gefäß mit Wasser holte. Dann stiegen beide die zwei Treppen in den Keller hinab. Es verstand sich von selbst, daß Leflor sich die Örtlichkeiten auf das genaueste einprägte. Rothe öffnete die Tür und trat hinein. Als er das Essen hingestellt hatte, sagte er zu dem Gefangenen:

„Bursche, stehe auf! Dieser Herr will dich ansehen."

Der Gefangene gehorchte nicht sofort, erhielt aber einige derbe Stöße, so daß er endlich aufstand.

„Da, Master Leflor, guckt Euch einmal das Gesicht an. So sieht ein Halunke aus, der Spitzbube, Derwisch, Mörder und Kammerdiener gewesen ist." – „Wie war sein eigentlicher Name?" – „Florin." – „So ist er wohl ein Franzose?" – „Freilich." – „Sprecht Ihr auch französisch, Förster?" – „Kein Wort." – „Schade. Sonst könntet Ihr ihm in seiner Muttersprache die Meinung sagen: ungefähr so: Tu seras sauvé!"

Diese Worte bedeuten: Du wirst gerettet werden. Der gute Förster ahnte das natürlich nicht.

Rothe schloß hierauf zu und kehrte mit Leflor in die Stube zurück. Dort hing er den Schlüssel wieder an denselben Nagel, was Leflor sehr wohl bemerkte.

Letzterer ließ es sich nun angelegen sein, etwas über die Art und Weise, in der das Haus bewacht wurde, zu erfahren. Der Förster teilte ihm aufrichtig mit, daß im Hof zwei Indianer, im Haus selbst aber keiner postiert sei. Draußen, gegenüber dem Tor, hätten drei Apachen ihren Posten. Hiermit konnte sich der Yankee zufrieden geben. Er schützte bald Müdigkeit vor und bat, ihm sein Zimmer anzuweisen.

„Zimmer anweisen!" lachte der Förster. „Ihr redet als ob Ihr Euch in einem Hotel befändet. Hier gibt es zwar viele Räumlichkeiten, aber äußerst wenig Möbel. Eigentlich könnte ich Euch nur eine leere Stube geben; da Ihr aber ein guter Freund von Master Wilkins seid, sollt Ihr hier bleiben. Ihr könnt da auf dem Kanapee schlafen. Das ist ein seltener Genuß im fernen Westen." – „Oh, ich will Euch nicht berauben und vertreiben!" – „Das tut Ihr gar nicht. Wir schlafen nicht hier, sondern in zwei Kammern am Ende des Korridors."

Auch das war beruhigend. Die Förstersfamilie verabschiedete

sich, und nun befand sich Leflor allein. Es konnte nicht besser passen. Der Förster schien es darauf abgesehen zu haben, ihm alles mundgerecht zu machen.

Zunächst unternahm Leflor nichts. Aber als Mitternacht nahe war und draußen ein Sturm sich erhob, der ein leises Geräusch im Inneren des Hauses nicht hörbar werden ließ, da nahm er den Schlüssel von der Wand und schlich sich hinaus und hinab in den Keller. Er hatte die Indianer zu fürchten, traf aber glücklicherweise auf kein Hindernis. Auch die Tür, hinter der der Gefangene steckte, öffnete sich geräuschlos. Leflor trat ein.

„Wollt Ihr mich wirklich befreien?" fragte der Gefangene. – „Ja, kommt heraus. Ihr geht mit mir hinauf in meine Stube." – „Sind wir da sicherer?" – „Ich denke es."

Sie langten auch glücklich im Zimmer an, und sofort fragte der frühere Derwisch:

„Gewiß sendet Euch Walker?" – „O nein. Ich rette Euch aus freien Stücken." – „Wie käme das? Ich kenne Euch nicht. Wenigstens schien es mir bei dem geringen Lichtschein, als ob ich Euch noch niemals gesehen habe." – „Ich Euch auch nicht. Aber dennoch interessiere ich mich sehr lebhaft für Euch. Ich lernte nämlich vor längerer Zeit Walker, den Ihr nanntet, kennen; ich machte ein Geschäft mit ihm, und jetzt will ich ihn wieder aufsuchen. Hier einkehrend, hörte ich, daß man Euch eingesperrt habe, weil Ihr ein Bote Walkers seid. Darum beschloß ich, Euch zu retten." – „Gott sei Dank, oder meinetwegen auch allen Teufeln. Ihr befreit mich da aus einer verzweifelten Lage. Ich hatte hier nichts als den Tod zu hoffen, und zwar was für einen! Ich werde Euch ewig dankbar sein. Diesem Steinbach aber werde ich es heimzahlen, und zwar baldigst." – „Ihr liebt ihn wohl nicht?" – „Kein Mensch kann so gehaßt werden, wie er von mir." – „Hm. Auch ich habe ihm meine Liebe gewidmet." – „Ist's möglich! Auch Ihr?" – „Ja; dieser Mensch scheint sich um alles zu kümmern, was ihn nichts angeht. Er kam in meine Gegend und schnüffelte da herum, bis er einen Grund fand, hierherzugehen und mich in ungeheuren Schaden zu bringen." – „So sind wir also Gesinnungsgenossen?" – „Leidensgefährten." – „Und können Verbündete werden, wenn es Euch recht ist. Ihr scheint ein gut situierter Mann zu sein, und ich bin arm, aber ich versichere Euch, daß meine Hilfe nicht zu verachten ist." – „Glaube es gern und nehme sie an. Wir wollen uns über diesen Steinbach, dem auch ich meine Liebe gewidmet habe, hermachen, wie die Meute über den Wolf. Wüßte ich nur, wo er hin ist." – „Er wird Walker aufsuchen. Es ist ihm nämlich verraten worden, daß ich Walkers Bote bin. Das ist für ihn Grund genug dazu." – „Auf alle Fälle muß Walker vor Steinbach gewarnt werden. Ich muß fort, um dies zu tun." – „Nicht so schnell. Wie wollt Ihr denn nach Prescott?" – „Alle Teufel! Ich habe kein Pferd." – „Und ich kann Euch keins verschaffen, wenigstens hier nicht. Wir reiten von hier aus über Silber City nach Casa Grande und Phönix ..." – „O weh! Und nach Prescott wollt Ihr?" – „Freilich. Ich habe zwei Führer." – „Schöne Kerle! Die betrügen Euch um wenigstens drei Tagereisen. Oder sollten sie den Weg über das Gebirge wirklich nicht kennen? Ah, wenn Ihr mit mir gehen könntet! Wir haben ja das gleiche Ziel." – „Vielleicht läßt es sich möglich machen." – „Warum nicht? Ich habe einen Gedanken. Wann reitet Ihr ab?" – „Kurz nach Tagesanbruch." – „Und ich gehe natürlich eher fort. Vor dem Spätvormittag wird man mein Verschwinden gar nicht bemerken. Ich gehe also ganz gemütlich nach Silber City zu, und Ihr kommt später nach. In zwei Stunden werdet Ihr einen Bergsturz erreichen, der interessant anzusehen ist. Ihr steigt ab, um ihn Euch zu betrachten, und Eure Führer werden auch absteigen. Ich halte mich versteckt, ergreife den günstigen Augenblick und reite mit den beiden Pferden der Führer davon. Ihr werft Euch natürlich sofort auf Euer Pferd, um mich zu verfolgen. Dann werden diese braven Kerle auf Euch warten; wir beide aber reiten in aller Gemütlichkeit nach Prescott zu Walker. Wie gefällt Euch dieser Plan?" – „Er ist ausgezeichnet. Ich erhalte einen besseren Wegweiser, und Ihr kommt nicht nur zu einem Pferd, sondern sogar zu zweien." – „So möchte ich mich jetzt aufmachen. Es ist gar nicht mehr lange bis zum Tagesgrauen." – „Wie wollt Ihr hinaus?" – „Durch das Tor jedenfalls nicht." – „Das ist ja verschlossen, und im Hof halten zwei Indianer Wache." – „Also muß ich hier zum Fenster hinab." – „Ganz gut. Ich gebe Euch meinen Lasso dazu." – „Und könntet Ihr mir nicht ein Messer borgen? Es ist doch möglich, daß ich mich meiner Haut zu wehren habe." – „Ihr sollt er erhalten. Nehmt Euch aber auch da draußen in acht, daß Ihr nicht erwischt werdet. Dem Tor gegenüber steht ein Indianerposten." – „Keine Sorge! Bin ich einmal außerhalb des Gebäudes, so soll mich nicht so leicht jemand ergreifen. Also bitte, binden wir den Lasso hier an das Tischbein, damit nicht Ihr Euch unnötig anzustrengen habt. Und nun das Fenster auf!"

Der Derwisch ließ sich hinab. Leflor aber zog seinen Lasso zurück und machte das Fenster wieder zu.

Des anderen Morgens früh Punkt neun Uhr geschah zweierlei: Als der Förster um diese Zeit in den Keller kam, war der Gefangene fort – und dort am Bergsturz standen die beiden armen Führer und warteten vergebens, daß Leflor ihnen die Pferde zurückbringen werde.

KARL MAY

Die Edition unter Zugrundelegung der Buchausgaben aus den Jahren 1887-1910

Im Wilden Westen

Winnetou (4 Bände)
Old Surehand (3 Bände)
Satan und Ischariot (3 Bände)
Der Schatz im Silbersee
Der Ölprinz
Der Sohn des Bärenjägers
Der Geist des Llano Estacado
Der schwarze Mustang
Auf fremden Pfaden

In Südamerika

Am Rio de la Plata
In den Kordilleren
Das Vermächtnis des Inka

VERLAG NEUES LEBEN

KARL MAY

Die Edition unter Zugrundelegung der Buchausgaben aus den Jahren 1887-1910

Im Orient

Durch Wüste und Harem
Durchs wilde Kurdistan
Von Bagdad nach Stambul
In den Schluchten des Balkan
Durch das Land der Skipetaren
Der Schut
Im Lande des Mahdi (3 Bände)
Ardistan und Dschinnistan (2 Bände)
Orangen und Datteln
Am Jenseits
Die Sklavenkarawane

...und zahlreiche weitere Bände
mit Schauplätzen in allen Teilen der Welt